KB244158

Die Unendiche Geschichte

끝없는 이야기

미하엘 엔데/김양순 옮김 최지혜 그림

동서문화사

끝없는 이야기

차례

'칼 코란드 코레안더'

 이런 글자가 어느 작은 가게 유리문에 쓰여 있었다. 물론 책방 안에서 흐릿한 창유리를 통해 바깥 거리를 내다볼 때만 그렇게 보이는 것이었지만.

 11월의 차가운 잿빛 아침, 비가 억수같이 쏟아지던 날이었다. 빗방울이 창유리에 부딪쳐서 꼬불꼬불한 꽃무늬장식 글자 위로 줄줄 흘러내렸다. 유리문을 통해 보이는 거라곤 빗물로 얼룩진 길 건너 토담뿐이었다.

 갑자기 문이 벌컥 열리고 한 사내아이가 뛰어들어 왔다. 어찌나 사납게 열렸는지 문 위에 달아놓은 조그만 놋쇠종이 멎을 줄을 모르고 한참이나 세차게 울렸다.

 이 소란의 주인공은 열 살이나 열한 살쯤 돼 보이는 작은 소년이었다. 소년의 짙은 갈색 머리는 젖어서 얼굴에 착 달라붙어 있었다. 빗물로 흠뻑 젖은 외투에서 물방울이 뚝뚝 떨어졌으며, 어깨에는 가죽 끈이 달린 책가방이 메여 있었다. 소년은 조금 창백한 얼굴로 숨을 헐떡였지만, 방금 저지른 소란스런 행동을 누가했냐는 듯이 열려진 문 안에 꼼짝 않고 서 있었다.

소년의 눈 앞에는 길고 좁은 공간이 자리 잡고 있고, 그것은 멀어질수록 짙은 어둠으로 덮여 있었다. 주위 벽을 둘러싼, 천정에 닿을 만큼 높은 책장에는 온갖 모양과 크기의 책들이 가득 꽂혀 있었다. 바닥에는 커다란 책들이 높다랗게 쌓여 있고, 몇몇 탁자에는 가죽으로 장정이 되고 가장자리에 금장을 두른 작은 책들이 산더미처럼 쌓여 있었다. 방 안 맞은편 끝, 사람의 키 높이 정도로 쌓인 책들의 담벼락 뒤로 전등불이 반짝였다. 그 불빛 속에서 이따금 둥글둥글한 연기가 피어올라 점점 커지며 주위를 맴돌다가 저 위 어둠 속으로 사라졌다. 그 모양은 인디언들이 이 산봉우리에서 저 산봉우리로 소식을 전하는 연기 신호처럼 보였다. 틀림없이 누군가 그 뒤에 앉아 있는 것 같았다. 과연 책더미 벽 뒤에서 꽤나 퉁명스런 목소리가 소년을 향해 소리쳤다.

"들어올 거요, 나갈 거요? 문이나 좀 닫으시오. 찬바람이 들어오잖소."

소년은 조심스럽게 문을 닫았다. 그리고 책더미 벽으로 가만가만 걸어가서 구석을 살짝 들여다 보았다. 그곳에는 닳아빠진 커다란 가죽 안락의자에 땅딸막한 남자가 앉아 있었다. 남자는 꽤 오래 입어 더러워 보이는 꾸깃꾸깃한 검정 양복에, 꽃무늬진 조끼로 배를 꽉 조이고 있었다. 대머리였는데, 양쪽 귀 뒤의 흰 머리칼이 한 움큼씩 정수리를 향하고 있었다. 불그스름한 얼굴은 사나운 불독을 떠올리게 했다. 감자덩이 같이 생긴 코 위로는 작은 금테안경을 걸치고 있었다. 그가 활처럼 굽

은 파이프를 입에 물고 뻐끔대자 그 바람에 입 전체가 온통 일그러져 보였다. 무릎 위에는 지금 읽던 중인 듯싶은 책이 한 권 얹혀 있었다. 책을 덮으면서 그는 굵은 왼손 집게손가락을—말하자면 서표(읽던 책장을 표시하기 위해 끼워 두는 종이)삼아—페이지 사이에다 끼워 넣었다.

남자는 오른손으로 안경을 벗고는, 자기 앞에 빗물을 뚝뚝 흘리며 서 있는 통통한 어린 소년을 살피듯 훑어보았다. 그는 한결 사나운 인상을 주게끔 눈살을 찌푸렸다. 그러고는 "원, 너로구나!" 중얼거리기만 했다. 그는 다시 책을 펼쳐들고 시선을 아래로 내리깐 채 읽기 시작했다.

소년은 어찌 할 바를 몰라 우두커니 선 채로 눈을 동그랗게 뜨고 남자를 쳐다보았다. 이윽고 남자는 다시 책을 덮고—아까처럼 손가락을 페이지 사이에다 낀 채—툴툴거렸다.

"야, 이 녀석아! 난 애들이 싫다, 아닌 게 아니라 요즘은 온 세상이 너희와 야단법석을 떠는 게 유행이더라만……, 나는 아니다! 나는 결코 애들의 친구가 아니야. 내게 어린애란 모든 걸 망가뜨려 놓는, 책에다 잼이나 처바르고 책장이나 뜯어내고, 어른들의 걱정거리는 아랑곳도 하지 않는 멍청한 울보나 성가신 말썽쟁이일 뿐이야. 네가 지금 어디에 와 있는지 똑바로 알라고 하는 말이다. 더욱이 우리 집에는 애들이 볼 책 같은 건 없다. 다른 책들은 너에게 팔지도 않을 거다. 자, 이제 말귀를 알아들었으면 어서 가봐!"

그는 입에 파이프를 문 채로 말했다. 그러고는 다시 책을 펼쳐 읽었다.

소년은 말없이 고개를 끄덕이고 몸을 돌렸다. 하지만 어쩐지 그 남자의 말을 고스란히 받아들일 수가 없어 다시 뒤돌아 서서 나직이 말했다.

"모두가 다 그런 건 아니에요."

남자는 천천히 고개를 들더니 다시 안경을 벗었다.

"아직도 안 갔니? 너 같은 녀석을 떼어놓으려면 대체 어찌하면 좋으나? 말 좀 해 봐라. 지금 막 무슨 중요한 말을 했었니?”

“그리 중요한 건 아녜요.”

소년은 기어들어 가는 목소리로 대답했다.

“다만 말하고 싶은 건……, 모든 아이들이 아저씨가 말한 것 같지는 않다는 거였어요.”

“아, 그래!”

남자는 놀랐다는 듯이 눈썹을 추켜올렸다.

“그렇다면 넌 아마도 특별한 아이인 모양이지?”

통통한 소년은 뭐라 대답을 해야 좋을지 몰랐다. 소년은 어깨를 살짝 으쓱하고는 다시 나가려고 몸을 돌렸다.

“이거 원, 예의라고는 서푼어치도 없군. 그게 아니라면 적어도 먼저 네 소개는 했어야 하는 게 아니냐?”

투덜거리는 소리가 소년의 등 뒤로 들렸다.

“제 이름은 바스티안이에요. 바스티안 발타자르 북스.”

“거 참 괴상한 이름이로구나. 비읍(ㅂ)이 셋이나 들어간…… 하기야 그게 네 탓은 아니지. 네가 네 이름을 지은 건 아닐 테니까. 내 이름은 칼 콘라드 코레안더란다.”

“그렇다면 키읔(ㅋ)이 셋 들어갔네요.”

소년은 진지하게 말했다.

“하긴……. 참, 그렇군!”

남자는 끄덕였다.

그는 담배연기를 몇 가닥 뿜어 구름을 올렸다.

“하긴 뭐. 이름이야 어찌 됐든 아무래도 좋지. 우리가 다시 만날 건 아닐 테니까. 한 가지 알고 싶은 게 있는데, 대체 아까는 왜 그렇게 요란스럽게 가게 안으로 뛰어들어 왔니? 마치 도망치던 것 같던데. 내 말이 맞니?”

바스티안은 고개를 끄덕였다. 갑자기 소년의 동그란 얼굴이 창백해지고 두 눈이 더 휘둥그레졌다.

“보아하니 너 어떤 가게에서 무얼 훔쳤구나?”

코레안더 씨가 넘겨짚었다.

“아니면 늙은 부인을 때려눕혔거나. 요즘 너희 또래들이 흔히 하는 짓거리를 했겠지. 경찰이 너를 쫓아오고 있니, 애야?”

바스티안은 고개를 가로저었다.

“애, 말해 봐라. 누구에게 쫓기는 거냐?”

“아이들이에요.”

“어떤 아이들?”

“우리 반 아이들.”

“어째서?”

“걔들이……, 걔들이 나를 못살게 굴어요.”

“무슨 일이 있었는데?”

“학교 앞에 숨어서 저를 기다리고 있어요.”

“그래서는?”

“온갖 소리를 마구 해대요. 나를 이리저리 밀치고 놀려대거든요.”

“그럼 넌 그냥 당하고만 있니?”

코레안더 씨는 못마땅하다는 듯이 소년을 위에서 아래로 쭉 훑어보며 물었다.

“왜 넌 걔들을 한 방 먹이지 않니?”

바스티안은 놀라 그를 쳐다보았다.

“아니……, 전 그러기 싫어요. 더구나…… 전 권투를 잘 못해요.”

“그럼 레슬링은 어떠냐?”

코레안더 씨가 물었다.

"달리기, 수영, 축구, 체조는? 정말 아무것도 못 하니?"

소년이 고개를 끄덕였다.

"그래. 넌 형편없는 약골이구나, 그렇지?"

바스티안은 어깨를 으쓱했다.

"그렇다 해도 말은 할 줄 알잖니."

코레안더 씨는 말했다.

"그 애들이 널 놀리면 왜 말로 한 방 먹이지 못하니?"

"한 번 그래 봤어요……."

"그랬는데?"

"걔들이 저를 쓰레기통에 처박고 뚜껑을 덮어 버렸어요. 밖에서 다른 사람이 내 목소리를 들을 때까지 두 시간이나 그 안에서 소리쳤어요."

"음. 그래서 이젠 감히 그러지도 못 하는구나."

바스티안는 고개를 끄덕였다.

"그러니까,"

코레안더 씨는 잘라 말했다.

"넌 겁쟁이구나."

바스티안은 고개를 푹 숙였다.

"아마 넌 공부벌레겠지? 모두 다 수를 받는 우등생으로 선생님의 귀여움을 독차지하고 있지 않니?"

"아뇨."

바스티안은 여전히 시선을 떨어뜨리고 있었다.

"작년에는 낙제를 했어요."

"저런!"

코레안더 씨는 소리쳤다.

"그러니까 넌 모든 면에서 실패자로구나."

바스티안은 잠자코 있었다. 팔을 아래로 축 늘어트린 채 묵묵히 서 있을 뿐이었다. 외투에서는 아직도 물이 뚝뚝 떨어졌다.

"그 애들이 너를 놀려댈 때, 대체 뭐라고 말하던?"

"그냥, 아무 말이나 다 해요."

"이를테면?"

"뚱보! 뚱보! 대들보 위에 앉았구나! 대들보가 부서진다, 뚱보가 말을 하네, 이러거든요. 정말 견딜 수가 없어요."

"별것도 아니구나."

코레안더 씨가 말했다.

"그리고 또?"

바스티안은 머뭇거리며 주워섬겼다.

"괴짜, 괴물, 허풍쟁이, 사기꾼……."

"괴짜라니, 왜?"

"저는 가끔 혼잣말을 하거든요."

"이를테면 무슨 말을?"

"이야기를 생각해 내요. 지금껏 없었던 이름이랑 말들을 꾸며 내지요. 그뿐이에요."

"그걸 너 자신에게 얘기한단 말이냐? 도대체 왜?"

"아, 그건요. 그런 걸 재미있어 하는 사람이 나밖에는 없으니까요."

코레안더 씨는 잠시 생각에 잠겼다.

"그럼 네 부모는 그걸 어떻게 생각하시지?"

바스티안은 금세 대답을 못 했다. 한참 뒤에야 소년은 작은 목소리로 중얼거렸다.

"아빠는 아무 말도 안 하세요. 아빠는 한 번도 뭐라고 하시는 적이 없어요. 아빠에겐 뭐든 상관없거든요."

"그럼, 어머니는?"

"엄마는…… 안 계세요."

"두 분이 이혼을 하셨니?"

"아니오. 엄마는 돌아가셨어요."

그때 전화벨이 울렸다. 코레안더 씨는 조금 긴장한 자세로 등받이 의자에서 일어나 신발을 질질 끌며 상점 뒤쪽에 있는 조그만 별실로 갔다. 코레안더 씨가 수화기를 들었다. 소년의 귀에 그가 바스티안이란 이름을 말하는 소리가 조그맣게 들렸다. 이어서 별실 문이 닫히고, 희미하게 웅얼거리는 소리만이 새어 나왔다.

바스티안은 우두커니 서서 자기에게 무슨 일이 벌어졌는지, 왜 그 모든 이야기를 솔직히 털어놓았는지 어리둥절해하고 있었다. 문득 학교에 엄청 지각할 거라는 생각이 스쳐갔다. 그렇다. 서둘러 뛰어가야만 했다. 하지만 소년은 뿌리를 내린 듯이 그 자리에 박혀 서서 마음을 정하지 못했다. 뭔지 알 수 없는, 그 무엇인가가 소년을 꼭 붙들고 있었다.

여전히 별실에서는 웅얼거리는 목소리가 새어 나왔다. 긴 통화였다.

바스티안은 자기가 여태껏, 코레안더 씨의 손에 들려 있다가 가죽 안락의자에 놓여진 책을 뚫어지게 보고 있었다는 걸 깨달았다. 바스티안은 아무래도 거기에서 눈길을 돌릴 수가 없었다. 마치 어떤 자석 같은 힘이 자신을 끌어당기는 듯했다.

소년은 안락의자에 다가가 천천히 손을 뻗어 책을 집어 들었다. "철컥!" 그 순간, 무슨 덫에라도 걸린 듯이 소년의 심장에서 소리가 났다. 책을 집어 듦으로써 돌이킬 수 없는 무언가가 시작되었다, 이제 어떤 궤도를 달리게 될 것이다, 이런 막연한 느낌이 바스티안의 가슴 속에서 솟구쳤다.

소년은 책을 들고 여기저기 살펴보았다. 청동 비단이 입혀진 표지를 이리저리 돌릴 때마다 희미한 빛이 나타났다. 허겁지겁 책장을 넘기면서 활자가 두 개의 다른 빛깔로 인쇄되어 있음을 알았다. 그림은 하나도 없는 것 같았고, 대문자로 된 첫 글자가 무척이나 아름답게 장식되어 있었다. 표지를 다시 한 번 자세히 들여다 보았을 때, 소년은 표지 위에서 밝은 빛깔과 어두운 빛깔의 뱀 두 마리가 서로 꼬리를 맞물고 타원형을 이루고 있는 모습을 발견했다. 그리고 그 타원형 안에, 독특하게 짜 맞추어진 문자로 다음과 같은 제목이 쓰어 있었다.

끝없는 이야기

무엇엔가 마음이 사로잡혀 이내 빠져들어 버리는 것은 수수께끼처럼 이상한 일이다. 하지만 그 점에서는 아이들도 어른과 다르지 않다. 이미 정열에 빠진 사람은 그것을 설명할 수가 없고, 정열을 한 번도 겪어 보지 못한 사람은 이를 이해하지 못한다. 하나의 정상에 서기 위해 자기 인생을 내거는 사람들이 있다. 그 어느 누구도, 심지어 그렇게 인생을 내거는 사람까지도, 왜 그런지는 진정 설명할 수 없으리라. 어떤 이들은 자기에게 무관심한 사람의 마음을 끌기 위해 자신을 망가뜨린다. 또 어떤 이들은 음식의 유혹에 빠져, 또는 술병의 유혹에 빠져 망해 버린다. 숱한 사람들이 도박에 자신의 재산을 몽땅 내던지는가 하면, 결코 실현될 수 없는 어떤 신념에 모든 것을 바친다. 어떤 이들은 자신이 선 장소가 아닌 다른 곳에 있으면 행복하리라고 믿으며 한평생 세상을 두루 여행하며 보낸다. 또 권력자가 되기까지는 한시도 마음이 편치 않은 이들도 더러 있다. 쉽게 말해, 각양각색의 사람들만큼이나 여러 가지 형태의 정열이 존재하는 것이다.

바스티안 발타자르 북스의 정열은 책을 향했다.

헝클린 머리칼에도 아랑곳없이 오후 내내 귓불이 벌겋게 되도록 책머리를 잡고 앉아, 주위의 세상도 배고픈 것도 추운 것도 잊고 계속 책을 읽은 경험이 한 번도 없는 사람―.

아버지나 어머니, 그 밖에 누군가가 내일 아침엔 일찍 일어나야 하므로 그만 자야 한다고 타이르며 불을 꺼 버리는 바람에 이불 밑에서 손전등을 켜놓고 몰래 책을 읽어 본 적이 한 번도 없는 사람―.

흥미진진한 이야기가 끝나 버려, 많은 모험을 더불어 겪으며 사랑하고 감탄을 자아내고 조바심 나게 하고 희망이 되었던 인물들, 함께 하지 않았다면 삶이 공허하고 무의미하게 여겨졌을 그런 등장인물들과 헤어져야 하기에 남이 보는 데서, 또는 남몰래 눈물을 쏟아 본 적이 한 번도 없는 사람―.

이 중 그 어느 것도 직접 경험해 보지 못한 사람이라면 아마도 지금 바스티안이 하는 짓을 이해할 수 없을 것이다.

소년은 책 제목을 눈여겨 보았다. 이내 얼굴이 화끈 달아올랐다가 창백해졌다. 그것은 소년이 그처럼 오랫동안 꿈꾸어 왔고, 책에 대한 정열에 빠진 이래로 늘 갈망해 왔던 그것, 결코 끝나지 않는 이야기가 아닌가! 모든 책 중의 책이 아닌가!

소년은 이 책을 꼭 갖고 싶었다. 값이 얼마가 되든!

값이 얼마가 되든? 말이야 쉽다! 설사 지금 가진 3마르크 50페니히보다 더 많이 있다 해도 이 퉁명스런 코레안더 씨는 소년에게 단 한 권의 책도 팔지 않겠노라고 분명히 딱 잘라 말하지 않았던가. 더구나 그냥 선물로 줄 리는 만무했다. 아무래도 희망이 없었다.

하지만 바스티안은 이 책을 두고 갈 수가 없다는 걸 깨달았다. 이제는 자기가 바로 이 책 때문에 여기로 왔음이, 자기의 것이 되기 위하여, 아니 애당초 자신의 것이었기 때문에 이 책이 신비로운 방식으로 자신을 불렀음이 똑똑히 느껴졌다.

바스티안은 여전히 별실에서 들려오는 어렴풋한 소리에 귀를 기울였다.

그리고 자기도 모르는 새에 책을 외투 속에 재빠르게 찔러 넣고 두 팔로 꼭 감싸안았다. 소년은 별실로 통하는 문을 조마조마한 마음으로 쳐다보면서 소리 없이 상점문 쪽으로 뒷걸음질쳤다. 살며시 손잡이를 돌렸다. 놋쇠종이 흔들리지 않도록 하기 위해 겨우 빠져 나갈 수 있을 만큼만 유리문을 당겼다. 그리고 바깥쪽에서 조용히 조심스럽게 문을 닫았다.

그러고 나서 달리기 시작했다.

책가방 속에서 필통, 교과서, 공책이 소년의 뜀박질에 맞춰 덜컹거리며 춤을 추었다. 옆구리가 아팠지만 멈추지 않았다.

빗줄기가 소년의 얼굴 위를 따라 등 뒤 옷깃 속으로 흘러들었다. 추위와 물기가 외투를 파고들었지만 바스티안에게는 느껴지지 않았다. 바스티안의 몸이 화끈 달아올랐다. 그것은 달음박질 때문만이 아니었다. 아까 책방에서는 잠자고 있던 소년의 양심이 불현듯 눈을 뜬 것이다. 아주 그럴 듯하게 여겨지던 온갖 이유들이 갑자기 전혀 터무니없이 느껴졌고, 불을 뿜는 용의 입김을 받은 눈사람처럼 녹아 사라졌다.

도둑질을 한 것이다. 자기는 도둑이 아닌가!

자기가 한 짓은 그 어떤 도둑질보다 더 나쁜 것이었다. 이 책은 단 한 권밖에 없고 다른 책으로 대신할 수도 없을 것이다. 확실히 그것은 코레안더 씨의 가장 소중한 보물임에 틀림없었다. 바이올리니스트에게서 그의 유일한 바이올린을 훔치거나 왕에게서 왕관을 훔치는 것은 그

저 돈을 훔치는 것과는 다른 문제였다.

그러나 소년은 외투 속의 책을 더욱 세차게 껴안으며 계속 달렸다. 제아무리 값비싼 대가를 치르더라도 이 책은 잃고 싶지 않았다. 그것은 소년이 이 세상에서 갖고 있는 모든 것으로 여겨졌다.

물론 지금 소년은 집으로 갈 수가 없었다.

연구실로 꾸며진 커다란 방에서 작업을 하고 있을 아빠를 상상해 보았다. 주위에는 사람의 치아 석고 모형이 잔뜩 늘어져 있다. 아빠는 치과의사였다. 바스티안은 아빠가 그 일을 즐거워서 하는지 어떤지 지금껏 한 번도 생각해 본 적이 없었다. 지금에서야 처음 그런 생각이 떠올랐지만 아빠에게는 결코 그런 질문을 할 수 없을 것이다.

지금 집에 가면 아빠는 분명 흰 가운을 입은 채 석고 치아를 손에 들고 연구실에서 나오며 "벌써 오니?"라고 물을 것이다. "예." 바스티안은 대답하리라. "오늘은 수업이 없니?" 바스티안은 아빠의 조용하고 슬픈 얼굴을 그려 보면서, 아빠를 속일 수는 없음을 깨달았다. 그러나 진실을 말하는 것은 더더구나 불가능했다. 할 수 있는 방법은 어디로든지 멀리 떠나버리는 것뿐이었다. 아들이 도둑이 되었다는 사실을 아빠에게 알릴 수는 없었다. 그리고 어쩌면 아빠는 아들이 없어져 버린 사실조차 깨닫지 못할는지 모른다. 생각이 여기에 미치자 사뭇 위안이 되었다.

바스티안은 달리기를 멈췄다. 소년은 이제 천천히 걸으며 길 끝에 우뚝 선 학교 건물을 보았다. 자기도 모르는 사이에 습관대로 학교를 향해 달려온 것이다. 이따금 사람들이 오가고 있었지만, 거리는 텅 빈 듯한 느낌이 들었다. 하기야 한껏 늦게 온 지각생에게는 학교 주변의 온 세계가 죽어 없어진 것처럼 느껴지는 법이다. 발짝을 옮길 때마다 바스티안의 마음속 공포감은 커져 왔다. 그렇잖아도 소년은 매일매일 패배의 장소인 학교에 대해서, 친절하게 타이르거나 혹은 분노를 터뜨리는 선생님에 대해서, 자기를 놀려대며 자기가 얼마나 서투르고 무기력한 가를 남들에게 알리는 아이들에 대해서 공포심을 느끼고 있었다. 소년 에게 학교란 어른이 될 때까지 계속되고 어쩔 수 없이 감수해야 할, 끝 도 없이 긴 형벌처럼 여겨졌다.

그러나 어둑함을 밝히는 양초와 젖은 외투 냄새를 맡으며 휑뎅그렁 한 복도를 걸어 들어가자, 건물 안에 가라앉은 정적이 갑자기 솜마개처 럼 귀를 꽉 막아 버리자, 그리고 마침내 사방의 벽과 마찬가지로 시든 시금치 빛깔로 칠해진 교실 문 앞에 서게 되자, 소년에게는 그 순간부 터 아무것도 잃을 것이 없음이 분명하게 느껴졌다. 어디론가 떠나야만 했다. 소년은 얼른 그곳을 빠져 나왔다.

하지만 어디로?

바스티안은 배에서 고용살이를 하며 행복을 찾아 세상을 두루 헤매 는 소년들의 이야기를 책에서 읽은 적이 있었다. 그 가운데 여럿은 해 적이나 영웅이 되었고, 또 다른 여럿은 세월이 흐른 뒤 부자가 되어 고 향으로 돌아왔으나 그가 누구인지를 아무도 알아보지 못했다.

그러나 바스티안은 그렇게 할 엄두가 나지 않았다. 자기가 선원으로 채용되리라는 상상도 할 수 없었다. 게다가 그런 용감한 모험을 하기에 알맞은 배들이 어디에 있는지, 그런 항구로 어떻게 가야 하는지조차 도 저히 알 수 없었다.

그렇다면 어디로?

갑자기 적당한 장소가 하나 떠올랐다. 아무도 소년을—적어도 얼마 간은—찾아내지 못할 유일한 곳이었다.

창고는 크고 어두컴컴했다. 먼지와 살충제 냄새가 지독했다. 커다란 함석지붕 위로 떨어지는 나직한 빗방울 소리 외에는 아무런 기척도 들리지 않았다. 일정한 간격으로 짜인 마룻바닥에서부터 솟아오른 시커멓고 우람한 나무기둥들이, 지붕의 골조에서 내려온 다른 대들보들과 꼭대기 어딘가에서 만나 어둠 속으로 사라졌다. 여기저기 그물 침상처럼 걸린 커다란 거미줄이 공중에서 유령처럼 이리저리 소리 없이 흔들렸다. 천장에 달린 채광창에서 우유빛 광선이 새어 들어왔다.

시간조차 소리 없이 멎어 버린 듯한 이곳에 살아 있는 유일한 생물이란, 조그만 발자국을 먼지 속에 남겨 놓고 마룻바닥을 내달리는 생쥐뿐이었다. 생쥐가 꼬리를 끌고 간 곳에는 발자국 사이로 가느다란 줄이 생겼다. 갑자기 생쥐 한 마리가 오똑 서서는 도사리는 자세를 취하더니, 바닥 틈 구멍으로 사라졌다.

커다란 자물쇠에 열쇠 꽂히는 소리가 들렸다. 천천히 삐걱거리는 헛간 문이 열리자 한 순간 빛줄기가 곧게 뻗쳤다. 바스티안이 그 안으로 살짝 들어왔다. 뒤이어 문이 다시 삐걱거리며 닫혔다. 소년은 안쪽에서 커다란 열쇠를 자물쇠에 꽂고 돌렸다. 빗장까지 지르고 나서야 안도의 한숨을 내쉬었다. 이제는 누구도 소년을 찾을 수가 없을 것이다. 여기까지는 아무도 오지 못할 것이다. 누군가 여기에 찾아오는 경우는 아주 드물고—소년은 누구보다도 확실하게 알고 있었다—설사 우연히 하필이면 오늘이나 내일 어떤 이가 볼 일이 있어 이리로 와도 문이 잠겨 있어 들어올 수 없을 것이다. 열쇠는 소년의 손에 있기 때문이다. 또한 그들이 어떻게 문을 열게 되었다 해도 바스티안은 여유 있게 잡동사니 사이에 숨을 수 있을 것이다.

차츰 소년의 눈이 어둠에 익숙해졌다. 소년은 이 장소를 알고 있었다. 반년 전에 학교 건물 관리인을 도와 낡은 서류랑 문서들이 가득 든 커다란 바구니를 헛간으로 옮긴 적이 있었기 때문이다. 그때 소년은 헛간문의 열쇠가 어디에 보관되어 있는지 눈여겨보았었다. 열쇠는 맨 꼭대기 층계참에 걸린 벽장 속에 두었다. 그 뒤로 잊고 있었는데 마침 그 사실이 기억 속에서 되살아난 것이다.

바스티안은 오들오들 몸이 떨렸다. 외투가 흠뻑 젖은 데다가 창고 안은 몹시 추웠다. 우선 좀 아늑하게 있을 수 있는 장소를 찾아야 했다. 여기에서 오랫동안 머물 테니까. 그러나 얼마나 오래일지에는 생각이 미치지 않았고, 곧 배가 고프고 목이 마르게 되리라는 사실도 미처 깨닫지 못했다.

소년은 잠시 돌아다녔다.

온갖 잡동사니가 여기저기 어지럽게 흩어져 있었다. 낡아 필요 없는 서류들로 모든 칸이 꽉 찬 책장, 뒤죽박죽 쌓인 의지와 잉크로 얼룩진 책상들, 낡은 지도가 여러 개 매달린 스탠드, 검정색이 떨어져 나간 칠판들, 녹이 슨 무쇠난로, 가죽 커버가 닳아져서 쿠션이 튀어나온 목마와 터진 가죽공, 낡고 얼룩진 체조매트 더미같이 못쓰게 된 체조기구, 반쯤은 좀이 슬어 버린 박제된 동물 몇 점, 그 가운데 커다란 부엉이 한 마리와 수리 한 마리와 여우 한 마리, 금이 간 온갖 종류의 화학실험용 증류기와 유리관들, 발전기 한 대, 옷걸이 비슷한 데에 걸려 있는 해골 하나, 그리고 낡은 노트와 교과서로 꽉 찬 수많은 상자들.

바스티안은 마침내 낡은 체조매트 더미를 자기가 머물 곳으로 선택했다. 그 위에 누우면 소파에 누운 것과 다름없으리라. 소년은 그것을 가장 밝은 채광창 밑으로 끌고 갔다. 그 둘레에 회색 군용담요도 몇 장 쌓여 있었다. 물론 먼지투성이이고 다 해졌지만 그런대로 쓸 수는 있었다. 소년은 젖은 외투를 벗어서 해골 옆 옷걸이에다 걸었다. 해골이 잠시 이리저리 흔들거렸지만 바스티안은 조금도 겁나지 않았다. 그런 비슷한 물건들은 이미 집에서 많이 봐 왔기 때문인지도 몰랐다. 흠뻑 젖

은 장화도 벗었다. 양말 바람으로 소년은 체조매트 위에 털썩 주저앉아 인디언처럼 회색 담요를 어깨 위로 끌어 덮었다. 소년의 옆에는 책가방과 청동빛깔의 책이 놓여 있었다.

소년은 다른 이들은 지금쯤 저 아래 교실에서 독일어 수업을 받고 있을 것이라는 생각을 했다. 그 애들은 어쩌면 지루하기 짝이 없는 제목을 놓고 작문을 써야 할지도 모른다.

바스티안은 책을 바라보았다.

"책이 덮여 있을 때는……."

소년은 혼잣말을 했다.

"대체 그 안에서 무슨 일이 벌어지는지 궁금해. 물론 그 안에는 종이 위에 인쇄된 글자들만 있겠지. 하지만 그래도 뭔가가 틀림없이 벌어지고 있어. 내가 펼치기만 하면 거기에서 갑자기 완전한 이야기가 하나 나타나잖아. 거기에는 내가 미처 몰랐던 사람들이 있고, 온갖 모험과 행동과 싸움이 있지. 때로는 바다의 태풍도 만나고 혹은 낯선 나라와 도시들로 가기도 하고 말이야. 어쨌든 이 모든 게 책 속에 있어. 그걸 체험하기 위해서는 읽어야 하지. 그건 분명해. 옛날부터 책 속에는 그 모든 게 있단 말이야. 대체 어떻게 그럴 수 있는지 궁금해."

바스티안은 사뭇 장엄한 분위기에 휩싸였다. 소년은 꼿꼿이 등을 펴고 앉아 책을 잡고 첫 페이지를 펼쳐

끝없는 이야기

를 읽기 시작했다.

환상 세계 위기

　하울레 숲에 있는 동물들은 모두 굴이나 둥지 속에 몸을 웅크리고 있었다.
　한밤중이었다. 커다랗고 늙은 나무들의 우듬지에서 폭풍이 윙윙 울어대고 있었다. 몇 아름이나 되는 굵직한 나무줄기들이 삐걱삐걱 소리를 냈다.
　갑자기 한 줄기 희미한 빛이 마구 뒤얽힌 덤불 사이로 비쳐 들어와 이리저리 흔들리다가 멎더니, 위로 훌쩍 날아올라 어떤 가지 위에 앉았다가는 다시 서둘러 떠났다. 그것은 어린아이들이 갖고 노는 공 크기만 한 빛나는 물체로, 훌쩍훌쩍 넓게 튀며 이따금 땅바닥에 닿는가 하면 다시금 공중을 향해 날았다. 하지만 그것은 공이 아니었다.
　그것은 도깨비불이었다. 그런데 그것이 지금 길을 잃어버린 것이다. 말하자면 그것은 길 잃은 도깨비불이었다. 하기야 이런 일이란 환상의 세계에서도 아주 드문 사건이다. 보통은 다른 사람들로 하여금 길을 잃어 버리도록 현혹시키는 것이 바로 도깨비불이기 때문이다.

둥근 불빛 안에서 몹시 활발하게 움직이는 작은 형체가 힘껏 튀며 달리는 게 보였다. 그것은 수컷도 암컷도 아니었다. 도깨비불에게는 그런 식의 구별이 없었다. 그것은 오른손에 든 조그만 흰 깃발을 등 뒤로 펄럭이며 다녔다. 마치 소식을 전하는 심부름꾼이거나 중재인처럼 보였다.

도깨비불은 어둠 속에서 넓은 간격으로 훌쩍 날아 튀면서도 나무등치에 부딪힐 위험이 없었다. 왜냐하면 도깨비불이란 모름지기 믿을 수 없으리만큼 민첩하고 날쌔서 뛰어오르면서도 방향을 바꿀 수 있기 때문이다. 그래서 톱니바퀴처럼 들쭉날쭉 움직이면서도 대체로 보면 일정한 방향으로 쭉 가고 있었다.

이윽고 그것은 어느 절벽 근처에 닿아 깜짝 놀라는 순간까지 내달렸다. 그러더니 나무 둥지에 나 있는 구멍 속에 앉아서 작은 손을 쓰다듬으며 한동안 생각에 잠겼다. 그러고는 다시 용기를 내어 조심조심 바위 모퉁이 저편을 엿보았다.

도깨비불 앞에는 숲의 빈터가 열려 있고, 그곳에는 종류와 크기가 전혀 다른 형체 셋이 모닥불 주위를 감싸고 앉아 있었다. 온몸이 잿빛 바위로 된 듯이 보이는 거대한 형체는 배를 깔고 엎드려 있었는데, 그 길이가 거의 3미터는 돼 보였다. 그 형체는 팔꿈치로 상체를 괴고 모닥불을 들여다 보고 있었다. 바람에 깎인 그의 얼굴은 우람한 어깨 위로 기묘하고 조그맣게 붙어 있었고, 한 줄의 강철로 된 끌 같은 이빨들이 툭 불거져 나와 있었다. 도깨비불은 그 형체가 식암종(바위를 먹는 물체)의 하나라는 것을 알아 보았다. 그것은 이 하울레 숲에서는 상상조차 할 수 없이 아득히 떨어진 어느 산 속에 있는 존재였는데―그 산 속에서 살 뿐만 아니라 그 산을 먹으며 살고 있었다—그들은 바위를 양분으로 섭취하며 산을 차츰차츰 먹어 치우고 있었다. 하지만 다행스럽게도 식욕이 적어서 맛있는 것을 한 입만 먹고도 몇 주일씩, 몇 달씩 버티었다. 또한 식암종들의 수는 별로 많지 않았고, 산은 엄청나게 컸다. 그래도 이 존재들은 벌써 오랫동안 그곳에 살았기 때문에—환상 세계 속에 있는 다른 대부분의 피조물보다 훨씬 나이가 많았다—세월이 흘러감에 따라 그 산은 아주 괴상한 모양이 되었다. 마치 구멍이 뻥뻥 뚫린 에멘탈 치즈를 연상케 했다. 그런 이유로 그 산을 '길이 난 산'이라고 부르는 모양이었다.

하지만 식암종들은 바위에서 영양만을 섭취하는 것이 아니었다. 자기들에게 필요한 모든 것을 바위에서 얻어 냈다. 가구, 모자, 구두, 연장, 심지어는 뻐꾸기시계까지. 그러니까 이 식암종 뒤에, 거대한 맷돌 모양의 바퀴가 둘 달린, 자전거 비슷한 것이 세워져 있다고 해도 하나도 이상스러울 일이 아니었다. 전체적으로 봐서 그것은 차라리 페달이 달린 증기롤러처럼 보였다.

모닥불 오른편에 앉아 있는 두 번째 형체는 조그만 밤의 요정이었다. 그것은 기껏해야 도깨비불의 두 배 정도 크기로, 털에 뒤덮인 새까만 포도 알이 두 발로 서 있는 듯한 모습이었다. 그리고 애기를 할 때 조그만 분홍빛 두 손을 수선스럽게 움직여 댔다. 새까만 털투성이 아래 얼굴이 있을 법한 자리에는 커다랗고 둥근 두 눈이 달처럼 빛나고 있었다.

환상의 세계 안에는 다채로운 모양과 크기의 밤요정들이 여기저기에 있었다. 그래서 여기 이 요정이 어디에서 왔는지를 얼른 알아볼 수가 없었다. 물론 그도 여행하는 중인 듯했다. 밤요정들이 타고 다니는 커다란 박쥐 한 마리가 접어놓은 우산처럼 머리를 날개 속에 처박고 그의 뒤쪽 나뭇가지에 걸려 있는 것을 보면 말이다.

모닥불 왼쪽에 있는 세 번째 형체를 도깨비불은 한참만에야 발견했다. 그 형체는 어찌나 쪼끄만지 꽤 떨어진 거리에서는 알아보기가 힘이 들었다. 그는 난쟁이족이었다. 너무나 섬세한 골격의 그 꼬마친구는 알록달록한 정장을 입고 빨간 실크 모자를 눌러 쓰고 있었다.

도깨비불은 난쟁이족에 관해서 거의 아는 바가 없었다. 언젠가 한번, 이 족속은 나뭇가지 위에 도시를 만들며, 아래위 집들을 층계와 그물사다리와 미끄럼으로 연결시킨다는 이야기를 들은 적이 있을 뿐이었다. 하지만 이 난쟁이들은 끝없는 환상 세계의 전혀 다른 부분에 살고 있었다. 식암종보다도 훨씬 더 먼 곳에. 더욱 놀라운 것은 난쟁이 뒤에 앉아 있는 달팽이였다. 그가 타고 온 달팽이의 장밋빛 집 위에서 조그만 은빛 안장이 빛나고 있었다. 또 그것의 촉수에 맨 고삐랑 굴레도 은실처럼 반짝였다.

이렇게 너무나 다른 세 족속들이 한곳에 사이좋게 모여 앉아 있는 것이 도깨비불에게는 이상하게 여겨졌다. 환상 세계에서는 결코 모든 족속들이 평화롭고 사이좋게 어울리며 살지 못하기 때문이다. 분쟁과 전쟁은 빈번히 일어났다. 선량한 족속들도 있었지만, 남의 것을 빼앗는 욕심 사나운 잔인한 족속들도 있었다. 실은 도깨비불 자신도 믿음과 신뢰로 따지자면 충분히 남들의 비난을 받을 만한 족속에 속했다.

한참 동안 모닥불에 비친 광경을 구경하고 난 뒤에야 비로소 도깨비불은 세 형체가 제각기 하얀 깃발을 갖고 있거나 흰 장식 띠를 가슴에 걸치고 있음을 알아챘다. 그러니까 그들 역시 심부름꾼이거나 중재인이었고, 그것은 물론 그들이 그토록 평화롭게 있는 데 대한 설명이 되었다.

그렇다면 결국 그들도 도깨비불 자신과 똑같은 용무로 여행하고 있단 말인가?

그들의 이야기 소리는 나뭇가지 사이로 몰아치는 바람소리에 지워져 멀리서는 알아들을 수가 없었다. 하지만 그들이 사절로서 서로 존중하는 것을 보아, 도깨비불도 사절임을 알아본다면 필시 해롭게 굴 것 같지는 않았다. 결국 누구에게든 길을 물어 봐야 했다. 숲 속에서, 그것도 한밤중에 이보다 더 좋은 기회는 없으리라. 그래서 도깨비불은 마음을 굳게 먹고 숨어 있던 장소에서 빠져 나와 흰 깃발을 흔들었고, 바들바들 떨면서 공중으로 날아올랐다.

바로 이쪽 방향으로 고개를 돌리던 식암종이 맨 먼저 알아보았다.

"오늘 밤에는 굉장히 붐비는군."

그는 걸걸한 목소리로 말했다.

"저기 또 한 친구가 오고 있어."

"아, 도깨비불인데!"

밤요정이 소곤거리며 달빛 같은 두 눈을 빛냈다.

"반갑군, 반가운 일이야!"

난쟁이가 일어서서 신참을 향해 몇 발짝 마중을 나오며 쫑알거렸다.

"내가 잘못 본 게 아니라면, 당신도 사절의 사명을 띠고 여기까지 오신 것이죠?"

"맞아요."

도깨비불이 말했다.

난쟁이는 빨간 실크 모자를 벗고 사뿐 절을 하며 쫑알거렸다.

"자, 가까이 오세요. 우리도 사절이랍니다. 이리로 앉으세요."

그는 맞이하는 몸짓으로 모닥불 주위 빈자리를 모자로 가리켰다.

"고맙습니다."

도깨비불은 쭈뼛쭈뼛 다가갔다.

"참 기분이 좋군요. 저를 소개하지요. 제 이름은 블룹이라고 합니다."

"반갑습니다. 저는 윅퀵이라고 부르세요."

난쟁이가 대답했다.

밤요정이 앉은 채로 절을 했다.

"저는 부슈부슐입니다."

식암종이 걸걸하게 말했다.

"반갑군. 내 이름은 페른라하차르크요."

셋 다 도깨비불을 바라보았고 그는 어쩔 줄 몰라 고개를 돌렸다. 도깨비불들은 원래 노골적으로 관찰당하는 것을 몹시 불편해한다.

"앉으시겠어요, 블룹 씨?"

난쟁이가 물었다.

"저는 지금 좀 바쁩니다. 단지 여기서 상아탑으로 가려면 어느 쪽으로 가야 하는지 여러분께 물어보려고 했어요."

블룹이 대답했다.

"저런! 어린 여왕에게 가시려는 건가요?"

밤요정이 소리를 냈다.

"예, 그래요. 여왕께 중대한 기별을 전해야 합니다."

도깨비불이 말했다.

"대체 어떤 기별인데?"

식암종이 거칠게 물었다.

"저……."

도깨비불은 우물쭈물하며 한동안 머뭇거렸다.

"그건 비밀입니다."

"원! 우리 셋도 모두 너랑 같은 사명을 띠고 있어."

밤요정 부슈부슐이 답답하다는 듯 말투를 바꿔 대답했다.

"우리는 친구야."

"아마 우리의 사명과 똑같을 거야."

난쟁이 웍킥이 말했다.

"앉아서 말해 봐!"

페른라하차르크도 쇳소리를 내며 말했다.

도깨비불은 그들 사이에 주저앉았다.

그는 잠시 생각한 뒤에 입을 열었다.

"내 고향은 여기서 아주 멀어. 너희 가운데 누가 그곳을 아는지 모르겠군. '진흙의 늪'이라는 곳인데."

"어머! 기막히게 아름다운 곳이야!"

밤요정이 열광하며 탄성을 질렀다.

도깨비불은 살포시 미소를 지었다.

"그래, 그렇지?"

"그게 전부야? 너는 왜 여행을 하고 있나, 블룹?"

페른라하차르크가 투덜거렸다.

"우리 진흙의 늪에서는……."

도깨비불은 더듬더듬 말했다.

"한 사건이 벌어졌어. ……이해할 수 없는 일이…… 말하자면 그 사건은 아직도 계속되고 있어…… 참, 설명하기가 어려워…… 그 일이 벌어진 건…… 그러니까 우리나라 동쪽에는 호수가 하나 있어…… 아니, 있었다고 하는 게 옳아…… 우리는 그 호수를 '끓어오르는 거품'이라고 불렀지. 그런데 어느 날 그 호수가 연기처럼 사라진 거야…… 그냥 사라져 버렸어, 알아듣겠니?"

"그거 완전히 말라 버렸다는 얘기야?"

웍킥이 물었다.

"아냐. 그렇다면 바로 그 자리에 말라 버린 호수자리가 남았겠지.

그런데 사정이 그렇지를 않아. 호수가 있던 자리에 아무것도 없는 거야. 말 그대로 아무것도…… 알겠니?”

도깨비불이 대답했다.

“구멍도?”

식암종이 물었다.

“없어. 구멍조차도. 구멍이라도 하나 있으면 뭐든 있는 걸 텐데, 거기엔 아무런 흔적조차 없어.”

도깨비불은 난감해하는 표정을 지었다.

다른 세 사절들은 서로 눈길을 주고받았다.

“아무것도 없다…… 그렇다면 그건 어떤 모양이지?”

밤요정이 물었다.

“바로 그 점이 설명하기 어려운 거야.”

도깨비불은 나직하게 잘라 말했다.

“도무지 아무것도 안 보이는 거야. 그건…… 그건 글쎄…… 아, 거기에 맞는 말이 하나도 없어!”

“그렇다면, 그 자리를 바라보면 장님이 되어 버린 것 같은……, 그런 거야?”

난쟁이가 끼어들었다.

도깨비불은 입을 딱 벌리고 그를 똑바로 쳐다보았다.

“그래, 딱 들어맞는 표현이야!”

그는 소리쳤다.

“하지만 어디서……, 내 말은 어떻게……, 너희도 이걸 알고 있니?”

“잠깐!”

식암종이 걸걸한 목소리로 가로막았다.

“그것이 한 군데만 그랬어? 말해 봐.”

“처음엔 그랬지.”

도깨비불이 설명했다.

“무슨 말이냐면 그 자리가 점차 커졌단 거야. 어떻게 된 건지 그 언저리가 점점 없어지는 거야. 그러니까 끓어오르는 거품……, 그 호수 속에서 자기네 족속끼리 떼를 지어 살던 태고의 두꺼비 움프도 갑자기 사라져 버렸어. 같이 살던 다른 친구들은 내빼기 시작했지. 그리고 그 호수, 끓어오르는 거품 안의 다른 장소에서도 같은 일이 벌어지기 시작했어. 그건 처음에는 아주 작았어. 뜸부기 알 크기 정도? 하지만 그런 자리들이 점점 넓어지는 거야. 어쩌다 그 속으로 발을 내디디면 그 발도 없어져. ……아니면 손이든…… 또는 그 밖의 무엇이든 그 안으로 들어선 것은 없어져. 하지만 그렇다고 아프지는 않아. 단지 그 일을 당한 사람의 한 부분이 갑자기 없어질 뿐이야. 심지어는 시험 삼아 그곳에 다가가 빠져 보는 사람들도 있었지. 그것은 도저히 맞설 수 없는 빨아들이는 힘이 있고, 그 지점이 크면 클수록 힘은 그만큼 더 강해져. 이 끔찍한 것의 정체가 무엇인지, 그것이 어디서 왔으며 거기에 맞서서 어떻게 해야 할지 아는 자가 아무도 없어. 그게 저절로 사라지길 바랐는데, 그러긴커녕 갈수록 점점 퍼져갈 뿐이야. 그래서 도움과 충고를 청하려고 어린 여왕에게 심부름꾼을 보내기로 의견을 모았지. 그 사절이 바로 나야.”

다른 친구들은 말없이 멍하니 앞을 쳐다보았다.

“이봐!”

얼마 뒤 호소하는 듯한 밤요정의 목소리가 들렸다.

“내 고향도 사정이 똑같아. 그리고 나도 똑같은 목적으로 길을 떠났어. 원 참!”

난쟁이는 도깨비불에게 얼굴을 돌렸다.

"우리는 모두가, 저마다 환상 세계의 다른 나라 출신이야. 정말 우연히도 여기서 만났어. 하지만 모두가 똑같은 사명을 띠고 어린 여왕에게 가는 길이야."

"그리고 그건, 모든 환상 세계가 위험에 빠져 있다는 얘기야."

식암종이 웅얼거렸다.

도깨비불은 몹시 놀라서 다른 친구들을 번갈아 바라보았다.

"그렇다면, 우리는 한시도 지체하면 안 돼!"

그는 외치며 벌떡 일어났다.

"안 그래도 지금 막 떠나려던 참이었어."

난쟁이가 설명했다.

"다만 이곳 하울레 숲 속의 꿰뚫을 수 없는 어둠 때문에 잠시 쉬었던 거야. 하지만 이젠 네가 있으니까. 블룹, 우리에게 빛을 밝혀 줄 수 있겠지?"

"어림없어! 어떻게 달팽이를 타고 가는 자를 기다리란 말이야. 미안해!"

도깨비불은 외쳤다.

그러자 난쟁이는 약간 언짢아져서 말했다.

"그러지 마, 이건 달리는 달팽이야!"

이번엔 밤요정이 소곤거렸다.

"그렇다면 우리는 너에게 올바른 길을 일러 주지 않을 거야!"

"너희 대체 누구에게 얘기하는 거지?"

식암종이 물었다.

과연 도깨비불은 다른 심부름꾼들의 말이 미처 끝나기도 전에 어느새 훌쩍훌쩍 뛰어 숲 가운데로 가고 있었다.

“할 수 없지. 사실 뭐 도깨비불이 길 안내용 불빛으로는 그다지 적합하지 않았을 거야.”

난쟁이 윅퀵은 이렇게 말하며 빨간 실크 모자를 뒤로 젖혔다. 그러고는 달리는 달팽이의 안장에 폴짝 뛰어 올라탔다.

“아무튼 나에게도 그 편이 좋겠어.”

밤요정은 결심한 듯 말하며 조그만 소리로 “워이!” 하고 박쥐를 불렀다.

“우리가 제각기 자기 힘으로 가는 게 말이지. 난 날아가겠어!”

그러고는 ‘휙!’ 떠나갔다.

식암종은 넓적한 손으로 몇 번 툭툭 쳐서 쉽게 모닥불을 껐다.

“나도 그 편이 좋겠어. 어쩌다 무슨 쪼끄만 생물을 밟아 으깨지나 않을까 신경을 곤두세울 필요가 없으니까.”

그가 어둠 속에서 투덜거리는 소리가 들렸다.

뒤이어 그가 거대한 바위자전거에 올라탔다. 철컥철컥 쾅쾅 숲 속으로 달려 들어가는 소리가 울려 퍼졌다. 이따금 거대한 나무에 둔중하게 부딪쳐서 그르렁거리는 소리가 들려왔다. 점차 그 요란스러운 소리도 어둠 속으로 사라졌다.

난쟁이 윅퀵만 달랑 남겨졌다. 그는 가느다란 은실로 된 고삐를 움켜잡고는 말했다.

“그래, 누가 먼저 도착하나 보자고. 워이, 친구야, 가자!”

그는 혀를 끌끌 찼다.

곧 하울레 숲에서는 나무둥치 사이를 쏴쏴 불어치는 폭풍 소리밖에 아무런 소리도 들리지 않게 되었다.

근처에 있는 탑 위의 시계가 아홉 시를 알렸다.

바스티안의 생각은 마지못해 다시 현실로 되돌아왔다. 이 끝없는 이야기가 현실과는 동떨어졌다는 것이 바스티안은 기뻤다.

불평에 차서 헐뜯는 투로 쓰인 지극히 일상적인 사람들의, 지극히 일상적인 생활에서 일어난, 지극히 일상적인 이야기가 벌어지는 책들을 소년은 좋아하지 않았다. 그런 건 현실 속에서도 지겹도록 겪고 있는데 무엇 때문에 이런 이야기를 또 읽어야 하는가? 뿐만 아니라 교묘한 방법으로 자기를 설득시키려고 드는 것도 소년은 아주 싫어했다. 그런데 그런 종류의 책들이란 대개 정도의 차이는 있을망정 다분히 뭔가를 설득시키려고 들었다.

바스티안은 아슬아슬한 모험이 있고, 읽으면서 꿈을 꿀 수 있고, 재미있는 책들을 사랑했다. 꾸며낸 인물들이 모험을 하는, 그 속의 온갖 것들을 상상해 낼 수 있는 그런 책들을.

왜냐하면 소년은 그럴 수가 있었으니까. 어쩌면 그것은 소년이 진실로 지닌 단 한 가지 능력이었다. 마치 자기가 실제로 보고 들은 양 또렷하게 뭔가를 상상하는 것 말이다. 바스티안은 자기가 만든 이야기를 자신에게 들려 줄 때면 곧잘 주변의 모든 것을 완전히 잊어 버렸고, 나중에서야 꿈에서 깨어나듯 정신을 차리곤 했다. 그런데 바로 이 책이야말로 소년 자신이 만들어 내던 이야기와 꼭 같은 종류의 것이었다! 읽는 내내 소년에겐 굵직한 나무둥치의 삐걱거리는 소리와, 나무 우듬지에서 윙윙거리는 바람 소리와, 괴상한 심부름꾼 네 명의 제각기 다른 목소리들이 들려왔다. 그뿐만이 아니었다. 숲의 흙과 이끼의 냄새까지도 소년의 코에 스며드는 듯한 느낌이었다.

아래층 교실에서는 꽃받침과 꽃술에 대해 이야기하는 자연시간이 곧 시작될 것이다. 바스티안은 건물 꼭대기 아무도 모르는 장소에 숨어 앉아 책을 읽을 수 있다는 게 기뻤다. 이 책이야말로 자기에게 딱 맞는 책이라는 생각이 들었다. 그야말로 딱 맞는 책이었다.

　일주일 뒤, 작은 밤요정 부슈부슐이 목적지에 맨 처음으로 닿았다. 아니, 그보다는 공중을 가로질러 달려왔으므로 자기야말로 일착일 것이라고 스스로 확신했다.

　해가 질 무렵이었다. 저녁 하늘의 구름이 흘러 다니는 황금처럼 보였다. 그때 그는 자기가 탄 박쥐가 어느새 '미로' 위를 날고 있다는 사실을 알아차렸다. 어지러운 꽃향기와 꿈같은 빛깔로 가득 찬, 이를 데 없이 큰 꽃밭—지평선에서 지평선까지 뻗어 있는 넓은 평원을 '미로'라고 불렀다. 야릇하고 희귀한 꽃들이 흩어져 피어 있는 꽃밭과 초원, 나무 울타리, 덤불 사이로 난 큰길과 좁은 오솔길이 너무나 기묘하게 여러 갈래로 나 있어서 그 전체가 굉장히 넓은 미로를 이루고 있었다. 물론 이 미로는 오로지 기쁨을 위한 것일 뿐, 누구를 위험에 몰아넣거나 침입자를 막기 위해서 만들어진 것은 아니었다. 그러기에는 이 미로가 적합하지 않았고, 어린 여왕 또한 결코 그런 보호를 필요로 하지 않았다. 국경이 없는 환상 세계에는 굳이 막아야 할 적이 없었다. 거기에는 이유가 있는데, 그 이유는 이제 곧 알게 될 것이다.

　작은 밤요정은 박쥐를 타고 소리 없이 이 꽃의 '미로' 위를 날면서 온갖 신기한 동물을 구경했다. 라일락과 노란 등꽃 사이의 작은 빈터에서는 한 떼의 어린 다람쥐들이 저녁 놀 아래에서 놀고 있었고, 거대한 푸른 풍령초 밑에서는 저 유명한 불사조가 둥지를 틀고 있는 것을 본 듯한 느낌이 들었다. 그것은 확실치 않았지만 그렇다고 되돌아가 다시 살펴볼 생각은 없었다. 시간을 헛되이 쓰고 싶지 않았기 때문이다. 어느새 그의 앞에는 미로의 한가운데서 신비로운 흰 빛이 싸여 광채를 발하는 상아탑이, 어린 여왕이 사는 환상 세계의 심장이 솟아올라 있었다.

이곳을 본 적이 없는 사람에게는 '탑'이라는 말이 교회나 성의 탑 같은 잘못된 상상을 불러일으킬는지도 모른다. 상아탑은 그런 정도가 아니라 하나의 도시만 한 크기였다. 멀리서 보면 그것은 달팽이처럼 안쪽으로 나선형을 이루고 있는데, 그 꼭대기는 구름을 뚫고 우뚝 선 뾰족한 원뿔 모양의 거대한 산처럼 보였다. 가까이 가서야 이 거대한 원뿔이 헤아릴 수 없이 많은 크고 작은 탑, 둥근 지붕과 낮은 지붕들, 밖으로 튀어나온 창, 테라스, 아치형 문, 층계와 난간들이 뒤얽혀 아래위로 쌓여 짜맞추어진 것임을 알아볼 수 있었다. 그 모든 것이 희디흰 환상적인 상아탑을 엮고 있었고, 그 하나하나가 너무나 값지게 조각되어 있어서 이를 데 없이 정교하게 깎인 격자처럼 여겨졌다.

이 모든 집 안에는 어린 여왕을 둘러싼 하인들이 살고 있었다. 바로 시종과 하녀들, 점쟁이와 점성가, 마술사와 광대, 사절들, 요리사, 곡예사와 줄타기꾼, 이야기꾼, 전령, 정원사, 문지기, 재단사, 제화공과 연금술사 등이었다. 그리고 가장 높은 곳, 거대한 탑 맨 꼭대기에 있는 하얀 목련 꽃봉오리 모양의 정자 안에 어린 여왕이 살고 있었다. 별이 빛나는 하늘에 보름달이 유난히 환하게 떠 있는 밤이면 상아빛 꽃잎이 활짝 열려 찬란한 꽃처럼 피어 났고, 그 한가운데 앉은 어린 여왕이 보이곤 했다.

작은 밤요정은 박쥐를 타고 동물 우리가 있는 낮은 지대의 테라스에 내려앉았다. 누군가 그의 도착을 알린 모양이었다. 어느새 다섯 명의 왕실 동물사육사가 기다렸다는 듯이 그가 안장에서 내리는 걸 도와주며 인사를 하고는, 예의를 갖춘 환영의 술잔을 말없이 내밀었다. 부슈부슐은 예의를 지키느라 상아 잔에 살짝 입술을 대고는 되돌려 주었다. 사육사들도 제각기 한 모금씩 마시고는 절을 하고 아무 소리 없이 박쥐를 우리로 끌고 갔다.

기진맥진한 박쥐는 자기에게 마련된 자리에 닿자마자, 음식은 건드리지도 않은 채 이내 몸을 잔뜩 움츠리고 머리를 거꾸로 처박고는 깊은 잠에 빠졌다. 박쥐에게 작은 밤요정의 여행길은 좀 무리였던 것이다. 사육사들은 박쥐를 가만히 내버려 두고 발끝으로 물러나왔다.

이야기가 나온 김에 말이지만, 이 우리 안에는 탈 수 있는 다양한 짐승들이 있었다. 분홍 코끼리 한 마리와 푸른 코끼리 한 마리, 독수리 머리에 사자의 몸을 한 커다란 콘돌 한 마리, 일찍이 환상 세계의 바깥에까지 그 이름이 널리 알려진 적이 있으나 지금은 잊혀진 날개 돋친 흰 말 한 마리, 나는 개 몇 마리, 그리고 또 다른 박쥐 몇 마리, 심지어는 특별히 작은 이들이 타고 다니는 잠자리들과 나비들도 있었다. 그 밖에 다른 우리에는 나는 것이 아니라, 달리거나 기고 뛰거나 헤엄치는 다른 종류의 동물들이 대기하고 있었고, 그들에 맞게 보호하고 지켜 주는 특별한 사육사들이 딸려 있었다.

보통 때 같으면 이곳은 온갖 뒤섞인 소리의 혼란으로 엄청나게 들끓게 마련이다. 고함치듯 짖어대는 소리, 찢어지듯 울어대는 소리, 피리 같은 소리, 삐악대는 소리, 꽥꽥거리는 소리, 지저귀는 소리가……. 하지만 지금은 깊은 정적으로 가라앉아 있었다.

작은 밤요정은 사육사들이 떠난 그 자리에 멍하니 서 있었다. 갑작스레 왠지 참담한 기분이 들고 용기가 없어진 것이다. 그는 길고 긴 여행으로 지친 상태였다. 자신이 선두로 도착했다는 사실조차도 기분을 유쾌하게 만들지는 못했다.

"여보시오."

어디선가 종알거리는 작은 목소리가 들렸다.

"우리의 친구 부슈부슐이 아니시오? 드디어 당신도 도착했으니 정말 다행이구료."

밤요정은 주위를 두리번거리다가 깜짝 놀라 달빛 두 눈을 휘둥그렇게 떴다. 난쟁이 윅퀵이 난간 위의 상아로 된 화분에 엉성하게 기대어 서서 빨간 실크 모자를 흔들고 있지 않은가!

"이런!"

밤요정은 어쩔 줄 몰라 소리를 지르고는 또다시 한 번 소리쳤다.

"이런!"

뭔가 신통한 말이 떠오르지 않아서였다.

"다른 두 친구는 아직 도착하지 않았어. 나는 어제 아침에 왔지."

난쟁이가 설명했다.

"이런! …… 어떻게 그럴 수 있었지?"

밤요정이 물었다.

"이것 봐. 나에겐 달리는 달팽이가 있다고 말했잖아."

난쟁이는 약간 으스대면서 미소를 띠고 말했다.

밤요정은 조그만 분홍빛 손을 들어 머리에 난 새까만 털 덤불을 긁적거렸다.

"당장 어린 여왕에게 가야겠어."

밤요정은 울상을 짓고 말했다.

난쟁이는 생각에 잠겨 그를 바라보았다.

"이봐, 나는 벌써 어제 신청을 마쳤어."

난쟁이가 소리를 냈다.

"신청이라니? 그럼 당장 여왕을 만나볼 수가 없단 말이야?"

밤요정이 물었다.

"그럴 수 없는 것 같아."

난쟁이가 쫑알거렸다.

"오래 기다려야 해. 여기엔…… 어떻게 말해야 할까…… 엄청나게 많은 심부름꾼들이 몰려와 있거든."

"저런. 어쩌지?"

밤요정이 울부짖었다.

"가장 좋은 건 네가 직접 둘러보는 거야. 이리 와 봐, 부슈부슐!"

난쟁이가 말했다.

둘은 같이 나섰다.

상아탑을 빙빙 돌며 나선형으로 뾰족해지는 위를 향해 자리 잡은 중심가는 빽빽하게 밀집한 이상야릇한 형상들로 가득 차 있었다. 터번을 뒤집어쓴 거대한 회교의 마녀들, 쪼그맣고 간사스러운 마녀들, 머리가 셋 달린 요괴들, 수염 난 난쟁이들, 빛을 내뿜는 운명의 여신들, 산양의 다리를 한 목신들, 금빛 털로 뒤덮인 마녀들, 번쩍거리는 눈의 정령들…… 이루 헤아릴 수 없이 수많은 종류의 생물들이 거리를 오르락내리락거리며, 떼 지어 서서 소리를 죽여 말하거나, 말없이 땅바닥에 웅크리고 앉아 우울하게 멍한 시선을 던지고 있었다.

부슈부슐은 그들을 보고 그 자리에 우뚝 멈추어 섰다.

"저런!"

그는 말했다.

"대체 무슨 일이 벌어진 거지? 대체 모두 여기서 뭘 하는 거지?"

"모두가 심부름꾼이야."

뷕퓕은 소곤거렸다.

"환상 세계의 각 지역에서 온 사절들이지. 그리고 모두 우리와 똑같은 사명을 갖고 있어. 저들 가운데 여럿과 벌써 얘기를 해 보았거든. 모든 곳에서 똑같은 위험이 벌어진 것 같아."

밤요정은 긴 한숨을 토했다.

"그렇다면 대체 그게 무엇인지, 어째서 그런 일이 생긴 건지 알고는 있나?"

그는 물었다.

"그렇지 않은 것 같아. 아무도 그걸 설명하지 못하더군."

"어린 여왕도?"

"어린 여왕은……."

난쟁이는 소리를 죽여 말했다.

"많이 아파. 아주 심한 중병이라는군. 어쩜 이것이 모든 환상 세계에 닥친 알 수 없는 불행의 근원인지도 몰라. 하지만 저 위쪽, 목련 정자의 궁정 지역 안에 모여 있는 수많은 의사들도 여왕이 무슨 병을 앓고 있는지, 어떻게 그 병을 낫게 하는지 지금껏 알아 내지 못하고 있대. 아무도 치료방법을 모른다는군."

"저런, 정말 큰일이군."

밤요정은 중얼거리듯 말했다.

"그래. 정말이야."

난쟁이가 대답했다.

부슈부술은 어린 여왕과의 면담 신청을 당장은 포기하기로 했다.

그리고 이틀 뒤 도깨비불 블룹이 도착했다. 그는 방향을 잘못 잡아 한참 돌아서 온 것이다.

그리고 마침내—사흘이 더 지난 뒤에—식암종 페른라하차르크도 도착했다. 그는 걸어서 찾아왔는데, 갑자기 참을 수 없을 만치 배가 고파져서 바위로 만든 자신의 자전거를 먹어치웠기 때문이었다. 이를테면 여행용 양식으로 말이다.

오래 기다리는 동안 이 너무나 다른 네 사절들은 꽤나 친해졌고 나중에까지도 함께 다녔다.

하지만 그것은 또 다른 이야기이므로 다음 기회에 말하기로 하겠다.

아트레유를 불러내다

환상 세계 전체의 행복과 불행에 대한 중대한 회의는 언제나 상아탑의 커다란 알현실에서 열렸다.

지금 이 원형의 넓은 방 안은 나직하게 이야기하는 웅성거림으로 꽉 차 있다. 환상 세계 전역에서 가장 훌륭한 의사 499명이 여기에 모여, 크고 작은 무리를 지어 소곤거리거나 귀엣말을 주고받았기 때문이다. 그들 모두가 제각기 어린 여왕을 왕진했고—어떤 이들은 오래 전에, 어떤 이들은 최근에—제각기 자기의 의술로 여왕을 낫게 하려고 애썼다. 하지만 어느 누구도 뜻을 이루지 못했다. 아무도 여왕의 병과 그 원인을 밝혀내지 못했으며, 아무도 고칠 방법을 알지 못했다. 그런데 환상 세계의 모든 의사 가운데 가장 유명한 오백 번째 의사, 어떠한 약초나 마술, 자연의 비밀에도 훤하다고 소문이 자자한 그 의사가 지금 벌써 몇 시간째 환자를 보고 있었다. 그래서 모두 잔뜩 긴장한 채 그의 진찰 결과를 기다리고 있는 것이었다.

이런 모임을 인간 세계의 의사들 회의쯤으로 상상해서는 안 된다. 물론 환상 세계에는 겉모습으로 봐서 어느 정도 사람과 닮은 숱한 존재들이 있긴 했지만, 그에 못지않게 동물이나 애당초 전혀 다른 족속의 생물들과 닮은 존재들이 많았다. 바깥에서 붐벼대는 사절들의 무리가 각양각색이듯이 여기 알현실에 모인 손님들도 갖가지였다. 새하얀 수염에 곱사등을 한 난쟁이 의사들이 있는가 하면, 은빛이 도는 하늘색 옷에 번쩍이는 별을 머리에 단 운명의 여신들도 있었고, 배가 퉁퉁하고 손과 발에 비늘이 돋아난 바다 신들도 있었다—그들을 위해서 물이 담긴 의자 식의 욕조가 설치되었다—뿐만 아니라 알현실의 한가운데 긴 책상 위에는 하얀 뱀들이 꾸불꾸불 모여 있었고, 꿀벌요정이 있는가 하면 심지어는 도무지 건강을 돕거나 호의를 가진 존재로는 여겨지지 않는 마귀들과 흡혈귀, 유령들까지 와 있었다.

이런 존재들까지 와 있는 이유를 이해하기 위해서는 꼭 알아야 할 사실이 있다.

사실 어린 여왕은—그 이름이 말해 주듯이—경계 없는 환상 세계의 무수한 모든 나라들을 다스리는 지배자이긴 했지만, 실제로는 지배자 이상의 존재였다. 달리 말해서 여왕은 전혀 색다른 존재였다.

지배라는 말은 여왕에게 맞지 않았다. 그녀는 결코 폭력을 쓰거나 권력을 사용한 적이 없었다. 아무런 명령도 내린 적이 없고, 아무도 심판하지 않고, 결코 공격한 적도 없고, 어떤 공격자에 맞설 필요도 없었다. 그 어느 누구도 여왕에게 반항하거나 그녀를 해치고자 하는 생각이 떠오르지 않았던 것이다. 여왕 앞에서는 모두가 똑같이 대우받았다.

여왕은 그냥 거기 있을 뿐이었으나 아주 특별하게 여겨졌다. 그녀는 환상 세계 모든 삶의 중심이었다.

그리고 모든 생물은—선하거나 악하거나, 아름답거나 추하거나, 유쾌하거나 진지하거나, 어리석거나 현명하거나—모두가 여왕이 있기 때문에 존재했다. 심장이 없으면 인간의 육체가 존속할 수 없듯이 여왕 없이는 아무것도 존재할 수가 없었다.

어느 누구도 여왕의 신비를 완전히 파악할 수는 없었지만 그런 신비가 있음은 누구나 알았다. 그래서 여왕은 이 세계의 모든 생명체에게 하나같이 존경을 받았고, 모두가 하나같이 여왕의 생명을 걱정하고 있었다. 여왕의 죽음은 동시에 그들 모두의 끝이며, 끝없는 환상 세계의 멸망이 될 터였다.

바스티안의 생각은 현실로 돌아왔다.

소년은 문득 엄마가 수술을 받은 병원의 긴 복도를 눈앞에 떠올렸다. 그때 아빠와 함께 수술실 앞에서 여러 시간을 앉아 기다렸었다. 의사와 간호원들이 왔다 갔다 했다. 엄마가 어떠냐고 아빠가 물을 때마다 그들은 번번이 대답을 회피했다. 엄마의 상태가 어떤지 정확하게 아는 사람은 그들 가운데 아무도 없는 것 같았다. 그러고는 마침내 흰 가운 차림의 대머리 남자가 지치고 슬픈 표정으로 다가왔다. 그는 소년과 아빠에게, 모든 노력이 헛수고가 되었으며 자신도 가슴이 아프다고 말했다. 남자는 소년과 그의 아빠의 손을 잡고는 "진심으로 애도를." 하고 중얼거렸다.

그 뒤로 아빠와 바스티안 사이의 모든 것이 변했다.

겉으로는 달라진 것이 없었다. 바스티안은 원하기만 하면 뭐든 가질 수 있었다. 그는 세발자전거를 비롯해 전기 기차, 수많은 비타민 정제, 쉰두 권의 책, 황금으로 된 생쥐, 열대어가 든 어항, 사진기, 특허를 받은 주머니칼 여섯 개 등 온갖 것을 갖고 있었다. 하지만 근본적으로 그 모든 것은 소년과 상관없는 것이었다.

바스티안은 옛날에는 아빠가 곧잘 자기랑 장난치길 좋아했다는 걸 기억했다. 때로는 이야기를 들려주었고 책을 읽어 주기도 했었다. 그러나 그날 이후로 모든 건 사라졌다. 소년은 아빠와 말을 할 수가 없었다. 아빠 언저리에 아무도 뚫고 들어갈 수 없는, 눈에 보이지 않는 장막이 내려진 느낌이었다. 아빠는 바스티안을 야단치지도 칭찬하지도 않았다. 바스티안이 낙제를 했을 때조차도 아빠는 아무 말이 없었다. 아빠는 늘 그렇듯 멍하고 걱정스러운 눈길로 소년을 바라보았을 뿐이었고, 바스티안은 그런 아빠의 눈길에 자신의 자리가 없다는 느낌을 받았다. 바스티안은 대체로 아빠에 대해 이런 느낌을 받았다. 저녁때 그들이 텔레비전 앞에 같이 앉아 있을 때면, 바스티안은 아빠가 아무것도 바라보지 않고 자신만의 생각에 빠져 바스티안으로서는 도저히 따라갈 수 없는 먼 곳에 가 있음을 깨닫곤 했다. 둘이 함께 책을 들고 있을 때에도, 아빠가 책을 전혀 읽고 있지 않다는 것을 바스티안은 알았다. 아빠는 몇 시간이고 똑같은 페이지를 바라보며 책장을 넘기지 않았던 것이다.

바스티안은 아빠의 슬픔을 알고 있었다. 소년 자신도 그 당시는 수많은 밤을 울며 새웠다. 너무나 심하게 울어서 흐느낌에 못 이겨 여러 번 구토를 했을 지경으로…… 하지만 그것은 차츰 식어 버렸다. 어쨌든 소년은 여전히 살아 있을 것이다. 왜 아빠는 자기와 엄마에 관해, 중요한 일에 관해 얘기하지 않을까? 왜 오로지 당장 급하게 필요한 것에 관해서만 얘기하는 걸까?

"여왕의 병이 대체 어디서 온 건지 알 수 있다면 좋겠군요."

빨간 불꽃 수염이 난 키다리에 말라깽이인 불의 정령이 말했다.

"열도 없고 붓지도 않고 발진도 없고 염증도 없어요. 마치 여왕께선 불길처럼 꺼져간단 말이에요. 도무지 이유를 모르겠군요."

그의 말 한마디 한마디가 끝날 때마다 입에서 작은 연기가 솟아올라 어떤 모형을 이루었다. 이번에는 물음표를 만들어 냈다.

커다란 감자에 엇비슷하게 새까만 깃을 몇 개 꽂아 놓은 모양으로 털이 빠진 늙은 까마귀—그는 감기 전문가였다—가 꽉꽉거리며 대답했다.

"여왕은 기침도 하지 않고 콧물도 흘리지 않아요. 의학적으로는 도대체 병이랄 수 없습니다."

그는 부리 위에 얹힌 커다란 안경을 추켜올리고는 둘러서 있는 존재들을 재촉하듯이 쳐다보았다.

"어쨌든 제가 보기에 한 가지만은 분명합니다."

한 뿔풍뎅이가 붕붕거렸다.

"여왕의 병환과 모든 환상 세계의 사절들이 알려 온 기이한 사건들 사이엔 불가사의한 관계가 있다는 겁니다."

"아, 당신은 언제나 도처에서 불가사의한 관계를 보시는군요!"

먹물오징어가 비아냥대는 투로 끼어들었다.

"그런 당신은 당신의 먹통 밖의 일은 한 치 앞도 내다보질 못하시는군요!"

뿔풍뎅이는 화를 내며 붕붕거렸다.

"아니, 친구들!"

기다란 흰 상자 속에 박혀 있던, 뺨이 쑥 들어간 요괴가 나섰다.

"쓸데없는 개인적 논쟁에 빠져들지 맙시다. 그리고 무엇보다도……목소리를 좀 낮추시오!"

이와 비슷한 대화가 커다란 알현실 여기저기에서 쏟아져 나왔다. 이렇게 제각기 다른 존재들이 도대체 서로 대화가 통하다니, 이상스럽게 여겨질는지도 모른다. 그러나 환상 세계에서는 모든 존재들이 최소한 두 개의 언어를 말할 수 있었다. 동물들까지도 말이다. 첫째는 자기와 같은 족속끼리만 쓰고 다른 족속은 못 알아듣는 고유한 언어이고, 둘째는 표준 환상어, 또는 위대한 언어라고 불리는 일반어이다. 더러는 이 표준 환상어를 그 나름의 특유한 방식으로 사용하긴 했지만 누구나 알아들을 수는 있었다.

갑자기 알현실 안이 쥐죽은 듯한 정적에 싸였다. 모두의 눈길이 지금 열리고 있는 커다란 날개 문에 모아졌다. 가장 유명하고 전설적인 의술의 대가, 카이론이 들어섰다.

그는 고대에는 켄타우르(그리스 신화에 나오는 반은 사람 반은 말인 존재. 그중 카이론은 의술, 수렵, 음악의 대가로 그리스 영웅들의 스승으로 알려져 있다)라고 불렸던 존재였다. 허리까지는 인간의 형상이고 허리 아래는 말의 몸뚱이인 그는 까마득히 먼 남쪽 나라 출신이었다. 그래서 사람인 부분은 흑단처럼 새까맸는데, 머리와 수염만은 꼬불꼬불하고 새하얬으며, 말의 부분인 엉덩이는 얼룩말처럼 줄무늬가 져 있었다. 그의 목에 걸린 사슬에는 커다란 황금의 부적이 달려 있었다. 하나는 밝고 다른 하나는 어두운 뱀 두 마리가 서로 꼬리를 물어, 그 이어진 몸이 타원을 이루고 있는 모양이었다.

바스티안은 섬뜩해져 읽기를 멈추었다. 소년은 책을 덮고—조심스럽게 책장 사이에 손가락을 꽂은 채—다시 자세히 표지를 들여다보았다. 서로 꼬리를 물어 타원을 이루고 있는 뱀 두 마리가 그려져 있지 않은가! 이 야릇한 부호는 대체 무엇을 뜻하는 것일까?

환상 세계의 모든 존재는 이 원형 부적의 의미를 알고 있었다. 바로, 그것을 지닌 자는 어린 여왕의 위임자로서 여왕의 자리에 있는 것처럼 행동할 수 있다는 부호였다.

그것이 어떤 힘인지 정확히 아는 자는 없었지만, 그것을 지닌 자에게는 신비스러운 힘이 부여된다고들 했다. '아우린', 그 이름은 누구나가 알고 있었다.

하지만 그 이름을 입 밖에 내기를 두려워해 많은 존재들이 그것을 '보물'이라든가 '목걸이' 또는 그저 단순히 '광채'라고 불렀다.

그러니까 이 책도 어린 여왕의 부호를 지니고 있는 것이었다.

알현실에 갑자기 웅성거림이 쫙 퍼지며 몇 가닥 탄성이 들렸다. 누군가가 이 장식을 위탁받은 일은 오랫동안 없었기 때문이다.

카이론은 웅성거림이 가라앉을 때까지 발굽을 몇 번 탕탕 구르고는 그윽한 목소리로 말했다.

"친구들이여, 너무 놀라지 마시오. 본인은 이 아우린을 아주 잠시 동안만 걸고 있을 겁니다. 저는 전달자일 뿐입니다. 곧 이 '광채'를 보다 훌륭한 분에게 전달할 것입니다."

숨죽인 정적이 홀 안에 퍼졌다.

"본인은 우리의 패배를 그럴 듯한 말로 얼버무릴 생각은 없습니다."

카이론은 말을 계속했다.

"우리 모두는 어린 여왕의 병환에 손도 쓰지 못하고 있습니다. 이 병환이 깊어짐과 더불어 환상 세계가 파괴되어 감을 알 뿐입니다. 그 이상은 모르지요. 여왕을 구출할 수 있는 것이 의사의 기술인지 무엇인지 조차도 모르고 있습니다. 하지만 어쩌면―본인이 솔직히 말한다 해도 여러분 가운데 한 분이라도 모욕을 느끼시지 않기를 바랍니다—우리가, 여기 모여 있는 우리가 모든 지식, 모든 지혜를 갖고 있지 못할수도 있습니다. 이 끝없는 환상 세계 어딘가에, 우리보다 더욱 현명하여 우리에게 도움과 충고를 줄 수 있는 존재가 있었으면 하는 것이 본인의 마지막 유일한 희망입니다. 하지만 그것 또한 알 수 없는 일이지요. 구원의 가능성이 어디에 있든 간에 한 가지만은 확실합니다. 이 가능성을 찾는 데에는 길잡이가 한 명 필요하다는 겁니다. 길이 없는 곳에서 길을 찾아 어떠한 위험, 어떠한 괴로움 앞에서도 물러나지 않는사람, 한마디로 영웅이 필요하다는 겁니다. 그런데 어린 여왕께서는 본인에게 이 영웅을 지명해 주고, 그에게 여왕 자신과 우리 모두의 운명을 맡기라 하셨습니다. 그분의 이름은 아트레유라고 합니다. 은의 산맥뒤쪽, 초원의 바다에 살고 있지요. 그분에게 본인은 이 아우린을 전달하고 위대한 원정을 떠나도록 할 것입니다. 이제 여러분도 모든 사정을아셨겠지요."

이 말과 함께 늙은 켄타우로스는 쾅쾅거리면 홀을 나갔다.

남은 이들은 어리둥절해져서 서로를 마주보았다.

"그 영웅의 이름이 무엇이었지요?"

어떤 이가 물었다.

"아트레유라든가 그 비슷한 이름이었어요."

다른 이가 대답했다.

"처음 들어 보는 이름이야!"

또 다른 이가 말했다. 그리고 의사 499명은 하나같이 걱정스럽게 고개를 설레설레 내저었다.

탑시계가 열 시를 알렸다. 시간이 어찌나 빨리 흘러갔는지 바스티안은 의아스럽게 여겨졌다. 수업시간 중에는 한 시간 한 시간이 아주 오래고 끝없는 시간처럼 여겨지는 게 보통이었는데 말이다. 아래층 교실에서는 이제 드뢴 선생의 역사 시간이 시작될 것이다. 드뢴 선생님은 전쟁이 일어난 연대며 어떤 사람이 태어난 해와 통치시대를 외고 있지 못하다는 이유로 특히 바스티안에게 무안을 잘 주는, 좀 신경질적인 말라깽이 선생이었다.

은의 산맥 너머에 있는 초원의 바다는 꽤 오랜 시일이 걸려야 닿을 만큼 상아탑에서 멀리 떨어져 있었다. 그것은 바다만큼이나 평평하고 넓은 대초원이었다. 윤기 있는 풀들이 사람 키만큼 높이 자라 있어, 그 위로 바람이 스쳐 지나가면 평원은 넓은 바다처럼 파도치며 바닷물과 같은 소리를 냈다.

여기에 살고 있는 주민은 '풀 사람' 또는 '녹인종'이라고 불렸다. 그들의 머리칼은 짙은 남빛이었으며, 남자들도 머리칼을 길게 길러 흔히 다발로 땋아 내렸다. 살갗은 올리브처럼 약간 갈색을 띤 짙은 초록빛이었다. 그들은 지극히 강인하면서 소박한 삶을 살았다. 어린이들은 소년 소녀 할 것 없이 용맹과 관용과 긍지를 배우며 자라났다. 또한 더위와 추위, 엄청난 자기 욕망의 억제를 배워야만 했고, 용기를 증명해 보여야만 했다. 사냥꾼 종족인 녹인종에게는 반드시 필요한 일이었다. 그들은 모든 생활필수품을 거친 섬유질의 목초에서 뽑아내거나, 초원의 바다 위에서 엄청난 규모로 떼 지어 사는 자줏빛 물소에게서 얻어냈다.

이 자줏빛 물소는 보통 황소나 암소의 거의 갑절만 한 크기로, 긴 털은 비단처럼 윤이 났고, 억센 뿔은 칼날처럼 끝이 날카롭고 단단했다. 이들은 대체로 온순했다. 하지만 위험의 낌새를 느끼거나 공격을 받는다고 느껴지면, 자연의 폭력처럼 무시무시해졌다. 녹인종 이외에는 누구라도 감히 이 짐승들을 겨누어 사냥할 엄두를 못 냈으리라. 게다가 이들 녹인종들은 단지 활과 화살만으로 사냥을 했다. 짐승 쪽이 아니라 사냥꾼 편이 생명을 바치게 되는 경우가 허다했지만 그들은 기사다운 투쟁을 사랑했다. 녹인종들은 이 자줏빛 물소를 사랑하고 존중했으며, 그들을 죽일 권리는 오로지 죽음을 각오하는 마음을 통해서만 얻어지는 것이라고 여겼다.

어린 여왕의 병과 모든 환상 세계를 위협하는 불행에 관한 소식은 아직 이 나라까지 전해지지 않았다. 벌써 오랜 세월 동안 이 녹인종의 진영을 찾아온 여행자는 없었던 것이다. 목초는 그 어느 때보다 기름지게 자랐고 낮의 햇살은 눈부시게 빛났으며 밤이면 별들이 총총히 온 하늘에 박혔다. 모든 것이 순조로운 듯이 보였다.

그러던 어느 날, 백발의 늙은 켄타우로스가 이 진영에 나타났다. 땀에 흠뻑 젖어 땀방울을 뚝뚝 흘렸으며, 죽을 정도로 녹초가 된 털투성이 얼굴은 앙상하게 변해 있었다. 머리에는 갈대로 엮은 기묘한 모자를 얹고 있었고, 커다란 황금 부적이 달린 목걸이를 목에 걸고 있었다. 카이론이었다.

그는 크고 둥근 천막들이 에워싸고 있는 빈 광장 한가운데로 다가갔다. 그 광장은 장로들이 회의를 소집하거나, 축제일에 춤을 추고 옛 노래를 부르는 곳이었다. 그는 주위를 둘러보았다. 오직 나이든 할머니나 할아버지, 아주 어린 아이들만이 모여들어 호기심 어린 눈길로 그를 뚫어지게 바라보았다. 그는 초조하게 발굽을 쾅쾅 굴렀다.

"사냥꾼들은 어디에 있소?"

카이론은 헐떡이며 모자를 벗고 이마의 땀을 닦았다.

머리가 새하얀 노파 하나가 갓난아기를 품에 안고 대답했다.

"모두 사냥하러 갔답니다. 사흘이나 나흘 뒤에야 돌아올 겁니다."

“아트레유도 같이 갔소?”

카이론이 물었다.

“그렇습니다, 낯선 양반. 그런데 어떻게 그를 아시지요?”

“나는 그를 모르오. 그를 좀 데려오시오!”

“낯선 양반, 그는 오려 하지 않을 겁니다. 오늘은 그 애의 사냥날이기 때문이오. 사냥은 해가 질 무렵부터 시작됩니다. 무슨 말인지 알겠지요?”

지팡이를 짚은 한 노인이 대답했다.

카이론은 갈기를 흔들며 발굽을 쾅쾅 굴렀다.

“난 모르오. 그리고 그런 거야 아무 상관없소. 지금 그는 훨씬 중요한 일을 해야 하기 때문이오. 당신네들은 내가 여기 달고 있는 표지를 아실 거요. 그러니 어서 그를 불러오시오!”

“우리도 그 장식은 알아요. 그리고 당신이 어린 여왕에게서 왔다는 것도 알고요. 그런데 당신은 누구신가요?”

어린 소녀가 말했다.

“나는 카이론이라고 하오. 여러분이 더 알고 싶다면, 말해 드리지요. 나는 의사 카이론이오.”

켄타우로스는 설명했다.

한 꼬부랑 노파가 그의 앞으로 다가서며 외쳤다.

“그래, 정말이야. 나는 알아보겠어. 젊었을 적에 한 번 본 적이 있어. 그는 모든 환상 세계에서 가장 유명하고 위대한 의사야!”

카이론은 노파를 향해 고개를 숙여 절했다.

“고맙소, 할머니. 그럼 이제는 당신들 가운데서 누구라도 이 아트레유라는 사람을 데려올 친절을 베풀어 주시오. 몹시 시급한 일이오. 어린 여왕의 생명이 걸려 있는 일이오.”

"제가 하겠어요!"

대여섯 살쯤 돼 보이는 어린 소녀가 소리쳤다.

"아, 이제 됐군!"

카이론이 중얼거렸다. 그러고는 의식을 잃고 쓰러졌다.

다시 의식이 되돌아왔을 때, 그는 자신이 어디에 와 있는지 알 수 없었다. 사방이 캄캄했기 때문이다. 한참 뒤에야 차츰 그는 자기가 어떤 커다란 천막 속의 폭신한 침대 위에 누워 있음을 알아차렸다. 밤인 듯했다. 천막 문의 틈새로 활활 타오르는 모닥불 빛이 새어 들어왔다.

"맙소사, 조상님! 대체 얼마나 오래 여기 누워 있었지?"

그는 일어서려고 애를 쓰면서 중얼거렸다.

문의 장막 틈으로 한 얼굴이 빠끔히 들여다 보고는 물러가더니 누군가에게 말하는 소리가 들렸다.

"응, 깨어난 것 같아."

뒤이어 문의 장막이 옆으로 젖혀지고 열 살쯤 된 소년이 들어섰다. 긴 바지를 입고 신발을 신었는데, 모두 부드러운 물소가죽으로 만든 것이었다. 위에는 아무것도 입지 않았고, 단지 물소털로 짠 듯한 땅에까지 끌리는 자줏빛 외투를 어깨에 걸치고 있었다. 짙은 남빛의 긴 머리칼은 뒤통수에서 가죽끈으로 다발로 묶여 있었으며, 올리브빛 이마와 뺨에는 흰 색깔로 몇 가닥 단순한 장식이 그려져 있었다. 소년의 짙은 눈이 분노에 가득 차서 번쩍이며 침입자를 뚫어지게 바라보고 있었다. 그 밖에는 어떤 감정의 동요도 전혀 알아챌 수 없었다.

"나에게 무슨 볼일로 왔지요, 낯선 아저씨?"

소년은 물었다.

"왜 내 천막에 들어온 거예요? 그리고 왜 내 사냥을 방해했지요? 오늘 내가 그 큰 물소를 죽였다면, 내일 아침에 난 사냥꾼이 되어 있었을 거예요. 이젠 꼬박 일 년을 기다려야 해요. 대체 무엇 때문에 날 찾아온 거죠?"

늙은 켄타우로스는 어쩔 줄 몰라 하며 소년을 쳐다보았다.

"네가 아트레유냐?"

이윽고 그는 물었다.

"그래요, 낯선 아저씨."

"혹시 이런 이름을 가진 다른 사람……, 그러니까 어른이나 경험 있는 사냥꾼은 없나?"

"없어요, 나 말고 아트레유는 없어요."

늙은 카이론은 침대에 주저앉으며 씩씩거렸다.

"어린애라니! 어린 소년이라니! 어린 여왕의 결정은 아무래도 이해하기 어렵군."

아트레유는 입술을 꽉 다문 채 꼼짝 않고 기다렸다.

"미안하다, 아트레유."

카이론은 흥분을 가까스로 진정시키며 말했다.

"너를 모욕할 생각은 아니었다. 하지만 너무 뜻밖이구나. 솔직히 말해서 나는 지금 제정신이 아니야! 무엇을 생각해야 할지조차 모르겠어! 어린 여왕께서 너 같은 어린애를 선택했을 때 진정 자기의 행동을 알고나 계셨는지 정말 의심스러워. 터무니없는 짓이야! 만약 여왕께서 순전히 고의로 그러셨다면…… 그러셨다면……."

카이론은 격렬하게 고개를 가로저으며 소리쳤다.

"아니! 아니! 여왕께서 누구에게 위임을 전하라는 건지 미리 알았더라면 나는 딱 잘라 거절했을 거야. 틀림없이 거절했을 거야!"

"어떤 위임인데요?"

아트레유가 물었다.

"실로 엄청난 거야!"

불만에 가득 찬 소리로 카이론이 외쳤다.

"여왕의 위임을 성취시키는 것은 제아무리 위대하고 노련한 영웅이라도 어려운 일인 거야. 그렇지만 너에게는……. 여왕께서는 아무도 모르는 무언가를 찾아오라고 너를 미지의 세계로 보내시는 거야. 아무도 너를 도와 줄 수 없고, 아무도 너한테 충고를 해줄 수 없고, 아무도 너에게 일어날 일이 뭔지를 가늠할 수 없어. 그런데다가 너는 당장 이 자리에서 이 위임을 받을 것인지 아닌지를 결정해야 해. 한 순간도 헛되이 보낼 수가 없어. 나는 너를 찾아 열흘 밤 열흘 낮을 쉬지 않고 달려왔다. 하지만 지금은…… 지금은 영원히 여기에 도착하지 못했더라면 하고 바랄 뿐이야. 나는 아주 늙었고 힘이 다 빠졌어. 물 한 모금만 다오!"

아트레유는 신선한 샘물이 든 항아리를 들고 왔다. 켄타우로스는 오래오래 물을 들이마시더니 수염을 훔치고 약간 침착을 되찾아 말했다.

"아, 고맙다, 기분이 좋아졌어! 이젠 훨씬 나아졌어. 들어 봐, 아트레유. 너는 이 위임을 꼭 받아들일 필요는 없다. 어린 여왕은 네 뜻에 맡기는 것일 뿐 너에게 아무런 명령도 내리신 게 아니니까. 내가 여왕께 잘 말씀을 드릴게. 그럼 여왕께서 다른 누구가를 찾아내실 거야. 네가 어린 소년이라는 걸 여왕께서 모르셨을 수도 있다. 혼동하신 걸 거야. 너를 다른 사람으로 착각했다는 게 유일한 설명이 되니까."

"그 사명은 어떤 건가요?"

아트레유가 궁금해하며 물었다.

"어린 여왕 치료약을 찾는 거지. 또 환상 세계를 구제할……."

늙은 켄타우로스가 대답했다.

"그럼 여왕께선 편찮으신가요?"

아트레유가 어리둥절해하며 물었다.

카이론은 어린 여왕의 상태가 어떠하며, 환상 세계 모든 나라에서 사절들이 와 어떤 보고를 했는지 들려 주었다. 아트레유는 끊임없이 질문을 했고 켄타우로스는 할 수 있는 한 자세하게 대답해 주었다. 밤이 깊도록 대화는 이어졌다. 모든 환상 세계에 파고든 불행이 무엇인지를 알게 되자, 처음에는 그토록 닫혀 있던 아트레유의 표정에 점점 더 뚜렷한 동요의 빛이 드러났다.

"그 모든 일을 나는 까맣게 몰랐었네."

소년은 창백한 입술로 중얼거렸다.

털투성이의 새하얀 눈썹 밑에서 카이론의 시선이 걱정스럽고 진지하게 소년을 바라보았다.

"자, 이제 사정이 어떤지 알았겠지? 그리고 내가 너를 봤을 때 왜 정신없이 당황했는지도 이제는 이해하겠지? 그런데도 어린 여왕은 너를 지명하셨어. '가서 아트레유를 찾아라!' 하고 여왕은 말씀하셨어. '나는 그에게 내 모든 걸 맡기겠어'라고. '나와 환상 세계를 위해 이 대원정을 떠날 것인지 그에게 물어보라'고도 말씀하셨지. 여왕께서 왜 너를 선택하셨는지 나로선 알 수 없는 노릇이야. 어쩜 너 같은 어린 소년만이 이 불가능한 사명을 해결할 수 있는지도 모르지. 나도 모르겠어. 네게 뭐라고 충고를 해줄 수가 없구나."

아트레유는 고개를 떨어뜨리고 앉아 잠자코 있었다. 소년은 사냥보다도 훨씬 더 큰 시험에 부딪혔음을 깨달았다. 아무리 위대한 사냥꾼과 노련한 길잡이라도 합격하기 어려운 시험인지라 소년에게는 더욱 벅찼다.

"자, 하겠니?"

늙은 켄타우로스가 나직이 물었다.

아트레유는 고개를 들고 그를 바라보았다.

"하겠어요."

소년은 잘라 말했다.

카이론은 천천히 고개를 끄덕이고는 황금부적이 달린 '목걸이'를 벗어서 아트레유에게 걸어 주었다.

"아우린이 네게 큰 힘을 줄 거다."

그는 엄숙하게 말했다.

"하지만 이 힘을 사용해서는 안 된다. 어린 여왕께서도 이것의 힘을 사용하신 적이 결코 없었다. 아우린이 너를 보호하고 안내하겠지만 너는 무엇을 보든 간에 절대로 공격해서는 안 돼. 지금 이 순간부터 너 자신의 의견은 중요하지 않기 때문이다. 따라서 무기 같은 건 없이 떠나는 거다. 무슨 일이든 벌어지는 대로 내버려 두어라. 선이든 악이든, 아름다운 것이든 추한 것이든, 어리석은 것이든 현명한 것이든 모든 것을 똑같이 여겨야 한다. 어린 여왕 앞에서 모든 것이 똑같이 대우받듯이. 너는 오로지 찾고 묻기만 하면 된다. 너 자신의 생각에 따라 판단해선 안 된다. 이 말을 결코 잊지 말아라, 아트레유!"

"아우린!"

아트레유는 경외심에 가득 찬 어조로 몇 번 거듭해 말했다.

"이 '보물'이 내게 합당하다는 걸 증명해 보이겠어요. 언제 떠나야 하지요?"

"지금 당장!"

카이론은 대답했다.

"너의 위대한 원정이 얼마나 오래 걸릴지는 아무도 모른다. 지금 한시가 급할 수도 있어. 너의 부모와 형제에게 작별 인사를 해라!"

"나에게는 아무도 없어요."

아트레유는 대답했다.

"부모님은 두 분 다 내가 태어난 바로 뒤에 물소한테 죽임을 당했어요."

"그럼 누가 너를 길렀지?"

"모든 남자와 여자들이 함께. 그래서 그들은 나에게 아트레유란 이름을 붙인 거예요. 그것은 위대한 언어로 '모두의 아들'이라는 뜻이에요."

이 말의 뜻을 바스티안보다 더 잘 이해할 수 있는 사람은 없으리라. 바스티안의 아빠는 어쨌거나 살아 계셨지만 아트레유에게는 아빠도 엄마도 없었다. 하지만 그 대신에 아트레유는 모든 남자 여자들의 힘으로 키워져서 '모두의 아들'인 반면에 바스티안 곁에는 아무도 없었다. 그렇다. 바스티안은 '그 어느 누구의 아들'도 아니었다. 그럼에도 불구하고 바스티안은 이런 면에서라도 아트레유와 공통점이 있다는 것이 기뻤다. 실상 그 점 말고는 유감스럽게도 자기가 아트레유와 닮은 것은 하나도 없었으니까. 아트레유가 가진 용기와 결단력도 없고, 생김새도 닮지 않았다. 그런데도 바스티안은 전혀 아는 게 없고 어디를 향해 가서 어떻게 끝날지도 모르는 위대한 원정을 아트레유와 함께 떠날 준비를 하고 있었다.

"그렇다면, 작별 없이 떠나는 게 좋겠다. 내가 여기 남아 사람들에게 모든 걸 설명하마."

늙은 켄타우로스는 말했다.

아트레유의 표정은 한층 더 굳은 결의를 드러냈다.

"어디서부터 시작해야 하지요?"

아트레유가 물었다.

"어디서부터든지, 동시에 그 어느 곳도 아닌 곳에서부터."

카이론이 대답했다.

"이제부터는 너 혼자다. 아무도 너에게 충고해 줄 수가 없어. 이 위대한 원정이 막을 내릴 때까지 내내 그럴 것이다. 그것이 어떻게 끝나든 간에."

아트레유는 고개를 끄덕였다.

"안녕, 카이론!"

"안녕, 아트레유. 그럼…… 행운을 빈다!"

소년은 재빨리 몸을 돌려 천막을 나서려고 했다. 그때 카이론이 그를 다시 한 번 불러 세웠다. 그들이 서로 마주 보고 섰을 때, 카이론은 두 손을 소년의 어깨에 얹고 경의에 찬 미소를 띤 채 바라보면서 천천히 말했다.

"어린 여왕께서 왜 너를 선택하셨는지 이제 이해할 것 같구나."

소년은 눈짓으로 인사하고는 주저 없이 나가 버렸다.

천막 밖에는 소년의 말, 아르탁스가 서 있었다. 녀석은 얼룩무늬가 있고 야생마처럼 작았다. 다리는 굵고 짧았지만 빠른 속력으로 오래 달릴 수 있는 좋은 말이었다. 말 등에는 아트레유가 사냥에서 돌아왔던 그대로 안장과 고삐가 채워져 있었다.

"아르탁스,"

아트레유는 말의 목덜미를 다정하게 두들기며 속삭였다.

"출발해야 해. 아주 멀리 떠날 거야. 우리는 언제 돌아올지 모르는 길을 떠나는 거야."

작은 말은 고개를 끄덕이고 코를 흥흥거렸다.

"알았어요, 주인님."

녀석이 대답했다.

"그럼 주인님의 사냥은 어떻게 되지요?"

"우리는 훨씬 더 위대한 사냥을 떠나는 거야."

아트레유는 대답하며 안장에 훌쩍 뛰어올랐다.

"잠깐만요, 주인님."

작은 말이 흥흥거렸다.

"무기를 잊으셨네요. 활과 화살도 안 가지고 떠나시나요?"

"그렇단다, 아르탁스."

아트레유는 대답했다.

"왜냐하면 지금 '광채'를 걸고 있어서 무장을 해선 안 되거든."

"아!"

작은 말이 외쳤다.

"그럼 어디로 가나요?"

"네가 가고 싶은 데로, 아르탁스."

아트레유는 대답했다.

"지금 이 순간부터 우리는 위대한 원정길에 오르는 거야."

그들은 쏜살같이 길을 달려 밤의 암흑 속으로 들어갔다.

바로 그 순간에 환상 세계의 다른 한 곳에서는, 어느 누구도 목격하지 못했고 아트레유도, 아르탁스도, 카이론까지도 예상치 못한 어떤 일이 벌어졌다.

아득히 멀리 떨어진 황야 위에 어둠이 몰려들더니 크고 희미한 형체가 만들어졌다. 어둠은 점점 농도를 더해 갔고, 마침내는 불빛 없는 황야의 밤 한가운데서도 칠흑 같은 거대한 암흑의 형체가 드러났다. 윤곽은 아직 뚜렷하지 않았지만, 그 형체는 네 발을 딛고 서 있었고, 크고 덥수룩한 머리에 달린 두 눈으로 초록빛 불꽃을 내뿜고 있었다. 그때 그 형체는 주둥이를 공중에 높이 들어올리고 냄새 맡는 시늉을 하더니

그런 모습으로 한동안 서 있었다. 이윽고 찾던 냄새를 발견한듯, 갑자기 목구멍에서 승리에 가득 찬 깊은 울부짖음을 토해냈다.

그는 내달리기 시작했다. 그 암흑의 실루엣은 소리 없이 긴 도약을 하면서 별빛 없는 밤을 뚫고 질주했다.

탑시계가 열한 시를 알렸다. 이제 긴 쉬는 시간의 시작이다. 복도에서 운동장으로 뛰어가는 아이들의 고함소리가 울렸다.

체조용 매트 위에서 내내 책상다리를 하고 앉아 있던 바스티안의 다리는 완전히 마비 상태였다. 하기야 소년은 인디언이 아니었으니까. 바스티안은 일어서서, 가방에서 빵과 사과 한 개를 꺼내들고 창고를 서성댔다. 욱신욱신 저린 두 다리가 차츰 정상으로 되돌아왔다.

바스티안은 목마 위에 기어올라가 걸터앉았다. 그리고는 자기가 한밤중에 아르탁스를 타고 달리는 아트레유라고 상상해 보았다. 소년은 작은 말의 목덜미를 향해 엎드렸다.

"이랴!"

소년은 외쳤다.

"달려라, 아르탁스, 이랴! 이랴!"

그러다 바스티안은 소스라치게 놀랐다. 그렇게 큰 소리를 내다니, 너무나 생각없는 짓이었다. 혹시 누가 알아들었다면? 소년은 잠시 밖으로 귀를 기울였다. 하지만 운동장에서는 여러 음성이 뒤섞인 고함소리만 들려올 뿐이었다.

소년은 약간 멋쩍은 기분이 되어 목마에서 내려왔다. 어린애도 아니면서 이런 행동을 하다니!

바스티안은 간식용 빵을 꺼내고, 사과를 바지에 대고 윤이 나게 문질렀다. 그리고 사과를 덥석 물려는 순간, 그대로 멈추었다.

"아니지!"

바스티안은 혼잣말로 중얼거렸다.

"양식을 잘 생각해 나눠 먹어야 해. 이것으로 얼마를 버텨야 할지
모르니까."

소년은 무거운 마음으로 빵을 잘 싸서 사과와 함께 가방에 넣었다.
그러고는 한숨을 쉬며 매트에 누워 다시 책을 들었다.

파파할멈 모를라

검고 늙은 켄타우로스 카이론은 아트레유의 말발굽 소리가 멀어지는 것을 듣고는 푹신한 털침대에 다시금 쓰러졌다. 극도의 긴장이 힘을 완전히 소진시켜 버린 것이다. 이튿날 아트레유의 천막 안에서 그를 발견한 부인들은 그의 생명이 위태롭게 보여 다들 안타까워했다. 며칠 뒤에 사냥꾼들이 돌아왔을 때까지도 그의 상태는 조금도 나아지지 않았다. 하지만 그들에게 아트레유가 떠난 이유와 빠른 시일 안에는 돌아오지 못하리라는 것을 설명할 정도는 되었다. 그러자 아트레유를 아끼던 그들 모두는 당장에 심각해져서 아트레유를 걱정했다. 하지만 동시에 어린 여왕께 위대한 원정을 위임받은 그를 자랑스럽게 여겼다. 비록 누구도 그게 무엇인지 완전히 이해할 수는 없었지만 말이다.

늙은 카이론은 결국 상아탑으로 되돌아가지 못했다. 그렇다고 그가 죽은 것은 아니다. 초원의 바다에 사는 녹인종 곁에 머문 것도 아니었다. 그의 운명은 도저히 예기치 않은 전혀 다른 길로 그를 인도했다. 하지만 그것은 또 다른 이야기이므로 다른 기회에 얘기할 것이다.

아트레유는 그날 밤 사이에 은의 산맥 기슭까지 달려갔다. 그가 쉬려고 했을 때는 벌써 새벽이 밝아오고 있었다. 아르탁스는 풀을 약간 뜯어먹고 산의 맑은 시냇물로 목을 축였다. 아트레유는 자줏빛 외투로 몸을 감싸고 몇 시간 잠을 잤다. 하지만 해가 떠오르자마자 그들은 다시 길을 떠났다.

첫날에는 은의 산맥을 가로질렀다. 그들은 이곳의 모든 크고 작은 길에 익숙했기 때문에 빨리 나아갈 수 있었다. 소년은 배가 고파지자 안장에 달린 자루에서 말린 물소 고기 한 조각과 풀씨로 만든 둥근 과자 두 조각을 꺼내 먹었다. 그것은 사냥을 위해 준비해 둔 식량이었다.

"그렇지, 인간은 뭔가를 먹어야 해!"
바스티안은 말했다.

소년은 가방에서 빵을 꺼내 조심스럽게 두 조각으로 나눈 다음, 한 조각은 다시 싸서 집어넣고 나머지 한쪽을 먹었다.

쉬는 시간이 지나갔다. 바스티안은 이제 어떤 수업이 시작되는지 생각해 보았다. 아, 그렇다. 카르게 부인의 지리 시간이다. 강의 이름과 지류들을 외고, 도시와 주의 인구, 자원과 산업을 읊어대는 시간이었다. 바스티안은 어깨를 으쓱하고는 계속 읽어 나갔다.

해 질 무렵에 그들은 은의 산맥을 넘어섰고, 다시 휴식을 취하기 위해 멈추었다. 그날 밤 아트레유는 자줏빛 물소에 관한 꿈을 꾸었다. 소년은 물소들이 멀리 초원의 바다 위를 떼 지어 가는 것을 보고 작은 말을 몰아 가까이 가려고 했다. 하지만 헛일이었다. 아무리 말을 맹렬히

몰아도 물소 떼는 아트레유에게서 여전히 똑같은 간격을 두고 떨어져 있었다.

둘째 날에 그들은 '노래하는 나무의 나라'를 지나갔다. 나무들은 제각기 다른 모양, 다른 잎사귀, 다른 나무껍질로 되어 있었다. 이 나라에 그런 이름이 붙여진 이유는 그 나무들이 자라는 소리가 은은한 음악처럼 들리기 때문이었다. 가까운데서 또는 멀리서 울려오는 그 소리는 환상 세계의 다른 어떤 음악과도 비교할 수 없을 만큼 아름답고 장엄한 하나의 화음을 이루었다. 그러나 이 지역을 통과하기가 안전하다고만은 할 수 없었다. 그 음악에 홀린 듯이 주저앉아 모든 것을 잊어버리는 존재들이 허다했기 때문이다. 아트레유도 이 신비로운 화음의 힘에 이끌렸으나 멈춰 서고 싶은 유혹을 뿌리쳤다.

그날 밤에도 아트레유는 자줏빛 물소에 관한 꿈을 꾸었다. 이번에는 소년이 걸어가고 있는데, 물소들의 엄청난 행렬이 소년을 스쳐 지나갔다. 그러나 그 행렬은 소년의 활 사정거리 밖에 있었고, 가까이 추격하려고 하자 발이 땅바닥에 뿌리를 내린 듯 꼼짝도 하지 않았다. 발을 뽑아내려고 안간힘을 쓰다가 소년은 잠에서 깨어났다. 아직 해가 뜨기 전이었지만 소년은 벌떡 일어나 길을 나섰다.

셋째 날, 소년은 에리보의 유리탑들을 보았다. 그 지역 주민들은 별빛을 잡아 모으고 있었다. 그것으로 신비스럽게 장식된 물건을 만들었는데, 만든 사람 이외에는 환상 세계 안의 누구도 그 물건이 대체 어디에 쓰이는 것인지 알지 못했다.

아트레유는 이 지역 주민들 몇 명과 마주쳤다. 그들 자신도 유리로 빚어진 듯 골격이 조그마했다. 그들은 소년에게 정중하게 음식을 대접했다. 그리고 어린 여왕의 병환에 관해 아는 점이 있느냐는 아트레유의 질문에 모두 당황하며 서글픈 침묵에 빠졌다.

그날 밤, 아트레유는 또다시 자줏빛 물소의 행렬이 스쳐 지나가는 꿈을 꾸었다. 소년은 그 짐승 가운데 유난히 당당하고 큰 물소 하나가 무리에서 빠져나와 그에게 다가오는 광경을 보았다. 그것은 불안이나 분노의 기색이 전혀 없었다. 다른 모든 사냥꾼처럼 아트레유도 어떤 생물을 보면 그것을 때려잡기 위해 적중시켜야 할 곳을 곧바로 포착하는 재간이 있었다. 소년은 화살을 겨누고 억센 활을 힘껏 팽팽히 당겼다. 하지만 화살을 쏠 수가 없었다. 소년의 손가락이 활시위와 한데 엉겨붙은 듯이 화살을 놓아주지 않았다.

그리고 그와 비슷한 사건들이 밤마다 꿈속에 나타났다. 소년은 그 자줏빛 물소에게 점점 다가갔다. 그 물소는 소년이 현실에서 때려잡으려고 했던 것과 같은 물소였다. 이마의 흰 점을 보면 알 수 있었다. 하지만 웬일인지 그때마다 화살을 날려 물소를 죽일 수가 없었다.

낮이 되면 아트레유는 목적지도 없이, 충고를 해 줄 수 있는 어느 누구도 만나지 못한 채 쉬지 않고 계속 나아갔다. 아트레유가 걸고 있는 황금 부적을 보고 난 후에는 모든 존재들이 그에게 존경을 표했지만 아트레유의 질문에 대해서는 대답하지 못했다.

한번은 멀리서 브로우슈 시의 불길도로를 보았다. 몸뚱이가 불로 된 생물들이 사는 곳이었는데 그곳에는 들르고 싶지 않았다. 또 늙은이로 태어나서 젖먹이가 되면 죽는 사사프란 사람들의 넓은 고원도 지났다. 그리고 소년은 무아마트의 태고의 사원에 들어갔다. 사원 안에는 월장석으로 된 거대한 기둥이 공중에 떠 있었다. 소년은 그곳에 사는 승려들과 이야기를 해 보았다. 하지만 이곳에서도 아무런 정보를 얻지 못한 채 떠나야 했다.

아트레유는 이리저리 정처 없이 방황하다가 이레 째 되는 낮과 밤에 너무나 색다른 두 가지 일을 겪었다. 그 체험은 소년의 마음과 그가 처한 상황을 송두리째 뒤바꿔 놓았다.

환상 세계 곳곳에서 벌어지는 무시무시한 사건에 관한 늙은 카이론의 이야기는 정말로 소년의 마음을 깊게 동요시켰지만, 지금껏 소년에겐 단지 한낱 소문에 불과했었다. 그런데 일곱째 날에 소년의 눈앞에서 그 광경이 벌어진 것이었다.

정오 무렵 아트레유는 유난히 울퉁불퉁하고 우람한 나무들이 빽빽하게 서 있는 침침한 숲을 지나가게 되었다. 그곳은 얼마 전에 심부름꾼 네 명이 만난 적이 있는 바로 그 하울레 숲이었다. 이 주변에 나무껍질 야인이 살고 있다는 걸 아트레유는 들어 알고 있었다. 아트레유가 들은 바에 따르면, 그들은 울퉁불퉁 마디진 나무둥치 같은 모습의 거대한 장부들이었다. 그들의 독특한 습관대로 꼼짝 않고 서 있을 때에는 진짜 나무처럼 보여서 다른 존재들이 별 생각 없이 스쳐 지나갈 수도 있었다. 그들이 움직일 때서야 나뭇가지 모양의 팔과 나무뿌리 모양의 다리를 볼 수 있었다. 그들은 무지막지하게 힘이 셌지만 위험하지는 않았다. 기껏해야 간혹 길 잃은 나그네들과 장난을 치는 일이 고작이었다.

아트레유는 마침 숲 속 한가운데서 작은 시냇물이 꼬불꼬불 흘러가는 풀밭을 발견하고는 아르탁스에게 물을 먹이고 풀을 뜯게 하려고 내려섰다. 그때 갑자기 등 뒤 덤불 속에서 '후드득 탁탁' 하는 어마어마하게 큰 소리가 울렸다. 아트레유가 몸을 홱 돌렸다.

숲에서 나무껍질 야인 세 명이 소년을 향해 걸어오고 있었다. 보기만 해도 차가운 전율이 오싹하며 등골을 흘러내렸다. 첫째 야인은 다리와 아랫도리가 없어 손으로 걷고 있었다. 두 번째 야인은 가슴에 커다란 구멍이 나 있어서 그 사이로 뒤쪽이 내다보였다. 셋째는 오른쪽 다리 하나로 껑충거렸다. 몸 한가운데로 반 동강이 난 것처럼 그의 왼편 몸뚱이 전체가 없었던 것이다.

그들은 아트레유의 가슴에서 부적을 보고는 서로 눈짓하고 고개를 끄덕이더니 천천히 다가왔다.

"놀라지 마!"

두 손을 짚고 걷는 괴물이 말했다. 그의 음성은 나무가 삐걱거리는 소리 같았다.

"우리의 몰골이 흉물스러워 보이겠지만, 이 하울레 숲 주변에는 너에게 경고를 해 줄 자가 우리 말고는 없단다. 그래서 온 거야."

"경고라니? 무엇에 대해서?"

아트레유가 물었다.

"너에 관한 얘기를 들었다."

가슴 가운데 구멍 뚫린 괴물이 비탄조로 말했다.

"네가 무엇 때문에 돌아다니는지 들었어. 여기를 계속 헤매선 안 된다. 그랬다간 너를 잃을지도 몰라."

"그래, 너도 우리와 똑같은 일을 당할 수 있어. 우리를 좀 봐라! 너도 이렇게 되고 싶니?"

반 동강이 몸뚱이가 한숨을 쉬었다.

"대체 너희에게 무슨 일이 벌어졌었니?"

아트레유가 물었다.

"무(無)로 만들어 버리는 일이 번지고 있어."

첫째 괴물이 신음하듯 말했다.

"점점 자라나고 있고, 매일 더 많아지고 있어. 무(無)에 관해 아는 게 있다면 그게 점점 늘어난다는 사실뿐이야. 다른 모든 이들은 늦기 전에 이 하울레 숲을 빠져나가 도망쳤어. 하지만 우리는 고향을 떠나고 싶지 않아 머물러 있었거든. 그러다가 마침 우리가 잠이 든 틈에 기습을 당했고, 네가 지금 보다시피 이 꼴이 된 거야."

"많이 아프니?"

아트레유가 물었다.

"아니."

가슴에 구멍이 뚫린 두 번째 나무껍질 야인이 말했다.

"아무것도 느껴지지 않아. 그냥 한 부분이 없어지는 거야. 그리고 그것이 덮치고 나면 매일 조금씩 더 없어져. 얼마 안 가서 우리는 아예 없어지게 될 거야."

"대체 그것이 숲의 어느 지점에서 시작됐지?"

아트레유가 물었다.

"가 보겠니?"

반동강이인 세 번째 괴물이 자기와 고통을 같이하는 친구들에게 묻는 듯 시선을 던졌다. 친구들이 고개를 끄덕이자 그는 말을 이었다.

"우리는 너를 그것이 보이는 데까지만 안내하겠어. 하지만 더 가까이는 안 가겠다고 약속해. 안 그러면 그것은 우리 몸을 끌어당길 테니까."

"그래, 약속할게."

아트레유는 말했다.

세 야인은 몸을 돌려 숲 변두리 쪽으로 갔다. 아트레유는 아르탁스의 고삐를 잡고 그들의 뒤를 따랐다. 얼마 동안 그들은 거대한 나무들 사이를 누비고 이리저리 걸어 들어가더니 유난히 굵은 나무둥치 앞에 우뚝 섰다. 그 둥치의 둘레는 장정 다섯이 둘러싸도 감싸 안지 못할 만큼 굵었다.

"네 힘닿는 데까지 높이 기어올라가 봐."

다리 없는 야인이 말했다.

"그리고 해지는 쪽을 쳐다 봐. 그럼 보일 거야. 아니, 보이지 않는다고 해야 하나.”

아트레유는 둥치의 울퉁불퉁한 마디와 혹을 타고 기어올랐다. 얼마 후 맨 아래쪽 가지에 닿았다. 아트레유는 그 다음 가지로 올라갔고, 밑이 보이지 않을 때까지 점점 더 높이 훌쩍훌쩍 기어올랐다. 그는 쉬지 않고 기어 올라갔다. 둥치는 점점 가늘어지고 가로로 난 가지들이 점점 많아져서 아트레유는 보다 쉽게 위로 오를 수 있었다. 이윽고 맨 꼭대기에 닿았고 해지는 쪽으로 시선을 돌렸다. 소년의 눈앞에 그것이 펼쳐졌다.

아주 가까이에 서 있는 다른 나무들의 잎사귀는 초록빛이었다. 하지만 그 뒤쪽에 서 있는 나무들의 잎사귀는 모든 빛깔을 잃어버린 듯했다. 온통 회색이 되어 있었다. 그리고 조금 더 멀리 떨어진 곳의 나무 잎사귀는 묘하게 투명하여 안개처럼 뿌옇게 보였다. 아니, 더 자세히 말해서 점점 더 이상한 모양이 되는 것이었다. 그리고 그 뒤로는 아무것도 없었다. 말 그대로 무(無)였다. 그것은 텅 빈 곳도 아니요, 암흑도 아니었다. 그렇다고 밝음도 아니었다. 그것은 두 눈이 감당할 수 없는, 마치 장님이 된 듯한 느낌을 주는 무엇이었다. 어떤 눈도 완전한 무(無)를 바라보는 일을 견뎌낼 수 없을 것이다. 아트레유는 무심코 손으로 얼굴을 가렸다가 하마터면 가지에서 떨어질 뻔했다. 소년은 꽉 매달려서 될 수 있는 한 재빨리 아래로 내려왔다. 이제 실컷 보았다. 비로소 아트레유는 환상 세계에 널리 퍼져 있는 공포가 무엇인지를 완전히 이해하게 된 것이다.

소년이 다시 거대한 나무 밑동에 이르렀을 때, 세 나무껍질 야인은 이미 떠나고 없었다. 아트레유는 작은 말에 훌쩍 올라타고는 서서히, 그러나 힘차게 퍼지고 있는 이 무(無)에서 있는 힘을 다해 멀어졌다. 사방이 어두워지고 하울레 숲을 빠져 나온 한참 뒤에야 비로소 소년은 안도의 한숨을 내쉬었다.

두 번째 체험이 그날 밤 소년을 기다리고 있었다. 그의 위대한 원정에 새로운 방향을 알려 주는 체험이었다.

자기가 죽이려고 했던 그 커다란 물소에 관해—지금까지보다 더욱 또렷하게—꿈을 꾼 것이다. 소년은 활과 화살 없이 그 물소와 마주 서 있었다. 아트레유는 자신이 너무나 작게 느껴졌고, 그 짐승이 자기에게 하는 말을 들었다. 전부 알아들을 수는 없었지만 대충 다음과 같았다.

"네가 나를 죽였더라면, 너는 지금 사냥꾼이 되어 있을 것이다. 하지만 너는 그걸 포기했지. 그러므로 나는 너를 도와 줄 수가 있다. 아트레유, 들어라! 환상 세계에는 다른 모든 존재들보다 나이가 많은 한 존재가 있다. 여기서 아주 아주 먼 북쪽에 슬픔의 늪지대가 있는데, 그 늪지대의 한가운데에 뿔의 산이 솟아 있다. 거기에 파파할멈 모를라가 살고 있지. 그 파파할멈 모를라를 찾아라!"

그러고 나서 아트레유는 잠에서 깨어났다.

탑시계가 열두 시를 알렸다. 바스티안의 친구들은 곧 마지막 수업을 하기 위해 체육실로 내려갈 것이다. 아마 오늘은 커다랗고 무거운 가죽 공을 들고 피구를 할 것이다. 바스티안은 그 공을 유난히 서툴게 다루었기 때문에 양쪽 편에서 서로 끼워 주려 하지 않았다. 때로는 조그맣고 돌처럼 딱딱한 정구볼을 갖고 그런 게임을 하기도 했는데, 그 공에 맞으면 지독하게 아팠다. 바스티안은 항상 맞추기 쉬운 표적이었으므로 번번이 실컷 얻어맞았다.

어쩌면 오늘은 바스티안이 질색하는 훈련, 밧줄 기어오르기 차례일지도 모른다. 다른 아이들이 거의 모두 꼭대기까지 올라가 있을 동안 바스티안은 얼굴이 새빨개진 채로, 단 50센티도 올라가지 못해서, 밧줄의 맨 아래에 밀가루 부대처럼 대롱대롱 매달려 반 아이들의 웃음거리가 되곤 했다. 그러면 체조 선생님 멩게 씨는 바스티안을 희생물로 삼아 농담을 해 댔다.

바스티안도 아트레유처럼 되고 싶었다. 그렇다면 반 친구 모두에게 본때를 보여 줄 텐데 말이다.

바스티안은 한숨을 내쉬었다.

아트레유는 북쪽으로, 곧장 북쪽으로 나아갔다. 잠자고 먹기 위한 최소한의 휴식만을 취했다. 뙤약볕과 빗속을 헤치며, 폭풍과 뇌우를 뚫고 밤낮없이 달렸다. 아무것에도 유혹되지 않고 어느 누구에게도 묻지 않았다.

북쪽으로 갈수록 점점 더 어두워졌다. 납회색을 띤 어스름한 빛이 끊임없이 떠돌며 낮을 채웠고, 밤엔 하늘에서 오로라가 어른거렸다.

흐릿한 새벽빛이 어슴푸레하게 퍼지고 모든 시간이 정지해 버린 듯한 어느 날 아침, 소년은 마침내 한 언덕에서 슬픔의 늪을 발견했다. 아지랑이가 그 위를 덮고 있고 군데군데 작은 숲들이 솟아 있었다. 숲에 있는 나무 뿌리들은 아래쪽으로 네 갈래 다섯 갈래 또는 그 이상으로 갈라져서, 검정빛 물속에 여러 개의 발로 서 있는 커다란 게처럼 보였다.

움직이지 않는 촉수처럼 생긴 공기뿌리는 갈색 잎사귀로부터 아래로 뻗쳐 있었다. 어떤 부분의 땅이 단단하고, 어떤 부분이 물풀들로 덮여 있는지 알아보기란 거의 불가능했다.

아르탁스가 휘둥그레져서 나직이 흥흥거렸다.

"저기로 들어가야 하나요, 주인님?"

"그렇단다. 이 늪지 한가운데 있는 뿔의 산을 찾아야 해."

아트레유는 대답했다.

아트레유는 아르탁스를 재촉했으며 작은 말은 순순히 복종했다. 한 발짝 한 발짝 땅바닥이 단단한지 발굽으로 두드려 보느라 작은 말은 느릿느릿 앞으로 나아갔다. 마침내 아트레유가 내려서서 아르탁스의 고삐를 잡아끌었다. 망아지는 두세 번 늪 속에 빠져들어 갔지만 그때마다 무사히 빠져나왔다. 하지만 슬픔의 늪지대로 깊이 들어갈수록 작은 말의 움직임은 점점 둔해졌다. 고개를 떨어뜨린 채 질질 끌려올 따름이었다.

"아르탁스, 왜 그러지?"

아트레유가 말했다.

"모르겠어요, 주인님."

작은 말이 대답했다.

"그냥 돌아가야 할 것 같아요. 모든 게 부질없는 짓이에요. 우리는 단지 주인님의 환상을 좇고 있는 거예요. 이렇게는 아무것도 못 찾을 거예요. 어쩌면 벌써 너무 늦었는지도 몰라요. 어린 여왕께서는 이미 돌아가셨는지도 몰라요. 모두 쓸데없는 짓이에요. 돌아가요, 주인님."

"네가 그렇게 말한 적은 한 번도 없었어, 아르탁스."

아트레유는 놀라서 물었다.

"무슨 일이야? 어디 아프니?"

"그런가 봐요. 한 발짝씩 내디딜 때마다 저의 가슴속에 슬픔이 커져요. 이제 전 희망이 없습니다, 주인님. 이렇게 마음이 무거울 수가 없어요. 이렇게 무거울 수가. 아무래도 더는 못 갈 것 같아요."

아르탁스가 대답했다.

"아직 좀 더 가야 해!"

아트레유는 소리쳤다.

"가자, 아르탁스!"

소년이 고삐를 끌었지만 아르탁스는 꼼짝도 안 했다. 녀석은 벌써 배까지 늪에 빠져 들어가 있었다. 그런데도 빠져나오려 애쓰지 않았다.

"아르탁스! 지금 그렇게 가만 있으면 안 돼! 자! 빠져나와! 안 그러면 빠져 버릴 거야!"

아트레유는 고함을 질렀다.

"나를 내버려 둬요, 주인님. 어쩔 수가 없어요. 혼자 가세요! 내 걱정은 마시고요! 저는 이 슬픔을 더는 견딜 수가 없어요. 그냥 죽고 싶어요."

작은 말이 대답했다.

아트레유는 절망적으로 고삐를 잡아끌었다. 하지만 작은 말은 점점 깊이 빠져 들어갔다. 소년의 힘으로는 끌어낼 수 없었다. 마침내 작은 말의 머리만이 검정빛 물속에 남게 되었을 때, 소년은 녀석의 머리를 얼싸안았다.

"너를 꽉 붙들고 있겠어, 아르탁스. 너를 가라앉게 내버려 두지 않을 거야."

소년는 속삭였다.

작은 말은 다시 한 번 나직이 흥흥거렸다.

"주인님께서는 저를 도울 수가 없어요. 저는 이제 끝장이에요. 여기서 기다리고 있는 게 뭔지 우리는 둘 다 몰랐어요. 왜 슬픔의 늪지라고 하는지 이제 알겠어요. 저를 이토록 무겁게 잡아끄는 건 바로 슬픔이에요. 빠져나갈 길이 없어요."

"그렇지만 나는 여기 있잖아. 나는 아무런 느낌도 없어."

아트레유가 말했다.

"주인님은 '광채'를 걸고 계시니니까요. 보호를 받고 계시거든요."

아르탁스가 대답했다.

"그럼 이 표지를 네게 걸어 주겠어. 어쩌면 이것이 너도 보호해 줄지 몰라."

아트레유는 급하게 소리치며 목에서 사슬을 벗으려고 했다.

"안 돼요!"

작은 말이 헐떡거렸다.

"그러시면 안 돼요, 주인님! '목걸이'는 주인님께 주어진 거예요. 그것은 주인님 마음대로 남에게 넘겨 줄 수 있는 게 아니에요. 저 없이도 주인님은 계속해서 길을 찾으셔야 해요."

아트레유는 작은 말의 뺨에 얼굴을 비볐다.

"아르탁스…… 오, 나의 아르탁스!"

소년은 목이 메어 중얼거렸다.

"저의 마지막 청을 들어주시겠어요, 주인님?"

작은 말이 물었다.

아트레유는 말없이 고개를 끄덕였다.

"계속해서 가세요. 저의 죽음을 지켜보시는 게 싫어요. 제 부탁을 들어주시겠지요?"

아트레유는 천천히 일어섰다. 작은 말의 머리는 벌써 반쯤 검정 물속에 잠겨 있었다.

"행운을 빌어요. 나의 주인님, 아트레유!"

망아지가 말했다.

"……그리고 고마웠어요."

아트레유는 입술을 꽉 다물었다. 아무 말도 떠오르지 않았다. 그는 아르탁스에게 다시 한 번 고개를 끄덕여 보이고는 몸을 돌렸다.

바스티안은 흐느꼈다. 눈물이 솟아 나왔다. 눈에 눈물이 가득 고여 계속 읽을 수가 없었다. 손수건을 꺼내 코를 풀고 나서야 겨우 읽을 수 있었다.

얼마나 오랫동안 물속을 비틀거리며 걸었을까? 아트레유는 도무지 알 수 없었다. 눈과 귀가 멀어 버린 느낌이었다. 짙은 안개 속에서 벌써 몇 시간째 같은 곳을 뱅뱅 돌며 헤매는 듯했다. 아트레유는 자기의 발이 어디를 딛든지 더는 아랑곳하지 않았는데도 무릎 높이보다 깊은 곳에는 빠져들지 않았다. 어린 여왕의 표지가 아트레유로서는 도저히 이해할 수 없는 방식으로 옳은 길을 안내하고 있었다.

느닷없이 소년의 눈앞에 굉장히 가파르고 높은 산허리가 나타났다. 소년은 금이 간 바윗덩이에 달라붙어 둥그런 산꼭대기로 기어올랐다. 처음에 아트레유는 그 바위들이 무엇으로 되어 있는지를 깨닫지 못했었다. 맨 꼭대기에 닿아 아래를 내려다봤을 때에야 비로소 그것이 틈서리마다 이끼가 무성하게 자란 어마어마한 뿔임을 알았다.

뿔의 산을 찾아낸 것이다!

하지만 그것을 발견하고도 소년은 기쁘지 않았다. 충실한 작은 말이 죽은 뒤로는 모든 것이 시들하기만 했다. 이제 소년은 여기에 살고 있는 파파할멈 모를라가 누구인지, 어디에 있는지를 찾아야만 했다.

아트레유가 생각에 잠겨 멍해 있는데, 갑자기 어렴풋한 진동이 산을 관통해 지나가는 느낌이 들더니 곧 이어서 으스스한 피리 소리, 입맛 다시는 소리, 그리고 알 수 없는 목소리가 들렸다. 그것은 땅속 가장 깊은 곳에서 울려오는 듯했다.

"저 봐, 할멈. 우리 위에서 뭔가 기어다니고 있어."

아트레유는 소리가 들려온 산등성이 끝으로 서둘러 갔다. 그러다가 이끼덩이를 밟아 미끄러졌다. 소년은 아무것도 붙들 수가 없었다. 맹렬한 속도로 끝없이 미끄러지다가 다행히도 아래쪽에 있던 나뭇가지에 걸렸다.

산 속의 거대한 동굴이 눈에 띄었다. 동굴 속에서는 시커먼 물이 찰랑거리고 있었다. 그런데 그곳에서 뭔가 움직이며 천천히 헤엄쳐 나오고 있었다. 언뜻 집채만 한 크기의 바윗덩이처럼 보였다. 그것이 완전히 모습을 드러냈을 때에야, 비로소 아트레유는 그것이 주름투성이 기다란 목 위에 얹힌 그것의 머리임을 알았다. 거북이의 눈은 새까만 연못만큼이나 컸다. 거북이의 입에서는 진흙과 해초 물이 뚝뚝 떨어지고 있었다. 이 뿔의 산 전체가—아트레유는 이 사실을 그때서야 깨달았다—엄청나게 큰 단 한 마리의 동물, 바로 거대한 늪지 거북 파파할멈 모를라였던 것이다.

이어서 피리 부는 듯한 목소리가 다시 들렸다.

"꼬마야, 거기서 뭘 하니?"

아트레유는 가슴의 부적을 잡아, 거북이의 연못만 한 눈에 보이도록 추켜들었다.

"이걸 알아, 모를라?"

거북이는 한동안 대답이 없었다.

"이것 봐, 할멈, 아우린이야. 우리는 저걸 참 오랫동안 못 보았지. 어린 여왕의 표지 말이야. 참 오랜만이야."

"어린 여왕께서 편찮으셔. 알고 있어?"

아트레유가 말했다.

"그거야 우리와는 상관 없어. 안 그래, 할멈?"

모를라가 대답했다. 모를라는 이런 독특한 방식으로 혼잣말을 주고받았다. 아마도 꽤 오래 전부터 다른 말상대가 없었기 때문인 듯했다.

“우리가 구하지 않으면 여왕은 죽을 거야.”

아트레유는 다급하게 덧붙였다.

“아무려면 어때.”

모를라가 대답했다.

“그뿐 아니라 환상 세계도 같이 멸망할 거야.”

아트레유가 소리쳤다.

“무(無)로 만드는 현상이 벌써 여기저기에 번지고 있어. 내 눈으로 보았어.”

모를라는 그 크고 멍한 눈으로 소년을 바라보았다.

“우리가 그걸 어쩌겠어. 안 그래, 할멈?”

거북이는 그릉그릉거렸다.

“그럼 우리 모두가 멸망해 버릴 거야. 우리 모두가!”

아트레유는 외쳤다.

“이것 봐, 꼬마야. 그게 우리하고 무슨 상관이야? 우리에겐 아무것도 중요하질 않아. 아무것도 상관없어. 모든 게 전혀 상관없다고.”

모를라가 대답했다.

“너도 파괴될 거야, 모를라! 너도! 너는 그렇게 오래 살고 있기 때문에 환상 세계가 없어져도 그대로 살아남을 것 같니?”

아트레유는 화를 내며 외쳤다.

“이것 봐.”

모를라가 그릉거렸다.

“우리는 나이가 들었어. 꼬마야, 너무나 나이가 들었단다. 충분히 오래 살았어. 많은 것을 지겹도록 보았어. 우리만큼 많은 걸 알게 되면, 아무것도 중요하지 않게 돼. 모든 것은 영원히 되풀이되는 거야. 낮과 밤, 여름과 겨울, 모든 것이 돌고 돌 뿐 세계는 텅 빈 것이고 무

의미한 것이야. 선과 악, 어리석은 것과 현명한 것, 아름다운 것과 추한 모든 것은 공허한 거야. 아무것도 실재하는 것은 없어. 아무것도 중요한 것은 없어."

아트레유는 뭐라고 대답해야 할지 몰랐다. 파파할멈 모를라의 거대하고 어둡고 텅 빈 눈길이 소년의 모든 생각을 마비시켜 버렸다. 잠시 뒤 거북이가 말을 잇는 소리가 들렸다.

"너는 어리다, 꼬마야. 우리는 늙었어. 네가 우리처럼 늙게 되면 슬픔밖에는 아무것도 존재하지 않음을 알게 될 거야. 이거 봐. 왜 우리가 죽으면 안 된다는 거지? 너, 나, 어린 여왕, 모두, 모두가? 모든 것은 허상일 뿐인데, 공허함 속에서의 놀이에 불과한데. 모든 것이 아무 상관없어. 우리를 제발 가만 내버려 둬다오, 꼬마야, 가거라."

아트레유는 거북이의 시선에 마비되지 않으려고 자신의 모든 의지를 팽팽하게 모았다.

"그렇게 많은 걸 알고 있다면, 어린 여왕께서 왜 병에 걸리셨고, 그 병을 낫게 하는 약이 무엇인지도 알겠구나."

아트레유가 말했다.

"우린 알지. 안 그래, 할멈? 우리는 알고 있어."

모를라는 숨을 거칠게 쉬었다.

"그렇지만 여왕이 회복되든 안 되든 상관없어. 그런데 뭣 때문에 우리가 그걸 말하겠어?"

"너에게 정말 상관없다면 나에게 그걸 말해 줄 수도 있잖아."

"할 수도 있지, 할멈. 안 그래? 그렇지만 그럴 기분이 아니야."

모를라는 흥흥거렸다.

"그렇다면 너에게는 그것이 정말로 상관없는 게 아니야! 말할 수 없다는 건 너 자신도 네 말을 믿지 못하기 때문이야!"

아트레유가 외쳤다.

한참 동안 잠잠했다. 이어서 그렁그렁 깊은 트림 소리 같은 게 들렸다. 파파할멈 모를라도 웃음이라는 걸 안다면, 그건 필시 일종의 웃음임에 틀림없었다. 모를라는 이렇게 말했다.

"넌 참 꾀가 많구나, 꼬마야. 이봐, 꾀보야. 우린 참 오랫동안 이런 농담을 못 해 봤지, 안 그래, 할멈? 우리는 너에게 애기를 해 주지 않는 것과 마찬가지로 애기해 줄 수도 있어. 아무런 차이가 없지. 우리 저 애에게 애기해 줄까, 할멈?"

한참 동안 침묵이 흘렀다. 아트레유는 잔뜩 긴장한 채로 모를라의 대답을 기다렸다. 그는 거북이의 길고 지루한 생각을 괜한 질문을 해서 방해하지 않기로 했다. 이윽고 모를라는 말을 꺼냈다.

"너의 삶은 짧지, 꼬마야. 우리의 삶은 길어. 벌써 너무 너무 오래 살았어. 그렇지만 우리는 시간 안에 산단다. 너는 짧게, 우리는 길게. 어린 여왕은 나보다 먼저 존재했어. 하지만 여왕은 늙지를 않아. 항상 젊지. 이봐, 여왕의 존재는 시간으로 계산되는 게 아니라 이름으로 계산되는 거야. 여왕은 새로운 이름을, 끊임없이 새로운 이름을 필요로 해. 여왕의 이름을 아니, 꼬마야?"

"몰라. 이름을 들어본 적이 없어."

아트레유는 솔직히 말했다.

"그래, 그리고 들을 수도 없단다. 우리도 그 이름을 기억할 수 없을 만큼 여왕은 숱한 이름을 가졌었어. 그런데 모조리 잊혀졌지. 모든 것이 지나갔어. 이봐, 하지만 여왕은 이름 없이 살 수가 없어. 어린 여왕이 새로운 이름만 사용하게 되면, 다시 건강해질 거야. 그렇지만 중요한 것은 여왕이 건강을 되찾는 게 아니야."

모를라는 연못만 한 눈을 감고 천천히 고개를 집어넣으려고 했다.

"잠깐!"

아트레유가 외쳤다.

"여왕의 이름은 어디서 얻지? 누가 여왕에게 이름을 줄 수가 있어? 어디서 그 이름을 찾을 수 있지?"

"우리 가운데 어느 누구도 아니야."

모를라가 그르렁거렸다.

"환상 나라의 어떤 이도 여왕에게 새 이름을 줄 수가 없어. 그러니까 모든 것이 헛일이야. 공연히 애쓰지 말아라, 꼬마야. 중요한 것은 없어."

"대체 누구지? 누가 여왕에게 이름을 줄 수가 있어? 누가 여왕과 우리를 구해 낸단 말야?"

아트레유는 허겁지겁 외쳤다.

"그렇게 떠들지 마!"

모를라가 말했다.

"우리를 가만히 내버려 둬다오. 가게 해다오. 누가 그럴 수 있는지는 우리도 몰라."

"네가 그걸 모른다면 누가 그걸 알지?"

아트레유는 더 큰 소리로 외쳤다.

모를라는 다시 살며시 눈을 떴다.

"네가 '광채'를 지니고 있지만 않다면, 우리는 너를 먹어치웠을 거야. 조용해지도록 말이다."

"누구야? 누가 그걸 아는지 말해 줘. 그럼 너를 영원히 귀찮게 하지 않을게!"

아트레유는 고집스럽게 물었다.

"하지만 그래도 마찬가지야. 어쩌면 남쪽의 신탁소(신이 사람을 통해

뜻을 나타내는 곳)에 있는 율라라가 알는지도 모르지. 율라라는 혹시 알는지 몰라. 우리와 무슨 상관이 있담.”

모를라가 대답했다.

“그럼 어떻게 그리로 갈 수 있어?”

“너는 그곳에 갈 수 없다, 꼬마야. 이거 봐. 일만 일이 걸리는 여행이야. 너는 너무 짧게 살아. 도착하기도 전에 너는 죽을 거다. 너무 먼 곳이야. 남쪽의…… 너무 너무 멀어. 그러니까 모든 것이 헛일이야. 우리가 처음부터 그렇게 말하지 않았나, 할멈? 내버려 두고 포기해라, 꼬마야. 그리고 무엇보다도, 나를 내버려 둬다오!”

그러면서 모를라는 허공을 응시하던 눈을 마침내 감아 버리고 동굴 속으로 머리를 들이밀었다. 아트레유는 모를라에게서 이제 아무것도 알아낼 수 없음을 깨달았다.

같은 시각, 밤의 초원의 암흑에서 모아진 그림자는 아트레유의 발자국을 찾아내고 슬픔의 늪지를 향하고 있었다. 환상 세계의 그 어느 것도, 그 누구도, 이 그림자가 발자국을 쫓는 일을 막을 수는 없었다.

바스티안은 손으로 턱을 받치고 생각에 잠겨 멍하니 앞을 보았다.

“이상한데…….”

바스티안은 큰 소리로 말했다.

“환상 세계의 어떤 존재도 어린 여왕에게 새 이름을 줄 수가 없다니.”

만약 단지 이름을 하나 만들어 내는 거라면 바스티안은 쉽게 여왕을 도와 줄 수 있을 것이다. 그 점에서 소년은 꽤 뛰어났다. 하지만 유감스럽게도 소년은 지금, 자기의 재능을 발휘할 수도 있고 어쩌면 호의나 영광까지도 얻을 수 있을 환상의 세계와는 다른 세계에 있다. 그러나 다른 한편으로는 그곳에 있지 않다는 것이 퍽 다행스럽게 여겨졌다. 슬픔의 늪지 같은 지역에는 제아무리 뭐라 해도 들어갈 엄두를 못 냈을 테니까. 게다가 아트레유를 추적하고 있는, 무시무시한 그림자의 존재라니! 바스티안은 이 사실을 꿈에도 모르는 아트레유에게 경고를 해 주고 싶어 조바심이 났지만, 불가능한 일이었다. 희망을 갖고 책을 계속 읽는 수밖에는 다른 도리가 없었다.

‘덩어리’ 이그라물

아트레유는 목마름과 배고픔으로 괴로워하기 시작했다. 이틀 전 슬픔의 늪지대를 떠난 뒤로, 살아 있는 존재라고는 전혀 없는 바위황무지를 헤매고 있었다. 얼마 안 남은 식량은 아트락스와 함께 까만 물속에 빠져 버렸다. 아트레유는 풀뿌리라도 찾아내려 두 손으로 바위틈을 헤쳐 봤지만 아무것도, 하다못해 이끼조차도 자라 있지 않았다.

처음에는 단단한 땅을 밟는다는 것만으로도 기뻤다. 하지만 시간이 갈수록 차츰 자기의 상황이 나빠져 간다는 걸 인정하지 않을 수 없었다. 그는 길을 잃었다. 자기가 움직이고 있는 방향조차도 가늠할 수 없었다. 희미한 어스름 빛이 사방으로 똑같이 퍼져 있어서 아무런 판단의 실마리도 찾을 수 없었다. 사방으로 소년을 에워싸고 솟아 있는 뾰족한 바위들 위로 차가운 겨울철의 북풍이 끊임없이 불어댔다.

아트레유는 산등성이와 바위등성이를 기어올랐다. 올랐다가 다시 기

어 내려오곤 했지만, 소년의 시야에는 멀리까지 이어지는 산맥밖에는
아무것도 보이지 않았다. 산맥 뒤에 또다시 산맥……. 사방이 그런 식
으로 지평선까지 펼쳐져 있었다. 게다가 살아 있는 것이라고는 아무것
도 없었다. 풍뎅이 한 마리, 개미 한 마리도 찾아볼 수 없었다. 길 잃
은 자가 쓰러질 때까지 줄기차게 쫓아오는 독수리조차 보이지 않았다.
　아트레유가 길을 잃고 헤매는 이곳은 의심할 나위 없이, 죽음의 산맥
이었다. 이 산맥을 바라본 사람조차 극히 적었고 여기서 빠져 나와 돌
아온 자는 거의 없었다. 아트레유가 속한 족속들 사이에 전해지는 전설
에는 이 산맥에 관한 것이 있었다. 소년은 옛 노래의 한 구절을 떠올렸
다.

　　어떤 사냥꾼이라도
　　늪지에서 죽는 게 낫지.
　　죽음의 산맥에는
　　저 깊은 심연이 있기 때문이지.
　　그곳에는 이그라물이 살고 있지.
　　가장 끔찍하고 공포스런 존재……

　설사 아트레유가 되돌아갈 방향을 알았다 해도 이미 돌아가기란 불
가능했다. 그는 너무나 깊이 들어온 것이다. 이제는 그냥 계속 가는 수
밖에 없었다. 길을 가는 것이 혼자만의 일이었다면 아트레유는 아마 그
의 족속의 사냥꾼들이 그렇듯이, 그냥 아무 바위구멍에나 주저앉아 죽
기를 기다렸을 것이다. 하지만 그는 지금 위대한 원정 중이었고, 그것
은 어린 여왕과 온 환상 세계에 관계된 일이었다. 포기한다는 건 소년
에겐 있을 수 없는 일이었다.

그러므로 소년은 끊임없이 산을 오르내렸다. 그리고 이따금 자기가 졸면서 오랫동안 헤매고 있다는 사실을 알아차렸다. 그럴 때 소년의 마음은 다른 세계에서 마지못해 되돌아오곤 했다.

바스티안은 소스라치게 놀랐다. 탑시계가 한 시를 알렸다. 오늘 수업은 다 끝난 것이다.

아래층 교실에서 나와 복도로 우르르 몰려가는 아이들의 왁자지껄 떠드는 소리에 바스티안은 귀 기울였다. 수많은 발들이 층계를 쿵쾅거리며 내려갔다. 뒤이어 한동안 여러 가지 고함소리가 거리 쪽에서 울려 왔다. 그러더니 마침내 학교 건물 안에는 정적이 깔렸다.

이 정적은 질식시키려는 듯한 답답하고 무거운 담요처럼 바스티안의 마음을 뒤덮었다. 이제 자기는 이 커다란 학교 안에 완전히 외톨이로 있는 것이다. 하루 종일, 오늘 밤 내내, 아니 얼마나 오래일는지 아무도 모른다. 사태는 심각해졌다.

다른 아이들은 지금 집으로 가서 점심을 먹을 것이다. 바스티안도 배가 고팠다. 게다가 군대용 담요를 두르고 있는데도 추웠다. 갑자기 바스티안은 모든 용기를 잃었다. 모든 계획이 완전히 어처구니없고 부질없이 여겨졌다. 집으로 가고 싶었다. 지금 당장에! 아직은 시간이 있었다. 아직까지는 아빠도 아무 눈치를 못 챌 것이다. 바스티안은 아빠에게 오늘 학교를 빠졌다는 얘기조차 말할 필요가 없으리라. 물론 언젠가는 들통이 나겠지만 그때까지는 시간이 많이 남았다. 그런데 이 훔쳐 온 책은 어쩐다지? 그렇다, 그것도 언젠가는 고백을 해야 하리라. 아빠는 지금까지 바스티안이 안겨 준 온갖 실망을 감수했던 것처럼 결국 이 문제도 묵묵히 받아들이리라. 아빠를 겁낼 이유는 조금도 없었다. 아마도 아빠는 소년 몰래 코레안더 씨에게 가서 모든 일을 처리해 줄는지도 모를 일이다.

바스티안은 무심결에 청동 빛깔의 책을 집어 책가방에 넣으려다가 생각을 고쳤다.

"아니야."

소년은 창고의 정적을 깨고 소리쳤다.

"아트레유라면 일이 약간 어려워진다고 해서 이렇게 금방 포기하지는 않을 거야. 시작한 것은 끝까지 밀고 나가야 해. 되돌아가기에는 벌써 너무 멀리 와 버렸어. 어떻든 그대로 계속해서 갈 수밖에 없어."

소년은 외로움이 강하게 느껴졌다. 하지만 그와 동시에, 자기가 유혹에 넘어가지 않고 용감하게 남았다는 사실이 뿌듯하기도 했다.

어쨌거나 아주 조금은 아트레유와 닮은 데가 있지 않은가!

한 치 앞도 더 나아갈 수 없는 순간이 왔다. 아트레유 앞에는 깊은 심연이 입을 벌리고 있었다.

그 광경을 마주했을 때의 엄청난 전율은 이루 표현할 수가 없었다. 죽음의 산맥을 가로질러 폭이 1킬로미터는 됨직한 땅이 쩍 갈라져 있고 그 밑바닥의 깊이는 알아볼 수조차 없었다.

아트레유는 불거진 바위 끝에 앉아 환상 세계 심장까지 닿은 듯싶은 암흑 속을 뚫어지게 바라보았다. 그러다가 손에 닿은 머리통만 한 돌을 집어 들어 힘껏 멀리 던졌다. 돌은 한없이 떨어져 내려가더니 암흑 속으로 사라졌다. 아트레유는 귀를 기울여 보았지만, 아무리 오래 기다려도 돌이 떨어져 부딪히는 소리는 들려오지 않았다.

이제 아트레유는 자기가 할 수 있는 유일한 동작을 취했다. 깊은 심연의 가장자리를 따라 걷기 시작한 것이다. 그리고 옛 노래에서 말해 주는 저 '가장 끔찍스런' 공포에 부닥칠 순간을 기다렸다. 그것이 어떤 종류의 생물인지는 알 수 없으나 그 이름이 이그라물이라는 것만은 알고 있었다.

깊은 심연은 들쭉날쭉 톱날모양으로 산지의 황무지를 누비며 뻗어 있었다. 물론 그 가장자리에 길 같은 건 없었고, 바위 탑들이 솟아 있어서 기어올라야만 했다. 때로는 위태하게 그 위에서 비틀거리곤 했고, 거대한 바위덩이가 가로놓여 있어서 힘들게 빙 돌아가기도 했다. 또는 땅의 갈라진 틈을 향해 자갈 더미가 경사져 있어서 조금만 건드려도 무섭게 무너져 내리곤 했다. 단 한 발자국만 앞으로 나아갔더라면 굴러 떨어질 뻔한 사태를 소년은 여러 차례 겪었다.

만약 어떤 추적자가 자기를 쫓아 점차 접근해 오고 있다는 사실을 알았다면, 아트레유는 아마 이런 역경에서 큰 대가를 치렀어야 할 어떤 경솔한 행동을 저질렀을지 모른다. 추적자는 소년의 출발 때부터 뒤쫓아 온 저 암흑의 덩어리였다. 그 사이에 그 존재의 형체는 윤곽을 똑똑히 알아볼 만큼 진해졌다. 바로 황소만큼 크고 새까만 늑대였다. 그것은 코를 땅에 대고 죽음의 산맥 바위황무지를 누비며 줄기차게 아트레유의 발자국을 쫓고 있었다. 그의 혓바닥은 아가리에서 길게 늘어져 있었고, 입술은 추켜올려 흉측스런 이빨을 드러내 보였다. 신선한 냄새가, 이제 불과 몇 킬로밖에 떨어져 있지 않은 곳에 먹이가 있다는 사실을 알려 주었다. 그리고 이 간격은 사정없이 좁아졌다.

그러나 아트레유는 추적자가 있으리라곤 상상하지도 못한 채 조심스럽게 천천히 길을 더듬어 나갔다.

바위더미를 관통하고 있는, 구불구불한 파이프같이 생긴 어떤 좁은 동굴 속으로 들어갔을 때였다. 갑자기 이상스런 굉음이 들려 왔다. 그것은 소년이 일찍이 들었던 다른 어떤 소리와도 전혀 비슷한 데가 없었다. 쏴쏴, 쾅쾅, 덜컹덜컹하는 소리가 한꺼번에 울려 퍼졌다. 그와 동시에 아트레유는 자기가 서 있는 바위가 통째로 흔들림을 느꼈고, 우르릉 쾅 하며 산기슭에서 돌덩어리가 무너져 내리는 소리를 들었다. 얼마 동안 소년은 지진이—아니면 그 뭔가가—가라앉기를 기다렸다. 그것이 멎자 기다시피 해서 마침내 출구에 다다라 조심조심 머리를 밖으로 내밀었다.

소년은 이제 깊은 심연의 암흑 위로 이 가장자리에서 저 가장자리에 걸쳐 어마어마한 거미줄이 쳐져 있는 광경을 보았다. 밧줄 굵기만 한 그 끈적끈적한 그물 안에는 커다랗고 흰 행운의 용이 한 마리 걸려 있었다. 용은 꼬리와 발톱을 이리저리 허우적거리고 있었다.

행운의 용은 환상 세계에서 아주 보기 드문 동물이었다. 그들은, 징그럽고 커다란 뱀처럼 깊은 땅굴에 살면서 악취를 퍼뜨리며 상상이나 현실의 보물을 지키는 보통 용과는 전혀 닮은 데가 없었다. 그런 악종들은 대개 심술궂고 원한에 찬 성격이며 박쥐의 비막 같은 날개가 달려 있다. 그리고 소란스럽게 쿵쾅거리거나 공중을 날아다니며 불과 연기를 내뿜었다. 이와는 반대로 행운의 용은 공기와 따스함으로 이루어진 피조물로 기쁨의 동물이며, 어마어마하게 몸집이 크면서도 여름철 구름처럼 가벼웠다. 그래서 굳이 날개가 필요 없었다. 그들은 물고기가 물속에서 헤엄치듯이 공중에서 헤엄을 쳤다. 땅에서 바라보면 그들은 천천히 움직이는 번개 같았다. 무엇보다 경이로운 점은 그들의 노래였다. 그들이 내는 소리는 커다란 종의 영롱하고 웅장한 울림 같고, 그들이 내는 낮은 소리는 마치 멀리서 들리는 종의 메아리 같았다. 그 노래를 들은 사람은 평생토록 그것을 잊지 못해 손자들에게까지 얘기를 들려주었다.

그러나 지금 아트레유가 본 이 행운의 용에게서는 아무래도 노랫소리를 기대할 수 없었다. 장밋빛과 흰빛으로 반짝이는 진주빛 비늘이 뒤덮인 그의 유연하고 긴 몸체가 거대한 거미줄 속에 뒤엉켜 달라붙어 있었기 때문이다. 입가에 난 긴 수염, 무성한 갈기와 긴 몸체와 사지에 난 술들이 꼼짝도 할 수 없게 끈끈한 밧줄 속에 얽혀 있었다. 다만 사자처럼 생긴 그 머리의 눈동자만이 루비처럼 빨갛게 번득이며 아직 살아 있음을 말해 주고 있었다.

이 훌륭한 동물의 몸에 난 수많은 상처에서 피가 흘러나오고 있었다. 거기에는 끊임없이 모양을 바꾸는 먹구름처럼, 흰 용의 몸체 위로 힘차게 부딪쳐 오는 또 다른 거대한 존재가 있었던 것이다. 그 형체는, 긴 다리와 번득이는 여러 개의 눈에다가 헝클어진 시커먼 털로 뒤덮여 있어 언뜻 뚱뚱한 몸집의 거대한 거미처럼 보이는가 하면, 어느새 길게 손톱을 기른 단 하나의 커다란 손으로 변하여 행운의 용을 잡아채려 했고, 다음 순간에는 시커멓고 거대한 전갈로 변신하여 독침으로 그의 불쌍한 희생물을 쏘아대는 것이었다.

이 두 거대한 존재의 싸움은 무시무시했다. 행운의 용은 푸른 불을 내뿜으면서 여전히 방어를 했다. 그 불은 구름 같은 상대의 머리털을 그슬렸다. 연기가 솟아올라 바위틈으로 가닥을 이루어 맴돌았다. 그 악취 때문에 아트레유는 숨을 쉬기가 곤란했다. 한 번은 행운의 용이 상대의 긴 다리 한쪽을 물어뜯는 데 성공했다. 하지만 떨어져 나간 다리는 깊은 심연 속으로 떨어지는 게 아니라 한순간 공중에서 몇 번 흔들거리더니 원래 있던 데로 되돌아가 시커먼 구름 몸체에 달라붙는 것이었다. 이런 일이 마냥 되풀이해 일어났다. 용이 그놈의 사지 어느 하나를 이빨로 잡았는가 싶었으나, 곧 그것은 허공을 물어뜯은 듯 보이는 것이었다.

그제야 아트레유는 지금껏 몰랐던 사실을 깨달았다. 이 소름끼치는 덩치는 단단한 하나의 몸체가 아니라, 헤아릴 수 없이 수많은 작은 곤

충들로 이루어져 있었던 것이다. 이 곤충들은 화가 난 말벌처럼 붕붕거리며 빽빽하게 떼를 이루어 끊임없이 새로운 형체를 만들어 댔다.

그것이 이그라물이었다. 비로소 아트레유도 이그라물을 왜 '덩어리'라고 부르는지 깨달았다.

아트레유는 숨어 있던 장소에서 뛰쳐나와, 가슴의 '광채'를 잡고 힘껏 외쳤다.

"멈춰! 어린 여왕의 이름으로! 멈춰라."

하지만 싸우고 있는 두 형체의 숨찬 소리에 묻혀 아트레유의 목소리는 자신에게조차 겨우 들릴 지경이었다.

소년은 생각할 틈도 없이 날쌔게 그 끈적끈적한 그물 밧줄을 타고, 싸우는 놈들에게로 달려갔다. 그물이 소년의 발밑에서 어지럽게 흔들렸다. 소년은 균형을 잃고 그물코 사이로 떨어져 두 손만으로 어두운 심연 위에 대롱대롱 매달렸다가는, 올라와 자세를 추스리고 서서 다시 균형을 잡고 서둘러 움직였다.

이그라물은 갑자기 무엇인가 다가오는 것을 느꼈는지 번개처럼 몸을 움직였다. 놈의 몰골은 실로 끔찍했다. 지금은 이제 어마어마하게 큰 강철빛 푸른 얼굴덩어리가 되어 있었고, 콧잔등 위에 달린 외눈의 눈동자를 수직으로 떨어뜨려, 상상할 수 없이 악의에 찬 모습으로 아트레유를 응시했다.

바스티안은 나직이 공포에 찬 비명을 질렀다.

공포의 절규가 심연 속으로 울렸고, 메아리가 되어 사방으로 퍼져나갔다. 이그라물은 혹시 또 다른 새 손님이 없나 살펴보려고 눈을 좌우로 굴렸다. 공포에 질려 자기 앞에 서 있는 소년이 고함의 장본인일 리가 없다고 여겼기 때문이다. 하지만 그곳에 다른 존재는 없었다.

'이그라물이 들은 소리가 혹시 내 고함소리가 아닐까?'
바스티안은 잔뜩 불안에 떨며 생각했다.
'아니야, 그럴 리가 없지.'

아트레유는 이그라물이 내는 소리를 들었다. 그것은 그놈의 거대한
얼굴에는 도저히 어울리지 않는 아주 높고 쉰 음성이었다. 말을 할 때
조차 놈은 입을 움직이지 않았다. 어마어마한 벌떼의 붕붕거림으로 말
을 만드는 것이었다.
"두 다리 달린 놈!"
이런 말이 아트레유에게 들렸다.
"너무나 오랫동안 굶었는데 마침 맛있는 먹이가 찾아왔군! 오늘은
정말 행운의 날이야!"
아트레유는 온 힘을 짜내야 했다. 이윽고 '광채'를 괴물의 외눈 앞에
보이고 물었다.
"너희는 이 표지를 아니?"
"이리로 다가와라, 두 다리 동물아! 이그라물은 눈이 나빠."
수많은 음성의 합창이 붕붕거렸다
아트레유는 그 얼굴을 향해 한 발짝 다가갔다. 놈은 그제야 입을 벌
렸다. 입 속에는 혓바닥 대신에 수많은 촉각과 촉수들이 번뜩이고 있었
다.
"더 가까이 와!"
떼를 이룬 무리가 붕붕거렸다.
아트레유가 또 한 발짝 다가서자 이제는 사납게 뒤엉켜 소용돌이치

는 수많은 강철빛 존재들을 낱낱이 똑똑히 볼 수 있었다. 하지만 그 끔 찍한 얼굴은 전체적으로 아무런 흔들림도 보이지 않았다.

"나는 아트레유다. 어린 여왕의 위임자지."

소년은 말했다.

"참 좋지 않은 때 왔군."

잠시 뒤 화가 난 붕붕거림이 대답했다.

"이그라물에게 무슨 볼 일이 있지? 이그라물은 보다시피 아주 바쁘 다."

"나는 이 행운의 용을 원한다. 이 용을 나에게 다오!"

아트레유는 대답했다.

"이 용이 필요한 이유가 뭐지? 아트레유, 두 다리 동물아?"

"나는 슬픔의 늪지대에서 말을 잃어버렸어. 그런데 남쪽의 신탁소로 가야 해. 왜냐하면 율라라만이 내게, 누가 어린 여왕에게 새 이름을 줄 수 있는지 알려 줄 수 있거든. 새 이름을 받지 못하면 여왕과 모든 환 상 세계는 같이 죽을 수밖에 없어. 덩어리를 이룬 이그라물, 너희도 말 야."

"아!"

이그라물에게서 길게 끌리는 울림이 새어 나왔다.

"그게 아무것도 없는 그런 자리들이 생겨나는 이유야?"

"그래."

아트레유는 대꾸했다.

"너희도 알고 있구나, 이그라물. 그렇지만 남쪽의 신탁소는 내 생전 에 닿을 수 없을 만큼 멀리 떨어져 있어. 그래서 너희에게 이 행운의 용을 달라는 거야. 이 용이 나를 태우고 하늘을 날면 내가 죽기 전에 목적지에 닿을지도 모르니까."

얼굴을 이루고 있는 소용돌이 무리로부터 수많은 음성의 킬킬거림이 들렸다.

"너는 착각에 빠져 있어, 아트레유, 두 다리 동물아. 우리는 남쪽의 신탁소니, 율라라니 하는 것에 관해선 아무것도 몰라. 다만 이 용이 너를 날라다 주지 못한다는 점은 알지. 설사 이 용이 상처를 입지 않았다 해도 너의 여행은 엄청나게 오래 걸릴 테고, 그 사이에 어린 여왕은 병으로 죽어 버릴 거야. 너의 생명에 맞춰 원정을 계산하면 안 돼. 아트레유, 두 다리 동물아. 여왕의 생명에 맞춰야 해."

수직으로 떨어진 그 시선을 차마 마주 볼 수가 없어 아트레유는 고개를 떨구었다.

"네 말이 옳아."

소년은 맥이 풀려 말했다.

"그뿐 아니라, 이그라물의 독이 용의 몸 안에 들어가서 용은 겨우 한 시간밖에 더 못 살아."

그 얼굴은 꼼짝 않고 말을 이었다.

"그렇다면 이제 희망이 없구나. 용도, 나도, 너희도, 이그라물."

아트레유는 중얼거렸다.

"적어도 한 번은 더 화려한 식사를 할 수 있을지 모르지. 그렇지만 그것이 정말로 이그라물의 최후의 만찬이라는 말은 아니야. 이그라물은 너를 손바닥 뒤집듯이 남쪽 신탁소로 데려다 줄 방법을 하나 알지. 문제는 그게 네 마음에 드느냐는 거야, 아트레유, 두 다리 동물아."

목소리가 붕붕거렸다.

"대체 그게 뭐지?"

"그건 이그라물의 비밀이야. 심연 속의 형체들도 저마다 나름의 비밀이 있어. 아트레유, 두 다리 동물아. 이그라물은 지금껏 이 비밀을 털어놓은 적이 한 번도 없어. 아무에게도 말하지 않겠다고 맹세할 수 있겠지? 그것이 알려지면 이그라물은 손해를 입게 돼. 아, 엄청난 이그라물의 손해야."

"맹세할게, 말해 봐!"

이그라물은 강철의 푸른빛 거대한 얼굴을 약간 앞으로 숙이더니 들릴락 말락 하게 붕붕거렸다.

"너는 이그라물에게 물어 뜯겨야 해."

아트레유는 소스라치게 놀랐다.

"이그라물의 독에 물리면 한 시간 안에 죽게 돼."

그 목소리는 계속했다.

"그렇지만 동시에 그 독을 받은 자에게 자기가 원하는 환상 세계의 어떤 장소로든 갈 수 있는 힘을 부여해 주지. 물론 한 시간뿐이지만. 이 사실이 알려진다면 어떻겠어! 모든 희생물은 이그라물을 피해 도망칠 거야!"

"한 시간 안에? 그렇지만 단 한 시간 동안 내가 무엇을 해 낼 수 있겠어?"

아트레유는 소리쳤다.

"자, 어쨌든 그것은 네가 여기에 그냥 머무는 모든 시간보다 훨씬 더 긴 거야. 어서 결정해!"

떼를 이룬 덩어리가 붕붕거렸다.

아트레유는 마음속에서 자신과 싸우고 있었다.

"내가 어린 여왕의 이름으로 너희에게 청하면, 이 행운의 용을 풀어 주겠니?"

이윽고 아트레유가 물었다.

"안 돼."

그 얼굴은 대담했다.

"네가 설령 아우린을, '광채'를 지니고 있다 해도 이그라물에게 그걸 청할 권리는 없어. 어린 여왕은 우리 모두를 있는 그대로 인정하고 있어. 그렇기 때문에 이그라물도 그 표지 앞에 고개를 숙이는 거야. 너도 그걸 잘 알잖니."

아트레유는 여전히 고개를 숙이고 서 있었다. 이그라물이 하는 말은 사실이었다. 소년은 저 흰 행운의 용을 구출할 수 없는 것이다. 아트레유 자신의 소망은 중요하지 않았다.

소년은 똑바로 서서 말했다.

"네 말대로 해!"

그 순간, 강철의 푸른빛 구름이 번개처럼 덮쳐 소년의 온몸을 휘감았다. 소년은 왼쪽 어깨에 맹렬한 통증을 느꼈지만 끊임없이 남쪽의 신탁소로 갈 것만을 생각했다.

곧 소년은 눈앞이 캄캄해졌다.

잠시 뒤 늑대가 그 장소에 도착했을 때는, 거대한 거미줄 밖에 그 어느 누구도 없었다. 지금껏 추적해 온 발자취도 갑자기 뚝 끊겼고 아무리 애를 써도 다시 찾을 수 없었다.

바스티안은 책에서 눈길을 떼었다. 자신의 몸 안에도 이그라물의 독이 퍼진 듯 고통스럽게 느껴졌다.

"다행이야."

바스티안은 혼잣말을 했다.

"내가 환상 세계에 살고 있지 않아서. 그런 괴물은 다행히도 현실엔 없으니까. 그런 것들은 이야기 속에나 있는 거야."

하지만 이것이 과연 이야기일 뿐일까? 그렇다면 어떻게 이그라물과
아트레유가 바스티안의 공포의 외침을 들을 수 있었을까?
소년은 이 책이 서서히 무시무시하게 느껴지기 시작했다.

부부 은둔자

아트레유는 한순간 정신이 번쩍 들며 역시 이그라물이 자기를 속인 것이 아닌가 하여 당황했다. 정신을 차렸을 때 그는 여전히 바위황무지에 있었던 것이다.

그러나 가까스로 무거운 몸을 일으켜 보니 그곳은 산의 황무지이기는 하나 전혀 다른 곳이었다. 이 지역은 온통 벽돌색 바위 판들이 아래위로 맞물려 쌓여 있어서 독특한 탑과 피라미드 모양을 형성하고 있었다. 그 사이의 땅은 나직한 덤불과 잡초가 뒤덮고 있었다. 이글이글 타는 듯한 무더위였다. 주변은 쨍쨍 내리쬐는 햇빛 속에 잠겨 눈을 뜰 수 없을 정도로 번쩍이고 있었다.

아트레유는 손을 이마에 대어 햇빛을 가리고 주위를 둘러보았다. 그러자 1.5킬로미터쯤 떨어진 곳에 서 있는 들쭉날쭉한 바위성문이 눈에 들어왔다. 둥근 아치형의 그 문은 수평으로 누운 돌판으로 만들어져 있고 높이는 3.5킬로미터쯤 되어 보였다.

저것이 남쪽의 신탁소로 들어가는 입구일까? 소년이 보기에, 바위문 뒤에는 끝없이 펼쳐진 빈 평원밖에 없었다. 아무런 건물도, 신전도, 정원도—신탁소라 할 만한 것이라곤 아무것도 없었다.

어떻게 해야 할지 몰라 여전히 생각에 잠겨 있는데, 갑자기 청동의 울림처럼 깊은 목소리가 들려 왔다.

"아트레유!"

그리고 또다시.

"아트레유!"

소년은 재빨리 몸을 돌렸다. 적갈색 바위탑 뒤에서 하얀 행운의 용이 나타났다. 상처에서 피를 줄줄 흘리는 용은 가까스로 소년에게 기어올 정도로 기운이 빠져 있었다. 그런데도 루비 같은 빨간 눈으로 유쾌하게 눈짓을 해 보이며 말했다.

"내가 여기 나타났다고 너무 놀라지 마, 아트레유. 거미줄에 잡혀 있을 적에는 정말 마비된 거나 다름없는 상태였지만, 이그라물이 너에게 하는 말을 전부 새겨들었단다. 그리고 생각했지. 결국은 나도 이그라물에게 물렸는데, 나라고 해서 이그라물이 너한테 털어놓은 비밀이 통하지 않을 리 없다고. 그래서 나도 이그라물에게서 빠져 나왔단다."

아트레유는 기뻤다.

"너를 이그라물에게 먹히도록 놔두기가 정말 괴로웠어. 그렇지만 아무 도움도 줄 수 없었는데……."

아트레유가 말했다.

"아무것도 할 수 없었을 거야."

행운의 용이 대답했다.

"그렇긴 해도 너는 내 생명을 구해 주었어. 하긴 나의 힘도 무시할 수는 없지만.”

그리고 또 한 번 그는 윙크를 했다. 아까와는 다른 쪽 눈으로.

“생명을 구했지만⋯⋯.”

아트레유는 되풀이해 말했다.

“한 시간뿐이야. 우리 둘에게 그 이상의 시간은 없어. 이그라물의 독이 점점 더 퍼지는 게 느껴져.”

“모든 독에는 꼭 맞는 해독제가 맞서고 있는 법이야. 두고 봐. 모든 일이 순조로워질 테니까.”

흰 용은 대답했다.

“어떻게 될지 모르겠는걸.”

아트레유가 말했다.

“나도 몰라. 하지만 바로 그것이 좋은 징조야. 이제부터 네가 하는 모든 일이 잘 될 거야. 나는 행운의 용이니까. 그물 속에 걸렸을 때도 나는 희망을 놓지 않았어. 그리고 네가 보다시피 그건 옳았어.”

용이 대답했다.

아트레유는 미소를 지었다.

“네가 여기로 온 이유를 말해 봐. 너를 치료할 수 있는 더 좋은 장소로 왜 가지 않았지?”

“내 생명은 네 것이야.”

용은 말했다.

“네가 받아들인다면 말이지. 하지만 위대한 원정을 하려면 타고 갈 동물이 필요할 거야. 곧 알게 되겠지만, 두 다리로 슬금슬금 걸어 다니거나 좀 낮게는 훌륭한 말을 타고 신나게 달리는 것과, 행운의 용 등에 앉아 창공을 돌진하는 건 아주 다르단다. 알았니?”

“알았어!”

아트레유가 대답했다.

"그건 그렇고 내 이름은 푸쿠르야."

용이 덧붙였다.

"좋아, 푸쿠르. 하지만 우리가 말하는 동안에도 우리에게 남은 얼마 안 되는 시간이 흘러가고 있어. 뭔가 해야 해. 그런데 뭘 하지?"

아트레유가 말했다.

"행운을 얻어야지. 그 밖에 또 뭐가 있겠어?"

푸쿠르가 대답했다.

하지만 아트레유는 이미 듣고 있지 않았다. 소년은 힘없이 쓰러져서, 푸쿠르 몸의 부드러운 곡선에 휘감겨 꼼짝 않고 누워 있었다.

이그라물의 독이 작용을 한 것이었다.

아트레유가 다시 눈을 떴을 때—얼마나 시간이 흘렀는지는 모른다—맨 먼저 그의 눈에 띈 것은 자기의 얼굴 위로 몸을 굽히고 있는 괴상한 존재의 얼굴이었다. 그것은 소년이 이제껏 보았던 얼굴 가운데서 가장 우글쭈글 주름이 잡혀 있었지만, 크기가 소년의 주먹 정도밖에 안 되었다. 얼굴 빛깔은 구운 사과처럼 짙은 갈색이었고 거기에 박힌 조그만 두 눈은 별처럼 반짝였다. 머리 위에는 시들은 꽃잎으로 만든 두건 같은 게 얹혀 있었다.

그때 아트레유는 조그만 컵이 입술에 와 닿는 걸 느꼈다.

"좋은 약이다, 좋은 약이야!"

주름투성이 작은 얼굴 속의 주름진 작은 입술이 우물거렸다.

"마셔라, 꼬마야, 마셔. 몸에 좋단다!"

아트레유는 입술을 조금 축였다. 독특한 맛이었다. 달콤하면서도 떫었다.

"흰 용은 어떻게 됐죠?"

소년은 간신히 입을 열었다.

"벌써 괜찮아졌단다."

작은 목소리가 소곤거렸다.

"걱정 말아라, 꼬마야. 다시 건강해질 게다. 둘 다 다시 건강해질 게야. 가장 끔찍한 일은 이미 거쳤다. 마셔라, 마셔!"

아트레유는 한 모금 더 마시고는 금세 다시 잠이 들었다. 하지만 이번에는 회복을 위한 상쾌하고 깊은 잠이었다.

탑시계가 두 시를 알렸다.

바스티안은 더 이상 견딜 수가 없었다. 화장실이 급했다. 벌써 한참 전부터 급했지만 읽기를 멈출 수가 없었다. 게다가 학교 건물로 내려가는 것이 약간 겁도 났다. 소년은 이제 텅 비었으니까 아무도 볼 리가 없다고, 그러니 겁낼 이유가 없다고 자신을 타일렀다. 그럼에도 불구하고 소년은 학교 건물 자체가 자기를 지켜보는 존재이기나 한 듯이 두려웠다.

하지만 이제는 어쩔 도리가 없었다. 좌우간 내려갈 수밖에 없잖은가!

소년은 책을 펼친 채로 체조용 매트 위에 놓고 일어서서 창고 문으로 갔다. 가슴을 두근거리며 잠시 귀를 기울였다. 전체가 쥐죽은 듯했다. 소년은 빗장을 밀어 열고 천천히 커다란 열쇠를 자물쇠에 꽂았다. 손잡이를 밀었을 때 문은 요란스레 삐걱거리며 열렸다.

소년은 맨발로 후딱 나가, 다시 한 번 불필요한 소음을 일으키지 않기 위해 문을 열어 놓은 채 놔두었다. 그러고는 2층까지 살금살금 층계를 내려갔다. 소년 앞에 시금치 빛깔로 칠해진 교실 문들이 죽 늘어선, 긴 복도가 뻗쳐 있었다. 학생용 화장실은 맨 끝에 있었다. 바스티안은 최대한 빠른 속도로 힘껏 내달렸다. 오줌보가 막 터질 지경이었

다. 최후의 순간, 소년은 문자 그대로 그 구원의 장소에 간신히 도착했
다.

변소에 앉아 있는 동안 소년은, 왜 이야기 속의 주인공들은 도대체
이런 문제에 시달리지 않을까 하고 생각했다. 언젠가—지금보다 훨씬
어렸을 적에—성경 시간에, 예수께서도 보통 사람처럼 먹고 마시고 하
긴 했는데 보통 사람처럼 용변도 봤느냐는 질문을 한 적이 있었다. 온
반 아이들은 웃음보를 터뜨렸고, 성경 선생님은 '버릇없는 행동'이라며
벌점 표시를 출석부에 기록해 두었다. 그때 대답 같은 건 듣지도 못했
다. 소년은 진정 버릇없이 굴 의도로 물은 것은 아니었다.

'이런 문제들은 그런 이야기에서 말하기에는 너무나 하찮은 건지도
몰라.'

바스티안은 그제야 생각했다.

그런 일들이 소년에게는 정말 부끄러우면서도 아주 중요한 문제일
때가 더러 있는데도 말이다.

소년이 볼일을 끝내고 나서 줄을 잡아당기고 막 나가려던 참이었다.
바깥 복도에서 갑자기 발짝 소리가 들려왔다. 차례대로 교실문이 열렸
다 닫히는 소리가 나면서 발짝은 점점 가까워졌다.

바스티안의 숨은 턱까지 닿아 고동쳤다. 어디로 숨는담? 소년은 그
자리에 얼어붙은 듯이 서 있었다.

화장실 문이 열렸다. 다행스럽게도 열린 문이 바로 바스티안을 감춰
주었다. 학교 건물 관리인이 안으로 들어왔다. 그는 칸마다 차례대로
들여다보았다. 물이 아직 줄줄 흐르고 줄이 흔들거리는 칸에 왔을 때,
그는 얼떨떨한 표정을 잠시 짓더니 뭐라고 혼잣말을 했다. 하지만 곧
물 흐르는 소리가 멎는 걸 보더니 어깨를 으쓱하고는 나가 버렸다. 그
의 발소리가 층계에서 울려 왔다.

바스티안은 그동안 감히 숨도 쉬지 못하고 있다가 겨우 한숨을 돌렸다. 밖으로 나가려 할 때 무릎이 와들와들 떨렸다.

조심스레, 그러나 힘껏 재빨리 시금치빛 페인트가 칠해진 문들이 줄지어 선 복도를 지나고 층계를 올라 창고로 되돌아왔다. 다시 문을 잠그고 빗장을 지르고 나자 맥이 쭉 풀렸다.

긴 한숨을 몰아쉬며 소년은 다시 체조용 매트 침상에 주저앉아 군대용 담요를 휘감고 책을 들었다.

아트레유가 다시 깨어났을 때에는 완전히 상쾌하고 기운을 되찾은 기분이었다. 아트레유는 몸을 일으켰다.

밤이었고, 달빛이 환하게 비추었다. 아트레유는 자기가 하얀 용 곁에 쓰러졌던 바로 그 자리에 있음을 깨달았다. 푸쿠르도 여전히 거기 누워 있었다. 행운의 용은 곤히 잠들어 편하고 길게 숨을 쉬고 있었다. 그의 모든 상처는 총총히 싸매져 있었다.

아트레유는 자기의 어깨도 똑같이 치료되어 있음을 깨달았다. 헝겊 대신 잡초와 풀의 섬유질로 싸매져 있었다.

불과 몇 발짝 떨어진 곳의 바위 속에 작은 동굴이 보이고, 그 입구에서 희미한 불빛이 새어 나왔다.

아트레유는 왼쪽 팔이 움직이지 않도록 살며시 일어나서 나지막한 동굴 입구로 걸어갔다. 고개를 숙이고 들여다보니 그 안에는 연금술사의 부엌처럼 보이는 작은 방 하나가 있었다. 저 뒤쪽 벽난로에서는 불꽃이 활활 타오르며 탁탁 튀고 있었다. 여기저기 프라이팬, 냄비, 야릇하게 생긴 병들이 널려 있고 왼편에는 갖가지 말린 풀들이 쌓여 있었다. 한가운데 있는 작은 탁자와 그 밖의 가구들은 나무그루터기로 짜맞춘 것이었다. 전체적으로 이 방은 아주 아늑한 인상을 풍겼다.

잔기침 소리를 듣고서야 아트레유는 난로 앞의 등받이 의자에 한 난쟁이가 앉아 있음을 알아챘다. 그는 나무뿌리로 된 모자를 쓰고 있었는데, 그 모자는 마치 파이프 머리를 뒤집어 놓은 듯했다. 얼굴은 소년이 처음 깨어났을 때 올려다보았던 얼굴과 마찬가지로 짙은 갈색에 주름투성이였다. 하지만 이번엔 커다란 안경을 코에 걸치고 있어서 더 날카롭고 세심하게 보였다. 난쟁이는 무릎에 얹힌 커다란 책을 읽고 있었다.

곧 이어 더 뒤쪽에 있는 다른 방에서 또 다른 난쟁이가 뒤뚱거리며 들어왔다. 아트레유는 바로 이 난쟁이가 아까 자기를 돌봐 준 장본인임을 알아보았고, 더불어 그가 여자 난쟁이임을 알아챘다. 이 여자 난쟁이는 나뭇잎 모자 말고도 난로 앞 안락의자에 앉은 남자 난쟁이와 똑같이, 시든 잎사귀로 만든 수도복 같은 차림을 하고 있었다. 그는 만족스런 표정을 지으며 혼잣말을 하더니 두 손을 문지르고 난로 위에 걸린 주전자를 집어 들었다. 그들의 키는 아트레유의 발바닥에서 무릎까지의 길이가 될까 말까 했다. 이 둘은 비록 아주 별난 생김새이긴 했지만, 널리 퍼져서 사는 난쟁이 가문의 일원임에 틀림이 없었다.

"여보, 불 좀 가리지 마요! 당신이 내 연구를 방해하잖소."

남자 난쟁이가 짜증스럽게 말했다.

"당신의 연구라니요! 그런 게 무슨 흥미가 있담. 지금 중요한 것은 영약을 만드는 거라고요. 바깥의 저 둘에게 필요하니까요."

여자 난쟁이가 대답했다.

"바깥의 둘은 나의 충고와 도움이 더 필요할걸."

남자 난쟁이는 격분해서 말을 가로막았다.

"그럴지도 모르죠. 그렇지만 건강해지고 난 다음이라고요. 비켜요, 영감!"

여자 난쟁이가 대꾸했다.

남자 난쟁이는 투덜거리며 의자를 들고 불에서 약간 물러났다.

아트레유는 주의를 끄느라고 잔기침을 했다. 난쟁이 부부가 그를 향해 뒤돌아보았다.

"저 애는 벌써 건강해졌는걸. 이젠 내 차례요!"

남자 난쟁이가 말했다.

"어림도 없어요! 저 애가 건강한지 아닌지는 내가 결정해요. 내가 당신 차례라고 말할 때나 당신이 나서요!"

여자 난쟁이가 나무랐다.

그러고 나서 그녀는 아트레유를 향해 말했다.

"들어오라고 하고 싶지만 너에게는 너무 비좁겠지. 잠깐만! 내가 곧 나가마."

그녀는 뭔가를 작은 절구에다 빻아서는 주전자에 부어 넣었다. 그러고는 손을 옷자락에 닦으면서 남편에게 말했다.

"당신은 내가 부를 때까지 여기 있어요. 엥기부크, 알았지요?"

"거 참 알았다고, 우르글."

난쟁이 남편은 투덜거렸다.

난쟁이 아내는 동굴에서 밖으로 나왔다. 그녀는 저 밑에서 눈살을 좁히며 아트레유를 살피듯이 쳐다보았다.

"어때? 아주 좋아 보이는데?"

아트레유는 고개를 끄덕였다.

난쟁이 아내는 아트레유의 얼굴과 같은 높이의 바위등성이로 기어 올라가 자리를 잡고 앉았다.

"이젠 아픈 데가 없니?"

그녀가 물었다.

"상관없어요."

아트레유는 대답했다.

"대체 왜? 아파, 안 아파?"

난쟁이 아내는 작은 눈을 반짝이며 호통을 쳤다.

"아직도 아파요. 그렇지만 그건 중요한 문제가 아니에요……."

아트레유는 설명했다.

"그렇지만 나에겐 중요해!"

우르글이 씩씩거렸다.

"어디가 어떻다고 환자는 의사에게 말해야 하는 거야! 그런 걸 알고 있기나 하니, 초록 주둥이야! 나으려면 아직 아픈 게 당연해! 이젠 아프지조차 않다면, 너의 팔은 벌써 죽어 버린 거야."

"용서하세요!"

아트레유는 말했다. 마치 자기가 야단맞는 아이처럼 여겨졌다.

"나는 다만……, 고맙다고 말하고 싶었어요."

"원 참!"

우르글은 퉁명스레 소년의 말을 잘랐다.

"난 의사란다. 내 직업상의 의무를 다했을 뿐이야. 그리고 내 영감, 엥기부크가 네 목에 걸린 '광채'를 보았지. 그래서 우리에게는 별 의문이 없었어."

"그런데 푸쿠르는? 그는 어떤가요?"

"그게 누구야?"

"하얀 행운의 용."

"아, 그래. 아직 몰라. 그는 너보다 조금 더 혼이 났어. 그러니까 조금 더 걸릴 거야. 애당초 그랬어야 하는 건데. 그도 틀림없이 회복될 거야. 그렇지만 아직 조금 더 안정이 필요해. 너희 대체 어디서 이 독에 쏘였지? 그리고 어디서 그렇게 갑자기 나타났어? 그리고 어디로 가려는 거지? 대체 너희는 누구냐?”

엥기부크도 마침 동굴 입구로 나와 서서, 아트레유가 늙은 우르글의 질문에 대답하는 소리를 들었다. 그러더니 앞으로 나와 소리쳤다.

“그만해, 할망구. 지금은 내 차례요!”

그러고는 아트레유를 향해 파이프 머리 모양의 모자를 벗고 대머리를 긁적이며 말했다.

“아내의 말투를 나쁘게 생각 마라, 아트레유. 저 우르글 할멈은 종종 우악스럽게 굴지만 마음은 안 그래. 내 이름은 엥기부크야. 남들은 우리를 부부 은둔자라고 부르지. 우리에 관해 들은 적 있니?”

“없어요.”

아트레유는 대답했다.

엥기부크는 약간 무안한 표정을 지었다.

“뭐 좋아. 넌 학문에는 관심이 없었던 모양이지. 하지만 남쪽 신탁소의 율라라에게 가려면 나보다 더 훌륭한 조언자가 없으리라는 얘기는 너도 분명코 들었을 거다. 네 녀석은 정말 번지수를 잘 찾아온 게야.”

그는 말했다.

“잘난 척하지 말아요!”

우르글 할멈이 끼어들었다. 그러더니 앉은 자리에서 기어 내려와 혼자 쫑알거리면서 동굴 안으로 사라졌다.

엥기부크는 그녀의 비난을 건성으로 흘려들었다.

“너에게 모든 걸 설명해 주마.”

그는 말을 이었다.

“나는 이 문제를 이날 이때까지 깊이 연구하고 있지. 그걸 위해 직접 내 천문대까지 설치했단다. 나중에는 신학에 관한 위대한 학문서를

출판할 거야. 제목은 '율라라—수수께끼, 엥기부크 교수가 풀어내다.'
듣기에 나쁘지 않지? 그렇지만 유감스럽게도 몇 군데 사소한 게 빠져
있어. 네 녀석이 도움이 될지도 몰라."

"천문대요?"

이 말을 들어 본 적이 없는 아트레유가 물었다.

엥기부크는 자부심에 가득 차 눈을 반짝이면서 고개를 끄덕였다. 그
러고는 손짓으로 자기를 따라오라고 재촉했다.

어마어마한 바위판들 사이로 꼬불꼬불한 작은 길이 끝없이 위를 향
해 나 있었다. 군데군데 유난히 가파른 곳에는 낮은 계단들이 놓여 있
었다. 그것은 아트레유가 딛기에는 너무나 작았다. 소년은 성큼 한 걸
음에 그 계단들을 올라섰다. 그럼에도 불구하고, 잽싸게 앞서 종종걸음
치는 난쟁이를 따라가느라 진땀을 빼야 했다.

"오늘은 달이 밝군. 너도 볼 수 있겠어."

엥기부크의 말이 들렸다.

"무엇을요? 율라라?"

아트레유가 물었다.

엥기부크는 못마땅하다는 듯 손을 내젓더니 계속해서 뒤뚱거리며 갔다.

마침내 그들은 바위탑 꼭대기에 닿았다. 바닥은 평평했으나, 한쪽으
로 자연의 방벽이, 즉 바위판으로 된 난간이 솟아 있었다. 이 바위판
한가운데에 연장으로 잘라낸 듯한 구멍이 하나 뚫려 있었다. 그 앞에는
작은 망원경 하나가 나무뿌리로 된 삼각대 위에 세워져 있었다.

엥기부크는 그 속을 들여다보고 몇 군데 나사를 돌려 능숙하게 조정
하더니, 만족스럽다는 듯 고개를 끄덕였다. 그리고 아트레유에게 자기
자리로 와서 바라보라고 일렀다. 아트레유는 그의 지시대로 했는데, 바
닥에 주저앉아 팔꿈치로 딛고 망원경을 들여다보아야 했다.

망원경은 거대한 바위성문을 향해 있었다. 오른편 기둥의 아랫부분이 시야에 들어왔다. 이 기둥 곁에는 거대한 스핑크스가 달빛을 받으며 꼼짝 않고 앉아 있었다. 몸을 떠받치고 있는 앞발은 사자의 것이었고, 몸의 뒷부분은 황소와 같았으며, 등에는 어마어마한 독수리의 날개를 달고 있었다. 얼굴은 인간의 그것과 같았다. 하지만 표정은 인간이 아니었다. 그 얼굴이 미소를 짓는지, 끝없는 슬픔을 나타내고 있는지, 아니면 완전히 무심한 것인지를 판가름하기란 어려웠다. 한참을 뚫어지게 바라보자 그 얼굴은 뿌리 깊은 악의와 원한에 차 있는 것처럼 보였다. 하지만 그 생각도 곧 바꾸지 않을 수 없었다. 어느새 그 얼굴에서는 티 없이 명랑한 표정만 보이는 것이었다.

"이제 그만두거라!"

난쟁이의 목소리가 귓가에 울렸다.

"너는 그 표정을 알아낼 수 없어. 누구도 마찬가지야. 나도 그래. 한평생 동안 관찰했지만 그걸 꿰뚫을 수가 없었어. 이번엔 다른 걸 보거라!"

엥기부크가 나사를 돌렸다. 영상이 텅 빈 넓은 평원만이 뻗어 있는 아치문을 스쳐 지나더니, 왼편 문기둥이 아트레유의 시야에 들어왔다. 거기에도 똑같은 자세로 두 번째 스핑크스가 앉아 있었다. 그것의 우람한 몸체는 달빛 속에서 흐르는 은(銀)처럼 기묘하게 창백한 빛을 발했다. 첫 번째 스핑크스가 꼼짝 않고 두 번째 것을 향해 있었던 것과 똑같이, 그것은 첫 번째 스핑크스를 꼼짝 않고 마주 보는 것 같았다.

"저것은 동상들인가요?"

아트레유는 그것들을 바라보면서 나직이 물었다.

"오, 아니야."

엥기부크는 쿡쿡 웃으며 대답했다.

“저것은 실제로 살아 있는 스핑크스들이야. 그야말로 생생하게! 그만큼 봤으면 충분하잖니. 자, 이제 내려가자. 모든 걸 설명해 주마.”
엥기부크가 손으로 망원경 앞을 가렸기 때문에 아무것도 보이지 않았다. 그들은 말없이 왔던 길을 되돌아갔다.

세 개 신비의 문

아트레유가 엥기부크와 함께 난쟁이 동굴로 돌아왔을 때, 푸쿠르는 여전히 깊은 잠에 빠져 있었다. 우르글 할멈은 두 사람이 나가 있는 동안 작은 식탁을 바깥에 내다 놓고 여러 가지 과자와 열매와 야채 주스로 상을 가득 차려 놓았다.

그 밖에도 조그만 그릇과, 향기롭고 뜨거운 엽차가 넘치도록 든 작은 주전자가 놓여 있었다. 기름으로 밝히는 조그만 등불 두 개가 이 만찬의 자리를 더욱 빛나게 해 주었다.

"앉아라! 아트레유는 우선 음식을 먹고 기운을 차려야 해. 약만으론 충분치 않아."

난쟁이 아내가 권했다.

"고마워요. 벌써 몸이 좋아진 것 같아요."

아트레유가 말했다.

“잔말 말아!”

우르글이 식식거렸다.

“여기 있는 동안은 내가 시키는 대로 해라, 알았니? 네 몸 속의 독은 이제 중화되었어. 그러니까 서둘 필요는 없다, 이 녀석아. 네가 원하는 만큼 충분히 시간이 있어. 그러니까 여유를 가져라.”

“나만의 문제가 아니에요. 어린 여왕이 죽어가고 있어요. 한시가 급해요.”

아트레유가 말대꾸를 했다.

“잔소리 마!”

늙은 난쟁이 노파가 고함을 쳤다.

“서둘러서는 아무것도 이루지 못해. 앉아! 먹고 마셔라! 자, 어서 못 하니?”

“순순히 따르는 게 좋을 거야. 마누라는 내가 잘 알아. 자기가 하려 들면 아무도 말릴 수가 없지. 게다가 얘기할 게 많단다, 우리 둘이서.”

아트레유는 마지못해 책상다리를 하고 조그만 식탁 앞에 앉아 음식을 먹었다. 한 모금 마시고 한 입 베어 물 때마다 과연, 따스한 황금빛 생명이 근육과 핏줄기 속으로 흘러드는 듯했다. 비로소 소년은 자기가 얼마나 쇠약해져 있었는지를 실감했다.

바스티안의 입 속에 침이 가득 괴었다. 순간 난쟁이네 식탁의 음식 냄새를 맡는 듯한 느낌이었다. 허공에 대고 코를 벌름거려 봤지만 물론 그것은 상상에 불과했다.

바스티안의 뱃속에서 쪼르륵 소리가 났다. 더 이상 참을 수가 없었다. 소년은 나머지 빵과 사과를 가방에서 꺼내 둘 다 먹어치웠다. 양에 차지는 않았지만, 기분이 훨씬 나아졌다.

곧, 이것이 최후의 만찬이었다는 생각이 들었다. 그 최후의 만찬이라는 생각에 소년은 소스라치게 놀라, 그 생각을 털어 버리려고 애썼다.

"어디서 이렇게 맛있는 것들을 구했죠?"

아트레유는 우르글에게 물었다.

"아, 그게 말이지. 좋은 풀과 나무를 찾으려면 아주 멀리까지 헤매고 다녀야 해. 그런데 저 영감은, 저 고집통이 엥기부크는 하필 여기서 살려고 한단 말야. 그 잘난 연구 때문에! 식탁에 먹을 걸 어떻게 올려 놓느냐 하는 건 아랑곳하지도 않고."

우르글이 말했다. 그러자 엥기부크가 위엄 있게 대답했다.

"여보, 중요한 게 뭔지 당신이 알기나 하오? 이제 그만 가 보지 그래. 우리끼리 얘기 좀 하게."

우르글은 뾰로통해서 작은 동굴로 들어가 온갖 그릇을 다루며 시끄러운 소리를 냈다.

"조용히 좀 해 줘!"

엥기부크가 소리쳤다.

"우르글은 착한 할망구야. 다만 이따금 쫑알거릴 거리가 있어야 하거든. 들어 봐, 아트레유! 남쪽의 신탁소에 관해서 네가 반드시 알아야 할 몇 가지를 설명해 주마. 율라라에게 접근하는 건 결코 쉽지가 않아. 상당히 어렵지. 하지만 학문상의 강의는 하고 싶지 않아. 네가 질문을 하는 편이 나을지 모르지. 나는 곧잘 자잘한 문제에 빠져드는 경향이 있거든. 그러니까 네가 물어 보렴!"

"좋아요."

아트레유가 말했다.

"그럼 율라라는 누군가요?"

“제기랄!”

엥기부크는 투덜거리며 화가 나서 소년을 번득이는 시선으로 바라보았다.

“너도 내 마누라처럼 노골적으로 물어대는구나. 다른 질문으로 찬찬히 시작할 수 없겠니?”

아트레유는 곰곰이 생각한 뒤 다시 물었다.

“나에게 보여 준, 스핑크스가 있는 커다란 바위성문이 들어가는 입구인가요?”

“좀 낫군!”

엥기부크가 대답했다.

“자, 그렇게 계속하자. 그 바위성문이 입구야. 그렇지만 그 다음에 또 다른 문이 두 개 있어. 세 번째 문 뒤에 율라라가 살고 있지. 살고 있다고 말할 수 있다면 말이다.”

“율라라에게 가 본 적이 있나요?”

“대체 무슨 소리를 하는 거냐?”

엥기부크가 어느새 다시 기분이 나빠져서 대답했다.

“나는 학문적으로 연구할 뿐이야. 나는 과거에 그 안에 들어갔던 자들이 쓴 모든 보고서를 수집해 왔어. 그것이 되풀이되고 있는 한은, 마땅한 일이야. 아주 중요한 일이지! 나 자신은 개인적인 모험은 할 수가 없어. 그건 나의 연구에 영향을 미칠지도 모르니까.”

“이해해요. 그럼 세 개의 성문은 무엇인가요?”

아트레유가 말했다.

엥기부크는 일어서서 뒷짐을 지고 서성이더니 다음과 같은 설명을 했다.

“첫째 문은 ‘위대한 수수께끼 문’ 이라고 불리지. 두 번째 문은 ‘마술거울 문'이고, 세 번째 문은 '열쇠 없는 문'이라고 해……."

"이상해요. 내가 보았을 때 바위성문 뒤에는 텅 빈 평원밖에 없었어요. 그럼 대체 다른 문들은 어디에 있는 거죠?"

"좀 잠자코 있거라!"

엥기부크는 소년을 꾸짖었다.

"그렇게 말을 끊으면 아무것도 설명할 수가 없어. 모든 것이 대단히 어렵다고! 사실은 이런 거야. 두 번째 문은 첫 번째 문을 통과하고 난 뒤에야 비로소 있고, 세 번째 문은 두 번째 문을 지나간 뒤에야 비로소 나타나지. 그리고 율라라는, 세 번째 문을 빠져나온 뒤에야 비로소 존재하는 거란다. 그 전에는 아무것도 없어. 한마디로 그건 없는 거야, 알겠니?"

아트레유는 말 없이 고개를 끄덕였다. 하지만 그것은 난쟁이의 화를 또다시 돋우지 않기 위해서였다.

"첫 번째, 위대한 수수께끼 문은 너도 아까 내 망원경으로 보았지. 두 마리의 스핑크스도 말이야. 이 문은 항상 열려 있어. 분명해. 문짝조차 없으니까. 그렇지만 그런데도 아무도 통과할 수가 없어. 다만……."

여기서 엥기부크는 조그만 집게손가락을 위로 뻗었다.

"……스핑크스가 눈을 감았을 때를 제외하고. 왜 그런지 알겠니? 스핑크스의 눈은 다른 어떤 존재의 눈과도 전혀 달라. 우리를 포함한 다른 모든 존재들은 눈으로 무엇인가를 보지. 우리는 세계를 본다. 하지만 스핑크스는 아무것도 보지를 않아. 어떤 의미에서는 장님이지. 그 대신 스핑크스의 눈은 무엇인가를 내보내고 있어. 그럼 그 시선이 내보내는 것이 무엇이냐? 바로 세계의 모든 수수께끼야. 그래서 두 마리의 스핑크스는 끊임없이 서로를 마주 보고 있는 거야. 왜냐하면 스핑크스의 시선을 견딜 수 있는 것은 오로지 스핑크스뿐이기 때문이야. 이 두 스핑크스가 시선을 주고받는 한가운데로 감히 뛰어들면 어떻게 될지, 상상해 보렴. 그는 그 자리에 굳어 버린 채로 세계의 모든 수수께끼를 풀기 전에는 다시 움직일 수 없게 되는 거야. 너도 가 보면 그런 가련한 자들의 자취를 보게 될 거다.”

“그렇지만 스핑크스가 종종 눈을 감는다고 하지 않았나요? 그들도 이따금 잠을 자야 하지 않을까요?”

“잠을 잔다고?”

엥기부크는 낄낄거리며 몸을 흔들었다.

“원, 녀석, 스핑크스가 자다니. 아니, 그렇지 않아. 너는 정말 순진한 철부지로구나. 하지만 완전히 멍청하지는 않아. 그것이 바로 내 연구의 주안점이기도 하니까. 스핑크스는 많은 방문자들을 눈을 감고 통과시켜 주지. 그것이 오늘까지 아무도 해명하지 못한 문제야. 도대체 어떤 기준으로 눈을 감아 주느냐? 이를테면 그들이 현명한 자, 용감한 자, 선량한 자를 지나가게 하고 어리석은 자, 비겁한 자, 악한 자를 못 들어가게 하느냐 하면, 그런 게 결코 아니거든. 그래! 내 눈으로 그것을 목격해 왔어. 그들이 하필 어떤 멍청한 건달이나 비열한 악한에게는 들어가도록 허용하면서, 더할 수 없이 착실하고 분별 있는 사람들은 몇 달씩 헛되이 기다리다가 결국 뜻을 이루지 못한 채 물러가게 하는 경우를 여러 번 보았지. 또한 필요와 궁핍으로 기필코 신탁소에 가려 하는 자, 또는 그저 장난으로 한번 시도하는 자, 이런 것과도 별 상관이 없어 보이거든.”

“그럼 이 연구는 아직 아무런 근거도 결과도 찾지 못했나요?”

아트레유는 물었다.

엥기부크는 금방 또 화가 나서 번득이는 시선을 보냈다.

“넌 도대체 내 말을 듣는 거니, 안 듣는 거니? 아무도 이 문제를 지금껏 해명하지 못했다고 방금 말하지 않았니. 물론 나는 그동안 몇 가지 이론을 세우기는 했단다. 처음에는, 스핑크스가 판단하는 결정적인 근거는 아마도 특정한 육체적 특징 그러니까 크기, 아름다움, 체력 등일지 모른다고 생각했었지. 그렇지만 곧 그 생각을 버려야 했다. 그 다음에는 특정한 숫자의 상황을 확인하려고 시도했어. 예컨대 다섯 중에서 셋은 항상 못 들어간다든가, 또는 소수(素數)만 입장하게 된다든가 하는 식으로 말야. 하지만 그것이 과거에 한해서는 잘 맞아 떨어졌지만, 예언을 하려 들면 절대로 들어맞지를 않았어. 그래서 그 사이에 스핑크스의 결정은 전적으로 우연이며 도대체 아무런 의미도 없다는 결론을 내리게 됐지. 그렇지만 내 마누라는 그것은 모독적일 뿐 아니라 환상 세계와도 맞지 않고, 학문과는 아무런 상관도 없는 의견이라고 비웃는단 말이야."

"어느새 또 당신의 넋두리를 떠벌리나요?"

난쟁이 아내의 비난하는 소리가 동굴 쪽에서 들려왔다.

"부끄러운 줄 알아요! 당신의 두뇌가 머릿속에서 좀 굳어졌다고 해서, 그런 위대한 비밀을 간단히 부정할 수 있다고 생각해요? 비겁한 늙은이 같으니라고!"

"저 말하는 것 좀 들어 봐!"

엥기부크가 한숨을 내쉬며 말했다.

"그런데 난감한 사실은 마누라 말이 옳다는 거야."

"그럼 어린 여왕의 부적은? 그들이 이걸 존중할까요? 어차피 그들도 환상 세계의 피조물에 불과하잖아요."

아트레유가 물었다.

"그건 그래."

엥기부크는 사과만 한 그의 머리를 흔들며 대답했다.

"그렇지만 그러려면 그들이 그걸 봐야 해. 그런데 그들은 아무것도 보지를 않아. 어쩌다 그들의 시선이 너를 적중시킬지도 모르지만, 스핑크스가 어린 여왕에게 순종한다고는 자신 있게 말할 수 없구나. 어쩌면 그들이 여왕보다 위대할는지도 모르지. 나는 몰라. 모르겠어. 어쨌거나 그건 아주 걱정스러워."

"그럼 나에게 무슨 충고를 하겠다는 거죠?"

아트레유가 물었다.

"모두가 그렇게 할 수밖에 없는 것을 너도 알아야 한다는 거야."

난쟁이가 대답했다.

"그들이 결정하는 대로 기다리거라. 그 이유도 모르는 채로."

아트레유는 생각에 잠겨 고개를 끄덕였다.

난쟁이 우르글이 동굴에서 나왔다. 한 손에는 김이 나는 액체가 든 작은 양동이를, 다른 손에는 마른 풀 몇 묶음을 들고 있었다. 그러고는 혼잣말을 중얼거리며 여전히 꼼짝 않고 잠들어 있는 행운의 용에게로 갔다. 그녀는 용 위로 기어 올라가 상처를 싸맨 붕대를 갈기 시작했다. 그녀의 거대한 환자는 한번 느긋하게 한숨을 쉬고 기지개를 켤 뿐, 자기가 치료를 받고 있다는 걸 조금도 못 느끼는 듯했다.

"당신도 좀 쓸모 있는 일을 할 수 없겠어요? 그렇게 웅크리고 앉아 실없는 소리나 지껄이지 말고."

그녀는 부엌으로 돌아가며 엥기부크에게 소리쳤다.

"나는 지금 상당히 쓸모 있는 일을 하는 중이야. 어쩌면 당신보다 더 쓸모 있는 일이라고! 하지만 당신이 알 턱이 없지, 멍청한 마누라야."

남편이 그녀의 등 뒤에 대고 말했다.

그러고 나서 아트레유를 보며 말을 이었다.

"마누라는 오로지 실질적인 것밖에 생각할 줄 몰라. 멀리 내다 볼 줄은 죽었다 깨도 모를 거야."

탑시계가 세 시를 알렸다.

만약 그런 일이 일어날 수 있다면, 지금쯤은 아빠가 바스티안이 집에 오지 않았다는 걸 깨달았을 시간이었다. 혹시 아빠가 걱정을 하는 게 아닐까? 어쩌면 밖에서 바스티안을 찾고 있을지도 모른다. 벌써 경찰에 신고를 했는지도 모른다. 어쩌면 지금쯤 방송으로 떠들어대고 있을지도 모른다. 바스티안은 가슴이 쿡쿡 찔리는 듯했다.

만약 그렇다면, 사람들은 어디서 소년을 찾으려 할까? 학교에서? 혹시 여기 지붕밑 창고까지 올까?

화장실에서 돌아올 때 문을 걸긴 했던가? 기억이 나지 않았다. 바스티안은 일어서서 살펴보았다. 문은 이미 잠기고 빗장까지 질러져 있었다.

바깥은 서서히 어둑어둑해지기 시작했다. 지붕창에서 새어 들어오는 빛이 어느새 꽤 희미해졌다.

바스티안은 불안함을 털어 버리기 위해 창고 안을 서성거렸다. 그러다가 아까 보았던 학교 비품과는 별 상관이 없는 온갖 물건들을 발견했다. 이를테면 낡고 우그러진 나팔관이 달린 축음기—언제 누가 여기로 끌어다 놓은 것인지 알게 뭐람.—저쪽 한구석에는 꽃무늬 액자에 끼워진 그림들이 여러 점 세워져 있었다. 어두운 바탕에 희미하게 내비치는 엄격한 눈초리의 창백한 얼굴 말고는 아무것도 알아볼 수 없었다. 거기에는 잔뜩 녹이 슨 일곱 갈래의 촛대도 하나 있었는데, 속에는 굵은 밀납초 토막들이 기다란 촛농을 흘린 채 꽂혀 있었다.

그때 바스티안은 깜짝 놀랐다. 컴컴한 한쪽 구석에서 웬 형체가 움직이고 있었던 것이다. 그러나 다시 자세히 쳐다보니, 그곳에는 부옇게 흐려진 커다란 거울이 하나 서 있고, 거기에 자기의 모습이 희미하게 비치고 있었다. 소년은 가까이 다가가서 한참 자기의 모습을 들여다보았다. 뚱뚱한 몸집에 안짱다리, 치즈같이 창백한 얼굴. 그 모습은 아무래도 아름답다고 할 수 없었다. 소년은 천천히 고개를 흔들며 소리쳤다.

"아니야!"

그러고는 매트로 되돌아왔다. 소년은 이제 책을 눈에 바싹 갖다 대어야만 글자를 읽을 수 있었다.

"어디서 얘기를 중단했지?"

엥기부크가 말했다.

"위대한 수수께끼 문에서요."

아트레유가 기억을 되살렸다.

"맞았어! 네가 그 문을 빠져나가는 데 성공했다고 치자. 그러고 나면, 그러고 나서야 네게는 두 번째 문이 나타날 거다. 마술거울 문. 아까 말했듯이, 이 문에 관해서는 내가 관찰한 게 아니라 수집한 보고서들에서 알아낸 것을 얘기할 수 있을 뿐이야. 이 두 번째 문은 열려 있으면서 닫혀 있어. 미친 소리 같지? 어쩌면 그 문은 닫혀 있지도 않고 열려 있지도 않다고 말하는 편이 나을지도 모르지. 그렇게 말한다고 해서 덜 미친 소리가 되는 건 아니지만. 간단히 말해서 그것은 유리나 금속으로 된 게 아니라, 커다란 거울이랄까? 뭐 그 비슷한 거야. 그것이 무엇으로 이루어진 것인지는 지금껏 아무도 몰라. 어쨌든 그 앞에 서면, 자기 자신을 보게 돼지. 하지만 보통 거울 속에서 보는 것과는 다를 게 당연하지. 자기의 겉모습을 보는 게 아니라 자기의 참된 내부의 본질을 그대로 보는 거니까. 그러니까, 그 문을 통과하려는 자는—그렇게 표현해 본다면—자기 자신 속으로 들어가야만 하는 거란다.”

“어쨌든 내 생각엔 이 마술거울 문을 통과하는 것이 첫째 문을 지나가기보다 훨씬 쉬울 것 같아요.”

아트레유는 말했다.

“틀렸어!”

엥기부크는 소리치고 다시 흥분해서 왔다 갔다 했다.

“틀려도 많이 틀려, 이 친구야! 자기 자신을 별로 나무랄 데 없다고 여겼던 바로 그런 방문객들이, 거울 속에서 마주 히죽 웃는 괴물을 보고 소리치며 도망쳤어. 이들을 내가 직접 보았지. 고향으로 돌아갈 수 있을 만큼 회복되기까지 우리가 몇 주일씩 치료해 주었던 자들이 허다해.”

“우리라니!”

마침 새 양동이를 들고 지나가던 우르글이 외쳤다.

“맨날 우리라는군. 대체 당신이 누구를 치료했나요?”

엥기부크는 집어치우라고 손을 내저었다.

“또 다른 이들은 분명코 더 끔찍한 것을 보았겠지만, 그것을 무릅쓰고 통과할 용기를 냈었어. 어떤 자들에게는 공포가 덜하기도 했지만, 누구나 힘들었지. 그것이 어느 정도인지는 판단할 수가 없어. 사람마다 다 다르니까.”

그는 강의를 계속했다.

“좋아요. 하지만 어쨌든 이 마술거울 문을 통과할 수는 있는 거죠?”

아트레유가 말했다.

“그럴 수 있지. 물론 그럴 수 있어. 그렇지 않다면야 문이라고 말할 턱이 없지. 논리적으로 봐서 말야, 안 그래?”

난쟁이는 장담했다.

“아니면 바깥으로 돌아갈 수도 있잖아요. 그렇지 않아요?”

아트레유가 말했다.

“그럴 수 있지.”

엥기부크가 되뇌었다.

“충분히 그럴 수 있어! 하지만 그럴 경우, 그 다음에 있는 문으로는 갈 수 없단다. 세 번째 문은 두 번째 문을 지나간 다음에야 비로소 거기에 나타나니까. 대체 몇 번을 말해야 알아듣겠냐!”

“그럼, 그 세 번째 문은 어떤 건가요?”

“여기서 문제는 비로소 진짜 어려워지는 거야! 열쇠 없는 문은 말하자면 닫혀져 있거든. 그냥 닫혀 있어. 그게 다야! 거기엔 손잡이도 꼭지도 열쇠구멍도 없다. 아무것도 없어! 나의 연구에 의하면, 이음새 없이 닫혀 있는 단 하나의 문짝은 환상의 셀레늄으로 되어 있어. 환상의 셀레늄을 부서뜨리거나 굽히거나 용해시킬 수 있는 건 아무것도 없다. 혹시 너도 알지 모르겠다. 그것은 절대로 파괴시킬 수 없는 거야.”

“그러니까 그 문은 결코 통과할 수가 없는 거예요?”

“아니, 아니! 그 문으로 들어가서 율라라와 이야기를 한 사람들이 엄연히 있어. 그러니까 이 문도 열 수는 있다는 거야.”

“그런데 어떻게요?”

“들어 봐. 환상의 셀레늄은, 말하자면 우리의 의지에 대해 반응을 일으키지. 그것을 그토록 완강하게 만드는 건 바로 우리의 의지야. 안으로 들어가려는 의지가 크면 클수록 문은 더욱 단단하게 닫히지. 그렇지만 아무런 의도도 없이 아무것도 원치 않는 사람 앞에서는 그 문이 저절로 열리는 거야.”

아트레유는 고개를 떨어뜨리고 조그만 소리로 말했다.

“그 말이 맞다면 나는 어떻게 통과할 수가 있을까요? 어떻게 내가 그걸 원하지 않을 수가 있겠어요?"

엥기부크는 한숨을 쉬며 고개를 끄덕였다.

"내가 벌써 말하지 않았니. 열쇠 없는 문이 가장 어렵다고."

"어쨌든 간에 내가 그 문까지 통과한다면, 그럼 남쪽의 신탁소에 들어간 셈인가요?"

아트레유는 말을 이었다.

"그래."

난쟁이가 말했다.

"그리고 율라라와 얘기를 할 수 있게 되는 거죠?"

"그렇지."

"그런데 율라라는 누군가요?"

"전혀 몰라."

난쟁이의 눈이 노여움으로 번득였다.

"율라라를 만났던 모든 사람 가운데 어느 누구도 내게 그걸 털어놓지 않았어. 모두가 신비스러운 비밀 속에 자기를 감싸고 있으면 어떻게 학문적인 업적을 완성할 수 있겠니? 머리칼을 잡아 뜯을 일이야. 그런 자가 또 있으면 말이지. 네가 만약 율라라에게까지 접근해 간다면, 아트레유, 너는 나에게 얘기해 주겠니? 그러겠니? 나는 알고 싶은 욕구에 사로잡혀서 죽을 지경이야. 그런데 아무도, 아무도 나를 도우려 하질 않아. 자, 너는 내게 말해 주겠다고 약속해다오!"

아트레유는 일어서서 환한 달빛을 받고 있는 위대한 수수께끼 문 쪽을 쳐다보았다.

"약속할 수가 없어요, 엥기부크."

소년은 나직이 말했다.

"내 감사의 마음을 기꺼이 보여 주고 싶어요. 그렇지만 율라라가 누구인지 또는 무엇인지에 관해 아무도 얘기하지 않았다면, 거기엔 분명이유가 있을 거예요. 그 이유를 알기도 전에, 직접 율라라 앞에 서 보지도 못한 사람이 그런 약속을 해도 좋은 건지 결정할 수는 없어요.”

“그럼 어서 가 버려!”

난쟁이는 소리쳤다. 그의 작은 눈이 실로 불꽃처럼 튕겼다.

“배은망덕이로군! 누구나가 관심을 갖는 비밀을 캐느라고 나는 평생을 애쓰고 있는데, 그러면서도 도움을 받지 못하다니. 아예 너를 모른 척할걸 그랬어!”

그는 소리치며 작은 동굴로 들어갔다. 동굴 안에서 작은 문이 요란하게 쾅 닫히는 소리가 들려 왔다.

우르글이 아트레유 곁을 지나가면서 킥킥거리며 말했다.

“진심은 아니야, 저 늙은 영감태기 말이다. 자기의 우스꽝스러운 연구 때문에 또다시 처참하게 실망했을 뿐이야. 영감은 바로, 그 위대한 비밀을 푸는 장본인이 되고 싶은 거야. ‘저명한 난쟁이 엥기부크’가 되고 싶은 거지. 영감을 나쁘게 생각지는 말거라.”

“나쁘게 생각지 않아요. 나에게 베풀어 준 모든 일에 대해 진심으로 감사한다고 전해 주세요. 그리고 할머니도 고마웠어요. 내게 그 일이 허용된다면, 반드시 비밀을 말해 줄 거예요. 만약 내가 돌아올 수 있다면 말예요.”

아트레유가 말했다.

“그럼 떠날 거니?”

우르글 할멈이 물었다.

“가야 해요. 한시도 지체할 수 없어요. 이제 신탁소로 갈게요. 안녕히 계세요. 그동안 푸쿠르를 보살펴 주세요. 행운의 용을!”

아트레유가 대답했다.

곧 소년은 몸을 돌려 위대한 수수께끼 문을 향해 떠났다.

우르글은 소년이 외투를 나부끼며 바위들 사이로 사라지는 모습을 보았다. 그녀는 소년의 등 뒤에서 외쳤다.

"행운을 빈다, 아트레유!"

하지만 소년이 들었는지는 알 수 없었다. 그녀는 작은 동굴로 뒤뚱뒤뚱 되돌아오며 혼잣말로 중얼거렸다.

"그는 행운이 꼭 필요하겠지. 아마도 많은 행운이 필요할 거야."

아트레유는 바위성문 앞까지 쉰 발짝쯤 남겨 두었다. 성문은 멀리서 보며 상상했던 것보다 훨씬 더 컸다. 그 뒤로는 몹시도 황량한 평원이 펼쳐져 있었다. 평원에는 눈길을 둘 것이 아무것도 없어서 시선이 허공으로 떨어지는 듯한 느낌이었다. 성문 앞과 두 개의 기둥 사이에는 헤아릴 수 없이 많은 해골과 뼈다귀들이 널려 있었다. 그것은 성문을 통과하려고 했다가 스핑크스의 눈길을 받아 영원히 마비되어 버린, 여러 환상 세계 주민들의 해골이었다.

하지만 아트레유가 멈춰 선 것은 그 때문이 아니었다. 눈앞에 펼쳐진 스핑크스의 장관 때문이었다.

아트레유는 위대한 원정길에서 이미 많은 것을 경험했다. 찬란한 것도 보았고 소름끼치는 것도 보았다. 하지만 이 순간까지 아트레유가 미처 몰랐던 것은, 이 두 요소가 한 몸에 존재할 수 있다는 사실, 아름다움이 끔찍할 수도 있다는 사실이었다.

달빛이 두 거대한 존재 위를 비추고 있었다. 그리고 소년이 그들을 향해 서서히 다가갈수록 마치 그들의 모습이 무한으로 확장되는 듯 보였다. 그들의 머리는 마치 달에 닿을 것처럼 여겨졌고, 그들이 마주 바라보고 있는 표정도 한 발짝 다가설 때마다 변하는 듯했다. 똑바로 앉

아 있는 그들의 몸체에서, 특히 인간을 닮은 얼굴을 통해, 무시무시하고 알 수 없는 힘의 물결이 흘러나와 굽이치고 있었다. 그들은 대리석상처럼 그냥 거기 있는 것이 아니라, 순간마다 사라졌다가 동시에 스스로 새로이 생성되는 것 같았다. 그리고 바로 그런 까닭에 그들이 다른 바위와는 달리 살아 있는 듯 보이는 것이었다.

아트레유는 공포를 느꼈다.

그것은 소년 자신을 위협하는 위험에 대한 공포가 아니라, 자기를 초월하는 공포였다. 소년에게는 스핑크스의 눈길이 자기에게 적중하는 경우 선 채로 사로잡혀 영원히 마비되어야 한다는 생각은 거의 들지 않았다. 그것은 불가사의한 것에 대한 공포요, 모든 척도를 초월한 위대함에 대한, 엄청난 힘에 대한 공포였다. 이 공포는 아트레유의 발걸음을 더욱 무겁게 했고, 마침내는 자신이 차가운 회색 납덩어리가 되어 버린 듯 느껴지게 했다.

그럼에도 아트레유는 계속해서 나아갔다. 더는 위를 보지 않았다. 고개를 숙인 채 느릿느릿, 한 발짝씩 바위성문을 향해 걸음을 옮겼다. 갈수록 불어나는 공포의 무게로 땅바닥에 주저앉을 것만 같았다. 그러나 아트레유는 계속 걸었다. 시간을 낭비할 수는 없었다. 문을 통과하느냐, 아니면 이곳에서 그의 위대한 원정이 끝나느냐는 운에 맡기기로 했다.

그리고 단 한 발짝도 더 앞으로 나가지 못할 만큼 의지의 힘이 다했다고 생각되는 바로 그 순간에, 아트레유는 바위 아치문의 안쪽에서 들려오는 발소리의 울림을 들었다. 그 순간 모든 공포가 소년에게서 안개처럼 싹 걷혔다. 어떤 것을 보더라도 다시는 공포를 느끼지 않으리라고 느껴질 만큼 아무런 잔재도 남기지 않고.

아트레유는 고개를 들었다. 그리고 자기가 위대한 수수께끼 문을 지나쳐왔음을 보았다. 스핑크스들은 소년을 통과시킨 것이다.

소년의 앞에는 불과 스무 발짝 떨어진 거리에, 조금 전까지는 끝없이 빈 평원으로 보이던 그곳에, 마술거울 문이 서 있었다. 그것은 또 하나의 달처럼—하긴 진짜 달은 여전히 하늘 높이 떠 있었으니까—둥글고 크게, 번쩍이는 은빛을 내뿜고 있었다. 바로 이 금속 같은 평면을 지나갈 수 있으리라고는 믿기 어려웠지만 아트레유는 한시도 지체하지 않았다. 엥기부크가 설명해 준 대로, 공포를 불러일으키는 자신의 어떤 모습이 이 거울 속에서 마주 다가오리라는 생각이 들었다. 그러나 모든 공포가 사라진 까닭에 그런 것은 이제 문제도 되지 않는 듯이 여겨졌다. 그런데 아트레유는 무서운 모습 대신에, 전혀 예기치 않았고 이해할 수도 없는 광경을 보았다. 창백한 얼굴의 한 통통한 소년이—아트레유 자신과 같은 나이 또래의—매트 위에 책상다리를 하고 앉아 책을 읽고 있는 모습이었다. 그 소년은 찢어진 회색 담요를 몸에 휘감고 있었는데, 그의 커다란 눈은 퍽이나 슬퍼 보였다. 그 소년 뒤로 몇 가지 움직이지 않는 동물들이 어둑한 광선 속에 보였다. 독수리 한 마리, 부엉이 한 마리, 여우 한 마리. 그리고 더 멀리 하얀 해골처럼 보이는 것이 희미하게 빛을 발하고 있으나 자세히는 알아볼 수 없었다.

바스티안은 지금 막 읽은 부분이 무엇인지 알아차리고는 펄쩍 뛸 듯이 놀랐다. 그것은 바스티안 자신이 아닌가! 모든 묘사가 낱낱이 들어맞았다. 책을 든 바스티안의 손이 떨리기 시작했다. 문제는 정말 심각해진 것이다. 오로지 이 순간에, 바로 자기에게만 해당되는 내용이 인쇄된 책 속에 실려 있다니, 도저히 믿을 수 없는 일이었다. 다른 누구라도 이 대목에서 똑같은 내용을 읽을 것이다. 정말 깜짝 놀랄 우연이었다. 그것도 너무나 괴상한!

"바스티안!"

소년은 큰 소리로 혼잣말을 했다.

"너는 과연 공상가야. 제발 정신 차려!"

소년은 애써 엄격한 투로 그렇게 말하려고 했지만 목소리는 약간 떨려 나왔다. 그것이 순전한 우연이라고는 완전히 자신할 수 없었기 때문이다. 소년은 생각했다.

'상상해 봐. 환상 세계에서 정말로 너에 관해 뭘 알고 있다고 말이야. 그건 굉장한 일이야.'

하지만 소년은 그 말을 큰 소리로 낼 용기는 없었다.

거울의 영상 속으로 들어갔을 때, 아트레유의 얼굴에는 약간의 놀라움을 담은 미소가 떠올랐을 뿐이었다. 다른 사람들에게는 극복할 수 없이 어렵게 여겨졌던 것이 자기에겐 이토록 쉽게 이루어지다니, 조금은 이상스러웠다. 거울 속을 통과하는 동안 소년은 야릇한 전율로 몸을 떨었다. 그러면서도 자기에게 진실로 무슨 일이 벌어졌는지는 전혀 깨닫지 못했다.

말하자면 마술거울 문의 다른 편에 서게 되었을 때, 아트레유는 자기 자신에 관한 모든 기억을, 지금까지 자신이 살아온 일과 삶에 대한 목적과 이유를 모조리 잊어버린 것이다. 소년을 이곳으로 오게 했던 위대한 원정에 관해서도 까맣게 잊었고, 심지어는 자신의 이름조차 기억하지 못했다. 소년은 새로 태어난 아이와 같아진 것이었다.

불과 몇 발짝 떨어진 앞에서 아트레유는 열쇠 없는 문을 보았다. 하지만 이 문의 이름도, 남쪽의 신탁소로 가려고 그 문을 통과하려 했던 자기의 계획도, 이제는 이미 잊은 뒤였다. 자기가 거기서 무엇을 하려 했고 또 무엇을 해야 하는지, 왜 여기에 있는지 도대체 영문을 알 수

없었다. 소년은 날아갈 듯 유쾌한 기분으로 아무 이유도 없이 오로지
즐거워서 웃고만 있었다.

아트레유 앞에 보이는 문은 여느 보통 문처럼 낮고 조그마한데다가
—둘러쳐진 담도 없이—황량한 평원에 휑뎅그러니 서 있었다. 그리고
문짝은 닫혀 있었다.

아트레유는 한참 그 문을 눈여겨보았다. 문은 희미하게 번쩍이는 구
릿빛 재료로 만들어졌다. 모양은 예뻤지만 아트레유는 곧 그것에 대한
흥미를 잃었다. 그는 문을 돌아가 옆에서 살펴보았다. 하지만 앞에서
본 것과 구별이 되지 않았다. 또한 손잡이도 꼭지도 열쇠구멍도 없었
다. 문은 열 수 없는 게 분명했다. 그 문은 그 어느 곳으로도 통하지
않고 단지 거기에 서 있었기 때문에 열 필요도 없는 듯했다. 문 뒤에는
넓고 매끈하고 완전히 텅 빈 평원만이 펼쳐져 있었다.

아트레유는 떠나고 싶었다. 소년은 뒤돌아서서 둥근 마술거울 문 곁
으로 걸어가 그 뒷면을 얼마 동안 살펴봤지만, 아무것도 이해할 수 없
었다. 소년은 떠나기로 결심했다.

"안 돼! 가지 마!"
바스티안은 힘껏 소리 내어 말했다.
"돌아가, 아트레유. 어서, 너는 열쇠 없는 문을 지나가야 돼!"

아트레유는 다시 열쇠 없는 문으로 향했다. 구릿빛을 다시 한 번 찬
찬히 들여다보고 싶었다. 소년은 다시 문 앞에 서서 좌우로 몸을 굽히
며 즐거워하고 있었다. 그리고 이 이상한 문을 다정하게 쓰다듬었다.
그것은 따스하게, 사뭇 살아 있는 것처럼 느껴졌다. 그러자 문이 소리
없이 빠끔히 열렸다.

아트레유는 문틈으로 머리를 내밀었다. 그러자 아까 문을 빙 돌아갔을 때는 못 보았던 광경이 눈앞에 펼쳐졌다. 소년은 머리를 다시 빼어 문 뒤쪽을 돌아다보았다. 거기에는 텅 빈 평원뿐이었다. 소년은 다시 문틈으로 그 안을 들여다보았다. 헤아릴 수 없이 많은 우람한 기둥들이 늘어선 기다란 복도가 보였다. 그리고 그 뒤로는 층계들과 또 다른 기둥들, 테라스와 이어진 층계들, 그리고 또다시 기둥들이 빽빽한 숲을 이루고 서 있었다. 하지만 어떤 기둥 위에도 지붕이 없었다. 그 위로는 밤하늘이 보일 뿐이었다.

아트레유는 문 안으로 들어가 경탄하며 사방을 둘러보았다. 소년의 등 뒤로 문이 닫혔다.

탑시계가 네 시를 알렸다.

지붕창으로 새어 들어오던 희미한 햇빛도 사라졌다. 책을 계속 읽기에는 너무 어두웠다. 금방 읽은 책장도 바스티안은 겨우 알아볼 수 있었다. 소년은 책을 한쪽 옆으로 밀어놓았다.

'이제 어떻게 하지?'

물론 이 창고에도 전등은 있을 것이다. 바스티안은 희미한 어둠 속을 걸어 문가로 가서 벽을 더듬었다. 스위치는 만져지지 않았다. 반대편에도 없었다.

바스티안은 바지주머니에서 성냥갑을 꺼냈다—소년은 불 켜기를 좋아해서 언제든지 성냥을 갖고 있었다. —성냥은 축축했지만 네 번째 개비에서는 겨우 불이 켜졌다. 조그만 불꽃의 희미한 불빛으로 전등 스위치를 찾았지만, 아무 데도 없었다.

미처 생각하지 못한 일이었다. 이 저녁과 밤 내내 완전한 어둠 속에 묻혀 있어야 한다고 생각하자 등골이 오싹했다. 물론 바스티안은 이미 어린아이가 아니기 때문에 집에서나 다른 낯익은 장소에서는 어두움을 조금도 무서워하지 않았다. 하지만 이 꼭대기, 온갖 괴상한 물건들이 들어찬 커다란 창고 안에서는 사정이 전혀 달랐다.

성냥불이 다 타들어가는 바람에 바스티안은 손가락을 데였다. 그는 그것을 잽싸게 내던졌다.

그러고는 한동안 못 박힌 듯이 서서 귀를 기울였다. 빗줄기는 한결 기세가 잦아들어 커다란 함석지붕 위에서 낮은 북소리를 내고 있었다.

그때, 아까 잡동사니 속에서 발견했던 녹이 슨 일곱 갈래의 촛대가 떠올랐다. 그는 더듬거리며 그쪽으로 걸어가서 촛대를 찾아 체조매트 있는 데로 가져왔다.

바스티안은 굵은 양초 토막의 심지에다—일곱 개 모두—불을 붙였다. 곧 금빛 광채가 퍼졌다. 불꽃은 나직이 탁탁거리며 소리를 냈고 이따금 바람결에 흔들렸다.

바스티안은 긴 한숨을 내쉬고 다시 책을 집어들었다.

고요의 소리

아트레유는 행복감에 싱글벙글거리면서, 밝은 달빛 속에 검은 그림자를 드리운 기둥의 숲 속으로 들어갔다. 깊은 정적이 그를 에워쌌고 자기의 발소리도 거의 들려오지 않았다. 에트레유는 자기가 누구이며 이름이 무엇인지, 또 어떻게 여기로 왔으며 여기서 무엇을 찾고 있는지 전혀 알지 못했다. 놀라움으로 가득했지만 조금도 불안하지는 않았다.

바닥은 온통 수수께끼처럼 혼란한 장식이나 신비스러운 장면과 그림을 나타내는 모자이크로 뒤덮여 있었다. 아트레유는 그 위를 걸어 넓은 층계로 올라가 확 트인 테라스에 닿았고, 계속해 층계를 올라가서 돌기둥이 가로수처럼 늘어선 긴 길을 걸었다. 소년은 기둥들을 하나씩 하나씩 살펴보았다. 그 하나하나가 각기 다른 방식으로 꾸며져 있고 다른 기호로 새겨져 있는 것을 보며 감탄했다. 점차 소년은 열쇠 없는 문에서 멀어져 가고 있었다.

얼마나 시간이 흘렀을까. 그렇게 끝없이 걸어가다가 이윽고 소년은 아득히 멀리서 울려퍼지는 어떤 울림을 듣고 멈춰 서서 귀를 기울였다. 그 울림은 점점 가까워졌다. 어린아이의 음성처럼 높고 아름답고 영롱한 노랫소리였다. 하지만 그 음성은 끊임없이 슬프게 울렸고, 심지어는 흐느낌처럼 들렸다. 이 비탄의 노래는 바람결처럼 삽시간에 기둥들 사이로 퍼지더니 한 장소에 멈춰 서서 아래위로 맴돌다가, 가까워지는가 하면 다시 멀어지면서 커다란 원을 그리며 아트레유를 에워싸는 것만 같았다.

소년은 꼼짝 않고 기다렸다.

차츰 아트레유를 둘러싼 목소리의 원이 좁혀져 이제는 노랫말을 알 아들을 수 있게 되었다.

아, 모든 것은 오직 한 번만 일어난다네.
하지만 한 번은 모든 것이 일어나야 하지.
산과 골짜기를 넘어 들판과 강을 넘어,
나는 사라지리, 바람처럼 흩날리리……

아트레유는 쉼 없이 기둥들 사이를 누비며 날아다니는 목소리 쪽으로 몸을 돌렸다. 하지만 아무것도 볼 수가 없었다.

"너는 누구야?"

아트레유가 외쳤다.

그러자 마치 메아리처럼 목소리는 되돌아왔다.

"너는 누구야?"

아트레유는 곰곰 생각해 보았다.

"나는 누구지?"

아트레유가 중얼거렸다.

"나는 모르겠어. 예전엔 내가 누구인지 알았던 것 같은데. 그렇지만 그런 게 뭐 중요한가?"

노래하는 목소리가 대답했다.

　남몰래 나에게 묻고 싶다면,
　시로, 운율을 맞춰서 이야기 해.
　시구에 담기지 않은 이야기를
　나는 이해하지 못하니까, 이해하지 못하니까……

아트레유는 운율에 맞춰 시를 읊는 일에 결코 익숙하지 못했다. 그래서 만약 이 목소리가 운율에 맞는 말만 알아듣는다면, 대화하기가 무척 어려울 것이라고 생각했다. 소년은 한참 생각을 한 뒤 입을 열었다.

　내가 질문을 해도 좋다면,
　네가 누구인지 알고 싶어.

그러자 목소리가 곧 대답했다.

　이제 네 목소리가 들리는구나!
　네 말을 분명히 이해하겠구나!

그러더니 목소리가 다른 방향에서 들려 왔다.

고맙구나 친구여, 너의 마음이 착하니까.
나의 손님으로 환영한다.
나는 율라라! 고요의 소리.
깊은 신비의 궁전에 살고 있지.

목소리는 더러는 크게, 더러는 나직이 울리지만 결코 완전히 침묵하지는 않았다. 아트레유는 그 점이 흥미로웠다. 목소리가 노래하지 않을 때도, 소년 쪽에서 그 목소리를 향해 말을 걸 때도 끊임없이 지속되는 어떤 음조가 소년을 에워싸며 떠돌고 있었다.

그 울림이 천천히 멀어져 가자 소년은 쫓아가며 소리쳤다.

말해 주렴, 율라라! 내 말이 들리니?
나는 너를 볼 수가 없어. 나는 너를 좀 보고 싶어.

목소리가 소년의 귓가를 입김처럼 스쳐갔다.

누구도 나를 본 일은
지금껏 한 번도 없었어.
너도 나를 볼 수 없지만
그래도 나는 엄연히 존재해.

"그러니까 너를 결코 볼 수 없다는 말이야?"
아트레유가 물었다. 하지만 아무 대답이 없자, 소년은 시의 운율로 말해야 한다는 걸 기억해 내고 다시 물었다.

다만 보이지 않을 뿐이니,
아니면 몸뚱이마저 없니?

　웃음인지 아니면 흐느낌인지 모를 나직한 울림이 들렸다. 그러더니
그 목소리가 노래로 답했다.

　　그렇기도 하고 그렇지 않기도 해,
　　네가 생각하듯이
　　네가 드러나 있듯이
　　나는 드러나지는 않아,
　　나의 육체는 울림과 음조로 되어 있기 때문이야,
　　오로지 들을 수만 있지.
　　이 목소리 자체가 바로,
　　나의 온 존재이거든.

　아트레유는 놀라움으로 숨을 헐떡이며 기둥의 숲을 끊임없이 이리저
리 누볐다. 그 울림을 따라 한참 뒤에 소년은 새로운 질문을 던졌다.

　　내가 네 말을 올바로 이해했니?
　　너의 정체는 오로지 이 울림뿐이니?
　　하지만 네가 언제든 노래하기를 멈추면 어떻게 되지?
　　그럼 너는 아주 존재하지 않는 거니?

　그러자 이번에는 대답이 아주 가깝게 울려왔다.

나의 노래가 끝날 때엔,
그때엔 내게도 똑같은 일이 일어난다네.
모든 다른 존재들의 육체가 멸망하면
일어나는 것과 똑같은 일이……
만물의 궤도는 그런 법이거늘.
울리고 있는 한, 나는 살아 있지,
하지만 그리 오래 존속할 수가 없다네.

다시금 아까의 흐느낌이 들렸다. 아트레유는 왜 율라라가 우는지 알
수가 없어 허겁지겁 물었다.

왜 너는 슬퍼하지, 내게 말해 주렴!
너는 아직도 젊어. 네 목소리는 어린애 같은 걸.

그러자 다시금 메아리처럼 대답이 울려 왔다.

곧 바람이 나를 몰아가네
나는 한낱 비탄의 노래일 뿐.
그러니 이것 봐, 시간은 흘러가네
어서 물어 봐, 물어 봐,
네가 원하는 것을…… 말해 줄 테니.

목소리는 기둥들 사이에서 울려 왔다. 아트레유는 더 이상 알아듣기
어려워 열심히 귀를 기울였다. 잠시 고요가 흐르더니 멀리서 노랫소리
가 다시 갑작스레 다가왔다. 몹시 초조하게 들렸다.

율라라는 대답이란다. 너는 율라라에게 물어 봐야 해!
네가 묻지 않으면, 율라라도 아무 말을 할 수 없어!

아트레유는 율라라를 향해 소리쳤다.

율라라, 나를 도와 줘. 알고 싶어.
어째서 너는 곧 흩날려서 사라져야 하는 거지?

그러자 노래가 흘러나왔다.

어린 여왕이 병환으로 죽어 가고 있네.
여왕과 더불어 모든 환상 세계도.
‘무(無)’가 이곳 내가 있는 장소를 삼킬 거야,
그럼 똑같은 일이 일어난다네, 내게도.
우리는 마치 애당초 존재하지 않았던 것처럼 사라질 거야.
결코 어디에도 없는 곳으로,
결코 어느 때에도 없는 시간 속으로.
여왕에게는 새로운 이름이 필요하다네.
오로지 그 이름으로써 여왕은 다시 건강해질 거야.

아트레유가 대답했다.

말해 주렴, 율라라.
누가 여왕의 생명을 구하지?
누가 여왕에게 새로운 이름을 줄 수 있지?

목소리가 계속했다.

내 노래를 들으렴,
지금은 이해하지 못하더라도,
여기를 떠나기 전에 깊이 네 기억 속에 새겨 두렴.
그래서 훗날, 더 좋은 시간에,
기억의 바다 밑바닥으로부터,
나의 노랫말이 다시 햇빛 속에 솟아오르도록,
지금의 울림처럼 생생하게.
모든 것은 네가 그 일을 해 내느냐,
아니냐에 달려 있단다.

잠시 가사 없는 비탄의 울림만이 들려왔다.
그러더니 갑자기 귀엣말을 하듯이 아주 가까이에서 소리가 들려 왔다.

어린 여왕에게 새로운 이름을
누가 줄 수 있느냐고?
그건 너도, 나도 아니야. 요정도, 마귀도 아니야.
우리 가운데에는 누구도 여왕의 생명을 구할 수 없다네.
또 어느 누구도 우리 모두를 저주에서 구제할 수 없다네.
어느 누구의 힘으로도 여왕은 건강해질 수 없다네.
우리는 단지 한 권의 책 속에 담긴 등장인물일 뿐,
그래서 우리가 창조된 목적을 수행할 뿐.
한 이야기 속의 꿈과 영상들일 뿐,
있는 그대로의 우리일 수밖에 없다네.

그리고 새로운 것을 창조하는 건—우리가 할 수 없지,
현자도, 왕도, 어린이도.
하지만 환상 세계 저편에는 한 왕국이 있지,
바깥 세계라는 곳이야.
거기에 그들이 살고 있어—그래, 그들은 부유하지.
그들의 상황은 우리와 다르다네!
아담의 아들들이라고 의젓이 불리지,
저 지상에서 사는 주민들은.
이브의 딸들이라고 불리지,
인간종족들, 실재하는 언어의 혈족들은.
그들 모두는 태초부터,
이름을 주는 재능이 있어.
그들은 온 시대에 걸쳐
어린 여왕에게, 생명을 가져다주었다네.
그들은 어린 여왕에게 새롭고 찬란한 이름들을 선사했다네.
하지만 그것도 벌써 오래 전의 일,
이제 사람들은 우리 환상 세계로 들어오지 않아.
그들은 여기로 오는 길을 이미 잊어버렸지.
그들은 우리가 진실로 존재한다는 사실을 잊어버렸다네.
그리고 우리의 존재를 믿지 않게 되었다네.
아, 단 한 사람이라도 찾아온다면,
모든 일은 벌써 해결되었을 것을!
아, 단 한 사람이라도 믿을 마음이 있다면,
그리고 이 소문을 들었다면!
그들에겐 아주 가까우나 우리에겐 너무나 멀다네,

너무나 멀어, 그들에게 가는 길이.
환상 세계 저편은 그들의 세계,
우리는 그리로 갈 수 없다네ㅡ.
나의 어린 영웅이여, 마음속 깊이 간직하겠니?
율라라가 한 말들을.

"그래, 간직할게."
아트레유는 당황해서 말했다. 소년은 율라라에게 들은 것을 기억 속에 새기려고 애썼다. 하지만 사실 무엇 때문에 그래야 하는지, 그 음성이 무슨 소리를 하는지 깨닫지 못했다. 다만 그것이 대단히 중요하다는 것만을 느꼈다. 하지만 노래의 선율과 모든 것을 운율에 맞춰 듣고 말하는 데 드는 노력이 소년을 나른하게 했다. 소년은 중얼거렸다.

그렇게 하겠어! 그 말을 기억하겠어.
하지만 말해 주렴, 그걸 기억해서 어떻게 하지?

노래가 대답했다.

그건 네 스스로 결정해야 한단다.
너는 맞이해야 할 사람이 있지.
자, 이제 우리 둘을 위한
작별의 종이 울리는구나.

반쯤 잠에 빠져든 채 아트레유는 물었다.

가려는 거야?
어디로 가니?

또다시 목소리에는 흐느낌이 담겨들었다. 목소리는 점점 멀어져 가
며 노래를 불렀다

'무〔無〕'가 가까이 왔는데,
신탁은 침묵만 하고 있네.
곧 아무런 울림도 들을 수 없게 되리,
오르락내리락하는 이 울림도.
돌로 된 기둥 숲으로 나를 찾아와
나의 목소리를 들은 모든 존재 가운데서
너는 마지막 존재가 되리라.
지금껏 아무도 이루지 못한 것을
너는 아마도 이룰 수 있으리라.
하지만 그것을 수행하기 위해
새겨 두렴, 내가 들려 준 노래를!

그러고는 훨씬 더 멀리 떨어진 곳에서 아트레유는 어렴풋한 노랫말
을 들었다.

산과 골짜기를 넘어, 들판과 강을 넘어,
나는 사라지리, 바람처럼 흩날리리……
아, 모든 것은 오직 한 번만 일어난다네,
하지만 모든 것이 한 번은 일어나야 한다네……

그것은 아트레유가 들은 마지막 구절이었다.

소년은 기둥에 등을 기대앉아 밤하늘을 올려다보면서 자기가 들은 소리를 이해하려고 애썼다. 그러나 고요함이 무겁고 폭신한 외투처럼 소년을 휘감았고, 소년은 곧 잠이 들었다.

잠에서 깨어났을 때는 차가운 새벽빛이 사방을 비추고 있었다. 아트레유는 누워서 하늘을 바라보았다. 새벽 밤하늘의 별들이 차츰 창백해져 갔다. 소년의 기억 속으로 율라라의 목소리가 여전히 울렸다. 그와 동시에 소년은 자기가 지금껏 겪었던 모든 일들과 자기의 위대한 원정의 목적이 무엇이었는지 떠올랐다.

그제야 자기의 의무를 깨달은 것이다. 오로지 환상 세계의 경계 너머 저쪽 세계에서 온 사람만이 어린 여왕에게 새로운 이름을 줄 수 있다는 것이었다.

아트레유는 그 한 사람을 찾아 여왕에게 데려가야만 하는 것이다.

소년은 몸을 벌떡 일으켰다.

아아, 바스티안은 생각했다. ‘나라면 기꺼이 여왕을 도와줄 텐데— 여왕과 아트레유도. 그들을 위해 특별히 아름다운 이름을 지어 줄 텐데. 어떻게 아트레유에게 가는지만 안다면 당장에라도 갈 텐데! 내가 불쑥 나타나면 그 애는 어떤 표정을 지을까! 하지만 그건 유감스럽게도 안 되는 일이야, 그렇지?’

그러더니 바스티안은 나직이 소리 내어 말했다.

“너희에게 가는 길이 어디든 있다면 나에게 일러줘. 틀림없이 있을 거야, 아트레유! 두고 봐.”

아트레유가 사방을 둘러보았을 때는 기둥의 숲과 층계와 테라스들이 모두 사라진 후였다. 주변에는 소년이 세 개의 마술의 문을 통과해 오기 전에 문 저편에서 보았던 텅 빈 평원만이 펼쳐져 있었다. 열쇠 없는 문도, 마술거울 문도 사라지고 없었다.

아트레유는 일어서서 사방을 살폈다. 그러자 별로 멀리 떨어지지 않은 평원의 한가운데에, 앞서 하울레 숲에서 보았던 것과 같은 무(無)가 형성되어 있음을 알아차렸다. 그러나 이번에는 그 지점이 훨씬 가까웠다. 소년은 몸을 돌려 그 반대 방향으로 힘껏 내달렸다.

한참을 그렇게 달려가다가 멀리 지평선에서 조그맣게 솟아 있는 등성이를 하나 발견했다. 아마도 위대한 수수께끼 문이 있는, 적갈색 바위 판으로 이루어진 그 산지인 것 같았다.

아트레유는 그곳을 향해 달렸다. 꽤나 한참을 달린 뒤에야 세세한 부분을 알아볼 수 있을 만큼 가까운 곳에 이르렀다. 그리고 그제야 의혹이 솟아올랐다. 분명코 그곳은 바위판으로 이루어진 그 풍경과 비슷해 보이기는 했지만 성문 같은 건 찾아볼 수 없었다. 그리고 바위판들은 붉은 색이 아니라 회색으로 뿌옇기만 했다.

다시 또 한참을 더 달려가니, 바위들 사이로 놓여진 성문의 아랫부분과 비슷한 틈이 보였다. 하지만 그 위로 둥근 아치 같은 건 사라지고 없었다. 어떻게 된 일일까?

아트레유는 몇 시간 뒤 마침내 그 지점에 다다라서야 알아차렸다. 거대한 돌문은 무너져 버렸고, 스핑크스들도 사라져버린 것이다!

아트레유는 폐허 사이로 길을 하나 찾아서 바위 피라미드를 기어올라 은둔자 부부와 행운의 용이 있을 법한 지점을 둘러보았다. 그들 역시 그 사이에 무(無)를 피해 도망친 것일까?

그러나 소년은 엥기부크의 천문대 바위난간 뒤로 조그만 깃발이 하나 펄럭이는 것을 보았다. 아트레유는 두 팔을 흔들고 손으로 나팔을 만들어 입에다 대고 외쳤다.

"이보세요! 아직도 거기 계신가요?"

아트레유의 목소리가 울리자마자 은둔자 부부의 동굴이 있는 계곡에서 진주처럼 빛나는 하얀 행운의 용이 솟아올랐다. 푸쿠르였다.

그는 웅장한 용의 자태로 천천히 하늘을 날아왔다. 날아오면서 몇 번이나 기분이 좋아 하늘을 보며 벌렁 누었고, 번개 같은 속도로 둥근 원 모양을 만들어 훨훨 타오르는 하얀 불꽃처럼 보이게 했다. 그러더니 아트레유가 서 있는 바위피라미드 앞에 내려앉았다. 그는 앞발을 괴고 목을 똑바로 가눈 채 앉았는데, 그의 얼굴은 아트레유를 굽어볼 만큼 컸다. 푸쿠르가 루비 같은 눈동자를 굴리면서 만족스러운 표정으로 입을 딱 벌려 혀를 쭉 내밀고는 청동의 목청으로 웅웅거리듯 말했다.

"아트레유, 나의 친구, 나의 주인이여! 네가 마침내 돌아오다니, 얼마나 기쁜지 몰라. 그들은 희망을 거의 포기했었단다. 두 은둔자 말이야, 그러나 나는 아니야!"

"나도 너를 다시 만나서 기뻐. 그런데 지난 하룻밤 새에 무슨 일이 일어났지?"

아트레유가 대답했다.

"하룻밤이라니? 그게 단 하룻밤이었다고? 놀랄 거야! 일어나, 내가 너를 태워 줄게!"

푸쿠르가 외쳤다.

아트레유는 거대한 동물의 등에 뛰어올라 탔다. 행운의 용 등에 올라타는 건 생전 처음이었다. 소년은 이미 야생마를 타고 달려 본 적도 있어서 겁이 나는 것은 아닌데도 불구하고, 공중을 나는 동안 처음엔 거의 아무것도 들리지도 보이지도 않았다. 소년은 엎드려 푸쿠르의 펄럭이는 갈기를 꽉 붙들고 매달렸다.

그러자 푸쿠르가 크게 웃음보를 터뜨리며 외쳤다.

"이제부터는 너도 나에게 길이 들어야 해, 아트레유!"

"어쨌든 네가 건강을 완전히 찾은 것 같아!"

아트레유는 헐떡이며 마주 외쳤다.

"거의, 하지만 아직 완전히는 아니야!"

용이 대답했다.

그들은 두 은둔자의 동굴 앞에 내렸다. 엥기부크와 우르글이 문 앞에 나란히 서서 그들을 맞이했다.

"무슨 일이 일어났지?"

엥기부크가 당장 물었다.

"모든 것을 내게 얘기해 줘야 해! 문들은 어떻든? 나의 이론이 맞는 거냐? 율라라는 누구냐?"

"집어치워요!"

늙은 우르글이 가로막았다.

"지금 저 애는 우선 먹고 마셔야 해요. 당신의 아무 쓸모없는 호기심을 채울 시간은 얼마든지 있어요!"

아트레유는 용의 등에서 내려와 난쟁이 부부에게 인사를 했다. 그리고 세 사람은 작은 식탁에 앉았다. 식탁에는 온갖 맛있는 음식들이 가득 차려져 있었고, 한쪽에는 김이 나는 엽차 주전자가 놓여 있었다.

탑시계가 다섯 시를 알렸다. 바스티안은 울적한 마음으로—밤에 배가 고플 경우를 대비해—침대 옆 상자 속에 넣어 둔 초콜릿 두 개를 떠올렸다. 집에 돌아가지 못하리란 사실을 알았더라면 그걸 비상식량으로 가져왔을 텐데. 그렇지만 지금은 하는 수 없다. 그 생각은 접어 두는 게 좋아!

푸쿠르도 이야기를 들으려고, 거대한 머리가 아트레유의 곁에 오도록 작은 바위 계곡 안에 누웠다.

"나의 친구이며 주인께서는 단 하룻밤을 떠나 있었다고 생각해요!"

푸쿠르는 외쳤다.

"그럼 그렇지 않다고?"

아트레유가 물었다.

"칠 일 동안이었어! 이봐, 내 모든 상처가 거의 나았잖아!"

푸쿠르가 말했다.

그제야 아트레유는 자신의 상처도 깨끗이 나았음을 깨달았다. 풀잎 붕대도 떨어져 나가고 없었다. 알 수 없는 일이었다.

"어떻게 그럴 수가 있죠? 나는 세 개의 마술 문을 지나 율라라하고 얘기를 했고, 그러고 나서 잠이 들었어요. 하지만 그렇게 오래 잘 수는 없는 일이에요."

"공간과 시간이, 그 안은 여기와는 좀 다른 게 틀림없어. 그렇긴 해도 그렇게 오랫동안 신탁소 안에 머물렀던 자는 이제껏 아무도 없었어. 무슨 일이 있었니? 말 좀 해 봐!"

"우선, 여기에서 무슨 일이 일어났는지 알고 싶어요"

아트레유가 말했다.

"네 눈으로 보고 있잖아. 모든 빛깔이 사라졌어. 모든 것이 점점 사라져 가고 있어. 위대한 수수께끼 문도 사라졌고. 여기도 무(無)가 주위 삼키는 일이 시작된 것 같아."

엥기부크가 말했다.

"그리고 스핑크스는? 어디로 갔나요? 날아가 버린 건가요? 그걸 봤어요?"

아트레유가 물었다.

"우리는 아무것도 보지 못했어. 단지 무(無)를 보았을 뿐이야."

엥기부크가 불만스레 말했다.

"네가 그것에 관해 무슨 얘기를 해줄 수 있을 거라고 기대했었어. 바위아치가 갑자기 무너졌는데, 우리 가운데 누구도 무슨 소릴 듣거나 보질 못했어. 나는 거기로 가서 폐허를 살펴보기까지 했어. 그런데 무엇을 찾아냈는지 알아? 무너진 지점이 태곳적의 것처럼 회색 이끼로 뒤덮여 있었단다. 수수께끼 문은 처음부터 있지도 않았던 것처럼."

"하지만 그 문은 있었어요. 나는 그 문을 지나갔고, 마술거울 문을 거쳐 열쇠없는 문까지 통과했어요."

아트레유는 나직이 말했다.

그러고는 자신이 겪었던 모든 일을 말했다. 조금도 애쓰지 않고 하나하나 자세히 기억해 냈다.

처음에는 마음이 들떠 중간 중간에 질문을 해 대며 끊임없이 보채고 자세히 설명해 줄 것을 요구하던 엥기부크는, 이야기가 진행될수록 점점 말이 없어졌다. 그리고 끝으로 아트레유가, 율라라가 계시했던 말을 한 단어 한 단어 거의 그대로 되풀이했을 때는 아예 침묵했다. 그의 주름투성이 얼굴은 비통의 표정을 띠었다.

"이제 그 비밀을 알게 됐죠? 꼭 알고 싶어 했잖아요. 율라라는 오직 목소리로만 이루어진 존재예요. 그의 형체는 소리로써 들을 수만 있어요. 그는 울림으로 존재하는 거죠."

아트레유는 보고를 마쳤다.

엥기부크는 한참 잠자코 있더니 쉰 소리로 말했다.

"그는 거기에 있었어, 라고 너는 말하고 싶겠지."

"그래요. 그는 나에게 자기와 얘기한 마지막 사람이라고 했어요."

아트레유는 대답했다.

엥기부크의 주름진 빰 위로 두 줄기 눈물이 흘러내렸다.

"헛된 일이야!"

그는 신음하듯 말했다.

"나의 전 생애를 바친 작업, 나의 연구, 나의 몇 년 간 관찰…… 그 모든 것이 헛일이었어! 네가 마지막 자재를 가져다주어서, 드디어 내 학문적인 건축을 마무리 지을 수 있게 되었는데, 드디어 마지막 장을 쓸 수 있게 되었는데…… 그런데 하필이면 지금 그게 소용이 없단 말야. 완전히 쓸모없게 됐어. 아무에게도 도움이 안 되는 거야. 한 푼의 가치도 없어. 한 마리 돼지도 거기에 흥미를 못 느낀다고. 문제가 되는 대상이 이제는 사라졌으니까! 끝장이야, 이제 안녕이라고!"

흐느낌으로 그의 몸이 흔들렸다. 그것은 발작적인 기침 소리처럼 들렸다. 우르글 할멈이 동정을 담은 눈길로 그를 바라보더니 그의 대머리를 쓰다듬으며 위로했다.

"가엾은 영감 엥기부크! 가엾은 영감 엥기부크! 그렇게 실망하지 말아요! 당신은 곧 다른 뭔가를 찾아낼 거예요."

"이 할망구야, 당신 앞에 서 있는 건 가엾은 영감 엥기부크가 아니라 비극의 주인공이라고!"

엥기부크는 울상이 되어 우르글을 꾸짖었다.

그러더니 지난번처럼 동굴 속으로 달려 들어갔다. 작은 문이 닫히는 소리가 꽝 하고 들렸다. 우르글은 한숨을 쉬며 고개를 절레절레 흔들었다.

"속마음은 그렇지 않아. 좋은 늙은이야. 안타깝게도 완전히 제정신이 아니어서 그렇지."

식사가 끝나자 우르글이 일어서며 말했다.

"이제 우린 살림을 챙기려고 한단다. 들고 갈 수 있는 것은 얼마 안 되지만, 이것저것 꾸려야 해. 지금 해치워야 해."

"그럼 여기를 떠나려는 건가요?"

아트레유가 물었다.

우르글은 울적해져서 고개를 끄덕였다.

"다른 도리가 없어. 무(無)가 덮치기 시작한 곳에서는 아무런 생물도 살지 못하거든. 게다가 영감도 이제 머물러 있을 아무 이유가 없어졌어. 어떻게 될지 두고 봐야지. 어떻게든 될 거야. 그런데 너희는? 어디로 갈 거지?"

"율라라가 말해 준 대로 따라야죠. 어린 여왕이 새 이름을 얻을 수 있도록 한 사람을 찾아서 데려가야 해요."

아트레유는 대답했다.

"어디서 찾지, 그 사람을?"

우르글이 물었다.

"글쎄, 아마 환상 세계 경계 저편에서."

아트레유가 말했다.

"우리는 반드시 그 일을 해 내고 말 거야. 자, 내 등에 타. 두고 봐, 우리는 행운을 얻을 거야!"

푸쿠르의 종소리 같은 음성이 들렸다.

"어서 떠나거라!"

우르글이 투덜거렸다.

"우리가 좀 데려다 줄게요."

아트레유가 제안했다.

"말도 안 된다. 내 생전에 결코 공중을 나는 일은 없을 거야. 착실한 난쟁이는 굳건한 땅에 머무는 법이거든. 더욱이 너희는 우리처럼 지체해서는 안 돼. 지금 중요한 임무를 띠고 있잖니. 너희 둘이…… 우리 모두를 위해서."

우르글이 소리쳤다.

"하지만 고마움에 보답하고 싶어요."

아트레유가 말했다.

"정말 그러고 싶다면 쓸데없는 잔소리로 시간 낭비하지 말고 어서 떠나거라."

우르글이 말했다.

"그 말씀이 맞아. 가자, 아트레유!"

푸쿠르가 동의했다.

아트레유는 행운의 용 등에 훌쩍 올라탔다. 소년은 다시 한 번 난쟁이 노파 우르글을 돌아보며 외쳤다.

"다시 만나요!"

하지만 우르글은 어느새 동굴 속으로 들어가고 보이지 않았다.

몇 시간 뒤 그녀가 엥기부크와 함께 밖으로 나왔을 때는, 각기 높다 랗게 꾸린 고리짝을 등에 지고 있었다. 그들은 한 번도 뒤돌아보지 않은 채 짧고 굽은 다리로 뒤뚱거리며 길을 떠났다.

이야기가 나온 김에 말이지만, 엥기부크는 훗날 굉장히 유명해졌다. 난쟁이 가문에서 가장 저명한 난쟁이가 된 것이다. 그것은 그의 연구 때문은 아니었다. 그러나 이것은 또 다른 이야기이므로 다른 기회에 이야기할 것이다.

두 은둔자가 길을 떠난 그 시각, 아트레유는 푸쿠르의 등을 타고 훨씬 멀리 돌진하고 있었다. 아득한 환상 세계의 하늘 저 멀리로.

바스티안은 자기도 모르게 지붕창을 올려다보았다. 어느새 완전히 깜깜해진 저 높은 하늘에, 갑자기 훨훨 타오르는 흰 불길 같은 행운의 용이 다가온다면 어떨까? 만약 자기를 데리러 두 친구가 온다면!

"아, 정말 멋있을 거야!"

바스티안은 한숨을 내쉬었다.

바스티안은 그들을 도와 줄 수 있을 테고, 자신도 그것으로 구제될 것이다. 또 그것은 모두에게 구원이 될 것이다.

유령의 나라에서

아트레유는 하늘 높이 날아갔다. 붉은 외투자락이 소년의 뒤로 커다란 파도를 그리며 휘날렸다. 가죽 끈으로 묶은 검푸른 머리칼이 바람에 나부꼈다. 흰 행운의 용 푸쿠르는 리듬을 타고 물결을 그리며 천천히 하늘의 안개와 구름 사이를 뚫고 미끄러져 갔다.

오르고 내리고 오르고 내리고 오르고 내리고…….

벌써 얼마나 오랫동안 여행길에 있었을까? 수많은 낮과 밤과 또다시 낮…… 아트레유는 얼마나 되었는지 알 수 없었다. 용은 자면서도 날 수 있었다. 계속, 끊임없이 계속. 아트레유는 용의 흰 갈기를 꽉 움켜잡고서, 얕고 불안한 잠 속에 간간이 빠져들었다. 그래서인지 깨어 있을 때조차 점점 꿈처럼 느껴졌다.

저 아득한 아래에서는 산들이 실루엣처럼 스쳐갔다. 땅과 바다, 섬과 강들이……. 아트레유는 이미 그런 것에는 주의를 기울이지 않았다.

그들이 남쪽의 신탁소를 출발하고 처음 얼마 동안 그랬던 것처럼, 아트레유는 자기가 타고 있는 용을 몰지도 않았다. 처음에 아트레유는 초조하게 굴었다. 행운의 용을 타고 있으면 환상 세계의 경계에, 경계선 너머 인간이 살고 있는 바깥 세계에, 쉽게 닿으리라고 생각했던 것이다.

소년은 환상 세계가 얼마나 거대한지 미처 몰랐다.

지금 소년은 자신을 파고드는 돌덩이 같은 피로에 맞서 싸우고 있었다. 평소에는 날쌘 독수리처럼 날카롭기만 하던 소년의 검은 눈은 먼 곳의 것을 감지하지 못했다. 이따금씩 자신의 온 의지를 한데 모아 등을 꼿꼿이 편 채 사방을 살폈지만, 어느새 다시 주저앉아 진주빛 비늘이 분홍과 흰빛으로 번쩍이는 용의 유연하고 긴 몸체만 넋을 잃고 바라보았다. 푸쿠르 역시 녹초가 되었다. 무한한 듯싶던 그의 힘도 점점 쇠약해져 가고 있었다.

이렇게 긴 비행을 하는 동안 그들은 그들 아래로 무(無)가 퍼져 있는 지점을 여러 군데에서 목격했다. 그런 곳을 내려다 볼 때는 마치 장님이 된 듯한 느낌이 들었다. 대부분은 너무 높은 곳에서 봐서 비교적 작아 보였지만, 멀리 지평선까지 뻗어나가거나 한 나라 전체만큼 큰 곳도 있었다. 그럴 때마다 행운의 용과 거기에 올라탄 소년은 공포에 사로잡혔고 그 끔찍한 광경을 보지 않으려고 다른 방향으로 피해 날았다. 하지만 이상하게도 그 끔찍한 광경이 반복될수록 그것에 대한 공포감이 사라졌다. 무(無)로 변해 버린 곳들이 적어지기는커녕 점차 늘어남에 따라, 푸쿠르와 아트레유도 점점 거기에 익숙해졌다. 다시 말해 일종의 무관심이 그들을 지배하게 된 것이었다. 이윽고 그들은 거의 주의를 기울이지 않게 되었다.

그들은 벌써 오랫동안 이야기를 주고받지 않았다. 그러다가 불쑥 푸쿠르가 특유의 청동 울림 같은 음성으로 말했다.

"아트레유, 나의 작은 주인님, 자고 있어?"

"아니."

아트레유는 사실 답답한 꿈에 사로잡혀 있었으면서도 그렇게 대답했다.

"무슨 일인데, 푸쿠르?"

"되돌아가는 게 현명하지 않을까 생각 중이야."

"돌아가다니? 어디로?"

"상아탑으로, 어린 여왕이 있는 곳으로."

"뜻도 이루지 못한 채 여왕에게 간단 말야?"

"음, 그건 아니야, 아트레유. 대체 네가 위임받은 게 뭐였지?"

"어린 여왕이 앓고 있는 병의 원인이 뭔지, 또 무슨 치료약이 있는지 알아내는 거야."

"그렇다면 치료제를 네 손으로 찾아들고 가야 하는 건 아니잖아."

푸쿠르가 말했다.

"그게 무슨 뜻이지?"

"어쩌면 한 사람을 찾겠다고 환상 세계의 경계를 넘어서려는 우리의 시도가 커다란 잘못일지도 몰라."

"네가 무슨 소릴 하려는 건지 이해할 수가 없어, 푸쿠르. 좀 더 자세히 설명해 줘."

"어린 여왕은 죽을 정도의 중병에 걸렸어. 새로운 이름이 있어야 하기 때문이지. 그 사실을 파파할멈 모를라가 너에게 털어놓았어. 그런데 이 이름을 짓는 일은 오로지 바깥 세계의 인간들만이 할 수 있어. 율라라가 너한테 말한 것처럼. 그것으로 너는 네 사명을 다한 거야. 내 생각에 너는 이 모든 사실을 먼저 어린 여왕에게 보고해야 할 것 같아."

"그렇지만 여왕에게 그 사실을 알리기만 하고, 여왕을 구해줄 수 있는 사람을 데려가지 않는다면 무슨 도움이 되겠어?"

"그건 모르지."

푸쿠르가 대답했다.

"여왕은 너나 나보다 훨씬 많은 능력을 지니고 있어. 어쩌면 여왕은 쉽게 사람을 불러들일 수 있을지도 몰라. 너나 나, 환상 세계의 모든 존재가 모르는 길과 방법을 알지도 모른다고. 그런데 그렇게 하려면 여왕이 네가 지금 알고 있는 사실을 알아야 해. 만약 정말로 그렇다면, 우리가 직접 한 사람을 찾아 여왕에게 데려가겠다는 시도는 아주 무의미한 거야. 더욱이 우리가 마냥 찾고 있는 사이에 여왕이 죽을 수도 있어. 우리가 제때에 돌아가는 것이 여왕을 구하는 방법일지도 모른다고."

아트레유는 잠자코 있었다. 용이 한 말은 의심할 여지없이 옳았다. 그럴 수도 있는 일이었다. 그러나 전혀 그렇지 않을 수도 있었다. 소년이 지금 이 소식을 갖고 되돌아간다면 여왕이 이렇게 말할 가능성도 얼마든지 있었다.

'그 모든 게 나에게 무슨 도움이 되지? 네가 구원자를 데려왔다면 나는 건강을 찾을 텐데. 그렇지만 너를 또 한 번 보내기에는 너무 늦어 버렸어.'

소년은 어떻게 해야 할지 몰랐다. 피곤만 더해졌다. 어떤 결정을 내리기에는 너무나 지쳐 있었다.

"이봐, 푸쿠르."

아트레유가 조그만 목소리로 말했지만 용은 소년의 말을 바로 들었다.

"그래…… 어쩌면 네 말이 옳을지도 몰라. 하지만 틀릴지도 몰라. 그러니 조금만 더 날아가 보자. 그런데도 아무런 경계가 보이지 않으면, 그때 되돌아가자."

"조금만이라는 게 얼마 만큼이야?"

용이 물었다.

"두세 시간……. 아, 아니, 한 시간만 더!"

아트레유는 중얼거렸다.

"좋아, 앞으로 한 시간이다!"

푸쿠르는 대답했다.

하지만 이 한 시간은, 너무나 긴 시간이 되고 말았다.

북쪽 하늘이 온통 새까만 구름으로 뒤덮여 있었지만 둘은 그 사실을 염두에 두지 않았다. 태양이 떠 있는 서쪽에는 하늘이 타는 듯 뜨거웠고, 불행을 예고하는 줄무늬가 피 흘리는 해초처럼 지평선에 걸려 있었다. 동쪽에서는 뇌우가 회색 납덩이처럼 솟아올랐고, 그 앞에는 가닥가닥 풀린 구름 조각들이 푸른 잉크가 뿜어 나오듯이 버티고 있었다. 그리고 남쪽에서는 유황빛 안개가 깔리며 번개가 번쩍번쩍 빛을 발했다.

"아무래도 고약한 기후로 변할 것 같아."

푸쿠르가 말했다.

아트레유는 사방을 둘러보았다.

"맞아, 아무래도 심상치 않아. 그래도 우리는 계속 날아가는 수밖에 없어."

소년은 말했다.

"더 현명한 처사는 피신처를 찾는 거야. 내 짐작대로라면, 이건 보통 상황이 아니야."

푸쿠르가 막아섰다.

"네 짐작이 뭐지?"

아트레유가 물었다.

"바람거인 네 명이 또다시 전쟁을 벌이려는 거야."

푸쿠르가 설명했다.

"그들은 언제나 자기들 가운데 누가 가장 강한지, 누가 다른 자들을 지배할지를 놓고 싸우고 있어. 거인들에게는 일종의 놀이인 셈이지. 싸움을 해도 그들은 다치지 않으니까. 그렇지만 그들의 전쟁에 휘말린 자는 화를 입어. 대부분 살아남질 못해."

"더 높이 날아오를 수는 없니?"

아트레유가 물었다.

"그들의 힘이 미치지 않는 곳으로 말이지? 안 돼. 그렇게 높이는 날 수 없어. 게다가 우리 발밑에는 물뿐이야. 망망한 대해야. 우리가 숨을 수 있는 데라곤 도무지 보이질 않아."

"그렇다면 그 거인들을 기다리는 수밖에 별 도리가 없지. 그들에게 물어 보고 싶은 것도 있으니까."

아트레유는 잘라 말했다.

"무슨 소리야!"

용은 깜짝 놀라 소리치며 공중에서 펄쩍 뛰었다.

"그들 네 명이 바람거인이라면 환상 세계의 모든 곳을 잘 알 거야. 경계가 어디에 있는지 그들보다 정확히 아는 자는 없겠지."

"맙소사! 넌 그들과 느긋이 얘기를 나눌 수 있으리라 생각하니?"

용이 외쳤다.

"그들의 이름이 뭐야?"

아트레유가 물었다.

"북쪽 출신의 거인은 리르라고 해. 동쪽 출신은 바우레오, 남쪽 출신은 쉬르크, 서쪽 출신은 마예스트릴이야. 그런데 아트레유. 대체 너는 어떻게 된 애지? 어린 사내아이가 맞니? 아니면 두려움 따위는 전혀 모르는 쇳덩이니?"

푸쿠르는 대답했다.

"스핑크스의 문을 지나갈 때 모든 공포를 잃어버렸어. 그뿐 아니라 나는 어린 여왕의 표지를 걸고 있어. 환상 세계의 모든 존재는 이 표지를 존중해. 바람거인이라고 해서 예외일 수는 없잖아?"

"틀림없이 그들도 존중할 거야! 그렇지만 그들은 어리석어. 너는 그들의 싸움을 말릴 수 없어. 그게 무슨 뜻인지는 두고 보면 알 거야."

푸쿠르가 외쳤다.

그러는 사이에 비구름이 사방으로 퍼졌다. 아트레유는 엄청난 크기의 깔때기 같은 것이, 또는 화산 분화구 모양의 것이, 자기 주위를 에워싸고 있음을 보았다. 그것은 벽을 이루어 점점 빠른 속도로 맴돌기 시작하더니 유황 같은 노랑, 납 같은 회색, 핏빛 같은 빨강 그리고 짙은 까망이 서로 뒤엉켜 버렸다. 그리고 흰 용 위에 앉은 아트레유는 어느새 엄청난 소용돌이 속의 성냥개비처럼 이 회오리 속에 휘말려들었다. 그러자 소년의 눈앞에 폭풍거인들이 나타났다.

그들은 원래 얼굴만으로 이루어져 있었다. 사실 그들의 팔다리는 수없이 다양한 형상으로 변했고—기다란가 싶으면 짧아지고, 수백 개였는가 싶으면 아예 없어지고, 선명한가 하면 곧 몽롱해지는 것이었다—뿐만 아니라 무시무시하게 큰 원을 그리며 춤을 추거나 씨름을 하듯 한데 얽히고 뭉쳐져 그들의 원래 모습을 알아보기란 완전히 불가능했다. 또한 얼굴들도 변화무쌍했다. 뚱뚱하게 부풀어 올랐다가 다시 아래위로, 또는 옆으로 늘어나곤 했던 것이다. 그렇지만 그들은 서로를 구별할 수 있었다. 그들은 서로를 향해 고함치고 으르렁거리고 울부짖으며 깔깔거렸다. 용과 용 위에 앉은 아트레유의 존재는 그들의 눈에 전혀 들어오지 않는 모양이었다. 그들에 비하면 소년은 모기만큼이나 작은 존재에 지나지 않았다.

아트레유는 몸을 곧추세웠다. 그리고 오른손으로 가슴 위의 황금 표지를 드러내며 힘껏 큰 소리로 외쳤다.

"어린 여왕의 이름으로 명한다! 다들 조용히 하고 내 말을 들어
라!"

그러자 믿을 수 없는 일이 벌어졌다!

갑자기 벙어리나 된 듯 거인들이 조용해진 것이다. 그들은 입을 다물
었고, 여덟 개의 번쩍이는 거대한 눈을 아우린으로 향했다. 소용돌이도
멈췄다. 사방이 죽음처럼 조용해졌다.

"대답해 줘! 환상 세계의 경계선이 어디에 있지? 네가 아니, 리
르?"

아트레유는 외쳤다.

"북쪽에는 없어."

시커먼 구름얼굴이 대답했다.

"그럼 네가 알아, 바우레오?"

"동쪽에도 없어."

납회색의 구름얼굴이 대답했다.

"이야기해 봐, 쉬르크!"

"남쪽에도 경계 같은 건 없어."

유황빛 구름얼굴이 말했다.

"마예스트릴, 네가 아니?"

"서쪽에도 경계는 없어."

불꽃처럼 빨간 구름얼굴이 대답했다.

그리고 나서 넷이 모두 입을 모아 말했다.

"대체 너는 누구냐? 어린 여왕의 표지를 걸고, 환상 세계에 경계가
없음을 모르는 너는?"

아트레유는 멍해졌다. 순간 한 대 얻어맞은 느낌이었다. 경계가 전혀

없으리라는 것은 여태껏 생각하지 못했던 일이다. 그렇다면 그 모든 것이 헛수고였던 셈이다.

바람거인들이 다시 싸움을 시작했다는 것도 아트레유는 알아차리지 못했다. 이제부터 무슨 일이 일어나든 소년에겐 상관이 없었다. 용이 갑자기 회오리바람에 몰려 내팽겨쳐지자, 소년은 용의 갈기에 단단히 매달렸다. 그들은 번개로 번득이는 소용돌이 속을 미친 듯이 질주하다가 수직으로 사납게 내리치는 빗줄기에 흠뻑 젖어들었다. 또한 갑자기 불길 속에 휩쓸려 들어가 거의 타 죽을 뻔했는데 어느새 우박 사태 속에 빠져 있었다. 그것은 낱알이 아닌 창처럼 긴 고드름 우박이었고, 용과 소년에게 마구 쏟아졌다. 그들은 쉴 새 없이 위아래로 끌려 다녔고 이리저리 내동댕이질쳐졌다. 바람거인들은 주도권을 놓고 치열하게 싸우고 있었다.

"꽉 붙잡아!"

한 바람거인이 그들을 뒤집어 놓자, 푸쿠르가 외쳤다.

그러나 너무 늦었다. 아트레유는 의지할 데를 놓치고 말았다. 끝없이 아래로 떨어지며 그는 의식을 잃었다.

다시 의식이 돌아왔을 때, 아트레유는 부드러운 모래밭에 누워 있었다. 철썩거리는 파도 소리가 들려 왔다. 사방을 둘러보니 소년은 물결에 실려 어느 해안에 닿아 있었다. 안개가 자욱하게 깔렸으나 바람은 일지 않았다. 바다는 잠잠했다. 바로 얼마 전까지 벌어졌던 바람거인들의 미친 듯한 격투의 흔적은 찾아볼 수 없었다. 소년은 혹시 아득히 먼, 전혀 다른 장소에 와 있는 건 아닐까? 해안은 평평했다. 바위나 언덕 같은 건 어디서도 볼 수 없었고, 구부정하게 휜 나무 몇 그루가 커다랗고 우악스런 손을 펼친 채 바다안개 속에 버티고 서 있었다.

아트레유는 일어나 앉았다. 두세 발짝 떨어진 곳에 그의 물소털로 된 빨간 망토가 놓여 있었다. 소년은 그리로 기어가서 망토를 어깨에 둘렀다. 그것은 그다지 젖어 있지 않았다. 그렇다면 벌써 누워 있은 지 꽤 오래 되었음에 틀림없었다.

어떻게 여기로 오게 되었을까? 그리고 어째서 물에 빠져 죽지 않았을까?

자기를 안아 옮겨 준 뭔가에 대한 기억이 어렴풋이 되살아났다. 그리고 야릇한 노랫소리도.

'가엾은 소년, 아름다운 소년! 그를 붙잡아 주라! 그를 빠지지 않게 하라!'

어쩌면 그것은 파도의 철썩거림이었을지도 모른다.

아니면 바다의 요정과 신들이었을까? 아마도 그들은 '광채'를 보고 소년을 구해 준 모양이었다.

소년은 자기도 모르는 새에 부적을 더듬더듬 찾았다. 그러나 부적이 없지 않은가! 목에 걸었던 사슬이 없어져 버렸다. 소년은 부적을 잃어버리고 만 것이었다.

"푸쿠르!"

아트레유는 목청을 다해 외쳤다. 벌떡 일어나 왔다 갔다 하며 사방에 대고 불렀다.

"푸쿠르! 푸쿠르! 어디 있니?"

대답이 없었다. 단지 규칙적으로 천천히 다가와 해안에 부딪치는 파도의 철썩거림만이 들려 왔다.

바람거인들이 흰 용을 어디로 몰아갔는지 어떻게 알겠는가! 어쩌면 푸쿠르는 전혀 엉뚱한 곳, 여기서는 아득히 먼 어딘가에서 그의 꼬마 주인을 찾고 있을지도 모른다. 아니면, 이미 살아 있지 않을지도 모른다.

아트레유는 이제 더 이상 용을 타는 주인도 어린 여왕의 위임자도 아니었다. 다만 홀로 남겨진 한낱 외로운 소년일 뿐이었다.

탑시계가 여섯 시를 알렸다.

바깥은 완전히 깜깜했다. 비도 멈추었다. 주변은 쥐죽은 듯 고요했다. 바스티안은 촛불을 바라보았다.

그때 어디선가에서 마룻바닥이 삐걱 소리를 내어 흠칫 놀랐다.

누군가의 숨소리가 들리는 듯싶었다. 소년은 숨을 죽이고 귀를 기울였다. 촛불이 퍼진 작은 조명 둘레만 빼고 이 커다란 창고는 암흑으로 가득 차 있었다.

살그머니 누가 층계를 올라오는 소리였을까? 지금 막 창고문의 손잡이가 천천히 움직인 것은 아닐까?

다시금 마룻바닥이 삐걱 소리를 냈다.

혹시 도깨비라도 나타난다면……?

"에에, 무슨 소리,"

바스티안은 조그만 소리로 말했다.

"도깨비는 없어. 모두가 그렇게 말하는걸."

그렇다면 그것에 관한 이야기가 어째서 그렇게 많은 것일까?

도깨비 따위는 없다고 말하는 사람들은 어쩌면 한결같이 도깨비가 겁이 나 그러는지도 모른다.

아트레유는 추위를 느껴 빨간 외투를 꼭꼭 여미고는 육지 쪽으로 걸어갔다. 소년이 이 안개 사이로 볼 수 있는 경치는 거의 변화가 없었다. 평평하고 단조로웠으며, 다만 구부정한 나무들 사이로 점차 덤불숲이 늘어날 뿐이었다. 녹슨 양철처럼 딱딱한 덤불들이었다. 주의를 기울

이지 않으면 그것들에 부딪쳐 온통 상처투성이가 될 지경이었다.

한 시간쯤 지나, 울퉁불퉁하고 모양이 고르지 않은 돌조각으로 포장된 길에 이르렀다. 아트레유는 이 길이 어디로든 통하리라 생각하며 쭉 따라가기로 결심했다. 하지만 울퉁불퉁한 포장 위로 걷는 것보다 길 옆 흙먼지 속을 걷는 게 훨씬 편했다. 이 길은 왼쪽 오른쪽으로 굽어들며 뱀처럼 꾸불꾸불 이어졌다. 언덕도 강물도 없는데 길이 왜 이렇게 꾸불꾸불한지 도무지 이유를 알 수 없었다. 이 지역에는 모든 것이 굽어 있는 모양이었다.

얼마 동안 그 길을 따라 걸었을 때, 웬 야릇한 발짝 소리 같은 것이 멀리서 다가왔다. 그것은 커다란 북의 둔탁한 울림 같은 소리로, 틈틈이 작은 피리나 유령 소리 같은 날카로운 음향이 섞여 들려왔다. 소년은 길가의 덤불 뒤에 몸을 숨기고 기다렸다.

그 기묘한 음악은 서서히 가까워졌고, 마침내 안개 속으로 첫 번째 형체들이 보였다. 그들은 분명히 춤을 추는 듯했지만 그것은 결코 유쾌하거나 우아하지 않았다. 유별나게 껑충껑충 뛰고, 바닥을 구르며 사방으로 기는가 하면, 똑바로 곧추서는 등, 마치 미친 듯한 동작이었다. 하지만 그와 함께 들리는 소리는 느릿느릿하고 둔탁한 북소리와 날카로운 휘파람 소리, 그리고 숱한 목구멍에서 나오는 헐떡임과 신음뿐이었다.

그 형체들은 점점 불어났다. 그것은 끝없어 보이는 행렬이었다. 아트레유는 춤추는 이들의 얼굴을 살펴보았다. 잿빛 피부에 땀이 줄줄 흐르고 있었지만 눈빛만은 한결같이 사납고 열기에 찬 광채로 번득였다. 게다가 많은 이들은 채찍으로 자기 자신을 때리고 있었다.

'정신이 나간 자들이군.'

아트레유는 생각했다. 차가운 전율이 소년의 등골에 흘렀다.

아트레유는 이 행렬의 대부분이 요컨대 밤 요정, 요괴 그리고 유령들로 이루어져 있음을 알아차렸다. 그 가운데에는 흡혈귀와 수많은 마녀들이 있었고, 곱사등에 염소수염이 난 늙은 마녀, 또한 예쁘장하나 간악해 보이는 젊은 마녀들도 섞여 있었다. 지금 아트레유가 빠져든 곳은 분명코 암흑의 피조물들이 살고 있는 환상 세계 중 한 나라임에 틀림없었다. 아우린을 아직 갖고 있다면, 아트레유는 서슴없이 그들 앞에 나서서 여기서 무슨 일이 벌어졌는가를 물어 볼 수 있었으리라. 그러나 지금은 별수 없이 이 미치광이 행렬이 지나가고 마지막 낙오자들이 절룩거리며 안개 속으로 껑충껑충 사라질 때까지 숨어서 지켜보아야 했다.

그리고 나서야 소년은 용기를 내어 거리로 나와 유령들의 행렬 꽁무니를 바라보았다. 저들을 쫓아가야 할 것인가? 결정을 내릴 수가 없었다. 이제부터 무엇을 해야 할지, 무엇을 할 수 있을지 소년은 도무지 알 수 없었다.

아트레유는 처음으로 어린 여왕의 부적이 얼마나 소중하며, 그것이 없는 자신이 얼마나 무기력한가를 절실하게 느꼈다. 그 부적이 소년에게 가져다 준 보호가 완전했던 것은 아니다. 그것이 있었다 해도 모든 노고와 궁핍, 공포와 외로움을 자신의 힘으로 견뎌내야 했으니 말이다. 그러나 어쨌든 그 표지를 걸고 있는 동안은 한 번도 자기가 해야 할 바에 대해 망설였던 적이 없었다. 신비스러운 나침반처럼 그것은 소년의 의지, 소년의 결단을 올바른 방향으로 이끌어 주었다. 하지만 지금은 형편이 다르다. 지금 소년이 의지할 신비한 힘은 어디에도 없었다.

아트레유는 마비된 듯 그렇게 서 있지 않기 위해서, 유령들의 행렬을 쫓아가도록 자신에게 명령했다. 행렬의 둔탁한 북소리가 여전히 멀리서 들려왔다.

안개 속을 서둘러 가는 동안—마지막 낙오자들과 안전한 간격을 유지하는 데 신경을 늦추지 않으면서—아트레유는 자기의 처지에 대해 명백한 해답을 얻으려고 노력했다.

아, 푸쿠르가 당장 어린 여왕에게로 돌아가자고 충고했을 때 왜 말을 듣지 않았을까? 그랬다면 여왕에게 율라라의 예언을 전하고 '광채'도 되돌려 줄 수 있었을 텐데. 아우린 없이는, 푸쿠르 없이는, 이제 어린 여왕에게 돌아갈 수조차 없는 노릇이었다. 여왕은 생의 마지막 순간까지 소년이 돌아오기를 희망하며, 소년이 여왕 자신과 환상의 세계에 구원을 가져오리라고 믿으리라. 하지만 모든 게 허사였다!

그것만으로도 더할 나위 없이 곤란한 지경이었지만 더욱 고약한 것은, 바람거인들에게서 들은 것처럼 환상 세계에 경계가 없다는 사실이었다. 환상 세계에서 빠져나가는 것이 불가능하다면, 경계 저편의 인간에게 도움을 청하기도 불가능한 일이었다.

아트레유는 안개 속의 고르지 않은 길 위를 비틀거리며 계속 나아가면서 율라라의 부드러운 목소리를 돌이켰다. 소년의 가슴에 실낱같은 희망의 불꽃이 솟아올랐다.

옛날에는 사람들이 어린 여왕에게 끊임없이 찬란한 새 이름을 주기 위해 자주 환상의 세계로 왔었노라고, 율라라는 노래하지 않았는가. 그러니까 어쨌든 저 세계에서 이 세계로 오는 길이 있긴 하다는 것이다!

그들에겐 가깝지만 우리에겐 너무 멀다네,
우리가 그들에게 이르기엔 너무나 멀다네.

그렇다, 율라라는 그렇게 노래했었다. 문제는 사람들이 이 길을 잊어버린 것이다. 하지만 한 사람쯤, 단 한 사람쯤은 그 길을 다시 기억해 낼 수도 있지 않을까?

소년은 자신에게 이미 아무런 희망이 없다는 사실에 대해 이제 거의 무감각해졌다. 중요한 것은 오로지 한 사람이 환상 세계의 부름을 듣고 이리로 오는 것이었다. 옛 시대에 그랬었듯이. 그리고 혹시, 혹시나 한 사람이 벌써 출발해서 오는 중일지도 모르잖는가!

"그래! 그래!"

바스티안은 외쳤다. 바스티안은 자신의 목소리에 놀라 조그맣게 덧붙였다.

"나는 너희를 도와주러 가고 싶어, 그 방법만 안다면 말이야! 하지만 나는 길을 몰라, 아트레유. 정말로 그 길을 모른다구."

둔탁한 북소리와 날카로운 휘파람 소리가 갑작스레 멎었다. 아트레유는 자기도 모르는 새에 거의 마지막 형체들을 쫓아갈 만큼 행렬에 다가가 있었다.

아트레유는 맨발이어서 발짝 소리가 나지 않았다. 하지만 그들이 소년에게 도무지 관심을 돌리지 않은 이유는 그 때문이 아니었다. 소년이 설사 징박힌 장화를 신고 발을 구르며 큰 소리로 고함을 질렀다 한들 누구도 그것에 귀 기울이지 않았을 것이다.

그들은 이제 한 줄로 서 있지 않고 회색 풀과 진창으로 이루어진 들판에 넓게 흩어져 있었다. 어떤 이들은 좌우로 가볍게 비틀거리며 서 있었고, 또 어떤 이들은 꼼짝 않고 우두커니 서 있거나 웅크리고 앉아 있었다. 하지만 눈부시게 이글거리는 그들의 시선만은 똑같은 방향을 향하고 있었다.

그때 아트레유 역시 그들이 전율에 사로잡혀 뚫어지게 바라보는 대상을 쳐다보았다. 들판의 반대편에는 무(無)가 가로놓여 있었다.

그것은 아트레유가 이미 지난날 나무껍질 괴물들과 함께 나무꼭대기에서 내려다보았던 것이나, 남쪽 신탁소의 마술의 문들이 서 있던 평원에서 보았던 것, 또는 푸쿠르의 등을 타고 아득히 높은 곳에서 내려다보았던 것과 똑같은 것이었다. 하지만 지금까지는 모두 다 먼 곳에서만 보았었다. 그런데 지금 소년은 전혀 아무런 마음의 준비 없이 너무나 가까이에서 그것에 맞서게 된 것이다. 그것은 눈앞의 모든 경치를 가로지를 정도로 어마어마하게 컸다. 게다가 서서히, 하지만 조금도 쉬지 않고 다가오고 있었다.

아트레유는 눈앞의 들판 위에 있는 유령들이 경련으로 뒤틀리듯이 온 사지에 전율을 일으키는 것을 보았다. 그들은 소리를 지르거나 웃음보를 터뜨리려는 듯이 입을 벌리고 있었다. 하지만 주위에는 죽음 같은 정적만이 가라앉아 있었다. 갑자기, 그들 모두가 돌풍을 맞은 시든 잎사귀들처럼 한꺼번에 무(無)를 향해 돌진하여, 떨어지고 곤두박질치며 뛰어들었다.

이 유령의 무리 가운데 마지막 형체가 소리 없이 흔적도 없이 사라지기가 무섭게, 아트레유는 자신의 몸뚱이도 갑자기 무(無)를 향하여 움직이고 있음을 깨닫고 화들짝 놀랐다. 하지만 그만큼 그 안으로 뛰어들고 싶은 강력한 욕구가 그를 사로잡았다. 아트레유는 온 의지를 모아 그 욕구와 맞섰다. 멈추어 서려고 안간힘을 썼다. 서서히, 아주 서서히 소년은 몸을 돌렸다. 그리고 눈에 보이지 않는 거센 물결에 맞서 역류하듯이 한 발짝 한 발짝 앞으로 나아가는 데 성공했다.

끌어들이는 힘은 점점 약해졌고, 아트레유는 드디어 멀찍이 떨어졌다. 온 힘을 다해 울퉁불퉁한 포장길 위로 되돌아왔다. 미끄러지고 넘어지면서도 가까스로 다시 기운을 내어 계속 달렸다. 안개 속의 이 길이 자기를 어디로 이끌고 갈는지 생각조차 하지 않았다.

아트레유는 의미 없이 구부러진 길을 따라 무작정 내달렸고, 안개 속
에서 도시의 새까만 성벽이 눈앞에 솟아올랐을 때서야 비로소 멈추어
섰다. 성벽 뒤 잿빛 하늘을 배경으로 몇 개의 기울어진 탑들이 솟아 있
었다. 성문의 육중한 나무문짝은, 썩어빠진 채 녹이 슨 돌쩌귀에 삐딱
하게 걸려 있었다.

아트레유는 그 안으로 들어섰다.

창고 안은 점점 더 추워졌다. 바스티안은 바들바들 떨기 시작했다.

만약 여기서 병이 난다면 어떻게 될까? 같은 반 아이, 한스처럼 폐
렴에 걸릴 수도 있을 것이다. 그렇게 되면 여기 창고에서 혼자 죽을지
도 모른다. 도와 줄 사람은 아무도 없으니까.

지금 아빠가 자기를 찾아내어 구해 준다면 몹시 기쁠 것 같았다.

하지만 집으로 가는 건……, 아니, 그럴 수는 없었다. 차라리 죽는
게 낫다!

소년은 나머지 군용 담요를 모두 가져와서 그 속에 푹 파묻혔다.

차츰 몸이 따스해졌다.

도깨비 마을

　미친 듯이 일렁이는 파도 너머에서 푸쿠르의 목소리가 청동 종소리처럼 웅장하게 울려 퍼졌다.

　"아트레유! 어디 있니? 아트레유!"

　오래 전에 바람거인들은 싸움을 멈추고 사납게 날뛰며 흩어졌다. 그들은 태고적부터 그래왔듯이, 언제 어딘가에서 또다시 만나 싸움을 벌일 것이다. 그들은 방금 전에 일어난 일 따위는 벌써 까마득하게 잊은 지 오래였다. 거인들은 다른 것에는 전혀 개의치 않았고 오로지 자신들의 분명한 힘만을 믿었기 때문이다. 따라서 하얀 용과 그 용을 타고 있던 소년의 일 같은 건 그들의 기억에서 이미 씻은 듯이 사라졌다.

　아트레유가 아래로 떨어졌을 때 푸쿠르는 추락하는 소년을 잡으려고 온 힘을 다해 쫓아갔다. 하지만 공중에서 회오리바람에 사로잡혀 멀리 밀려가 버렸다. 그가 되돌아왔을 때 바람거인들은 바다 위 다른 장소로 미친 듯이 옮겨가고 있었다. 푸쿠르는 아트레유가 떨어졌을 만한 지점을 찾으려고 필사적으로 안간힘을 썼다. 하지만 제아무리 하얀 행운의 용이라 할지라도 광분한 바다의 끓어오르는 물거품 속에서 떠내려간 눈꼽만 한 점 같은 육체를 찾기란, 또는 바다 바닥에 가라앉았을지도 모르는 소년을 발견하기란 불가능한 일이었다.

그럼에도 불구하고 푸쿠르는 포기하지 않았다. 그는 보다 잘 보기 위해 공중으로 높이 올라갔다가 다시 물결 위로 바짝 날면서 언저리를 맴돌았다. 수도 없이 넓게 큰 원을 그리면서 빙빙 돌았다. 그러면서 바다 거품 속 어디에선가 소년을 찾으리라는 희망을 놓지 않고 아트레유의 이름을 쉴 새 없이 불렀다.

그는 행운의 용이었으므로 모든 일은 반드시 좋은 결말을 가져오리라고 굳게 믿었다. 어떤 일이 있더라도 푸쿠르는 결코 포기하지 않을 것이다.

"아트레유!"
그의 웅장한 목소리가 사나운 파도의 철썩거림을 뚫고 굉굉 울렸다.
"아트레유, 어디 있니?"

아트레유는 죽음의 도시같이 황량하기 짝이 없는 고요한 거리를 헤매고 있었다. 무시무시한 도시의 광경은 아트레유의 가슴을 옥죄었다. 건물들은 하나같이 협박과 저주를 담은 인상이었고, 모든 도시가 유령의 성과 도깨비 집들로 가득 채워진 것만 같았다. 이 나라 안의 모든 것이 그렇듯이 구부러지고 일그러져 있었다. 거리와 골목들 위로는 으스스한 거미줄들이 걸려 있었으며, 고약한 악취가 지하실 창고와 말라버린 샘물에서 풍겨져 나왔다.

처음에 아트레유는 남의 눈에 띄지 않으려고 성벽 담모퉁이를 재빨

리 돌아 스쳐 지나갔지만, 곧 굳이 숨으려고 애쓰지 않게 되었다. 광장들과 거리들은 텅 비어 있고 건물 안에도 아무런 기척이 없었다. 소년은 그 가운데 몇몇 집 안으로 들어가 보았지만 안에는 뒤집어엎어진 가구, 찢어진 커튼, 깨진 그릇들과 유리잔 따위뿐으로 모조리 폐허의 자취일 뿐 거주자는 없었다. 어떤 식탁 위에는 미처 식사를 다 끝내지도 않은 듯 음식이 남겨져 있었다. 새까만 수프가 든 접시 몇 개와 아마도 빵인 듯싶은 끈끈한 덩어리 몇 개를 아트레유는 모두 먹어치웠다. 역겨운 맛이었지만 너무나 배가 고파 어쩔 수 없었다. 어떤 의미에서는 바로 여기로 오게 된 것이 자기에게 아주 잘된 일처럼 여겨졌다. 이 모든 상황은 아무런 희망도 없는 자에게 썩 어울리는 것이었다.

바스티안은 배가 고파서 기운이 하나도 없었다. 하필이면 엉뚱하게도 지금 안나 아줌마가 만들어 주었던 사과 파이가 생각날 게 뭐람. 그것은 세상에서 가장 맛있는 사과 파이였다.

안나 아줌마는 일주일에 세 번씩 와서 아빠를 거들어 타이프를 치고 집안일을 정돈해 주었다. 대개는 음식을 만들거나 빵을 구웠다. 안나 아줌마는 다른 사람은 아랑곳없이 큰 소리로 웃고 떠드는 덩치 큰 여자였다. 아빠는 아줌마에게 예의바르게 대했지만 그녀의 존재를 신경 쓰지 않았다. 그래도 아주 드물긴 했지만 아줌마 덕분에 아빠의 찌푸린 얼굴에 희미한 웃음이 스쳐 가기도 했다. 아줌마가 오면 집안이 조금은 밝아지는 느낌이었다.

안나 아줌마는 결혼도 하지 않았는데 어린 딸을 하나 데리고 있었다. 그 아이의 이름은 크리스타였는데, 바스티안보다 세 살이 적었고, 금발이 꽤 아름다웠다. 예전에 안나 아줌마는 어린 딸을 거의 매번 집에 데리고 왔었다. 크리스타는 수줍음을 많이 탔다. 바스티안이 자기가 만들어 낸 이야기를 몇 시간씩 들려주면, 소녀는 아무 말도 않고 앉아서 눈을 동그랗게 뜨고 열심히 귀를 기울였다. 크리스타는 바스티안에게 감탄했고, 바스티안도 그 애를 아주 좋아했다.

하지만 일 년 전, 안나 아줌마는 어린 딸을 어느 시골학교 기숙사에 맡겨 버렸다. 그 뒤로 그들은 거의 만나지 못했다.

바스티안은 그 일에 대해 안나 아줌마에게 잔뜩 화가 났다. 그래서 그것이 왜 크리스타에게 더 나은가 하는 아줌마의 온갖 설명에도 귀를 막아 버렸다.

하지만 아줌마의 사과 파이만은 도저히 거부할 수가 없었다.

사람이 먹지 않고 얼마나 오래 견딜 수 있을까? 바스티안은 자신에게 물어 보았다. 이틀? 사흘? 혹시 24시간만 지나도 헛것을 보게 되는 건 아닐까? 바스티안은 이곳에 머무른 지 얼마나 되었나 손가락으로 꼽아 보았다. 10시간, 아니 그보다 조금 더 되었다. 빵이나 하다못해 사과만이라도 조금 남겨 둘 것을!

탁탁 타오르는 촛불에 비쳐 여우와 부엉이, 거대한 수리의 유리눈알이 살아 있는 것처럼 번쩍였다. 그것들의 그림자가 창고 벽에 반사되어 커다랗게 어른거렸다.

탑시계가 일곱 번을 쳤다.

아트레유는 다시 거리로 나가서 정처 없이 헤매고 다녔다. 도시는 상당히 큰 듯했다. 소년은 처마에 머리가 닿을 만큼 나지막하고 작은 집들이 있는 구역을 지나갔고, 또 앞면이 온갖 무늬들로 장식된 다층 저택들로 즐비한 구역을 지나갔다. 그 무늬들은 하나같이 해골이나 악마의 형상을 하고 있었고, 도깨비 같은 얼굴로 외로운 떠돌이를 내려다보고 있었다.

갑자기, 소년이 땅에 못 박힌 듯 우뚝 섰다.

아주 가까운 어딘가에서 쉰 소리의 거친 울부짖음이 들려왔다. 그 소리는 몹시도 절망적이고 애절하게 들려 아트레유의 가슴이 에이는 듯했다. 암흑의 피조물들에게는 숙명과도 같은 모든 고독과 저주가 이 비탄의 울림 속에 묻혀 있었다. 그 울부짖음은 건물들의 벽마다 끝없이 메아리치더니, 이윽고 여기저기 흩어져 있는 거대한 늑대 한 무리의 울부짖음처럼 들리기 시작했다.

아트레유는 그 소리를 쫓아갔다. 울부짖음은 점점 잦아들어 거친 흐느낌으로 변했다. 소년은 한동안 그 소리를 찾아 헤맸다. 막다른 통로를 들어가서 불빛도 없는 좁은 정원을 거쳐 아치문을 하나 통과하자 축축하고 더러운 어느 뒤뜰에 이르렀다. 그곳 돌담 구멍 앞에 앙상해진 커다란 늑대 인간이 사슬에 묶여 있었다. 비루먹은 그의 털 밑으로 드러난 갈빗대는 하나씩 헤아릴 수 있을 정도로 드러나 있었고, 척추 뼈는 톱날처럼 솟아 있었으며, 헤벌어진 아가리에서 혓바닥이 길게 빠져나와 있었다.

아트레유는 그에게 살그머니 다가섰다. 늑대는 소년의 기척을 느끼자 우람한 머리통을 번쩍 쳐들었다. 그의 눈에서는 초록빛 광채가 타올랐다.

한동안 둘은 아무 소리도 내지 않고 서로를 살폈다. 이윽고 늑대가 나지막하면서 위험스러운 신음소리를 내뱉었다.

"가라! 나를 조용히 죽게 해 다오!"

아트레유는 꼼짝도 안 했다. 똑같이 나직하게 소년은 대답했다.

"네가 부르는 소리를 듣고 온 거야."

늑대의 머리가 움츠러들었다.

"나는 아무도 부르지 않았다. 그것은 단지 내 죽음을 슬퍼하는 비명이었을 뿐이야.”

“너는 누구지?”

아트레유는 물으며 한 발짝 다가섰다.

“그모르크다. 늑대가 된 사람.”

“그런데 왜 여기 사슬에 묶여 있지?”

“그들이 떠나면서 나를 잊어버렸지.”

“그들이라니…… 누군데?”

“나를 이 사슬에 묶었던 자들.”

“그들은 어디로 갔지?”

그모르크는 대답이 없었다. 그는 반쯤 눈을 감은 채 아트레유를 노려보았다. 긴 침묵 끝에 그가 물었다.

“여기는 네가 있던 곳이 아니구나, 어린 나그네야. 이 도시 출신도 이 나라 출신도 아니지? 여기서 무엇을 찾지?”

아트레유는 고개를 떨어뜨렸다.

“어떻게 여기로 오게 됐는지는 나도 몰라. 이 도시의 이름이 뭐지?”

“이곳은 모든 환상 세계에서 가장 유명한 나라의 수도다.”

그모르크가 말했다.

“이 나라, 이 도시에 대한 이야기는 다른 어떤 곳의 이야기보다도 많지. 너도 유령 나라의 도깨비 마을에 대해서 들어 본 적이 있을 것이다. 그렇지?”

아트레유는 천천히 고개를 끄덕였다.

그모르크는 소년에게서 눈길을 떼지 않았다. 이 초록빛 피부의 소년은 커다랗고 까만 눈으로 그처럼 태연하게 자기를 마주보며 조금도 공포를 드러내지 않았다. 이 사실이 그에게는 이상스러웠다.

“그럼 너는…… 너는 누구냐?”

그가 물었다.

아트레유는 잠시 생각에 잠겼다가 대답했다.

"나는 아무런 것도 아니야."

"그게 무슨 소리지?"

"그건, 한때 이름을 가졌었다는 얘기지. 하지만 이제 다시는 그 이름으로 불릴 수 없어. 그러니까 나는 아무것도 아닌 사람이야."

늑대가 입술을 약간 축이고는 소름끼치는 이빨을 드러냈다. 아마도 미소를 짓는 모양이었다. 그는 영혼의 모두 어두운 면에 통달하고 있었고, 어떻든 간에 겨룰 만한 상대 하나를 지금 눈앞에 두고 있음을 느꼈다.

"그렇다면 아무것도 아닌 자가 내 소리를 들었고, 아무것도 아닌 자가 내게로 왔고, 아무것도 아닌 자가 내 마지막 순간 나와 이야기하는 거로군."

그는 거친 음성으로 말했다.

아트레유는 다시 고개를 끄덕이고 물었다.

"너를 이 사슬에서 풀어 줄 수 없을까?"

늑대의 눈에 초록불꽃이 번뜩였다. 그는 몸부림치며 자기의 입술을 핥기 시작했다.

"정말 그렇게 하겠나?"

그는 내뱉었다.

"굶주린 늑대를 풀어 주겠다고? 그게 뭘 뜻하는지 몰라? 아무도 내 앞에선 안전하지 못할 거야!"

"그래."

아트레유는 말했다.

"하지만 나는 아무것도 아닌 사람이야. 내가 네 앞에서 무서워할 이유가 어디 있어?"

아트레유가 그모르크에게 다가서려 하자 다시 그 끔찍하고 낮은 신음 소리가 들렸다. 소년은 주춤했다.

"너는 내가 풀어 주기를 원하지 않니?"

소년은 물었다.

늑대는 갑자기 매우 피곤한 기색을 띠었다.

"그건 네가 할 수 없어. 하지만 네가 내 이빨이 닿는 곳까지 오면 나는 너를 갈기갈기 토막 낼 거다, 꼬마야. 그럼 나는 얼마간 더 살 수는 있겠지, 한두 시간 정도는. 그러니까 나를 그대로 내버려 두고 조용히 죽어가게 해 다오."

아트레유는 생각에 잠겼다. 그리고 이윽고 말했다.

"어쩌면 네 먹이를 찾을 수 있을지 몰라. 시내에서 말이야."

그모르크는 천천히 눈을 뜨고 소년을 바라보았다. 늑대의 눈에서 초록불꽃이 사그라들었다.

"꺼져! 이 바보 같은 꼬맹이 녀석! 너는 무(無)가 여기 올 때까지 내 생명을 붙여 놓겠다는 거냐?"

"나는 그저……."

아트레유는 더듬거렸다.

"너에게 먹이를 가져다주고 네 배가 차면, 그때엔 너에게 다가가서 사슬을 풀어 줄 수 있을 것 같아서……."

그모르크는 부드득 이빨을 갈았다.

"나를 묶어 놓은 사슬이 보통 사슬이라면 벌써 내 이빨로 끊어버렸을 거다."

그는 자기 말이 맞다는 것을 보여주려는 듯이 사슬을 덥썩 물더니 그 끔찍한 이빨로 으드득 소리가 나게 깨물었다. 이어 사슬을 잡아당겼다가 다시 놓았다.

"이건 마술의 사슬이야. 이걸 내게 채워 놓은 자만이 풀 수가 있어. 하지만 그 자는 다시는 안 돌아와."

"누가 이 사슬을 너에게 채웠지?"

그모르크는 매를 맞는 개처럼 몸부림치기 시작했다. 그러더니 한참이 지난 뒤에야 겨우 대답할 만큼 가라앉았다.

"암흑의 여왕, 가이아가!"

"그 여왕은 어디로 갔는데?"

"그 여자는 무(無)속으로 빠져 버렸다. 이곳의 다른 모든 자와 함께."

아트레유는 도시 변두리 안개 속에서 보았던, 광란하던 춤의 행렬을 떠올렸다.

"왜?"

소년은 조그맣게 물었다.

"왜 그들은 도망치지 않았지?"

"그들은 희망이 없었으니까. 무(無)는 너희 같은 족속을 약하게 만들고 강력한 힘으로 끌어당기지. 너희 가운데 어느 누구도 그것에 맞설 수는 없을 거야."

그모르크는 음흉스런 낮은 웃음소리를 내며 말했다.

"그럼, 너는?"

아트레유는 계속 물었다.

"마치 너는 우리와는 다른 것처럼 말하는구나?"

그모르크는 다시 날카로운 눈길로 소년을 보았다.

"나는 너희와 달라."

"그럼 너는 어디서 왔지?"

"너는 정말 늑대인간이 무엇인지 모른단 말이냐?"

아트레유는 말없이 고개를 끄덕였다.

"너는 환상 세계만 알고 있구나."

그모르크는 말했다.

"여기 말고도 다른 세계들이 있다. 예를 들면 인간의 세계. 그리고 자신의 세계를 갖지 못한 존재들도 있지. 그 대신 그들은 이 세계에서 저 세계로 들락거릴 수가 있어. 나는 그런 존재에 속하지. 나는 인간의 세계에서 사람의 모습을 드러내지만, 사람은 아니거든. 그리고 환상의 세계에서는 환상적인 모습을 취하지만, 너희 같은 존재라고는 할 수 없지."

아트레유는 천천히 바닥에 주저앉아 까만 눈을 커다랗게 뜨고 죽어가는 늑대인간을 바라보았다.

"너는 인간의 세계에 간 적이 있니?"

"나는 그들의 세계와 너희 세계를 자주 들락거렸다."

"그모르크……."

아트레유는 더듬거렸다. 입술이 떨리는 걸 멈출 수가 없었다.

"인간 세계로 가는 길을 내게 말해 줄 수 없겠니?"

그모르크의 눈에서 초록빛 불똥이 튀었다. 내심 비웃는 듯했다.

"너와 너희 같은 족속에게는 그리로 가는 길이 아주 간단해. 다만 한 가지 문제는 다시 돌아올 수 없다는 거야. 영원히 거기 머물러야 하지. 너는 그럴 생각이냐?"

"어떻게 해야 하지?"

아트레유는 잘라 물었다.

"너보다 앞서 여기의 다른 모두가 그런 것처럼 하거라, 꼬마야. 무(無) 속으로 뛰어드는 거야. 하지만 서두를 필요는 없다. 어차피 머지 않아 환상 세계의 마지막 부분이 사라질 때면, 너도 그렇게 될 테니까.”

아트레유는 일어섰다.

그모르크는 소년의 몸이 떨리고 있음을 깨달았다. 소년이 떨고 있는 진정한 이유를 모르는 그는 위로하듯이 말했다.

“무서워할 것은 없다. 하나도 아프지 않으니까.”

“무서운 게 아니야.”

아트레유는 대답했다.

“하필 여기서 너를 통해 모든 희망을 되찾을 수 있으리라고는 꿈에도 생각 못 했어.”

그모르크의 눈이 두 개의 가느다란 초록빛으로 빛났다.

“희망을 가질 건덕지가 없다, 꼬마야. 네가 무슨 꿍꿍이속으로 그러는지 몰라도 네가 인간 세계에 나타나면, 너는 이미 여기서의 네가 아니야. 그것이 바로 환상 세계의 누구도 알지 못하는 비밀이지.”

아트레유는 팔짱을 꼈다.

“나는 거기서 무엇이 되지? 그 비밀을 말해줘!”

소년은 물었다.

그모르크는 한참 동안 잠자코 있었다. 아트레유는 아무 대답도 듣지 못할 것 같아서 겁이 났다. 하지만 이윽고 늑대인간의 가슴에서 무거운 한숨 소리가 들리더니, 그가 사나운 목소리로 입을 열었다.

“내가 너와 무슨 상관이지, 꼬마야? 날 친구로 생각하는 거냐? 조심해라! 나는 단지 너와 시간을 흘려보내고 있을 뿐이야. 그리고 너는 이제 나에게서 떠날 수도 없다. 내가 너의 희망으로 너를 꼭 붙들고 있거든. 내가 말을 하는 동안 무(無)가 사방에서 이 도깨비 도시를 싸고 조여와 곧 빠져나갈 구멍이 없어질 거다. 그럼 너는 끝이야. 네가 내

애기를 듣고 있으면, 그것으로 너는 벌써 결단을 내린 셈이야. 하지만 아직은 도망칠 수도 있다.”

그모르크의 입 언저리에 잔인한 표정이 뚜렷하게 떠올랐다. 아트레유는 잠깐 망설이다가 소곤거렸다.

“그 비밀을 말해 줘! 거기서 나는 무엇이지?”

얼마 동안 그모르크는 대답을 하지 않았다. 이제 그의 숨소리는 가쁘게 그르릉거리면서 뚝뚝 끊어졌다. 하지만 그가 느닷없이 벌떡 일어섰다. 앞발을 가누고 선 그를 아트레유는 똑바로 쳐다보았다. 그제야 비로소 그의 엄청난 크기와 끔찍한 모습 전체가 보였다. 다시 말을 잇는 그의 목소리는 쩔렁쩔렁 쇳소리처럼 울렸다.

“무(無)를 본 적 있나, 꼬마 양반?”

“그래, 여러 번.”

“어떤 모습이었지?”

“장님이 된 것 같았어.”

“좋아, 너희가 그 안으로 들어서면, 그것은 너희에게 달라붙지. 그 무(無)가 말이야. 일종의 전염병을 앓는 거야. 그리고 그 병으로 인해 사람들은 허상과 현실을 더는 구별할 수 없게 된다. 그곳에서 너희를 뭐라고 부르는지 아나?”

“몰라.”

아트레유는 소곤거렸다.

“거짓말이라고 부르지!”

그모르크가 짖어댔다.

아트레유는 고개를 가로저었다. 소년의 입술에서 핏기가 말끔히 사라졌다.

“어떻게 그럴 수 있지?”

　그모르크는 아트레유가 놀라는 것을 즐기고 있었다. 이 대화가 그를 눈에 띄게 생기 있게 해 주었다. 잠시 후, 그모르크가 말을 이었다.

　"네가 거기서는 뭐가 되느냐고 묻는 거냐? 그럼 대체 너는 여기서 뭐지? 너희, 환상 세계의 존재들은 대체 여기서는 무엇이지? 너희는 꿈속의 영상들이야, 시의 왕국 안의 허상들이야, 어떤 끝없는 이야기 속의 등장인물들이야! 너는 너 자신이 실제로 존재한다고 믿니, 꼬마야? 좋아, 여기 너희 세계 속에서는 그렇겠지. 하지만 네가 무(無) 속을 통과해 나가면 너는 정말 아무것도 아니야. 거기서 너는 알아볼 수 없는 존재가 되고 말아. 너는 다른 세계에 있는 거야. 그곳의 너희는 지금 너희 자신들과는 조금도 닮은 데가 없어. 너희는 환각과 현혹을 인간 세계로 운반해 갈 뿐이야. 알아맞혀 봐, 꼬마야. 무(無)로 뛰어들어간 이 도깨비 마을의 주민들이 무엇이 될지?"

　"모르겠어."

　아트레유는 더듬거렸다.

　"그들은 인간의 머릿속에서 망상이 되고 말아. 사실은 조금도 겁낼 것이 없는데 불안해하는 상상이 되고, 인간을 병들게 하는 사물에 대한 욕망이 되고, 조금도 절망할 이유가 없는데 절망하는 망념으로 변하는 거야."

　"우리 모두가 그렇게 되는 거야?"

　아트레유는 기겁을 하며 물었다.

　"아니."

　그모르크가 얼른 받았다.

　"망상과 현혹에는 여러 가지 종류가 있다. 너희는 여기서의 모습에 따라 그곳에서도 아름답거나 추하거나, 또는 어리석거나 현명한 거짓말로 변하지."

“그럼 나는 뭐가 되지?”

아트레유는 궁금해했다.

그모르크는 히죽 웃었다.

“그 말은 않겠다, 꼬마야. 두고 보면 되잖아. 아니, 하긴 너는 그것을 못 볼 수도 있겠군. 너는 이미 네가 아닐 테니까.”

아트레유는 입을 다물고 커다랗게 뜬 눈으로 늑대인간을 쳐다보았다.

그모르크는 말을 이었다.

“그래서 사람들은 환상 세계에서 오는 것이면 무엇이든 두려워하고 싫어하지. 사람들은 그것을 없애려고 해. 무(無)로 만들려고 한단 말이야. 하지만 어리석게도, 바로 그렇게 함으로써 인간 세계로 쏟아져 들어오는 거짓말의 물결이 불어난다는 사실을 모르지. 알아볼 수 없게 된 환상 세계의 존재들은, 그곳에서는 산송장의 헛된 삶을 이어가면서 사람들의 영혼을 곰팡이 냄새로 중독시키는 거야. 그런데 사람들은 그 사실을 모르고 있어. 재미있지 않니?”

“그럼 그들 중에 우리를 무서워하지 않거나 싫어하지 않는 인간은 하나도 없다는 거야?”

아트레유는 조그만 소리로 물었다.

“내가 아는 한은 하나도 없다.”

그모르크가 말했다.

“그리고 그것 역시 이상할 것이 없다. 너희 자신이 그리로 가는 건, 인간으로 하여금 환상 세계란 존재하지 않는다는 사실을 믿게 만드는 것이니까.”

“환상 세계가 존재하지 않는다고?”

아트레유는 어쩔 줄 몰라 되뇌었다.

“그렇지, 꼬마야. 게다가 그게 가장 중요한 거야. 그런 생각 안 드나? 그들이 환상 세계는 존재하지 않는다고 믿는 한, 너희를 찾아올 생각이 떠오르지 않을 거야. 모든 것은 거기에 달려 있어. 사람들이 너희의 참모습을 알아보지 못해야만 너희는 사람들을 마음대로 할 수 있으니까.”

그모르크가 대답했다.

“사람들을 어떻게 하려고?”

“하고 싶은 대로 전부! 너희가 그들을 지배하는 힘을 갖는 거야. 사람들을 지배하는 거짓말보다 더 큰 힘은 아무것도 없거든. 왜냐하면 인간들이란 상상을 먹고 살기 때문이야. 그리고 그 상상을 너희가 조종할 수 있어. 이 힘이야말로 유일하게 가치 있는 것이지. 그래서 나도 그 힘의 편에 서서 한몫 담당해 왔다. 너나 너희 종족과는 다른 방식이긴 하지만.”

“나는 그 힘에 가담하지 않겠어!”

아트레유는 불쑥 말했다.

“진정하거라, 바보 맹추야.”

늑대인간은 투덜거렸다.

“너도 무(無) 속으로 뛰어들 차례가 오면, 별수 없이 즉각 그 의지도 없고 알아볼 수도 없는 힘의 노예로 변하고 말아. 네가 어떻게 쓰여질지는 아무도 모른다. 어쩌면 사람들로 하여금 필요 없는 것을 사들이게 하거나, 알지도 못하는 것을 증오하게 하고, 자기들을 노예로 부리는 것을 믿게 하거나, 자기들을 구원할 수도 있는 것을 의심하게 만드는, 그런 일에 네가 도움이 될지도 모르지. 너희, 작은 환상의 존재들 덕분에 인간 세계에서는 엄청난 사건이 벌어지고, 전쟁이 터지고, 제국들이 세워지는 거야……”

그모르크는 반쯤 눈을 감은 채로 한참 소년을 뜯어보더니 덧붙였다.

"그곳에는 또한 한 무더기의 바보 녀석들도 있다. 하지만 그들은 자신이야말로 아주 똑똑하다고 자부하고 진실하다고 믿지. 그들은 심지어 어린아이들에게까지도 환상을 막으려고 잔뜩 열을 내고 있어. 어쩌면 너는 바로 그런 어리석은 녀석들에게 유용할지 모르지."

아트레유는 고개를 떨어뜨리고 서 있었다.

그제야 소년은 왜 사람들이 다시는 환상 세계로 오지 않으며, 어린 여왕에게 새로운 이름을 주려고 하지 않는지 그 이유를 알게 되었다. 환상 세계에 무(無)가 늘어날수록 인간 세계의 거짓말의 홍수는 불어나는 것이고, 바로 그 때문에 한 사람이 이리로 올 가능성은 매 순간마다 사라지고 있는 것이다. 그것은 빠져나갈 매듭이 없는 악순환이었다. 아트레유는 이제 그것을 이해하게 되었다.

그리고 이제 또 한 사람이 그 사실을 알게 되었다. 바로 바스티안 발타자르 북스였다.

바스티안은 환상 세계만이 아니라 인간 세계 역시 병들어 있음을 깨달았다. 둘은 서로 연결되어 있었다. 사실 왜 그런지는 설명할 수 없었지만, 바스티안은 이미 느끼고 있었다. 모든 사람들이 '인생은 다 그런 거야!' 하고 말하듯이, 인생이 아무런 비밀도 기적도 없이 마냥 잿빛이고 단조로운 것이라면, 바스티안은 결코 그것으로 만족할 수 없었다.

이제 바스티안은 두 세계를 다시 건강하게 만들기 위해 사람들도 환상 세계로 가야만 한다는 사실을 분명히 알게 되었다.

그리고 왜 그곳으로 가는 길을 아는 사람이 단 한 명도 없게 됐는지도 알게 되었다. 바로 환상 세계의 파괴 때문에 생겨난 망상과 거짓말이 인간 세계로 넘어와서 사람들을 눈멀게 만든 것이었다.

바스티안은 놀랍고도 부끄러운 마음으로 자신이 한 거짓말을 떠올려

보았다. 자기가 지어낸 이야기들은 거기에다 넣지 않았다. 그것은 다른 것이었다. 하지만 몇 번인가 일부러 거짓말을 한 적이 있었다. 때로는 겁이 나서, 때로는 꼭 갖고 싶은 것을 얻기 위해, 때로는 단지 자랑하느라고. 그러는 동안 환상 세계의 어떤 형상들을 무(無)로 만들고 알아볼 수 없게 한 것일까? 바스티안은 그 형상들이 이전에는 어떤 모습이었을까 상상해 보려고 애썼다. 하지만 뜻대로 되지 않았다. 어쩌면 거짓말을 했기 때문에 불가능했을지도 모른다.

어쨌든 한 가지만은 분명했다. 바스티안 자신도 환상 세계의 사정을 악화시키는 데 한몫했었다는 점. 이제 바스티안은 그 세계를 되살리는 데 뭔가를 하고 싶었다. 그것은 오로지 자기를 데려가기 위해 모든 태세를 갖추고 있는 아트레유에게 마땅히 갚아야 할 빚이었다. 바스티안은 아트레유를 실망시킬 수 없었고 또 그러고 싶지도 않았다. 반드시 그 길을 찾아야지! 탑시계가 여덟 시를 알렸다.

늑대인간은 아트레유를 자세히 뜯어보았다.

"그러니까 이젠 어떻게 인간 세계로 가는지 알겠지? 그런데 아직도 가고 싶니, 꼬마야?"

아트레유는 고개를 가로저었다.

"나는 거짓말이 되고 싶지 않아."

"네가 되고 싶든 되고 싶지 않든, 너는 그렇게 될 거다."

그모르크는 의기양양해져서 대답했다.

"그럼 너는? 넌 왜 여기에 와 있니?"

아트레유는 물었다.

"나는 할 일이 있었어."

그모르크는 퉁명스럽게 말했다.

"너도?"

아트레유는 늑대인간을 동정 어린 눈길로 주의 깊게 바라보았다.

"그럼 그 사명을 다했니?"

"아니."

그모르크가 투덜거렸다.

"그랬다면 이 사슬에 묶여 있지 않겠지. 처음 이 도시로 왔을 때까지만 해도 일이 그렇게 어긋나게 돌아가지는 않았다. 이곳을 지배하는 암흑의 여왕은 나를 극진히 맞아들였지. 자기의 궁전으로 초대해서 잘 대접하고 나와 이야기를 하면서 마치 내 편인 것처럼 굴었어. 그리고 이 유령 나라의 존재들 또한 나에게 상당히 우호적이었지. 말하자면, 고향에 온 듯한 기분이었어. 그리고 이 암흑의 여왕이 꽤 예쁜 여자였거든. 어쨌든 내 취향이었어. 그녀는 나를 쓰다듬으며 아양을 피웠고 나는 여왕이 하는 대로 가만히 있었어. 나도 꽤 기분이 좋았으니까. 아무도 나를 그렇게 쓰다듬으며 애교를 부린 적이 없었어. 간단히 말해서 나는 정신이 나가 버렸고 마구 지껄여 버렸지. 여왕은 모르긴 해도 내게 감탄한 듯이 보였어. 결국 나는 그녀에게 내가 맡은 사명을 얘기해 주었지. 그러자 여왕은 수를 써서 나를 깊이 잠들게 했던 모양이야. 보통 때라면 나는 얕은 잠을 자거든. 깨어나 보니 여기 사슬에 매어져 있지 않겠어. 암흑의 여왕이 내 앞에 서서 말했어. '너는 나 역시 이 환상 세계의 피조물에 속한다는 걸 깜박 잊었어, 그모르크. 네가 환상 세계에 맞서서 싸운다면, 그건 나에게 맞서서 싸우는 거나 마찬가지다. 넌 나의 적이야. 그래서 나는 너를 꼬여 함정에 빠뜨린 거다. 이 사슬은 오로지 나만이 풀 수 있다. 하지만 나는 지금 나의 시종과 하녀들을 거느리고 무(無) 속으로 들어가 다시는 이리로 돌아오지 않을 것이다.' 그러고는 여왕은 몸을 돌려 사라졌어. 그렇지만 모두가 여왕을 쫓아간

건 아니었지. 무(無)가 다가옴에 따라 남아 있던 이 도시의 주민들도 점점 그것에 강력하게 이끌려서 더 이상 버틸 수 없게 된 거야. 그리고 바로 오늘, 내가 잘못 본 게 아니라면 마지막 주민들까지 끌려가 버렸다. 그래, 나는 함정에 빠진 거다, 꼬마야. 나는 이 여왕의 말에 무작정 귀를 기울였어. 그렇지만 꼬마야, 너도 똑같은 함정에 빠진 거야. 너는 너무 오랫동안 내 얘기에 귀를 기울였거든. 이젠 무(無)가 이미 고리처럼 이 도시를 포위해 버렸다. 너는 지금 갇혀 있는 거야. 다시는 빠져 나갈 수 없다."

"그럼 우리는 같이 죽어가겠구나."

아트레유는 말했다.

"그렇겠지!"

그모르크는 대답했다.

"그렇지만 아주 다른 방식으로야, 바보 맹추 꼬마야. 나는 무(無)가 여기 오기 전에 죽어갈 테지만, 너는 무(無)에 삼켜질 테니까. 그건 엄청난 차이지. 왜냐하면 그 전에 죽은 자의 이야기는 그것으로 끝이지만, 너의 이야기는 거짓말로 끝없이 계속될 테니까."

"너는 왜 그렇게 심술이 나 있지?"

아트레유는 물었다.

"너희는 하나의 세계를 갖고 있었지. 하지만 나는 그런 게 없었어."

그모르크는 우울하게 말했다.

"네가 맡은 사명이 무엇이었지?"

지금껏 몸을 똑바로 가누었던 그모르크가 바닥에 주저앉았다. 기운이 다한 것이 분명했다. 그의 거친 음성은 헐떡거리는 소리처럼 들릴 뿐이었다.

"내가 추종했던 사람들, 환상 세계를 무(無)로 만들기로 결정했던 사람들이 자기들 계획에 위험을 느끼게 되었다. 어린 여왕이 심부름꾼, 곧 위대한 영웅을 하나 파견했다는 사실을 밝혀낸 거야. 그리고 그가 한 사람을 환상 세계로 불러들이는 일을 곧 해 낼 것 같은 판국이었어. ……그를 제때에 죽여 버리는 것이 불가피했지. ……그래서 그들은 나를 파견한 거야. 나는 환상 세계를 두루 돌아다닌 경력이 있으니까. ……나는 곧 그의 자취를 발견했고…… 그 자취를 따라 밤낮으로 추적했다. ……차츰 그를 따라붙었지. ……사사프란의 나라를 지나고…… 무아마트의 태고의 사원을 지나고…… 아울레 숲…… 슬픔의 늪지대…… 죽음의 산맥을 거쳐서……그런데 깊은 심연의 이그라물 그물이 있는 데서…… 그의 자취가 사라져 버렸어. ……공중으로 증발된 것처럼 말이야. ……그래도 나는 그를 쉴 새 없이 찾았지. 어디엔가는 있을 테니까. ……그렇지만 다시는 그의 자취를 발견하지 못했다. ……그리고 결국은 여기까지 오게 된 거야. ……나는 내 사명을 다하지 못했다. ……그렇지만 그도 해내지 못했지. 환상 세계는 멸망해 가고 있으니까! 놈의 이름은 아트레유야."

그모르크는 고개를 들었다. 소년은 한 발짝 물러서서 똑바로 섰다.

"그건 나야. 내가 아트레유야."

소년은 말했다.

앙상하게 마른 늑대인간의 몸뚱이에 경련이 일어났다. 그 경련은 되풀이해서 일어나며 점점 심해졌다. 그러더니 헐떡이는 기침소리 같은 게 그의 목구멍에서 기어올라와 커다랗게 쩌렁거리더니, 사방의 벽이 울릴 만큼 커다란 고함으로 터졌다. 늑대인간은 웃고 있었다!

그것은 아트레유가 일찍이 들어 본 적 없는, 또 두 번 다시 그 비슷한 소리도 들어 볼 수 없을 만큼 끔찍하기 이를 데 없는 고함이었다.

그러다가 갑자기 그 고함은 뚝 그쳤다.

그모르크는 죽어 버린 것이다.

아트레유는 한참 동안 꼼짝 않고 서 있었다. 이윽고 소년은 죽은 늑대인간에게 다가가서— 왜 그랬는지는 자신도 몰랐다—그의 머리 위로 몸을 굽히고 무성하게 난 시커먼 털을 어루만졌다. 바로 그 순간, 미처 피할 겨를도 없이 그모르크는 아트레유의 다리를 덥석 물었다. 그의 속에 도사린 악은 죽음에 이르러서까지 억세기 짝이 없었다.

아트레유는 절망적으로 그의 이빨을 열려고 안간힘을 썼으나 헛일이었다. 거대한 이빨이 강철 나사로 조이듯이 소년의 살덩어리를 파고들었다. 아트레유는 늑대인간의 시체 옆, 더러운 땅바닥에 풀썩 쓰러졌다.

한편, 무(無)가 고을을 에워싼 높은 성벽을 소리 없이 타넘어 천천히, 멈출 줄 모르고 사방에서 밀어닥치고 있었다.

상아탑으로

아트레유가 도깨비 마을의 으스스한 성문 안으로 들어서서 꼬불꼬불하게 난 골목을 헤매다가 지저분한 뒤뜰에서 운명적인 마지막 방황을 시작하려던 순간, 하얀 행운의 용 푸쿠르는 몹시도 놀라운 발견을 했다.

그는 꼬마 주인이자 친구인 아트레유를 찾느라, 하늘 높이 구름과 안개 속에 떠다니며 안간힘을 다해 살피고 있었다. 밑바닥까지 소용돌이 쳤던 어마어마한 폭풍이 가라앉은 뒤 서서히 잠든 바다가 사방으로 뻗어 있었다. 그때 문득 푸쿠르는 아득히 떨어진 곳에서 알 수 없는 뭔가를 보았다. 그것은 황금빛 광선 같은 것으로서, 똑같은 간격으로 번쩍했다가 꺼지고 번쩍했다가 꺼졌다. 그 광선은 곧장 푸쿠르 자신을 향하고 있는 것처럼 보였다.

그는 재빨리 그곳으로 다가갔다. 마침내 그 위에 떠 있게 되었을 때 그 번쩍이는 신호가 저 물 속에서, 아마도 바다 밑바닥에서 올라오는 것임을 알 수 있었다.

행운의 용이란 —이미 앞서 말한 대로—공기와 불로 이루어진 피조물이었다. 물은 그들에게 낯설 뿐만 아니라 지극히 위험했다. 그들은 물속에서 말 그대로 불꽃처럼 꺼질 수도 있었다. 그 전에 질식해 죽지 않는다면 말이다. 왜냐하면 그들은 수십만 개의 진주빛 비늘을 통하여 피부로 숨을 쉬기 때문이다. 동시에 그들은 공기와 온기를 양분으로 섭취했다. 따라서 다른 영양분은 굳이 필요 없었지만, 공기와 온기가 없으면 극히 짧은 시간밖에는 삶을 지탱하지 못했다.

푸쿠르는 어떻게 해야 할 바를 몰라 망설였다. 물론 그는 저 아래, 바다 밑바닥에서 번쩍이는 묘한 물체가 무엇인지, 그것이 과연 아트레유와 상관이 있는 것인지조차 알 턱이 없었다.

하지만 그는 오래 생각하지 않았다. 이내 공중으로 높이 치솟았다가는 머리를 아래로 향하고, 몸에다 앞발을 바싹 붙여 막대처럼 꼿꼿이 등을 펴고는 바다 속으로 돌진했다. 어마어마한 분수처럼 물줄기가 솟구치며 요란하게 첨벙하는 소리와 함께 그는 물속에 잠겼다. 처음에는 곤두박질을 하여 정신을 깜빡 잃었지만 곧 루비처럼 빨간 눈을 억지로 떴다. 그의 앞 아주 가까이, 불과 그의 몸에 몇 배 떨어진 깊은 곳에서 번쩍이는 물건이 눈에 띄었다. 푸쿠르의 몸뚱이는 물에 흠뻑 젖었고, 그의 진주비늘은 끓어오르기 직전의 냄비처럼 공기 방울로 덮이기 시작했다. 동시에 온몸이 차가워지고 점차 기운이 빠졌다. 남아 있는 온 힘을 다해서 좀 더 깊이 잠수하려고 버둥거렸고 마침내 광선의 원천을 잡을 만큼 다가갔다. 그것은 '광채', 아우린이 아닌가! 그 표지는 다행히도 암초에서 돋은 산호초 줄기에 사슬 채로 걸려 있었다. 그렇지 않았다면 그 보물은 바닥 모를 심연으로 가라앉아 버렸을 것이다.

푸쿠르는 그것을 잡아 빼 잃어버리지 않도록 자기의 목에다 걸었다.

자신이 곧 의식을 잃으리라는 것을 느꼈기 때문이다.

정신이 들었을 때, 그는 어디가 어딘지 분간할 수가 없었다. 왜냐하면 너무나 놀랍게, 자신이 다시 바다 위 공중을 날고 있었기 때문이다. 게다가 특정한 방향을 향해 엄청난 속력으로 돌진하고 있었다. 그의 지친 힘으로써는 불가능하리만큼 빠른 속도로. 그는 속력을 좀 늦추려고 해 보았지만 그의 육체가 이미 그의 뜻을 따르지 않음을 깨달았을 뿐이었다. 보다 막강한 어떤 다른 의지가 그의 육체를 지배하고서 그를 조종하고 있었다. 이 의지는 바로 그의 목에 걸린 아우린으로부터 나오는 것이었다.

해는 기울어 가고 있었다. 이윽고 푸쿠르가 저 멀리 어떤 해안을 보았을 때는 저녁 무렵이었다. 해안 뒤로 뻗은 땅은 잘 보이지 않았다. 안개가 깔린 모양이었다. 좀 더 가까이 갔을 때 그는 이 땅의 대부분을 이미 무(無)가 삼켜 버렸다는 사실을 알았다. 마치 장님이 되는 듯한 느낌이 들었고, 눈이 아팠다.

만약 푸쿠르가 자신의 의지대로 할 수 있었다면 여기서 되돌아갔으리라. 하지만 '광채'의 신비스러운 힘이 그에게 곧장 날아갈 것을 강요했다. 그리고 곧 그도 그 이유를 알게 되었다. 이 끝없는 무(無)의 한가운데서 그는 갑자기 아직도 남아 있는 작은 섬 하나를 발견한 것이다. 뾰족지붕의 집들과 기울어진 탑들로 가득한 섬이었다. 푸쿠르는 거기서 누구를 찾게 될지 예감했다. 그를 이 목적지로 돌진하게 하는 것은 더 이상 아우린이 그에게 행사하는 강력한 의지뿐만이 아니었다. 그건 푸쿠르 자신의 의지이기도 했다.

아트레유가 늑대인간의 시체 곁에 쓰러져 있는 불빛 없는 뒤뜰은 거의 어두워져 있었다. 좁은 골목으로 떨어져 내리는 잿빛 어스름으로는 밝은 소년의 몸과 시커먼 괴물의 털을 겨우 분간할 수 있을 정도였다. 그리고 점점 암흑이 깔림에 따라 그 모든 것은 한 덩어리가 되어 보였다.

아트레유는 조여 놓은 강철 같은 늑대인간의 이빨에서 풀려나려는 시도를 오래 전에 포기했다. 소년은 반쯤 의식을 잃은 상태로 일찍이 자기가 해치우지 못했던 자줏빛 물소를 다시금 보았다. 몇 번인가 소년은 다른 아이들, 그의 사냥친구들을 불러 보았다. 모두가 지금은 한몫하는 사냥꾼이 되어 있으리라. 하지만 아무도 소년에게 대답하지 않았다. 다만 거대한 물소만이 버티고 서서 소년을 바라볼 뿐이었다. 아트레유는 그의 작은 말, 아르탁스의 이름을 불렀다. 하지만 작은 말은 보이지 않았고 그 맑은 웃음소리 역시 아무 데서도 들리지 않았다. 소년은 어린 여왕을 불러 보았다. 하지만 그것도 헛일이었다. 이제 아트레유는 여왕에게 아무런 설명도 할 수 없게 되었다. 소년은 사냥꾼도 못 되었고 심부름꾼도 아니었으며 그저 아무것도 아닌 어린 사내아이일 뿐이었다.

아트레유는 운명에 몸을 던졌다.

하지만 그때 소년은 색다른 기운을 느꼈다. 무(無)였다! 그것이 벌써 아주 가까이 와 있음에 틀림없었다. 아트레유는 현기증처럼 이 끔찍한 끌어당김의 물결을 느꼈다. 다시 몸을 일으키고 신음을 하며 다리를 잡아당겨 보았다. 하지만 이빨은 다리를 놔 주지 않았다.

그런데 그것이 소년에게는 행운이었다. 만약 그모르크의 이빨이 소년을 꼭 붙들고 있지 않았더라면, 푸쿠르가 왔을 땐 이미 너무 늦었을 테니까.

그때 문득 청동 울림 같은 푸쿠르의 목소리가 아트레유의 머리 위에서 들려왔다.

"아트레유! 여기 있니? 아트레유!"

"푸쿠르!"

아트레유는 외쳤다. 그는 손나팔을 만들어 입에 대고 위를 향해 외쳤다.

"여기야, 푸쿠르! 도와 줘! 나 여기 있어!"

그는 끊임없이 되풀이해 외쳤다.

그러자 푸쿠르의 불꽃처럼 이글거리는 하얀 몸체가, 잿빛의 하늘을 뚫고 번개처럼 날아오는 모습이 보였다. 처음엔 까마득히 먼 하늘 높이에서, 그 다음에는 한결 가까이에서. 아트레유는 마구 외쳐댔고, 행운의 용은 종소리 같은 목소리로 그때마다 대답했다. 그리고 마침내 공중에 있는 용이 저 아래에 있는 소년을, 컴컴한 구멍 속의 가련한 딱정벌레처럼 자그마한 존재를 발견했다.

푸쿠르는 내려앉으려고 했다. 하지만 뒤뜰은 너무 비좁은데다 벌써 밤이 되어 주위를 분간할 수 없었다. 용은 뾰족한 지붕 하나를 무너뜨리며 내려앉았다. 천둥처럼 요란한 소리를 내며 지붕의 대들보가 무너져 내렸다. 푸쿠르는 날카로운 아픔을 느꼈다. 예리한 용마루에 찔려 몸뚱이에 심한 상처를 입은 것이었다. 그것은 평소의 우아한 착륙과는 전혀 달랐다. 그는 정원으로 나가떨어져서 아트레유와 죽은 그모르크 바로 옆, 축축하고 더러운 바닥에 동댕이쳐졌다.

푸쿠르는 물에서 빠져나온 강아지처럼 재채기를 하고는 고개를 절레절레 흔들며 말했다.

"드디어! 여기 있었구나! 내가 마침 알맞게 온 셈이구나."

아트레유는 입을 열지 않았다. 팔로 푸쿠르의 목을 휘감고 그의 은빛 갈기에 얼굴을 묻었다.

"가자! 등 위에 올라타! 머뭇거릴 시간이 없어!"

푸쿠르가 재촉했다.

하지만 아트레유는 그저 고개만 가로저었다. 그제야 푸쿠르는 아트레유의 다리가 늑대의 아가리에 물려 있음을 발견했다.

"금방 낫게 될 거야. 걱정하지 마!"

그는 말하며 루비빛 눈알을 굴렸다.

그리고 두 발톱을 뻗어 그모르크의 이빨을 벌리려고 애를 썼다. 하지만 이빨은 조금도 벌어지지 않았다.

푸쿠르는 씩씩 헐떡이면서 온 힘을 다했지만 소용없었다. 그에게 행운이 따르지 않았더라면, 그 역시 꼬마 친구를 풀어 줄 수 없었을 것이다. 그러나 행운의 용에겐 언제나 행운이 따르는 법이고, 선의를 가진 자들 또한 행운을 차지하는 법이다.

그러니까 푸쿠르가 지쳐서 일을 멈추고, 어떻게 해야 할지를 골똘히 생각하며 어둠 속에서 그모르크를 살피기 위해 머리를 숙였을 때, 푸쿠르의 목에 걸려 있던 어린 여왕의 표지가 죽은 늑대의 이마에 닿았던 것이다. 그 순간 이빨이 열리고 아트레유의 다리가 놓여났다.

"허! 너도 봤니?"

푸쿠르가 외쳤다.

그러나 아트레유는 그곳에 없었다.

"어떻게 된 거야? 어디 있니, 아트레유?"

푸쿠르가 물었다.

그는 암흑 속을 더듬거리며 친구를 찾았다. 하지만 아트레유는 사라져 버렸다. 푸쿠르는 빨갛게 빛나는 눈으로 밤의 어둠을 꿰뚫어보려고 애쓰는 동안, 아트레유를 풀어주자마자 자기의 손에서 빼앗아간 정체를 느끼기 시작했다. 그것은 점점 다가오는 무(無)였다. 하지만 아우린이 그를 빨아들이는 물결에서 보호하고 있었다.

아트레유는 힘껏 버텼지만 소용없었다. 그것은 자신의 조그만 의지보다 훨씬 강력했다. 아트레유는 발버둥치며 저항했지만, 팔다리는 이미 자기의 말을 듣지 않고 저 강력한 힘에 무릎 꿇고 있었다. 불과 몇 발짝 앞에 결정적인 무(無)가 다가와 있었다.

바로 그때였다. 푸쿠르는 번개처럼 소년을 향해 날았고, 소년의 남빛 머리채를 휙 움켜잡아 새까만 밤하늘을 뚫고 올라갔다.

탑시계가 아홉 시를 알렸다.

푸쿠르와 아트레유, 둘 중 어느 누구도 훗날 완전한 암흑 속을 얼마나 오래 날았는지, 정말 단 하룻밤뿐이었는지 알 수가 없었다. 어쩌면 모든 시간이 그들에게는 정지해 있었고 그들은 경계 없는 암흑 속에 꼼짝 없이 걸려 있었는지도 모른다. 그것은 아트레유가 일찍이 단 한 번도 겪어 보지 못한 가장 긴 밤이었을 뿐 아니라 아트레유보다 훨씬 오래 산 푸쿠르에게도 마찬가지의 경험이었다.

하지만 아무리 길고 아무리 깜깜한 밤이라도 언젠가는 지나가기 마련이다. 창백한 새벽빛이 밝아왔을 때 두 친구는 멀리 지평선에 우뚝 선 상아탑을 보았다.

여기서 잠시 이야기를 끊고, 환상 세계의 이상한 지리의 특징을 설명해야 할 것 같다. 그곳의 땅과 바다, 산지와 강의 흐름은 인간 세계에서와 똑같이 정해져 있지 않다. 따라서 환상 세계의 지도를 그린다는 것은 전혀 불가능한 일이다. 그곳에서는 어떤 나라가 다른 어떤 나라와 경계를 접하고 있는지 결코 확실히 예측할 수 없다. 심지어는 동서남북까지도 지금 위치하고 있는 지역에 따라서 변화한다. 여름과 겨울, 낮과 밤도 지역에 따라 각기 다른 법칙을 따른다. 햇볕이 작열하는 사막에서 빠져나와 곧바로 북극의 설원으로 들어갈 수도 있다. 이 세계에는 외부적인 거리의 척도가 없다. 따라서 '가깝다' 든가 '멀다'는 말은 인간 세계의 그것과는 다른 의미를 지닌다. 이런 모든 일들은 특정한 길

을 가고 있는 당사자의 의지와 마음의 상태에 달려 있다. 환상 세계는 경계가 없기 때문에 그 중심점은 어디라도 될 수 있다. 다시 말해서 그 중심점은 어디서 보더라도 똑같이 가깝거나 멀다. 그것은 중심점을 향해 가고자 하는 당사자에게 전적으로 달려 있다. 환상 세계의 이 가장 깊은 중심점이 바로 상아탑이다.

아트레유는 자신이 행운 용의 등에 앉아 있다는 사실을 발견하고는 어리둥절해했다. 어떻게 거기에 올라탔는지 거의 기억할 수 없었다. 푸쿠르가 자기의 머리채를 위로 끌어 잡아당겼다는 것까지는 떠올랐다. 오들오들 떨면서 등 뒤로 펄럭이는 외투를 몸에 휘감았을 때, 소년은 외투의 색깔이 회색으로 바래져 있음을 깨달았다. 소년의 피부와 머리 털의 빛깔도 마찬가지였다. 그리고 점점 밝아오는 아침 햇빛 속에서 소년은 푸쿠르에게 일어난 변화도 마찬가지임을 깨달았다. 용은 이제 한낱 잿빛 안개 조각처럼 보였고, 이미 거의 비현실적인 모습으로 바뀌어 있었다. 그들은 그처럼 무(無)에 가까이 다가가 있었던 것이다.

"아트레유, 나의 꼬마 주인. 상처가 많이 아프니?"

용이 나직이 말했다.

"아니, 아무런 느낌이 없어."

아트레유는 대답했다.

"열이 나니?"

"아니, 푸쿠르, 그렇지 않아. 왜 묻지?"

"네가 떨고 있는 게 느껴져서."

용이 말했다.

"대체 무엇 때문에 아직도 떨고 있지?"

아트레유는 한참 잠자코 있다가 대답했다.

"우리는 곧 도착하겠지. 그럼 나는 구원의 길이 없다는 사실을 어린

여왕에게 말해야만 해. 지금까지 겪었던 모든 사건 중에서 이것이 가장
고통스러운 일이야."

"그래, 그건 사실이야."

푸쿠르는 더 조그만 소리로 말했다.

그들은 말 없이 상아탑을 향해서 계속 날았다.

한참 뒤에 용이 다시 입을 열었다.

"너는 그를 본 적이 있니, 아트레유?"

"누구 말이야?"

"어린 여왕을…… 아니 그보다는 '황금 눈의 소망의 지배자'를. 여왕
앞에서는 그렇게 불러야 해."

"아니, 나는 여왕을 본 적이 없어."

"나는 본 적이 있어. 참 오래 되었지. 너의 증조할아버지가 어린아
이였을 때쯤일 거다. 어처구니없는 생각으로 머릿속이 가득 차서 멋모
르고 날뛰던 시절이었지. 어느 날 밤, 나는 세상을 비추고 있는 달을
가져오려고 했어. 둥글고 커다랗게 하늘에 떠 있는 달 말이야. 말했다
시피 나는 멋모르는 철부지였거든. 결국 실망해서 땅으로 떨어졌는데
그게 상아탑에서 아주 가까운 곳이었어. 그날 밤 목련 정자는 그 꽃잎
을 활짝 펴고 있었고, 그 한가운데에 어린 여왕이 앉아 있는 모습을 보
았지. 여왕은 나에게 한 번 눈길을 주었어. 딱 한 번 아주 짧은 눈길
을. —어떻게 말해야 할지 모르겠는데—그날 밤 뒤로 나는 아주 변해
버렸어."

"여왕의 모습이 어떤데?"

"어린 소녀 같아. 그렇지만 여왕은 환상 세계의 가장 나이 든 존재
보다 더 오래 살았어. 이렇게 말하는 게 맞겠구나. 여왕은 나이가 없
어."

"그렇지만 여왕은 지금 아파 죽어가고 있잖아. 모든 희망이 끝났다는 걸 조심스럽게 이해시켜야겠지?"

아트레유가 말했다.

푸쿠르는 고개를 가로저었다.

"아냐, 여왕은 위로하지 않아도 당장 알 거야. 너는 여왕에게 진실을 말해야 돼."

"그러다 만약 그 말을 듣고 여왕이 죽어 버린다면?"

아트레유가 물었다.

"그렇게 되진 않아."

푸쿠르가 말했다.

"너의 말을 믿을게. 너는 행운의 용이니까."

아트레유가 대답했다.

또다시 그들은 한참 동안 말없이 계속 날았다.

이윽고 그들은 세 번째로 다시 이야기를 주고받았다. 이번에는 아트레유가 침묵을 깼다.

"물어보고 싶은 게 또 있어, 푸쿠르."

"물어보렴!"

"여왕이 누구지?"

"그게 무슨 뜻이야?"

"아우린은 환상 세계의 모든 존재를 지배하는 힘이 있어. 그 존재가 빛의 피조물이든 암흑의 피조물이든 간에 마찬가지로. 그것은 또 너와 나를 지배하는 힘도 갖고 있어. 그런데도 어린 여왕은 결코 힘을 행사하지 않거든. 여왕은 마치 없는 것 같아. 그러면서도 모든 것 안에 있어. 여왕도 우리와 같아?"

"아니,"

푸쿠르는 말했다.

"여왕은 우리와 달라. 여왕은 환상 세계의 피조물이 아니야. 우리 모두는 여왕이 있기 때문에 존재하는 거야. 그렇지만 여왕은 우리와는 다른 방식으로 존재해."

"그렇다면……."

아트레유는 머뭇거리며 물었다.

"여왕은 인간과 같은 존재야?"

"아냐. 여왕은 인간하고는 달라."

푸쿠르는 말했다.

"그렇다면 여왕은 누구야?"

아트레유는 거듭 물었다.

"환상 세계의 누구도 몰라, 아무도 알 수 없어. 이것이 우리 세계의 가장 오묘한 비밀이야. 언젠가 어떤 현자가 얘기하는 걸 들었는데, 그 비밀을 완전히 이해할 수 있는 자는 그로써 자신의 존재를 잃게 되리라는 거야. 그게 무슨 말인지는 모르겠어. 그 이상은 나도 너에게 얘기할 수가 없어."

"그럼 우리는 여왕의 비밀을 알지도 못한 채, 여왕과 우리 모두의 존재를 잃게 될까?"

아트레유는 말했다.

이번에는 푸쿠르가 입을 다물었다. 하지만 그의 사자 같은 입가에 맑은 미소가 떠올랐다. 마치 그런 일은 일어나지 않을 거야, 라고 말하려는 듯이.

그 뒤로 그들은 다시 이야기를 하지 않았다.

얼마 지나 그들은 '미로'의 맨 가장자리 위를 날고 있었다. 상아탑을 커다란 원으로 싸고 있는, 꽃밭과 덤불과 꼬불꼬불한 길이 난 들판이었다. 여기까지도 무(無)가 이미 작용한 것을 보고 그들은 놀라지 않을 수 없었다. 처음에 그것은 아주 작은 규모로만 '미로'에 침투했지만 지금은 곳곳에 퍼져 있었다. 이런 지점에 놓여 있는 아름다운 꽃밭과, 만발한 덤불들도 온통 회색으로 흐려 있었다. 작고 아담한 나무들이 도움을 청하듯이 용과 소년을 향해 앙상하게 흰 가지들을 올려 뻗고 있었다. 지난날의 싱그럽던 초록 풀밭들이 이제는 회색으로 바래 버렸고, 썩어가는 곰팡이 냄새가 방금 도착한 두 친구에게까지 뿜어 올라왔다. 아직도 남아 있는 빛깔이 있다면 무성하게 뻗어난 거대한 독버섯들과 독을 품은 돌연변이 꽃의 색깔뿐이었는데, 그것은 차라리 광기와 부패의 소산물 같은 인상을 풍겼다. 환상 세계의 마지막 깊은 곳의 연약한 생명이 무력하게 경련을 일으키며 사방에서 진을 치고 침식해 들어오는 무(無)에 맞서고 있는 것이었다.

하지만 상아탑의 중심부는 전혀 침해받지 않고 순결하게 오묘한 흰 빛을 발하고 있었다.

푸쿠르와 아트레유는 착륙하는 비행사절을 위해 마련된, 낮은 테라스에 내리지 않았다. 푸쿠르는 자신도 아트레유도 그곳에서 탑의 꼭대기로 올라가는 나선형의 긴 중심가를 걸어 올라갈 힘이 없음을 느꼈다. 온갖 규정이며 예법에 따를 상황이 아니었다. 그래서 비상착륙을 하기로 결심했다. 푸쿠르는 상아로 된 지붕밑 창과 다리, 난간들로 돌진했다. 그리고 마지막 순간 중심가의 맨 꼭대기 부분에 앉았고, 원래의 궁정 구역 앞 중심가가 끝나는 곳으로 내려와 거리를 위로 미끄러져 올라갔다. 그러면서 몇 번인가 몸을 돌리다가 이윽고 꼬리를 앞으로 내민 채 멈추어 섰다.

푸쿠르의 목을 두 손으로 꽉 붙들고 있던 아트레유는 몸을 일으켜 사방을 둘러보았다. 소년은 어떤 식으로든 환영순서가 있으리라고 기대했다. 아니면 최소한 궁전 문지기 무리가 너는 누구이며 무엇을 원하느냐고 물어 볼 거라고 생각했다. 하지만 사방에는 그림자도 보이지 않았다. 하얗게 빛나는 주위의 건물들은 완전히 죽어 있는 듯했다.

'모두 도망쳤어!'

문득 이런 생각이 소년의 머리를 스쳤다.

'그들은 어린 여왕을 혼자 남겨 뒀어. 아니면 여왕이 벌써……'

"아트레유, 너는 여왕에게 '보물'을 되돌려 주어야 해."

푸쿠르가 소곤거렸다.

그는 목에서 황금사슬을 벗었다. 순간 그것이 바닥으로 미끄러져 떨어졌다.

아트레유는 푸쿠르의 등에서 뛰어내리다가 그만 나둥그러졌다. 상처를 미처 생각지 못했던 것이다. 엎어진 채로 소년은 '목걸이'를 잡아 목에 둘렀다. 그러고는 용을 붙잡고 가까스로 일어났다.

"푸쿠르, 어디로 가야 하지?"

소년은 말했다.

하지만 행운의 용은 말이 없었다. 죽은 듯이 누워 있었다.

중심가는 높고 하얀 둥근 모양의 담이 둘러진, 신비하게 조각된 큰 성문 앞까지 이어져 있었다. 성문은 활짝 열려 있었다.

아트레유는 절뚝거리며 그곳으로 올라가서 성문에 기대어 섰다. 성문 뒤에는, 하늘까지 닿을 듯싶은 하얗게 반짝이는 넓은 옥외 계단이 있었다. 소년은 층계에 발을 내딛기 시작했다. 이따금 소년은 기운을 차리느라 멈추어 섰다. 하얀 층계 위로 핏방울 자국이 뒤따랐다.

이윽고 꼭대기에 이르러 긴 복도 앞에 닿았다. 아트레유는 기둥을 붙잡으며 비틀비틀 계속 걸었다. 이어서 분수와 폭포가 어우러진 정원을 하나 지났다. 소년은 앞에 무엇이 보이는지 잘 분간할 수도 없이, 꿈을 꾸듯이 야릇한 상태로 나아갔다. 두 번째 조금 더 작은 문이 보였다.
그 다음에 아주 높은, 하지만 이번에는 좁다란 층계를 기어올라 또 하
나의 정원에 이르렀다. 정원에는 상아로 조각된 나무와 꽃, 동물 들이
가득 들어 차 있었다. 그리고 소년은 세 번째의 가장 작은 문에 이르
는, 난간이 없는 수많은 아치형의 다리들을 기어올랐다. 엎드린 채 계
속 나아갔다. 그리고 천천히 눈을 들었다. 눈앞에는, 거울처럼 반짝이
는 상아로 된 원뿔 모양의 산이 있고, 그 꼭대기에는 눈부시게 흰 목련
정자가 있었다. 하지만 그 위로 올라가는 길도, 층계도 찾을 수 없었
다.

아트레유는 가슴에 얼굴을 묻었다.

일찍이 그곳에 올라갔던 사람, 또 올라갈 사람 가운데 그 어느 누구
도 이 마지막 길을 어떻게 해야 넘어설 수 있는가를 설명할 수 없었다.
그것은 하늘이 내리는 은총처럼 내려져야만 했으므로.

그런데 문득, 아트레유는 정자로 들어가는 정문 앞에 서 있었다. 소
년은 문을 열고 들어섰다. '황금 눈의 소망의 지배자' 앞에 마주 서게
된 것이었다.

여왕은 꽃으로 된 둥근 아치 한가운데 둥글고 푹신한 방석 위에 앉
아서 수많은 쿠션을 괸 채 소년을 마주 보았다. 인상이 무척이나 섬세
하고 고귀해 보였다. 창백하다 못해 거의 투명해 보이는 그녀의 얼굴에
서 아트레유는 여왕이 얼마나 심하게 병들었는가를 알아차릴 수 있었
다. 아몬드 모양의 두 눈은 짙은 황금빛이었다. 거기에는 걱정이나 불
안의 빛은 커녕 미소가 어려 잇었다. 넓은 비단 옷자락으로 가늘고 조
그만 몸을 감싸고 있었는데, 목련 꽃잎조차 그것에 비하면 어두워 보일
만큼 새하얗게 반짝였다.

여왕은 기껏해야 열 살 정도의, 이루 말할 수 없이 아름다운 어린 소

녀처럼 보였다. 매혹스럽게 빗어 내린 여왕의 긴 머리칼은 눈처럼 새하
얀 빛깔로 어깨와 등을 덮고 방석에까지 닿아 있었다.

바스티안은 섬뜩해졌다.
그 순간, 지금껏 한 번도 겪은 적이 없는 어떤 일이 일어난 것이다.
지금까지 바스티안은 이 끝없는 이야기 속에 나오는 모든 것을 생생
하게 상상할 수 있었다. 물론 이 책을 읽는 동안 몇 가지 야릇한 일들
을 경험하기도 했지만, 어쨌든 간에 그 일들은 설명할 수 있었다. 바스
티안은 행운의 용의 등을 타고 가는 아트레유와 미로, 상아탑을 너무나
선명하게 머릿속에 떠올릴 수 있었다. 하지만 지금 이 순간까지 그것은
역시 바스티안 자신의 상상에 불과했다.
그런데 이 어린 여왕이 등장하는 대목에 이르렀을 때, 바스티안은 순
간—눈을 깜빡하는 동안—여왕의 얼굴을 눈앞에서 본 것이다. 그것도
생각 속에서뿐 아니라 바로 직접 자신의 눈으로! 그것이 공상이 아님
을 확신할 수 있었다. 바스티안은 책 속의 묘사에는 아예 등장하지도
않은 세세한 부분까지 알아보았던 것이다. 이를테면 그녀의 황금빛 두
눈 위에 붓으로 그린 듯이 가느다란 반원형의 눈썹이며, 묘하게 길게
늘어진 귓불이며, 부드러운 목덜미 위에 유난스럽게 기울어진 고개를.
바스티안은 자기 생전에 이보다 더 아름다운 얼굴을 본 적이 없었다.
그리고 그 순간 여왕의 이름까지도 알 수 있었다. 바로 '어린 달님'이
었다. 이것이 여왕의 이름이라는 데는 털끝만큼의 의심도 없었다.
그런데 어린 달님이 바스티안을 바라보지 않았는가, 바스티안 발타
자르 북스를!
그녀는 뭐라 설명할 수 없는 표정으로 바스티안을 바라보았다. 그녀
도 놀란 것일까? 그녀의 눈은 어떤 소망을 담고 있는 것일까? 아니면

동경을? 아니면—아, 그것은 무엇이었을까?

바스티안은 어린 달님의 눈을 떠올려보려고 애썼지만 뜻대로 되지 않았다.

그러나 한 가지 사실만은 확신할 수 있었다. 이 눈길이 바스티안 자신의 눈을 꿰뚫고 목구멍을 넘어 심장의 한가운데를 맞혔다는 것을. 바스티안은 눈길이 지나는 과정에서 남은 뜨거운 자취를 지금도 느꼈다. 그리고 그 눈길이 지금은 자신의 심장에 자리 잡고 신비스러운 보물처럼 빛을 발하고 있음을 느꼈다. 그것은 소년에게 야릇하면서도 신비스럽게 아픔을 던져 주었다.

설혹 바스티안이 원했다 하더라도 자기에게 일어난 일에 맞서 저항할 수 없었으리라. 바스티안은 그러고 싶지 않았다. 오, 아니다! 그 반대로 세상의 그 어떤 것과도 이 보물을 바꾸지 않으리라. 바스티안은 단 한 가지만을 추구했다. 어린 달님에게 가기 위하여, 그녀를 다시 보기 위하여, 책을 계속 읽는 것이었다.

이로써 이제 자신이 되돌릴 수 없는 너무나 신비롭고, 너무나 위험한 모험에 끼어들었다는 사실을 바스티안은 꿈에도 예감하지 못했다. 하지만 만약 예감했다 하더라도, 그것이 바스티안으로 하여금 책을 덮어 밀어 놓고 다시는 건드리지 않게 할 이유는 결코 되지 않았으리라.

바스티안은 떨리는 손으로 읽다 만 대목을 찾아 계속 읽어나갔다.

탑시계가 열 시를 알렸다.

어린 여왕

　아트레유는 입도 벙긋 못한 채 멍하니 서서 어린 여왕을 우러러보았다. 어떻게 입을 떼어야 할지, 어떤 태도를 취해야 할지 알 수 없었다. 소년은 여러 번 이 순간을 머릿속에 상상하며 말을 다듬어 보았지만, 갑자기 그 모든 것이 말끔히 지워져 버렸다.

　이윽고 여왕은 아트레유에게 미소를 보내며, 노래하는 작은 새의 울림처럼 연약하고 나직한 목소리로 말했다.

　"위대한 원정에서 돌아왔구나, 아트레유."

　"예."

　아트레유는 대답하고 고개를 떨어뜨렸다.

　"너의 아름다운 외투가 잿빛이 되어 버렸구나."

　그리고 잠시 뒤 여왕은 말을 이었다.

　"너의 머리칼과 피부도 돌멩이처럼 잿빛이로구나. 그렇지만 이제 모든 것이 옛날처럼 다시 아름답게 되돌아갈 거다. 두고 보려무나.”

아트레유는 목이 메였다. 소년은 눈에 거의 보이지 않게 고개를 가로 저었다. 이어서 연약한 목소리가 들렸다.

“너는 내가 맡긴 사명을 완수했지…….”

아트레유는 이 말이 질문인지 아닌지를 가늠할 수 없었다. 그렇다고 감히 머리를 들어 여왕의 표정에서 그것을 알아볼 엄두는 나지 않았다. 소년은 조심스레 황금 부적이 달린 사슬을 잡아 목에서 풀었다. 그리고 여전히 고개를 떨군 채 그것을 어린 여왕에게 내밀었다. 아트레유는 고향의 천막 속에서 들은 이야기와 노래 속에 나오는 사신들처럼 무릎을 꿇으려 했지만, 상처 난 다리가 말을 듣지 않았다. 그래서 어린 여왕의 발 앞에 쓰러져 얼굴을 바닥에 대고 엎드렸다.

여왕은 몸을 일으켜 아우린을 받아 들고 그 사슬을 새하얀 손가락에 걸어 늘어뜨린 채 말했다.

“너는 맡은 임무를 훌륭히 치러냈다. 나는 대단히 만족한다.”

“아닙니다!”

아트레유는 힘차게 내뱉었다.

“모든 일이 헛수고였습니다. 구원의 길은 없어요.”

긴 침묵이 흘렀다. 아트레유는 굽힌 팔에 얼굴을 묻었고 온몸에 전율이 흘렀다. 소년은 여왕의 입에서 절망의 외마디가, 비탄의 소리가, 어쩌면 혹독한 꾸짖음이나 격분의 소리가 터질 것만 같아 덜컥 겁이 났다. 자기가 기다리고 있는 게 무엇인지조차 알 수가 없었다. 하지만 소년에게 들린 소리는 뭔가 다른 것이었다. 여왕은 웃고 있었다. 나직이 즐겁게 웃음을 띠고 있었다. 아트레유의 머릿속은 혼란스러워졌다. 한 순간 여왕이 미쳐 버렸다는 생각이 들었다. 하지만 그것은 분명 광기의 웃음이 아니었다. 또다시 아트레유는 여왕의 목소리를 들었다.

“하지만 어쨌든 너는 그를 데려왔단다.”

“누구를…… ?”

“우리의 구세주를.”

소년은 여왕의 눈을 살피듯이 자세히 들여다보았지만 거기에는 맑고 명랑한 기운만이 느껴졌다. 여왕은 다시 미소를 띠었다.

“너는 너의 임무를 완수했다. 네가 치른 모든 일과 고통에 대해 고마워하고 있다.”

소년은 고개를 가로저었다.

“황금 눈의 소망의 지배자시여.”

소년은 더듬거리면서 푸쿠르가 일러 준 여왕에 대한 공식 이름을 처음으로 입 밖에 냈다.

“저는…… 당신의 말씀을 도무지 이해할 수가 없습니다.”

“보아하니 그런 것 같구나.”

여왕은 말했다.

“하지만 지금 네가 이해를 하든 하지 못하든 너는 사명을 완수했다. 그것이 가장 중요한 문제다, 그렇지?”

아트레유는 입을 다물었다. 뭔가 물어보고 싶었지만 도무지 떠오르지 않았다. 소년은 눈을 크게 뜨고 어린 여왕을 똑바로 바라보았다.

“나는 그를 보았단다.”

여왕은 계속 말했다.

“그리고 그도 나를 마주 보았단다.”

“그게 언제였지요?”

아트레유는 궁금해 물었다.

“네가 들어선 바로 그 순간에. 네가 그를 데려왔어.”

아트레유는 무심결에 주변을 둘러보았다.

"그럼 그가 어디 있지요? 여기에는 여왕님과 저 둘뿐인데요."

"오, 여기에는 네게 보이지 않는 것들이 많단다."

여왕은 대답했다.

"네 말대로 아직 그는 환상 세계에 없지. 하지만 우리는 서로를 볼 수 있을 정도로 가깝게 닿아 있단다. 번개처럼 짧은 순간 동안, 여전히 우리를 갈라놓고 있는 얇은 벽이 투명해졌거든. 곧 그가 우리 있는 데로 와서 그만이 내게 줄 수 있는 새로운 이름으로 나를 부를 것이다. 그렇게 되면 나는 건강을 찾게 될 거고, 나를 비롯해 모든 환상 세계도 건강해질 것이다."

어린 여왕이 말을 하는 동안 아트레유는 가까스로 몸을 일으켰다. 그러고는 조금 높은 위치의 폭신한 방석에 앉아 있는 여왕을 올려다보면서 잠긴 목소리로 질문을 던졌다.

"그렇다면 여왕께서는 제가 전했어야 할 기별을 벌써 알고 계셨나요? 슬픔의 늪지대에서 파파할멈 모를라가 털어놓은 내용이며, 남쪽의 신탁소에서 율라라의 신비스러운 목소리가 계시해 준 내용 같은 것을 말입니다. 이 모든 것을 미리 알고 계셨던 건가요?"

"그렇단다."

여왕은 말했다.

"나는 너를 위대한 원정길로 보내기 전에 벌써 그것을 알고 있었단다."

아트레유는 두세 번 침을 삼켰다.

"그렇다면……."

아트레유는 결심한 듯 말문을 열었다.

"어째서 저를 보내셨나요? 제게서 무엇을 기대하셨나요?"

"바로 네가 행한 일들."

여왕은 대답했다.

"내가 행한 것은……."

아트레유는 천천히 되뇌었다. 소년의 양미간에 사나운 분노의 주름이 잡혔다.

"당신의 말씀대로라면, 그건 필요 없는 것이었습니다. 저를 위대한 원정에 파견하신 것은 쓸데없는 짓이었어요. 당신의 결정이 우리에겐 때로 이해될 수 없다고 하는 말을 듣긴 했지요. 그럴 수도 있습니다. 하지만 이 모든 일을 겪고 난 저로서는, 당신께서 저를 장난거리로 삼으셨다는 기분밖에 들지 않아서 그대로 용납하기가 퍽 괴롭습니다."

어린 여왕의 눈이 아주 엄숙해졌다.

"너를 장난거리로 삼은 게 아니다, 아트레유."

어린 여왕이 말했다.

"내가 너에게 얼마나 큰 은혜를 입었는가를 말하지. 네가 치러낸 그 모든 일은 불가피한 것이었다. 내가 너를 위대한 원정길에 오르게 한 이유는 네가 내게 가져올 보고 때문이 아니라, 그렇게 하는 것이 우리의 구세주를 부르는 유일한 방법이었기 때문이란다. 사실 그는 네가 체험한 모든 일에 동참하여, 너와 더불어 먼 길을 함께 해 온 것이란다. 너는 이그라물과 이야기를 나눌 적에 저 깊은 심연에서 울려 나오는 그의 비명을 듣지 않았니? 마술거울 문 앞에 섰을 때 그의 모습을 보지 않았니? 너는 그의 영상 속으로 들어가서 그 영상을 너와 함께 데리고 다녔지. 그래서 그는 너를 따라온 거란다. 왜냐하면 그는 너의 눈으로 자신의 모습을 보았기 때문이야. 그리고 지금도 그는 우리가 나누고 있는 한마디 한마디를 듣고 있어. 또한 우리가 자기에 관해 얘기하고 있고, 자기를 원하며 기다리고 있다는 사실도 알지. 그리고 아마도 그는 지금 아트레유, 네가 겪은 그 엄청난 모든 노고가 바로 자기 때문이라는 걸, 모든 환상 세계가 자기를 부르고 있다는 걸 알고 있을 거다!"

아트레유는 여전히 침울하게 멍하니 앞을 보고 있었지만, 그의 이마에 잡혔던 분노의 주름은 조금씩 옅어졌다.

"어떻게 그 모든 것을 아셨지요?"

소년은 얼마 있다가 물었다.

"깊은 심연에서의 비명이며, 마술거울에 비친 영상이며, 그 밖의 모든 것도 당신이 미리 정하신 건가요?"

어린 여왕은 아우린을 높이 쳐들었다. 그리고 그것을 목에 걸면서 대답했다.

"이 '광채'를 늘 네 몸에 지니고 있지 않았느냐? 내가 그것을 통해 늘 너와 함께 있었다는 것을 몰랐느냐?"

"늘 지니고 있지는 않았어요. 그걸 잃어버린 적도 있었어요."

아트레유는 대답했다.

"그래, 그때 너는 진실로 혼자였지. 그동안에 일어난 일을 얘기해 다오!"

여왕은 말했다.

아트레유는 자기가 겪은 일을 자세히 말했다.

"네가 잿빛으로 변한 이유를 이제 알겠다. 너는 무(無)에 너무 가까이 다가갔었어."

어린 여왕은 말했다.

"그런데 그 말이 사실인가요? 늑대인간 그모르크가 무(無)로 변한 환상 세계의 피조물에 관해 한 말이. 우리가 인간 세계에서는 거짓말이 된다는 게 사실인가요?"

아트레유는 궁금해했다.

“그렇단다, 그것은 사실이다.”

어린 여왕은 대답했다. 여왕의 황금빛 눈이 어두워졌다.

“모든 거짓말은 한때 환상 세계의 피조물이었단다. 그들은 모두 같은 물질로 되어 있어. 하지만 더는 알아볼 수 없게 되어서 그 참된 본질을 잃어버렸단다. 그런데 그모르크가 너에게 한 말은 다만 반쪽의 진실이었어. 반쪽 존재에게 달리 기대할 수도 없는 노릇이지만. 환상 세계와 인간 세계 사이의 경계를 넘어서는 길은 두 가지가 있단다. 옳은 길과 그릇된 길이지. 환상 세계의 존재가 소름끼치는 방식으로 무리하게 경계를 넘어간다면, 그건 그릇된 길이야. 하지만 사람들이 우리에게로 넘어온다면 그것은 옳은 길이란다. 우리에게 왔었던 사람들은 오로지 여기서만 경험할 수 있는 걸 경험했고, 그 경험으로 변화되어 그들 세계로 돌아갔단다. 그들은 참된 자신의 모습을 보았기 때문에 지혜로운 눈을 갖게 되었지. 그래서 그때부터 자기들의 세계와 사람들을 다른 눈으로 볼 수 있게 되었어. 그 전에는 그저 일상적으로 여기던 것에서 갑자기 기적과 비밀을 발견하게 됐던 거야. 그래서 그들은 기꺼이 우리를 찾아 환상 세계로 왔었단다. 그로 인해 우리의 세계가 풍요하게 번영하면 할수록 그들의 세계에는 거짓말이 사라지고, 따라서 그들 자체도 더욱 완전해졌었어. 두 세계는 서로를 파괴할 수 있는 것과 마찬가지로 서로를 건강하게 만들 수도 있는 거란다.”

아트레유는 생각에 잠겨 있다가 한참만에야 물었다.

“이 파괴가 어떻게 시작되었지요?”

“두 세계에 닥친 곤경에는 이중 원인이 있어. 지금 모든 것은 반대로 되어 버렸지. 지혜로운 눈을 주는 것이 눈을 멀게 하고, 새로운 것을 창조할 수 있는 것이 무(無)로 변하는 거야. 구원은 인간에게 달려 있어. 단 한 사람이라도 내게 와서 새로운 이름을 지어 주어야 해. 그는 틀림없이 올 거야.”

아트레유는 잠자코 있었다.

“이제 이해하겠니, 아트레유?”

어린 여왕이 물었다.

“내가 왜 그렇게 무거운 임무를 네게 지워 주었는가를? 오로지 모험과 기적, 위험을 무릅쓴 긴 이야기를 통해서만 우리의 구세주를 내게로 끌어올 수 있었던 거다. 그것은 바로 네 이야기였지.”

아트레유는 깊은 생각에 잠겨 앉아 있었다. 이윽고 소년은 고개를 끄덕였다.

“이제 알겠습니다. 황금 눈의 소망의 지배자시여. 저를 선택해 주셔서 고맙습니다. 알지도 못하고 화낸 걸 용서해 주십시오.”

“네가 그 모든 것을 알 리 없었지. 그리고 그래야 했어.”

여왕은 부드럽게 말했다.

아트레유는 다시 고개를 끄덕였다. 잠시 침묵이 흐른 뒤 소년이 말했다.

“저는 지금 무척 피곤해서…….”

“너는 충분히 많은 일을 해냈다, 아트레유. 쉬고 싶니?”

여왕이 말했다.

“아직은 아니에요. 먼저 제 이야기의 좋은 결말을 보고 싶어요. 당신 말씀대로 제가 사명을 완수한 거라면, 왜 구세주는 여태껏 여기로 오지 않지요? 그는 아직도 무엇을 기다리고 있나요?”

“그러게 말이다.”

어린 여왕은 나직이 말했다.

“그가 아직도 무엇을 기다리고 있지?”

바스티안은 잔뜩 흥분한 나머지 두 손에 축축한 물기를 느꼈다.

"나는 도저히 그럴 수가 없어."

바스티안은 말했다.

"어떻게 해야 하는지 방법을 모르겠는걸. 어쩌면 내가 생각해 낸 그 이름은 전혀 터무니없는 것인지도 몰라."

"좀 더 여쭤 봐도 될까요?"

아트레유가 말했다.

여왕은 고개를 끄덕였다.

"왜 여왕님은 새 이름을 얻어야만 건강해지실 수 있나요?"

"올바른 이름만이 모든 존재와 사물에 그 실재를 부여하는 거란다. 옳지 않은 이름은 모든 것을 비현실적으로 되게 하지. 그것이 바로 거짓말이 하는 일이란다."

여왕은 말했다.

"어쩌면 그 구세주도 그가 지어 주어야 할 올바른 이름을 아직 모르는게 아닐까요?"

"그렇지 않아. 그는 이름을 알고 있어."

여왕은 대답했다.

다시 둘은 입을 다물었다.

"그래."

바스티안은 말했다.

"나는 그 이름을 알고 있어. 너를 보는 순간 그 이름을 깨달았어. 그렇지만 어떻게 해야 하는지를 모르는걸."

아트레유는 고개를 들었다.

"어쩌면 그가 오고 싶어도 어떻게 해야 할지 모를 수도 있어요."

"그는 아무것도 할 필요가 없어."

어린 여왕은 대답했다.

"단지 그만이 알고 있는 나의 새로운 이름으로 나를 부르기만 하면 되는 거야. 그것으로 충분하단다."

바스티안의 심장은 무섭게 고동치기 시작했다. 그렇게 한 번 해 봐야 할까? 하지만 그랬다가 실패한다면? 애당초 나만의 착각이라면? 만약 두 사람이 처음부터 나에 대해 이야기한 게 아니고, 전혀 다른 구세주에 관해 말한 것이라면? 그들이 정말로 나를 두고 한 말인지 도대체 어떻게 안담?

"혹시라도 말예요……."

이윽고 아트레유가 다시 말을 꺼냈다.

"혹시 그가 다른 누구도 아닌, 바로 자신이 지목됐다는 사실을 여전히 모르는 건 아닐까요?"

"아닐 거다. 지금까지 그 모든 신호들을 받았는데……. 그렇게 어리석을 수는 없어."

어린 여왕이 말했다.

"좋아, 한 번 시험을 해 보겠어!"

바스티안은 말했다. 하지만 그는 여왕의 이름을 입 밖에 내지는 못했다.

정말로 성공하면 어떻게 하지? 그러면 어떻게든 환상 세계로 가게 되리라. 그렇지만 어떻게? 어쩌면 자기는 변신을 감수해야 할지도 모

른다. 그렇다면 나는 무엇이 될까? 혹시 고통스럽거나 기절하게 되는
건 아닐까? 정말로 환상 세계로 가고 싶긴 한 걸까? 바스티안은 아트
레유와 어린 여왕에게로 가고 싶었다. 그렇지만 그곳에 득실거리는 온
갖 괴물들과는 맞부딪치고 싶지 않았다.

"혹시, 그는 용기가 부족한 게 아닐까요?"
아트레유가 말했다.
"용기라고? 내 이름을 입 밖에 내어 부르는 데 용기가 필요하단 말
이냐?"
어린 여왕이 물었다.
"그렇다면, 제 생각에 그를 붙잡는 이유가 또 한 가지 있어요."
아트레유가 말했다.
"무슨?"
아트레유는 망설이다가 말했다.
"한마디로 그는 오고 싶지 않은 거예요. 여왕님이나 환상 세계에 별
관심이 없는 것이지요. 우리가 어떻게 되든 상관없는 거예요."
어린 여왕은 눈을 크게 뜨고 아트레유를 보았다.

"아니야! 아니야!"
바스티안은 외쳤다.
"그렇지 않아! 그건 분명 아니야! 아, 제발 나를 그렇게 생각하지
말아! 내 말이 안 들려? 아니야, 아트레유!"

"그는 오겠다고 내게 약속했다."
어린 여왕은 말했다.

“그의 눈에서 나는 그것을 읽었어.”

“그래, 그 말이 맞아.”
바스티안은 외쳤다.
“곧 가겠어. 다만 다시 한 번 모든 것을 곰곰이 생각해 봐야겠어.
그렇게 간단치만은 않으니까.”

아트레유는 고개를 떨어뜨렸다. 다시 둘은 기다리는 자세로 한참 말
이 없었다. 여전히 구세주의 모습을 보이지 않고, 하다못해 그의 존재
를 암시해주는 털끝만 한 기미도 없었다.

바스티안은 자기가 그들 앞에 섰을 때의 광경을 상상해 보았다. 그
통통한 몸집에다, 안짱다리에, 치즈같이 창백한 얼굴로 홀연히…….
소년은 실망스러워 할 어린 여왕의 얼굴을 또렷이 상상할 수 있었다.
여왕은 이렇게 말하리라.
“대체 너, 여기 뭘 하러 왔니?”
그리고 아트레유는 참지 못해 웃음보까지 터뜨리리라.
이런 상상을 하자 바스티안은 부끄러워 얼굴이 새빨개졌다.
당연히 그들은 어떤 영웅을, 왕자가 아니더라도 그런 정도의 인물을
기대할 것이다. 바스티안은 감히 그들 앞에 나서서는 안 되었다. 그것
은 있을 수 없는 일이었다. 바스티안은 다른 모든 것은 견딜 수 있었지
만, 그것만은 견딜 수 없었다.

어린 여왕이 이윽고 다시 눈길을 돌렸을 때, 그녀의 얼굴 표정은 달
라져 있었다. 아트레유는 그 표정의 날카로움과 엄격함에 흠칫 놀랐다.

그리고 이런 표정을 일찍이 어디서 보았는지를 떠올렸다. 그것은 바로 스핑크스의 표정이었다!

"나에게 한 가지 방법이 있다. 그렇지만 그것을 사용하는 건 좀 내키지 않아. 그가 그런 일이 없도록 해 주면 좋으련만."

여왕은 말했다.

"어떤 방법인데요?"

아트레유는 낮은 목소리로 물었다.

"그가 알든 모르든, 그는 벌써 끝없는 이야기 속에 들어와 있어. 이제 그는 물러설 수도 없고 또 그래서도 안 돼. 그는 내게 약속을 했고, 그걸 지켜야 돼. 그렇지만 나 혼자서는 그렇게 하도록 만들 수가 없단다."

"이 환상 세계에서, 당신이 못 하는 일을 할 사람이 있나요?"

아트레유는 외쳤다.

"단 한 사람, 그가 원한다면. 바로 '방랑산의 노인'이란다."

여왕은 대답했다.

아트레유는 몹시 어리둥절한 표정을 지으며 어린 여왕을 바라보았다.

"방랑산의 노인이라구요?"

소년은 글자 하나하나에 힘을 주어 되뇌었다.

"그가 실제로 존재한다는 말씀인가요?"

"아니라고 여기니?"

"제가 사는 천막진영의 노인분들은 어린아이들이 버릇없이 굴거나 말을 안 들으면 그 노인 애기를 해요. 그는 사람들이 하다 만 모든 일을, 심지어는 생각하고 느끼는 것까지 모두 자기의 책에다 써 둔다는 거예요. 그러니까 그 내용에 따라서 아름다운 이야기나 추한 이야기가 영원히 기록으로 남는다는 것이지요. 저도 아주 어릴 적에는 그 이야기를 믿었어요. 그렇지만 나중에는 어린아이들을 겁주기 위한 터무니없는 이야기일 뿐이라고 생각했지요."

"터무니없는 이야기 가운데 실재하는 것이 얼마나 많은지는 아무도 모른단다."

여왕은 미소 지으며 말했다.

"그러니까 당신은 그를 본 적이 있군요?"

아트레유는 캐물었다.

여왕은 고개를 가로저었다.

"내가 그를 발견한다면, 그것이 우리의 첫 만남이 될 거야."

"제 고향 노인분들도 그렇게 얘기해요."

아트레유는 말을 이었다.

"그 노인의 산이 어디에 있는지는 결코 알 수 없다, 그는 항상 동에 번쩍 서에 번쩍 홀연히 나타난다, 또 우연이나 운명의 섭리를 통해서만 그를 만날 수 있다, 이렇게요."

"그렇단다. 방랑산의 노인은 아무도 찾아다닐 수 없단다. 오로지 발견할 수 있을 뿐이야."

어린 여왕은 말했다.

"여왕님께서도요?"

아트레유는 물었다.

"나도 그렇단다."

여왕은 대답했다.

"그렇지만 여왕님께서 그를 발견하지 못하신다면……."

"그가 존재한다면 나는 그를 발견할 거다."

여왕은 수수께끼 같은 미소를 띠고 말을 가로막았다.

"그리고 내가 그를 발견한다면 그는 존재하게 될 것이다."

아트레유는 그 말을 이해할 수 없었다. 그래서 망설인 끝에 물었다.

"그는…… 여왕님 같은가요?"

"그렇단다. 왜냐하면 그는 모든 점에서 나의 정반대니까."

여왕은 대답했다.

아트레유는 이런 식으로는 여왕에게서 더 이상 아무것도 알아 내지 못하리라는 것을 깨달았다. 게다가 또 다른 생각이 소년을 불안하게 했다.

"여왕님께선 중병에 걸리셨어요. 황금 눈의 소망의 지배자시여."

소년은 꽤나 진지하게 말했다.

"혼자서는 더 지탱하실 수 없습니다. 제가 본 바로는 모든 시종과 충신들이 여왕님의 곁을 떠났습니다. 푸쿠르와 제가 어디로든 여왕님과 기꺼이 동행하겠습니다. 하지만 솔직히 말씀드려서 푸쿠르의 힘이 아직 남아 있는지 모르겠습니다. 그리고 저의 발은……, 보시다시피 저는 똑바로 설 수도 없습니다."

"고맙다, 아트레유. 용감하고 충성된 너의 제안을 고맙게 생각한다. 그렇지만 나는 너희와 동행할 생각이 없어. 방랑산의 노인은 오로지 혼자서만 발견할 수 있단다. 그리고 아트레유, 푸쿠르는 네가 그를 두고 온 장소에 이미 없단다. 지금 그는 다른 장소에서 상처를 치료 받고 힘을 회복하고 있어. 아트레유, 너도 곧 그 장소로 가게 될 거다."

여왕은 손가락으로 아우린을 만지작거렸다.

"어떤 장소이지요?"

"지금은 그것을 알 필요가 없단다. 잠이 든 동안 그곳에 도착하게 될 테니까. 네가 어디에 있었는지 알게 될 날이 올 것이다."

"하지만 내가 어떻게 잠을 잘 수 있어요!"

아트레유는 외쳤다. 걱정에 사로잡힌 나머지 예의바른 표현법을 잊어 버린 것이다.

"여왕님이 당장이라도 돌아가실지 모르는 이 마당에!"

어린 여왕은 다시 살며시 웃었다.

"나는 네가 생각하듯이 그렇게 완전히 혼자는 아니란다. 여기에는 네게 보이지 않는 게 많다고 이미 말하지 않았니. 네게 기억이나 용기 또는 생각이 있듯이, 나는 내 주변에 일곱 개의 힘을 갖고 있단다. 너는 그것을 볼 수도 들을 수도 없지만 그 모두가 이 순간에도 나와 함께 있지. 그 가운데 셋은 너희를 돌보도록 너와 푸쿠르에게 맡기겠다. 그리고 넷은 나와 함께 할 것이다. 그러니까 아트레유, 너는 마음 놓고 자도 된단다."

어린 여왕의 말이 떨어짐과 동시에, 위대한 원정 동안 쌓였던 모든 피로가 갑자기 검은 베일처럼 아트레유를 엄습했다. 하지만 그것은 쇠약해진 탓으로 덮쳐오는 돌덩이처럼 무거운 피로가 아니라 잠을 향한 편안하고 나른한 동경이었다. 황금 눈의 소망의 지배자에게 물어보고 싶은 것이 아직 많았는데도, 마치 여왕의 말에 의해 가슴속의 모든 소망을 억제당하고 단 한 가지 소망, 잠을 향한 소망만이 소년에게 남겨진 것 같았다. 소년의 눈이 감겨졌다. 그리고 소년은 쓰러지지도 않고 앉은 채로 어느새 어둠 속으로 미끄러져 갔다.

탑시계가 열한 시를 알렸다.

어린 여왕이 나직하고 부드럽게 명령하는 목소리가 아득한 곳에서 들려오듯이 아트레유의 귀에 닿았다. 그리고 소년은 자기가 힘센 팔에 의해 조심스럽게 들려 옮겨지는 것을 느꼈다.

오랫동안 어둠과 열기가 소년을 에워쌌다. 그리고 한참 뒤에 맛있는 액체가 바싹 말라 갈라진 소년의 입술을 축이며 목구멍으로 흘러들어가는 것을 느끼고 반쯤 눈을 떴다. 어렴풋이 사면이 황금으로 된 듯한 커다란 동굴 속에 자기가 누워 있는 것 같았다. 하얀 행운의 용이 옆에 누워 있었다. 아트레유는 동굴의 한가운데에 분수가 하나 솟아 있고, 그 분수를 둘러싸고 밝은 빛깔의 뱀과 어두운 빛깔의 뱀이 서로 꼬리를 물고 누워 있는 것을 보았다. 아니, 본 것 같았다.

하지만 곧 보이지 않는 어떤 손이 소년의 눈꺼풀을 쓸어내렸다. 그것은 말할 수 없이 부드러워 아트레유는 다시 꿈도 꾸지 않는 깊은 잠에 빠져들었다.

같은 시각, 어린 여왕은 상아탑을 나섰다. 여왕은 유리로 된 가마 안에 마련된 폭신한 비단 방석에 누워 있었다. 가마는 여왕의 보이지 않는 시종 넷이 메고 있었기 때문에 마치 저절로 가볍게 떠가는 것처럼 보였다.

그들은 미로의 정원, 아니 그보다는 미로의 폐허를 가로질렀다. 이미 많은 길들이 무(無)에 맞닿아 있었기 때문에 그들은 길을 수없이 돌아가야만 했다.

마침내 이 평원의 가장 외곽에 도착해서 미로를 떠나게 됐을 때, 보이지 않는 가마꾼들은 멈춰 섰다. 그들은 어떤 명령을 기다리는 듯했다.

어린 여왕은 방석 위에서 몸을 똑바로 일으켜 상아탑을 한 번 뒤돌아보았다.

그리고 다시 방석에 주저앉으며 말했다.

"계속해서 가라! 그냥 계속 가라…… 어디로든!"

돌풍이 여왕의 흰 눈 같은 머리칼을 흩날렸다. 머리칼은 유리 가마 뒤로 길고 장중하게 깃발처럼 나부꼈다.

방랑산의 노인

거친 산비탈에 끊임없는 눈사태 소리가 울렸다. 얼음으로 뒤덮인 들쑥날쑥한 산마루들 사이로 눈보라가 휘몰아쳐 동굴과 골짜기들을 메우고는 다시금 그 힘을 되찾아 넓은 빙원을 휩쓸며 지나갔다. 이 지역에서는 그다지 유별난 날씨가 아니었다. 왜냐하면 운명의 산맥—이것이 이곳의 이름이었다—은 환상 세계에서 가장 크고 험한 산지였기 때문이었다. 이 산맥에서 가장 두드러진 봉우리는 하늘에 닿을 듯이 치솟아 있었다.

이 만년빙 등반은 제아무리 담대한 등산가라도 감히 오를 엄두를 못 냈다. 더 정확히 말하자면, 누구인가 이곳 등반에 성공한 뒤로 상상할 수도 없을 만큼 긴 세월이 흘렀기 때문에, 지금은 아무도 그 사실을 알지 못했다. 왜냐하면 환상 세계 안에는 수없이 많은 이해할 수 없는 법칙이 존재하는데, 그 가운데 하나로 다음과 같은 법칙이 있었기 때문이다. 운명의 산맥은 앞서서 정복을 해냈던 사람이 완벽하게 잊혀지고, 아울러 청동으로 된 것이든 돌로된 것이든 그의 비석에 새긴 글이 완전히 닳아 없어진 뒤에야 비로소 누구든 다시 정복을 시도할 수 있다는 것이었다. 그러니까 정복에 성공한 사람은 누구나가 항상 첫 번째의 정복자였다.

그곳 꼭대기에서는 몇몇 거대한 얼음거인 이외에는 생물이라고는 존재할 수가 없었다. 이 얼음거인들도 생물로 여긴다면 말이다. 실상 그들은 상상할 수도 없이 느리기 때문에 단 한 발짝 걷는 데에 몇 년이 걸리고, 짧은 산책을 하는 데는 몇 백 년이 걸렸다. 그래서 그들은 단지 자기네들끼리만 교류할 수 있을 뿐, 환상 세계의 그 밖의 존재들에 관해선 눈곱만치도 몰랐다. 그러면서 자기네들이야말로 우주 안에 유일하게 살아 있는 존재라고 여겼다.

그런 만큼 지금 얼음거인들은, 저 조그만 점에 불과한 것이 꼬불꼬불한 길을 지나, 디딜 수도 없는 수직의 얼음벽에서 불거져 나온 바위들을 딛고, 칼날 같은 산봉우리들을 넘어, 깊은 계곡과 갈라진 바위벽을 누비며 점점 산정에 접근해 오는 광경을, 어찌할 바를 모르면서 뚫어지게 굽어보고 있었다.

그것은 바로 보이지 않는 네 힘에 의해 들려져 오는 어린 여왕의 유리 가마였다. 가마는 주위 풍경에서 두드러져 보이지는 않았다. 그것의 유리가 투명한 얼음조각과 비슷한 데다가 어린 여왕의 머리칼도 언저리에 쌓인 눈과 거의 구분되지 않았기 때문이다.

여왕은 벌써 오랫동안 여행 중이었다. 나흘 낮 나흘 밤을, 네 힘은 비와 작열하는 태양을 지나고 암흑과 달빛 속을 뚫으며 여왕의 가마를 운반하고 있었다. 끊임없이 앞으로, 여왕의 명령대로 계속 앞으로, 그 어딘가를 향해. 여왕은 일찍이 그녀의 세계 안의 모든 것, 곧 암흑과

빛, 아름다운 것과 추한 것을 똑같이 여겼던 것과 마찬가지로 견딜 만한 것과 견딜 수 없는 것을 가리지 않았다. 여왕은 모든 것에 자신을 걸 태세를 갖추고 있었다. 방랑산의 노인은 어디에든 있을 수 있는 동시에 아무 데도 없을 수 있기 때문이었다.

여왕의 보이지 않는 네 힘이 굽어든 길을 선택한 것은 결코 우연만이 아니었다. 무(無)가 거의 온 나라들을 삼켜 버리고 그들에게 단 하나의 길만을 출구로 열어 주었기 때문이다. 네 힘은 때로는 하나의 다리나 동굴 또는 문을 겨우 빠져 나와 위험을 모면했고, 때로는 바다나 포구의 파도를 타고 병든 여왕이 탄 가마를 떠메며 나아갔다. 이 가마꾼들한테는 고체와 액체의 구별이 없었던 것이다.

이렇게 해서 그들은 마침내 운명의 산맥, 얼음 덮인 정상의 세계에까지 이르렀고, 줄기차게 지칠 줄 모르고 쉴 새 없이 올랐다. 그리고 어린 여왕의 별다른 명령이 떨어지지 않는 한 계속 위로 오를 것이었다. 하지만 지금 여왕은 방석에 기대 누워 눈을 감은 채 꼼짝도 않고 있었다. 그렇게 누워 있은 지도 참으로 오래되었다. 그리고 여왕이 입 밖으로 낸 마지막 말은 상아탑과 이별하면서 명령한 "어디로든지." 뿐이었다.

지금 가마는 깊은 골짜기를 지나가고 있었다. 겨우 가마가 지나갈까 말까 하는 두 개의 바위벽이 마주 선 틈서리였다. 바닥은 몇 미터는 됨직한 엉성한 눈으로 덮여 있었지만, 눈에 보이지 않는 가마꾼들은 눈 속에 빠지지도 않을 뿐더러 발자국조차 남기지 않았다. 이 바위 틈서리의 바닥은 꽤나 어두웠다. 높은 데서 비치는 가느다란 햇빛이 전부였기 때문이다. 길은 완만한 오르막이어서 가마가 올라갈수록 햇빛의 줄기는 가깝게 비쳐왔다. 그러더니 돌연히 바위벽이 사라지고 새하얗게 반짝이는 넓은 평원이 눈앞에 열렸다. 바로 정상이었다. 운명의 산맥 정상은 대부분의 다른 산들처럼 뾰족한 봉우리가 아니라 한 나라만큼이나 넓은 고원으로 이루어져 있었다.

그런데 이 고원 위에 놀랍게도 기묘한 모양의 작은 산 하나가 솟아 있었다. 그 산은 상아탑처럼 뾰족하고 높다랗지만 빛깔은 반짝이는 푸른빛이었다. 또한 거대한 고드름들이 하늘을 향해 거꾸로 뻗은 듯한, 기괴한 모양의 수많은 바위 뿔들로 이루어져 있었다. 이 산의 중턱쯤에는 바위뿔 세 개 위에 집채만 한 달걀 모양의 알이 하나 놓여 있었다.

이 알을 반원으로 둘러싸고 그 뒤로 보다 크고 푸른 고드름들이 거창한 오르간 파이프처럼 하늘을 향해 뻗어 있어 특이한 정경을 이루었다. 커다란 알에는 문이나 창문처럼 보이는 둥그렇게 열린 부분이 있었다. 그 안에서 한 얼굴이 나타나 가마를 쳐다보고 있었다.

어린 여왕은 이 시선을 느끼고는 눈을 뜨고 그 얼굴을 마주 보았다.

"멈춰라!"

여왕은 나직이 말했다.

보이지 않는 힘들은 멈춰 섰다.

어린 여왕은 몸을 세웠다.

"저 사람이야."

여왕은 말을 이었다.

"나머지 길은 나 혼자서 가야겠다. 무슨 일이 일어나든 여기서 나를 기다려라."

둥근 모양의 얼음 창문으로 내다보던 얼굴이 사라졌다.

어린 여왕은 가마에서 내려 광활한 눈밭 위를 걸었다. 참으로 힘겨운 걸음걸이였다. 여왕은 맨발이었다. 더구나 눈은 딱딱하게 얼어붙어 있었다. 한 발짝 걸을 때마다 여왕은 갈라진 빙판에 빠졌고, 유리처럼 딱딱하게 얼어붙은 눈에 연약한 발을 베였다. 삭풍이 여왕의 머리칼과 옷자락에 휘몰아쳤다.

마침내 여왕은 푸른 산 위에 이르러 유리처럼 매끈한 고드름들 앞에 섰다.

둥그렇고 어두운 얼음 창문에서부터 기다란 사다리가 내려왔다. 그 달걀모양 속에 들어갈 수 있는 정도보다 훨씬 긴 사다리였다. 마침내 사다리는 푸른 산의 기슭에까지 닿았다. 그 사다리를 붙잡았을 때, 어린 여왕은 그것이 온통 서로 연결된 문자들의 엮음이라는 것을, 디딤판마다 한 문장을 이루고 있음을 보았다. 어린 여왕은 올라가기 시작했고, 디딤판을 하나씩 오를 때마다 동시에 문장을 읽어나갔다.

돌아서라! 돌아서라! 가라! 가라!
어떤 시간 어떤 장소에서도
그대는 나를 만날 수 없으리라!
이대로 내버려 두라!
바로 그대에게, 오로지 그대에게만은
길을 막아야 되겠노라.
돌아서라! 내 말을 들으라!
그대가 나, 노인을 만나면
일어날 수 없는 일이 벌어지리라.
시작이 끝을 방문하는 일이.
돌아서라! 돌아서라! 올라오지 마라!
그렇지 않으면 그대가 도달하는 것은
오로지 비할 데 없는 혼란뿐!

여왕은 정신을 가다듬기 위해 멈춰 서서 위를 쳐다보았다. 아직도 한참을 올라가야 했다. 지금까지 올라온 것은 채 절반도 되지 않았다.

"방랑산의 노인이여!"

여왕은 큰 소리로 불렀다.

"당신이 우리의 만남을 원치 않는다면, 이 사다리의 편지를 내게 쓸 필요가 없었을 겁니다. 오기를 금지하는 당신의 명령이 나를 당신에게로 부르는 것입니다."

그리고 여왕은 오르기를 계속했다.

그대가 창조한 것, 그리고 그대 자신을
나는 기록자로서 간직하노라.
한때 생명이었던 모든 것은
죽어서도 변할 수 없는 문자로 변하노라.
그대가 이제 내게로 와서 죽는다면,
그것은 엄청난 화를 낳으리라.
그대로 인해 시작된 것이 여기서 끝나리라.
그대는 결코 늙지 않으리라, 어린 여왕이어.
나, 노인은 결코 그대처럼 젊은 적이 없었노라.
그대가 격앙시킨 것을 나는 안정시키노라.
생명에게는 금지되는 것이 있으니,
그것은 죽음 속에서 자신을 보는 일.

또다시 어린 여왕은 천천히 숨을 돌리기 위해 멈춰 서야만 했다.

이제 여왕은 꽤 높이 올라와 있었고, 사다리는 눈보라 속에서 마치 나뭇가지와도 같이 흔들거렸다. 어린 여왕은 얼음이 겹겹이 덮인 문자 디딤판에 바짝 매달려 사다리의 마지막 부분을 올라갔다.

이토록 진지한 사다리의 경고를
그래도 그대가 무시한다면,
그래서 시간과 공간 안에서, 있어서는 안 될 일을
무릅쓰고 행할 뜻이라면,
나로서도 그대를 막을 수 없노라.
이 노인의 집에 온 것을 환영하노라!

어린 여왕은 마지막 디딤판을 올라 선 뒤 가볍게 한숨을 내쉬고 아래를 내려다보았다. 여왕의 넓은 흰 옷자락은 갈기갈기 찢겨 온통 문자 사다리의 가로대와 부호, 뾰족한 돌기 부분에 걸려 있었다. 쓰인 문자들이 호의를 나타내지 않은 것이 여왕에겐 새삼스럽지 않았다. 둘은 서로 상극관계였기 때문이다.

여왕의 눈앞에 달걀 형체와 둥근 창문이 보였고, 거기서 사다리는 끝나 있었다. 여왕은 사다리를 타고 안으로 들어갔다. 창문은 즉시 여왕의 등 뒤에서 닫혔다. 여왕은 암흑 속에 꼼짝도 않고 서서 일어날 일을 기다렸다.

하지만 한동안 아무 일도 일어나지 않았다.

"내가 여기 왔어요."

이윽고 여왕은 암흑에 대고 조그맣게 소리쳤다. 여왕의 목소리가 커다란 빈 홀에서처럼 메아리쳐 왔다. 아니면 그것은 보다 깊은 다른 목소리가 똑같은 말로 대답한 것이었을까?

잠시 시간이 흐르자 어둠 속에서 희미하게 불그스레한 빛이 보였다. 그 빛은 달걀모양의 방 한가운데 펼쳐진 채로 공중에 떠 있는 어떤 책에서 나오고 있었다. 책은 비스듬히 떠 있었기 때문에 여왕은 겉표지를 볼 수 있었다. 황동 빛깔의 비단으로 장정되어 있는 겉표지에는, 어린 여왕이 목에 걸고 있는 '광채'에 있는 것처럼, 서로 꼬리를 물고 타원을 이루는 두 마리의 뱀이 그려져 있었다. 그리고 이 타원형 안에는 제목이 적혀 있었다.

끝없는 이야기

바스티안은 아찔해졌다. 이것은 지금 자기가 읽고 있는 바로 그 책이 아닌가! 바스티안은 다시 한 번 책을 들여다보았다. 그렇다. 의심할 여지없이 바로 바스티안이 손에 들고 있는 책에 관한 이야기였다. 하지만 대체 어떻게 이 책이 똑같은 책 안에서 등장할 수 있단 말인가?

어린 여왕은 가까이 다가갔다. 그리고 이번에는, 떠 있는 책의 반대편에서 푸른 조명을 받고 있는 한 남자의 얼굴을 보았다. 이 희미한 빛은 청록색으로 박힌 책의 문자에서 나오는 것이었다.

남자의 얼굴은 해묵은 나무껍질처럼 깊게 주름살이 패어 있었다. 수염은 길고 새하얬으며, 그늘진 언저리 속에 깊이 자리 잡고 있는 눈은 보이지도 않았다. 그리고 두건이 달린 푸른 수도복을 입고 있었다. 그는 손에 펜을 쥔 채로 책을 볼 뿐, 고개를 들지 않았다.

어린 여왕은 거기에 씌어 있는 것을 읽었다. 그것은 바로 그 순간 일어나는 일이었다. 말하자면 '어린 여왕은 거기에 쓰인 것을 읽었다…….'였다.

"당신은 일어나는 모든 일을 기록하는군요."

여왕은 말했다.

"내가 기록하는 모든 것은 일어난다."

그것이 대답이었다. 여왕이 자기 목소리의 메아리처럼 들었던, 바로 그 깊고 어두운 목소리였다.

특이한 것은 방랑산의 노인이 입을 열지 않는다는 점이었다.

그는 여왕과 자기의 말을 써 내려갈 뿐이었고, 그러면 여왕은 마치 지금 막 그가 한 말을 기억하는 것처럼 듣게 되는 것이었다.

"당신과 나, 그리고 온 환상 세계의 모든 것이 이 책 속에 기록되어 있나요?"

여왕이 물었다.

그는 썼고 동시에 그의 대답이 들렸다.

"그렇지 않다. 이 책이 바로 온 환상 세계이고 그대와 나이다."

"그럼 이 책은 어디에 있나요?"

"책 속에 있다."

이것이 노인이 쓴 대답이었다.

"그럼 그것은 허깨비와 그림자일 뿐인가요?"

여왕이 물었다.

그러자 그는 썼고 대답이 들렸다.

"거울 속에 비치는 다른 거울은 무엇을 보여 주는가? 그걸 아는가? 황금 눈의 소망의 지배자여."

어린 여왕은 잠자코 있었고, 동시에 노인은 여왕이 잠자코 있다고 썼다.

이윽고 여왕은 나직이 말했다.

"나는 당신의 도움이 필요합니다."

"알고 있다."

대답과 함께 그는 썼다.

"그래요. 그럴 거예요. 당신은 환상 세계의 기억이고, 지금 이 순간까지 일어난 모든 일을 알고 계세요. 당신의 책을 넘겨서 앞으로 무슨 일이 일어날지 볼 수는 없나요?"

여왕은 물었다.

"비어 있다!"

그것이 대답이었다.

"나는 오직 일어난 일을 되돌아볼 수 있을 뿐이다. 나는 그것을 쓰
는 동안 읽을 수 있었다. 그리고 그것을 읽었기 때문에 안다. 또한 내
가 그것을 쓴 것은 그 일이 일어났기 때문이다. 그래서 끝없는 이야기
는 내 손을 통하여 저절로 쓰이는 것이다."

"그럼 내가 왜 당신에게 왔는지는 모르시겠군요."

"그렇다."

그가 기록하는 동안 어두운 목소리가 들려 왔다.

"그대가 오지 않기를 원했다. 나를 통해서는 모든 것은 최종적이고
불변한 것이 된다. 그대, 황금 눈의 손망의 지배자도. 이 알은 그대의
알이요 무덤이다. 그대는 환상 세계의 기억 속으로 들어선 것이다. 그
대는 이곳을 어떻게 다시 떠날 셈인가?"

"모든 일의 끝은 새로운 생명의 시작입니다."

여왕은 대답했다.

"그렇지. 다만 그 껍질이 깨어질 때에 그렇지."

노인은 기록으로 대답했다.

"당신은 그 껍질을 깰 수 있습니다. 당신은 나를 들여보냈습니다!"

어린 여왕은 소리쳤다.

노인은 고개를 절레절레 흔들며 그것을 기록했다.

"그렇게 작용한 것은 그대의 힘이었다. 그렇지만 지금 여기 들어와
있는 한 그대는 그 힘을 잃었구나. 우리는 영원히 감금된 것이다. 진실
로 그대는 오지 말았어야 했어! 이것은 끝없는 이야기의 끝이다."

어린 여왕은 미소를 지으며 털끝만치의 불안한 기색도 드러내지 않

았다.

"당신과 나는 이제 그럴 능력이 없습니다. 그렇지만 그럴 수 있는 한 인간의 아들이 있어요."

여왕은 말했다.

"새로운 시작의 창조는 오로지 한 인간의 아들만이 할 수 있다."

"그래요. 한 인간의 아들이에요."

여왕은 대답했다.

방랑산의 노인은 눈길을 들어 처음으로 어린 여왕을 바라보았다. 마치 우주의 다른 끝에서 오는 듯한 눈길이었다. 그토록 아득히 먼 곳에서, 그토록 깊은 어둠 속에서 시선은 뻗어 나오고 있었다. 여왕은 황금빛 눈으로 그 시선을 마주 보며 물러서지 않았다. 그것은 꼼짝 않는 침묵의 투쟁 같았다. 이윽고 노인은 책으로 몸을 굽히고 기록했다.

"그대에게 정해진 경계를 지키라!"

"지킬 겁니다. 그렇지만 내가 지금 말하는 그 사람, 기다리고 있는 그 인간의 아들은 벌써 오래 전에 그 경계를 넘어섰습니다. 그는 당신이 쓰고 있는 이 책을 읽고 있고, 우리의 대화를 모두 듣고 있습니다. 그러니까 그는 우리와 함께 있는 겁니다."

여왕은 대답했다.

"그대 말이 맞다!"

노인은 쓰면서 소리쳤다.

"그 역시 벌써 되돌릴 수 없이 끝없는 이야기에 들어와 있구나. 하긴 그것은 그 자신의 이야기이니."

"그 이야기를 내게 전하세요!"

어린 여왕은 명령했다.

"환상 세계의 기억인 당신, 내게 그 이야기를 전하세요. 처음부터 한마디 한마디, 당신이 기록한 대로!"

글을 쓰는 노인의 손이 떨렸다.

"그렇게 한다면 나는 모든 것을 새로이 써야 한다. 그리고 내가 쓰는 것은 새로이 일어날 것이다."

"그래야 해요!"

어린 여왕은 말했다.

바스티안은 불안한 기분이 들었다.

여왕은 무얼 계획하고 있는 걸까? 무언가가 자신과 상관이 있는 듯했다. 하지만 방랑산의 노인까지 손을 떨기 시작한다면…….

노인은 쓰면서 말했다.

끝없는 이야기가
자기 자신을 내포한다면,
그때에 세계는
이 책 속에서 멸망하리!

그러자 어린 여왕이 대답했다.

하지만 그 영웅이
우리 쪽으로 와 준다면,
새로운 생명이 싹틀 수 있도다.
그는 이제 결단을 내려야 하리니……

"그대는 참으로 지독하구나."

노인은 쓰면서 말했다.

"그것은 끝이 없는 끝을 의미한다. 우리는 영원한 반복의 순환 속으로 들어서는 것이다. 거기에서 빠져나올 길은 없다."

"우리에겐 그렇지 않습니다."

여왕의 목소리는 부드러움을 찾아볼 수 없이 사뭇 다이아몬드처럼 투명하고 단단했다.

"또한 그를 위해서도 그렇지 않습니다. 어쨌든 그는 우리 모두를 구할 것입니다."

"그대는 진정으로 모든 것을 그 한 사람의 손에 걸겠느냐?"

"그러겠어요."

그리고 여왕은 소리를 죽여 덧붙였다.

"아니면 당신에게 다른 방책이 있나요?"

한동안 정적이 흐르더니 이윽고 노인의 몽롱한 목소리가 들렸다.

"없다."

노인은 책 위에 깊이 구부리고 서서 기록했다. 그의 얼굴은 모자로 가리워져 볼 수가 없었다.

"그럼 저의 부탁을 들어주세요!"

방랑산의 노인은 어린 여왕의 뜻에 굴복하고, 여왕에게 끝없는 이야기를 처음부터 다시 들려주기 시작했다.

그 순간, 책장에서 비쳐 나오던 불빛의 빛깔이 변했다. 그것은 지금 노인의 펜대 밑에서 형성되는 문자와 마찬가지로 불그레한 빛을 띠었다. 또한 노인의 수도복과 모자도 황동빛이 되었다. 그가 쓰는 동안에 그의 깊은 음성이 동시에 울렸다.

바스티안에게도 그 목소리가 똑똑히 들렸다.

그러나 바스티안은 노인이 말하는 첫 마디를 알아들을 수가 없었다. 그것은 대략 이렇게 들렸다.

'더안레코 드라콘 알카 점서고'

이상하군, 하고 바스티안은 생각했다. 왜 노인은 갑자기 낯선 언어로 말을 할까? 혹시 그것은 무슨 주문일까?

노인의 목소리는 계속되었고 바스티안은 그것을 쫓아갔다.

"이런 글자가 어느 작은 가게 유리문에 쓰여 있었다. 물론 책방 안에서 흐릿한 창유리를 통해 바깥 거리를 내다볼 때만 그렇게 보이는 것이었지만.

11월의 차가운 잿빛 아침, 비가 억수같이 쏟아지던 날이었다. 빗방울이 창유리에 부딪쳐서 꼬불꼬불한 꽃무늬장식 글자 위로 줄줄 흘러내렸다. 유리문을 통해 보이는 거라곤 빗물로 얼룩진 길 건너 토담뿐이었다."

이 이야기는 내가 통 모르는 거야, 하고 바스티안은 약간 실망했다. 이런 이야기는 내가 지금까지 읽은 내용에서는 나오지 않았어. 그럼 그렇지, 내가 착각했던 거야. 나는 노인이 이제 끝없는 이야기를 처음부터 다시 시작할 거라고 믿었는데.

"갑자기 문이 벌컥 열리고 한 사내아이가 뛰어들어 왔다. 어찌나 사납게 열렸는지 문 위에 달아놓은 조그만 놋쇠종이 멎을 줄을 모르고 한참이나 세차게 울렸다.

이 소란의 주인공은 열 살이나 열한 살쯤 돼 보이는 작은 소년이었다. 소년의 짙은 갈색 머리는 젖어서 얼굴에 착 달라붙어 있었다. 빗물로 흠뻑 젖은 외투에서 물방울이 뚝뚝 떨어졌으며, 어깨에는 가죽 끈이 달린 책가방이 메어 있었다. 소년은 조금 창백한 얼굴로 숨을 헐떡였지만, 방금 저지른 소란스런 행동을 누가했냐는 듯이 열려진 문 안에 꼼짝 않고 서 있었다.”

바스티안은 이 대목을 읽으면서 방랑산 노인의 깊은 음성을 듣고 있었다. 귀에서 윙윙거리는 소리가 들려오고 눈앞이 가물거렸다.

거기서 나오는 것은 바로 자신의 이야기가 아닌가! 그 이야기가 끝없는 이야기 속에 들어가 있는 것이다. 지금껏 독자였던 바스티안 자신이 이 책 안에 등장하다니! 그리고 바로 지금 바스티안의 이야기를 읽고 있는 다른 독자 역시 자기가 한낱 독자일 뿐이라고만 믿을지 누가 알랴! 이렇게 끊임없는 무한에 이를 때까지!

이제 바스티안은 두려워졌다. 갑자기 숨을 쉴 수 없이 답답해졌다. 눈에 보이지 않는 감옥에 갇힌 느낌이었다. 읽기를 그만두고 싶었다. 더 읽을 마음이 나지 않았다.

방랑산의 노인은 깊은 목소리로 이야기를 계속했다.

그리고 바스티안은 그걸 막을 수가 없었다. 귀를 막았지만 소용이 없었다. 왜냐하면 자기의 마음속으로부터 그 목소리가 울리고 있었기 때문이다. 우연이 아니라는 것은 진작부터 알고 있었지만, 바스티안은 여전히 자기 자신의 이야기와 이렇게 일치되는 것은 역시 터무니없는 우연일 뿐이라는 생각에 매달렸다.

깊은 목소리는 거침없이 이야기를 계속했다.

그리고 이제 바스티안은 그 이야기를 아주 또렷하게 들었다.

"이거 원, 예의라고는 서푼어치도 없군. 그게 아니라면 적어도 먼저 네 소개는 했어야 하는 게 아니냐?"
투덜거리는 소리가 소년의 등 뒤로 들렸다.
"제 이름은 바스티안이에요. 바스티안 발타자르 북스."

그 순간 바스티안은 중요한 사실을 깨달았다. 사람들은 그 소망이 채워지지 않으리라는 것을 아는 한에서만—그것이 몇 년씩이라도—자신이 소망하는 일에 확신을 가질 수 있다. 하지만 갑자기 그 소망이 현실로 이루어질 가능성 앞에 서게 되면, 우리는 차라리 그것을 소망하지 말 것을, 하는 또 다른 소망을 갖게 된다.
어쨌든 간에 바스티안은 그랬다.
소망이 거침없이 현실이 되어 버린 지금 바스티안은 도망치고 싶을 뿐이었다. 다만 이 상황에서는 '어디로부터'라는 것이 없을 뿐이다. 그래서 소년은 전혀 아무 소용도 없을 행동을 취했다. 바닥에 뒤집힌 딱정벌레처럼 무작정 죽은 듯이 누워 버린 것이다. 소년은 자기가 애당초 존재하지도 않았던 것처럼 행동하고 싶었다. 침묵을 지키며 될 수 있는 한 움츠러들고 싶었다.

방랑산의 노인은 이야기를 계속함과 동시에 처음부터 새로 쓰기 시작했다. 바스티안이 책을 어떻게 훔쳤으며, 학교의 창고로 어떻게 숨어들어서 읽기 시작했는가를. 그리고는 아트레유의 원정이 다시 한 번 이야기되었다. 아트레유는 파파할멈 모를라에게 찾아갔고, 깊은 심연에서 이그라물의 그물에 걸린 푸쿠르를 발견했고, 거기서 바스티안의 비명소리를 들었다. 이어 우르글 할멈에게 치료를 받고 엥기부크의 이론에 대한 강의를 들었다. 그리고 세 개의 마술 문을 통과하여 바스티안의 영상 속으로 들어가 율라라와 대화를 나누었다. 이어서 바람거인과 도깨비 도시와 그모르크가 등장했고, 아트레유는 구조를 받아 상아탑으로 갔다. 아울러 그 사이에 바스티안이 체험한 모든 일도 역시 이야기되었다. 촛불에 불을 붙인 일과 어린 여왕을 바라본 일, 그리고 바스티안이 오기를 헛되이 기다리는 여왕의 이야기도. 그리고 또 한 번 여왕은 방랑산의 노인을 찾으러 상아탑을 나섰고, 다시 한 번 문자의 사다리를 올라가 알 속으로 들어갔고, 둘이서 나누었던 모든 대화가 한마디 한마디 다시 한 번 읊조려졌다. 그리고 그 대화는 방랑산의 노인이 끝없는 이야기를 쓰는 동시에 말하기 시작하는 것으로 끝났다.

그리고 여기서 모든 것은 다시 처음부터 시작되었고—다시금 모든 것은 어린 여왕과 방랑산 노인과의 만남으로 끝났고—노인은 다시 한 번 끝없는 이야기를 쓰는 동시에 말하기 시작했다……

……그리고 그것은 영원히 그렇게 계속되리라. 왜냐하면 사물의 흐름 속에서 변화를 일으키기란 완전히 불가능한 일이니까. 오로지 소년만이, 바스티안만이 그것에 끼어들 수 있었다. 그리고 바스티안이 이 순환 속에 갇혀 있지 않으려면 그것을 행해야만 했다. 바스티안에게는 이 이야기가 벌써 골백번은 반복되고 있는 듯한 느낌이었다. 아니, 그것에는 처음도 끝도 없고, 모든 것이 영원히 동시에 일어나는 것처럼 생각되었다. 이제 바스티안은 노인의 손이 떨린 이유를 깨달았다. 영원한 반복의 순환은 끝없는 끝이었다!

바스티안은 눈물이 솟구쳐 얼굴 위로 흐르는 것도 느끼지 못했다. 거의 정신을 잃은 그가 느닷없이 외쳤다.
"어린 달님! 내가 가겠어!"
바로 그 순간, 수많은 일들이 한꺼번에 일어났다.

거대한 알의 껍질이 어마어마한 힘에 의해 산산조각이 났고, 천둥소리를 냈다. 이어서 멀리서 폭풍이 무섭게 휘몰아쳤다.

그리고 그것은 바스티안의 무릎에 놓인 책장으로부터 휘몰아쳐 나왔다. 책장은 무섭게 펄럭이기 시작했다. 바스티안은 머리칼과 얼굴에 폭풍을 느끼며 거의 숨조차 쉴 수 없었다. 일곱 갈래 촛대의 불꽃들이 춤을 추다가 수평으로 가라앉았다. 그러더니 더욱 엄청난 두 번째 폭풍이 책 속에서 휘몰아쳐 나왔고 촛불을 꺼트렸다.
탑시계가 열두 시를 알렸다.

밤의 숲 페렐린

"어린 달님, 내가 지금 가겠어!"

바스티안은 어둠을 향해 다시 한 번 외쳤다. 그러자 더할 나위 없이 달콤하고 상쾌한 힘이 솟아나와 자신을 완전히 감싸는 느낌이 들었다. 그래서 바스티안은 곧바로 몇 번인가 혼잣말로 그 이름을 불러 보았다.

"어린 달님! 어린 달님! 내가 가겠어, 어린 달님! 내가 왔어."

하지만 바스티안은 어디 있는 걸까?

한 가닥의 빛줄기도 보이지 않았지만 바스티안을 에워싸고 있는 것은 차가운 창고의 암흑이 아니라 벨벳처럼 따스한 어둠이었다. 그 어둠 속에 묻힌 소년은 아늑함과 행복에 안겨 있었다. 모든 불안과 초조가 사라졌다. 소년은 불안과 초조를 아득히 지나간 과거처럼 기억할 뿐이었다. 심지어는 슬며시 웃음이 나올 정도로 소년의 기분은 명랑하고 경쾌했다.

"어린 달님, 내가 어디에 있는 거지?"

소년은 물었다.

육체의 무게가 전혀 느껴지지 않았다. 소년은 두 손으로 주변을 더듬어 보고는 자기가 공중에 떠 있음을 깨달았다. 매트도, 딱딱한 마룻바닥도 없었다.

그것은 지금껏 전혀 몰랐던 너무나도 신비스러운 느낌, 끝없는 자유와 해방의 감각이었다. 지금껏 소년에게 짐을 걸머지우고 가슴 조이게 했던 그 어느 것도 이제는 그에게 닿을 수가 없었다.

혹시 소년은 우주 속 어딘가에 떠 있는 것일까? 하지만 우주에는 별이 있어야 하는데, 그 비슷한 것도 찾을 수가 없었다. 오로지 벨벳 같은 어둠만 있을 뿐이었고, 기분이 너무나 아늑했다. 일찍이 느껴 보지 못했던 포근함이었다. 혹시 내가 죽은 게 아닐까?

"어린 달님, 어디 있니?"

그때 소년은 새의 지저귐같이 대답하는 목소리를 들었다. 어쩌면 그 목소리는 벌써 여러 번 대답을 했는데, 단지 소년이 못 알아들었는지도 모를 일이었다. 그 목소리는 아주 가까이 들렸지만 어떤 방향에서 들려오는지는 알 수가 없었다.

"나 여기 있어, 바스티안."

"어린 달님, 너니?"

어린 달님은 독특하게 노래하는 투로 웃었다.

"그럼 다른 누구겠어. 네가 지금 이 예쁜 이름을 내게 주었잖아. 정말 고마워. 진심으로 환영한다, 나의 구세주, 나의 영웅."

"우리는 어디 있는 거지, 어린 달님?"

"나는 너에게 있는 것이고 너는 나에게 있는 거야."

그것은 꿈속에서의 대화 같았다. 하지만 바스티안은, 자기가 깨어 있고 꿈을 꾸는 게 아님을 분명히 깨닫고 있었다.

"어린 달님, 이것으로 이제 끝인 거니?"

소년은 속삭였다.

"아니야, 이것은 시작이야."

어린 달님은 대답했다.

"환상 세계는 어디에 있니? 어린 달님, 다른 존재들은 모두 어디 있지? 아트레유와 푸쿠르는 어디 있어? 모든 게 다 사라진 거야? 방랑산의 노인이랑 그의 책은? 그들은 이제 없어진 거야?"

"환상 세계는 너의 소망으로부터 새롭게 생겨날 거야, 나의 바스티안. 그리고 나를 통하여 그 세계는 현실이 되는 거야."

"나의 소망으로부터?"

바스티안은 놀라며 되뇌었다.

"너도 알고 있지?"

감미로운 목소리가 들렸다.

"남들이 나를 '황금 눈의 소망의 지배자'라고 부르는 것을. 너는 무엇을 소망하겠니?"

바스티안은 생각에 잠겨 있다가 조심스럽게 물었다.

"그럼 내가 얼마나 많은 소망을 가질 수 있는데?"

"네가 원하는 만큼…… 많을수록 더욱 좋단다, 바스티안. 소망이 많을수록 환상 세계는 그만큼 더 풍요해지고 다양해진단다."

그 말에 바스티안은 깜짝 놀랐다. 하지만 갑자기 무한한 가능성 앞에 놓이자 단 한 가지 소망도 떠오르지 않았다.

"전혀 모르겠어."

이윽고 소년은 말했다.

잠시 정적이 흐르고 이내 새의 지저귐 같은 목소리가 들려왔다.

"그것 참 유감이구나."

"왜?"

"그렇게 되면 환상 세계가 다시는 생기지 않을 테니까."

바스티안은 당황해서 머뭇거렸다. 모든 것이 자기에게 달려 있다는 사실이 무한한 자유의 느낌을 조금 깨뜨렸다.

"여기는 왜 이렇게 어둡지, 어린 달님?"

소년은 물었다.

"시작은 항상 어두운 거야, 바스티안."

"너를 다시 한 번 보고 싶어. 어린 달님, 네가 나를 바라보았던 그 순간처럼."

바스티안은 다시금 노래하듯이 나직한 웃음소리를 들었다.

"왜 웃지?"

"기뻐서."

"대체 뭐가?"

"네가 지금 막 너의 첫 소망을 말했거든."

"그럼 그 소망을 들어 줄래?"

"그래, 네 손을 내밀어 봐!"

바스티안은 그렇게 했다. 그리고 무엇인가 손바닥에 놓이는 것을 느꼈다. 그것은 작았지만 이상하게도 무거웠다. 거기에는 차가운 기운이 서려 있었다. 딱딱하고 죽어 있는 촉감이었다.

"이게 뭐지, 어린 달님!"

"모래알이야. 이것이 나의 경계 없는 왕국에 남은 전부야. 네게 선사하겠어."

그녀는 대답했다.

"고마워."

바스티안은 얼결에 대답했다. 이 선물을 갖고 어떻게 해야 할지 아무래도 감이 잡히지 않았다. 그것이 하다못해 살아 있는 것이기만 했더라도!

어린 달님이 자기에게 기대하는 게 무엇일지 곰곰이 생각하는 동안, 갑자기 손바닥에서 꼬물거리는 것이 느껴졌다. 소년은 그것을 자세히 들여다보았다.

"이것 봐, 어린 달님!"

소년이 속삭였다.

"반짝이며 빛을 내고 있어! 그리고 거기를 봐! 조그만 불꽃이 솟아오르잖아. 아니, 이건 씨앗인걸! 어린 달님, 이건 모래알이 아니야! 이건 싹이 돋기 시작한 반짝이는 씨앗이야!"

"참 잘했어, 바스티안!"

그녀의 목소리가 들렸다.

"그것 봐, 너에게는 아주 쉬운 일이야."

바스티안의 손바닥 위에 놓인 작은 점에서 보일락말락 불빛이 비쳐 나오기 시작했고, 그것은 삽시간에 점점 커졌다. 이 불빛은 기적을 굽어보고 있는 너무나 다른 두 아이의 얼굴을 사면의 어둠 속에서 밝게 비춰 주었다.

바스티안은 손을 천천히 뒤로 뺐다. 그러나 반짝이는 점은 작은 별처럼 그들 사이에 떠 있었다.

씨앗은 눈에 보일 만큼 쑥쑥 자랐다. 잎새와 가지를 펼치고 꽃봉오리를 내밀더니 인광(燐光)처럼 오색영롱하고 신비로운 꽃을 터뜨렸다. 그러더니 어느새 작은 열매를 맺었고, 열매는 익자마자 소형 로케트처럼 터지며 새로운 씨앗의 다채로운 불꽃 비를 사방에 흩날렸다.

새로운 씨앗들에서도 다시금 풀과 나무들이 자라났다. 하지만 제각기 다른 모양이었다. 양치식물의 잎새나 작은 종려나무, 선인장 덩이, 속새과 식물, 또는 마디진 작은 나무들이었다. 그것들은 제각기 다른 빛깔로 광채를 발했다.

곧 바스티안과 어린 달님을 둘러싸고 위아래로, 사방으로, 새싹을 내고 무성하게 자라나는 식물들의 광채가 벨벳 같은 어둠을 가득히 채웠다. 오색찬란한 공이, 빛나는 새로운 세계가, 그 어느 곳에도 없는 장소에서 끊임없이 움직이며 자라났다. 그리고 그곳의 가장 깊은 안쪽에서 바스티안과 어린 달님이 손을 마주 잡고 앉아 놀라움에 가득 찬 눈으로 그 경이로운 축제를 바라보고 있었다.

식물들은 지칠 줄 모르고 끊임없이 새로운 형태와 빛깔로 태어나는 것 같았다. 점점 더 큰 꽃봉오리가 피어올랐고, 점점 더 풍성한 꽃차례가 뿜어져 올라왔다. 그리고 이 모든 성장은 완전한 정적 속에서 진행되었다.

얼마 지나자 수많은 식물들은 벌써 해바라기만큼 자랐다. 심지어 어떤 나무들은 과일나무만큼 자라 있었다. 거기에는 부채나 붓대 모양의 에메랄드빛 기다란 잎사귀들이 있었고, 공작의 꼬리처럼 무지갯빛으로 펼쳐진 꽃봉오리들도 있었다. 또 어떤 식물들은 보랏빛 비단우산을 펼쳐 포개놓은 듯한 탑처럼 보였다. 땋은 머리처럼 휘감겨진 굵직한 줄기 몇 그루도 있었다. 그것들은 투명했기 때문에 안쪽에 불을 밝힌 분홍빛 유리로 이뤄진 것 같아 보였다. 그리고 파랑, 노랑, 초록들이 포도송이처럼 엉겨 붙은 꽃무리도 있었다. 여기저기에 은빛으로 반짝이는 자잘한 탱알꽃 수천 송이가 폭포수처럼 늘어져 있거나, 술모양의 긴 꽃술이 달린 풍령초들이 짙은 황금빛 커튼처럼 드리워져 있었다. 그리고 이 모든 빛나는 밤의 초목들은 점점 더 무성하게 자라났고, 차츰차츰 부드러운 빛으로 물들며 하나의 찬란한 그물로 엮어지는 것이었다.

“이 빛의 그물에 이름을 지어 줘!”

어린 달님이 속삭였다.

바스티안은 고개를 끄덕였다.

“페렐린, 밤의 숲이야.”

소년은 말했다.

소년은 어린 여왕의 눈 속을 들여다보았다. 그러자 그들이 첫 번째 눈길을 주고받았을 때의 일이 다시 한 번 일어났다. 소년은 홀린 듯이 앉아 여왕을 응시했다. 딴 데로 눈을 돌릴 수가 없었다. 첫 번째 보았을 때의 여왕은 몹시 위독한 모습이었다. 그러나 지금은 훨씬, 훨씬 더 아름다웠다. 여왕의 찢어진 옷자락은 다시 새것이 되어 있었고, 그 티 없이 새하얀 비단자락과 여왕의 긴 머리칼 위로 색색의 빛이 반사되어 어른거렸다. 소년의 소망은 이루어진 것이었다.

“어린 달님.”

바스티안은 아련하게 소곤거렸다.

“다시 건강해진 거니?”

여왕은 미소를 지었다.

“네 눈에 그렇게 보이지 않니, 바스티안?”

“지금 이대로 영원히 있었으면 좋겠어.”

소년은 말했다.

“순간은 영원한 거야.”

여왕은 대답했다.

바스티안은 침묵했다. 여왕의 대답이 이해되지 않았지만 지금은 곰곰히 생각할 기분이 아니었다. 바스티안은 오로지 여왕 앞에 앉아 그녀를 바라보고 싶을 뿐이었다.

이 둘을 에워싼 빛나는 식물의 무성한 숲은 차츰 촘촘한 격자를 이

루었다. 그것은 마치 마술 양탄자로 된 커다란 둥근 천막처럼 색색이
한데 어울려 그들을 둘러쌌다. 바스티안은 그 바깥에서 무슨 일이 벌어
지는가에 대해서는 주의를 기울이지 않았다. 하나하나의 초목들이 점
점 커지며 페렐린이 계속해서 불어나고 있다는 사실도 모르고 있었다.
여전히 사방에서 불꽃 같은 씨앗들이 빗줄기처럼 쏟아졌고, 그것으로
부터 새로운 싹이 돋아났다.

소년은 넋을 잃은 채 어린 달님을 바라보고 있었다.

시간이 얼마나 흘렀을까? 어린 달님이 소년의 눈을 손으로 덮었다.

"너는 왜 나를 그토록 오래 기다리게 했니?"

여왕의 묻는 소리가 들렸다.

"왜 나를 방랑산의 노인에게까지 가게 했니? 내가 너를 불렀을 때
왜 오지 않았지?"

바스티안은 침을 꿀꺽 삼켰다.

"왜냐하면……."

소년은 당황해하며 말문을 열었다.

"……나에게는 ……여러 가지 이유가 있었어. 한편 무섭기도 했고
……, 그리고 무엇보다 너를 대하기가 부끄러웠었어, 어린 달님."

여왕은 손을 거두어들이고 어리둥절해서 소년을 바라보았다.

"부끄러웠다고? 대체 무슨 이유로?"

"음, 저 말이야……."

바스티안은 더듬거렸다.

"분명코 너에게 어울리는 누구인가를 기다린다고 생각했어."

여왕이 물었다.

"그럼 너는? 너는 나에게 어울리지 않니?"

"다시 말하자면……."

바스티안은 더듬거렸고 얼굴이 빨갛게 달아올랐다.

"내 말은, 용기가 있고 기운이 세고 아름다운 사람을, ……왕자나 뭐 그와 비슷한 사람을, ……어쨌든 나 같은 사람은 아닐 거라고 생각했어."

소년은 눈을 내리깔았다. 노래하듯이 나직한 여왕의 웃음소리를 들었다.

"그것 봐, 지금 나를 비웃고 있잖아."

소년은 말했다.

한동안 침묵이 흘렀다. 그리고 마침내 용기를 내어 눈을 들었을 때, 여왕은 바스티안에게 아주 가까이 몸을 굽히고 서 있었다. 여왕의 얼굴은 진지했다.

"네게 보여 주고 싶은 게 있어, 바스티안."

여왕은 말했다.

"내 눈을 들여다봐!"

바스티안은 가슴이 두근거리고 약간의 현기증을 느꼈지만 어린 여왕이 하라는 대로 따랐다.

그러자 여왕 눈의 황금거울 속에서, 처음에는 멀리 있는 듯하던 한 작은 형체가 점점 커지고 뚜렷해지는 것이 보였다. 그것은 소년 또래의 남자아이였는데 날씬하고 놀랍도록 아름다운 모습이었다. 자세는 곧고 당당했으며, 얼굴은 갸름하고 품위 있고 남자다웠다. 동양에서 온 젊은 왕자일까? 푸른 비단 터번을 쓰고, 은빛 수가 놓아진 무릎까지 닿는 비단 윗옷을 입고, 부드러운 고급 가죽으로 된 코끝이 뾰족한 빨간 장화를 신고 있었다. 깃을 높이 세운 은빛 외투가 소년의 등 뒤로 어깨에서 바닥까지 치렁거렸다. 그런데 무엇보다 아름다운 것은 손이었다. 소년의 두 손은 섬세하고 우아하면서도 굉장히 힘찬 인상을 주었다.

바스티안은 감탄에 가득 차 홀린 듯이 이 영상을 바라보았다. 끝없이 보고 싶었다. 소년이 이 아름다운 젊은 왕자가 누구냐고 막 물어보려는 순간, 그것은 바로 바스티안 자신이라는 깨달음이 번개처럼 스쳐 지나갔다.

그것은 바로 어린 달님의 황금빛 눈에 비친 자기 자신의 영상이 아닌가!

그 순간에 소년의 마음속에 일어난 일은 말로 표현하기 어렵다. 그것은 일종의 무아경이었다. 마치 정신을 잃은 것처럼 바스티안에게서 그 자신을 들어내 멀리멀리 날게 하는 것이었다. 그리고 다시 완전히 제정신을 차렸을 때, 바스티안은 자기가 아까 보았던 영상 속 주인공인 아름다운 소년으로 변해 있음을 발견했다.

바스티안은 자기 모습을 내려다보았다. 모든 것이 어린 달님의 눈 속에 있던 영상 그대로였다. 빨간 가죽으로 된 부드러운 고급 장화, 은실로 수놓아진 푸른 윗옷, 터번, 번쩍이는 긴 외투, 훌륭한 체격, 그리고 ―소년이 느낄 수 있는 한―얼굴까지도. 놀라운 마음으로 소년은 자기의 두 손을 바라보았다.

그리고 어린 달님을 향해 돌아섰다.

그런데 여왕은 사라지고 없지 않은가!

바스티안은 빛나는 숲이 펼쳐진 공간 안에 덩그러니 혼자 있었다.

"어린 달님!"

소년은 사방을 향해 불렀다.

"어린 달님!"

그러나 아무런 대답이 없었다.

소년은 어쩔 줄 몰라 주저앉았다. 이제 어떻게 해야 한담? 왜 여왕은 나를 혼자 놔두었을까? 만약 새장 같은 데 갇힌 상태가 아니라면 대체 어디로 가야 좋을까?

그렇게 앉아, 자기에게 한마디 해명도 작별의 말도 없이 떠난 어린 달님의 뜻이 무엇인지를 이해하려 애쓰는 동안, 소년은 목에 걸고 있는 사슬에 달린 황금 부적을 손으로 만지작거리고 있었다.

바스티안은 그것을 자세히 들여다보고 놀라움의 탄성을 질렀다.

그것은 어린 여왕의 표지인 '광채', 아우린이 아닌가! 이 아우린을 지닌 자가 여왕의 위임자가 되는 게 아닌가! 어린 달님은 환상 세계의 모든 존재와 사물을 지배하는 능력을 소년에게 위임한 것이다. 그리고 이 표지를 지니고 있는 한, 어린 달님은 소년과 함께 있는 것이었다.

바스티안은 서로 꼬리를 물고 타원형을 이루고 있는 밝은 빛깔과 어두운 빛깔의 두 마리 뱀을 한참 바라보았다. 그러고는 그 메달을 뒤집어서 뒷면에 새겨진 글자를 알아보고는 어리둥절해졌다. 그것은 특이하게 꼬불꼬불한 문자로 쓰인 네 마디의 짧은 글귀였다.

네 뜻하는 바를 행하라

이것에 관해서는 이제껏 끝없는 이야기 속에 한 번도 언급된 적이 없었다. 아트레유가 여기 새겨진 글귀를 발견하지 못했단 말인가?

하지만 이제 그런 일은 중요하지 않았다. 중요한 것은, 이 말이 바스티안에게 하고 싶은 모든 것을 하라는 허락, 아니 권유한다는 데에 있었다.

바스티안은 색색으로 반짝이는 초목의 숲 한가운데서 도대체 어느 틈으로 빠져나갈 수 있을지 살펴보고, 덤불로 된 벽 앞으로 다가갔다. 덤불은 힘들이지 않고 커튼처럼 옆으로 밀어낼 수 있었다. 소년은 밖으로 나갔다.

초목들의 고요하면서도 놀라운 성장은 밤 동안에도 계속되었고, 페렐린은 바스티안보다 앞선 그 누구도 본 적 없는 숲이 되어 있었다.

가장 큰 나무줄기들은 거의 교회 탑만큼 높고 굵어져 있었다. 그럼에도 그것들은 여전히 멈출 줄 모르고 자랐다. 이 우유빛을 띤 거대한 나무기둥들이 어느새 너무나 빽빽하게 밀집해 있어 그 사이로 빠져 나갈 수 없는 곳도 여러 군데 있었다. 그리고 새로운 씨앗들은 아직도 불꽃 세례처럼 떨어지고 있었다.

바스티안은 빛을 발하는 숲의 아치 사이를 지나가면서 바닥에 떨어진 반짝이는 새싹을 밟지 않으려고 노력했다. 하지만 곧 그것도 헛일이 되었다. 싹이 돋지 않는 땅이 한 치도 남아있지 않았다. 그래서 결국은 거대한 나무기둥들이 길을 열어 주는 대로 조바심을 내지 않고 앞으로 나아갔다.

바스티안은 아름다운 경치를 즐겼다. 변화된 자기를 보고 감탄해 줄 사람이 거기에 아무도 없다는 게 전혀 아무렇지 않았다. 오히려 이 즐거움을 혼자서만 누린다는 것이 기뻤다. 지금껏 자기를 비웃던 아이들의 감탄 따위는 소년에겐 전혀 필요하지 않았다. 모두가 지나간 일이었다. 소년은 차라리 그 아이들에게 측은함을 느꼈다.

계절의 변화도 없고 밤과 낮의 뒤바뀜도 없는 이 숲에서는, 시간의 흐름 역시 바스티안이 지금껏 살았던 곳의 그것과는 전혀 달랐다. 그래서 도대체 자신이 얼마나 오랫동안 산책하고 있는지도 알지 못했다. 그리고 아름다움에 대한 기쁨도 차츰 다른 것으로 바뀌어 갔다. 그 기쁨이 이젠 아주 당연하게 여겨졌다. 그렇다고 소년의 기쁨이 줄었다는 게 아니다. 다만 마치 예전부터 그랬던 것처럼 여겨진 것이었다.

거기에는, 바스티안이 아주 훗날에 깨닫게 될 것이며 지금은 털끝만큼도 짐작하지 못하는 이유가 한 가지 있었다. 말하자면 소년은 자기에게 선사된 아름다움의 대가로 한때 자신이 뚱보에다가 안짱다리였다는 사실을 차츰 잊게 된 것이다.

설사 소년이 그것을 깨달았다 하더라도 그 기억을 특별히 중요하게 생각하지는 않았으리라. 하지만 이 망각은 거의 느낄 수 없이 진행되었다. 그리고 이 기억이 완전히 사라졌을 무렵, 소년은 자기가 전에도 지금처럼 아름다웠다고 생각하게 되었다. 이로써 아름다워지고자 하는 소년의 소망은 이루어진 셈이었다. 이미 아름다운 사람은 더 이상 아름다움을 소망하지 않으니까.

이 지점까지 이르자 바스티안은 어느새 또 다른 부족함을 느꼈고, 새로운 소망이 마음속에서 일어났다. 그냥 아름답기만 한 것은 근본적으로 완벽한 것이 아니잖은가! 소년은 강해지고 싶었다. 다른 누구보다 강해지고 싶었다. 사상 최고의 강자!

밤의 숲, 페렐린을 헤치고 계속 걸어가는 동안 소년은 배가 고파옴을 느꼈다. 여기저기서 반짝이는 기묘하게 생긴 열매 몇 개를 따서 먹을 수 있는 것인지 조심스레 살폈다. 먹을 수 있다 뿐이랴! 바스티안은 먹을 수 있을 뿐만 아니라, 그 열매들이 기막히게 맛이 있다는 사실을 알고 만족했다. 어떤 것은 떫고, 어떤 것은 달고, 어떤 것은 약간 씁쓸했지만 전부 입에 잘 맞았다. 그것들을 하나씩 먹으며 걸어가는 동안 바스티안은 팔다리에 놀라운 힘이 솟아오름을 느꼈다.

한편, 그동안 소년을 둘러싼 반짝이는 숲의 낮은 관목들이 너무나 빽빽하게 밀집해서 앞이 보이지 않았다. 게다가 이제는 덩굴과 공기뿌리들까지 위에서부터 자라 내려와 덤불과 뒤얽혀 꿰뚫을 수 없는 관목 숲을 이루었다. 바스티안은 그것들을 손끝으로 치면서 오솔길을 텄다. 그의 손끝에 닿은 덤불은 낫이나 칼에 베인 듯 잘려 넘어졌고, 등 뒤로 갈라진 틈은 소년이 지나자마자 그런 적이 없었던 것처럼 완벽하게 다시 붙었다.

바스티안은 계속 걸었다. 이번엔 틈 없이 다닥다닥 붙은 거목 둥치들의 성벽이 길을 막았다.

바스티안은 두 손을 맞대어 쳤다. 그러자 둥치 두 개가 갈라져 휘어지는 게 아닌가! 그리고 소년의 뒤로 다시금 소리 없이 틈이 닫혔다.

바스티안은 힘껏 환호성을 내질렀다.

소년은 원시림의 주인이 된 것이다!

한동안 소년은 위대한 부름을 받은 코끼리처럼, 정글 속에서 길을 터 나가는 일을 즐겼다. 소년의 힘은 줄어들지 않았다. 숨을 돌리느라 멈출 필요조차 없었다. 옆구리의 통증이나 가슴의 두근거림도 없었다. 땀도 전혀 흘리지 않았다.

이렇게 실컷 미친 듯이 헤매다가 바스티안은 이윽고 자신의 왕국, 페렐린을 위에서 한눈에 내려다보고 싶은 욕망에 사로잡혔다. 이 왕국이 얼마나 넓게 뻗어 있는가를 보기 위해서였다.

소년은 살피듯이 위를 쳐다보고는 두 손에 침을 뱉은 뒤 가지를 하나 잡고 위로 오르기 시작했다. 서커스의 곡예사들이 그러듯 두 다리를 쓰지 않고도 그냥 손을 바꿔 가면서 간단히. 체조시간의 자기 모습이 아득한 옛 추억처럼 머릿속을 스쳤다. 등반 밧줄의 맨 아래에 밀가루 부대처럼 매달려 온 반 아이들의 놀림감이 됐었는데……. 미소를 짓지 않을 수 없었다. 그 애들이 지금 자기를 본다면 놀라서 입을 헤벌릴 게 분명했다. 그러한 소년을 알고 있다는 사실에 자부심마저 느낄 것이다. 하지만 바스티안은 그 아이들을 본 체도 하지 않으리라.

단 한 번도 멈추지 않고 마침내 가지가 뻗어 내려온 줄기에까지 다다랐다. 그리고 그 줄기에 걸터앉았다. 가지는 커다란 통처럼 굵었고 안에서 불그레한 광채가 비치고 있었다. 바스티안은 조심스럽게 일어나 균형을 잡고 다른 나무줄기로 향했다. 여기도 빽빽한 덤불이 길을 막고 있었지만 소년은 간단하게 통로를 만들었다.

이곳 꼭대기까지도 나무줄기는 장정 다섯이 껴안아도 모자를 만큼 굵었다. 줄기에서 다른 방향으로 솟은 곁가지는, 조금 더 높은 데 있어 바스티안의 위치에서는 닿지 않았다. 소년은 훌쩍 뛰어서 한 공기뿌리로 건너갔고 거기서 한참 시계추처럼 흔들리다가 이윽고 또다시 대담하게 뛰어 한층 높은 가지를 붙잡았다. 그곳부터는 더 높은 가지로 기어 올라갈 수 있었다. 마침내 적어도 100미터는 됨직한 아주 높은 가지에 다다랐다. 하지만 반짝이는 잎사귀와 가지들에 가려 여전히 아래를 볼 수 없었다.

계속해서 그보다 갑절의 높이쯤 더 올라갔을 때에야 비로소 앞이 터진 곳이 군데군데 드러나 보였다. 하지만 그때부터 일이 어려워지기 시작했다. 작고 큰 가지들이 점점 줄어들었기 때문이다. 그리고 마침내 거의 맨 꼭대기까지 다다랐을 때 바스티안은 멈출 수밖에 없었다. 전봇대 굵기의 헐벗고 매끈한 줄기 외에는 아무것도 의지할 곳이 없었던 것이다.

바스티안은 위를 올려다보았다. 이 둥치인지 줄기인지는 약 20미터쯤 더 높은 곳에서 빛을 발하는 거대한 자줏빛 꽃으로 끝나 있었다. 어떻게 그곳까지 올라가야 할지 막막하기만 했다. 하지만 지금 있는 데에서 머물고 싶지는 않았기 때문에 소년은 계속 올랐다. 둥치를 조심스레 얼싸안고 줄타기 광대처럼 흔들리며 마지막 20미터를 기어 올라갔다. 둥치는 이리저리 흔들려 바람 속의 풀줄기같이 휘청거렸다.

마침내 소년은 위를 향해 활짝 피어 있는 튤립 모양의 꽃 바로 아래에 매달렸다. 한 손을 꽃잎 사이로 밀어넣었다. 그리고 붙잡을 것을 찾아 꽃잎을 더 넓게 펼쳐서 그 안으로 들어갔다.

소년은 한동안 누워 있었다. 약간 숨이 찼다. 하지만 곧 일어서서 망루에서 내려다보듯이, 붉게 빛나는 거대한 꽃 가장자리 너머로 사방을 둘러보았다.

펼쳐진 광경은 이루 형용할 수 없을 만큼 웅장했다!

바스티안이 딛고 서 있는 이 꽃나무는 정글에서 가장 높은 나무였고, 따라서 시야가 아주 멀리까지 닿았다. 소년의 머리 위는 별 없는 밤하늘처럼 벨벳 같은 어둠으로 여전히 덮여 있었지만, 소년의 발아래는 온갖 색으로 유희를 벌이는 페렐린의 우듬지들이 끝없이 펼쳐져 있었다. 소년의 시야로는 능히 가늠할 수 없을 정도로.

바스티안은 그렇게 오래 서서 그 모든 광경을 음미했다. 그것은 자신의 왕국이 아닌가! 자기가 창조한 왕국이 아닌가! 바스티안은 페렐린의 군주였다.

바스티안은 빛을 발하는 정글 위로 다시 한 번 거침없는 환호성을 멀리까지 날려 보냈다.

밤의 식물은 소리 없이 멈출 줄 모르고 계속 자라고 있었다.

색깔의 사막 고압

　빨갛게 빛나는 커다란 꽃송이에 묻혀 깊고 긴 잠에 빠져 있던 바스티안이 깨어났다. 눈앞에는 여전히 벨벳 같은 새까만 밤하늘이 포물선을 그리고 있었다. 기지개를 켜자 놀라운 힘이 온몸에서 솟아나는 것이 분명하게 느껴졌다.

　그러고 보니 자신도 모르는 새에 변화가 일어났다. 힘이 세지고 싶다는 소망이 이루어진 것이다.

　바스티안은 몸을 일으켜 커다란 꽃송이 너머로 사방을 둘러보고는, 페렐린이 성장을 멈추었음을 확인했다. 밤의 숲은 그다지 변한 것이 없었다. 그것 역시 그의 소원이 이루어진 것과 연관되어 있으며, 동시에 지난날의 그의 나약함과 서투름에 대한 기억이 사라졌다는 사실을 바스티안은 모르고 있었다.

　이제 소년은 아름답고 강해졌지만 그것만으로는 만족스럽지 않았다.

약간 맥이 풀린 느낌이었다. 아름답고 강하다는 것은, 스파르타식으로 끈질기게 단련된 것이어야만 가치가 있는 법이었다. 아트레유처럼 말이다. 하지만 손만 뻗치면 주렁주렁 달린 열매들을 따 먹을 수 있는 이 빛나는 숲속에서는 그럴 기회가 없었다.

동쪽, 페렐린의 지평선 너머에서부터 새벽의 진주빛 색조가 떠오르기 시작했다. 날이 점점 밝아질수록 밤의 초목들의 색채는 그 빛에 바래져 갔다.

"여기엔 낮이 없을 거라고 생각했는데."

바스티안은 중얼거렸다.

소년은 꽃송이 위에 앉아서 이제 무엇을 하고 싶은지 곰곰이 생각했다. 다시 밑으로 기어 내려가서 산책을 계속할까? 바스티안은 페렐린의 주인으로서 가고 싶은 대로 길을 터갈 수 있는 것이 확실했다. 며칠이고 몇 달이고 몇 년이라도 돌아다닐 수는 있으리라. 이 정글은 도저히 빠져나갈 수 없을 것처럼 거대했으므로. 그러나 바스티안은 처음에는 그토록 아름다웠던 이 밤의 초목들이 차츰 왠지 자기에게 어울리지 않는 것처럼 여겨졌다. 이를테면 황무지를 헤치며 방황하는 것이―환상 세계의 가장 큰 황무지를 모험하는 것이―훨씬 신나는 일이리라. 그렇다! 그건 진정으로 긍지를 갖고 행할 만한 일이다!

바로 그 순간, 소년은 이 거대한 나무 전체가 격하게 흔들리는 것을 느꼈다. 나무둥치가 기울며 으지직 술렁이는 소리가 났다. 바스티안은, 점점 기울어지다가 거의 수평으로 누워 버린 꽃송이에서 굴러떨어지지 않으려고 꽉 매달려야 했다. 소년의 눈앞에 펼쳐진 페렐린의 광경은 기가 막힐 만한 것이었다.

그러는 사이에 해가 높이 떠올라 파괴된 풍경을 비추었다. 우아한 밤의 초목들은 자취조차 없이 사라져 버렸다. 숲은 생겨날 때보다 더 빠른 속도로 눈부신 햇살 아래서 다채로운 가루와 먼지로 변했다. 여기저기 몇 그루 거목의 둥치들이 우뚝 서서 메마른 바닷가의 모래 성탑처럼 붕괴해 가고 있었다. 아직도 그대로 버티고 있는 마지막 식물은 바스티안이 들어앉아 있는 꽃이 핀 나무뿐이었다. 하지만 그것도 바스티안이 꽃잎에 매달리려고 버둥거리는 순간, 붙잡은 지점 아래쪽이 가루로 변해 모래구름처럼 흩날려 버렸다. 아래가 훤히 보이자 바스티안은 자기가 얼마나 어지럽도록 높은 지점에 올라와 있는지 알게 되었다. 곧장 떨어지지 않으려면 한시라도 빨리 아래로 기어 내려가야만 했다.

바스티안은 흔들리지 않도록 조심하면서 꽃에서 빠져 나와 이제 낚싯대처럼 구부러진 흰 줄기에 걸터앉았다. 하지만 그러자마자 꽃이 통째로 소년 뒤에서 떨어지더니 산산이 부스러져 빨간 가루 구름이 되었다.

바스티안은 아주 주의 깊게 아래로 내려갔다. 대부분의 사람들은 이 엄청나게 까마득한 심연을 내려다보자마자 공포에 질려 추락하리라. 하지만 바스티안은 전혀 현기증을 느끼지 않았다. 강철같이 단단한 신경을 지니고 있었기 때문이다. 소년은 단 한 번이라도 잘못 움직이면 나무가 부러져 버릴 것을 깨달았다. 아무리 위급한 상황이더라도 결코 경솔한 짓을 해서는 안 되었다. 바스티안은 차분히 몸을 움직여서 나무둥치가 다시 가팔라지고 마침내 수직으로 선 곳에까지 다다랐다. 그곳에서 그는 나무둥치를 끌어안고 조금씩 아래로 미끄러져 내려갔다. 그러는 동안 다채로운 빛깔의 엄청난 먼지 구름을 여러 번 뒤집어썼다. 곁가지들은 이미 하나도 남아 있지 않았고, 그나마 붙어 있던 둥치도 바스티안이 버팀목으로 디디기가 무섭게 가루가 되어 버렸다. 밑으로 내려갈수록 둥치는 점차 굵어져서 끌어안을 수도 없었다. 바스티안은 여전히 땅바닥에서 탑 높이만큼 아득히 높이 떠 있었다. 소년은 잠시 멈춰 서서 어떻게 내려가면 좋을지 궁리했다.

하지만 이 거대한 둥치가 또다시 뒤흔들려 생각할 여지조차 주지 않았다. 그나마 남아 있던 줄기가 폭삭 주저앉아서 원추형의 산 모양을 이루었다. 바스티안은 사나운 회오리에 휩싸여 수차례나 데굴데굴 굴러 미끄러졌고, 마침내 산더미 기슭에 내팽개쳐졌다. 뒤따라 미끄러져 내려오는 색깔 먼지가 소년을 덮쳤지만, 허우적거리며 간신히 빠져나왔다. 바스티안은 몸과 옷에 묻은 먼지를 털어내고 연거푸 힘껏 침을 뱉었다. 그러고는 주변을 둘러보았다.

소년의 눈앞에 벌어진 광경은 엄청났다. 모래들이 긴 물결처럼 사방으로 움직이고 있었다. 그것은 독특한 소용돌이와 물결을 이루면서 이리저리 휘몰아쳐서 높고 낮은 언덕과 구름을 이루었다. 그런데 언덕마다 한결같이 특정한 색깔끼리만 모이는 것이었다. 연하늘빛 가루는 연하늘빛 언덕으로 초록빛 가루는 초록빛 언덕으로 보랏빛 가루는 보랏빛 언덕으로 모여들었다. 페렐린이 해체되어 사막이 된 것이다. 이 얼마나 놀라운 장관인가.

바스티안은 자줏빛 모래 언덕에 기어올라 사방을 살펴보았다. 상상할 수 있는 온갖 빛깔의 언덕들이 첩첩이 시야를 채우고 있었다. 어떠한 언덕이든 다른 언덕들과 똑같은 색조는 없었다. 바로 옆에 놓인 언덕은 코발트빛이었고, 그 옆에는 사프란의 노랑빛, 그 뒤로는 심홍색, 터키빛, 라일락빛, 이끼빛, 루비빛, 갈색, 인디안 노랑, 붉은 수은빛, 유리빛 파랑 등으로 이어졌다. 그것은 눈으로는 다 헤아리지 못할 정도로 지평선의 이 끝에서 저 끝까지 이어져 있었다. 황금빛 가루의 물결과 은빛 가루의 물결이 언덕들 사이로 뒤섞여 흐르다가 빛깔이 분리되었다.

"이것은 색채의 사막, 그 이름은 고압이야!"

바스티안은 소리 내어 말했다.

태양이 점점 더 높이 떠오르자 날씨는 찌는 듯이 무더워졌다. 다채로운 모래언덕 위로 공기들이 어른거리기 시작했다. 바스티안은 이제 자기의 상황이 실로 난처해졌음을 깨달았다. 이 사막에 그대로 머물 수는 없었다. 그건 분명했다. 여기를 빠져 나갈 수가 없다면 얼마 못 가서 죽을 게 뻔했다.

소년은 무심결에 자기를 안내해 주리라는 희망을 품고 가슴 위의 어린 달님의 표지를 움켜쥐었다. 그러고는 용기를 내어 발걸음을 내디뎠다.

차례차례 언덕을 더듬어 올라갔다가 내려오고, 갖은 애를 쓰며 앞으로 나아갔지만 보이는 것이라고는 끝없이 이어진 언덕뿐이었다. 다만 그 빛깔들이 줄곧 바뀔 뿐이었다. 거짓말같이 솟던 힘도 이젠 도움이 되지 않았다. 드넓은 사막을 힘으로 정복할 수는 없는 노릇이었다. 공기는 이글거리는 지옥의 입김 같아서 숨쉬기조차 어려웠다. 혓바닥이 입천장에 들러붙었고, 얼굴에는 빗물처럼 땀이 흘렀다.

태양은 하늘 한가운데 박힌 불꽃의 소용돌이가 되었다. 그것은 꼼짝 않고 버티어 선 채 움직일 기세가 아니었다. 이 같은 사막의 낮은 페렐린의 밤만큼이나 길었다.

바스티안은 쉬지 않고 계속 나아갔다. 두 눈이 달아오르고, 혓바닥은 가죽 조각처럼 느껴졌다. 그런데도 소년은 포기하지 않았다. 소년의 육체에서는 물기가 완전히 빠져나가고, 혈관 속의 피는 제대로 흐를 수 없을 만큼 농축되어 버렸다. 그런데도 바스티안은 계속 걸었다. 천천히 한 걸음 한 걸음씩 서두르지도, 멈추지도 않고. 마치 모든 노련한 사막의 방랑자가 그러하듯이. 바스티안은 자기의 육체가 처한 갈증의 고통에 주저앉지 않았다. 소년의 마음속에서 싹튼 강철만큼 단단한 의지로 피곤이나 결핍을 이겨낼 수 있었다.

바스티안은 지난날 자기가 얼마나 쉽사리 용기를 잃곤 했던가를 돌이켰다. 수많은 일을 벌여 놓고서는 사소한 어려움에만 부딪쳐도 포기해 버리곤 했었다. 끊임없이 먹을 것만 걱정했고, 병들거나 아픈 것을 참아야 한다는 것에 대해 우스울 정도로 공포를 느꼈었다. 이 모든 것이 이제는 아득하게만 여겨졌다.

지금 바스티안이 지나온 색채의 사막 고압은 지금껏 어느 누구도 용기를 내어 뚫고 지나온 길이 아니었고, 소년 이후의 어느 누구도 지날 수 없는 길일 것이다. 뿐만 아니라 어느 누구도 바스티안이 한 일에 대해 알 수 없을 것이다.

이런 생각을 하자 바스티안은 정말 섭섭하게 느껴졌다. 이 생각이 떨쳐지지도 않았다. 어떤 면으로 보아도 고압은 도저히 그 끝에 이를 수 없을 만큼 상상을 넘어서는 큰 사막임이 분명했다. 아무리 끈기를 가져도 언젠가는 지쳐 죽어 버리고 말리라는 생각이 들었지만 소년은 조금도 불안하지 않았다. 아트레유 족속의 사냥꾼들처럼 침착하고 의연하게 죽음을 맞이하리라. 하지만 이 사막 속으로 들어올 엄두를 내는 사람은 아무도 없을 테니, 바스티안의 종말에 대한 소식도 결코 세상에 전해지지 않을 것이다. 환상 세계 안에도, 고향에도, 소년은 단순히 실종되었다고 여겨질 것이고, 환상 세계로 넘어와서 색채의 사막 고압에서 죽었다는 사실은 아예 드러나지 않을 것이다.

계속 걸어가면서 골똘하는 동안 한 가지 좋은 생각이 섬광처럼 번뜩였다. 모든 환상 세계 전체가 방랑산의 노인이 기록하는 책 속에 포함되어 있지 않은가. 그리고 그 책은 소년 자신이 창고 속에서 읽었던 '끝없는 이야기'였다. 어쩌면 지금 소년이 겪고 있는 모든 것도 그 책에 기록되었는지 모를 일이었다. 그렇다면 언젠가 누구든 그 책을 읽을 가능성이 있었다. 심지어 바로 이 순간에 읽고 있을 가능성까지. 그러니까 바로 그 누구인가에게 신호를 하나 남길 수 있어야만 한다.

바스티안이 지금 서 있는 모래언덕은 산뜻하고 짙은 남색이었다. 작은 골짜기를 가운데 두고 바로 옆에 불꽃처럼 붉은 모래언덕이 있었다. 바스티안은 그쪽으로 건너가서 두 손으로 붉은 모래를 퍼내어 푸른 언덕으로 가져왔다. 그러고는 언덕 기슭에 그 모래로 기다랗게 줄을 그었다. 그리고 다시 가서 새로이 붉은 모래를 날라 똑같은 동작을 되풀이했다. 이로써 푸른빛을 배경으로, 모래를 뿌려 만든 커다란 붉은 글자 세 개가 나타났다.

ㅂㅂㅂ

바스티안은 흡족한 마음으로 자기의 작품을 보았다. '끝없는 이야기'를 읽는 사람이라면 누구도 이 부호를 흘려 지나칠 수 없으리라. 자기가 앞으로 어떻게 되든 간에 어느 지점에 머물렀다는 것만은 알게 되리라.

바스티안은 불꽃처럼 빨간 산등성이에 앉아 잠시 쉬었다. 눈부시게 빛나는 사막의 태양 속에서 세 개의 글자가 환히 빛났다.

다시금 인간 세계에서의 자신에 대한 기억 한 조각이 사그라졌다. 바스티안은 자기가 예전에 예민했고 툭하면 울적해지기 잘하는 아이였다는 사실을 잊어버렸다. 소년은 자기의 끈기와 강인함이 아주 자랑스러웠다. 그런데 어느새 새로운 소망이 솟아났다.

"이제 두려움은 없어."

소년은 버릇처럼 혼잣말을 했다.

"하지만 내겐 참된 용기가 부족해. 없는 것을 견뎌내고 방황을 계속하는 것도 상당한 일이긴 하지만, 담대함과 용기는 또 다른 것이거든! 근사한 용기가 필요한 그럴듯한 모험이 벌어졌으면 좋겠어! 여기

사막에서는 쥐새끼 한 마리도 만날 수 없잖아. 위험한 녀석과 마주친다면 참 훌륭할 거야. 이그라물처럼 그렇게 흉측하진 않으면서 더 위험한 녀석. 멋있게 생겼으면서도 동시에 환상 세계의 피조물 중에 가장 위험스러운 놈과 내가 맞선다면……."

바스티안은 더 이상 앞으로 나아갈 수가 없었다. 그 순간 발 밑에서 사막 바닥이 요란스레 진동했던 것이다. 그것은 깊디깊은 곳에서 울려 오는 으르렁거림으로 미처 소리가 들리기 전에 느낌부터 전해졌다.

바스티안은 재빨리 몸을 돌려 아득히 먼 사막의 지평선에서 뭐라고 설명할 수 없는 형체를 보았다. 불꽃포환 같은 뭔가가 질주해 오고 있었던 것이다. 그것은 믿을 수 없이 빠른 속도로 다가와 바스티안이 앉아 있는 곳을 중심으로 넓은 원을 그리더니 느닷없이 소년을 향해 곧장 달려들었다. 모든 사물의 윤곽을 불꽃처럼 흔들리게 만드는 열기 속에서 그 존재는 마치 불꽃으로 이뤄진 춤추는 악마처럼 보였다.

바스티안은 공포에 사로잡혔다. 그러나 생각을 가다듬을 겨를도 없이 질주해 오는 불꽃의 존재를 피하느라고, 붉은 언덕과 푸른 언덕 사이의 골짜기로 굴러 내려갔다. 하지만 아래에 내려서자마자 곧 부끄러운 마음과 공포심을 물리쳤다.

바스티안은 가슴의 아우린을 붙잡았고, 조금 전에 소망했던 모든 용기가 심장으로 흘러들어 마음을 온통 채우는 것을 느꼈다.

또다시 소년은 사막의 바닥을 진동시키는 으르렁거림을 들었다. 이번에는 아주 가까이에서 났다. 소년은 눈을 쳐들었다.

불꽃처럼 붉은 언덕 꼭대기에 거대한 사자가 한 마리가 나타났다. 사자는 태양을 정면으로 받고 서 있었는데, 그 엄청난 갈기가 사자의 얼굴을 불꽃의 테두리처럼 에워싸며 이글거렸다. 실제로 그것의 갈기와 털은 보통 사자처럼 노랑빛이 아니라 그가 서 있던 모래언덕처럼 새빨갰다.

사자는 자신에 비하면 쥐새끼 같은, 두 언덕 사이의 골짜기에 있는 바스티안의 존재를 알아채지 못한 기색이었다. 녀석은 건너편 언덕에 쓰인 붉은 글자를 바라보고 있었다. 이어서 우레같이 으르렁거리는 목소리가 들렸다.

"누가 저렇게 해 놨지?"

"나야."

바스티안은 말했다.

"저게 무슨 뜻이지?"

"내 이름이야. 내 이름은 바스티안 발타자르 북스거든."

바스티안은 대답했다.

그제야 사자는 소년에게 눈길을 돌렸다. 바스티안은 불꽃 외투에 휩싸여 당장에 잿가루에 되어 버릴 것만 같은 느낌이 들었다. 하지만 그런 느낌은 곧 사라졌고, 소년은 사자의 눈길을 마주 받아쳤다.

"나는 그라오그라만이야. 색채 사막의 주인이다. '다채로운 죽음'이라고도 불리지."

그들은 여전히 마주 보고 서 있었고 바스티안은 사자의 눈에서 뻗치는 엄청난 힘을 느꼈다.

그것은 마치 눈에 보이지 않는 힘겨루기 같았다. 이윽고 사자가 시선을 떨어뜨렸다. 느릿느릿 장중한 동작으로 사자는 언덕에서 내려섰다. 그리고 그가 남색 모래를 밟자, 털과 갈기가 남빛으로 변했다. 이 거대한 동물은 바스티안 앞에서 잠시 고양이 앞의 쥐처럼 그를 올려다보며 서 있더니, 갑자기 주저앉아 머리가 땅에 닿도록 고개를 숙였다.

"나의 주인님."

그라오그라만은 말했다.

"나는 당신의 종이고, 당신의 분부를 기다리고 있습니다!"

"나는 이 사막을 빠져나가고 싶어. 나를 내보내 줄 수 있겠니?"

바스티안이 설명했다.

그라오그라만은 갈기를 흔들었다.

"주인님, 그건 저로서는 불가능합니다."

"왜지?"

"제가 이 황무지를 짊어지고 있기 때문입니다."

바스티안은 사자의 말을 이해할 수가 없었다.

"나를 여기서 빠져나가게 해 줄 다른 피조물은 없단 말이니?"

바스티안은 물었다.

"그게 어떻게 가능하겠어요, 주인님."

그라오그라만은 대답했다.

"내가 있는 곳에서부터 멀리까지는 생물이란 존재할 수가 없습니다. 내가 존재하는 것만으로도, 수천 킬로미터까지는 힘이 세고 무시무시한 존재들이 거의 잿더미가 되고 말거든요. 그래서 사람들은 나를 다채로운 죽음이라고, 또는 색채 사막의 왕이라고 부르지요."

"네 말은 틀렸어."

바스티안은 말했다.

"너의 왕국 안 모든 존재가 타버리는 건 아냐. 보다시피 나는 네 앞에 버티고 있잖아."

"당신은 '광채'를 지니고 있기 때문이지요, 주인님. 환상 세계의 모든 존재 가운데서 가장 센 바로 내 앞에서도 아우린이 당신을 보호하고 있습니다."

"그렇다면 내가 이 보물을 갖고 있지 않다면, 나도 잿더미가 된다는 얘기야?"

“그렇습니다, 주인님. 설령 내가 그 일을 슬퍼한다 하더라도 그런 일이 벌어질 것입니다. 당신은 지금까지 나와 이야기를 나눈 최초이자 유일한 분입니다.”

바스티안은 표지를 손에 쥐었다.

“고마워, 어린 달님!”

소년은 조그맣게 말했다.

그라오그라만은 다시 벌떡 일어서서 바스티안을 내려다보았다.

“우리는 할 말이 많을 것 같군요, 주인님. 어쩌면 난 당신이 모르는 비밀을 털어 놓을 수도 있을 겁니다. 어쩌면 당신은 내가 모르는 내 존재의 비밀을 설명해 줄 수도 있을 것 같군요.”

바스티안은 고개를 끄덕였다.

“먼저 뭘 좀 마실 수 있다면 좋겠어. 목이 말라 죽겠어.”

“당신의 말에 복종하겠습니다.”

그라오그라만이 대답했다.

“주인님, 내 등에 올라타시겠어요? 나의 궁전으로 모셔가지요. 거기엔 당신에게 필요한 것은 뭐든 다 있을 겁니다.”

바스티안은 사자의 등에 올라탔다. 소년은 가느다란 불꽃처럼 타오르는 사자의 갈기를 두 손으로 꽉 붙잡았다. 그라오그라만은 소년에게 고개를 돌렸다.

“꽉 붙잡으십시오, 주인님. 저는 엄청난 속도로 달리거든요. 또 한 가지 청을 드릴 게 있습니다. 나의 왕국에 있는 한, 나와 함께 있는 한, 어떤 이유에서든 한 순간도 그 표지를 벗지 않겠다고 약속하십시오.”

“약속할게.”

바스티안은 말했다.

사자는 움직이기 시작했다. 처음엔 천천히 위엄 있게, 이어서 점점 속도를 더해. 바스티안은 새로운 모래언덕에 닿을 때마다 그 언덕의 빛깔에 따라 사자의 털빛과 갈기의 빛깔이 뒤바뀌는 모양을 감탄스럽게 바라보았다. 그라오그라만은 모래언덕의 꼭대기에서 다음 꼭대기로 엄청난 도약을 하며 질주하기 시작했고, 그 억센 발꿈치는 거의 바닥에 닿지 않게 되었다. 따라서 사자의 털 빛깔도 점점 빠른 속도로 변해, 바스티안의 눈앞에서 가물가물 어른거리기 시작했다. 그러더니 마침내 이 거대한 동물 전체가 단 하나의 무지갯빛 오팔 덩어리처럼 갖가지 빛깔로 동시에 빛났다. 바스티안은 눈을 감았다. 지옥처럼 뜨거운 바람이 귀를 웽웽 스쳐 지나가고 외투가 휩쓸려 펄럭거렸다. 바스티안은 사자 몸뚱이에서 근육의 움직임을 느꼈고, 털이 수북한 갈기에서 풍기는 자극적인 야생의 냄새를 맡았다. 소년은 맹수의 울음처럼 날카롭고 의기양양한 고함을 질렀고, 그라오그라만은 황무지를 진동시키는 으르렁거림으로 대답했다. 그들 간의 차이가 얼마나 큰 것이든 이 순간만큼 둘은 하나였다. 바스티안은 도취되어 있었다. 그러다가 그라오그라만이 하는 말을 듣고서야 비로소 제정신으로 돌아왔다.

"도착했습니다, 주인님. 내리시겠습니까?"

바스티안은 단숨에 모래바닥 위로 뛰어내렸다. 그 앞에는 시커먼 바위로 된 갈라진 산이 하나 놓여 있었다. 아니면 그것은 어떤 건축물의 폐허였을까? 뭐라고 단정지어 말할 수가 없었다. 알록달록한 모래들에 휩싸여 여기저기 흩어지고 무너진 바위들은—그것이 아치문이며 성벽, 기둥과 테라스를 이루고 있었다—깊은 틈과 균열로 뒤덮여 있었다. 그것은 마치 오랜 옛날부터 모래폭풍에 시달려 모서리와 튀어나온 부분들이 모조리 깎여나간 듯한, 일종의 동굴 같았다.

"이것이 나의 궁전이며, 나의 무덤입니다, 주인님. 들어오십시오.

그라오그라만의 최초의 유일한 손님을 환영합니다."

사자의 목소리가 들렸다.

태양은 그 이글거리는 힘을 잃고 커다랗게 퇴색한 노랑빛으로 지평선에 걸려 있었다. 달려온 시간은 바스티안이 생각했던 것보다 훨씬 길었던 모양이다. 기둥을 이룬 나무둥치며 뾰족한 바위들이 벌써 긴 그림자를 드리우고 있었다. 곧 밤이 될 터였다.

바스티안은 안내를 받으며 컴컴한 아치문을 지나 그라오그라만의 궁전으로 들어서면서, 그의 발걸음에 힘이 훨씬 줄었음을 느꼈다. 다리가 무겁고 피곤해 보였다.

그들은 컴컴한 복도를 지나고 몇 개의 층계를 오르내려 역시 시커먼 바위로 된 문짝이 달린 커다란 문에 이르렀다. 그라오그라만이 문짝을 건드리자 그 문은 저절로 열렸고, 바스티안이 통과한 후에는 다시금 저절로 문이 닫혔다.

그들은 커다란 홀 안에 들어섰다. 아니, 분명히 말하면 램프 수백 개가 비추고 있는 동굴 속에 섰다. 램프 불빛은 그라오그라만의 털과 똑같이 다채로운 불꽃으로 어른거렸다. 홀 한가운데는 채색된 타일로 덮인 바닥이 원형 평면을 향해 층지어 깔려 있고, 그 위에 새까만 바위덩이가 하나 얹혀 있었다. 그라오그라만은 천천히 바스티안을 향해 눈을 돌렸다. 그 눈길은 지금 막 꺼져가는 인상이었다.

"나의 시간이 다 되었습니다, 주인님."

그는 기어들어 가는 음성으로 말했다.

"우리가 이야기할 시간도 없을 겁니다. 그렇지만 편한 마음으로 날이 밝기를 기다리십시오. 항상 일어나는 일이 이번에도 일어날 겁니다. 그리고 어쩌면 주인님께서는 그 이유를 내게 말해 줄 수 있을는지 모르지요."

그러더니 동굴의 반대편 끝에 난 작은 문 쪽으로 고개를 돌렸다.

"저곳으로 들어가십시오, 주인님. 당신에게 필요한 것이 있을 겁니다. 그 방은 태초부터 당신을 기다리고 있었으니까요."

바스티안은 작은 문 쪽으로 걸어가서 문을 열기 전에 뒤를 돌아다보았다. 그라오그라만은 새까만 바위덩이 위에 주저앉아 있었는데, 그의 몸뚱이가 바위처럼 새까매져 있었다. 그는 나직한 음성으로 속삭이듯 말했다.

"주인님, 당신이 놀랄 만한 큰 소리가 날지 모릅니다. 그렇지만 걱정하지 마십시오! 그 표지를 지니고 있는 한 당신에게는 아무 일도 일어나지 않을 테니까요."

바스티안은 고개를 끄덕이고 나서 작은 문으로 들어섰다.

소년 앞에는 몹시 호화롭게 꾸며진 방이 나타났다. 바닥에는 화려하고 폭신한 양탄자가 깔려 있었고, 여러 층의 아치를 이고 있는 가느다란 기둥들에는 황금 모자이크가 덮여 있었다. 모자이크는 이 방 안에서도 오색으로 빛나는 램프 불빛을 수천 갈래로 굴절시켜 반사했다. 한쪽 구석에는 갖가지 담요와 베개가 얹힌 널찍한 안락의자가 놓여 있고, 그 위에는 남빛 비단으로 된 천막이 드리워져 있었다. 또 다른 구석에는 바위 바닥이 커다란 욕조 모양으로 패어 있었는데, 그 속에서 황금빛으로 빛나는 액체가 김을 뿜고 있었다. 또한 나지막한 식탁 위에는 음식이 담긴 접시와 사발들 그리고 루비빛 음료가 담긴 주전자 하나와 황금 잔이 놓여 있었다.

바스티안은 식탁 앞에 책상다리를 하고 앉아 음식을 먹기 시작했다. 음료수는 약간 떫은 듯이 탁 쏘는 맛이었고 놀랍도록 갈증을 싹 씻어 냈다. 음식들은 죄다 처음 보는 것들이었다. 그것이 고기경단인지 커다란 완두콩인지, 또는 호두인지 도저히 알 수가 없었다. 어떤 것은 정말

호박이나 참외처럼 생겼지만 엉뚱하게도 톡 쏘는 양념 맛이 났다. 모든 것이 입 안에서 살살 녹았다. 바스티안은 배가 잔뜩 부를 때까지 먹어 댔다.

그러고는 옷을 벗고—'광채'만은 그대로 둔 채—욕탕으로 들어갔다. 한동안 소년은 뜨거운 물 속에서 물장구를 치며 몸을 씻고, 해마처럼 물속에 잠겼다가 물을 뿜어내곤 했다. 그러다 욕조 가장자리에 놓여 있는 괴상한 모양의 병들을 보았다. 바스티안은 그것을 목욕용 향유라고 생각했다. 별 생각 없이 모든 종류를 몇 방울씩 목욕물 속에 뿌렸다. 그것들이 초록빛과 빨강 그리고 노랑 불꽃을 몇 번 일으키더니, 물의 표면에서 거품이 나다가 하얀 연기가 올라왔다. 씁쓸한 풀냄새와 송진 냄새가 났다.

이윽고 바스티안은 욕조에서 나와 미리 준비된 보드라운 수건으로 몸을 닦고는 다시 옷을 입었다. 그때 방 안의 램프 불빛이 갑자기 침침해진 것 같은 느낌이 들었다. 그러더니 등골이 오싹해지는 큰 소리가 귀에 파고들었다. 커다란 바윗덩어리가 폭파하는 듯 쾅쾅 울리더니 점차 작아지는 비탄의 소리가 들렸다.

바스티안은 가슴을 두근거리며 귀를 모았다. 그 순간 불안해하지 말라던 그라오그라만의 말이 떠올랐다.

그 소리는 다시 일어나지 않았다. 하지만 정적이 한층 더 무시무시했다. 무슨 일이 일어났는지 알아보고 싶었다.

소년은 침실의 문을 열고 커다란 동굴을 내다보았다. 램프불이 한층 더 침침해졌고 그 불빛이 점점 느려지는 심장 박동처럼 깜박거리기 시작한 것 말고는, 금방 보아선 별 변화를 찾을 수 없었다. 사자는 여전히 똑같은 자세로 새까만 바위덩이 위에 앉아 바스티안을 바라보는 것 같았다.

“그라오그라만!”

바스티안은 나직이 불렀다.

“무슨 일이 일어났어? 그게 무슨 소리였지? 네가 그랬니?”

사자는 대답도 없고 꼼짝도 안 했지만 바스티안이 다가서자 눈길로 소년을 좇았다.

바스티안은 사자의 갈기를 쓰다듬으려고 머뭇머뭇 손을 뻗었다. 하지만 그것을 건드리자마자 소스라치게 놀라 뒤로 물러서고 말았다. 그것은 새까만 바위처럼 차갑고 딱딱했다. 그라오그라만의 얼굴과 앞발의 감촉도 마찬가지였다.

바스티안은 어쩔 줄을 몰랐다. 커다란 문의 시커먼 바위문짝이 천천히 열렸다. 깊고 어두운 복도를 지나 층계로 올라선 뒤에야 비로소 바스티안은 대체 저 바깥에서 무엇을 해야 할지를 생각해 보았다. 이 사막에 그라오그라만을 구해 줄 수 있는 누군가가 있을 리 만무했다.

그런데 그곳은 더 이상 사막이 아니었다.

밤의 어둠 속에서 빛을 내기 시작한 것이 있었다. 씨앗으로 변한 모래알들에서 다시 수백만 그루의 어린 싹들이 돋아나고 있었다. 밤의 숲, 페렐린이 새로이 성장하기 시작한 것이었다!

바스티안은 이 일이 그라오그라만이 굳어 버린 것과 어떻게든 관련되어 있다는 사실을 감지했다.

바스티안은 다시 동굴 속으로 돌아왔다. 램프 불빛이 아직 희미하게 거물거리고 있었다. 소년은 사자에게로 다가가서 그 우람한 목을 얼싸안고 사자의 얼굴에 자기의 얼굴을 맞대었다.

지금은 사자의 눈까지도 바위처럼 새까맣게 죽은 듯싶었다. 그라오그라만은 돌이 된 것이다. 램프불이 마지막으로 한 번 번쩍하더니 사방은 무덤 속처럼 캄캄해졌다.

바스티안은 슬픔에 못 이겨 눈물을 흘렸다. 돌로 변한 사자의 얼굴은 소년의 눈물로 얼룩졌다. 우람한 사자의 앞발 사이에 웅크리고 우는 동안에 바스티안은 어느새 그대로 잠이 들었다.

다채로운 죽음 그라오그라만

"오, 주인님."

멀리서 천둥소리 같은 사자의 목소리가 들렸다.

"그렇게 하고 밤을 꼬박 보내셨나요?"

바스티안은 몸을 일으키고 눈을 비볐다. 소년은 사자의 앞발 사이에 앉아 있었고, 커다란 사자가 놀라운 표정으로 소년을 내려다보고 있었다. 그의 털빛은 여전히 깔고 앉은 바위덩이처럼 새까맸지만, 두 눈만은 번득거렸다. 동굴 속의 램프불들도 다시 빛을 내고 있었다.

"아, 나는…… 나는, 네가 돌로 변한 줄 알았어."

바스티안은 더듬더듬 말했다.

"그랬었지요."

사자는 대답했다.

"매일 밤마다 나는 죽어갑니다. 그리고 아침이면 다시 깨어나지요."

“나는 영원히 그렇게 돼 버린 줄 알았어.”

바스티안이 말했다.

“매번 영원하답니다.”

그라오그라만은 수수께끼 같은 말을 했다.

그는 몸을 일으켜 기지개를 켜고 사자답게 동굴 안을 서성거렸다. 그의 불꽃 같은 털은 다채로운 타일바닥의 색채를 받아 점점 환하게 빛을 발하기 시작했다. 갑자기 그가 멈춰 서서 소년을 바라보았다.

“당신은 나 때문에 눈물까지 흘리셨나요?”

바스티안은 말없이 고개를 끄덕였다.

“그렇다면 주인님은 다채로운 죽음의 앞발 사이에서 잠을 잔 유일한 사람일 뿐만 아니라, 그의 죽음을 슬퍼하여 울어준 유일한 사람이기도 하군요.”

사자는 말했다.

바스티안은 다시 서성거리는 사자를 바라보다가 한참만에 나직이 물었다.

“너는 늘 혼자니?”

사자는 다시금 멈춰 섰지만 이번에는 바스티안을 바라보지 않았다. 그는 고개를 외면하고 으르렁거리는 소리로 되받아서 말했다.

“혼자라…….”

동굴 속에서 그 말이 메아리쳤다.

“나의 왕국은 사막입니다. 그것은 나의 작품이기도 하지요. 내가 어느 쪽을 향하든지 내 주위는 죄다 사막으로 변합니다. 사막을 늘 짊어지고 다니는 셈이지요. 나는 치명적인 불꽃으로 이루어져 있답니다. 그러니 나를 영원히 따라다니는 고독 말고 내 곁에 무엇이 있겠습니까?”

바스티안은 어찌할 바를 몰라 입을 다물고 있었다.

"주인님."

사자는 바스티안에게 다가와서 이글거리는 눈길로 얼굴을 마주보면서 말을 이었다.

"어린 여왕의 표지를 지니고 있는 당신은 대답을 해 줄 수 있겠지요. 밤이 되면 왜 나는 죽어야만 하나요?"

"색채의 사막 안에서 밤의 숲, 페렐린이 자라날 수 있게 하기 위해서지."

바스티안은 말했다.

"페렐린?"

사자는 되뇌었다.

"그게 무엇이지요?"

바스티안은 살아 있는 빛으로 된 정글의 기적에 관해 이야기했다. 그라오그라만이 꼼짝 않고 놀란 기색으로 귀를 기울였다. 소년은 찬란하게 번쩍이며 스스로 증식하는 갖가지 인광의 초목들에 관하여, 그 소리 없이 계속되는 성장과 꿈 같은 아름다움, 그 엄청난 규모에 관하여 자세히 말했다. 바스티안은 열광하며 이야기했고, 그라오그라만의 눈은 점점 더 밝게 이글거렸다.

"그런데 그 모든 것은 네가 돌로 변해 있는 동안만 존재해. 네가 깨어나자마자 페렐린이 끊임없이 죽어 먼지로 변해 버리는 일이 없다면, 아마 페렐린은 모든 것을 삼켜 버리고 스스로 질식해 죽게 될 거야. 페렐린과 너, 그라오그라만은 한데 얽혀 있어."

그라오그라만은 한참 말이 없었다.

"주인님!"

이윽고 그가 말했다.

"나의 죽음은 삶을 부여하며, 나의 삶은 죽음을 부여한다는 것을 비로소 깨달았습니다. 그래서 양자가 다 존재하는 것이군요. 이제 나의 삶의 의미를 알겠습니다. 고맙습니다."

그라오그라만은 장중한 몸짓으로 천천히 가장 침침한 동굴 구석으로 걸어갔다. 거기서 그가 무슨 행동을 하는지는 바스티안에겐 보이지 않았지만 곧 철꺽거리는 금속성 소리가 들려왔다. 그라오그라만이 다시 돌아왔을 때 그는 주둥이에 뭔가를 물고 있었고, 머리를 깊이 숙여서 그것을 바스티안의 발 앞에 내려놓았다.

그것은 칼이었다.

하지만 그다지 볼품 있는 모양은 아니었다. 쇠붙이로 된 칼집은 녹이 슬었고 손잡이는 낡은 나무토막으로 만들어져 장난감 칼처럼 보였다.

"이것의 이름을 하나 지어 주실 수 있겠습니까?"

그라오그라만이 물었다.

바스티안은 잠시 그것을 찬찬히 바라보며 생각했다.

"지칸다!"

소년은 말했다.

그 순간 칼은 쉭 하고 칼집에서 빠져 나와 소년의 손으로 날아왔다. 칼날은 바로 쳐다볼 수 없을 만큼 눈부신 광채로 빛나고 있었다. 양날이었고 깃털처럼 가벼웠으며 이리저리 휘었다.

"이 칼은 애초부터 당신 것으로 정해져 있었습니다. 당신처럼 나의 등에 올라 탄 사람, 나의 불로 된 음식을 먹고 마시고 그것으로 목욕을 한 사람만이 이 칼을 안전하게 만질 수 있습니다. 그리고 무엇보다도 당신이 이 칼에 딱 맞는 이름을 지어 줄 수 있었기 때문에 이것은 주인님의 것입니다."

"지칸다!"

바스티안은 천천히 칼을 공중으로 휘두르면서 넋을 잃고 그 번득이는 광채를 바라보았다.

"이것은 마술의 칼이지?"

"강철이든 바위 덩이든 이 칼에 맞설 것은 환상 세계에 없습니다. 그렇지만 그것을 주인님의 마음대로 휘둘러서는 안 됩니다. 방금 그랬던 것처럼 그 칼이 저절로 당신의 손에 날아들 때에만 칼을 쓰실 수 있습니다. 어떤 위험에 맞부딪치든 말입니다. 그 칼은 당신의 손에서 행해져야 할 일을 자신의 힘으로 행할 것입니다. 그렇지만 혹시라도 당신이 칼집에서 칼을 억지로 빼낸다면, 당신 자신과 환상 세계에 엄청난 불행을 초래하게 될 겁니다. 그 점을 결코 잊지 마십시오."

"잊지 않을게."

바스티안은 약속했다.

칼은 칼집으로 되돌아가 꽂혔다. 그것은 다시 낡고 초라해 보였다. 바스티안은 칼집이 달린 가죽허리띠를 허리에 맸다.

"주인님, 괜찮으시다면 함께 사막을 달립시다. 내 등에 올라타십시오. 나는 이제 나가야 하니까요!"

바스티안이 등에 훌쩍 올라타자 사자는 터벅터벅 동굴 밖으로 나갔다. 아침 햇살이 사막의 지평선에 걸려 있었고, 밤의 숲은 어느새 색색의 모래로 변해 있었다. 그렇게 그들은 춤추는 불꽃처럼, 휘몰아치는 폭풍처럼 모래언덕을 휩쓸고 달렸다. 바스티안은 마치 타오르는 유성의 광채와 색채 위를 달리는 느낌이었다. 그는 자기도 잊은 채 그 황홀함을 만끽했다.

정오 무렵 그라오그라만은 갑자기 멈춰 섰다.

"여기가 어제 우리가 만났던 장소입니다."

바스티안은 정신없이 달려오는 바람에 약간 몽롱한 상태였다. 사방을 둘러보았지만 남빛 모래언덕도, 불꽃같이 빨간 모래언덕도 찾아볼 수가 없었다. 또한 자기가 그려 놓은 글자도 흔적조차 없었다. 그곳의 모래언덕은 올리브빛과 장밋빛이었다.

"전부가 아주 달라졌는걸."

소년은 말했다.

"그렇지요, 주인님."

사자는 대답했다.

"매일 그렇답니다. 똑같은 적이 없지요. 그 이유를 여태까지는 몰랐습니다. 그렇지만 페렐린이 모래에서 성장한다는 얘기를 당신에게서 들은 지금, 그 이유도 알게 됐습니다."

"그렇지만 여기가 바로 어제의 그 장소라는 것을 어떻게 알지?"

"저는 내 육체의 한 부분처럼 그것을 느낍니다. 사막은 나의 일부이니까요."

바스티안은 그라오그라만의 등에서 내려와 올리브빛 언덕 꼭대기에 앉았다. 소년 옆에 버티고 있는 사자는 그것과 같은 올리브빛이었다. 바스티안은 턱을 괴고 생각에 잠겨 지평선을 바라보았다.

"뭘 좀 물어봐도 되겠니, 그라오그라만?"

긴 침묵 끝에 소년이 말했다.

"주인님, 듣고 있습니다."

사자는 대답했다.

"정말로 너는 옛날부터 늘 여기에 있었니?"

"옛날부터 늘 여기에 있었지요."

그라오그라만은 자신 있게 말했다.

"그러면 색채의 사막 역시 옛날부터 있어 왔단 말이니?"

"그렇습니다. 사막 역시. 왜 그걸 묻지요?"

바스티안은 잠시 생각에 잠겼다.

"이해할 수가 없어."

이윽고 소년은 말했다.

"나는 이 사막이 어제 비로소 생긴 거라고 믿었거든."

"왜 그렇게 생각하시지요, 주인님?"

바스티안은 어린 달님을 만난 뒤 경험했던 것들을 모조리 들려주었다.

"모든 일이 너무나 이상스러워."

소년은 이야기를 맺었다.

"어떤 소망이 머릿속에 떠오르면 그것에 맞는 일이 당장에 일어나서 바람이 이루어지는 거야. 하지만 그 모든 것들을 내가 고안해 낸 것은 아니야, 알겠니? 난 그런 일은 도저히 할 수 없어. 페렐린에 있는 그 온갖 종류의 밤의 초목을 절대 생각해 낼 수는 없거든. 또 고압의 그 빛깔들이며 너를! 모든 것이 나의 상상보다 훨씬 거창하고 현실적이야. 그런데도 그 모든 것은 내가 소망하고 나서야 비로소 생겨났단 말야."

"그건 주인님이 '광채'를, 바로 그 아우린을 지니고 있기 때문이지요."

사자는 말했다.

"내가 이해할 수 없는 대목은 좀 달라."

바스티안은 진지하게 설명했다.

"그 모든 것은 내가 소망하고 난 뒤에야 비로소 생겨난 걸까? 아니라면 애초부터 거기에 존재하던 건데, 어쩌다가 내 앞에 나타난 걸까?"

"둘 다지요."

그라오그라만은 말했다.

"그렇지만 어떻게 그런 일이 있을 수 있지?"

바스티안은 성급하게 외쳤다.

"너는 상상할 수 없는 태초의 시기부터 이곳 색채의 사막 고압에 존재하고 있었어. 너의 궁전 안의 방은 태초부터 나를 기다리고 있었지. 지칸다는 상상할 수도 없이 오래 전부터 내 몫으로 정해져 왔었다고 네 입으로 말을 했잖아!"

"그렇습니다, 주인님."

"그렇지만 나는 어젯밤에 처음 환상 세계에 왔는걸! 그런데 여기 있는 이 모든 것은 내가 여기 온 뒤에 비로소 생겨난 게 아니잖아!"

"주인님, 환상 세계란 이야기의 왕국이라는 걸 모르시나요? 한 이야기는 새로운 것임에도 동시에 태초에 관해 이야기할 수 있는 겁니다. 과거란 그 이야기와 더불어 생겨나는 것이지요."

사자는 침착하게 말했다.

"그렇다면 페렐린도 역시 애초부터 늘 있었단 말이지."

바스티안은 어리둥절해하며 말했다.

"당신이 그것에 이름을 지어 준 그 순간부터. 그것은 애초부터 있어 온 것입니다, 나의 주인님."

그라오그라만은 대답했다.

"그렇다면 내가 페렐린을 창조했다는 뜻인가?"

사자는 잠시 잠자코 있다가 대답했다.

"어린 여왕만이 그것에 대해 대답하실 수 있습니다. 당신은 여왕에게서 모든 것을 받았으니까요."

사자는 몸을 일으켰다.

"주인님, 나의 궁전으로 돌아갈 시간입니다. 길은 먼데 해가 벌써 기울기 시작하는군요."

그날 밤 바스티안은 다시금 새까만 바윗덩이 위에 주저앉은 그라오그라만 곁에 있었다. 그들은 그 이상의 대화는 주고받지 못했다. 바스티안은, 다시금 도깨비 방망이에서 나온 듯 침실의 낮은 식탁에 마련된 음식을 가지고 나와 바위덩이를 향해 솟은 층계 위에 앉아 먹었다.

램프 불빛이 점점 침침해지고 차츰 멎어가는 심장 박동처럼 깜박이기 시작할 무렵 소년은 일어서서 말없이 사자의 목덜미를 껴안았다. 갈기는 딱딱하고 응고된 용암 같았다. 이어서 어제처럼 그 무시무시한 소리가 들려왔지만 바스티안은 두려워하지 않았다. 소년의 눈에 다시금 눈물이 맺혔다. 그것은 영원히 반복되어야 하는 그라오그라만의 고통으로 인한 슬픔이었다.

한밤중이 되자 바스티안은 다시 바깥으로 더듬어 나갔고, 빛나는 밤의 초목의 소리 없는 성장을 한참 바라보았다. 그리고 동굴 속으로 되돌아와 어젯밤처럼 돌로 변한 사자의 앞발 사이에 누워 잠이 들었다.

여러 낮 여러 밤을 바스티안은 다채로운 죽음의 집에 손님으로 머물렀다. 그 사이 둘은 친구가 되었다. 그들은 수많은 시간을 사막에서 신나는 유희를 즐기며 지냈다. 바스티안이 모래언덕 사이에 몸을 숨기면 사자는 어김없이 그를 찾아냈고, 달리기 시합도 했으나 사자가 수천 배는 더 빨리 달렸다. 그들은 장난으로 맞붙어 싸우기까지 했다. 서로 뒤얽혀 엎치락뒤치락했는데, 이 싸움에서 바스티안은 사자와 거의 맞먹었다. 물론 장난이긴 했지만 그라오그라만은 이 조그만 소년과 맞서기 위해서 온 힘을 다해야만 했다. 하지만 둘 가운데 어느 쪽도 상대를 이길 수가 없었다.

한 번은 그렇게 정신없이 장난치고 난 뒤에 바스티안이 숨을 헐떡이며 주저앉아서 물었다.

"영원히 너하고 살 수는 없을까?"

사자는 갈기를 절레절레 흔들었다.

"안 됩니다, 주인님."

"왜 안 되지?"

"여기는 오로지 삶과 죽음, 페렐린과 고압이 있을 뿐, 이야기는 없습니다. 당신은 당신의 이야기를 체험해야 합니다. 여기에 머물러서는 안 됩니다."

"그렇지만 나는 떠날 수도 없어. 이 사막은 누구도 빠져 나갈 수 없을 만큼 끝없이 넓으니까. 너도 이 사막을 짊어지고 있어서 나를 데려다 줄 수 없잖아."

바스티안은 말했다.

"환상 세계의 길은 오로지 주인님의 소망을 통해서만 열립니다. 그리고 주인님은 언제라도 소망을 가질 수 있지요. 주인님이 원치 않는 것은 주인님에게 닿을 수가 없습니다. 그것이 여기서는 '가깝고 먼'이라는 말의 뜻입니다. 이 장소에서 떠나려는 마음만으로는 부족합니다. 다른 장소를 향한 노력을 기울어야 하죠. 주인님의 소망이 주인님을 안내하도록 해야 합니다."

그라오그라만이 말했다.

"그렇지만 나는 조금도 떠나고 싶지 않은걸."

바스티안은 대답했다.

"당신은 또 다른 소망을 찾아내야만 합니다."

그라오그라만은 꽤나 진지하게 대답했다.

"그럼 만약 내가 다른 소망을 찾아낸다면 어떻게 여기서 빠져나갈 수 있지?"

바스티안이 물었다.

"들어 보십시오, 주인님."

그라오그라만은 나직이 말했다.

"환상 세계에는, 모든 곳을 향해 열려 있고 모든 곳으로부터 도달할 수 있는 장소가 한 곳 있습니다. 천 개 문의 사원이라고 불리지요. 어느 누구도 이 사원을 밖에서는 볼 수가 없었습니다. 사원은 외형이 없으니까요. 그런데 그 안은 수많은 문의 미로로 되어 있습니다. 그 사원을 알고 싶은 사람은 그 안으로 들어가야만 합니다."

"밖에서 도저히 볼 수가 없다면, 어떻게 안으로 들어갈 수가 있지?"

"모든 문은, 환상의 세계 안의 모든 문은, 아주 흔한 헛간문이나 부엌문, 하다못해 찬장문까지도 어느 특정한 순간에는 천 개 문의 사원 입구가 될 수 있습니다. 그 순간이 지나면, 그 문은 다시 그 전의 모습으로 돌아가지요. 그러니까 어느 누구도 똑같은 문으로 두 번 통과해 들어갈 수는 없습니다. 천 개의 문 가운데 어느 것도 왔던 곳으로 되돌아가게 하지는 않는 겁니다. 되돌아온다는 것은 없습니다."

사자는 말을 이었다.

"그렇지만 한 번 그 안에 들어서면 어디로든 다시 나갈 수는 있는 거야?"

바스티안은 물었다.

"그렇습니다."

사자는 대답했다.

"그렇지만 보통 건물들에서처럼 단순하지는 않습니다. 왜냐하면 천 개 문의 미로에서는 오로지 참된 소망만이 당신을 안내하니까요. 참된 소망을 갖지 않은 자는, 자기의 소망을 깨달을 때까지 그 안에서 방황할 수밖에 없지요. 그리고 그 기간이 아주 오래 계속될 때도 종종 있습니다."

"그럼 그 입구는 어떻게 발견하지?"

“그것을 소망해야만 합니다.”

바스티안은 한참 생각에 잠겼다가 입을 열었다.

“자기가 원하는 것을 간단히 소망할 수 없다니 이상해. 우리 마음속의 소망이란 대체 어디서 오는 걸까? 그리고 도대체 소망이라는 것이 뭘까?”

그라오그라만은 눈을 크게 뜨고 소년을 바라볼 뿐 아무런 대꾸가 없었다.

며칠이 지난 뒤 그들은 다시 한 번 아주 중요한 대화를 나누었다.

바스티안은 사자에게 ‘광채’의 뒷면에 새겨진 글자를 보여주었다.

“이게 무슨 뜻일까? 네가 뜻하는 바를 행하라는 건 내가 행할 기분이 나는 것은 뭐든지 해도 좋다는 걸까?”

그라오그라만의 얼굴이 갑자기 몹시 진지해지더니 그의 눈빛이 이글거리기 시작했다.

“그렇지 않습니다.”

그는 특유의 깊고 으르렁거리는 음성으로 말했다.

“그것은 주인님이 자신의 참된 의지를 행해야만 한다는 뜻이지요. 그것보다 더 어려운 일은 없답니다.”

“나의 참된 의지라고?”

바스티안은 깊은 감명을 받은 듯 되뇌었다.

“그게 대체 뭐지?”

“그것은 주인님도 모르는 주인님 자신의 가장 깊은 비밀이지요.”

“그걸 내가 어떻게 알아낼 수 있을까?”

“하나의 소망에서 또 다른 소망으로, 그렇게 마지막 소망까지 소망의 길을 가는 과정에서 알게 될 것입니다. 그 길이 주인님을 주인님의 참된 의지로 안내할 겁니다."

"그건 별로 어렵지 않을 것 같은데."

바스티안은 말했다.

"그것은 모든 길 가운데에서 가장 위험한 길입니다."

사자는 말했다.

"왜?"

바스티안은 물었다.

"나는 겁나지 않는걸."

"그것과는 상관없습니다."

그라오그라만이 대꾸했다.

"그 길에서는 지극히 엄격한 진실함과 주의를 길잡이로 삼아야 합니다. 이 길에서처럼 쉽게 영원히 방황하게 되는 길이란 없으니까요."

"우리가 갖는 소망이 항상 좋은 것만은 아니기 때문에 그런 거야?"

바스티안이 캐물었다.

사자는 꼬리를 흔들어 자기가 누워 있는 모래를 쳤다. 그러고는 귀를 세우고 콧등에 주름을 잡았다. 두 눈에서는 불꽃이 튕겼다. 그라오그라만이 다시금 땅이 진동하는 목소리로 말을 하자, 바스티안은 자신도 모르게 몸을 움츠렸다.

"소망이 뭐지요! 좋은 게 뭔가요?"

바스티안은 그 뒤 며칠 동안 다채로운 죽음이 한 모든 말을 곰곰이 되새기며 생각했다. 하지만 생각만으로 밝혀낼 수 없는 일이 세상에는 허다한 법이다. 그것은 경험으로만 알 수 있는 것이다. 바스티안은 아주 오랜 뒤에 수많은 체험을 하고 나서야 비로소 그라오그라만의 말을 돌이켜 생각하고 그 뜻을 이해하게 되었다.

그즈음 바스티안에게 또 한 가지 변화가 일어났다. 어린 달님을 만난 뒤 얻게 된 수많은 재능 가운데 용기가 더해진 것이었다. 그리고 다른 때와 마찬가지로 이번에도 용기를 얻은 대신 무엇인가 사라져 버렸다. 바로 지난날의 소심했던 기억이었다.

이제 바스티안은 두려울 것이 조금도 없었다. 그랬더니 처음엔 자기도 모르게, 그리고 차츰 분명하게 새로운 소망이 소년의 마음속에 자리 잡기 시작했다. 소년은 더 이상 혼자 있고 싶지 않았다. 다채로운 죽음과 같이 있다는 것도 어떤 의미에서는 역시 혼자였다. 소년은 자기의 능력을 남들에게 보여 주고 싶었고, 감탄을 받고 명예를 얻고 싶었다.

그러던 어느 날 밤, 다시금 페렐린의 성장을 바라보고 있을 때 소년은 문득 이 밤이 마지막임을, 이 찬란하게 빛나는 밤의 숲과는 작별을 고해야 한다는 것을 느꼈다. 내면의 어떤 목소리가 소년에게 떠나라고 외쳤다.

소년은 오색영롱한 광채를 마지막으로 둘러보고 그라오그라만의 궁전으로 내려가 암흑 속의 계단 위에 앉았다. 자기가 무엇을 기다리는지 설명할 수는 없었지만 그날 밤 잠이 들어서는 안 된다는 것만은 깨닫고 있었다.

하지만 앉은 채로 약간 졸았던 모양이다. 누구인가 자기의 이름을 부르는 소리를 듣고 소년은 벌떡 일어났다. 둘러보니 침실로 통하는 문이 활짝 열려 있었다. 열려진 틈에서 뻗어 나온 빨간 빛줄기가 어두운 동굴로 길게 떨어졌다.

바스티안은 몸을 일으켰다. 이 순간 그 문이 천 개 문의 사원으로 통하는 입구로 변한 것일까? 소년은 머뭇머뭇 열려진 문틈에 붙어 안을 들여다보았다. 아무것도 알아볼 수 없었다. 그러자 문틈은 다시 천천히 닫히기 시작했다. 떠날 수 있는 단 한 번의 기회가 영영 지나가 버릴 수도 있었다!

소년은 죽어 버린 돌의 눈을 하고 바위대 위에 꼼짝 않고 앉아 있는 그라오그라만을 돌아보았다. 문에서 나오는 빛줄기가 그를 정면으로 비추고 있었다.

"안녕, 그라오그라만. 모든 게 다 고마웠어!"

소년은 나직이 말했다.

"다시 올게. 꼭 다시 올게."

그러고 나서 바스티안은 문틈으로 빠져들어 갔고, 문은 재빨리 그의 등 뒤에서 닫혔다.

바스티안은 자신이 약속을 지키지 못하리라는 것을 알지 못했다. 아 득히 먼 훗날, 소년의 이름을 가진 누구인가가 와서 대신 그 약속을 이 행하게 될 것이다.

하지만 그것은 또 다른 이야기이므로 언젠가 다른 기회에 이야기할 것이다.

은의 도시 아마르간트

　자줏빛 광선이 방바닥과 벽에서 물결치고 있었다. 그것은 커다란 벌집 구멍 같은 육각형 방이었다. 여섯 벽에는 한 칸 건너 하나씩 문이 있고, 벽면 세 곳에는 기묘한 그림이 그려져 있었다. 꿈결 속 풍경 같은 그림과 반은 식물이고 반은 동물인 생물의 그림이었다. 그 가운데 한 문으로 바스티안이 들어왔으므로 지금 소년 앞에는 양쪽으로 문이 하나씩 있었다. 문의 모양은 완전히 똑같았는데, 다만 왼쪽 문은 새까맣고 오른쪽 문은 새하얀 빛이었다. 바스티안은 하얀 문을 결정했다.

　그 다음 방 안에는 노란 불빛이 비추고 있었다. 벽들은 똑같은 구조였고 거기에는 바스티안으로서는 알 수 없는 온갖 종류의 도구들이 그려져 있었다. 연장일까 아니면 무기일까? 좌우로 나 있는 두 개의 문은 모두가 노란색이었지만 왼쪽 문은 높고 좁은 반면에 오른쪽 문은 낮고 넓었다. 바스티안은 왼쪽 문으로 들어갔다.

이번에 들어선 방도 앞의 두 방처럼 육각형이었지만 푸르스름한 불빛이 비추었다. 벽에는 꼬불꼬불한 장식인지 혹은 낯선 문자인지 모를 그림이 그려져 있었다. 이곳의 두 문은 똑같은 모양이었지만 재료가 달랐다. 한쪽은 나무문이었고 다른 한쪽은 철문이었다. 바스티안은 나무문을 골랐다.

바스티안이 이 천 개 문의 사원을 헤매며 거쳐 온 문과 방을 죄다 묘사하기란 불가능하다. 커다란 열쇠구멍 모양의 문이 있는가 하면 동굴 입구같이 생긴 문도 있고, 황금빛 문이 있는가 하면 녹이 슨 문도, 폭신한 문이 있는가 하면 못이 박힌 문도, 종이처럼 얇은 문이 있는가 하면 금고문처럼 두꺼운 문도 있었다. 또 거인의 입처럼 생긴 문이 있는가 하면 개폐교(開閉橋)처럼 열어야 하는 문도 있고, 커다란 귀모양의 것이 있는가 하면 비스킷으로 된 문도 있고, 난로 뚜껑 같은 문이 있는가 하면 단추처럼 열어야 하는 문도 있었다. 한 방에서 나가도록 되어 있는 두 개의 문은 모두가 어떤 공통점이 있었지만—모양이나 재료, 크기나 빛깔이—그것들을 근본적으로 구별 지어 주는 요소가 있었다.

바스티안은 헤아릴 수 없을 만큼이나 여러 번 한 육각형 방에서 다음 육각형 방으로 들어섰다. 소년이 내리는 모든 결정은 매번 새로운 결정 앞으로 소년을 안내했고, 그 결정은 또 새로운 결정을 끌어왔다. 그러나 이 모든 결정들은 소년이 여전히 천 개 문의 사원 안에 있으며 앞으로도 그러하리라는 사실을 조금도 바꿔 주지 않았다. 끊임없이 계속해서 앞으로 나아가면서 소년은 문제가 무엇인가를 곰곰이 생각하기 시작했다. 이 미로 속으로 들어오고자 했던 자기의 소망이 이루어진 것은 틀림없었지만, 여기서 빠져나갈 길을 찾아낼 수 있을지는 도무지 알 수 없었다. 바스티안의 소망은 사람들과 어울리고자 하는 것이었다.

그런데 지금 도대체 누구와 어울리고 싶은 건지 전혀 떠오르지 않는

다는 사실을 깨달았다. 그리고 그런 소망은 유리문을 선택해야 할지 싸리문을 선택해야 할지의 결정에 조금도 도움을 주지 않았다. 지금껏 소년은 별 생각 없이 기분 내키는 대로 선택을 해 왔다. 애당초 다른 문을 선택할 수도 있었다. 하지만 그렇다고 해도 결코 빠져나갈 길을 찾을 수 없었으리라.

바스티안은 지금 마침 초록빛 조명이 비추는 방 안에 서 있었다. 여섯 면의 벽 가운데 세 면에는 구름 모양의 그림이 그려져 있었다. 왼쪽 문은 새하얀 진주문이었고 오른쪽 문은 새까만 흑단문이었다. 문득 소년은 자기가 소망하는 대상이 누구인지를 깨달았다. 아트레유였다!

진주문을 보자 바스티안은 비늘이 새하얀 진주처럼 빛나는 행운의 용 푸쿠르를 연상했고, 그래서 그 문을 선택했다.

그 다음 방에는 유리로 엮어진 것과 강철격자로 된 두 개의 문이 있었다. 바스티안은 유리문을 골랐다. 그것이 아트레유의 고향인 초원의 바다를 연상시켰기 때문이다.

그 다음 방에는 하나는 가죽으로 또 하나는 모피로 구별된 문이 있었다. 바스티안은 물론 가죽 문을 선택했다.

소년은 또다시 두 개의 문 앞에 마주 섰다. 하지만 여기서는 잠시 생각해야만 했다. 하나는 자줏빛 문이었고 다른 하나는 올리브빛 문이었다. 아트레유의 피부는 초록빛이었고, 그의 외투는 자주빛 물소 가죽으로 만든 것이었다. 올리브빛 문 위에는 늙은 카이론이 찾아갔을 때 아트레유의 이마와 뺨에 그려져 있던 것과 같은, 새하얀 색의 단순한 부호가 그려져 있었다. 그런데 똑같은 부호가 자줏빛 문 위에도 그려져 있지 않은가. 아트레유의 외투에도 그런 부호가 그려져 있었다는 사실을 바스티안은 모르고 있었다. 그러니 그 문은 아트레유가 아닌 다른 사람에게 인도되는 길이라고 짐작이 됐다.

그래서 바스티안은 올리브빛 문을 열었다. 드러난 것은 넓은 야외였다!

그러나 자기가 닿은 곳이 초원의 바다가 아니고 탁 트인 봄의 숲 속이라서 바스티안은 어리둥절해졌다. 햇살이 어린 나뭇잎새 사이로 뚫고 들어와 이끼 낀 땅바닥 위에서 너울거리며 빛과 그림자의 유희를 벌였다. 흙냄새와 버섯냄새로 뒤섞인 훈훈한 공기는 새의 지저귐으로 꽉 차 있었다.

바스티안이 뒤를 돌아보니, 자기가 지금 막 숲 속의 한 작은 교회당에서 빠져 나온 것임을 알았다. 그 문은 천 개 문의 사원 출구였다. 바스티안이 그 문을 다시 열어 보았지만 거기엔 단지 비좁은 교회당의 내부가 있을 뿐이었다. 교회당의 지붕은 숲의 대기를 향해 솟은 몇 개의 낡은 대들보로 되어 있었고, 사방의 벽은 이끼로 뒤덮여 있었다.

바스티안은 발길 닿는 대로 걸음을 떼었다. 이제 조만간 아트레유와 만나게 되리라. 소년은 이를 털끝만큼도 의심치 않았다. 그 만남에 대한 기대와 기쁨으로 마음은 잔뜩 부풀었다. 바스티안이 새들을 향해 휘파람을 불자 곧 새들이 응답을 해 왔다. 소년은 머릿속에 떠오르는 대로 흥겹게 큰 소리로 노래를 불렀다.

얼마 동안 헤매다가 바스티안은 숲 속의 빈터에 앉아 있는 한 무리의 형체를 발견했다. 가까이 다가가서 보니 그들은 화려하게 갑옷을 차려 입은 사내들이었다. 그들 가운데는 아름다운 여인도 한 사람 끼어 있었다. 여인은 풀밭에 앉아 류트를 퉁기고 있었다. 그 뒤쪽에는 훌륭한 안장과 고삐를 갖춘 말이 몇 마리 서 있었다. 풀밭에 누워 잡담을 하고 있는 남자들 앞에는 하얀 천이 깔려 있고, 그 위에 온갖 종류의 음식과 술잔이 놓여 있었다.

바스티안은 그들의 무리로 다가가면서 어린 여왕의 부적을 셔츠 밑으로 감추었다. 일단은 자기의 존재를 숨겨 관심을 모으지 않은 채 그들과 어울리고 싶었기 때문이다.

사내들은 바스티안이 다가오는 것을 보고는 일어서서 몸을 깊이 숙이며 인사했다. 소년을 동방의 왕자쯤으로 여기는 게 분명했다. 아름다운 여인도 미소를 띠고 소년에게 고개를 숙여 보이고는 계속해서 류트를 퉁겼다. 그들 가운데에는 유난히 키가 크고 화려하게 차려입은 남자가 한 사람 있었다. 그는 아직 젊고 금발을 어깨까지 늘어뜨리고 있었다.

"나는 힌레크 대장이오."

그가 말했다.

"여기 숙녀분은 룬 왕의 따님, 오그라마르 공주라오. 그리고 이 남자들은 나의 친구, 히크리온, 히스발트, 히도른이오. 그대의 이름은 무엇이오, 젊은 친구?"

"지금은 내 이름을 말할 수 없습니다."

바스티안은 대답했다.

"동맹국 사이의 조약인가요?"

오그라마르 공주가 약간 빈정거리는 투로 물었다.

"그렇게 어린 사람이 벌써 조약을 맺고 있나요?"

"자네는 분명 멀리서 왔겠지?"

힌레크 대장이 물었다.

"그래요, 아주 멀리서 왔어요."

바스티안은 대답했다.

"왕자인가요?"

공주는 호의를 갖고 소년을 찬찬히 뜯어보며 물었다.

"말할 수 없어요."

바스티안은 대꾸했다.

"자, 어쨌든 우리 연회에 온 것을 환영하오! 우리와 자리를 같이 해서 식사에 어울리는 영광을 베풀어 주겠소, 젊은 친구?"

힌레크 대장이 소리쳤다.

바스티안은 감사해하면서 그들과 어울려 앉아 음식을 먹었다.

여인과 네 남자가 주고받는 이야기를 통해서 바스티안은 이 부근에 화려하고 큰 은의 도시, 아마르간트가 있다는 사실을 알게 되었다. 그리고 곧 그곳에서 결투가 벌어진다고 했다. 이 행사에 참여하기 위해 곳곳에서 용감한 영웅들이며, 우수한 사냥꾼들, 용맹무쌍한 전사들, 그리고 여러 모험가들과 담대한 장정들이 모여드는 중이었다. 그 중에서 가장 용기 있고 훌륭한 승자 세 명이 뽑혀 수색 탐험에 참여하게 될 것이다. 이번 탐험은 퍽 오래 걸릴 수 있는 모험적인 원정으로, 그 목적은 이 환상 세계의 수많은 나라 가운데 어딘가 머물고 있는, '구세주'라고 불리는 인물을 찾아내는 것이었다. 그의 이름은 아무도 몰랐으나 아무튼 그 사람 덕분에 환상 세계는 다시, 아니 여전히 존속했다. 오래 전 언젠가 끔찍스러운 파국이 들이닥쳐 모든 환상 세계가 하마터면 무(無)가 되어 버릴 뻔한 아슬아슬한 위기를 겪었다. 그런데 앞서 말한 '구세주'가 와서 어린 여왕에게 어린 달님이라는 이름을 지어 줌으로써 최후의 순간에 위기에서 벗어났으며, 지금은 환상 세계의 모든 존재가 여왕을 어린 달님으로 섬긴다는 것이다. 그렇지만 그 뒤로 그 구세주는 베일에 가려진 채 여러 나라를 방황하고 있으니, 그를 찾아내 사고가 없도록 무사히 호위해야 한다고 했다. 그를 위해서는 유능하고 용기 있는 장정들이 선발되어야 했다. 왜냐하면 이 원정에는 상상 못할 모험이 따를 수 있기 때문이다.

이 선발을 위한 시합은 은발의 노인 크베어쿠오바트의 지휘 아래 거행되었다. —아마르간트 시에서는 전통적으로 가장 나이가 많은 남자나 여자가 통치를 하는데, 크베어쿠오바트의 나이는 백일곱 살이었다—하지만 실제로 시합의 승자를 선발하는 사람은, 은발의 노인 크베어쿠오바트의 초대를 받은 녹인종 출신의 소년, 아트레유라는 이름의 어린 사냥꾼이었다. 또한 이 어린 사냥꾼이 나중에 원정을 인솔하기로 되어 있었다. 아트레유는 그 '구세주'를 마술거울 속에서 본 적이 있기 때문에 그를 알아볼 수 있는 유일한 인물이라는 것이었다.

바스티안은 잠자코 이야기에 귀를 기울였다. 하지만 그 일은 쉽지 않았다. 이 '구세주'가 바로 자신임을 곧바로 알아챘기 때문이다. 게다가 아트레유의 이름까지 입에 오르자 소년의 가슴은 기쁨으로 두방망이질 쳤고, 자신을 드러내지 않기 위해 무진 애를 써야만 했다. 소년은 얼마간 자신의 신분을 숨기기로 결심했다.

그러나 이 모든 사건에도 불구하고 힌레크 대장이 한층 마음을 쓰고 있는 것은, 그 수색 탐험과 목적보다는 오그라마르 공주의 마음을 사는 일이었다. 바스티안은 힌레크 대장이 이 젊은 여인에게 홀딱 반해 있음을 당장에 눈치 챘다. 그는 한숨을 쉴 일도 아닌 데서 종종 한숨을 내쉬었고 끊임없이 슬픈 눈빛으로 사모하는 여인을 바라보았다. 그러나 그녀는 아무런 눈치도 채지 못한 양 행동했다. 밝혀진 바에 따르면, 오그라마르 공주는 모든 지원자 가운데에서 뽑힌 영웅 중에서도 가장 위대한 영웅을 남편으로 맞겠다는 맹세를 했다는 것이다. 그녀는 그보다 못한 남자로서는 만족하지 않는 듯했다. 이것이 힌레크 대장의 골칫거리였다. 자기가 가장 위대한 자라는 것을 공주에게 어떻게 증명해 보인단 말인가. 그렇다고 자기에게 아무런 잘못도 저지르지 않는 상대를 무작정 때려죽일 수는 없는 일이 아닌가. 게다가 벌써 오랫동안 전쟁도 일어나지 않았다. 그는 괴물과 악마를 상대해서는 기꺼이 싸울 수 있었으리라. 할 수만 있다면 매일이라도 공주의 아침 식탁에 피 흐르는 용의 꼬리를 올려놓을 수도 있었으리라. 하지만 괴물이며 용들은 이미 존재하지 않았다. 그러니 은발의 노인 크베어쿠오바트의 사절이 시합에 초대하려고 힌레크를 찾아왔을 때, 그는 물론 당장에 수락했다. 그때 오그라마르 공주가 따라오겠다고 고집했다. 그녀는 힌레크의 능력을 자기 눈으로 확인하고 싶었던 것이다.

"알다시피 영웅들의 이야기란 모름지기 믿을 수가 없어요. 그들은 죄다 허풍을 떠는 경향이 있으니까요."

그녀는 미소를 띠며 바스티안에게 말했다.

"허풍을 부리든 그렇지 않든 나는 그 전설 같은 구세주보다 백 배는 더 가치 있는 인물이오."

힌레크 대장이 가로막았다.

"어떻게 그렇게 말할 수 있지요?"

바스티안이 물었다.

"자, 그가 내 절반만큼이라도 용기가 있다면, 자기를 갓난아이처럼 돌봐 줄 호위병 따위는 필요 없을 걸세. 아무래도 이 구세주란 작자는 한심하고 가련한 녀석 같다네."

"무슨 말을 그렇게 해요! 어쨌거나 그는 환상 세계를 멸망 직전에서 구했어요!"

오그라마르가 격분해서 외쳤다.

"아무렴! 그러시겠지. 그것을 위해서는 특별한 영웅적 행위가 필요 없었을 테니까."

힌레크 대장이 깔보는 투로 대꾸했다.

바스티안은 기회가 나면 그를 혼내 줘야겠다고 생각했다.

나머지 세 기사는 도중에 우연히 이 남녀를 만나서 합류하게 된 것이었다. 시커먼 코밑수염을 무성하게 기른 히크리온은 스스로 자기가 모든 환상 세계에서 가장 힘이 세고 노련한 검투사라고 말했다. 빨간 머리에다가 다른 이들에 비하면 섬약한 인상의 히스발트는 검 다루는 데 자기만큼 재치 있고 날쌘 사람은 아무도 없노라고 했다. 끝으로 히도른은 굽히지 않는 끈기 면에서 자기를 대적할 투사가 없다고 큰소리쳤다. 겉모습을 보면 그의 주장이 맞는 것 같았다. 히도른은 큰 키에 바짝 마른 데다 오로지 근육과 뼈대만으로 이루어진 것처럼 보였다.

식사가 끝나자 그들은 길을 떠났다. 식기와 천, 여분의 음식들은 짐을 나르는 노새의 안장주머니에 실렸다. 오그라마르 공주는 자신의 백마에 올라타더니 다른 이들은 돌아다보지도 않고 앞서 달렸다. 힌레크 대장은 새까만 준마에 올라타 공주를 뒤따라 달렸다. 나머지 세 기사가 바스티안에게 짐을 나르는 노새의 저장용 주머니 사이에 앉아서 가라고 권했다. 바스티안이 노새에 올라타고, 다른 남자들 역시 그들의 잘 갖추어진 준마에 올라탔다. 바스티안은 맨 뒤에 처져서 그들을 따라 숲 속을 달려갔다. 짐을 나르는 늙은 노새가 자꾸만 뒤로 처지는 바람에 바스티안은 그를 몰아보려고 진땀을 빼야 했다. 하지만 노새는 속력을 내는 대신 멈춰 서서 고개를 돌리고 말했다.

"나를 몰아대실 필요는 없습니다, 주인님. 나는 일부러 뒤로 처진 거랍니다."

"왜지?"

바스티안이 물었다.

"당신이 누구인지를 알고 있습니다, 주인님."

"어떻게 그걸 알지?"

"나처럼 완전한 당나귀가 못 되는, 반쪽 당나귀는 그런 걸 느낌으로 알지요. 말들까지도 조금은 눈치 챈걸요. 당신은 내게 아무 말도 하실

필요가 없습니다, 주인님. 나는 구세주를 태웠고, 최초로 인사를 했다
는 사실을 자손만대에까지 전하고 싶군요. 그런데 유감스럽게도 우리
에겐 자식이 없습니다."

"네 이름이 뭐지?"

바스티안은 물었다.

"이히아입니다, 주인님."

"이히아, 이 일을 당분간은 너 혼자만 알고 있어 줄래? 생각해 둔
바가 있어서 그래. 그러겠니?"

"그럽지요, 주인님."

그러더니 노새는 속력을 내어 다른 이들을 따라붙었다.

일행은 숲 가장자리에서 기다리고 있었다. 모두가 햇살 아래 반짝이
는 아마르간트 시를 굽어보며 감탄하고 있었다. 숲 가장자리는 언덕까
지 뻗어 있었고, 비슷하게 숲을 이룬 언덕들로 둘러싸인 보랏빛 호수를
한눈에 내려다볼 수 있었다. 그리고 이 호수의 한가운데에 은의 도시,
아마르간트가 자리 잡고 있었다. 집들은 모두 배 위에 세워져 있었고
큰 저택들은 넓은 거룻배 위에, 작은 집들은 곤돌라와 보트 위에 서 있
었다. 그리고 모든 집과 배는 아름답게 장식되고 정교하게 세공된 은으
로 솜씨 좋게 지어져 있었다. 크고 작은 저택의 문과 창문, 작은 탑과
발코니, 어느 것 하나 빼 놓을 것 없이 모조리 감탄할 만한 은세공이
되어 있어서 모든 환상 세계에 이만 한 곳이 없을 것 같았다. 호수 곳
곳에는 방문객을 호숫가에서 시내로 태워다 주는 보트와 곤돌라가 떠
있었다. 힌레크 대장과 그의 동반자들도, 화려한 곡선의 뱃머리를 자랑
하는 은 거룻배가 기다리는 호숫가로 걸음을 재촉했다. 말과 짐을 나르
는 노새까지 포함해서 일행이 다 올라탈 만큼 넓은 배였다.

가는 도중에 바스티안은 은직물로 된 옷을 입은 선원에게서, 이 보랏

빛 호수의 물은 너무나 짜고 써서 은만이 녹지 않는다는 사실을 들었다. 이 호수는 무르후, 또는 눈물의 호수라고 불렸다. 아득한 옛날, 사람들은 이 아마르간트 시를 외부의 침략에서 지키기 위해 이 호수의 한가운데로 이동시켰다. 호숫물이 배와 군대를 금세 녹여 버렸기 때문에 목재선이나 철선으로 여기에 도달하려고 하는 자는 순식간에 침몰하여 목숨을 잃었던 것이다. 하지만 아마르간트를 호수 위에 그대로 세워 두는 또 다른 이유가 있었다. 이곳의 주민들은 이따금 주택지를 바꾸어 편성하고, 거리와 광장을 새로 맞추기를 좋아하기 때문이었다. 예컨대 도시의 다른 곳에 떨어져 사는 두 집안이 자손들의 결혼으로 말미암아 친척이 되거나 친밀해지는 경우에는, 지금까지의 거주지에서 옮겨와 그들의 은으로 된 배를 나란히 세워 놓기만 하면 간단히 이웃이 되는 것이었다. 덧붙여 집 재료로 쓰인 은은 특수한 종류이고, 비할 바 없이 아름다운 세공에 못지않게 진귀한 것이었다.

바스티안은 이야기를 좀 더 많이 듣고 싶었지만 배가 도시에 도착해서 동행들과 함께 내려야만 했다.

맨 먼저 그들은 말과 함께 묵을 숙박소를 찾았다. 하지만 그것은 쉬운 일이 아니었다. 멀고 가까운 곳에서 시합에 참여하려고 온 여행자들로 아마르간트는 그야말로 꽉 차 있었다. 그러다가 마침내 그들도 한 여관에 간신히 방을 얻었다. 바스티안은 노새를 우리로 끌고가며 다시 한 번 귀에 대고 속삭였다.

"네가 한 약속을 잊지 마, 이히아. 우리는 곧 다시 만날 거야."

이히아는 고개를 끄덕였다.

그러고 나서 바스티안은 동행들에게, 이제 여러분에게 부담이 되고 싶지 않으니 혼자 힘으로 시내를 구경하겠노라고 말했다. 하지만 실은 아트레유를 찾겠다는 생각으로 마음이 달아 있었기 때문이다. 바스티안은 그들의 친절에 감사의 뜻을 전하고 작별했다.

크고 작은 배들은 잔교들로 서로 이어져 있었다. 한 사람이 겨우 건너갈 만큼 좁다랗고 아담한 것에서 수많은 인파가 몰려갈 만큼 넓고 웅장한 잔교들이 수없이 있었고, 더러 지붕이 달린 아치형 다리도 눈에 띄었다. 저택의 배들 사이에 난 운하에는 은으로 만든 작은 배 수백 척이 왔다 갔다 했다. 하지만 어디를 걷든 서 있든 간에, 도시 전체가 물 위에 떠 있음을 생각나게 해 주는 가벼운 출렁임이 발바닥을 타고 올라왔다.

이 도시에 들끓고 있는 수많은 방문객들은 너무나 각양각색이라 그들을 묘사하는 데만도 책 한 권이 모자랄 지경이었다. 아마르간트 주민들은 쉽게 알아볼 수 있었다. 그들은 한결같이 바스티안의 외투만큼이나 아름다운 은직물의 옷을 입고 있었기 때문이다. 더군다나 머리칼조차도 은발이었다. 또한 크고 건장한 체격에 눈이 눈물의 호수 무르후처럼 보랏빛이었다. 반면 방문객의 대부분은 그리 아름답지 않았다. 그중에는 우람한 어깨 위에 사과처럼 작은 머리통이 얹힌 근육투성이의 거인들도 있고, 생김새가 음침하고 뻔뻔해 보이는 밤의 건달들이 몰려다니는가 하면, 도저히 남들과 어울릴 수 없어 보이는 외모로 혼자 어슬렁거리는 사내들도 있었다. 또 번득이는 눈초리에 요란한 몸짓을 해 대는 멍청이들과, 거드름을 피우며 입과 코로 연기를 내뿜으며 다니는 깡패들도 있었다. 한편에선 사기꾼들이 살아 있는 팽이처럼 이리저리 휩쓸려 다녔고, 숲의 귀신들이 어깨에 굵은 곤봉을 메고 마디진 다리로 종종걸음을 쳤다. 바스티안은 강철로 된 끌처럼 이빨이 툭 튀어져 나온 식암종까지 하나 보았다. 그가 올라서자 엄청난 무게에 눌려 은으로 된 잔교가 휘청거렸다. 하지만 그는 바스티안이 혹시 페른라하차르크가 아니냐고 물어볼 새도 없이 군중 속으로 사라져 버렸다.

마침내 바스티안은 도시의 중심부에 이르렀다. 거기가 바로 시합이 벌어지는 곳이었다. 시합은 이미 한창 진행 중이었다. 거대한 서커스 원형극장처럼 생긴 크고 둥근 광장에서 수백 명의 선수들이 힘을 겨루며 능력을 과시했다. 넓은 원 언저리로 수많은 관객이 몰려들어 환호성을 지르며 선수들을 응원했고, 근처 선박저택의 창문과 발코니에도 관객들이 넘쳐흘렀다. 어떤 이들은 은세공으로 장식한 지붕에까지 기어올라가 있었다.

하지만 바스티안은 선수들이 벌이고 있는 구경거리에 눈길을 주지 않았다. 바스티안은 오로지 어디에선가 분명 이 경기를 보고 있을 아트레유를 찾을 생각뿐이었다. 그러다가 관객들이 줄곧 기대에 찬 눈길로 어떤 특정한 저택 쪽을 바라보는 것을 알아차렸다. 특히 한 경기자가 유난히 인상 깊은 묘기를 해낼 때마다 그랬다. 바스티안은 그 저택을 보기 위해 먼저 한 아치형 다리로 비집고 들어가서 가로등 기둥으로 기어 올라갔다.

그곳의 넓은 발코니에는 은으로 된 높은 의자가 두 개 놓여 있었다. 한쪽 의자에는 은빛 수염과 은발을 허리에까지 늘어뜨린 몹시 늙은 남자가 앉아 있었다. 그가 바로 은발의 노인 크베어쿠오바트임에 틀림없었다. 그 옆에는 바스티안 나이 또래의 한 소년이 앉아 있었다. 그 소년은 부드러운 가죽으로 만든 길다린 흰색 바지를 입고 있었고, 윗통은 알몸으로 올리브빛 피부가 드러나 있었다. 눈살을 좁힌 얼굴 표정은 진지하고 꽤나 엄격했다. 소년의 짙은 하늘빛 긴 머리는 가죽끈으로 묶여 머리 뒤로 늘여뜨려졌고 어깨에는 자줏빛 외투가 걸쳐져 있었다. 지금 소년은 침착하면서도 잔뜩 긴장한 눈초리로 결투장을 내려다보고 있었다. 그 검은 눈동자는 아무것도 놓치지 않을 것처럼 보였다. 바로 아트레유였다!

그 순간 아트레유의 등 뒤로 또 다른 커다란 얼굴이 나타났다. 사자처럼 생겼지만 털 대신에 진주비늘이 덮여 있고, 턱에는 길고 새하얀 수염이 늘어뜨려져 있으며, 눈동자가 루비처럼 새빨갛게 번뜩였다. 그가 머리를 아트레유 너머로 높이 추켜들자 역시 진주비늘로 뒤덮인 길고 유연한 목덜미와, 목에서부터 흰 불꽃처럼 늘어뜨려진 갈기도 드러났다. 행운의 용 푸쿠르였다. 그는 지금 아트레유에게 뭔가 귀엣말을 하고 있었다. 아트레유가 고개를 끄덕였다.

바스티안은 가로등 기둥에서 미끄러져 내려왔다. 충분히 본 것이다. 이제 바스티안은 시합 중인 선수들에게로 주의를 돌렸다.

그것은 진짜 결투라기보다는 대규모 서커스 공연 같았다. 지금 막 두 거인들 사이에 레슬링 경기가 벌어져 그들의 몸뚱이가 굵은 매듭처럼 뒤얽혀 이리저리 구르고 있었다. 여기저기에서 칼이나 몽둥이, 창을 들고 자기들의 기술을 드러내 보이는 온갖 종류의 시합이 벌어지고는 있었다. 하지만 그것은 심각하게 생명을 건 싸움은 아니었다. 심지어는 얼마나 공정하고 예의 바르게 싸우며, 얼마나 자기의 힘을 잘 제어할 수 있는가를 보여주는 경기규칙까지도 있었다. 분노나 야욕에 사로잡혀 상대 선수에게 심한 상처를 입히는 경기자는 당장에 쓸모없는 놈이 되어 실격 판정을 받게 되었다. 어떤 이들은 노련한 활쏘기를 뽐내는 데 열을 올렸고, 어떤 이들은 거대한 무게의 역기를 들어 올려 힘을 과시했고, 또 어떤 이들은 어릿광대의 기술을 보여 주거나 온갖 종류의 담력 시험을 해 보임으로써 재능을 자랑했다. 참가자가 각양각색인 만큼 그들이 보여주는 능력 또한 다채로웠다.

한편 시합에 져 떠나는 선수들이 줄을 이었다. 경기자의 수는 점차 줄어갔다. 이윽고 바스티안은 기운이 센 히크리온과 날쌘 히스발트와 끈질긴 히도른이 경기장으로 들어서는 것을 보았다. 힌레크 대장과 그가 사모하는 오그라마르 공주는 함께 있지 않았다.

그때 경기장에는 백 명쯤의 경기자가 남아 있었다. 그들은 최고의 선수들 가운데에서 뽑힌 자들이었기 때문에 히크리온과 히스발트, 히도른이 큰소리쳤던 만큼 그렇게 쉽게 다룰 수는 없었다. 히크리온이 기운 센 자들 가운데 가장 힘센 자로, 히스발트가 날쌘 자들 가운데서 가장 날렵한 자로, 히도른이 끈질긴 자들 가운데서 가장 끈기 있는 자로 판명되기까지는 한나절이 걸렸다. 관중은 열광하며 그들에게 환호성과 박수갈채를 보냈다. 그리고 세 장사는 은발의 노인 크베어쿠오바트와 아트레유가 앉아 있는 발코니를 향해 절을 했다. 아트레유가 뭔가 말을 하려고 일어선 순간이었다. 느닷없이 또 한 지원자가 경기장으로 들어섰다. 힌레크였다. 팽팽한 정적이 퍼졌고 아트레유는 다시 자리에 앉았다. 단 세 장정만 아트레유를 수행하도록 되어 있었기 때문에 그들 가운데에서 하나가 물러나야 했다.

"여보게들, 자네들이 지금까지 능력을 과시하고 끝낸 그 하찮은 공연 때문에 벌써 지쳤으리라 생각지는 않네. 그래도 이런 상황에서 내가 한 사람씩 상대해 결투를 벌인다는 건 부끄러운 일이지. 내가 지금껏 시합에 참여하지 않은 이유는, 이 모든 경기자들 가운데 내 상대가 될 만한 인물이 없었기 때문이야. 그래서 아직 기운이 펄펄하다네. 자네들 중에 누구든 너무 지쳤다 생각되면 자진해서 물러나도 좋다네. 그렇지 않다면 나는 자네 셋 모두를 동시에 상대해서 싸울 용의가 있네. 내 말에 이의가 있는가?"

힌레크는 모두에게 들리도록 큰 소리로 말했다.

"없네."

셋은 입을 모아 말했다.

곧 불꽃 튀는 격투가 벌어졌다. 히크리온의 주먹은 조금도 힘이 빠지지 않았지만, 힌레크 대장의 힘이 훨씬 더 셌다. 히스발트는 번개처럼 사방에서 그를 공격했지만, 힌레크 대장이 훨씬 더 날쌨다. 히도른은 그를 지치도록 유도했지만, 힌레크 대장의 끈기에는 당하지 못했다. 십 분도 못 돼 세 장사는 무장을 풀고 힌레크 대장 앞에 무릎을 굽혔다. 그는 의기양양해서 사방을 둘러보았는데, 아무래도 관중 속 어디엔가 섞여 있을 공주의 감탄에 찬 눈길을 찾는 듯했다. 관객의 환성과 갈채가 광장에 질풍처럼 휘몰아쳤다. 아마 눈물의 호수 무르후에서 가장 멀리 떨어진 호숫가에서도 그 소리가 들렸으리라.

흥분이 가라앉자 은발의 노인 크베어쿠오바트가 일어서서 큰소리로 물었다.

"힌레크 대장에게 응수할 용기를 지닌 자가 있는가?"

모두가 침묵하고 있는 가운데 어떤 사내아이의 목소리가 들렸다.

"네, 여기 있습니다!"

바스티안이었다.

모든 눈길이 바스티안에게 쏠렸다. 군중은 길을 터 주었고, 바스티안은 경기장으로 나갔다.

"저것 좀 봐, 꽤 예쁜 소년이군!" "가엾어라!" "허락하지 마시오!"

감탄과 걱정의 외침이 들려 왔다.

"너는 누구냐."

은발의 노인 크베어쿠오바트가 물었다.

"이름은 나중에 말하겠습니다."

바스티안은 대답했다.

바스티안은 아트레유의 두 눈이 가늘어졌고 살피듯이 자기를 바라보고 있다는 것을 알았다. 그것은 아직도 불확실하다는 의심의 눈초리였다.

"어린 친구. 우리는 같이 먹고 마시지 않았나. 뭣 때문에 나에게 모욕받기를 원하나? 자네 말을 취소하고 떠나기 바라네."

힌레크가 말했다.

"아니오. 내가 한 말 그대로입니다."

바스티안은 대답했다.

힌레크 대장은 한순간 망설였다. 그러더니 이렇게 제안했다.

"내가 자네랑 결투를 벌여 힘을 겨룬다는 것은 온당치 못하네. 우선은 우리 가운데 누가 화살을 더 높이 쏘는지 한번 해 보세."

"좋습니다!"

바스티안은 대답했다.

그들에게 각기 튼튼한 활과 화살이 주어졌다. 힌레크는 시위를 당겨 하늘을 향해 화살을 쏘았다. 눈으로 쫓을 수 없을 만큼 높게. 거의 같은 순간에 바스티안도 활을 팽팽히 조이고 뒤따라 화살을 쏘았다.

얼마가 지난 후 두 개의 화살은 되돌아와 두 사수 사이의 땅바닥에 떨어졌다. 붉은 깃이 달린 바스티안의 화살이 푸른 깃을 단 힌레크의 화살을 세차게 적중시켜서 그것이 뒤에서 쪼개졌다는 사실이 밝혀졌다.

힌레크는 서로 맞물려 꽂힌 화살을 뚫어지게 바라보았다. 그의 얼굴이 약간 창백해졌고 뺨에만 붉은 기가 돌았다.

"이건 우연이야."

그는 중얼거렸다.

"검술을 겨뤄 누가 더 날쌘가를 보세."

힌레크는 칼 두 자루와 트럼프 두 벌을 요구했다. 두 가지 다 준비되었다. 힌레크는 트럼프 두 벌을 꼼꼼하게 섞었다.

그러고는 트럼프 한 벌을 공중에 높이 던지고 번개처럼 칼날을 휘둘러 찔렀다. 나머지 카드들이 땅바닥에 떨어졌을 때 힌레크가 바로 하트 에이스를, 그것도 카드에 그려진 단 하나의 하트 중심부를 찔렀다는 사실이 드러났다. 다시금 그는 공주를 찾는 듯이 군중 속을 둘러보며 카드와 칼을 들어 보였다.

이번에는 바스티안이 다른 한 벌의 트럼프를 공중에 던지고는 칼날을 휘둘렀다. 카드는 한 장도 땅바닥에 떨어지지 않았다. 바스티안은 32장의 카드를 전부 뚫었으며, 힌레크 대장이 그렇게 꼼꼼하게 섞었는데도 순서까지 정확하게 적중시켰다.

힌레크 대장은 그것들을 들여다 보았다. 그는 아무 말도 못하고 입술을 바르르 떨 뿐이었다.

"그렇지만 자네는 힘으론 나를 못 당할 걸세."

마침내 그는 약간 쉰 소리로 입을 열었다.

힌레크는 경기장 여기저기에 놓인 모든 역기 중에서 가장 무거운 것을 높이 들고 한참 동안 버티고 서 있었다. 그러나 그가 그것을 채 땅에 놓기도 전에 바스티안은 어느새 그를 붙잡아 역기와 함께 공중에 번쩍 들어 올렸다. 힌레크가 어찌나 낭패한 표정이었던지 구경꾼 가운데는 웃음을 터뜨리는 이들도 있었다.

"지금까지는 당신이 우리가 겨룰 종목을 정했지요. 이제 내가 제의를 해도 될까요?"

바스티안이 말했다.

힌레크 대장은 말없이 고개를 끄덕였다.

"담력 시험을 하죠."

바스티안은 말을 이었다.

힌레크 대장은 다시 한 번 마음을 가다듬었다.

"이 하늘 아래, 내 용기를 움츠러들게 할 대상은 없네!"

"그렇다면 이 눈물의 호수 속을 헤엄치기로 합시다. 먼저 호숫가에 닿는 사람이 이기는 겁니다."

바스티안은 대꾸했다.

숨죽인 고요가 광장 전체에 흘렀다.

힌레크 대장은 붉으락푸르락해졌다.

"그건 담력 시험이 아닐세, 그건 미친 짓이야!"

그는 소리쳤다.

"나는 각오가 되었습니다. 자, 가시죠!"

바스티안은 대답했다.

이제 힌레크 대장은 자제력을 잃었다.

"안 돼!"

그는 외치며 발을 굴렀다.

"자네는 무르후의 물이 모든 걸 녹인다는 사실을 모르나? 그건 죽음을 부르는 거야."

"나는 두렵지 않습니다."

바스티안은 침착하게 말했다.

"나는 색채의 사막을 통과해 왔고, 다채로운 죽음의 불길을 먹고 마시며 그 안에에 목욕을 했습니다. 이 호숫물 따위는 두렵지 않아요."

"거짓말!"

힌레크 대장은 화에 못 이겨 시뻘겋게 달아 고함쳤다.

"환상 세계의 그 어느 누구도 다채로운 죽음을 이기고 살아남을 수 없네. 그건 코흘리개도 아는 일이야!"

"힌레크 대장. 내게 거짓말이라고 뒤집어씌우기 전에 겁이 난다고 솔직하게 인정하시지요."

바스티안은 느릿느릿 말했다.

그것은 힌레크 대장으로서는 참을 수 없는 말이었다. 화가 머리끝까지 오른 그는 정신 나간 사람처럼 커다란 칼을 칼집에서 빼들고 바스티안을 향해 돌진했다. 바스티안은 뒤로 물러서며 경고의 말을 던지려 했지만, 힌레크 대장은 그럴 틈을 주지 않았다. 그는 바스티안을 공격했고 그것은 철저한 그의 진심이었다. 바로 그 순간이었다. 지칸다가 녹슨 칼집에서 바스티안의 손으로 번개처럼 날아와 춤을 추기 시작했다.

뒤이어 벌어진 일은 너무나 엄청나서 그것을 본 구경꾼들은 어느 누구도 평생 잊을 수 없었다. 다행히도 바스티안은 칼의 손잡이를 꽉 잡고 있어서 저절로 움직이는 지칸다를 쫓아갈 수 있었다. 처음에 지칸다는 힌레크의 화려한 갑옷을 갈기갈기 찢어 버렸다. 그 조각들이 사방으로 날았지만 그의 피부에는 칼이 스쳐간 자국조차 남지 않았다. 힌레크 대장은 필사적으로 저항하며 미친 사람처럼 칼을 휘둘러 댔다. 하지만 지킨다의 광채가 불꽃의 회오리처럼 그를 휩싸고 번쩍이면서 눈을 부시게 했기 때문에 도저히 맞힐 수가 없었다. 힌레크가 속옷바람으로 선 채 여전히 바스티안에 대한 공격을 멈추지 않자, 지킨다는 그의 칼을 산산조각 내 버렸다. 그것도 어찌나 날쌨는지 그의 칼날이 한순간 통째로 공중에 떴는가 싶더니 어느새 동전처럼 쩔렁거리며 땅바닥에 떨어졌다. 힌레크 대장은 눈을 휘둥그렇게 뜨고는 자기 손에 남은 쓸모없는 칼손잡이를 뚫어져라 내려다보았다. 마침내는 그것마저 떨어뜨리고 고개를 숙였다. 지칸다는 녹슨 칼집으로 되돌아갔고 바스티안은 칼에서 해방되었다.

감탄과 열광의 함성이 수많은 관중에게서 끝없이 터져 나왔다. 구경꾼들은 광장으로 몰려들어 바스티안을 높이 들어 헹가래를 치며 개선 행렬을 벌였다. 환호성은 여전히 계속되었다. 바스티안은 높이 떠서 힌레크 대장을 휘둘러 찾아 보았다. 화해의 말을 외치고 싶었다. 그 가엾은 친구가 바스티안의 마음을 상하게 했지만 망신을 줄 의도는 아니었다. 하지만 힌레크 대장은 어디에도 없었다.

갑자기, 경기장이 물을 끼얹은 듯 조용해졌다. 구경꾼들이 뒤로 비키며 자리를 내주었다. 거기에 아트레유가 서서 미소를 머금고 바스티안을 올려다보고 있지 않은가. 바스티안도 미소 지었다. 사람들이 소년을 어깨에서 내려놓자, 두 소년은 마주 서서 한동안 말없이 바라보았다. 이윽고 아트레유가 입을 열었다.

"아직도 환상 세계의 구세주를 찾는 원정에 동행할 사람이 필요하다면, 여기 이 사람 하나로 만족했을 것입니다. 수백 명을 합한 것보다 더 훌륭하니까요. 그렇지만 이제 동반자는 필요 없습니다. 이 원정은 하지 않을 것입니다."

실망과 의아해하는 웅성거림이 들렸다.

"환상 세계의 구세주는 우리의 보호가 필요 없습니다."

아트레유는 목청을 높여 말을 이었다.

"그는 우리 모두가 힘을 합친 것보다 더 훌륭하게 자신을 보호할 수 있으니까요. 그리고 우리는 이제 구원자를 찾지 않아도 됩니다. 그가 우리를 찾아왔으니까요. 나는 그를 얼른 알아보지 못했습니다. 내가 남쪽 신탁소의 마술거울 문에서 그를 보았을 때는 지금과 달랐습니다. 전혀 달라보였지요. 그렇지만 그의 눈빛만은 잊지 않았습니다. 지금 나를 마주 보고 있는 바로 이 눈빛입니다. 내가 잘못 보았을 리가 없습니다."

바스티안은 미소를 머금고 고개를 흔들며 말했다.

"바로 보았어, 아트레유. 어린 여왕에게 나를 데려가서 새로운 이름을 지어 주게 한 것은 바로 너였어. 그렇게 해 줘서 고마워."

존경심으로 가득 찬 술렁거림이 돌풍처럼 구경꾼들 속을 뚫고 지나갔다.

"너는 약속했지, 우리에게 너의 이름도 말해 주겠노라고. 황금눈의 소망의 지배자 말고는 아직 환상 세계의 누구도 모르는 너의 이름을. 자, 알려 주겠니?"

아트레유가 말했다.

"내 이름은 바스티안 발타자르 북스야."

이제 관중은 더 이상 잠자코 있을 수 없었다. 그들의 환호성은 수천 갈래의 만세 소리로 터졌다. 수많은 사람들이 열광하여 춤을 추자 잔교와 다리들 그리고 온 광장이 흔들리기 시작하였다.

아트레유는 웃음 띤 얼굴로 바스티안에게 손을 내밀었고, 바스티안은 그 손을 잡았다. 그렇게 손을 맞잡은 둘은 은발의 노인 크베어쿠오바트와 푸쿠르가 기다리고 있는 대궐로 걸어갔다.

그날 저녁 아마르간트 시에서는 유례없는 성대한 잔치가 벌어졌다. 길든 짧든 구부정하든 곧든 모름지기 다리를 가진 모든 존재는 춤을 추었고, 아름답든 흉하든 높든 낮든 간에 목소리를 가진 모든 존재는 노래를 부르며 웃어댔다.

밤이 되자 아마르간트 주민들은 은으로 된 배와 저택들에다가 수천의 영롱한 등불을 밝혔다. 그리고 자정에는 환상 세계 시민들조차 본 적 없는 불꽃놀이가 시작됐다. 바스티안은 아트레유와 더불어 발코니에 서 있었다. 둘은 자신들 양 옆으로 선 푸쿠르, 은백노인 크베어쿠오바트와 함께 밤하늘을 온갖 색깔로 물들이며 흩어지는 불꽃 빛의 다발과, 은의 도시에 걸린 수천 등불들이 눈물의 호수 무르후 위에 비치는 광경을 바라보았다.

힌레크 대장을 위한 용 한 마리

이미 밤은 깊었고, 은발의 노인 크베어쿠오바트는 안락의자에서 곯아떨어졌다. 그래서 그는 자신의 백일곱 해 생애에서 가장 아름답고 위대했을 광경을 놓쳐 버렸다. 축제에 지쳐서 잠이 든 수많은 아마르간트 시민들과 손님들도 마찬가지였다. 깨어 있는 몇 안 되는 사람들만이 지금껏 들은 적도 없고 앞으로도 듣지 못할 가장 아름다운 소리를 듣게 되었다.

바로 하얀 행운의 용, 푸쿠르가 노래를 부른 것이었다.

푸쿠르는 밤하늘에 높이 떠서 은의 도시와 눈물의 호수를 빙빙 돌며 종의 울림 같은 목소리로 노래를 불렀다. 그것은 노랫말이 없는 노래로서 순수한 행복이 담긴 단순하고 위대한 멜로디였다. 그 멜로디를 듣는 모든 이의 가슴은 활짝 열렸다.

크베어쿠오바트의 대궐 발코니에 나란히 앉은 바스티안과 아트레유의 마음도 그렇게 열렸다. 두 소년도 행운의 용의 노래를 듣는 일이 처음이었다. 그들은 자신들도 모르게 서로의 손을 잡고 말없이 황홀경에 잠겨 멜로디에 귀를 모았다. 둘 다 상대가 자기와 똑같은 것을 느끼고 있음을 알았다. 그것은 바로 친구를 얻은 행복감이었다. 그들은 공연히 그 기쁨을 입 밖에 내는 것조차 아끼고 있었다.

위대한 시간은 지나갔다. 푸쿠르의 노래는 점차 낮아지다가 마침내 사라졌다.

완전히 고요해졌을 때, 크베어쿠오바트가 깨어나서 몸을 일으키며 미안하다는 듯이 말했다.

"나 같은 백발노인은 잠을 자야 하네. 자네들 젊은이하고는 다르지. 부디 언짢게 생각하지 말아 주게. 이젠 잠자리로 가야겠네."

안녕히 주무시라는 소년들의 인사를 뒤로 하고 크베어쿠오바트는 가 버렸다.

두 친구는 다시금 말없이 앉아, 행운의 용이 천천히 고요한 파동의 원을 그리고 있는 밤하늘을 오랫동안 올려다보았다. 이따금 푸쿠르는 하얀 구름 조각처럼 보름달을 스쳐 지나갔다.

"푸쿠르는 잠을 자지 않니?"

바스티안이 물었다.

"벌써 잠들어 있는 거야."

아트레유가 나직이 말했다.

"날면서?"

"그래. 그는 크베어쿠오바트의 궁전 같은 큰 집이라도, 그 안에 들어앉기를 좋아하지 않아. 답답하고 갇힌 느낌이 드는 데다가 무엇이든 치거나 부딪치지 않으려면 조심조심 움직여야 하거든. 한마디로 몸집이 너무 큰 거지. 그래서 보통은 저렇게 하늘에서 잠을 자."

“푸쿠르가 나도 자기 등에 한번 태워 줄까?”

“물론이야. 하지만 타는 게 그리 간단치는 않아. 먼저 거기에 익숙해져야 하거든.”

“나는 그라오그라만을 탄 적이 있어.”

바스티안은 주저하면서 말했다.

아트레유는 고개를 끄덕이고 감탄에 찬 시선으로 바스티안을 바라보았다.

“힌레크 대장과의 담력시험에서 그렇게 말했었지. 어떻게 그 다채로운 죽음을 굴복시켰니?”

“나는 아우린을 갖고 있어.”

바스티안이 말했다.

“그래?”

아트레유는 놀란 기색이었지만 아무 말도 하지 않았다.

바스티안은 어린 여왕의 표지를 가슴속에서 꺼내 아트레유에게 보였다. 아트레유는 한동안 그것을 들여다보더니 중얼거렸다.

“그러니까 이 ‘광채’를 지금은 네가 지니고 있구나.”

그렇게 말하는 아트레유의 얼굴이 바스티안의 눈에는 약간 일그러진 듯이 보였다. 바스티안이 재빨리 이렇게 말했다.

“다시 이걸 걸고 싶니?”

바스티안은 사슬을 벗을 기세였다.

“아냐!”

아트레유의 목소리가 사뭇 날카롭게 울려 바스티안은 어리둥절해서 입을 다물었다. 아트레유는 미안한 듯이 미소를 지으며 부드럽게 말했다.

“아냐, 바스티안. 나는 실컷 지니고 있었어.”

"너의 뜻대로 해."

바스티안은 말했다. 그러고는 '광채'를 뒤집었다.

"여기 좀 봐! 여기 새겨진 글을 봤니?"

"보기야 했지. 그렇지만 그게 무슨 말인지는 몰라."

아트레유는 대답했다.

"어째서?"

"우리 녹인종들은 자취밖에 못 읽어. 글자는 모르거든."

"아, 그래?"

바스티안이 말했다.

"그 새겨진 글이 무슨 뜻이야?"

아트레유가 물었다.

"네 뜻하는 바를 행하라."

바스티안이 소리 내어 읽었다. 아트레유는 그 표지를 뚫어지게 바라보았다.

"그게 그런 말이야?"

그는 중얼거렸다. 아트레유의 얼굴에서 아무런 감정의 움직임도 드러나지 않아 바스티안은 그가 무슨 생각을 하는지 알아챌 수 없었다. 그래서 이렇게 물었다.

"만약 무슨 말인지 알았더라면, 너에게 뭔가 다른 일이 벌어졌을까?"

"아냐. 나는 내가 뜻했던 바를 행했어."

아트레유는 말했다.

"그 말은 맞아."

바스티안이 고개를 끄덕였다.

다시 두 소년은 한참 침묵을 지켰다.

"아직 물어볼 게 또 있어, 아트레유."

이윽고 바스티안이 다시 입을 열었다.

"지금 내 모습이 네가 마술거울 문에서 보았던 모습과는 다르다고 했지?"

"그래, 전혀 달라."

"어떻게?"

"너는 아주 뚱뚱하고 창백해 보였어. 그리고 지금과는 다른 옷을 입고 있었어."

"뚱뚱하고 창백했다고?"

바스티안은 되물으며 믿을 수 없다는 듯이 웃었다.

"내가 정말 그랬어?"

"그럼 그렇지 않았었니?"

바스티안은 곰곰이 생각을 했다.

"네가 나를 보았다는 건 나도 알아. 그렇지만 나는 전에도 지금과 같았어."

"정말?"

"내가 나를 기억 못 하겠니?"

바스티안은 웃으며 소리쳤다.

"그래."

아트레유는 말하고는 생각에 잠겨 바스티안을 바라보았다.

"혹시 그건 일그러져 보이는 거울이 아니었니?"

아트레유는 고개를 가로저었다.

"그렇지 않아."

"그렇다면 네가 나를 그렇게 보았다는 것은 어떻게 설명이 되지?"

"모르겠어. 내가 아는 건 다만, 내 기억이 잘못 되지 않았다는 거야."

아트레유는 말했다.

그 후 그들은 한참 동안 말없이 있다가 마침내 잠을 자러 갔다.

머리맡과 발치에 정교한 은세공이 된 침대에 누워서도 바스티안은 아트레유와의 대화를 머리에서 지울 수가 없었다. 어쩐지 아트레유는 바스티안이 ‘광채’를 지니고 있다는 사실을 알고 나서부터는, 힌레크 대장을 이기고 그라오그라만과 함께 지냈다는 사실에 대해서 그다지 감명을 받지 않는 기색이었다. 그런 조건 아래서는 그런 일들도 특별하지 않다고 생각했는지 몰랐다. 하지만 바스티안은 아트레유의 무한한 감탄을 받고 싶었다.

바스티안은 오랫동안 생각을 했다. 표지 없이도 환상 세계의 어느 누구도 할 수 없는 일을 해내고 싶었다. 오로지 바스티안 자기만이 할 수 있는 일을.

마침내 머리에 떠오른 것이 있었다. 바로 이야기를 만들어 내는 것이었다!

환상 세계의 어느 누구도 새로운 것을 창조해 낼 능력이 없다는 말을 수없이 들어오지 않았던가. 율라라의 목소리까지도 그런 말을 했었다. 그리고 이 점이야말로 바스티안 자신에게 남달리 뛰어난 분야였다.

아트레유에게 나, 바스티안이 위대한 작가임을 보여 주리라.

바스티안은 그것을 친구에게 증명해 보일 기회가 어서 빨리 오기를 소망했다. 내일이라도 가능할지 모르지. 이를테면 아마르간트에서 작가의 잔치가 벌어질지도 모르고. 거기서 바스티안이 그의 기발한 상상력으로 모두를 압도해 버릴지 어찌 알랴!

게다가 바스티안이 이야기한 모든 것이 현실로 된다면 더욱 좋으리라! 환상 세계란 이야기의 나라이므로, 아득한 과거의 모든 것도 이야기 속에 등장하면 새로이 생겨날 수 있다고 그라오그라만이 말하지 않았던가!

아트레유의 눈이 휘둥그레지리라!

그렇게 바스티안은 아트레유의 감탄하는 모습을 머릿속에 그리면서 잠이 들었다.

이튿날 아침, 대궐의 귀빈실에서 성대한 조찬을 앞에 두고 은발의 노인 크베어쿠오바트가 말했다.

"우리는 환상 세계의 구세주인 귀한 손님과, 그를 우리에게 안내해 준 그의 친구를 위해 오늘 특별한 축제를 열 작정이오. 바스티안 발타자르 북스, 그대는 아마 우리 아마르간트 시민들이 예부터 환상 세계의 노래꾼이며 이야기꾼이라는 사실을 모를 것이오. 우리네 시민들은 어릴 적부터 예술에 젖어 교육을 받는다오. 그리고 어른이 되면 모든 나라를 돌아다니면서 예술을 전파해, 모든 경건한 이들에게 영향을 준다오. 그래서 우리는 어디를 가나 존경과 기쁨으로 환영을 받지요. 그런데 우리에겐 한 가지 걱정이 생겼다오. 우리가 비축해 둔 노래와 이야기가 솔직히 말해서 그리 많지 않소. 그래서 우리 대부분은 이것을 조금씩밖에 나눠 갖지 못하오. 그런데 그것이 맞는지 모르겠소만 이런 소문이 있더구려. 그대는 그대의 세계에서 이야기를 창조해 내는 능력으로 유명하다고 말이오. 그게 사실이오?"

"그렇습니다. 그것 때문에 놀림까지 받았지요."

바스티안은 말했다.

은발의 노인 크베어쿠오바트는 놀라서 눈썹을 치켜떴다.

"아무도 들은 적이 없는 이야기를 만들 수 있다는 것 때문에 놀림을 받았다니? 어떻게 그런 일이 있단 말이오! 여기는 그런 사람이 단 한 명도 없소. 그대가 우리에게 새로운 이야기를 몇 가지 선사할 뜻이 있다면, 나와 나의 시민 모두가 말할 수 없이 고마울 거요. 그대의 천재

성으로 우리를 도와주겠소?”

“기꺼이 그러지요!”

바스티안은 대답했다.

아침 식사를 마치고 나서 그들은 크베어쿠오바트의 대궐 발코니로 나갔다. 거기엔 푸쿠르가 벌써 와서 기다리고 있었다.

광장에는 수많은 인파가 몰려와 있었다. 하지만 시합에 참여하러 이 도시로 왔던 손님들은 별로 섞여 있지 않았다. 그들은 주로 아마르간트 시민들, 남자, 여자 어린아이들로서 모두가 푸른 눈에 체격이 좋았으며 한결같이 잘 꾸며진 모직 옷을 입고 있었다. 대부분은 은으로 된 현악기, 하프와 오르간, 기타나 류트 등을 갖고 있었다. 아마도 그것에 맞춰 노래가사를 읊조릴 모양이었다. 그들은 하나같이 자기네 솜씨를 바스티안과 아트레유 앞에서 자랑할 수 있기를 희망했다.

다시 안락의자가 놓여지고 바스티안은 크베어쿠오바트와 아트레유 가운데에 자리를 잡았다. 푸쿠르는 그들의 뒤에 멋지게 자리하고 있었다.

이어서 크베어쿠오바트가 손뼉을 한 번 치고는 조용해진 군중을 향해 말했다.

“위대한 시인이 우리의 소망을 이루어 주시겠다오. 그가 우리에게 새로운 이야기를 선사해 줄 것이오. 그러니 여러분, 그의 흥을 돋우도록 최선을 다해 주시오!”

광장에 있던 아마르간트 시민들은 일제히 묵묵히 깊게 몸을 숙여 절을 했다. 그리고 첫째 시민이 앞으로 나와 시를 읊조리기 시작했다. 그에 이어 차례로 끝없이 다음 시민이 등장했다. 한결같이 아름답고 풍부한 성량의 목소리로 자신들의 몫을 훌륭히 해냈다.

그들이 공연해 들려 준 이야기와 시와 노래는 모두가 제각기 흥미진진하거나 유쾌하거나 감동적이었지만, 그걸 여기에 다 쓰자면 너무나 많은 지면이 필요할 것이다. 따라서 그것은 다른 기회에 이야기하도록 하겠다. 여하튼 그것은 모두 합해서 대략 백여 가지의 작품에 불과했다. 그 뒤로 그들은 같은 것을 반복하여 이야기했다. 새로 등장한 아마르간트 시민들도 앞서 다른 사람이 이미 들려 준 것 말고는 다른 아무 것도 낭송하지 못했다.

그럼에도 불구하고 바스티안의 기분은 점점 고조되었다. 자기의 차례가 다가오기 때문이었다. 어젯밤 자기의 소망이 이렇게 한 치도 틀림없이 이루어지다니. 다른 모든 이들이 끝낼 때까지 기다리자니 몸이 달아올랐다. 이따금 곁의 아트레유를 쳐다보았지만 그는 꼼짝 않고 앉아 귀를 기울이고 있었다. 그에게선 눈곱만치의 감정의 동요도 읽을 수 없었다.

마침내 은발의 노인 크베어쿠오바트가 시민들에게 멈출 것을 명령했다. 그리고 한숨을 쉬며 바스티안을 향해 말했다.

"바스티안 발타자르 북스, 유감스럽게도 우리에게 남은 것이 아주 적다고 말하지 않았소. 이야기가 더 많이 없는 것은 우리의 탓이 아니라오. 보다시피 우리는 최선을 다하고 있소. 그대의 것을 하나 선사하지 않으시겠소?"

"여러분께 내가 지어 낸 이야기를 모두 다 선사하지요."

바스티안은 넓은 아량으로 말했다.

"저는 새로운 이야기를 얼마든지 많이 생각해 낼 수 있으니까요. 그 가운데 여러 이야기를 크리스타라는 이름의 작은 소녀에게 들려주었고, 대부분은 나 자신에게만 들려주었지요. 그러니까 지금껏 그 밖의 사람은 아무도 이 이야기를 모른답니다. 그 이야기를 하나하나 다 하려면 몇 주일, 몇 달이 걸릴지도 모릅니다. 저는 그렇게 오래 여러분과 함께 머물 수가 없으니 모든 이야기들이 포함되어 있는 하나의 이야기만을 들려 드릴까 합니다. 제목은 '아마르간트의 도서관 이야기'로 아주 간단합니다."

바스티안은 잠시 생각에 잠겼다가 하늘에 운을 맡기고 이야기를 시작했다.

"온통 잿빛인 태고시대에, 크바나라는 이름의 은백노파가 아마르간트를 다스리고 있었습니다. 그 아득한 옛날에는 눈물의 호수 무르후도 없었고, 특수한 은으로 이루어져 호숫물을 막아 주는 아마르간트도 없었지요. 돌과 나무로 지어진 집들이 있는, 어디서나 볼 수 있는 흔한 도시였어요. 그리고 그것은 숲이 덮인 언덕 사이의 골짜기에 자리 잡고 있었습니다.

크바나에게는 크빈이라는 이름의 훌륭한 사냥꾼 아들이 하나 있었습니다. 어느 날 크빈은 숲 속에서 뿔끝에 반짝이는 돌을 달고 있는 일각수 한 마리를 발견했지요. 그는 그 짐승을 잡아 돌을 떼어 집으로 가져왔습니다. 그러자 그것이 온 아마르간트 시에 큰 불행의 씨앗이 되었지요. 시민들이 점점 아기를 가질 수 없게 된 겁니다. 이윽고 무슨 구제책이 없으면 모두가 멸종될 운명에 놓였습니다. 그러나 일각수를 부활시킬 수도 없었으니, 아무도 묘책을 알아낼 길이 없었지요.

그때 은백노파 크바나는 그 당시에 있었던 남쪽의 신탁소에 심부름꾼을 한 사람 보내어 율라라에게 묘책을 받아오라고 했습니다. 그러나 남쪽의 신탁소는 너무나 멀리 있었어요. 청년일 때 떠났던 심부름꾼은 할아버지가 되어서야 돌아왔습니다. 그동안 은백노파 크바나는 오래 전에 죽어 버렸고, 아들 크빈이 그 자리를 이어받고 있었습니다. 물론 그도 이미 굉장히 늙었고, 다른 모든 아마르간트 시민들도 마찬가지였지요. 그 가운데에는 단 한 쌍의 어린 아이들이 있었어요. 아크빌이라는 소년과 무크바라는 소녀였습니다.

심부름꾼은 비로소 율라라의 목소리가 그에게 계시했던 내용을 전했습니다. 아마르간트 시가 이 환상 세계에서 가장 아름다운 도시가 되어야만 존속할 수 있으리라는 이야기였습니다. 이 방법으로써만 크빈의 죄악이 보상될 수 있다는 것이었지요. 단, 그 일은 오로지 아하라이 족의 도움을 받아야만 성취시킬 수 있다고 했습니다. 아하라이 족이란 환상 세계의 가장 추한 존재로서, 자신들의 흉측함을 슬퍼한 나머지 끊임없이 눈물을 흘렸기 때문에 '늘 우는 족속'이라고도 불리었지요. 그런데 그들이 흘린 눈물의 강물로, 땅속 깊은 곳에서 꺼낸 가장 순수한 은을 씻어 신비로운 세공품을 만들 수 있었습니다.

그래서 모든 아마르간트 시민들은 아하라이 족을 찾아 나섰습니다. 그렇지만 아무도 그들을 발견하지 못했지요. 그들은 땅속 깊이 살고 있었으니까요. 마침내 아크빌과 무크바만이 남게 되었습니다. 다른 모든 사람들은 죽어 버렸고 둘은 그동안에 어른이 되었지요. 그리고 이 둘은 아하라이 족을 찾아내어 아마르간트를 환상 세계의 가장 아름다운 도시로 만들도록 설득시키는 데 성공했습니다.

아하라이 족은 맨 먼저 은으로 쪽배 하나를 만들었습니다. 그 위에 조그만 은세공 궁전을 지은 다음, 죽어 버린 도시의 장터에 그것을 세워 놓았습니다. 그러고는 지하에 있는 자신들의 눈물 줄기를 관으로 뽑아내어, 숲으로 덮인 언덕들 사이 골짜기에 샘물로 드러나게 했지요. 그러자 골짜기는 쓴 물로 가득 채워져 눈물의 호수 무르후가 되었고, 그 위에 최초의 은 궁전이 떠 있게 되었습니다. 그 안에서 아크빌과 무크바가 살았지요.

그런데 이 아하라이 족이 젊은 한 쌍에게 제시한 조건이 하나 있었습니다. 바로 이 한 쌍의 모든 자손은 노래를 부르고 이야기를 하는 일에 종사해야 한다는 것이었습니다. 그리고 그 일에 몸을 바치는 한, 아하라이 족은 그들을 도울 것이라고 했습니다. 이렇게 하면 그들 역시 추한 몰골로도 무언가 아름다운 일에 기여할 수 있었으니까요.

그래서 아크빌과 무크바는 도서관을 하나 세우고—바로 유명한 아마르간트 도서관이지요.—그 안에 내가 지은 모든 이야기를 수집했습니다. 처음에는 여러분이 지금 막 들은 이 이야기로부터 시작이 됐지만, 차츰 내가 말한 다른 이야기들이 점점 더해졌습니다. 그리고 결국은 이 두 사람을 비롯해 오늘날 은의 도시에 사는 수많은 자손들까지도 도저히 다할 수 없는 수많은 이야기가 모이게 되었지요.

환상 세계의 가장 아름다운 도시 아마르간트가 오늘날까지 존속하는 이유는 아마르간트 시민과 아하라이 족이 서로 약속을 지켜왔기 때문입니다. 오늘날 태고시대의 그 사건을 상기시켜 주는 것은 다만 눈물의 호수 무르후라는 이름뿐이지만 말입니다."

바스티안이 이야기를 끝내자 은발의 노인 크베어쿠오바트는 천천히 의자에서 일어섰다. 그의 얼굴에는 환한 미소가 흘렀다.

"바스티안 발타자르 북스, 그대는 우리에게 하나의 이야기를 넘어서는, 아니 모든 이야기를 넘어서는 것을 선사했소. 바로 우리에게 혈통을 준 것이오. 이제야 우리는 무르후의 원천과, 호수에 실린 우리의 은쪽배와 은으로 된 궁전의 유래를 알게 되었소. 또한 왜 우리가 옛날부터 노래꾼과 이야기꾼의 족속인가도 알게 되었소. 그리고 무엇보다도 우리 도시 안에 있는 저 커다랗고 둥근 건축물에 무엇이 들어 있는가를 알게 됐다오. 그 건물은 태고부터 닫혀져 있었기 때문에 우리 가운데 아무도 들어가 본 적이 없소. 거기엔 우리의 최대의 보물이 담겨 있는데 말이오. 그걸 이제까지 몰랐구료. 그곳에는 바로 아마르간트의 도서관이 있을 것이오!"

크베어쿠오바트가 말했다.

자기가 방금 입 밖에 낸 이야기들이 모조리 현실이 되었다는 사실에 바스티안 자신도 압도되었다. ―아니면 이미 늘 존재해 왔던 것일까? 그라오그라만은 분명히 '양쪽 다!'라고 말했으리라―어쨌든 바스티안은 자기의 눈으로 그것을 확인해 보고 싶었다.

"대체 그 건물은 어디 있나요?"

바스티안은 물었다.

"보여 드리겠소."

크베어쿠오바트는 말하고 관중을 향해 외쳤다.

"모두 따라오시오! 아마도 오늘 우리는 훨씬 큰 기적을 선사받을 것 같소!"

은발의 노인과, 그 옆으로 아트레유와 바스티안을 선두로 한 긴 행렬이 은의 배들을 서로 연결하고 있는 잔교 위로 가서 마침내 커다란 건물 앞에 섰다. 그것은 원형의 배 위에 서 있는, 은으로 된 커다란 원통 모양의 건물이었다. 외부의 벽은 아무 장식도 창문도 없이 매끈했다. 다만 유일하게 커다란 문이 하나 있을 뿐이었지만 그것은 잠겨 있었다.

은으로 된 매끈한 문짝 한가운데에는 반지모양의 틀 안에 투명한 유리처럼 보이는 돌이 하나 박혀 있고, 그 위에 다음과 같은 글이 새겨져 있었다.

일각수의 뿔에서 떨어진 뒤 나는 빛을 잃었노라.
나의 이름을 불러 줄 사람이
내 빛을 소생시킬 때까지 나는 이 문을 잠그고 있으리라.
나는 그를 향해 백 년 간 빛을 비추고,
그를 요르스 민로우트의 어두운 심연으로 이끌리라.

하지만 그가 나의 이름을 끝에서 처음까지
다시 한 번 불러 준다면,
백 년의 빛을
한순간에 비춰 주리라.

"우리 가운데는 여기 새겨진 글자를 해독할 자가 아무도 없소. 요르스 민로우트가 무슨 뜻인지도 모르오. 우리 모두가 거듭 시도를 해 봤지만 아무도 지금껏 이 돌의 이름을 찾아내지 못했소. 우리는 이미 환상 세계에 존재하는 이름만을 사용할 수 있을 뿐이오. 그런데 그것들은 다른 사물들의 이름이므로 어느 누구도 이 돌에 새로운 빛을 가져다주지 못하였고, 결국 문을 열지도 못했소. 그대는 이름을 찾아낼 수 있겠소, 바스티안 발타자르 북스?"

기대에 찬 깊은 침묵이 흘렀다. 온 아마르간트 시민과 방문객들은 숨을 죽이고 기다렸다.

"알 차히르!"

바스티안은 외쳤다.

그 순간 그 돌은 환히 빛을 발하더니 틀에서 빠져나와 곧장 바스티안의 손에 얹혔다. 그리고 문이 열렸다.

"아!" 하는 탄성이 수천의 입에서 한꺼번에 쏟아졌다.

바스티안은 빛나는 돌을 손에 쥐고 아트레유와 크베어쿠오바트의 뒤를 따라 문 안으로 들어섰다. 그들 뒤로 군중이 몰려들었다.

커다란 둥근 방 안은 깜깜했다. 바스티안은 그 돌을 높이 치켜들었다. 그 빛은 촛불보다는 밝았으나 방 안 전체를 비추지는 못했다. 다만 사방의 벽을 따라 여러 층 높이의 책들이 수없이 쌓여 있는 것만이 보일 뿐이었다.

램프들이 날라져 오고, 곧 커다란 방 전체가 환해졌다. 그러자 책으로 된 벽면이 여러 개의 항목으로 분류되어 있고, 항목별로 안내판이 달려 있는 게 보였다. 이를테면 '우스운 이야기'라든가 '아슬아슬한 이야기' 또는 '진지한 이야기' 그리고 '짤막한 이야기' 등등으로 말이다.

둥근 홀의 바닥 한가운데에는 한눈에 볼 수 없을 만큼 커다란 글자가 새겨져 있었다.

바스티안 발타자르 북스
전집 도서관

아트레유는 눈이 휘둥그레져서 사방을 둘러보았다. 놀라움과 감탄에 완전히 압도되어 이제는 감정의 동요가 역력하게 표정으로 나타나 있었다. 바스티안은 그 모습을 보자 너무나 기뻤다.

"이것이 다 네가 지어낸 이야기들이야?"

아트레유는 손가락으로 여기저기를 가리키며 물었다.

"그래."

바스티안은 말하고 알 차히르를 호주머니에 넣었다.

아트레유는 어리둥절해져 바스티안을 바라보았다.

"이건 나로선 도저히 생각할 수 없는 일이야."

아트레유가 고백했다.

아마르간트 시민들은 물론 이미 정신없이 책들에 달라붙어 책을 뒤적이며 서로 읽어 주고 있었다. 어떤 이들은 바닥에 털썩 주저앉아 특정한 구절을 줄줄 외기 시작했다.

당연히 이 엄청난 사건의 소문은 불길처럼 은의 도시 전체에 퍼져 그곳의 시민과 방문객들 사이에 삽시간에 알려졌다.

한편, 바스티안과 아트레유가 막 도서관에서 밖으로 나서려는데 히크리온과 히스발트, 히도른이 마주 오고 있었다.

"바스티안 님."

빨간 머리의 히스발트가 말했다. 그는 칼을 쓰는 데 뿐만 아니라 혀를 놀리는 데도 가장 날쌘 사람임에 틀림없었다.

"당신께서 굉장한 능력을 보여 주었다는 소식을 들었습니다. 우리를 시종으로 삼아 주십시오. 앞으로의 여행에 우리를 데려가 주시길 부탁드립니다. 우리 셋 모두 저마다 자신의 이야기를 얻었으면 합니다. 당신께서는 당연히 우리의 보호 따위는 필요 없을 테지만, 누가 또 압니까? 우리처럼 유능한 기사를 데리고 있으면 도움이 될지요. 예?"

"그렇게 하죠. 여러분과 같은 동행이라면 누구라도 자랑스러워 할 거예요."

바스티안은 말했다.

그러자 세 기사는 굳이 그 자리에서 바스티안의 칼에 대고 충성을 맹세하겠노라고 우겼다. 하지만 바스티안은 머리를 내저었다.

"지칸다는 마술의 칼이에요. 다채로운 죽음의 불길을 먹고 마시고 그것으로 목욕을 하지 않은 자는, 누구도 죽음의 위협 없이 이것을 건드릴 수가 없어요."

그래서 그들은 친구처럼 악수하는 것만으로 만족해야 했다.

"그런데 힌레크 대장은 어떻게 됐죠?"

바스티안이 물었다.

"그는 완전히 절망에 빠져 있어요."

히크리온이 말했다.

"그 여자 때문이죠."

히도른이 덧붙였다.

"한번 그를 찾아가 봅시다."

히스발트가 말을 맺었다.

그래서 그들은—이제 다섯이서—맨 처음 그들이 묵었고, 바스티안이 늙은 이히아를 우리에 데려다 주었던 여관으로 향했다.

그들이 들어섰을 때 식당에는 남자 한 명밖에 없었다. 그는 식탁에 몸을 굽힌 채로 두 손을 금발에 파묻고 있었다. 힌레크 대장이었다.

그는 여행 가방 안에 여벌의 갑옷을 넣어 왔던 모양이다. 지금은 어제 바스티안과의 결투에서 조각나 버린 복장보다 약간 간소한 차림을 하고 있었다.

바스티안은 옆자리에 앉아도 좋으냐고 물었다. 그는 어깨를 으쓱하고 고개를 끄덕이더니 다시 푹 주저앉았다. 그의 앞에 놓인 식탁에는 여러 번 구겼다가 다시 반반히 편 것 같은 종이가 한 장 놓여 있었다.

"지금 당신의 기분이 어떤지 알고 싶군요."

바스티안이 입을 떼었다.

"내가 당신 마음을 상하게 했다면 정말 미안합니다."

힌레크 대장은 고개를 가로저었다.

"나는 이제 끝장났소."

그는 거칠게 외쳤다.

"여기, 이걸 읽어 보라고!"

그는 바스티안에게 쪽지를 내밀었다. 거기에는 이렇게 쓰여 있었다.

'나는 오로지 가장 위대한 남자를 원할 뿐입니다. 그런데 당신은 아니군요. 그럼, 안녕!'

"오그라마르 공주가 준 것인가요?"

바스티안은 물었다.

힌레크 대장은 고개를 끄덕였다.

"공주는 우리의 결투가 끝나자마자 말을 타고 곧장 호숫가로 달려갔소. 지금 대체 어디 있는지 모르겠소. 다시는 만날 수 없을 거요. 이제 나는 이 세상을 어떻게 살아가지!"

"그 여자를 뒤따라갈 수 없나요?"

"무엇하러?"

"그 여자의 마음을 돌리기 위해서."

힌레크 대장은 쓰디쓴 웃음을 터뜨렸다.

"자네는 오그라마르 공주를 모르는군. 나는 모든 것을 해낼 수 있기 위하여 십 년이 넘도록 훈련했소. 그리고 신체에 해로울 법한 건 무엇이든 포기했소. 나는 가장 훌륭한 검도 선생들의 엄격한 규율 밑에서 검술 훈련을 받았고, 가장 힘이 센 씨름꾼들에게서 갖가지 씨름 기술을 연마했지. 마침내는 그들 모두를 이겼소. 나는 말보다 빨리 달릴 수 있고, 노루보다 높이 뛸 수 있소. 모든 것을 이 세상에서 가장 잘할 수 있게 된 것이오. 아니, 어제까지는 말이오. 처음에 그 여자는 나를 거들떠보지도 않았소. 그런데 나의 능력이 차츰차츰 드러남에 따라 점점 관심을 보여 주더이다. 그리고 이제 선택 받을 순간이 가까이에 있었는데…… 이제 모든 것이 헛수고가 되었다오. 영원히! 아무런 희망 없이 어떻게 산단 말이오!"

"오그라마르 공주에 대한 미련은 버리세요. 그녀 못지않게 당신의 마음에 드는 여자가 분명히 있을 거예요."

바스티안은 말했다.

"그렇지 않소. 내가 오그라마르 공주를 좋아한 이유는, 바로 그 여자가 가장 위대한 남자라야만 만족하기 때문이오."

"아, 그렇군요."

바스티안은 어쩔 줄 모르며 대답했다.

“그건 정말 어렵군요. 그렇다면 어떻게 해야 좋을까요? 다른 방법으로 공주에게 접근할 수는 없을까요? 이를테면 음악가라든가 시인으로?”

“나는 어디까지나 무사요. 다른 일은 할 수도 없고, 그럴 뜻도 없소. 난 그저 나일 뿐이오.”

힌레크는 조금 화를 내며 대답했다.

“그래요. 알겠어요.”

바스티안은 말했다.

모두 입을 다물었다. 세 기사는 고개를 끄덕이며 힌레크 대장을 바라보았다. 그의 마음속의 갈등을 그들은 이해할 수 있었다. 이윽고 히스발트가 헛기침을 하고는 바스티안을 향해 조그만 소리로 말했다.

“바스티안, 당신의 능력이라면 그를 돕는다는 게 그리 큰 일은 아닐 겁니다.”

바스티안은 아트레유에게로 고개를 돌렸다. 그는 다시금 알 수 없는 특유의 얼굴을 하고 있었다.

“힌레크 대장 같은 사람에게는 괴물들이 사방에 살고 있지 않다는 게 유감인 거죠. 안 그런가요?”

히도른이 덧붙였다.

바스티안은 여전히 이해할 수가 없었다.

“괴물들이란, 영웅을 만들기 위해서 꼭 필요하니까요.”

히크리온이 거창한 코밑수염을 쓰다듬으며 말했다. 그러면서 바스티안을 향해 눈을 찡긋거렸다.

그제야 바스티안은 말뜻을 이해했다.

“들어봐요, 힌레크 대장.”

바스티안은 말했다.

“다른 여자를 찾아보라고 한 것은 당신의 마음을 시험해 보기 위해서였어요. 사실 오그라마르 공주는 지금 당신의 도움이 필요해요. 당신 말고는 아무도 공주를 구할 수 없거든요.”

힌레크 대장은 귀를 기울였다.

“진심으로 하는 소리요, 바스티안?”

“진심이고말고요. 당신은 곧 확인할 수 있을 겁니다. 오그라마르 공주는 몇 분 전에 기습을 받고 납치되었거든요.”

“누구에게?”

“환상 세계가 생긴 이래로 가장 흉측한 괴물에게요. 바로 스매르그라는 흉악한 용이지요. 공주가 막 숲의 빈 터를 질러 달려가는데, 이 괴물이 공주를 발견하고는, 공중에서 날아와 바로 낚아채간 거예요!”

힌레크는 벌떡 일어났다. 그의 눈이 번쩍이며 두 뺨이 달아올랐다. 그는 기뻐서 손바닥을 딱 마주쳤다. 하지만 곧 그의 눈에 광채가 스러지더니 주저앉았다.

“아무래도 그럴 리가 없소. 어디에도 용이라는 것은 없어진 지 오래되었소.”

그는 머리를 저었다.

“힌레크 대장, 내가 아주 멀리서, 당신네보다 훨씬 먼 데서 왔다는 것을 잊었나요?”

바스티안이 장담했다.

“그거 사실이에요.”

아트레유가 처음으로 끼어들었다.

“그럼 공주가 정말 그 괴물에게 납치당했단 말이오?”

힌레크 대장이 외쳤다. 그는 가슴에 두 손을 얹고 한숨을 내쉬었다.

“오, 사랑하는 오그라마르, 지금 얼마나 괴로워하고 있을까. 하지만 겁내지 말아요. 당신의 기사가 갈 거요. 지금 가는 중이오! 내가 어떻게 해야 되는지 말해 주시오. 그곳이 어디요! 대체 어디로 가야 하오?”

“여기서 아주 멀지요.”

바스티안이 입을 떼었다.

“모르굴, 그곳의 불꽃은 얼음보다 차갑기 때문에 ‘차가운 불의 나라’라고 불려요. 어떻게 이 나라를 발견할 수 있느냐 하는 건 말할 수 없어요. 당신 스스로 찾아내야 해요. 이 나라의 한가운데는 ‘보드가바이’라는 돌로 변한 숲이 있어요. 그리고 다시 이 돌로 변한 숲 한가운데에 납으로 된 성, 라가르가 서 있지요. 이 성은 세 개의 호수로 에워싸여 있습니다. 첫 번째 호수에는 초록빛 독물이 흐르고, 두 번째에는 연기 나는 질산이 흐르고, 세 번째에는 당신의 발 크기만 한 전갈들이 우글거리지요. 그곳을 건너갈 다리 같은 건 없습니다. 납으로 된 성, 라가르를 다스리는 주인이 바로 날개 달린 괴물 스매르그거든요. 그 괴물의 날개는 끈끈한 피부로 되어 있는데, 다 펼치면 너비가 32미터나 되지요. 날지 않을 때는 거대한 캥거루처럼 똑바로 서 있는데, 놈의 몸뚱이는 비루먹은 쥐모양이지만 꼬리는 전갈의 꼬리예요. 그 독침에 가볍게 스치기만 해도 죽게 되지요. 그의 뒷발은 거대한 메뚜기 발 모양이고, 조그맣게 쭈그러들어 보이는 앞발은 갓난아기의 손모양입니다. 그렇지만 착각을 해서는 안 돼요. 바로 이 손 안에 무시무시한 힘이 들어 있거든요. 또 놈은 긴 목을 달팽이가 촉수를 오므리듯이 오므릴 수가 있고, 목 위에는 세 개의 머리가 얹혀 있어요. 하나는 커다란 악어의 머리통 같지요. 이 아가리로 차가운 불을 내뿜을 수 있어요. 그리고 악어의 눈이 있어야 할 자리에 혹이 두 개 붙어 있는데, 이것이 바로 나머지 머리통이에요. 오른편 머리는 늙은 남자의 얼굴 같아요. 그 놈은 그것으로 듣고 볼 수가 있지요. 그렇지만 말할 때는 왼쪽 머리로 하는데, 그것은 늙은 여자의 쭈그러든 얼굴처럼 생겼답니다.”

이런 묘사를 듣자 힌레크 대장의 얼굴은 약간 창백해졌다.

“그 이름이 뭐라고 했소?”

그는 물었다.

“스매르그.”

바스티안은 다시 알려 주었다.

“그 놈은 그 괴상한 몸뚱이를 하고 천 년 전부터 살고 있어요. 그것이 그의 나이지요. 지금까지 끊임없이 아름다운 처녀를 납치했는데, 죽는 날까지 일을 부려 먹기 위해서예요. 그리고 그 처녀가 죽으면 다시 새로운 처녀를 납치하지요.”

“그런데 왜 난 한 번도 그런 말을 듣지 못했을까?”

“스매르그는 상상도 할 수 없이 빠른 속도로 멀리까지 날 수 있거든요. 덕분에 여태껏 환상 세계의 다른 나라로 약탈 원정을 떠나 있었지요. 그리고 납치는 50년에 한 번밖에 안 일어나니까요.”

“그럼 지금껏 붙잡힌 처녀를 구한 사람이 아무도 없소?”

“없어요. 특별한 영웅이 아니라면 어림도 없으니까요.”

이 말에 힌레크의 두 뺨이 다시 붉어졌다.

“스매르그에게 약점이 있소?”

그는 전문가답게 물었다.

“아! 가장 중요한 것을 잊을 뻔했네요. 라가르 성의 가장 깊은 지하실에 납으로 된 손도끼가 하나 있어요. 이것이 그를 죽일 수 있는 유일한 무기예요. 당연히 스매르그가 그 도끼를 자기 눈알처럼 지키고 있으리라는 점은 짐작할 수 있겠지요? 이 도끼로 그의 작은 머리 둘을 쳐내야 해요.”

바스티안은 말했다.

"자네는 어떻게 그 모든 것을 알았소?"

힌레크 대장이 물었다.

바스티안은 대답할 필요도 없었다. 바로 그 순간 거리에서 공포의 비명소리가 들려 왔기 때문이다.

"용이다! 괴물이다! 저것 좀 봐, 저기 하늘 위를! 끔찍해라! 이 도시를 향해 오고 있어! 모두 피해! 아니, 아냐, 벌써 희생물을 하나 채 갖고 있어!"

힌레크 대장은 거리로 뛰쳐나갔다. 다른 기사들도 뒤따랐고, 아트레유와 바스티안은 마지막으로 나갔다.

하늘에는 거대한 박쥐모양의 괴물이 펄럭이고 있었다. 그가 가까이 덮쳐오자, 한 순간 온 은의 도시에 차가운 그늘이 드리워지는 것만 같았다. 그것은 바로 스매르그였다. 그의 모습은 바스티안이 지금 막 지어낸 것과 똑같았다. 괴물은 고사리 같으면서도 위험스러운 작은 두 손으로 한 젊은 여인을 움켜잡고 있었다. 여인은 온 힘을 다해 발버둥 치며 외쳤다.

"힌레크!"

그 소리는 점점 멀어졌다.

"도와 줘요, 힌레크! 나를 구해 줘요, 나의 영웅!"

이 소리를 뒤로 하고 그것은 번개같이 지나가 버렸다.

힌레크는 어느새 검정 준마를 우리에서 꺼내어 육지를 향하는 은쪽 배에 올라타고 있었다.

"더 빨리요! 얼마라도 주겠소, 그러니 더 빨리 가시오!"

그가 뱃사공에게 외치는 소리가 들렸다.

바스티안은 멀어져 가는 힌레크 대장을 바라보며 중얼거렸다.

"내가 그를 너무 심한 곤경에 빠뜨린 게 아니었으면 좋겠어."

아트레유가 바스티안을 바라보았다. 그러더니 나직이 말했다.

"우리도 떠나는 게 좋겠어."

"어디로?"

"너는 나 때문에 환상 세계로 왔어. 이제 네가 돌아갈 길을 찾도록 도와 줘야 할 것 같아. 너는 분명히 언젠가는 다시 너의 세계로 돌아갈 테지?"

아트레유는 말했다.

"오, 지금까지 그 생각은 전혀 못 했어. 그렇지만 네 말이 맞아. 그럼, 물론이야, 네 말이 옳아."

바스티안이 말했다.

"너는 환상 세계를 구해 냈어."

아트레유는 말을 이었다.

"그리고 내가 보기에 넌 그 덕분에 많은 것을 얻었어. 이제 너는 너의 세계를 건강하게 만들기 위해 돌아가고 싶을 거라는 생각이 들어. 아니면 너를 여기에 붙잡아 두는 다른 뭔가가 또 있니?"

그러자 자기가 늘 힘이 세고 아름답고 용기 있는 소년이 아니었음을 까맣게 잊어버린 바스티안은 이렇게 대답했다.

"아니, 없는 것 같아."

아트레유는 다시 깊은 생각에 잠겨 친구를 바라보며 덧붙였다.

"어쩌면 그것은 길고 어려운 길일지 몰라. 누가 알겠니?"

"그래, 누가 알겠어? 네 뜻이 그렇다면 우리 당장 떠나자."

바스티안은 고개를 끄덕였다.

그러자 세 기사들 사이에 우정 어린 짧은 다툼이 벌어졌다. 서로 자기의 말을 바스티안에게 내주겠다며 티격태격했던 것이다. 그러나 바스티안은 자기에게 노새 이히아를 선사해 줄 것을 청함으로써 사건을 매듭지었다. 그들은 그런 초라한 짐승을 타는 건 바스티안의 권위에 어울리지 않는다고 주장했지만, 바스티안이 간절하게 원했기 때문에 결국은 그들도 양보했다.

세 장정들이 출발 준비를 하는 동안에 바스티안과 아트레유는, 은발의 노인 크베어쿠오바트에게 고마움을 전하고 작별을 고하기 위해 대궐로 돌아갔다. 행운의 용, 푸쿠르는 대궐 앞에서 아트레유를 기다리고 있었다. 출발한다는 소리를 듣자 용은 대단히 만족해했다. 아마르간트가 제아무리 아름다운 도시라 할지라도 무릇 도시란 용에게 맞지 않는 법이다.

은발의 노인 크베어쿠오바트는 바스티안 발타자르 북스 도서관에서 들고 온 책에 깊이 빠져 있었다.

"그대들을 좀 더 오래 붙들고 싶소만, 이렇게 위대한 작가를 언제까지 우리 곁에만 둘 수는 없지요. 그의 작품을 갖고 있는 것만으로도 큰 위안이 되오."

크베어쿠오바트가 조금 두서없이 대답했다.

그들은 작별인사를 하고 나왔다.

아트레유는 푸쿠르의 등에 올라타고 바스티안에게 물었다.

"푸쿠르를 타고 싶다고 하지 않았니?"

"나중에. 지금은 이히아가 나를 기다려. 나는 그와 약속을 했거든."

바스티안이 대답했다.

"그럼 우리는 육지에서 너희를 기다릴게."

아트레유가 외쳤다. 행운의 용은 공중으로 높이 솟아 어느새 보이지 않았다.

바스티안이 숙소로 돌아왔을 때, 세 기사는 여행 채비를 마치고 말과 노새와 함께 배 위에 올라타 기다리고 있었다. 그들은 이히아에게서 꾸러미안장을 떼어내고 대신 화려하게 장식된 승마용 안장을 노새의 등에 얹어 놓았다. 의아해하던 이히아는 바스티안이 다가와 귀에 대고 속삭였을 때에야 비로소 그 이유를 알아차렸다.

"너는 이제 내 노새야, 이히아."

배가 출발해 은의 도시에서 멀어지는 동안, 늙은 노새의 기쁨의 탄성은 눈물의 호수 무르후의 쓰디쓴 수면 위로 한참 동안이나 울려 퍼졌다.

한편 힌레크 대장은 과연 성공적으로 차가운 불의 나라, 모르굴에 도착했다. 그는 돌로 변한 보드가바이에도 잠적해 들어갔고, 라가르 성을 에워싼 세 개의 호수도 이겨냈다. 그리고 납으로 된 손도끼를 찾아내어 용, 스매르그를 때려 눕혔다. 그러고 나서 오그라마르를 그녀의 아버지에게 데려다 주었다. 이제는 오그라마르가 그와 결혼을 하고 싶어 했지만, 힌레크는 더 이상 그녀와 결혼할 뜻이 없어졌다. 하지만 그것은 또 다른 이야기이므로 언젠가 다른 기회에 이야기할 것이다.

아하라이

　말을 타고 가는 일행의 머리 위에 낮게 내려앉은 먹구름에서 빗줄기가 세차게 쏟아져 내렸다. 그러다가 축축하고 커다란 눈송이가 휘날리기 시작하더니 마침내 눈과 비가 섞여 내렸다. 폭풍이 세차게 불어쳐서 말들조차 맞서 버티느라 휘청거렸다. 말을 탄 이들의 젖은 외투는 무겁게 늘어져 말의 등을 철썩철썩 때렸다.

　그들이 여행길에 오른 지 벌써 꽤 여러 날이 되었고, 사흘 전부터는 내내 이 고원을 달리는 중이었다. 날씨는 날이 갈수록 더욱 고약해졌고, 땅바닥이 뾰족한 돌조각과 진창으로 뒤범벅되는 바람에 앞으로 나가기가 점점 힘들어졌다. 한 무더기의 덤불이나 바람에 비스듬히 휜 작은 나무들이 듬성듬성 서 있을 뿐 풍경의 변화는 전혀 없었다.

　노새 이히아를 타고 앞장서 달리는 바스티안은 번쩍이는 은외투를 입고 비교적 앞을 잘 헤쳐 나가고 있었다. 이 외투는 가볍고 얇으면서도 상당히 따뜻했으며 방수도 잘 되었다. 기운이 센 히크리온의 땅딸막한 몸집은 두터운 푸른 털외투 속에 거의 파묻혀 있었다. 섬세한 골격의 히스발트는 갈색 모피외투의 커다란 모자를 빨간 머리칼 위까지 끌어올렸다. 그리고 히도른의 회색 돛베외투는 앙상한 그의 몸에 착 달라붙어 있었다.

그럼에도 불구하고 세 기사는 그들만의 난폭한 방법으로 유쾌하게 헤쳐나갔다. 바스티안과의 여행이 일요일의 산책 같으리라고는 기대하지 않았던 것이다. 이따금 그들은 아름답기보다는 억센 목청으로 폭풍에 맞서 커다랗게 노래를 불렀다. 때로는 혼자서, 때로는 입을 모아서. 그들이 좋아하는 노래는 다음과 같은 구절로 시작되었다.

내가 어린아이였을 적에는
비바람이 몰아칠 때도 신나했었지……

그들이 설명하는 바에 의하면, 이 노래는 오랜 옛날 셰익스피어라던가, 뭐 그 비슷한 이름의 한 여행자에게서 유래됐다는 것이다.

이들 무리 가운데에서 비나 추위에 거의 동요를 보이지 않는 유일한 존재는 아트레유였다. 여행이 시작된 이래 그는 푸쿠르를 타고 구름을 헤치며 돌진하여 멀리까지 앞질러가서 육지를 정찰하고는 되돌아와 보고했다.

그들 모두는, 심지어 행운의 용까지도, 바스티안이 자기의 세계로 되돌아갈 길을 찾는 원정길에 올라 있다고 믿었다. 바스티안도 그렇게 믿었다. 아트레유의 제안을 우정과 호의로 받아들였을 뿐, 사실은 결코 그것을 소망하지 않았다는 사실을 바스티안 자신도 깨닫지 못했던 것이다. 하지만 환상 세계의 길은 그것이 의식된 것이든 아니든 간에 소망에 따라 생겨나는 법이다. 그리고 어떤 방향으로 전진해야 할까를 결정해야 할 사람은 바스티안이었기 때문에, 그들의 길은 점점 더 깊이 환상 세계 속으로 끌려들어 가고 있었다. 다시 말하면 상아탑이 형성하고 있는 중심점을 향해서 말이다. 그것이 바스티안에게 어떤 의미가 있었는지는 나중에야 밝혀졌다. 당장은 바스티안도, 그의 일행들도 아무런 예감이 떠오르지 않았다.

바스티안의 머릿속은 다른 생각으로 가득 차 있었다.

아마르간트를 출발한 바로 다음 날, 그들은 무르후를 에워싼 숲 속에서 용 스매르그의 뚜렷한 자취를 발견했다. 그곳에 있는 나무의 일부가 돌로 변해 있었던 것이다. 괴물이 거기에 내려앉아 얼음처럼 차가운 불을 아가리에서 내뿜어 나무를 그슬린 것이 분명했다. 거대한 메뚜기 발 모양 자국도 쉽게 알아볼 수 있었다. 자취를 찾아내는 데 능숙한 아트레유는 또 다른 발자국도 발견했는데, 바로 힌레크 대장의 말 발자국이었다. 그러니까 힌레크는 용을 추적하고 있는 중이었다.

"이 사건이 나는 영 못마땅해. 스매르그가 괴물이든 아니든 간에 어쨌든 그는 아무리 멀긴 해도 내 친척이거든."

푸쿠르는 반농담처럼 말하며 루비빛 눈알을 굴렸다.

그들은 힌레크 대장의 자취를 쫓지 않고 방향을 돌렸다. 그들의 목적은 바스티안의 귀향길을 찾는 것이었기 때문이다.

그때부터 바스티안은 자기가 힌레크 대장을 위해 용을 한 마리 만들어 낸 것이 과연 어떤 일이었는지 골똘히 생각했다. 힌레크 대장에겐 자신을 증명하고 맞서 싸울 어떤 대상이 필요한 것이 분명했다. 그렇지만 그가 이기리라는 것은 전혀 이야기되지 않았다. 그가 스매르그에게 죽임이라도 당한다면 어쩌지? 게다가 지금 오그라마르 공주도 끔찍한 상황에 처해 있는 것이다. 하기야 그녀가 턱없이 오만했던 것은 틀림없지만, 그렇다고 바스티안이 그녀를 그런 식으로 불행에 처넣을 권리가 있을까? 이 모든 것을 무시하더라도, 스매르그가 환상 세계 안에서 또 어떤 말썽을 저지를지 모를 일이었다. 그러고 보면 바스티안은 자기가 없어져도 계속 살아갈 수많은 죄 없는 존재에게 엄청난 재앙을 끼칠지도 모르는 위험을 새로이 창조해낸 것이었다. 별 생각도 없이 말이다. 어린 달님은 그녀의 제국 안에서 선과 악, 아름다움과 추함의 구별을 두지 않는다는 사실을 바스티안도 알고 있었다. 여왕에게는 환상 세계의 모든 피조물이 동등하게 중요하고 온당한 것이었다. 하지만 바스티안 자신도 여왕과 똑같이 처신해도 좋단 말인가? 그리고 무엇보다도, 자기는 그것을 진정 바라고 있었던가?

아니, 바스티안은 자신에게 말했다. 바스티안은 괴물과 추물의 창조자로 환상 세계의 이야기에 끼어들 마음이 털끝만큼도 없었다. 자기가 선행을 베풀고 공평한 존재로 알려진다면, 모든 이들에게 빛나는 모범으로 나타난다면, 다른 이들이 자신을 ‘좋은 인간’이거나 ‘위대한 은인’으로서 존경한다면 훨씬 좋을 것 같았다. 그렇다, 그것이야말로 소년이 소망하는 것이었다.

그러는 동안에 바위가 많은 지대에 들어섰다. 푸쿠르를 타고 정찰비행에서 되돌아온 아트레유가 몇 킬로미터 앞쪽에서 바람을 피할 적당한 골짜기를 보았다고 말했다. 자기가 잘못 본 게 아니라면 비와 눈을 피해 잠을 잘 수 있는 동굴까지 여러 개 있다는 것이었다.

때늦은 오후였고, 밤을 지낼 장소를 찾아야 할 시간이었다. 그래서 모두가 아트레유의 보고를 듣고 기뻐하며 말을 몰았다. 길은 아마도 말라 버린 강바닥인 듯싶은, 점점 높아지는 바위로 둘러싸인 계곡의 바닥으로 이어져 있었다. 두 시간쯤 지나 골짜기에 이르렀고, 과연 거기에는 사방의 바위벽에 수많은 동굴이 뚫려 있었다. 그들은 가장 넓은 동굴을 골라 제각기 편하게 자리를 잡았다. 세 기사는 언저리에서 마른 덤불과 폭풍에 꺾인 가지를 긁어모아 동굴 안에 모닥불을 환하게 밝혔다. 젖은 외투들을 벗어 마르도록 널고, 말들과 노새도 끌고 들어와 안장을 벗겼다. 보통 때라면 바깥에서 잠자기를 좋아하던 푸쿠르까지도 동굴의 뒤쪽에 몸을 웅크렸다. 동굴은 생각보다도 훨씬 아늑했다.

끈질긴 히도른이 여행용 양식에서 커다란 고기토막을 꺼내 긴 칼에 꿰어 불에다 구웠다. 그 모습을 모두가 기대에 차서 바라보고 있는 동안 아트레유가 바스티안을 돌아보며 부탁했다.

"크리스타에 대해 더 이야기해 줘!"

"누구에 대해?"

바스티안은 영문을 모르겠다는 투로 물었다.

"너의 친구 크리스타에 대해. 네가 지어낸 이야기를 들려주었다던 어린 소녀 말이야."

"나는 그런 이름을 처음 듣는데."

바스티안은 대답했다.

"그런데 어떻게 내가 그 애한테 이야기를 해주었다는 생각이 들었지?"

아트레유는 생각에 잠긴 눈초리로 바스티안을 다시 바라보았다.

"너의 세계에서 너는 수많은 이야기를 만들어 들려 주었잖아. 그 애에게도 또 너 자신에게도."

그는 천천히 말했다.

"어떻게 네가 그것을 알지, 아트레유?"

"네가 그렇게 말했어, 아마르간트에서. 그리고 그것 때문에 사람들에게 곧잘 비웃음을 당했다고도 말했어."

바스티안은 뚫어지게 불을 바라보았다.

“네 말이 맞아.”

바스티안은 중얼거렸다.

“내가 그렇게 말했었지. 그렇지만 왜 그랬는지는 모르겠어. 기억이 안 나.”

그것은 바스티안 자신도 이상스러웠다.

아트레유는 푸쿠르와 눈길을 주고받았고, 마치 지금 증명되고 있는 사실을 둘이 이야기라도 한 듯이 진지하게 고개를 끄덕였다. 하지만 아트레유는 더 말하지 않았다. 분명 세 기사가 듣는 데서는 그것에 관해 말하고 싶지 않은 듯했다.

“고기가 익었어.”

히도른이 말했다.

그는 한 조각씩 칼로 잘라 나누어 주었다. 모두 식사를 시작했다. 아무리 잘 봐줘도 고기가 완전히 익었다고는 할 수 없었지만—겉은 새까맣게 타고 안은 날것이었다—이런 상황에서는 까다롭게 굴 수도 없었다.

한동안 모두가 씹는 데 열중했다. 아트레유가 다시 한 번 물었다.

“네가 어떻게 우리한테로 왔는지 말해 줘!”

“그건 네가 잘 알잖아. 네가 나를 어린 여왕에게 데려다 주었잖아.”

바스티안이 대답했다.

“내 말은, 그 전에 말이야. 너의 세계에서 너는 어디에 있었지? 모든 일이 어떻게 일어난 거지?”

아트레유가 말했다.

그러자 바스티안은, 자기가 코레안더 씨에게서 책을 슬쩍했던 일이며, 학교 건물 위의 창고로 도망쳐 거기에서 책을 읽기 시작한 자초지종을 이야기했다. 아트레유가 그만두라는 손짓을 했다. 아트레유에게 바스티안이 자기에 관해 읽은 내용은 별 흥미가 없는 모양이었다. 그 대신 바스티안이 코레안더 서점을 어떻게, 왜 찾아갔으며 학교 창고로 어떻게, 왜 도망쳤는지에 대해 아주 정확히 알고 싶어했다.

바스티안은 생각을 쥐어짜 보았지만, 아무래도 그것에 대해서는 기억나지 않았다. 그 일과 상관된 모든 것, 즉 겁을 집어먹고 있었다는 점, 자기는 뚱보에다가 약하고 예민한 아이였다는 사실을 전부 잊어버린 것이다. 바스티안의 기억은 조각조각 부스러져 있었고, 이 조각들은 바스티안 자신의 것이 아니라 다른 누군가의 일인 듯 아득하고 희미하게 여겨졌다.

아트레유는 다른 기억들에 관해서도 물었다. 바스티안은 엄마가 살아 계셨던 시절에 관해서, 아빠에 관해서, 집에 관해서, 그리고 자기의 학교와 도시에 관해서 생각나는 대로 이야기해 주었다.

세 기사들은 벌써 잠이 들었고, 바스티안은 여전히 이야기를 하고 있었다. 아트레유가 그런 일상적인 일에 큰 관심을 나타낸다는 것이 바스티안에게는 이상스러웠다. 그리고 이 너무나 평범하고 예사로운 일들이 점차 자기 자신에게까지 특별하게 느껴졌고, 그 모든 것에 자기가 지금껏 깨닫지 못했던 어떤 비밀이 들어 있는 듯 여겨졌다. 그 이유는 어쩌면 주의 깊게 듣고 있는 아트레유의 태도 때문인지도 몰랐다.

바스티안은 이제 더 이야기할 게 없었다. 어떤 기억도 전혀 떠오르지 않았다. 벌써 밤이 이슥했고 모닥불은 재로 변해 가고 있었다. 세 기사들은 나직이 코를 골고 있었다. 아트레유는 표정 없이 앉아 깊은 생각에 빠져 있었다.

바스티안이 기지개를 켜고 누워 자기의 은외투를 휘감아 막 잠이 들려는 찰나, 아트레유가 작은 소리로 말했다.

"그건 아우린 때문이야."

바스티안은 베개를 베고 잠에 취한 눈으로 친구를 바라보았다.

"그게 무슨 소리야?"

"광채가 인간에게는 우리 같은 족속들과는 다르게 작용을 해."

아트레유는 자신에게 말하듯이 계속했다.

"어째서지?"

"그 부적은 너에게 큰 힘을 주고 너의 모든 소망을 이루어 주지만, 동시에 네게서 빼앗아가는 게 있어. 바로 너의 세계에 대한 기억이야."

바스티안은 생각에 잠겼다. 바스티안은 자기에게서 뭔가 없어졌다는 것이 느껴지지 않았다.

"그라오그라만은 나에게 나의 참된 의지를 찾으려면 소망의 길을 걸어야 한다고 말했어. 그리고 아우린에 새겨진 글귀도 그걸 뜻해. 그러려면 나는 하나의 소망에서 다음 소망으로 차례차례 넘어가야 해. 어느 것도 뛰어넘을 수는 없어. 다른 방법으로는 환상 세계에서 앞으로 나아갈 수 없다고 말했어. 그것을 위해 이 보물이 필요한 거야."

"그래, 그것은 너에게 길을 제시하는 동시에 네게서 목적을 빼앗아 가는 거야."

아트레유가 말했다.

"나 원 참, 어린 달님은 내게 이 표지를 줄 때 자신의 행동을 알고 있었을 거야. 그건 너의 공연한 생각이야, 아트레유. 아우린은 절대로 덫이 아니라구."

바스티안은 태평스럽게 말했다.

"나도 그렇게는 생각하지 않아."

그리고 조금 있다가 덧붙였다.

"어쨌든 우리가 너의 세계로 가는 길을 찾는 원정길에 오른 건 잘한 일이야. 우린 그 길을 찾고 있는 거지? 그렇지?"

“그래 그래……..”

바스티안은 거의 졸면서 대답했다.

한밤중에 바스티안은 묘한 소리에 잠이 깼다. 그것이 무슨 소리인지는 설명할 수가 없었다. 모닥불은 사그라지고 완전한 암흑이 주위를 휩싸고 있었다. 이어서 아트레유의 손이 어깨에 느껴졌고 그의 속삭임이 들려 왔다.

“저게 무슨 소리지?”

“나도 모르겠어.”

바스티안도 속삭였다.

그들은 소리가 들려 온 동굴의 입구로 기어가서 귀를 바짝 세웠다.

그것은 수없이 많은 목청에서 나오는 억제된 흐느낌처럼 들렸다. 하지만 인간의 소리 같지는 않았고, 더욱이 동물의 울음소리와는 조금도 비슷한 데가 없었다. 거의 술렁거리는 음향 같은 것으로서, 이따금 거품이 이는 파도처럼 일종의 탄식으로 솟아올랐다가 다시 잦아들고, 얼마 뒤 다시금 솟아올랐다. 그것은 바스티안이 들었던 그 어떤 소리보다도 구슬픈 음조였다.

“최소한 뭘 볼 수만 있어도 좋겠는데!”

아트레유가 소곤거렸다.

“잠깐! 나에게 알 차히르가 있어.”

바스티안이 말했다.

소년은 호주머니에서 빛나는 돌을 꺼내 높이 치켜들었다. 그 빛은 촛불처럼 희미하게 골짜기를 가물가물 비춰 주었지만, 그 불빛만으로도 두 친구는 소름이 끼치도록 끔찍한 광경을 충분히 볼 수 있었다.

갈기갈기 찢기고 더러운 누더기조각을 휘감은 것 같은 피부로 덮인, 팔뚝 길이만 한 괴상한 벌레들이 골짜기 전체에 우글거렸다. 한껏 잡힌 주름 사이로 해파리의 촉수 같은 끈끈한 사지가 뻗어 나와 있었다. 몸 뚱이 한쪽 끝 누더기피부에서는 저마다 두 눈이 올려다보고 있었다. 눈 꺼풀도 없는 그 눈에서 눈물이 줄줄 흘러내렸다. 그들의 몸통과 온 골 짜기가 그 눈물로 젖어 있었다.

알 차히르의 빛을 받는 순간, 그들은 완전히 굳어 버렸다. 그래서 그 들이 마침 무슨 일을 벌이고 있었는가를 볼 수 있었다. 그들의 한가운 데에는 정교의 극치를 이루는 은세공 탑이 하나 솟아 있었다. 바스티안 이 아마르간트에서 보았던 그 어떤 건축물보다 아름답고 훌륭해 보였 다. 이 벌레 모양의 존재들은 지금 막 이 탑 위를 기어다니며 낱낱의 부분들을 짜 맞추고 있던 중임에 틀림없었다. 하지만 지금은 모조리 꼼 짝 않고 알 차히르의 빛을 마주 응시하고 있었다.

"슬프도다! 슬프도다!"

소름끼치는 속삭임이 골짜기를 울렸다.

"이제 우리의 추악한 몰골이 드러나 버렸구나! 슬프도다! 슬프도 다! 우리를 보고 있는 게 누구의 눈이냐? 슬프도다! 우리가 우리 모 습을 봐야 하다니! 누구인지는 몰라도 잔인한 침입자여! 너그러운 마 음으로 온정을 베풀어 우리에게서 그 빛을 어서 거둬 주오!"

"나는 바스티안 발타자르 북스야, 너희는 누구지?"

바스티안이 나섰다.

"우리는 아하라이 족속이야. 아하라이, 아하라이 족! 환상 세계에서 가장 불행한 피조물이야!"

구슬픈 울림이 바스티안에게 대꾸했다.

바스티안은 입을 다물고 깜짝 놀라 아트레유를 바라보았다. 아트레 유도 벌떡 일어나 바스티안에게 다가왔다.

"그럼 너희가 바로 환상 세계의 가장 아름다운 도시 아마르간트를

세운 족속이란 말이니?"

바스티안은 물었다.

"그렇단다, 아아, 우선 그 빛을 치워 줘. 제발 우리를 보지 마라. 부탁이야."

그들은 말했다.

"그럼 너희의 눈물로 눈물의 호수 무르후가 만들어졌단 말이니?"

"네 말대로야. 그렇지만 우리를 이렇게 빛 속에 서 있게 한다면, 우리는 수치심과 두려움으로 죽게 될 거야. 왜 그렇게 잔인하게 우리의 고통을 더 크게 만들지? 아아, 우리는 너에게 아무런 해도 끼치지 않았어. 그리고 우리의 몰골로 어느 누구에게도 모욕을 준 일이 없어."

바스티안은 알 차히르를 다시 호주머니에 넣었다. 사방은 다시 깜깜해졌다.

"고마워! 너의 너그러운 은혜에 감사한다!"

흐느끼는 목소리들이 외쳤다.

"너희와 이야기를 나누고 싶어. 너희를 돕고 싶어."

바스티안은 말했다.

바스티안은 이 피조물들의 절망에 동정심과 혐오감을 동시에 느끼며 기분이 언짢아졌다. 이 피조물들은 바스티안이 아마르간트의 발생에 관한 이야기 속에서 창조했던 바로 그 족속임이 분명했다. 하지만 이번에도 그들이 애초부터 존재했는지, 아니면 자기를 통해 비로소 생겨난 것인지 확실치가 않았다. 만일 후자의 경우라면, 바스티안은 어떤 식으로든 이 모든 고통에 책임이 있었다. 하지만 사정이야 어떻든 상관없이 바스티안은 이 끔찍한 문제를 해결하기로 결심했다.

"아아, 누가 우리를 도울 수 있지?"

애통해하는 목소리들이 신음했다.

"내가!"

바스티안이 외쳤다.

"나는 아우린을 가지고 있거든."

그러자 갑자기 조용해졌다. 울부짖음이 완전히 잦아들었다.

"너희는 어디서 이렇게 느닷없이 나타났지?"

바스티안이 어둠 속을 향해 물었다.

"우리는 빛이 없는 땅속 깊은 곳에 살고 있어."

합창하듯 대답의 속삭임이 들려 왔다.

"태양 앞에 우리의 모습이 드러나지 않도록 하기 위해서. 거기서 우리는 우리의 존재가 슬퍼서 끊임없이 울지. 그리고 그 눈물로 원석에서 불변의 은을 씻어내 네가 보았던 저 은세공품을 짜냈단다. 깜깜한 밤중에만 우리는 지상에 올라올 엄두를 내는 거야. 이 동굴들은 우리의 출구란다. 우리는 지하에서 준비했던 것들을 여기 지상에서 짜 맞추지. 그런데 마침 오늘밤은 우리의 모습이 드러나지 않을 만큼 캄캄했거든. 그래서 올라온 거야. 우리는 작업을 통해서 우리의 추한 몰골에 대한 보상을 세상에 해주고 거기서 약간의 위안을 찾는단다."

"그렇지만 너희의 모습이 그런 것은 너희의 죄가 아니잖아!"

바스티안은 말했다.

"아아, 세상에는 여러 가지 죄가 있어. 행동의 죄, 생각의 죄. 우리의 죄는 바로 존재 자체야."

아하라이 족은 대답했다.

"내가 너희를 어떻게 도울 수 있지?"

바스티안은 동정에 못 이겨 울먹이듯이 물었다.

"아아, 위대한 은인이여, 아우린을 지닌, 우리를 구제할 힘을 가진 은인이여. 우리의 소망은 단 한 가지뿐이야. 우리에게 다른 모습을 줘.”

아하라이 족은 외쳤다.

“그렇게 할게. 기운을 내, 가엾은 존재들이여!”

바스티안은 말했다.

“너희는 이제 잠을 자도록 해. 내일 아침 깨어나면, 너희는 껍질을 벗고 나비가 되어 있을 거야. 알록달록한 옷을 입고 유쾌하게 웃고 장난치게 될 거야! 내일부터 너희의 이름은 더 이상 항상 우는 자 아하라이가 아니라, 항상 웃는 자 슐라무펜이야.”

바스티안은 어둠 속으로 귀를 기울여 보았지만 아무 기척도 들리지 않았다.

“그들은 벌써 잠에 빠졌어.”

아트레유가 속삭였다.

두 친구는 동굴로 되돌아왔다. 히스발트, 히도른, 히크리온은 무슨 일이 벌어졌는지 전혀 모른 채 여전히 나직이 코를 골고 있었다.

바스티안은 몸을 뉘었다.

자신의 행동이 무척이나 만족스러웠다.

방금 자기가 행한 착한 일을 온 환상 세계가 머지않아 알게 되리라. 그 행위는 실로 욕심 없는 것이었다. 그것으로 바스티안이 무엇이든 자신을 위해서만 소망했다고는 아무도 주장할 수 없으리라. 이 선행의 소문은 밝은 영광으로 빛나게 되리라.

“이 일을 어떻게 생각하니, 아트레유?”

바스티안은 속삭였다.

아트레유는 한동안 말이 없다가 대답했다.

“이 일이 너에게서 무얼 앗아갔을까?”

잠시 뒤 아트레유가 잠이 들고 난 뒤에야, 바스티안은 친구의 그 말이 자기의 희생을 뜻하는 것이 아니라 기억의 상실을 의미함을 깨달았다. 하지만 그 생각에 더 골몰하지 않고 기쁜 마음으로 잠이 들었다.

다음날 아침, 바스티안은 세 기사의 소란스러운 탄성에 잠이 깼다.

"저것 좀 봐! 저기 내 늙은 말들도 킥킥거리고 있네!"

바스티안은 그들이 아트레유와 함께 동굴 입구에 서 있는 모습을 보았다. 그런데 유독 아트레유만이 웃지 않고 있었다.

바스티안은 일어서서 그들에게 다가갔다.

골짜기에는 그가 지금껏 본 것들 중에 가장 우스꽝스러운 작은 형체들이 구불구불 기고 곤두박질치며 퍼득거리고 있었다. 하나같이 등에는 알록달록한 나방 날개를 달고, 체크무늬나 줄무늬, 꼬불꼬불한 무늬, 물방울무늬 등 온갖 종류의 누더기를 걸치고 있었다. 하지만 그 옷은 모두가 다 너무 좁거나 넓고, 너무 크거나 작아서, 이를테면 아무렇게나 꿰맨 것처럼 보였다. 맞는 것은 하나도 없었고 어디든지, 심지어는 날개에까지 기운 자국이 나 있었다. 게다가 하나같이 다른 무늬의 그들은, 얼굴이 어릿광대처럼 알록달록했으며 뭉툭하고 빨간 코나 울퉁불퉁한 큰 코에 지나치게 커다란 입을 달고 있었다. 또 어떤 것들은 실크 모자를 쓰고, 또 어떤 것들은 뾰족 모자를 쓰고 있었다. 새빨간 머리칼을 단지 세 가닥만 높이 치켜세우고 있는 것들도 너덧 되었고, 거울처럼 빤질빤질한 대머리도 두셋 섞여 있었다. 그들 대부분은 값진 은세공의 우아한 탑에 들러붙어서 이리저리 깡충깡충 뛰면서 탑을 망가뜨리려고 버둥거렸다.

바스티안은 밖으로 달려 나갔다.

"어이, 너희들!"

바스티안은 올려다보며 소리쳤다.

"당장 멈춰! 그러면 안 돼!"

그들은 멈춰 서서 일제히 소년을 내려다보았다.

맨 꼭대기의 한 놈이 물었다.

"뭐래?"

다른 한 놈이 아래에서 위를 향해 외쳤다.

"저 꼬마가 우리더러 그러면 안 된다고 하는군."

"그러면 안 된다고? 왜지?"

세 번째 놈이 물었다.

"그래서는 안 되니까! 그렇게 간단히 모든 걸 망가뜨릴 순 없어!"

바스티안이 외쳤다.

"저 꼬마가 우리더러 모든 걸 망가뜨릴 수 없다는군."

첫째 어릿광대 나방이 다른 놈에게 말했다.

"어림없지, 우린 그럴 수 있어."

다른 놈이 그렇게 말하며 탑에서 커다란 조각을 뜯어 냈다.

첫째 놈이 미친 듯이 날뛰면서 바스티안을 내려다보고 외쳤다.

"아무렴, 우린 그럴 수 있어!"

탑은 위험하게 흔들리며 으지직거렸다.

"대체 무슨 짓을 하는 거야!"

바스티안이 외쳤다. 놀랍고 화가 났지만 어찌할 바를 몰랐다. 이놈들이 너무나 우스꽝스러웠기 때문이다.

"저 꼬마가. 우리더러 무슨 짓을 하냐고 묻는군."

첫째 나방이 다시 동료들에게 말했다.

"정말, 우리가 무슨 짓을 하는 거지?"

다른 놈이 물었다.

"장난을 치는 거지."

세 번째가 대꾸했다.

그러자 주변의 모두가 왁자지껄하며 폭소를 터뜨리고 헐떡거렸다.

"우리는 장난을 치는 거야!"

첫째 나방이 바스티안을 내려다보며 소리쳤다. 놈은 웃다가 사레가 들려 끽끽거렸다.

"너희가 멈추지 않으면 탑이 곧 무너질 거야."

바스티안이 외쳤다.

"저 꼬마가 탑이 무너질 거라는군."

첫째 나방이 딴 놈에게 전달했다.

"그래서?"

다른 놈이 말했다.

그러자 첫째 나방이 아래를 향해서 외쳤다.

"그래서?"

바스티안은 기가 막혔다. 그가 적당한 대답을 미처 찾기도 전에 탑에 매달려 있던 모든 어릿광대 나방들이 갑자기 공중에서 일종의 윤무를 추기 시작했다. 그러나 그들은 손을 맞잡은 게 아니라 다리를 잡거나 목덜미를 잡기도 하고, 거꾸로 선 채 휩쓸려 돌아가면서, 하나같이 신이 나서 환호성을 지르며 웃고 있었다.

이 날개 달린 친구들이 벌이는 장면이 너무나 우스꽝스럽고 신이 나 보여서 바스티안 역시 치밀어 오르던 화를 잠시 잊고 웃을 수밖에 없었다.

"그래도 그러지 마. 그건 아하라이 족의 작품이야!"

"저 꼬마가 우리더러 그렇게 해서는 안 된다는군."

첫째 어릿광대 나방이 다시 동료에게 말했다.

"우린 무엇이든 할 수 있어."

한 놈이 소리치며 공중제비를 넘었다.

"우리는 우리에게 금지되지 않은 것은 뭐든 할 수 있어. 그런데 누가 우리에게 뭔가를 금지하겠어? 우리는 술라무펜 족이야."

"누가 우리에게 무엇을 금지하겠어?"

모든 어릿광대 나방들이 일시에 지껄였다.

"우리는 술라무펜 족이야!"

"나다!"

바스티안이 대답했다.

"저기 저것이 '나'라고 말하네."

첫째 나방이 다른 놈에게 말했다.

"어째서 너지?"

다른 놈들이 물었다.

"너는 우리에게 뭐라고 할 권한이 없어."

"아니 내가 아니고!"

첫째가 설명했다.

"저 꼬마가 '그'라는군."

"왜 저 꼬마가 '그'라는 거지?"

다른 놈들이 물었다.

"그리고 대체 누구를 보고 '그'라는 거야?"

첫째 나방이 아래를 향해 외쳤다.

"나는 '그'라고 말하지 않았어."

바스티안은 화도 나고 우습기도 해서 위를 향해 소리쳤다.

"탑을 망가뜨리는 것을 내가 너희에게 금지시킨다고 말한 거야."

"우리에게 탑을 망가뜨리는 걸 금지시킨대."

첫째 나방이 딴 놈들에게 설명했다.

"누가?"

새로운 놈이 물었다.

"저 꼬마가."

다른 놈들이 대답했다.

그러자 새로운 놈이 말했다.

"나는 저 꼬마를 몰라. 저게 대체 누구야?"

첫째가 소리쳤다.

"어이, 야 꼬마야, 너는 대체 누구니?"

"나는 꼬마가 아니야!"

바스티안은 이제 잔뜩 화가 치밀어서 소리쳤다.

"바스티안 발타자르 북스야. 너희가 날마다 흘리던 눈물을 닦아주기 위해 너희를 슐라무펜 족으로 만든 사람. 어젯밤까지만 해도 너희는 불행한 아하라이 족이었지. 너희의 은인에게 좀 더 존경심을 갖고 조용하게 대답할 수 없겠니?"

모든 어릿광대 나방들은 껑충거림과 춤 추는 것을 일시에 멈추고 바스티안을 향해 눈길을 돌렸다. 갑자기 숨 막힐 듯한 정적이 흘렀다.

"저 꼬마가 뭐라는 거야?"

멀리 떨어져 앉은 한 나방이 소곤거렸지만, 옆엣놈이 그 놈의 모자를 쳐서 모자가 그 놈의 귀와 눈을 죄다 덮었다. 다른 모든 놈들이 "쉿!" 하고 말했다.

"다시 한 번 천천히 자세하게 말해 주지 않겠니?"

첫째 나방이 정중하게 강조했다.

"나는 너희의 은인이다!"

바스티안은 외쳤다.

그러자 어릿광대 나방들 사이에 정말로 우스꽝스러운 술렁거림이 터졌다. 한 놈이 다른 놈에게 계속 전달하는 식으로 해서, 마침내는 지금껏 모든 골짜기에 퍼져 있던 헤아릴 수 없이 많은 형체들이 몽땅 뭉쳐서 바스티안을 둘러싸고는 구불구불 기고 펄럭거리며 서로의 귀에 대고 외쳐대는 것이었다.

"그 말을 들었니? 그 말을 알아들었어? 그가 우리의 은인이라는군! 그의 이름은 나스티반 발테북스! 아니, 그의 이름은 북시안 베엘토터! 무슨 소리, 그의 이름은 자라테트 북시보올! 아냐, 발트리안 흭스! 슐룩스! 바벨트란 토트벨러! 닉스! 플락스! 트릭스!"

온 무리가 열광해서 이젠 제정신이 아닌 듯했다. 그들이 서로서로 손을 흔들고 모자를 높이 들고 어깨와 배를 들썩거려서 엄청난 먼지구름이 솟아올랐다.

"우리는 정말 행운아들이 아니야!"

그들은 외쳤다.

"우리의 북스테터 잔지바르 바스텔볼 만세!"

그리고 이 거대한 무리는 줄기차게 고함을 지르고 웃으면서 공중으로 높이 솟아 소용돌이치며 떠나갔다. 소란한 소리가 아득히 멀리서 울렸다.

바스티안은 멍청히 그 자리에 서 있었다. 이제 자기의 진짜 이름이 무엇인지도 가물가물했다.

그리고 자기가 과연 좋은 일을 한 것인지도 확신할 수가 없게 되었다.

나그네 길의 일행

　그날 아침 그들이 출발했을 때 햇빛이 어두운 구름장 사이로 비스듬히 비쳐들었다. 비바람은 마침내 잦아졌고, 오전의 행군 동안 두세 번 짧고 세찬 소나기가 쏟아졌지만 그런 뒤로는 금세 날씨가 좋아졌다. 또한 피부에 느껴질 만큼 기온이 올라갔다.

　세 기사는 신바람이 나서 서로 농담을 주고받고 웃으며 온갖 장난을 쳤다. 하지만 깊은 생각에 빠진 바스티안은 노새를 타고 말없이 앞서가고 있었다. 세 기사는 바스티안을 너무나 너무나 우러러보았기 때문에 깊은 생각에 빠진 그를 방해하지 않았다.

　그들은 여전히 끝이 날 것 같지 않은 바위의 고원을 행진하고 있었다. 갈수록 나무덤불만이 무성하고 키가 커져 갔다.

　언제나처럼 푸쿠르를 타고 훨씬 앞질러 날아가 정찰하고 있던 아트레유는, 출발 때부터 바스티안이 뭔가에 골몰해 있음을 눈치 챘다. 그

는 친구의 기분을 돋우어 주려면 어떻게 해야 하는지 행운의 용에게
물었다. 푸쿠르는 루비빛 눈알을 반짝이며 말했다.

"그건 아주 간단해. 그가 예전부터 내 등에 한번 올라타고 싶다고
하지 않았어?"

얼마 후 이 작은 여행단이 한 바위모퉁이를 굽어 돌아섰을 때, 아트
레유와 행운의 용이 벌써 와서 기다리고 있었다. 두 친구는 햇볕에 몸
을 쭉 펴고 드러누워 실눈을 뜨고 오는 사람들을 맞았다.

바스티안이 멈춰 서서 그들을 유심히 바라보았다.

"너희 피곤하니?"

바스티안이 물었다.

"아니, 조금도. 내가 잠시만 이히아를 타고 가면 안 되냐고 물어볼
참이었어. 나는 노새를 타 본 적이 한 번도 없거든. 네가 그렇게 조금
도 싫증 내지 않는 걸 보면 재미있는 일일 거야. 나에게도 그 즐거움을
한 번쯤 나눠 줄 수 있겠지, 바스티안. 그동안 대신 내 늙은 푸쿠르를
빌려 줄게."

아트레유가 대답했다.

바스티안은 기뻐서 뺨이 시뻘겋게 달아올랐다.

"정말이니, 푸쿠르? 나를 태워 주겠니?"

바스티안이 물었다.

"기꺼이, 위대한 임금님!"

행운의 용은 그르렁거리며 한쪽 눈을 찡긋했다.

"올라타서 나를 꽉 붙잡아!"

바스티안은 노새 등에서 훌쩍 뛰어내려 단숨에 푸쿠르의 등에 올라탔
다. 바스티안이 은빛 갈기를 꽉 움켜잡자 용은 공중으로 높이 솟았다.

바스티안은 그라오그라만을 타고 색채의 사막을 달리던 일을 지금도

생생히 기억하고 있었다. 하지만 하얀 행운의 용을 타고 나는 것은 그 것과는 또 다른 기분이었다. 거대한 불의 사자를 타고 돌진하는 것이 폭포소리와 고함 같은 것이었다면, 유연한 용의 몸뚱이가 오르내리는 것은 부드럽고도 다정했다가 때로 힘차고도 찬란해지는 노랫가락 같은 것이었다. 특히 푸쿠르가 그의 갈기와 턱수염, 사지의 긴 술을 흰 불꽃 처럼 일렁거리며 번개처럼 곡선을 그릴 때면, 그의 비상은 아득한 하늘 의 노래 같았다. 바스티안의 은외투가 바람을 맞아 펄럭였고, 햇빛 속 에서 수천 개 불꽃의 자취처럼 반짝거렸다.

정오 무렵이 되어 바스티안과 푸쿠르는 다른 일행이 있는 곳에 내렸 다. 그동안에 다른 사람들은 시냇물이 흐르고 햇살이 따뜻한 바위고원 에 자리를 만들어 놓고 있었다. 모닥불 위에서는 수프 주전자가 보글보 글 끓고, 거기 곁들여 둥글넓적한 빵도 있었다. 말들과 노새는 풀밭에 서 정신없이 풀을 뜯고 있었다.

식사를 마치고 세 기사는 사냥을 하기로 결정했다. 여행용 양식이, 특히 고기가 다 떨어져 갔는데, 마침 이곳으로 오는 도중에 수풀 속에 서 꿩의 울음소리를 들었기 때문이다. 토끼도 있는 것 같았다. 그들은 아트레유에게, 그가 녹인종으로서 틀림없이 열광적인 사냥꾼일 테니 같이 가지 않겠느냐고 물었다. 하지만 아트레유는 초대해 주어서 고맙 지만 사양하겠다고 했다. 그래서 세 기사만이 그들의 튼튼한 활을 쥐고 화살통을 등에 둘러메고는 가까운 숲으로 갔다.

아트레유와 푸쿠르, 바스티안이 그 자리를 지키게 되었다.

잠시 침묵이 흐른 뒤 아트레유가 입을 열었다.

"우리에게 너의 세계에 관해 조금만 더 얘기해 주지 않겠니, 바스티 안?"

"너희에게 무슨 얘기가 흥미로울까?"

바스티안이 물었다.

"네 생각은 어떠니, 푸쿠르?"

아트레유는 행운의 용을 돌아다보았다.

"너희 학교의 아이들에 대해 듣고 싶어."

용은 대답했다.

"어떤 아이들?"

바스티안은 어리둥절해했다.

"너를 놀렸던 아이들."

푸쿠르가 설명했다.

"나를 놀려댔던 아이들?"

바스티안은 몹시 의아해하며 되뇌었다.

"나는 아이들에 관해 아는 게 하나도 없어. 그리고 어떤 아이도 감히 나를 놀려대지는 못했을 게 분명해."

"그렇다면 네가 학교에 다녔다는 것은 아직도 생각나니?"

이번에는 아트레유가 끼어들었다.

"그래, 어떤 학교가 기억나. 그건 맞아."

바스티안은 생각에 잠겨 말했다.

아트레유와 푸쿠르는 시선을 주고받았다.

"우린 이걸 걱정했었어."

아트레유는 중얼거렸다.

"대체 뭘?"

"너는 또다시 네 기억의 일부를 잃어버렸어. 이번에는 아하라이 족을 슐라무펜 족으로 변신시킨 것 때문이야. 그냥 둘 것을 그랬어."

아트레유는 침통해져서 대답했다.

"바스티안 발타자르 북스."

이번에는 행운의 용이 입을 떼었다. 그 소리는 사뭇 엄숙했다.

"네가 괜찮다면 한 가지 충고를 하겠어. 이제부터는 아우린이 네게 부여한 힘을 더 이상 쓰지 않는 게 좋겠어. 안 그러면 네 마지막 기억들까지 잊는 위험에 빠질 거야. 그렇게 되면 어떻게 너의 세계로 되돌아갈 수 있겠니?"

"아직은 그곳으로 되돌아가고 싶지 않아."

바스티안은 잠시 생각에 잠겼다가 고백했다.

"그래도 돌아가야 해! 돌아가서 너의 세계를 바로잡도록 애써야 해. 사람들이 다시 우리 환상 세계로 오도록. 안 그러면 환상 세계는 조만간에 또다시 멸망에 빠질 테고, 그러면 모든 일이 허사가 되는 거야!"

아트레유는 깜짝 놀라 외쳤다.

"내가 아직 여기에 있잖아. 어린 달님에게 새로운 이름을 지어 준 지도 얼마 되지 않았어."

바스티안은 약간 기분이 상해서 말했다.

아트레유는 잠자코 있었다.

"어쨌든 우리가 왜 지금껏 바스티안이 돌아갈 수 있는 길에 관해 조그만 단서도 찾지 못했는지 이유가 분명해졌어. 바스티안 자신이 전혀 소망치 않았다니!"

이번에는 푸쿠르가 끼어들었다.

"바스티안, 네가 돌아가야 할 이유가 도대체 아무것도 없다는 거니? 그곳에 사랑하는 것이 하나도 없어? 너를 기다리며 너 때문에 걱정할 아버지 생각은 조금도 안 하니?"

바스티안은 고개를 가로저었다.

"별로. 어쩌면 아빠는 내가 없어진 게 기쁠지도 몰라."

아트레유는 깜짝 놀라 친구를 바라보았다.

"그런 말을 하는 걸 보니, 마치 너희가 나를 떼어놓으려고 그러는 것 같구나."

바스티안은 씁쓰름한 표정으로 말했다.

"그게 무슨 소리니?"

아트레유는 가라앉은 소리로 물었다.

"보아하니 너희는 한 가지 걱정만 하는 것 같아. 어떻게 하면 나를 빨리 환상 세계에서 내쫓을까 하는."

아트레유는 바스티안을 바라보며 천천히 고개를 가로저었다. 한참 동안 셋은 아무 말이 없었다. 바스티안은 곧 두 친구를 비난했던 일을 후회했다. 자신도 자기가 옳지 않았음을 알고 있었다.

"나는 우리가 친구라고 생각했었어."

얼마 뒤 아트레유가 나직이 말했다.

"맞아, 우린 친구야. 그리고 영원히 그럴 거야. 바보 같은 소리한 걸 용서해 줘."

바스티안은 외쳤다.

아트레유가 미소를 지었다.

"우리가 네 마음을 상하게 했다면, 너도 우리를 용서해 줘. 그러려고 한 건 아니었어."

"어쨌든 너희의 충고를 따를게."

바스티안은 화해조로 말했다.

얼마 뒤 세 기사가 돌아왔다. 메추리 몇 마리와 꿩 한 마리 그리고 토끼 한 마리와 함께였다. 그들은 철수하여 여행을 계속했다. 바스티안은 이제 다시 이히아를 타고 나아갔다.

오후에 그들은 곧고 키가 큰 나무들이 서 있는 숲에 닿았다. 그 나무들은 침엽수로 너무나 빽빽한 초록 지붕을 이루었기 때문에 햇빛이 거의 땅바닥에 새어들지 않았다. 그래서인지 키 작은 나무들은 자라지 않았다.

푹신하고 평평한 땅 위를 달리는 것은 기분 좋았다. 푸쿠르도 여행단과 함께 땅 위를 걸어가기로 했다. 아트레유와 나무지붕 위로 날다가는 다른 일행을 잃어버릴 위험이 있었다.

오후 내내 그들은 짙은 초록의 으스름빛 속에서 높은 나무둥치 사이를 누비며 행진했다. 저녁 무렵이 되자, 한 언덕 위에서 옛 성채의 터를 발견했다. 무너진 탑과 성벽, 다리와 방들의 틈바구니에서 그나마 꽤 잘 보존된 둥근 지붕을 하나 찾아냈다. 여기서 그들은 밤을 지낼 준비를 했다. 이번에는 붉은 머리의 히스발트가 요리 당번이었는데, 그는 썩 훌륭한 요리사였다. 그가 모닥불 위에 구운 꿩은 맛이 굉장히 훌륭했다.

이튿날 아침에도 그들은 행진을 계속했다. 하루 내내 사방이 똑같아 보이는 숲 속을 돌아다녔다. 다시 해가 저물었을 때에야 자기네가 커다란 원을 그리고 제자리에 되돌아왔음을 알아차렸다. 출발 지점이었던 폐허의 성과 다시 맞닥뜨린 것이었다. 다만 이번에는 다른 방향에서 다가왔을 뿐이었다.

“이런 일은 지금껏 경험해 본 적이 없어!”
히크리온은 새까만 코밑수염을 꼬며 말했다.
“내 눈을 믿을 수가 없어!”
히스발트가 빨간 머리를 절레절레 흔들었다.
“이럴 리가 없어!”
히도른이 투덜거리며 길고 앙상한 다리로 성의 폐허 속을 성큼성큼 걸었다.

그러나 그건 사실이었다. 어제의 식사 찌꺼기가 그것을 증명했다.

아트레유와 푸쿠르도 어떻게 이런 지경이 되도록 길을 잃을 수 있었는지 설명할 길이 없었다. 그들은 둘 다 침묵을 지켰다.

저녁식사 때—이번에는 히크리온이 솜씨를 부린 토끼구이로, 비교적 먹을 만하게 준비되었다—세 기사는 바스티안에게, 인간 세계에 대한 기억을 돌이켜 조금만 이야기해 줄 수 있는지 물었다. 하지만 바스티안은 목이 아프다는 핑계로 거절했다. 그가 하루 종일 말이 없었기 때문에 기사들도 바스티안의 말을 진짜라고 믿었다. 그들은 목이 아플 땐 어떻게 하는 게 좋은지 몇 가지 도움말을 해 주고 잠자리에 들었다.

오직 아트레유와 푸쿠르만이 바스티안의 마음속에 무슨 일이 일어나는지 예감하고 있었다.

그들은 동이 트자마자 다시 길을 떠났다. 하루 종일 숲을 행진하며 정해진 방향을 유지하느라 주의를 바싹 기울였다. 그러나 저녁이 되었을 때, 그들은 또다시 성의 폐허 앞에 서게 되었다.

"에이, 될 대로 되라지!"

히크리온이 고함을 쳤다.

"미치겠군!"

히스발트가 신음을 했다.

"친구들, 이젠 이 일을 끝내야 될 것 같아. 우리가 수행 기사로서 아무짝에도 쓸모없음이 이렇게 드러났잖아."

히도른이 메마른 음성으로 말했다.

바스티안은 이곳에 온 첫날 저녁에 이히아에게 알맞은 자리를 발견했다. 이히아는 이따금 완전히 혼자가 되어 사색하기를 즐기기 때문이었다. 더욱이 제각기 유수한 혈통과 높은 신분의 족보를 들먹이는 것 말고는 아무런 대화가 없는 말들과 어울리기란 성가신 일이었다. 그날 저녁 바스티안이 노새를 제자리로 데려다 주고 돌아서려 할 때, 그가 말했다.

"주인님, 나는 왜 우리가 앞으로 나아가질 못하는지 알아요."

"어떻게 그걸 알지, 이히아?"

"내가 당신을 태우기 때문이지요. 반쪽 당나귀는 그런 경우 온갖 것을 다 느낀답니다."

"그럼 네가 생각하는 그 이유가 뭐지?"

"당신이 앞으로 나아가기를 소망하지 않기 때문입니다, 주인님. 당신은 뭔가를 소망하길 그만둔 거예요."

바스티안은 깜짝 놀라 노새를 바라보았다.

"넌 정말로 현명하구나, 이히아."

노새는 멋쩍어하며 기다란 두 귀를 쫑긋했다.

"우리가 지금껏 어떤 방향으로 계속 움직였는지 아시나요?"

"몰라. 넌 아니?"

바스티안은 말했다.

이히아는 고개를 끄덕였다.

"지금껏 우리는 계속 환상 세계의 중심부를 향해 다가갔지요. 그것이 우리의 방향이었어요."

"상아탑 쪽으로 말이니?"

"그래요, 주인님. 그래서 우리가 그 방향을 지키는 동안은 잘 진행돼 온 것이지요."

"그럴 리가 없어. 그렇다면 아트레유가 깨달았을 테고, 누구보다 푸쿠르가 알아차렸을 거야. 그런데 둘 다 전혀 모르고 있잖아."

바스티안은 의심스럽다는 투로 말했다.

"우리 노새들은 분명코 행운의 용들과는 비교될 수도 없을 만큼 단순한 피조물이지요. 그렇지만 우리만이 알고 있는 몇 가지 일들이 있습니다, 주인님. 그 가운데 하나가 방향이지요. 그건 우리에겐 타고난 거예요. 우리는 결코 착각하지 않습니다. 그렇기 때문에 당신이 어린 여왕에게 가기를 바란다고 확신할 수 있어요.”

이히아는 말했다.

“어린 달님에게……. 그래, 나는 그녀를 다시 만나고 싶어. 여왕은 내가 갈 길을 말해 줄 거야.”

바스티안은 중얼거렸다.

바스티안은 노새의 부드러운 주둥이를 쓰다듬어 주며 속삭였다.

“고맙다. 이히아, 고마워!”

이튿날 아침 아트레유는 바스티안을 한쪽 옆으로 데려갔다.

“바스티안. 푸쿠르와 나를 용서해줘. 우리는 좋은 뜻으로 충고를 했지만, 그건 어리석은 짓이었어. 우리가 한곳을 맴돌게 된 건, 네가 그 충고를 따른 뒤부터였어. 지난밤에 이 문제를 두고 푸쿠르와 오랫동안 이야기를 나누었어. 네가 다시 뭔가를 소망하지 않는 한, 너는 여기에서 떠날 수가 없을 거야. 그리고 우리도 마찬가지고. 네가 무언가를 원함으로써 더 많은 기억을 잃는다는 것은 피할 수 없는 사실이야. 그렇지만 다른 방법이 없어. 우리는 네가 때를 놓치지 않고 돌아가는 길을 찾게 되길 바랄 뿐이야. 우리가 여기에 주저앉으면, 너도 도움 받을 길이 없으니까. 바스티안, 아우린의 힘을 써서 너의 다음 소망을 찾아내.”

“그래, 이히아도 똑같은 말을 했어. 그리고 나도 벌써 알고 있어, 내 다음 소망을. 가자, 모두가 내 소망을 같이 들었으면 하니까.”

바스티안은 말했다.

그들은 다른 이들에게로 돌아갔다.

"친구들, 지금껏 우리는 나의 세계로 돌아갈 길을 찾는다며 헛수고만 했어. 이런 식으로 계속하다간 끝내 그 길을 찾지 못할 것 같아. 그래서 그 길에 관한 정보를 내게 알려 줄 수 있는 유일한 인물을 찾아가기로 결심했어. 그건 어린 여왕이야. 오늘부터 우리 여행의 목적지는 상아탑이다."

바스티안은 큰 소리로 말했다.

"만세!"

세 기사가 이구동성으로 외쳤다.

하지만 푸쿠르의 청동 같은 음성이 그 사이로 굉굉 울리며 끼어들었다.

"그만둬, 바스티안 발타자르 북스! 네가 뜻하는 바는 불가능한 거야! 황금 눈의 소망의 지배자는 오로지 한 번밖에 만나지 못한다는 걸 몰라? 너는 여왕을 다시 만날 수 없어!"

바스티안은 몸을 일으켰다.

"어린 달님은 내게 많은 은혜를 입고 있어! 여왕이 나를 만나는 걸 거절할 리가 없어."

소년은 격분해서 말했다.

"이제 알게 될 거야. 여왕의 결정은 때로는 이해하기 어렵다는 것을."

푸쿠르가 되받았다.

"너와 아트레유는 끊임없이 충고를 하려고 드는구나. 내가 너희의 충고를 좇은 결과가 무엇인지 지금 보고 있잖아. 이젠 내가 결정하겠어. 나는 벌써 결정을 했고 그 결정엔 변함이 없어."

바스티안은 분노가 머리로 치솟는 것을 느끼며 대답했다.

그러고는 숨을 깊게 몰아쉬고 약간 차분하게 말을 이었다.

"게다가 너희는 항상 너희 중심으로만 생각하고 있어. 하지만 너희는 환상 세계의 피조물이고, 나는 사람이야. 어떻게 너희와 내가 똑같다고 믿지? 아트레유가 아우린을 지녔을 때는 지금 나하고는 달랐어. 또 내가 아니면 누가 이 '보물'을 어린 달님에게 되돌려 주겠어? 아무도 여왕을 결코 두 번 다시 만나지 못한다고 말했지? 그렇지만 나는 벌써 여왕을 두 번 만났어. 첫 번째는 아트레유가 여왕에게 들어섰을 때 잠깐 동안, 그리고 두 번째는 커다란 알이 폭발했을 때 말이야. 내게는 모든 것이 너희와는 달라. 그리고 이제 나는 세 번째로 어린 달님을 만날 거야."

모두가 잠자코 있었다. 세 기사는 애당초 이 말싸움의 요점이 무엇인지 영문을 모르기 때문에, 그리고 아트레유와 푸쿠르는 확신이 사라졌기 때문에.

"그래. 어쩌면 네 말이 맞는지 몰라, 바스티안. 어린 여왕이 너를 어떻게 대할지 우리는 알 수 없어."

아트레유가 나직이 말했다.

그들은 서둘러 출발했고 불과 몇 시간 뒤, 정오가 채 되기도 전에 숲 가장자리에 이르렀다.

그들 앞에는 약간 비탈진 넓은 풀밭이 펼쳐져 있고, 그 사이로 강물이 꼬불꼬불 흐르고 있었다. 그들은 이제 강줄기를 따라 나아갔다.

아트레유는 길을 정찰하기 위해 다시금 푸쿠르를 타고 일행보다 앞서 날아가 그들 주위를 큰 원을 그리며 돌았다. 그러나 두 친구 모두 근심에 잠겨 있어서 비행이 전보다 쉽지는 않았다.

한번은 그들이 높이 솟아 훨씬 앞질러 날아갔을 때, 먼 곳의 땅이 잘려나간 듯이 보이는 곳을 발견했다. 바위절벽은—눈에 볼 수 있는 한

―빽빽한 숲을 이룬 깊은 평원으로 인도되고 있었다. 그곳에서 강물은 어마어마한 폭포가 되어 떨어지고 있었다. 그렇지만 말을 타고 달리는 일행은 빨라야 다음 날에야 이 지점에 당도할 것이었다.

그들은 되돌아왔다.

"푸쿠르, 바스티안이 어떻게 되든 어린 여왕에겐 상관없으리라고 생각하니?"

아트레유가 물었다.

"누가 알겠어. 여왕은 차별을 두지 않는 걸."

푸쿠르가 대답했다.

"그렇다면, 여왕은 정말로……."

아트레유는 말을 이었다.

"그만둬!"

푸쿠르가 아트레유의 말을 중단시켰다.

"네가 무슨 생각하는지 알아. 그렇지만 입 밖에 내지 마."

아트레유는 잠시 입을 다물고 있다가 말했다.

"그는 내 친구야, 푸쿠르. 우리는 그를 도와야 해. 그것이 어린 여왕의 뜻을 거역하는 것이라도. 그렇지만 어떻게?"

"행운으로."

용은 대답했다. 처음으로 그의 목소리는, 그 청동의 종에 금이 간 것처럼 들렸다.

그날 저녁에는 강변에 위치한 텅 빈 벽돌 오두막을 잠자리로 정했다. 물론 푸쿠르에게는 너무 좁은 오두막이라서, 전에도 흔히 그랬듯이 공중에 높이 떠서 잠을 자기로 했다. 말들과 이히아도 밖에서 지내야 했다.

저녁 식사를 하는 동안 아트레유는 자신이 발견한 폭포와 야릇한 절벽에 관해 이야기를 했다. 그러고는 지나가는 말처럼 이렇게 덧붙였다.

"그건 그렇고, 우리를 쫓는 추적자들이 있어."

세 기사는 서로 얼굴을 마주보았다.

"정말?"

히크리온은 모험심에 가득 차서 새까만 코밑수염을 꼬았다.

"몇 명이나?"

"우리 뒤로 일곱 명인 것 같아."

아트레유가 대답했다.

"그렇지만 밤새도록 달려 쫓아온다 해도 그들이 내일 새벽까지 여기 도착할 수는 없을 거야."

"무장을 하고 있니?"

히스발트가 물었다.

"그건 확인할 수 없었어."

아트레유가 말했다.

"그런데 다른 방향에서 더 많은 자들이 오고 있어. 서쪽에서 여섯, 동쪽에서 아홉에다가 맞은 편에서는 열둘이나 열세 명이 다가오고 있어."

"그들이 뭘 원하는지 우선 두고 보자."

히도른이 말했다.

"서른 대여섯 명쯤이야 우리 셋에게는 위험할 건덕지도 없어. 바스티안과 아트레유에게야 더 말할 것도 없고."

그날 밤 바스티안은 지금껏 늘 그랬듯이 지칸다를 풀어놓지 않았다. 칼 손잡이를 단단히 쥐고 잠이 들었다. 꿈속에서 소년은 어린 달님의 얼굴을 보았다. 여왕은 축복어린 미소를 보내 주었다. 깨어났을 때는 기억에서 사라지고 없었지만, 이 꿈은 소년에게 여왕을 다시 보게 되리라는 희망을 굳게 해 주었다.

바스티안이 벽돌 오두막의 문 밖을 내다보았을 때, 강물 위로 어른거리는 새벽안개 속에 일곱 명의 모습이 어렴풋이 보였다. 그 가운데 두 명은 걸어오고 나머지는 제각기 다른 짐승을 타고 있었다. 바스티안은 살그머니 동료들을 깨웠다.

세 기사는 서둘러 칼을 둘러차고 오두막에서 나왔다. 밖에서 기다리고 있던 형체들은 바스티안이 나타나자, 타고 있던 짐승들에서 내려 모두 일제히 왼쪽 무릎을 굽히고 꿇어앉았다. 그리고 깊이 머리를 조아리고 외쳤다.

"환상 세계의 구세주, 바스티안 발타자르 북스 님께 인사드립니다."

새로 나타난 자들은 모두 이상스러운 모습을 하고 있었다. 걸어서 온 둘 가운데 하나는 유난히 긴 목에다가 사방에 하나씩 얼굴 네 개가 달린 머리를 얹고 있었다. 첫 번째 얼굴은 명랑한 표정이었고 두 번째 얼굴은 화난 표정, 세 번째는 슬픈 표정, 네 번째는 졸리운 표정이었다. 그 얼굴 표정은 각기 고정되어 변하지 않았지만, 그때그때의 기분에 맞는 얼굴을 앞으로 돌릴 수가 있었다. 그는 사분의 일 요괴였는데, 어떤 데서는 기분파 요괴라고도 불렸다.

걸어온 자 가운데 또 하나는 환상 세계에서 케팔로포덴 또는 두족류라고 불리는 자로서, 몸뚱이도 손도 없이 아주 길고 가는 다리 위에 머리만 하나 달려 있었다. 두족류는 풀을 뜯어 먹으며 영양을 섭취했고, 끊임없이 방랑하여 일정한 거주지가 없었다. 또한 대체로 수백 놈이 무리지어 돌아다니기 때문에 혼자 있는 경우는 아주 드물었다. 지금 바스티안 앞에 무릎을 꿇고 있는 놈은 젊고 뺨이 붉었다. 염소보다 조금 클까 말까 한 말을 타고 온 다른 세 형체는 각기 난쟁이와 그림자 악마, 야생녀였다. 난쟁이는 이마에 황금띠를 두르고 있었는데 틀림없이 임금인 듯했다. 그림자 악마는 알아보기가 힘들었다. 원래 어느의 누구 그림자도 아닌 오로지 그림자로만 형성되어 있었기 때문이다. 야생녀는 고양이 같은 얼굴에 꼬불꼬불한 긴 금발이 뒤덮여 있었다. 그녀는 다섯 살짜리 어린애보다 작은 듯 보였다.

황소를 타고 온 또 다른 방문객은 늙은이로 태어나서 젖먹이가 되면 죽는 사사프란 나라 출신이었다. 길고 흰 수염에 대머리, 주름투성이 얼굴인 것으로 보아—사사프란 족의 생태에 미루어 판단한다면—그는 아주 젊었다. 바스티안의 또래인 듯싶었다.

낙타를 타고 온 푸른 마귀도 하나 있었다. 그는 길고 가는 몸집에 커다란 터번을 쓰고 있었다. 근육으로 불거진 벗은 상체가 마치 번쩍이는 푸른 금속으로 된 듯이 보이긴 했지만, 골격은 전체적으로 인간의 형체였다. 다만 얼굴엔 코와 입 대신에 꼬부라진 독수리부리가 날카롭게 달려 있었다.

"너희의 정체는 무엇이며, 뭘 원하는 것이냐?"

히크리온이 험상궂은 표정으로 물었다. 예의바른 인사에도 불구하고 그는 이 방문객이 해로운 존재가 아님을 완전히 믿지 못한 채 혼자서만 여전히 칼의 손잡이를 붙잡고 있었다.

지금껏 졸리운 얼굴을 보이고 있던 사분의 일 요괴가 명랑한 얼굴을 앞으로 내밀더니, 히크리온은 아예 거들떠보지도 않고 바스티안에게 말했다.

"주인님, 우리는 환상 세계의 여러 다른 나라에서 온 왕들입니다. 당신께 인사를 드리고 도움을 청하기 위해 각기 길을 떠나왔지요. 당신의 소식은 이 나라에서 저 나라로 퍼졌습니다. 바람과 구름이 당신의 이름을 부르고, 바다의 파도가 철썩거림으로 당신의 명성을 알려 주며, 모든 시냇물이 당신의 힘에 관해 속삭입니다."

바스티안은 아트레유를 힐긋 쳐다봤지만 그는 진지하고 엄격하게 요괴를 바라보고 있었다. 그의 입가에서 미소라고는 찾아볼 수 없었다.

"우리는 알고 있습니다."

푸른 마귀가 입을 열었다. 그의 목소리는 독수리의 날카로운 비명 같았다.

"당신이 밤의 숲 페렐린과 색채의 고압을 창조했다는 사실을 말입니다. 우리는 당신이 다채로운 죽음의 불로 된 것을 먹고 마시고 거기에 목욕을 했다는 사실도 알지요. 환상 세계의 그 어느 누구도 해내지 못했을 그 일을 말이지요. 또 당신이 천 개 문의 사원을 헤치고 나왔다는 것과, 은의 도시 아마르간트에서 어떤 일을 행하셨는지까지 모두 알고 있습니다. 주인님, 우리는 당신이 무엇이든 할 수 있음을 압니다. 당신의 말 한마디 한마디가 모두 이루어집니다. 그래서 당신을 초대하려고 합니다. 우리만의 이야기를 갖게 되는 은혜를 베풀어 주십시오. 우리 모두에겐 아직 아무런 이야기가 없습니다."

바스티안은 생각에 잠겼다가 고개를 가로저었다.

"지금은 너희가 원하는 바를 들어 줄 수가 없구나. 나중에 너희 모두를 도와 주지. 하지만 먼저 어린 여왕을 만나야 해. 그러니 상아탑을 찾도록 나를 도와다오!"

그 존재들은 조금도 실망한 기색을 띠지 않았다. 저희끼리 잠시 서로 의논을 하더니 모두 바스티안의 제의에 기꺼이 따르겠다고 밝혔다. 그리고 얼마 뒤, 이제는 작은 카라반처럼 꽤 길어진 행렬이 움직이기 시작했다.

바스티안 일행은 하루 종일 새로 도착하는 자들을 맞아들였다. 그 전날 아트레유가 보고했던 사절들이 여기저기에서 나타났을 뿐 아니라 더 많은 존재들이 모습을 드러냈기 때문이다. 산양의 다리를 한 목양신과 거대한 밤요정들, 요술쟁이와 난쟁이들, 풍뎅이에 올라탄 놈들과 세 발 달린 놈들, 끝이 젖혀진 장화를 신은 사람 크기만 한 닭과, 연미복 비슷한 것을 입은 황금 뿔이 난 사슴……. 새로 들어온 것들 가운데에는 인간의 형체와는 조금도 닮은 데가 없는 존재들이 수두룩했다. 이를테면 헬멧을 쓴 황동빛 개미, 기괴한 모양의 걸어다니는 바위, 기다란 부리로 연주를 하는 피리처럼 생긴 동물, 그리고—굳이 표현한다면—한 걸음 뗄 때마다 웅덩이 모양으로 녹아서 퍼졌다가 다시 형체를 모으는, 정말로 기이한 방식으로 움직이는 이른바 웅덩이 귀신도 셋 있었다. 그중에서도 무엇보다 기이한 존재는 아마 몸의 앞부분과 뒷부분을 따로따로 움직일 수 있는 이중 동물일 것이다. 그것은 빨갛고 흰 줄무늬가 있는 점 말고는 하마와 상당히 닮은꼴이었다.

그들은 그럭저럭 백 명 가까이 됐다. 모두가 환상 세계의 구세주인 바스티안에게 절을 올리고 자신들만의 이야기를 부탁하려고 온 참이었다. 그렇지만 가장 먼저 온 일곱 명이 나중에 오는 이들에게 우선은 상아탑을 향해 여행을 해야 한다고 설명하자 모두가 따라 나섰다.

히크리온과 히스발트, 히도른은 바스티안과 더불어 이제는 꽤 길게 늘어선 행렬의 선두를 달렸다.

저녁 무렵 행렬은 폭포에 닿았다. 그리고 어둑어둑해졌을 때는 높은 고원을 지나 꼬불꼬불한 산길을 내려가서 나무 크기만 한 난초 숲에 이르렀다. 그것은 붉은 반점을 띤 커다란 꽃으로 왠지 불안감을 주는 듯했다. 그래서 잠을 자는 동안에는 만약의 사태에 대비해 불침번을 세우기로 결정했다.

바스티안과 아트레유는 여기저기에 무성하게 자란 이끼를 모아서 푹신한 침상을 만들었다. 푸쿠르는 머리를 안쪽으로 한 채 두 친구를 둥그렇게 감싸고 누웠다. 두 친구는 마치 해안의 커다란 성 속에서 보호

를 받는 듯한 느낌이었다. 따스한 대기는 난초가 내뿜는 독특한 꽃 냄새로 가득 차 있었다. 그닥 기분 좋은 향기는 아니었다. 거기에서는 불행을 예고하는 무엇인가가 느껴졌다.

눈 달린 손

또 다른 사신들이 지금까지의 행렬에 끼어든 것을 제외하면, 간밤에는 별다른 일이 없었다. 카라반이 다시 움직이기 시작했을 무렵 언저리에 깔린 난초의 꽃과 잎새는 아침 햇살을 받아 이슬방울이 반짝거렸다. 이제 3백을 넘게 되었다. 이같이 각양각색의 존재들이 모인 행렬은 실로 볼 만한 구경거리였다.

그들이 난초 숲 속으로 깊이 들어갈수록 꽃들의 모양과 색깔은 점점 더 놀랍도록 기괴해졌다. 그리고 얼마 지나지 않아 히크리온, 히스발트, 히도른은 불침번을 서도록 만든 꽃의 불안한 기운이 전혀 근거 없는 것이 아니었음을 알아차렸다. 즉, 이 꽃의 대부분은 송아지 한 마리를 충분히 삼킬 만큼 커다란 육식 식물이었던 것이다. 그것들은 스스로 움직이지 않으니 불침번은 소용없었지만, 누구든 건드리기만 하면 덫처럼 철컥 닫혀 버렸다. 그래서 세 기사는 동행들과 타고 가던 짐승의

팔이나 다리를 빼내기 위해 꽃송이 전체를 몇 번이고 칼로 잘라내야만
했다.

이히아를 타고 달리는 바스티안은 온갖 종류의 환상 세계 존재들에게
끊임없이 빽빽하게 둘러싸였다. 그들은 바스티안의 눈에 띄어 보려고,
아니면 적어도 그를 한 번 보기라도 하려고 애썼다. 하지만 바스티안은
골똘한 얼굴로 묵묵히 달렸다. 새로운 소망이 바스티안의 마음속에 일었
지만, 그것은 다가갈 수도 없고 우울함까지 안겨주는 바람이었다.

바스티안을 가장 불안하게 만드는 것이 있었다. 바로 화해를 하긴 했
지만, 자신을 독립하지 못한 어린아이 취급하는 푸쿠르와 아트레유의
태도였다. 그들은 마치 자신에게 걸음마를 가르치고 이끌어 주어야 할
책임이 있다는 듯 행동하지 않는가. 곰곰이 생각해 보니 처음 만난 날
부터 그랬었다. 대체 왜 그러는 것일까? 비록 좋은 뜻으로 그런 것이
라 해도, 그들은 어떤 이유에서든 자신에 대해 우월감을 느끼는 게 분
명했다. 나를 보호 받아야 할 철딱서니 없는 어린애쯤으로 여기다니!
그건 나에게 어울리는 일이 아니다. 아니, 도저히 마음에 들지 않는 일
이다!

'나는 철없는 어린애가 아냐! 그렇지 않다는 걸 보여 줘야지!'

바스티안은 두려운 존재가 되기를 소망했다. 두렵고도 무서운 존재
가 되기를! 누구나 경계를 해야 하는 인물이 되고 싶었다. 푸쿠르와
아트레유까지도.

푸른 마귀가―그의 이름은 일루안이었다―바스티안 둘레에 몰려든
무리를 헤치고 나와 두 팔을 가슴에 십자로 얹는 방식으로 절을 했다.

바스티안은 멈춰 섰다.

"무슨 일이야, 일루안? 말해 봐!"

"주인님,"

마귀는 독수리의 외침 같은 소리로 말했다.

"새로 도착한 우리의 길동무에게서 들은 얘기가 있습니다. 그 가운데 몇인가가 우리가 가고 있는 이 지역을 잘 안답니다. 그들은 모두 무서워서 벌벌 떨고 있지요, 주인님."

"무엇 때문에? 여기가 어떤 곳인데?"

"육식 난초로 이뤄진 이 숲은 오글라이스 정원이라고 하는데, 마술의 성, 호로크에 속해 있습죠, 주인님. 호로크 성은 눈 달린 손이라고도 불리지요. 거기에는 환상 세계에서 가장 힘이 세고 고약한 마녀가 살고 있습니다. 그 이름은 크사이데이지요."

"그래."

바스티안이 대답했다.

"그 겁먹은 자들에게 안심하라고 전해. 내가 함께 가고 있다고 말이야."

일루안은 다시 절을 하고 물러났다.

얼마 지나 앞질러 날아갔던 푸쿠르와 아트레유가 바스티안 옆에 내려앉았다. 마침 행렬은 점심 식사 중이었다.

"좀 이상한 게 있어."

아트레유가 입을 열었다.

"여기서 서너 시간쯤 더 가면, 난초 숲 한가운데에 땅에서 솟아난 커다란 손처럼 보이는 건축물이 하나 있어. 굉장히 으스스한 기분이 들더라고. 우리가 지금 방향으로 계속 나아가면 곧장 그곳에 닿게 돼."

바스티안도 그동안에 일루안에게서 들은 이야기를 했다.

"이번엔 방향을 돌리는 게 현명할 것 같아. 그렇지?"

아트레유가 말했다.

"아니."

바스티안이 말했다.

"굳이 크사이데와 부딪칠 이유가 뭐 있어? 피하는 편이 좋을 거야."

"아나, 한 가지 이유가 있어."

바스티안이 말했다.

"뭐지?"

"내가 원하니까!"

바스티안이 말했다.

아트레유는 입을 다물고는 눈이 휘둥그레져서 바라보았다. 그러나 환상 세계의 존재들이 바스티안을 한 번 보려고 사방에서 몰려드는 바람에 대화는 계속되지 못했다.

하지만 점심 식사가 끝나고 아트레유가 다시 다가와 아무렇지도 않은 투로 제안을 했다.

"나랑 같이 푸쿠르를 타고 날아 볼 생각 없니?"

바스티안은 아트레유가 뭔가 할 말이 있다는 것을 알아챘다. 그들은 행운의 용 등에 올라탔다. 아트레유가 앞에, 바스티안이 그 뒤에. 행운의 용은 공중으로 높이 솟았다. 그들이 함께 올라탄 것은 처음이었다.

소리가 미치는 범위를 벗어나자 아트레유가 말했다.

"이젠 너랑 단둘이 얘기하기가 어렵구나. 그렇지만 우리는 대화를 해야만 해, 바스티안."

"나도 그렇게 생각해. 그런데 대체 무슨 일이야?"

바스티안은 미소를 지으며 대답했다.

"우리가 접어든 이곳은, 그리고 우리가 향하고 있는 곳은 너의 새로운 소망과 상관있겠지?"

아트레유가 머뭇머뭇하면서 입을 열었다.

"그렇겠지."

바스티안은 약간 싸늘하게 대답했다.

"그래."

아트레유가 말을 이었다.

"우리도 그럴 것이라 생각했어. 그게 어떤 소망이니?"

바스티안은 잠자코 있었다.

"오해하지는 마. 우리가 그 무엇이나 그 누군가를 겁내서 그러는 건 아니야. 그렇지만 우리는 친구로서 네가 걱정 돼."

아트레유가 덧붙였다.

"그럴 필요 없어."

바스티안은 한층 냉정하게 되받았다.

아트레유는 한참 말이 없었다. 이윽고 푸쿠르가 두 친구를 향해 고개를 돌리고 말했다.

"아트레유가 아주 현명한 제의를 하려고 해. 그러니 잘 들어 봐, 바스티안 발타자르 북스."

"너희가 또 좋은 충고를 생각해 냈구나?"

바스티안은 비웃는 투로 물었다.

"아니, 충고가 아냐, 바스티안."

아트레유가 대답했다.

"당장은 네 마음에 안 들지도 모를 제안이야. 그렇지만 거절을 하기 전에 깊이 생각을 해야 해. 그동안 우리는 내내 너를 도울 방법을 생각 했어. 모든 것은 어린 서왕의 표지가 네게 작용하는 힘에 달려 있어 아우린의 힘이 없으면 너는 계속해서 소망할 수가 없지. 반면에 아우린의 힘이 있으면 너는 점점 너 자신을 잃어버리고 애당초 네가 어디로 가려고 하는지도 잊게 돼. 우리가 무슨 수를 쓰지 않으면 목적지를 아예 잊어 버리는 순간이 오게 된다고."

"그 얘기는 벌써 했잖아. 또 다른 얘기는?"

바스티안이 말했다.

"내가 그 '보물'을 지녔을 때는 지금과 달랐어."

아트레유가 말을 이었다.

"그것은 나를 이끌어 갔고, 내게서 아무것도 빼앗아 가지 않았어. 내가 인간이 아니고, 인간 세계에 대해 잃어버릴 기억도 없으니까 그랬을 거야. 그것이 나를 해친 적은 전혀 없었지. 오히려 그 반대였어. 그래서 말인데, 너의 아우린을 내게 주면 어떨까? 내가 길을 안내하도록 무조건 맡기는 거야. 내가 너를 위해 네 길을 찾겠어. 어떻게 생각하니?"

"어림없어!"

바스티안은 냉정하게 말했다.

푸쿠르는 다시 고개를 뒤로 돌렸다.

"잠시 동안만이라도 곰곰이 생각해 보지 않겠니?"

"아니."

바스티안이 대답했다.

"왜 그래야 하지?"

그러자 아트레유가 처음으로 화를 냈다.

"바스티안, 정신 차려! 이렇게는 조금도 앞으로 나아갈 수 없다는 걸 모르겠니? 네가 완전히 변했다는 걸 모르겠어? 대체 문제가 뭐니? 앞으로 어떻게 되길 바라는 거야?"

"정말이지 고맙다."

바스티안이 불쑥 말했다.

"너희가 그토록 끊임없이 내 일에 마음을 써 주다니, 고맙기 짝이 없어! 그렇지만 솔직히 말해서 이제 제발 너희가 나를 그만 괴롭혀줬으면 좋겠어. 나는—혹시 너희들이 잊어버렸을지 몰라 하는 말인데—나로 말하자면 환상 세계를 구한 자이고, 어린 달님의 위임자야. 여왕이 그렇게 한 데에는 무슨 이유가 있었을 거야. 아니라면 아우린을 너에게 맡겼겠지, 아트레유. 그렇지만 여왕은 표지를 네게서 받아 나에게 주었어! 내가 변했다고 말했지? 그래, 아트레유, 네 말이 맞을지도 몰라! 나는 더 이상 너희가 생각하는 것처럼 아무것도 모르는 순진한 철부지가 아니야! 네가 왜 아우린을 가져가려는지 그 진짜 이유를 말해 볼까? 그건 너의 질투심 때문이야. 오로지 질투 때문이라고! 너희는 아직 나를 몰라. 이런 식으로 계속하면……. 다시 한 번 너희를 위해서 하는 말인데, 절대 가만 두지 않겠어!”

아트레유는 잠자코 있었다. 푸쿠르는 갑자기 모든 힘을 잃었다. 그는 가까스로 공중을 헤쳐 가며 총알을 맞은 새처럼 점점 낮게 가라앉았다.

“바스티안.”

이윽고 아트레유가 가까스로 입을 열었다.

“지금 네가 한 말은 진심이 아닐 거야. 잊어버리자. 없었던 애기로 해 두자.”

“좋아, 네 뜻대로. 내가 시작한 애기는 아니지만 어쨌거나 잊자.”

바스티안은 대답했다.

한동안 아무도 말이 없었다.

그들 앞 멀리에 난초 숲 사이로 호로크 성이 보였다. 그것은 과연 다섯 손가락을 위로 뻗은 거대한 손 모양이었다.

“그렇지만 한 가지를 분명하게 해 두고 싶어.”

바스티안이 불쑥 말했다.

“나는 아예 되돌아가지 않을 작정이야. 나는 영원히 환상 세계에 머물겠어. 여기 있는 게 아주 좋아. 그러니까 나의 기억 같은 건 쉽게 포

기할 수 있어. 그리고 환상 세계의 미래에 관해서라면 내가 어린 여왕에게 새 이름을 수천 개라도 줄 수 있어. 나는 인간 세계에 가고 싶은 마음이 조금도 없어!"

푸쿠르가 갑자기 급회전을 하더니 되돌아 날기 시작했다.

"어! 무슨 짓이야? 앞으로 날아가! 호로크 성을 가까이서 보고 싶어!"

바스티안이 외쳤다.

"나도 이 이상은 어쩔 수 없어. 정말 더 갈 수가 없어."

푸쿠르가 화난 목소리로 대답했다.

그들이 행렬 옆에 착륙했을 때, 동행한 무리는 잔뜩 흥분해서 온통 난리였다. 알고 보니 새까만 갑옷을 입은 곤충 모양의 거대한 병정 50명쯤이 행렬을 기습한 것이었다. 무리 가운데 많은 자들이 도망을 쳤다가 이제야 하나씩 또는 몇몇이서 돌아오고 있었고, 나머지는 용감하게 맞서 싸웠지만 눈곱만큼의 성과도 올릴 수가 없었다. 갑옷을 입은 거인들은 마치 어린애 놀음밖에 안 된다는 듯이, 맞서는 자들을 전부 때려 눕혔다. 세 기사 히크리온과 히스발트, 히도른은 장사답게 싸우기는 했지만, 그들도 단 한 놈의 적을 이겨내지 못하고 결국 무기를 빼앗긴 채 사슬에 묶여 끌려갔다. 그러고는 까만 갑옷을 입은 무리 가운데에서 하나가 납소리가 나는 독특한 목소리로 다음과 같이 소리쳤다.

"이것은 호로크 성의 여주인 크사이데가 바스티안 발타자르 북스에게 전하는 통고이다. 성주께서는 이 구세주가 무조건 굴복할 것과, 아울러 그 자신과 그가 가진 것 그리고 그가 할 수 있는 모든 것을 바쳐 성주의 충실한 노예로 종사할 것을 요구하신다. 만약 그가 그럴 용의가 없고 크사이데의 뜻을 꺾으려 어떤 계략을 쓴다면, 그의 세 친구, 히크리온과 히스발트, 히도른은 고문을 받다가 수치스럽고 잔인하게 죽임을 당할 것이다. 그러니 그는 서둘러 결단을 내려야 할 것이다. 기한은 내일 해가 뜨기 전까지다. 이것이 호로크 성의 여주인 크사이데가 바스티안 발타자르 북스에게 보내는 통보이다. 성주께서는 몹시 화가 나 계시다.”

바스티안은 입술을 지그시 깨물었다. 아트레유와 푸쿠르는 멍하니 앞을 보고 있었지만, 바스티안은 그 두 친구가 무슨 생각을 하는지 훤히 알고 있었다. 그들이 아무렇지도 않은 척하는 바로 그 점이 바스티안의 마음을 한층 더 화나게 만들었다. 하지만 지금은 그것을 갖고 뭐라고 할 때가 아니었다. 나중에 적당한 기회가 다시 있으리라.

“나는 크사이데의 협박에 결코 굴복하지 않는다. 이 점만은 분명하다. 우선 붙잡힌 세 친구를 빨리 구해 낼 수 있는 방법을 당장에 생각해야겠다.”

바스티안은 에워싸고 있는 무리를 향해 큰 소리로 말했다.

“그건 쉽지가 않을 겁니다.”

독수리 부리를 한 푸른 마귀 일루안이 말했다.

“우리 모두가 덤벼도 이 새까만 놈들을 이겨낼 수 없습니다. 이미 보시는 바와 같이요. 그리고 주인님, 당신과 아트레유와 그의 행운의 용이 앞장서 싸운다 해도 우리가 호로크 성을 함락하기까지는 너무나 오래 걸릴 것입니다. 지금 세 기사의 목숨은 크사이데의 손아귀에 있습니다. 우리가 공격한다는 걸 눈치 채면 그들은 즉시 죽임을 당할 겁니다. 틀림없어요.”

“그렇다면 그녀가 모르게 해야지. 우리는 불시에 기습해야 해.”

바스티안이 설명했다.

“어떻게 그럴 수 있지요?”

사분의 일 요괴가 말했다. 지금 그는 끔찍하게 무서운 인상의 화난 얼굴을 앞으로 돌리고 있었다.

"크사이데는 아주 간교스러워서 모든 상황에 대비하고 있을 겁니다."

"그 점이 나도 걱정입니다."

난쟁이 임금이 말했다.

"우리가 호로크 성을 향해 움직일 경우, 눈에 띄지 않기에는 우리의 수가 너무나 많아요. 이런 행렬은 한밤중에라도 가려질 수가 없지요. 그녀는 분명 척후병을 세워 놨을 겁니다."

"그렇다면 바로 그 점을 노려 그녀를 속일 수 있을 거야."

바스티안은 생각을 모았다.

"무슨 뜻이지요, 주인님?"

"너희가 모두 방향을 돌려 도망을 치는 것처럼 보이는 거야. 우리가 세 포로의 구출을 포기한 것처럼 보이는 거지."

"그럼 사로잡힌 자들은 어떻게 되지요?"

"내가 아트레유와 푸쿠르와 같이 구출하겠어."

"단 셋이서요?"

"그렇다. 물론 아트레유와 푸쿠르가 나를 도와준다면 말이지. 그렇지 않으면 혼자서라도 그 일을 하겠다."

바스티안은 말했다.

어리둥절해하는 눈길들이 바스티안에게 집중되었다. 가까이 서 있던 자들이 옆으로 옆으로 다른 이들에게 수군수군 말을 옮겼다.

"주인님, 당신이 이기든 지든 이것은 환상 세계의 이야기에 길이 남게 될 것입니다."

이윽고 푸른 마귀가 외쳤다.

"너희는 같이 가겠니? 아니면 이번에도 무슨 제안이 있니?"

바스티안은 아트레유와 푸쿠르를 향해 물었다.

"없어. 우리는 너와 같이 가겠어."

아트레유가 나직이 말했다.

"그렇다면 행렬은 아직 해가 있을 때 움직이도록 해라. 너희는 도망을 치는 듯한 인상을 주어야 해. 그러니 급하게 서두르는 척해라! 우리는 여기에서 어두워지기를 기다리겠다. 내일 새벽 우리는 다시 너희와 만나게 된다. 세 기사를 데리고든 아니고든. 자, 가라!"

바스티안이 명령했다.

바스티안의 추종자들이 그 앞에 말없이 인사를 하고 출발했다. 바스티안과 아트레유, 푸쿠르는 난초 숲에 숨어서 꼼짝 않은 채 소리 없이 밤이 되기를 기다렸다.

황혼이 내릴 무렵이었다. 갑자기 나직하게 쩔그렁거리는 소리가 들리더니 일행이 떠나 버린 텅 빈 진영으로 무엇인가 나타나는 것이 보였다. 그들은 모두가 똑같이 기계적으로 기이하게 움직였다. 온통 새까만 금속으로 된 듯 보였고, 심지어 얼굴까지도 강철가면 같았다. 그들은 동시에 멈추어 섰다가, 대열이 사라져 간 방향으로 몸을 돌리더니 서로 말 한마디 주고받지 않은 채 발맞춰 흔적을 따라갔다. 그러고는 이내 조용해졌다.

"우리의 계획이 맞아떨어지는 것 같아."

바스티안이 속삭였다.

"다섯뿐이야."

아트레유가 대답했다.

"다른 놈들은 어디 있지?"

"저 다섯 놈이 어떻게든 불러들이겠지."

바스티안이 말했다.

이윽고 완전히 깜깜해졌다. 그들이 조심스레 숨어 있던 지점에서 빠져나와 푸쿠르의 등에 올라타자, 푸쿠르는 소리 없이 공중으로 솟았다. 그는 눈에 띄지 않도록 가능한 한 낮게 난초 숲의 나무꼭대기 위를 날았다. 처음에는 방향이 확실했다. 오늘 오후에 굽어들었던 것과 똑같은 방향이었다. 그러나 15분쯤 그 방향으로 빠르게 날아가자, 호로크 성을 과연 찾을 수 있을까 하는 의문이 생겼다. 어둠은 쉽게 꿰뚫을 수 없을 만큼 짙었다. 하지만 불과 몇 분 지나지 않아 그들의 눈앞에 성이 나타났다. 수천 개의 창문은 환하게 불이 밝혀져 있었다. 크사이데는 일부러 성이 눈에 띄도록 꾸민 모양이었다. 물론 그것은 쉽게 짐작이 가는 일이었다. 크사이데는 비록 다른 의미에서일망정 바스티안의 방문을 기다리고 있었을 테니까.

푸쿠르는 신중을 기하기 위해 난초 사이의 땅바닥을 미끄러져 갔다. 그의 진줏빛 비늘옷이 번쩍이며 빛을 반사하기 때문이었다. 아직 눈에 띄지 않아야 했다.

그들은 나무의 보호를 받으며 성으로 다가갔다. 웅장한 입구에는 갑옷거인 열 놈이 보초를 서고 있었다. 그리고 환한 창문마다 한 놈씩 붙어 새까만 그림자처럼 위협적으로 서 있었다. 호로크 성은 난초의 수풀에서 조금 벗어난 작은 언덕 위에 있었다. 건물은 과연 땅에서 뻗어 나온 거대한 손 모양이었다. 손가락은 제각기 커다란 탑이었고, 엄지손가락은 불쑥 나온 돌출창이었는데 그 위에 역시 탑이 솟아 있었다. 건물 전체는 여러 층 높이로, 손가락 마디마다 한 층을 이루었고, 사방에 달려 있는 창문은 모두 망을 보는 번득이는 눈 모양이었다. 그것이 왜 눈이 달린 손이라고 불리는지 쉽게 이해가 됐다.

"우선 잡혀간 자들이 어디에 있는지부터 알아내야 해."

바스티안이 아트레유의 귀에 대고 속삭였다.

아트레유는 고개를 끄덕이고 조용히 푸쿠르의 곁에 있으라는 손짓을 했다. 그러고는 작은 소리 하나 내지 않고 기어가기 시작했다. 그는 한참만에야 되돌아왔다.

아트레유가 속삭였다.

"성 주변을 한 바퀴 돌아 훑어봤어. 입구는 저기 하나뿐이야. 그런데 거긴 너무 철통같이 지키고 있어. 단지 가운데 손가락 꼭대기에 해당하는 지붕창에만 갑옷거인이 없었어. 하지만 우리가 푸쿠르를 타고 날아오르면 틀림없이 저들이 우리를 알아챌 거야. 포로들은 아마 지하실에 있을 거야. 깊은 지하에서 들려오는 듯한 긴 신음소리를 한 번 들었거든."

바스티안은 열심히 생각을 한 뒤에 소곤거렸다.

"나는 그 지붕창으로 올라가 보겠어. 그동안 너와 푸쿠르는 저 보초들의 주의를 딴 데로 돌려야 해. 우리가 출입구를 공격한다고 믿도록 무슨 짓이든 해 봐. 너희가 그들 모두를 입구로 꼬여내야 해. 단지 유인하기만 하는 거야, 알았지? 절대 싸움에 말려들지는 마! 그 동안에 나는 저 손의 뒤로 기어오를게. 될 수 있는 대로 오랫동안 그 녀석들을 붙잡아. 그렇지만 위험한 일은 하지 마! 자, 잠시 기다렸다가 너희부터 시작하는 거야."

아트레유는 고개를 끄덕이고 바스티안과 악수를 했다. 바스티안은 은외투를 벗고 어둠 속으로 미끄러져 들어갔다. 그러고는 커다란 반원을 그리며 건물을 돌아갔다. 뒷편에 닿자마자 어느새 아트레유의 커다란 외침이 들려 왔다.

"야, 이놈들아! 환상 세계의 구세주, 바스티안 발타자르 북스를 모르느냐? 내가 여기에 왔다. 그러나 크사이데의 은총을 빌러 온 게 아니라, 사로잡은 친구들을 선선히 석방해 줄 기회를 한 번 주기 위해 온 것이다. 이 조건을 따라야만 크사이데는 그 구차한 목숨을 보존할 수 있을 것이다!”

바스티안은 마침 덤불 속에서 성의 한 모퉁이 너머를 엿볼 수가 있었다. 아트레유는 은외투를 위에 걸치고 검푸른 머리를 터번처럼 감아 올리고 있었다. 잘 모르는 사람의 눈으로 봐서는 실로 두 친구는 아주 닮은 데가 있었다.

새까만 갑옷거인들은 한순간 망설이는 기색이었다. 하지만 오로지 한순간뿐이었다. 곧 그들은 금속성의 발짝 소리를 요란하게 울리며 아트레유를 향해 달려들었다. 또한 창가의 그림자들도 따라서 움직이기 시작했고, 벌어진 사건을 구경하려고 맡은 자리를 떠났다. 첫 번째 공격조가 아트레유를 거의 덮치려는 순간, 그는 족제비처럼 빠져 나가 재빨리 푸쿠르의 등에 올라 앉아 그들의 머리 위로 솟아올랐다. 갑옷거인들은 공중에 대고 칼을 휘두르며 위로 훌쩍 뛰었지만 아트레유에게 닿을 수는 없었다.

바스티안은 번개처럼 날쌔게 성 안으로 들어가 건물 정면을 기어오르기 시작했다. 군데군데 창턱과 벽의 돌출부가 있어 도움이 되었지만, 거의 손가락 끝으로만 매달려야 하는 아슬아슬한 일이 많았다. 그렇게 바스티안은 점점 위로 올라갔다. 한번은 발을 디뎠던 벽 조각이 부서져 나가 잠시 동안 한 손에 의지한 채 대롱거렸다. 하지만 버티고 올라서서 다른 손으로 잡을 부분을 찾아 계속 기어올랐다. 이윽고 탑 위에 올라섰을 때는 훨씬 빨리 나아갈 수가 있었다. 탑들 사이의 간격이 좁아져서 그 틈새에 몸을 버티며 밀고 올라갈 수 있었던 것이다.

마침내 바스티안은 지붕창에까지 이르러 그 안으로 미끄러져 들어갔다. 실제로 이 탑 안에는 보초가 없었다. 그 이유는 모르겠지만. 문을 열자 비좁은 나선형 계단이 보였다. 바스티안은 기척 없이 계단을 내려가기 시작했다. 한 층을 내려가갔을 때 새까만 보초 두 명이 창가에 붙어 서서 넋을 잃고 저 아래서 벌어지는 광경을 구경하고 있었다. 바스티안은 들키지 않고 그들 등 뒤로 재빨리 지나갈 수가 있었다.

또 다른 층계와 복도를 살금살금 걸어 계속 내려갔다. 이 갑옷거인들은 싸움에는 뛰어날지 모르지만 보초로는 별로 쓸모없는 게 분명했다.

마침내 소년은 지하층에 이르렀다. 당장에 밀려드는 퀴퀴한 곰팡내와 차가운 공기가 확 끼쳤다. 다행히도 이곳의 보초들은 가짜 바스티안 발타자르 북스를 사로잡으려고 남김없이 위로 달려 나간 모양이었다. 어쨌든 한 놈도 보이지가 않았다. 벽에는 횃불들이 꽂혀 있어서 길을 밝혀 주었다. 바스티안은 계속해서 아래로 깊숙이 내려갔다. 지상의 층수만큼 지하에도 여러 층이 묻혀 있는 모양이었다. 마침내 맨 밑층에 이르자 히크리온과 히스발트 그리고 히도른이 신음하고 있는 감옥이 곧바로 보였다. 그 광경은 그야말로 비참했다.

세 기사들은 손목이 묶인 채 바닥이 없는 듯싶은 시커먼 구덩이 위에 긴 쇠줄로 매달려 있었다. 이 사슬은 감옥 천정에 붙은 도르레에 감겨 쇠밧줄로 이어져 있었다. 그러나 그것은 강철 자물쇠로 잠겨 있어서 움직일 수 없었다. 바스티안은 어쩔 줄 모르고 서 있었다.

세 기사들은 기절한 듯 눈을 감고 있었다. 하지만 끈질긴 히도른이 왼쪽 눈을 가늘게 뜨더니 온통 말라터진 입술로 중얼거렸다.

"어이, 여보게들, 저길 봐. 저기 누가 왔나를!"

다른 둘도 안간힘을 다해 눈을 뜨더니 바스티안을 보았다. 그들의 입가에 미소가 스쳤다.

"우리를 곤경에 내버려 두지 않으실 줄 알았어요."

히크리온이 끙끙거렸다.

"어떻게 너희를 끌어내리지? 밧줄이 잠겨 있어."

바스티안이 물었다.

"칼을 빼서 사슬을 쳐내세요."

히스발트가 외쳤다.

"그러다가 저 함정 속으로 빠지라고? 그건 좋은 생각이 아니야."

히크리온이 물었다.

"나는 칼을 뺄 수가 없어. 지칸다가 스스로 내 손에 뛰어들어야만
해."

바스티안이 말했다.

"흠, 그게 마술의 칼이 지닌 고약한 점이에요. 필요할 때는 고집을
부린다니까요."

히도른이 투덜거렸다.

"아 참! 밧줄을 여는 열쇠가 있었어요. 그놈들이 그걸 어디에다가
놓았더라?"

히스발트가 갑자기 말했다.

"저기 어디엔가 헐렁한 돌판이 하나 있었어요. 그 놈들이 나를 끌어
맬 때 얼떨결에 봐서 정확하진 않지만요."

히크리온이 말했다.

바스티안은 눈길을 잔뜩 좁혔다. 불빛은 침침하고 가물거렸지만 자
세히 살펴보니 바닥에서 약간 튀어나온 돌판이 하나 눈에 띄었다. 조심
스럽게 그것을 들어 올리자 과연 거기에 열쇠가 놓여 있었다.

바스티안은 밧줄에 달린 큰 자물쇠를 열어 떼어낼 수가 있었다. 그리
고 천천히 도르레를 돌리기 시작했다. 그런데 그것이 어찌나 요란스레
삐걱대는지, 위층에까지도 들릴 게 틀림없었다. 갑옷거인들이 완전한
귀머거리가 아니라면 지금쯤 이 소리를 들었으리라. 하지만 이제는 멈
출 수도 없었다. 바스티안은 세 기사들이 구덩이 위의 가장자리까지 내

려와 대롱거릴 때까지 계속 돌렸다. 그들은 시계추처럼 왔다 갔다 하다가 이윽고 땅바닥을 디뎠다. 바스티안이 완전히 내려 주자 그들은 녹초가 되어 바닥에 그대로 쓰러져 누웠다. 굵은 사슬이 아직 그들의 손목에 걸려 있었다.

바스티안은 깊이 생각할 겨를이 없었다. 금속성의 발짝이 지하실 돌바닥을 내려오는 소리가 들렸기 때문이다. 처음에는 몇몇이, 그러더니 점점 더 불어났다. 보초들이 다가오고 있었다. 횃불에 비친 그들의 갑옷이 거대한 곤충의 껍질처럼 번쩍거렸다. 그들은 모두가 똑같은 동작으로 칼을 빼어들고, 감옥의 좁은 입구 뒤에 서 있는 바스티안을 향해 달려들었다.

그러자 마침내 지칸다가 녹슨 칼집에서 튀어나와 바스티안의 손 안에 쥐어졌다. 번쩍이는 칼날은 번개처럼 첫 번째 갑옷거인에게 날아가더니, 바스티안이 사태에 대해 미처 갈피를 잡기도 전에 그를 산산조각 내어 버렸다. 그러자 이놈들의 실체가 드러났다. 그들은 속이 텅 빈 껍데기들이었다. 자동으로 움직이는 갑옷만으로 이루어진 존재일 뿐, 그 내부는 아무것도 없는 허공이었다.

바스티안이 서 있는 위치는 퍽 유리했다. 감옥의 입구가 좁아서 한 놈씩 차례로 접근할 수밖에 없으므로 지칸다는 차례대로 그들을 산산조각 낼 수가 있었다. 곧 그들의 조각이 거대한 새의 새까만 알껍질처럼 바닥에 산더미같이 쌓였다. 스무 놈쯤이 산산조각이 되고 나자, 나머지 놈들은 다른 작전을 꾸미려는 듯했다. 그들은 후퇴했다. 틀림없이 바스티안을 자기들에게 유리한 위치로 꾀어내려는 수작이었다.

바스티안은 이 틈을 이용해서 세 기사의 손목에 묶인 사슬을 지칸다로 잘라내었다. 히크리온과 히도른은 무거운 몸짓으로 일어나 이상하게도 놈들이 빼앗지 않은 자기네 칼을 빼어 들고 바스티안을 도우려고 했다. 하지만 너무 오래 매달려 있던 탓에 손의 감각이 없어져 칼이 말을 듣지 않았다. 셋 가운데에서 가장 연약한 히스발트는 제 힘으로 일어서지도 못할 형편이어서 두 친구에게 부축을 받아야만 했다.

"걱정하지 마."

바스티안이 말했다.

"지칸다는 도움이 필요 없어. 내 뒤쪽에 가만히 서 있기만 해. 나를 도와준답시고 공연히 일을 더 어렵게 만들지 말고."

그들은 감옥으로 이어진 층계를 천천히 올라갔고 홀처럼 생긴 큰 방에 이르렀다. 그때 갑자기 횃불이 일제히 꺼졌다. 하지만 지칸다가 내는 빛으로 밝게 내다볼 수 있었다.

다시금 수많은 갑옷거인들의 금속성 발소리가 들렸다.

"빨리! 층계로 다시 올라가 있어!"

바스티안이 말했다.

세 기사가 과연 자신의 명령을 따랐는지 바스티안은 볼 수도 없었고 그것을 확인할 겨를도 없었다. 어느새 그의 손 안의 지칸다가 춤을 추기 시작한 것이었다. 칼에서 나오는 눈부시게 흰 광선이 홀을 대낮처럼 밝게 비췄다. 공격자들이 입구에서 층계로 몰려와 사방에서 바스티안을 향해 집중 공격을 퍼부었지만, 바스티안은 무서운 힘으로 내리치는 그들의 타격을 모조리 피했다. 지칸다가 그를 중심으로 너무도 재빨리 회오리치는 바람에 그것은 마치 도저히 구별할 수 없는 수백 개의 칼처럼 보였다. 그리고 이윽고 바스티안은 산산조각이 난 새까만 갑옷의 폐허 한가운데에 섰다. 움직이는 것이라고는 하나도 없었다.

"이제 나와!"

바스티안은 친구들을 불렀다.

층계 입구에서 나온 세 기사의 눈이 휘둥그레졌다.

"이럴 수가, 맹세코 이런 일은 난생 처음 봤어요."

히크리온이 코밑수염을 부르르 떨며 말했다.

"내 손자들에게까지 이 이야기를 해야겠어요."

히스발트가 더듬더듬 말했다.

"그러나 유감스럽게도 그들은 우리 말을 안 믿을 거예요."

히도른이 애석하다는 투로 덧붙였다.

바스티안이 손에 칼을 쥐고 머뭇거리며 서 있는 사이 갑자기 칼은 칼집으로 되날아갔다.

"위험은 지나간 모양이야."

바스티안은 말했다.

"칼을 써서 극복해야 할 위험은 지난 것 같군요. 이젠 어떻게 하죠?"

히도른이 말했다.

"이제 난 크사이데를 만나야겠어. 그녀와 할 말이 있어."

바스티안이 대답했다.

그들 넷은 지하실의 층계를 올라가서 일층에 이르렀다. 그곳 현관에서 아트레유와 푸쿠르가 그들을 기다리고 있었다.

"잘해 줬어!"

바스티안은 말하며 아트레유의 어깨를 두드렸다.

"그 갑옷거인들은 어떻게 됐어?"

아트레유가 물었다.

"빈 호두 껍데기가 되었지. 크사이데는 어디에 있지?"

바스티안이 가벼운 투로 대답했다.

"저 위 마술의 홀에."

아트레유가 대답했다.

"가자!"

바스티안이 말했다. 바스티안은 아트레유가 내미는 은외투를 다시 둘렀다. 그리고 다 같이 넓은 위층을 향해 돌층계를 따라 올라갔다. 푸쿠르도 따랐다.

바스티안이 친구들을 거느리고 커다란 마술의 방으로 들어섰을 때 크사이데가 붉은 산호로 된 옥좌에서 일어섰다. 그녀는 바스티안보다 훨씬 키가 크고 무척 아름다웠다. 기다란 보랏빛 비단옷을 걸치고, 불꽃처럼 빨간 머리칼을 땋아서 기묘한 모양으로 틀어 올리고 있었다. 얼굴과 길고 가느다란 두 손은 대리석처럼 창백했다. 게다가 그녀의 눈길은 야릇한 혼란을 주고 있었다. 바스티안은 한참이 걸려서야 그 이유를 알아냈다. 그녀는 두 눈이 짝짝이였다. 한쪽 눈은 초록빛이었고 다른 쪽 눈은 붉은 빛이었다. 바들바들 떨고 있는 걸 보아 바스티안을 두려워하는 듯했다. 바스티안이 그녀의 눈길을 맞받아 쏘아보자 그녀는 긴 속눈썹을 내리깔았다.

방 안은 도무지 알 수 없는 온갖 야릇한 물건들로 꽉 차 있었다. 그림이 그려진 커다란 지구본들이 세워져 있고, 천정에는 별시계와 시계추들이 걸려 있었다. 그 사이에 연기욕조들이 놓여 있고, 거기에서 여러 가지 빛깔의 무거운 연기들이 뿜어져 나와 안개처럼 바닥 위를 기어다녔다.

바스티안은 입을 열지 않았다. 그것이 크사이데를 쩔쩔매게 만든 모양이었다. 갑자기 그녀는 바스티안을 향해 달려와 바닥에 엎드렸다. 그러더니 바스티안의 한 발을 붙들고 자기 앞으로 끌어당겼다.

"나의 주인이며 나의 스승이여."

그녀는 깊고 포근하며 뭐라 말할 수 없이 베일에 싸인 듯한 목소리로 말했다.

"환상 세계의 어느 누구도 당신에게는 맞설 수가 없군요. 당신은 모든 강력한 자들보다도 강력하시며, 모든 악마보다도 위험한 존재입니다. 당신의 위대함을 미처 못 알아볼 만큼 어리석었던 저를 벌하실 생각이시라면, 당신의 발로 나를 짓밟아 주십시오. 저는 당신의 노여움을 살 만합니다. 하지만 소문난 당신의 그 너그러운 마음을 저같이 하잘것없는 존재에게까지 보여 주신다면 저는 당신에게 순종하는 노예가 되어 저 자신과 더불어 제가 가진 것, 제가 할 수 있는 것 모두를 다 바쳐 봉사할 것을 맹세합니다. 당신이 바람직하다고 여기는 행동을 제게 가르쳐 주십시오. 그러면 당신의 겸손한 제자가 되어 당신의 작은 눈짓에도 복종하겠습니다. 제가 당신께 하고자 했던 짓을 후회하고 있습니다. 당신의 자비를 간절히 빕니다."

"일어서라, 크사이데!"

바스티안은 말했다. 조금 전까지 바스티안은 그녀에 대해 분노로 떨고 있었지만 마녀의 말에 마음이 흔들렸다. 그녀가 진정으로 바스티안을 몰라보고 저지른 행동이라면, 또한 지금 그토록 처절하게 후회하고 있다면, 이제 와서 그녀를 벌한다는 것은 바스티안의 위엄에 어울리지 않는 일이었다. 게다가 바스티안이 바람직하게 여기는 것을 배울 뜻이 있다고까지 하지 않았는가. 굳이 그녀의 청을 물리칠 이유는 없었다.

크사이데는 몸을 일으켜 고개를 숙인 채 바스티안 앞에 섰다.

"너는 내게 무조건 복종할 뜻이 있느냐? 나의 명령이 아무리 네게 힘든 것일지라도, 거역이나 불평 없이 따르겠느냐?"

바스티안이 물었다.

"그러겠습니다, 스승님. 그리고 저의 기술과 당신의 힘을 합친다면 틀림없이 모든 것을 움직일 수 있을 겁니다."

크사이데가 대답했다.

"좋다. 그럼 나를 따라도 좋다. 이 성을 떠나 나와 함께 상아탑으로 가자. 거기서 나는 어린 달님을 만날 생각이다."

바스티안은 대답했다.

크사이데의 두 눈이 눈 깜짝할 사이에 붉은빛과 초록빛으로 빛났다. 하지만 그녀는 재빨리 다시 긴 속눈썹을 떨어뜨리고 말했다.

"복종하겠습니다, 스승님."

모두 아래로 내려가 성문을 나섰다.

"우선 우리의 다른 동행들을 만나야 해. 그들이 어디 있는지 어찌 안담."

바스티안이 말했다.

"여기서 별로 멀지 않은 곳입니다. 제가 길을 약간 혼란시켜 그들을 딴 데로 이끌었지요."

크사이데가 말했다.

"이번이 마지막이다."

바스티안이 대답했다.

"마지막으로, 스승님."

그녀는 되받았다.

"그런데 어떻게 그리로 가지요? 걸어서 가야 하나요? 이 밤중에 숲을 걸어서?"

"푸쿠르가 우리를 태워 줄 거다. 푸쿠르는 우리 모두를 태울 만큼 힘이 세거든."

바스티안이 명령했다.

푸쿠르가 머리를 들어 바스티안을 쳐다보았다. 그의 루비빛 눈알이 번득거렸다.

"나의 힘은 충분히 세, 바스티안 발타자르 북스. 그렇지만 이 마녀는 태울 수 없어.”

그의 청동의 음성이 꽝꽝 울렸다.

“그래도 태워야 해. 내 명령이니까!”

바스티안이 말했다.

행운의 용은 아트레유를 쳐다보았다. 그러자 아트레유는 눈에 띄지 않게 고개를 끄덕였다. 그러나 바스티안은 그들의 행동을 놓치지 않았다.

모두 푸쿠르의 등에 올라타자 푸쿠르는 곧장 공중으로 솟았다.

“어디로?”

푸쿠르가 물었다.

“그냥 곧장!”

크사이데가 말했다.

“어디로?”

푸쿠르는 못 알아들은 척하고 다시 한 번 물었다.

“곧장! 너도 알아들었잖아!”

바스티안이 외쳤다.

“그렇게 해!”

아트레유가 조그만 소리로 말했고, 푸쿠르는 그대로 따랐다.

반 시간 뒤에—이미 동이 트고 있었다—그들의 발밑으로 수많은 모닥불이 나타났고, 행운의 용이 착륙했다. 그동안에도 환상 세계의 새로운 존재들이 이 무리에 합류했는데, 다수가 천막을 가지고 왔다. 난초 숲 가장자리에 자리 잡은 진영은, 꽃이 만발한 넓은 초원에 늘어선 천막들로 이루어진 제대로 된 도시 같아 보였다.

“대체 이 숫자가 몇이나 될까?”

바스티안이 물었다.

“천 명은 될 것입니다.”

그동안 행렬을 이끌어 왔고 지금 환영 인사를 하러 나타난 푸른 마귀 일루안이 설명했다. 그리고 그 사이에 또 다른 아주 별난 일이 생겼다고 했다. 일행이 자정이 되기도 전에 진영을 펼치려고 준비할 때 갑옷거인 다섯이 나타났는데, 그 놈들은 아주 평화롭게 거동하며 멀찌감치 떨어져 있었다는 것이다. 더욱이 아무도 타지 않은 붉은 산호로 된 가마를 들고 왔다는 것이다. 물론 아무도 감히 그들에게 다가갈 엄두를 못 내었다.

"그들은 저의 가마꾼입니다. 제가 그들을 어젯밤에 미리 보냈지요. 그것이 여행하는 데는 가장 편한 방법이거든요. 당신이 허락해 주신다면, 스승님."

크사이데가 간청하는 어투로 바스티안에게 말했다.

"그건 마음에 들지 않아."

그때 아트레유가 끼어들었다.

"왜? 네가 반대할 이유가 뭐야?"

바스티안이 물었다.

"그녀는 자기 뜻대로 여행할 수 있어."

아트레유가 날카롭게 대꾸했다.

"그렇지만 그녀가 가마를 어젯밤에 미리 보냈다는 말은, 자기가 여기로 오게 될 것을 애초부터 알고 있었다는 얘기야. 이 모든 것은 그녀의 계략이야, 바스티안. 너는 이긴 것 같지만 사실은 진 거야. 그녀는 너에게 일부러 승리를 안긴 거라고. 그녀의 방식으로 너를 이기려고 말이야."

"닥쳐! 나는 너의 의견을 물은 게 아냐! 너의 설교는 정말이지 넌더리가 난다고! 지금 너는 내 승리를 부인하고, 나의 아량을 웃음거리로 만들려고까지 하는구나!"

바스티안은 화가 나 시뻘개져서 외쳤다.

아트레유가 뭐라고 대꾸를 하려 했지만 바스티안이 고함을 질렀다.

"입 다물고 나를 좀 가만히 둬! 내 행동이 너희 맘에 안 들면 너희들 갈 길을 가! 붙잡지 않겠어! 너희가 원하는 방향으로 가라고! 이젠 너희에게 질렸어."

바스티안은 가슴에 팔짱을 끼고 아트레유에게서 등을 돌렸다. 둘러서 있던 무리가 숨을 죽였다. 아트레유는 한참 더 그 자리에 꼿꼿이 서 있었다. 지금 이 순간까지 바스티안이 남들 앞에서 자기를 나무란 적은 한 번도 없었다. 아트레유는 목이 메여 숨조차 쉴 수 없었다. 그렇게 그는 한참을 기다리고 서 있었지만 바스티안이 다시 돌아다보지 않자 천천히 몸을 돌려 떠나갔다. 푸쿠르도 아트레유를 따랐다.

크사이데는 미소를 흘렸다. 그것은 결코 기분 좋은 미소가 아니었다.

그리고 이 순간, 바스티안에게서 다시 하나의 기억이 사라져 버렸다. 그것은 자신이 인간 세계에서 어린아이였다는 기억이었다.

별의 수도원

상아탑으로 향하는 바스티안의 행렬 속에 파견된 새로운 사절들이 잇따라 끼어들었다. 이제는 헤아려 본다는 것도 부질없는 짓이었다. 다세어 보기도 전에 어느새 새로운 이들이 합류해 들어오기 때문이었다. 수천 명의 대열이 아침마다 움직이기 시작했고, 휴식을 취할 때 펼쳐진 광경은 이루 말할 수 없이 희귀한 천막도시를 이루었다. 바스티안의 동행들은 형체뿐 아니라 몸뚱이의 크기도 제각기 너무나 다양했기 때문에, 서커스 원형극장만 한 크기의 천막에서부터 골무처럼 작은 천막까지 있었다. 이 사절들이 타고 가는 마차와 차량들도 설명할 수 없을 만큼 각양각색이어서 아주 평범한 포장마차에서부터 이상스럽기 짝이 없는 굴러가는 통, 깡충깡충 뛰는 구슬이나 다리가 달려 저절로 기어가는 상자들까지 있었다.

그 사이에 바스티안을 위해서도 천막이 하나 마련되었다. 그것은 천막 중에서 가장 화려한 것으로 조그만 집모양이었다. 화려한 색채의 빛나는 비단으로 만들어졌으며, 온통 금실 은실로 수를 놓은 것이었다. 지붕 위에는 문장으로 일곱 갈래 난 촛대가 그려진 깃발이 펄럭였고, 천막 안에는 담요와 베개로 폭신한 잠자리가 있었다. 행렬의 진영이 어디고 간에 이 천막은 항상 중심에 세워졌다. 그리고 어느새 바스티안의 하인 겸 경호원 노릇을 하게 된 푸른 마귀가 이 천막 입구에서 보초를 섰다.

아트레유와 푸쿠르는 바스티안을 따라가는 무리 속에 여전히 끼어 있었다. 그러나 바스티안은 많은 무리 앞에서 비난을 퍼부은 뒤로 그들에게 한마디도 걸지 않았다. 속으로는 아트레유가 고개를 숙이고 용서를 빌기를 남몰래 기다리고 있었다. 하지만 아트레유는 그런 행동은 하지 않았다. 푸쿠르도 바스티안을 존경할 기색이 전혀 아니었다.

"걔들은 맛 좀 봐야 해."

바스티안은 혼잣말을 했다.

'이런 상태로 누가 더 오래 버티느냐가 문제라면, 결국 두 친구는 내 뜻을 꺾을 수 없음을 알게 될 거야. 그들이 머리를 수그리고 온다면 두 팔을 벌려 맞아줘야지. 아트레유가 내 앞에서 무릎을 꿇는다면 그를 일으켜 세우고 이렇게 말해야지. 너는 내 앞에서 무릎을 꿇어선 안 돼, 아트레유. 너는 언제까지나 내 친구이니까……'

하지만 이 두 친구는 행렬의 맨 끝에서 따라왔다. 푸쿠르는 나는 법을 잊어버린 듯 걸어왔고, 아트레유도 대체로 고개를 떨어뜨린 채 푸쿠르 곁에서 걸었다. 전에는 행렬의 선발대로서 언저리를 정찰하러 앞질러 공중을 날아갔던 그들이, 지금은 후위대가 되어 뒤따라 걸어오는 것이었다. 바스티안은 기분이 언짢았지만 어쩔 도리가 없었다.

행렬이 이동하는 동안 바스티안은 노새 이히아를 타고 선두에서 달렸다. 하지만 갈수록 앞서 달릴 기분이 나지 않았고, 그 대신 크사이데의 가마를 찾아가는 일이 잦아졌다. 그녀는 시종일관 극히 존경하는 태도로 바스티안을 맞아들였다. 그리고 그에게 가장 편안한 자리를 내어 주고는 자신은 발치에 앉았다. 또 언제든지 흥미로운 화제를 찾아낼 줄 알았고, 바스티안이 인간 세계에 대해 이야기하기를 싫어한다는 사실 알고 나서는 그 시절에 대해 묻지 않았다. 크사이데는 늘 곁에 놓인 동양의 물부리파이프를 피고 있었다. 파이프의 줄기는 에메랄드빛 살무사처럼 보였고, 그녀의 대리석처럼 희고 긴 손가락 새에 드리워 있는 물부리는 뱀 머리 모양이었다. 그것을 빨아들이는 그녀의 몸짓은 입맞춤을 하는 것처럼 보였다. 그녀가 코와 입에서 즐기는 듯 느긋하게 뿜어내는 연기는 매번 빛깔이 달랐다. 푸른색이었다가 노랑으로, 짙은 분홍으로, 초록 또는 보랏빛으로 변했다.

"한 가지 물어 보고 싶은 게 있어, 크사이데."

크사이데를 방문한 바스티안이 완전히 똑같은 보조로 가마를 이고 가는, 새까만 곤충 모양 갑옷의 거대한 녀석들을 쳐다보면서 말했다.

"당신의 노예는 귀를 기울이고 있습니다."

크사이데가 대답했다.

"너의 갑옷거인들과 싸워 보니 말이야, 녀석들은 온통 갑옷껍질로만 되어 있고 속은 텅 비어 있더군. 그렇다면 저들은 대체 무슨 힘으로 움직이는 거지?"

바스티안이 말을 이었다.

"저의 뜻에 의해서지요. 속이 텅 비어 있기 때문에 저의 뜻에 복종하는 겁니다. 속이 비어 있는 모든 것을 저는 뜻대로 조종할 수가 있지요."

크사이데는 미소를 지으며 대답했다.

크사이데는 두 가지 색깔의 눈으로 바스티안을 빤히 훑어보았다.

바스티안은 이 눈길을 보며 뭐라 설명할 수 없는 불안감을 느꼈다. 하지만 어느새 크사이데는 다시 속눈썹을 내리깔았다.

"나의 뜻대로도 그들을 조종할 수 있을까?"

바스티안은 물었다.

"그럼요, 스승님."

크사이데는 대답했다.

"저보다 백 배는 더 훌륭하실 겁니다. 저야 당신에게 비하면 아무것도 아니니까요. 한번 해보시겠어요?"

"아냐 지금은. 다음번에 해볼게."

불안해진 바스티안이 대꾸했다.

"당신 뜻에 따라 움직이는 시종들을 부리며 이동하는 것보다 한낱 늙어빠진 노새를 타고 가는 게 더 좋으신가요?"

크사이데가 말을 이었다.

"이히아는 나를 태우길 좋아해. 나를 태울 수 있다는 사실에 기뻐하지."

바스티안은 약간 퉁명스럽게 말했다.

"그럼 당신은 이히아를 위해서 그를 타고 가시는가요?"

"그래. 그것이 뭐가 나빠?"

바스티안이 대답했다.

크사이데는 입에서 초록빛 연기를 내뿜었다.

"오, 아녜요, 스승님. 당신이 하는 일이 나쁠 리가 있겠어요."

"네가 말하고자 하는 게 뭐야, 크사이데?"

크사이데는 불꽃처럼 붉은 머리를 푹 숙였다.

"당신은 다른 이들을 너무나 많이 생각해 주십니다, 스승님."

그녀는 소곤거렸다.

"하지만 어느 누구도 당신 자신의 중대한 발견으로부터 당신의 주의력을 돌려야 할 만큼의 값어치는 없습니다. 노여워하지 않으신다면 스승님, 제가 감히 충고의 말씀을 한마디 올리지요. 당신의 완성을 위해 더 많이 생각하십시오!"

"그것이 늙은 이히아랑 무슨 상관이 있지?"

"별 상관은 없지요, 스승님. 거의 상관이 없어요. 다만, 그것은 당신과 같은 분께서 타고 가기에 적절하지 못한 짐승이지요. 그렇게 흔해빠진 짐승의 등에 올라앉아 있는 당신의 모습을 보면 저의 가슴이 아픕니다. 당신의 여행 동반자들은 하나같이 그 점을 이상스럽게 여기고 있지요. 스승님, 오로지 당신만이 당신의 체면에 어울리는 게 뭔지 잘 모르고 계십니다."

바스티안은 아무 말도 하지 않았지만, 크사이데의 말에 깊은 감명을 받았다.

이튿날 이히아와 바스티안을 선두로 한 행렬이 향기로운 라일락 숲으로 이루어진 너무나 아름다운 목초지를 헤치며 행진하고 있을 때, 바스티안은 점심시간을 이용해서 크사이데의 제의를 실행하려 했다.

"잘 들으렴, 이히아. 이제 우리는 헤어져야 해."

바스티안은 노새의 목덜미를 쓰다듬으며 말했다.

이히아는 애처로운 목소리로 울었다.

"왜요, 주인님? 제가 뭘 잘못했나요?"

슬픔에 잠긴 그의 검은 눈망울에서 눈물이 솟았다.

"그렇지 않아. 오히려 그 반대야. 이 긴 여행길에서 너는 나를 정말로 편안하게 싣고 왔어. 기꺼운 마음으로 참을성 있게 잘 견뎠어. 정말 고마워. 그래서 보답을 해주고 싶은 거야."

바스티안은 성급히 노새를 위로했다.

“저는 다른 어떤 보답도 원치 않아요.”

이히아는 대답했다.

“저는 주인님을 계속 태우고 싶을 뿐이에요. 대체 그보다 더 큰 것을 어떻게 바라겠어요?”

“너는, 너희네 종족이 자손을 나을 수 없는 점이 슬프다고 말한 적이 있었지?”

바스티안이 말을 이었다.

“그래요. 아주 늙은 뒤에 요즘 겪었던 일들을 들려주고 싶기 때문이지요.”

이히아는 걱정스럽게 말했다.

“좋아, 그럼 이제부터 진실이 될 이야기를 하나 들려줄게. 이 이야기는 오직 너 혼자에게만 들려주는 거야. 그건 네 것이니까.”

바스티안이 말했다.

그러더니 이히아의 긴 귀를 잡고 귀엣말을 속삭였다.

“여기서 멀지 않은 작은 라일락 숲에서 네 아들의 아버지가 너를 기다리고 있단다. 그것은 백조의 깃털로 된 날개가 달린 흰 수말이야. 그의 갈기와 꼬리는 바닥에 치렁거릴 만큼 길단다. 그는 벌써 며칠 전부터 우리를 살며시 쫓아왔어. 너를 향한 사랑에 빠졌기 때문이지.”

“나를 향한?”

이히아는 깜짝 놀라 소리쳤다.

“그렇지만 나는 한낱 노새이고 게다가 젊지도 않은데요?”

“그에게는……..”

바스티안은 나직이 말했다.

“그에게는, 네가 이 환상 세계에서 가장 아름답단다. 네가 바로 너이기 때문이야. 어쩌면 네가 나를 태워 왔기 때문인지도 모르지. 어쨌든 그는 수줍음을 잘 타서 이렇게 온갖 존재들이 모인 상황에서는 네게 다가올 엄두를 못 내고 있어. 네가 그에게로 가야 해. 안 그러면 그는 너를 그리워한 나머지 죽어 버릴지도 몰라.”

“아, 이것 참. 그렇게까지 심각한가요?”

이히아는 어쩔 줄 몰라 하며 말했다.

“그렇단다. 그럼 잘 가거라, 이히아! 곧장 달려가기만 하면 그를 찾을 거야.”

바스티안은 노새의 귀에 대고 소곤거렸다.

이히아는 몇 발짝 걷다가 다시 한 번 바스티안을 향해 몸을 돌렸다.

“솔직히 말해서 약간 겁이 나요.”

노새는 말했다.

“용기를 내! 그리고 너의 아들과 손자에게 나의 얘기를 들려 주는 것을 잊지 마!”

바스티안이 미소를 짓고 말했다.

“감사합니다, 주인님!”

이히아는 간단히 대답하고 떠나갔다.

바스티안은 천천히 뛰어가는 노새의 뒷모습을 한참 바라보았다. 그를 보내 버린 것이 못내 섭섭했다. 바스티안은 자기의 호화로운 천막에 들어와 폭신한 베개를 베고 누워 멍하니 천정을 바라보았다. 그러면서 자기는 이히아의 가장 큰 소망을 채워 준 것이라고 거듭 마음속으로 되뇌었다. 그러나 침울한 기분은 조금도 가시지 않았다. 중요한 것은 언제 왜 누구를 위해 무엇을 행하느냐 하는 것이었다.

하지만 그것은 오직 바스티안에게만 해당되는 문제였다. 한편, 이히아는 실제로 날개 달린 눈처럼 새하얀 수말을 만나 그와 짝이 되었다.

그리고 훗날 아들을 하나 낳았다. 아들은 날개 달린 새하얀 노새로서 파타플란이라는 이름으로 불렸다. 그도 환상 세계에서 수많은 이야깃거리를 만들었지만, 그것은 다른 이야기이므로 다른 기회에 이야기할 것이다.

그때부터 바스티안은 크사이데의 가마를 타고 여행을 했다. 그녀는 바스티안을 가능한 한 편안하게 해 주려고 자기는 내려 옆에서 걸어가겠노라고까지 제안했다. 하지만 바스티안은 받아들이지 않았다. 그래서 그들은 넓은 산호 가마 속에 같이 앉아 행렬의 선두에 섰다.

바스티안은 여전히 기분이 좋지 않았다. 노새와 이별하라고 충고를 해 준 크사이데에게도 그랬다. 크사이데는 그런 낌새를 얼른 눈치 챘다. 바스티안의 퉁명스러운 태도 때문에 도저히 유쾌하게 대화를 이을 수가 없었던 것이다.

그녀는 바스티안의 기분을 돋우어 주려고 명랑하게 말했다.

"선물을 하나 드리고 싶습니다, 스승님. 당신께서 받아 주는 자비를 베푸신다면."

그녀는 방석 밑에서 고급스럽게 장식된 작은 상자를 하나 꺼냈다. 바스티안은 기대에 차서 몸을 꼿꼿이 세웠다. 그녀는 상자에서 가느다란 허리띠를 꺼냈다. 그것은 움직이는 매듭들로 연결된 일종의 사슬이었다. 매듭과 고리들이 온통 투명한 유리로 되어 있었다.

"그게 뭐지?"

바스티안이 물었다.

허리띠가 그녀의 손 안에서 나직이 쩔그렁거렸다.

"이것은 눈에 보이지 않게 만드는 허리띠지요. 하지만 스승님, 당신께서 이것에 이름을 붙여 주셔야만 당신의 것이 됩니다."

바스티안은 허리띠를 유심히 바라보더니 "겜말!"이라고 말했다.

크사이데는 미소를 지으며 고개를 끄덕였다.

"이제 이것은 당신 소유입니다."

바스티안은 허리띠를 받아 손에 든 채 머뭇거렸다.

"그 효력을 확인해 보실 겸 당장 실험해 보시지 않겠어요?"

크사이데가 물었다.

바스티안은 허리띠를 둘렀다. 그것은 맞춘 듯이 꼭 맞았다. 그러나 그저 느낄 수 있을 뿐이었다. 이미 바스티안은 자기 자신을 볼 수가 없어진 것이다. 몸뚱이도, 발도, 손도. 그것은 참으로 기분 나쁜 느낌이었다. 바스티안은 당장 고리를 열려고 해 보았지만, 자기의 손도 허리띠도 볼 수가 없어 제대로 되지 않았다.

"도와 줘!"

바스티안은 질식할 것 같은 음성으로 소리쳤다. 이 허리띠 겜말을 다시는 벗을 수 없게 되어 영원히 보이지 않는 형체로 머물 것 같은 공포가 엄습했다.

"다루는 법을 먼저 익혀야 한답니다. 저도 그랬습니다, 스승님. 제가 도와 드리는 걸 허락하세요."

크사이데가 말했다.

그녀가 허공을 움켜잡자 눈 깜짝할 새에 허리띠 겜말이 풀리고, 바스티안의 눈에 자신의 모습이 다시 나타났다. 바스티안은 안도의 한숨을 내쉬고는 큰 소리로 웃었다. 크사이데도 미소를 지으며 파이프의 뱀 물부리로 연기를 빨아들였다.

어쨌든 간에 크사이데는 바스티안의 생각을 딴 데로 돌리는 데 성공했다.

"이제 당신은 모든 위험에 대해 보다 잘 보호받게 되었습니다. 그것은 저의 말 이상으로 중요한 일이에요, 주인님."

크사이데는 부드럽게 말했다.

"위험이라니? 대체 어떤 위험이길래?"

바스티안은 여전히 어리둥절해서 물었다.

"오, 주인님에게 맞설 사람이 아무도 없다는 거지요."

크사이데가 소곤거렸다.

"주인님께서 현명하다면 말이지요. 위험은 주인님 자신 속에 도사리고 있습니다. 그렇기 때문에 위험으로부터 당신을 보호하기가 어려운 겁니다."

"그게 무슨 소리야. 나 자신 속에라니?"

바스티안이 물었다.

"현명하다는 것은 사물을 초월하여 어느 누구도 미워하지도 사랑하지도 않는 자세입니다. 그렇지만 주인님, 당신은 여전히 우정에 마음을 쓰고 계세요. 당신의 심장은 눈 덮인 산봉우리처럼 차갑고 태연하지 못합니다. 그렇기 때문에 누구든 당신에게 위험을 가할 수 있지요."

"그게 누구라는 거지?"

"그 오만불손함에도 불구하고 여전히 당신의 마음을 쓰이게 하는 자이지요, 주인님."

"좀 분명히 말해 봐!"

"녹인종 출신의 저 건방지고 방자한 꼬맹이 녀석 말입니다, 주인님."

"아트레유?"

"그렇지요. 그리고 파렴치한 푸쿠르까지."

"그 둘이서 나를 해치려는 마음을 품었다고?"

바스티안은 웃지 않을 수 없었다.

크사이데는 고개를 떨어뜨리고 앉아 있었다.

"그렇다고는 생각지 않아. 그런 말은 더 듣지 않겠어."

바스티안은 말을 이었다.

크사이데는 입을 다물고 고개를 한층 깊이 떨어뜨렸다.

긴 침묵 끝에 바스티안이 물었다.

"아트레유가 내게 가하고자 하는 위험이 대체 뭐지?"

"주인님, 차라리 아무 말도 하고 싶지 않습니다!"

크사이데가 속삭였다.

"자, 전부 털어놔!"

바스티안이 외쳤다.

"괜히 빙빙 돌려 말하지 마라! 네가 아는 게 뭐지?"

"노여워하시니 떨리는군요, 주인님."

크사이데는 더듬거리며 온몸을 떨었다.

"그렇지만 이것으로 제가 끝장이 난다고 해도 말씀을 드려야겠습니다. 아트레유는 어린 여왕의 표지를 당신에게서 빼앗으려는 생각을 품고 있습니다. 은밀히든 아니면 폭력을 써서든."

바스티안은 한순간 숨이 막혔다.

"그걸 증명할 수 있니?"

바스티안은 목 메인 소리로 물었다.

크사이데는 고개를 가로젓고 중얼거렸다.

"제가 아는 방식은 증명을 할 수 없는 부류의 방식이지요."

"그렇다면 입 다물어!"

바스티안은 말했다. 얼굴로 피가 솟구쳤다.

"이 환상 세계에서 가장 용감하고 성실한 소년을 헐뜯지 마!"

그러고 나서 바스티안은 가마에서 훌쩍 내려 떠나갔다.

크사이데는 깊은 생각에 잠겨 뱀 머리 물부리를 만지작거렸고, 초록빛 눈과 붉은빛 눈을 번득거렸다. 조금 뒤 그녀는 다시 미소를 흘렸다.

그리고 보랏빛 연기를 입으로 뿜어내며 속삭였다.

"이제 곧 알게 될 겁니다, 스승님. 허리띠 겜말이 그걸 당신께 증명할 테니까요."

밤의 잠자리가 펼쳐졌을 때 바스티안은 자기의 천막으로 들어갔다. 그리고 푸른 마귀 일루안에게 무슨 일이 있어도 아무도 들어오지 못하도록, 크사이데까지도 출입을 금지하라고 엄명했다. 바스티안은 혼자서 생각하고 싶었다.

마녀가 아트레유에 대해 한 말은 생각해 볼 필요도 없었다. 하지만 다른 말이 바스티안의 생각을 사로잡았다. 지혜로워진다는 것에 관해 그녀가 늘어놓은 몇 마디였다.

바스티안은 지금껏 엄청난 체험을 했다. 공포와 기쁨, 슬픔과 승리를. 한 가지 소망이 성취되면 다음 소망을 향해 서둘러 달렸고, 한순간도 쉴 틈을 내지 않았다. 하지만 그 가운데 어떤 것도 안정과 만족을 가져다주지는 못했다. 하지만 지혜로워지면 기쁨과 슬픔, 공포와 동정, 욕심과 절망을 초월한다고 하지 않는가. 모든 사물을 뛰어넘으며, 어떤 대상도 어느 누구도 미워하거나 사랑하지 않는 동시에, 다른 사람에 대한 애착이나 배척에서 완전히 자유로워진다고 하지 않는가. 지혜로운 사람에게서 무엇을 빼앗아 갈 자는 아무도 없으리라. 그렇다, 그렇게 된다는 것은 실로 바람직한 일이었다. 바스티안은 이로써 자기의 마지막 소망에 이르렀다고 확신했다. 그라오그라만이 말한 대로 자신을 참된 의지로 안내해 줄 마지막 소망 말이다. 이제야 바스티안은 그라오그라만의 말뜻을 이해한 것만 같았다. 위대한 현자가 되리라. 온 환상 세계에서 가장 지혜로운 현자가!

잠시 뒤 바스티안은 천막을 나왔다.

조금 전까지는 바스티안의 주의를 전혀 끌지 않았던 장관을 달빛이 비추고 있었다. 기묘한 모양의 산지들이 활모양으로 커다랗게 에워싸고 있는 골짜기에 천막 도시가 펼쳐져 있었다. 물을 끼얹은 듯 정적이 깔려 있었다. 계곡에는 여기저기 보이던 작은 숲과 덤불이 언덕으로 높이 올라갈수록 듬성듬성해지다가 꼭대기에 가서는 완전히 사라졌다. 그 위로 죽 늘어져 솟은 바위들은 모양도 갖가지였는데, 마치 거대한 조각가의 손으로 빚어진 듯한 인상을 풍겼다. 바람도 잠들어 있고 하늘엔 구름 한 점 없었다. 모든 별들은 보통 때보다 더 반짝이고 가까워 보였다.

그런데 산꼭대기에서 둥근 지붕 모양의 건물 같은 것이 보였다. 안에서 희미한 불빛이 새어나오는 것을 보면 누군가 살고 있음이 분명했다.

“저도 그것을 알아보았지요, 주인님.”

천막 입구 옆 초소에 서 있던 일루안이 드르렁거리는 소리로 말했다.

“저게 뭘까요?”

그가 미처 말을 끝내기도 전에 아득히 멀리서 묘한 외침이 들려 왔다.

“우후후!”

그것은 길게 끄는 부엉이 울음소리 같았지만 훨씬 낮고 힘찼다. 이어서 그 외침이 두 번, 세 번, 그러다가는 여러 음성이 합쳐서 울려 퍼졌다.

그것은 과연 부엉이들이었다. 바스티안이 얼른 살펴보니 여섯 마리쯤이었다. 부엉이들은 산꼭대기의 둥근 지붕 건물 쪽에서 날아왔다. 그들은 날갯짓도 없이 이곳을 향해 곧장 떠오고 있었다. 가까이 다가올수록 그들의 엄청난 크기가 똑똑히 보였다. 믿을 수 없는 속력으로 날아오는 그들은 두 눈이 밝게 번득였고, 머리에 솜털같이 보송보송한 두 귀를 쫑긋 세우고 있었다. 그 비행은 완전히 소리 없이 이루어졌다. 그들이 바스티안의 천막 앞에 내려앉았을 때에도 날개의 나직한 퍼덕거림조차 들리지 않았다.

그들은 이제 땅바닥 위에 앉아 있었는데 한결같이 바스티안보다 몸집이 컸다. 바스티안은 커다랗고 둥그란 눈을 굴리며 사방을 살피는 그들에게 다가섰다.

"너희는 누구냐? 누구를 찾지?"

"예감의 어머니 우슈투가 우리를 보냈소. 우리는 별의 수도원, 기감의 비행 사절이라오."

여섯 부엉이 가운데 하나가 대답했다.

"그건 어떤 수도원이지?"

바스티안이 물었다.

"그곳은 지혜의 장소이지요. 인식의 수도사들이 사는 곳이오."

다른 부엉이가 대답했다.

"그럼 우슈투란 누구야?"

바스티안이 따져 물었다.

"수도원을 다스리면서 인식의 수도사들을 가르치는 깊은 명상가 세 명 가운데 한 분이오. 우리는 밤의 사절들로서 그분에게 속해 있다오."

세 번째 부엉이가 설명했다.

"만약 낮이었다면 관조의 아버지 시르크리에가 그분의 사절인 독수리를 보냈을 거요. 그리고 낮과 밤 사이 황혼녘에는 재치의 아들 이지푸가 그분의 사절인 여우를 보냈을 것이고."

네 번째 부엉이가 덧붙였다.

"시르크리에와 이지푸는 누구지?"

"우리의 수도원장이시며, 깊은 명상가 중 나머지 두 분이기도 하지요."

“그럼 너희는 여기서 뭘 찾는 거냐?”

“우리는 위대한 지자(지식이 많고 사리에 밝은 사람)를 찾고 있다오.”

여섯 번째 부엉이가 말했다.

“세 분의 깊은 명상가께서 이 천막 속에 그가 머물고 있다는 사실을 아신다오. 그래서 그에게 깨달음을 청하시는 거요.”

“위대한 지자라니? 그게 누구지?”

바스티안이 물었다.

“그의 이름은 바스티안 발타자르 북스요.”

여섯 부엉이가 합창으로 말했다.

“너희는 그를 벌써 찾아냈어. 내가 바로 바스티안이야.”

바스티안이 대답했다.

부엉이들은 느닷없이 머리를 깊이 조아려 절을 했다. 놀랄 만큼 큰 몸집에도 불구하고 그들의 절하는 모습은 익살스럽게 보였다.

“세 명의 깊은 명상가께서는 삼가 경외하는 마음으로 정중하게 당신의 방문을 요청하십니다. 그분들께서 평생 동안 해결할 수 없었던 문제를 당신께서 풀어 주셨으면 하고요.”

첫째 부엉이가 말했다.

바스티안은 생각에 잠겨 턱을 쓰다듬었다.

“좋아. 그런데 내 두 제자를 데려가고 싶어.”

이윽고 바스티안은 말했다.

“우리는 여섯입니다.”

부엉이는 말했다.

“둘이서 한 분씩 각각 태울 수 있지요.”

바스티안은 푸른 마귀에게 말했다.

“일루안! 아트레유와 크사이데를 불러 와.”

마귀는 쏜살같이 사라졌다.

"내가 대답해야 할 문제가 무엇이지?"

바스티안은 궁금해했다.

"위대한 지자여, 우리는 아무것도 모르는 심부름꾼에 불과합니다. 인식의 수도자 가운데 가장 낮은 계열에도 속하지 못하지요. 세 명의 깊은 명상가께서 한평생 풀 수 없었던 문제를 어찌 우리가 전할 수 있겠습니까?"

한 부엉이가 설명했다.

얼마 안 되어 일루안이 아트레유와 크사이데를 데리고 돌아왔다. 일루안은 오는 도중에 무슨 일인지 대충 설명해 두었다.

아트레유는 바스티안 앞에 서서 나직이 물었다.

"왜 나를?"

"그렇습니다. 왜 저 녀석을!"

크사이데도 물었다.

"그 이유는 이제 곧 알게 될 거야."

바스티안은 대꾸했다.

부엉이들은 미리 알고 있었는지 그네 세 개를 준비해 가져왔다. 그들은 둘씩 짝지어 각기 그네가 달려 있는 밧줄을 발톱으로 움켜잡았고, 바스티안, 아트레유, 크사이데는 그네 받침대에 앉았다. 그러자 커다란 밤의 새는 그들을 싣고 공중으로 날았다.

별의 수도원 기감에 이르러서 보니, 커다란 둥근 지붕은 수많은 주사위 모양의 문짝으로 짜인 광대한 건축물의 맨 꼭대기 부분에 불과했다. 그 건물에는 작은 창문들이 수없이 달려 있고, 높은 바깥 벽이 바위 절벽에 직접 닿아 있었다. 초청받지 않은 방문객이라면 도저히 접근할 수 없는 곳이었다.

주사위 모양의 문 안에는 인식의 수도자들이 사는 방과 도서관, 식당과 사절들의 숙소가 있었다. 그리고 커다란 원형 지붕 아래에는 깊은 명상가 세 명이 강의하는 회의실이 있었다.

인식의 수도자들은 갖가지 모습과 혈통의 환상 세계 존재들이었다. 이 수도원에 들어오려는 자는 자기 나라와 가정과의 모든 인연을 끊어야만 했다. 세상을 굳게 등진 채 자신의 생애를 오로지 지혜와 인식에만 바쳐야 했기 때문이다. 더구나 뜻을 가진 자라고 해서 모두 이 공동체에 받아들여지는 것은 아니었다. 시험은 엄격했고, 세 명의 깊은 명상가는 가차없었다. 그래서 이곳 수도자들은 비록 삼백 명도 채 되지 않았지만, 그야말로 모든 환상 세계에서 가장 똑똑한 자로 뽑혀온 재주꾼들이었다. 심지어는 교단의 수도자가 불과 일곱 명으로 줄어든 적도 있었지만 그래도 시험의 엄격한 정도는 변하지 않았다. 현재 있는 남녀 수도자의 수는 이백 명 남짓 되었다.

바스티안이 아트레유와 크사이데를 거느리고 커다란 교수실로 안내되었다. 거기에는 온갖 종류의 환상 세계 존재들이 뒤섞여 기다리고 있었다. 그들이 바스티안 일행과 구별되는 점은 어떤 모습이든 간에 하나같이 거친 흑갈색 수도자복을 입은 것이었다. 이를테면 앞서 말한 방랑하는 바위나 난쟁이가 그런 옷을 입은 모습이 어떠할까를 상상해 보면 되리라.

세 명의 수도원장, 깊은 명상가들은 인간의 형체를 하고 있었다. 단 머리만은 아니었다. 예감의 어머니 우슈투는 부엉이 얼굴을, 관조의 아버지 시르크리에는 독수리 머리를, 그리고 끝으로 재치의 아들 이지푸는 여우의 머리를 하고 있었다. 높이 솟아오른 돌의자에 앉아 있는 그들의 모습은 꽤나 위대하게 보였다. 아트레유와 크사이데마저도 그들을 보자 움츠러들어 쭈뼛거리는 기색이었다. 하지만 바스티안은 침착하게 그들을 향해 다가섰다. 커다란 홀 안에 깊은 정적이 가라앉았다.

셋 가운데 가장 나이가 많은 듯한, 가운데 자리의 시르크리에가 그들의 건너편 비어 있는 옥좌를 천천히 손가락으로 가리켰다. 바스티안은 거기에 앉았다.

긴 침묵 끝에 시르크리에가 입을 열었다. 나직했지만 놀라울 만큼 깊고 풍부한 성량이었다.

"태고 이래로 우리는 우리 세계의 수수께끼에 관해 깊이 사색해 왔다오. 이지푸는 우슈투가 예감하는 것과는 달리 생각하고, 우슈투의 예감은 내가 관조하는 것과는 다른 것을 가르쳐 주며, 또한 나는 이지푸의 생각과는 달리 인식한다오. 이런 상태로는 오래 갈 수가 없소. 그래서 우리는 그대, 위대한 지자를 불러 가르침을 청하는 것이오. 우리의 부탁을 들어줄 뜻이 있소?"

"그럴 뜻이 있습니다."

바스티안은 말했다.

"그렇다면, 위대한 지자여, 우리의 질문을 들어 보시오. 환상 세계란 무엇이오?"

바스티안은 한참 잠자코 있다가 대답했다.

"환상 세계란, 끝없는 이야기입니다."

"그대의 대답을 이해할 시간을 주시오. 내일 이 시간에 여기서 다시 만납시다."

시르크리에가 말했다.

세 명의 깊은 명상가들은 소리 없이 일어섰고, 모든 인식의 수도자들도 일어서서 다 같이 나가 버렸다.

바스티안과 아트레유, 크사이데는 응접실로 안내되었다. 거기에는 간단한 음식이 차려져 있었다. 침상은 거친 담요가 덮인 소박한 나무침대였다. 물론 바스티안과 아트레유는 그런 데에 개의치 않았다. 크사이데만이 마술을 부려 보다 편안한 침대로 바꿔 놓고자 했다. 하지만 이 수도원 안에서는 그녀의 마술이 작용하지 않는다는 사실만을 확인했을 뿐이다.

이튿날 밤, 정해진 시간에 모든 수도자와 세 명의 깊은 명상가가 커다란 원형 천장 홀에 다시 모였다. 바스티안은 다시금 옥좌에 앉고 크사이데와 아트레유가 그 양옆에 섰다.

이번에는 예감의 어머니 우슈투가 부엉이 눈을 크게 뜨고 바스티안을 바라보며 말했다.

"우리는 그대의 가르침에 관해 깊이 생각해 보았소. 위대한 지자여, 하지만 그런 가운데 새로운 질문이 생겨났소. 그대의 말대로 환상 세계가 끝없는 이야기라면, 이 끝없는 이야기는 어디에 쓰여 있소?"

다시금 바스티안은 한참 침묵하다가 대답을 했다.

"황동빛 비단으로 장정된 책 속에 쓰여 있지요."

"우리에게 그대의 말을 이해할 시간을 주오. 내일 같은 시간에 여기서 또 만납시다."

우슈투는 말했다.

그날 밤도 지난밤과 똑같이 지나갔다. 그리고 그 이튿날 또다시 모두가 회의실에 모였을 때, 재치의 아들 이지푸가 입을 열었다.

"이번에도 우리는 그대의 가르침에 대해 깊이 생각하였소, 위대한 지자여. 그런데 또다시 우리는 속절없이 새로운 질문에 부딪치게 되었소. 우리의 환상 세계가 하나의 끝없는 이야기라면, 또 이 끝없는 이야기가 황동빛 책 속에 쓰여 있다면, 이 책은 대체 어디에 있는 것이오?"

잠시 뒤 바스티안은 대답했다.

"어떤 학교 건물 창고에 있습니다."

"위대한 지자여!"

여우 머리를 한 이지푸가 말을 이었다.

"우리는 그대가 우리에게 한 말이 진실임을 의심치 않소. 하지만 이 진실을 우리에게 보여 주었으면 하오. 그럴 수 있겠소?"

바스티안은 생각에 잠겼다가 말했다.

"그럴 수 있을 것 같습니다."

아트레유는 깜짝 놀라 바스티안을 쳐다보았다. 크사이데도 서로 다른 빛깔의 두 눈에 의문스러운 빛을 띠었다.

"우리 내일 밤 이 시간에 또 만납시다."

바스티안은 말했다.

"그렇지만 장소는 여기 회의실이 아니라 별의 수도원 기감의 지붕 위입니다. 그리고 여러분은 하늘을 주의 깊게 줄곧 관찰해야 합니다."

이튿날 밤, 그날 밤은 앞서의 사흘 밤과 똑같이 별이 투명하게 빛났다. 깊은 명상가 셋을 비롯한 수도원의 모든 수도자들은 정해진 시간에 수도원 지붕 위에 서서 머리를 뒤로 젖히고 밤하늘을 우러러보았다. 아트레유와 크사이데도 바스티안이 무엇을 하려는지 모른 채 그들 속에 끼어 있었다.

바스티안은 커다란 둥근 지붕의 맨 꼭대기까지 기어올랐다. 꼭대기에 섰을 때 소년은 사방을 휘둘러보았다. 순간, 아득히 먼 지평선에 달빛을 받고 불가사의하게 빛나는 상아탑을 태어나서 처음으로 보았다.

바스티안은 호주머니에서 알 차히르를 꺼냈다. 돌은 은은한 빛을 발했다. 바스티안은 아마르간트의 도서관 문 앞에 새겨져 있던 글귀를 기억해 냈다.

일각수의 뿔에서 떨어진 뒤 나는 빛을 잃었노라.
나의 이름을 불러 줄 사람이
내 빛을 소생시킬 때까지 나는 이 문을 잠그고 있으리라.
나는 그를 향해 백 년 간 빛을 비추고,
그를 요르스 민로우트의 어두운 심연으로 이끌리라.
하지만 그가 나의 이름을 끝에서 처음까지
다시 한 번 불러 준다면,
백 년의 빛을
한순간에 비춰 주리라.

소년은 돌을 높이 치켜들고 외쳤다.
"르히차—알!"
그 순간 밝은 번개가 쳤다. 한순간 별들이 반짝이던 하늘이 창백해지고, 그 뒤의 어두운 우주 공간이 번쩍이는 섬광으로 밝혀졌다. 그 우주 공간은 시커멓게 낡았으며 우람한 대들보가 있는 학교 창고였다. 그 순간도 이내 지나갔다. 수백 년의 빛이 발해진 것이었다. 알 차히르는 흔적 없이 사라져 버렸다.

모두, 바스티안까지도 한참이 걸려서야 달과 별의 희미한 빛에 눈이 익숙해졌다.

눈앞에 나타난 환각에 감동한 모두가 말없이 커다란 회의실에 모였다. 마지막으로 바스티안이 들어왔다. 인식의 수도자들과 깊은 명상가 세 명은 자리에서 일어나 바스티안 앞에 오랫동안 깊이 머리를 조아렸다.

"할 말이 없소. 각성의 번개를 보여 준 그대의 은혜로움에 무어라 답해야 할지, 위대한 지자여. 저 불가사의한 창고 속에서 나와 같은 종류의 한 존재를 봤다오, 곧 독수리를."

시르크리에는 말했다.

"그대는 착각을 했소."

부드러운 미소를 띤 부엉이 얼굴의 우슈투가 반박했다.

"그것이 부엉이임을 나는 똑똑히 보았다오."

"그대 둘 다 틀렸소."

이지푸가 번득이는 눈빛으로 막아섰다.

"거기에 있는 존재는 나의 친척이오. 그건 여우였소."

시르크리에가 아니라는 듯 손을 내저으며 일어섰다.

"이야기는 다시 원점으로 돌아온 셈이오. 위대한 지자여, 오로지 그대만이 이 문제에 대한 해답을 줄 수 있소. 우리 셋 가운데 누가 옳은 것이오?"

시르크리에가 물었다.

바스티안은 차가운 미소를 띠며 말했다.

"셋 다."

"그대의 대답을 이해할 시간을 주오."

우슈투가 청했다.

"그러지요."

바스티안이 대답했다.

"당신들이 원하는 만큼 충분한 시간을 드리지요. 곧 우리는 당신들을 떠날 테니까요."

인식의 수도자와 세 수도원장의 얼굴에 실망의 빛이 역력했다. 하지만 바스티안은 영원히 머물러 달라는 그들의 간절한 바람을 냉담하게 물리쳤다.

이리하여 바스티안은 두 제자를 거느리고 밖으로 나왔고, 비행사절은 그들을 천막 도시로 데려다 주었다.

한편, 그날 밤 별의 수도원 기감에서는 세 명의 깊은 명상가 사이에 처음으로 근본적인 의견충돌이 벌어졌다. 그 충돌은 나중에까지 이어져서 결국 교단이 해체되었고, 예감의 어머니 우슈투, 관조의 아버지 시르크리에와 재치의 아들 이지푸가 각기 자기의 수도원을 창설하기에 이르렀다. 하지만 그것은 또 다른 이야기이므로 다른 기회에 이야기할 것이다.

바스티안은 그날 밤 자기가 예전에 학교에 다녔다는 기억을 모조리 잃어버렸다. 창고며, 황동빛 비단 장정의 훔쳐 온 책까지도 말끔히 잊혀진 것이다. 그리고 바스티안은 자기가 대체 어떻게 해서 환상 세계로 오게 되었는지도 생각하지 않게 되었다.

상아탑의 결투

"상아탑이 이제 가까운 곳에 있습니다."

앞서 파견한 정찰대가 캠프로 되돌아와 보고했다. 이틀이나, 많아도 사흘만 서둘러 행진하면 거기에 도달하리라는 이야기였다.

하지만 바스티안은 결단을 내리지 못한 듯했다. 그는 전보다 더 자주 휴식을 취하는가 하면, 느닷없이 허겁지겁 출발을 서두르기도 했다. 행렬 속의 누구도 그 이유를 알 수 없었지만, 그렇다고 그 이유를 물어 볼 염두도 못 내었다. 별의 수도원에서의 위대한 행적 이래로 그는 감히 접근할 수 없는 존재가 되어 버렸다. 심지어 크사이데도 그랬다. 행렬 속으로 온갖 추측이 나돌았지만, 대부분의 동행들은 바스티안의 모순투성이 명령에 순순히 따랐다. 위대한 현자란 평범한 존재들에게는 종종 예측할 수 없이 보이는 법이 아닌가. 아트레유와 푸쿠르도 바스티안의 행동을 이해할 수 없었다. 별의 수도원에서의 사건은 두 친구의 이해를 초월한 것이었기 때문이다. 하지만 그것은 바스티안에 대한 그들의 걱정을 더욱 크게 할 뿐이었다.

바스티안의 마음 속에서는 두 개의 감정이 부딪치고 있었는데, 그 가운데 어느 것도 누를 수가 없었다. 바스티안은 어린 달님과의 만남을 갈망하고 있었다. 이제 자기는 온 환상 세계에서 감탄과 명성을 얻은 몸이다. 그녀 앞에서 대등한 자로서 당당하게 마주설 수도 있으리라. 하지만 동시에 여왕이 아우린을 되돌려 받고자 하리라는 걱정이 바스티안을 불안하게 했다. 그러고 나면 어떻게 되는 거지? 여왕이 지금으로선 전혀 알지도 못하는 엉뚱한 세계로 나를 되돌려 보내려고 하지 않을까? 내게는 되돌아갈 뜻이 없지 않은가! 그리고 ‘보물’을 그냥 지니고 싶다. 그러자 곧 여왕이 그것을 되돌려달라는 말을 전혀 하지 않았다는 생각이 떠올랐다. 아마도 여왕은 바스티안이 원하는 만큼 얼마든지 오랫동안 그것을 지닐 수 있게 했는지도 몰랐다. 어쩌면 바스티안에게 ‘보물’을 선사한 것인지도, 즉 그것은 영원히 바스티안의 소유인지도 몰랐다. 그런 생각이 들 때면 한시도 기다릴 수 없이 여왕을 다시 만나고 싶어졌다. 그래서 어서 빨리 여왕이 있는 데로 가기 위해 행렬을 재촉했다. 하지만 어느새 다시 의혹이 덮쳐왔고, 그럴 때면 멈추도록 명령하고 생각을 다지느라 애를 썼다.

이렇게 다급한 전진과 몇 시간씩의 머뭇거림을 반복해 가면서 마침내 그 유명한 미로에 이르렀다. 꽃밭으로 꽉 메워진 꼬불꼬불한 길들과 저 넓은 평원의 맨 가장자리에. 지평선에는 황금빛으로 반짝이는 저녁 노을을 배경으로 신비스러운 상아탑이 희게 빛나고 있었다.

모든 환상 세계의 일행들과 바스티안까지도 경건한 침묵 속에 잠겨, 이 광경의 표현할 길 없는 아름다움에 빠져 있었다. 심지어 크사이데의 얼굴에마저 지금껏 한 번도 보이지 않던 경탄의 표정이 떠올랐다. 물론 금세 다시 사라져 버렸지만. 맨 끝에 서 있는 아트레유와 푸쿠르는 지난번 이곳에 왔을 때의 그 처참했던 풍경을 회상하고 있었다. 무(無)의 치명적 질환에 걸려 갈기갈기 찢겨졌던 광경을. 하지만 이제 미로는 전에 없이 찬란하고 아름답게 빛나고 있었다.

바스티안이 그날 더 이상 행진하지 않기로 결정을 하자 그 자리에 야영지가 만들어졌다. 바스티안은 몇 명의 사절을 파견해서 어린 달님에게 인사를 전하고 다음날 상아탑으로 입성할 것이라고 통보하도록 했다. 그런 다음 천막 속에 누워 잠을 청했다. 바스티안은 베개를 베고 뒤척거렸지만 걱정 때문에 마음이 가라앉지 않았다. 그러나 이와 전혀 다른 이유 때문에, 그날 밤은 그가 환상 세계로 온 이래 가장 불행한 밤이 될 터였다. 비록 그가 이 사실을 전혀 예감하지 못했더라도.

자정 무렵, 겨우 불안한 얕은 잠에 빠졌는데 천막 바깥의 수선스러운 소리에 놀라 깨어났다. 바스티안은 일어나서 밖으로 나갔다.

"무슨 일이야?"

바스티안은 엄하게 물었다.

"여기 이 사절이 당신께 전할 보고를 갖고 왔다는군요. 내일 아침까지 기다릴 수 없는 중대한 것이랍니다."

푸른 마귀 일루안이 대답했다.

일루안에게 멱살을 잡힌 사절은 작고 날쌘 존재로서 토끼와 상당히 닮았지만, 털 대신 새빨간 모피 옷을 입고 있었다. 이 짐승은 환상 세계에서 가장 빨리 달리는 존재였다. 어마어마한 거리를 엄청나게 빠른 속력으로 달리기 때문에 실제로 그 존재의 형체를 제대로 볼 수는 없었다. 다만 소용돌이치는 먼지구름의 흔적으로 그것이 지나쳤다는 사실을 깨달을 뿐이었다. 바로 이런 능력 때문에 이 짐승이 사절로 뽑힌 것이었다. 그는 어느새 상아탑까지 갔다가 되돌아와서 숨을 헐떡이는 중이었는데, 마침 푸른 마귀가 그를 바스티안 앞으로 내세웠다.

"용서하십시오, 주인님."

날쌘 짐승이 숨을 헐떡이며 몇 번이나 깊이 절을 했다.

"휴식을 방해했다면 용서하십시오. 그렇지만 제가 보고하지 않았더라도 당신께서는 저를 꾸짖으셨을 겁니다. 어린 여왕께서는 상아탑에 안 계십니다. 언제부터인지 모르게 사라지셨대요. 여왕께서 어디에 계신지는 아무도 모른답니다."

바스티안은 가슴속이 갑자기 텅 비고 싸늘해짐을 느꼈다.

"네가 잘못 알고 온 거겠지. 그럴 리가 없어."

"다른 사절들이 그 점을 증명해 드릴 겁니다. 뒤따라오면 말이지요, 주인님."

바스티안은 한동안 침묵하다가 메마르게 말했다.

"고맙다, 이제 됐어."

그러고는 몸을 돌려 그의 천막으로 들어갔다.

바스티안은 침상에 걸터앉은 채 두 손으로 머리를 괴었다. 자신이 어린 달님과의 만남을 위해 얼마나 오랫동안 여행해 왔는가. 이 사실을 어린 달님이 모른다는 것은 도저히 있을 수 없는 일이었다. 여왕은 나를 다시는 만나고 싶지 않은 걸까? 아니면 여왕에게 무슨 일이 생긴 걸까? 아니, 그녀의 왕국 안에서 여왕에게 무슨 일이 생긴다는 것은 전혀 생각할 수 없는 일이었다.

하지만 여왕은 거기에 없었다. 그리고 그것은 바스티안이 아우린을 되돌려 주지 않아도 된다는 것을 의미했다. 그렇지만 다른 한편으로 바스티안은 여왕을 다시 못 만난다는 데 참담한 실망을 느꼈다. 여왕의 그런 행동에 어떤 이유가 있든 간에 바스티안은 도저히 이해할 수가 없었다. 아니, 그것은 너무나 가슴 아픈 일이었다!

누구나 어린 여왕을 단 한 번밖에 못 만난다고 거듭해서 말하던 아 트레유와 푸쿠르의 이야기가 떠올랐다.

슬픔에 휩싸이자 바스티안은 갑자기 아트레유와 푸쿠르가 간절하게 그리워졌다. 누군가와 속이야기를 나누고 싶었다. 친구와 대화를 하고 싶었다.

바스티안은 허리띠 겜말을 두르고 눈에 띄지 않게 그들에게 가야겠 다는 생각이 떠올랐다. 그렇게 하면 자기의 품위를 해치지 않고 그들 곁에서 위안을 얻을 수 있을 것이다.

바스티안은 재빨리 화려한 작은 상자를 열고 허리띠를 꺼내어 둘렀 다. 자기 자신이 보이지 않게 되자 다시금 처음과 같은 거북스런 느낌 이 덮쳐왔다. 바스티안은 거기에 길들 때까지 잠시 기다렸다가 밖으로 나와 천막 도시를 헤매며 아트레유와 푸쿠르를 찾았다.

곳곳에서 소란스런 소리가 들려왔다. 그림자 같은 형체들이 천막 사 이를 휙휙 스치며 왔다 갔다 하는가 하면, 여기저기 여럿이 웅크리고 모여 앉아 소리를 죽여 말을 주고받았다. 그동안에 다른 사절들도 돌아 왔고, 어린 여왕이 상아탑에 없다는 소식이 불길처럼 온 진영에 퍼졌 다. 바스티안은 천막들 사이를 헤맸지만 찾고 있는 두 친구를 얼른 발 견할 수 없었다.

아트레유와 푸쿠르는 진영의 맨 가장자리, 꽃이 만발한 로즈메리 나 무 밑에 앉아 있었다. 아트레유는 다리를 포개고 앉아 팔짱을 긴 채 굳 은 표정으로 상아탑 쪽을 바라보았고, 행운의 용은 거대한 머리를 아트 레유의 발치에 대고 누워 있었다.

"여왕께서 표지를 되돌려 받기 위해 그 애에게는 예외로 대해 주시 길 바랐어. 그것이 나의 마지막 희망이었는데. 하지만 이제 모든 희망 이 사라졌어."

아트레유가 말했다.

"여왕께선 자기가 한 일을 알고 계실 거야."

푸쿠르가 대답했다.

그 순간 바스티안은 두 친구를 알아보았고, 눈에 띄지 않게 그들 곁으로 다가섰다.

"여왕께서 정말 알고 계실까? 그 애는 아우린을 조금이라도 더 지니고 있으면 안 돼."

아트레유가 중얼거렸다.

"어떻게 하려고? 그 애는 스스로 아우린을 내주지 않을 거야."

푸쿠르가 물었다.

"내가 빼앗아야겠어."

아트레유가 대답했다.

이 말에 바스티안은 발밑의 땅바닥이 꺼져 버리는 느낌이었다.

"그래, 일단 네 손에 들어가면 그 애도 되돌려 달라고 강요할 수는 없을 거야. 하지만 어떻게 그러겠다는 거야?"

푸쿠르의 말이 들렸다.

"흠, 그건 나도 몰라. 그 애는 억센 기운과 마술의 칼을 여전히 갖고 있잖아."

아트레유가 말했다.

"그렇지만 광채가 너를 보호해 줄 거야. 그 애 앞에서라도."

푸쿠르가 반박했다.

"아니야. 그렇지 않을 거야. 그 애에게는 안 돼."

아트레유가 말했다.

"그 애는 너에게 그걸 주려고 했었잖아."

푸쿠르는 분노에 찬 낮은 웃음을 흘리며 말을 계속했다.

"그 애가 네게 그렇게 제의하지 않았니? 너희가 아마르간트에서 만난 첫날 저녁에. 그런데 네가 거절했었어."

아트레유는 고개를 끄덕였다.

"그때 난 일이 어떻게 될지 미처 몰랐거든."

"그럼 이제 네가 할 수 있는 게 뭐야? 그 표지를 빼앗기 위한 방법이라도 있다는 거야?"

푸쿠르가 물었다.

"훔쳐야겠어."

아트레유가 대답했다.

푸쿠르의 머리가 획 들렸다. 루비처럼 빨갛게 이글거리는 눈알로 그는 아트레유를 뚫어지게 바라보았다. 아트레유는 시선을 바닥에 떨어뜨리고 나직이 중얼거렸다.

"훔쳐야겠어. 다른 방법이 없어."

초조한 침묵이 흐른 뒤에 푸쿠르가 물었다.

"언제?"

"오늘 밤 안으로. 내일이면 벌써 늦을 테니까."

아트레유가 대답했다.

바스티안은 더 듣고 싶지 않아 천천히 그곳을 떠났다. 차갑고 끝없는 공허감밖에 아무런 느낌이 없었다. 이제는 모든 것이 아무래도 좋은 심정이었다. 크사이데가 말한 것처럼.

바스티안은 자기의 천막으로 돌아와 허리띠 겜말을 풀었다. 그리고 일루안을 시켜 세 기사 히스발트, 히크리온, 히도른을 불러 오도록 했다. 서성거리며 기다리는 동안 크사이데가 모든 것을 예언했다는 생각이 떠올랐다. 믿으려 하지 않았으나 이젠 믿지 않을 수 없었다. 크사이데의 말이 사실이었음을 바스티안은 인정했다. 그녀만이 과연 자신에게 충성을 다하고 있는 것 같았다. 하지만 아트레유가 그 계획을 실제로 실천할지는 아직 모를 일이었다. 어쩌면 그것은 불쑥 떠오른 생각일 뿐이고, 아트레유는 벌써 그런 마음을 품었다는 사실을 부끄러워하고 있을지도 몰랐다. 바스티안은 그 일에 대해 한마디도 내뱉고 싶지 않았다. 비록 그와의 우정은 끝나 버리게 되었지만. 그것은 이제 영원히 지나간 일이었다.

세 기사가 나타나자 소년은 오늘 밤 도둑이 자기 천막에 들어올지 모른다고 설명했다. 그러니 천막 안에서 지키고 있다가 도둑이 누구이든 간에 그 자리에서 체포해 달라고 부탁했다. 히스발트와 히도른, 히크리온은 고개를 끄덕이고 느긋하게 자리를 잡았다. 바스티안은 천막을 나왔다.

바스티안은 크사이데의 산호 가마로 향했다. 그녀는 깊은 잠에 빠져 있고, 새까만 곤충갑옷을 입은 다섯 거인만이 그녀 주위에 부동자세로 서 있었다. 어둠 속에서 그들의 모습은 다섯 뭉치의 바윗덩이처럼 보였다.

"너희가 내게 복종하길 바란다."

바스티안은 소리를 죽여 말했다.

즉각 새까만 금속 얼굴 다섯 개가 바스티안을 향했다.

"명령하십시오, 우리 여주인의 주인님."

한 놈이 쇳소리로 대답했다.

"행운의 용 푸쿠르를 해치울 수 있겠나?"

바스티안은 물었다.

"그것은 우리를 조종하는 이의 뜻에 달렸습니다."

쇳소리가 대답했다.

"그것이 나의 뜻이다."

바스티안은 말했다.

"그럼 해치우겠습니다."

"좋다, 그럼 지금 그를 향해 가라!"

바스티안은 손가락으로 방향을 가리켰다.

"아트레유가 자리를 뜨는 즉시 그를 사로잡아라! 그렇지만 그와 함께 거기서 기다려라. 데려와야 할 때가 되면 너희를 부르겠다."

"그렇게 하지요, 우리 여주인의 주인님."

쇳소리가 대답했다.

새까만 거인 다섯은 소리 없이 똑같은 보조로 움직였다. 크사이데는 잠결에도 간교한 미소를 흘렸다.

바스티안은 자기의 천막으로 되돌아왔다. 하지만 천막이 눈앞에 보이자 망설여졌다. 실제로 아트레유가 도둑질을 시도한다면, 그를 사로잡는 현장에 있고 싶지 않았다.

어느새 하늘에 먼 동이 밝아오고 있었다. 바스티안은 천막에서 그리 멀지 않은 나무 밑에 앉아 은외투로 몸을 감싸고 기다렸다. 시간은 끝도 없이 느릿느릿하게 흘렀다. 희미한 새벽빛이 점점 밝아왔다. 바스티안이 아트레유가 결국 계획을 포기했으리란 희망을 품으려는 순간이었다. 갑자기 화려한 천막 안에서 웅성거리는 목소리와 소동 소리가 새어 나왔다. 잠시 뒤 아트레유가 등 뒤로 팔이 묶인 채 히크리온에게 끌려 천막을 나왔다. 두 기사도 뒤따랐다.

바스티안은 맥이 풀린 채 일어서서 나무에 등을 기댔다.

"그러니까 결국!"

바스티안은 혼잣말로 중얼거렸다.

그러고는 자기의 천막을 향해 걸었다. 바스티안은 아트레유를 바라보고 싶지 않았다. 아트레유도 고개를 떨어뜨리고 있었다.

"일루안!"

바스티안은 천막 입구에 있는 푸른 마귀를 불렀다.

"온 진영을 깨워 모두 여기 모이도록 일러라. 그리고 새까만 갑옷거인더러 푸쿠르를 끌고 오라고 해라!"

푸른 마귀는 날카로운 독수리 소리를 내지르며 서둘러 갔다. 그가 지나치는 모든 크고 작은 천막과 여러 진영들이 술렁거리기 시작했다.

"아예 반항조차 안 했습니다."

히크리온은 투덜거리며, 꼼짝 않고 고개를 떨어뜨린 채 서 있는 아트레유를 턱으로 가리켰다. 바스티안은 고개를 돌리고 돌 위에 앉았다.

새까만 거인 다섯이 푸쿠르를 끌고 왔을 때는 이미 수많은 무리가 호화 천막 언저리에 모여 있었다. 금속성의 똑같은 발짝 소리가 가까워오자 구경꾼들은 흩어져서 길을 내주었다. 푸쿠르는 묶여 있지도 않았다. 갑옷 거인들도 그의 몸에 손을 대지 않은 채 좌우에서 칼을 빼어들고 걸어올 뿐이었다.

"그는 아예 반항조차 안 했습니다, 우리 여주인의 주인님."

바스티안 앞에서 걸음을 멈추었을 때 쇳소리 하나가 말했다.

푸쿠르는 아트레유 앞의 바닥에 누워 눈을 감았다.

긴 정적이 흘렀다. 진영의 마지막 지각생들이 헐떡이며 다가와서 무슨 일인가 구경하려고 목을 뺐다. 크사이데만이 유일하게 나타나지 않았다. 수런거리는 속삭임이 점차 잦아들었다. 모든 눈길이 아트레유와 바스티안 사이를 번갈아 왔다 갔다 했다. 잿빛 어둑새벽 속에서 꼼짝 않는 그들의 모습은 영원히 굳어 버린, 아무 빛깔도 없는 영상처럼 보였다.

이윽고 바스티안이 몸을 일으켰다.

"아트레유, 너는 어린 여왕의 부적을 훔쳐 네 것으로 삼으려고 했다. 그리고 푸쿠르, 너는 그것을 함께 모의했다. 이로써 너희는 한때 우리가 나누었던 우정을 더럽혔을 뿐만 아니라, 내게 ‘보물’을 준 어린 달님의 뜻을 거역하는 가장 악한 죄를 저질렀다. 너희의 죄를 인정하느냐?”

아트레유는 바스티안을 한참 동안 바라보고는 고개를 끄덕였다.

바스티안은 목이 잠겨 말이 잘 나오지를 않았다. 두 번이나 주저앉았다가 겨우 다시 말을 이었다.

“아트레유, 네가 나를 어린 여왕에게 데려다 주었다는 사실을 기억한다. 또 아마르간트에서 푸쿠르가 불렀던 노래를 기억하고 있다. 그래서 너희의 목숨을, 도둑과 도둑의 공모자의 목숨을 살려 주겠다. 이제 너희의 뜻대로 해라. 하지만 내 앞에서 멀리 사라져라. 그리고 내 눈앞에 다시는 나타나지 말아라. 나는 너희를 영원히 추방한다. 너희를 애당초 몰랐던 것으로 하겠다.”

바스티안은 히크리온에게 고갯짓을 해서 아트레유의 사슬을 풀어 주라고 했다. 그러고는 몸을 돌려 다시 주저앉았다.

아트레유는 꼼짝 않고 한참 동안 서 있더니 바스티안에게 눈길을 한 번 던졌다. 그는 뭔가 말하려는 눈치였으나 곧 생각을 바꾸었다. 그리고 푸쿠르에게 몸을 숙여 뭔가 소곤거렸다. 행운의 용은 눈을 뜨고 일어섰다. 아트레유가 그의 등에 훌쩍 올라타자 푸쿠르는 공중으로 솟았다. 그들은 점점 밝아오는 새벽하늘을 향해 곧장 날았다. 그의 몸짓은 무겁고 힘겨워 보였지만, 잠시 뒤 아득히 먼 곳으로 사라져 버렸다.

바스티안은 일어나 자기의 천막으로 들어갔다. 그리고 침상에 폭 쓰러졌다.

“지금 당신께서는 진정 위대한 일을 이루셨습니다.”

베일에 싸인 듯한 부드러운 목소리가 말했다.

　“이제 당신에게 문제되는 것은 하나도 없어요. 아무것도 당신을 건드릴 수 없습니다.”

　바스티안은 일어나 앉았다. 목소리의 주인공은 크사이데였다. 그녀는 천막 한쪽의 컴컴한 구석에 웅크리고 있었다.

　“너였어? 어떻게 여기로 들어왔지?”

　바스티안은 물었다.

　크사이데는 미소를 지었다.

　“스승님. 보초들은 저를 붙들 수 없습니다. 저를 막을 수 있는 것은 오로지 당신의 명령뿐이지요. 저를 내보내시겠어요?”

　바스티안은 다시 드러누워 눈을 감았다. 그러고는 얼마 뒤 중얼거렸다.

　“아무래도 상관없어. 있든 가든 맘대로 해!”

　그녀는 반쯤 내려뜬 속눈썹 아래로 바스티안을 한참 살폈다. 그러더니 이렇게 물었다.

　“무슨 생각을 하시나요, 스승님?”

　바스티안은 그녀에게 등을 돌리고 돌아누운 채 대꾸하지 않았다.

　지금 바스티안을 그냥 내버려 두어서는 안 된다는 점을 크사이데는 분명하게 알고 있었다. 자칫하면 그녀의 손아귀에서 빠져 나갈 기세가 아닌가. 크사이데는 바스티안을 위로하고 기분을 돋우어 주어야 했다. 이제 그녀는 바스티안으로 하여금 그녀 자신을 위해 미리 마련해 두었던 길을 가도록 이끌어야만 했다. 그런데 이번에는 마술의 선물이나 단순한 술책으로 될 일이 아니었다. 보다 강력한 방법을 써야만 했다. 그녀가 조종할 수 있는 가장 강력한 수단이란, 바스티안의 가장 큰 소망을 동원하는 것이었다. 크사이데는 바스티안 곁으로 다가앉아 귀엣말을 속삭였다.

“스승님, 상아탑으로는 언제 올라가시렵니까?”

“모르겠어. 어린 달님이 없는데 내가 거기에서 무슨 볼일이 있겠니? 이제부터 무엇을 해야 할지 도대체 모르겠어.”

바스티안은 베개에 얼굴을 묻고 대답했다.

“그곳에 가서 어린 여왕을 기다릴 수도 있을 텐데요.”

바스티안의 시선이 크사이데를 향했다.

“여왕이 돌아오리라고 생각하니?”

바스티안이 다급하게 다시 질문하고 나서야 크사이데가 머뭇머뭇 대답했다.

“그렇지는 않습니다. 여왕은 환상 세계를 영원히 떠난 것 같아요. 그리고 내 생각에 당신이 여왕의 후계자라고 봅니다, 스승님.”

바스티안은 천천히 몸을 일으켰다. 그리고 크사이데의 서로 다른 빛깔의 눈을 바라보았다. 바스티안이 그녀의 말을 완전히 이해하기까지는 한참이 걸렸다.

“내가?”

바스티안의 뺨이 붉어졌다.

“그것이 그토록 놀라우신가요?”

크사이데가 속삭였다.

“여왕은 당신께 그녀를 대신하여 힘을 행사할 수 있는 표지를 주었습니다. 바로 여왕의 왕국을 당신께 떠맡긴 것입니다. 당신은 이제 어린 황제가 되는 거지요, 스승님. 그것은 당신의 당연한 권리입니다. 당신께서 여기에 오심으로써 환상 세계를 구원했을 뿐만 아니라 비로소 창조하셨습니다! 우리 모두는—저 자신까지도—당신의 피조물에 불과하지요! 당신은 위대한 지자이십니다. 모든 면으로 보아서 당신에게 마땅히 주어진 전권을 잡으라는 데 뭐 그렇게 놀라시나요?”

바스티안의 눈빛이 점점 차가운 불길처럼 번득이는 가운데, 한편에서 크사이데는 새로운 환상 세계에 관하여, 모든 구석구석의 세부까지 바스티안의 뜻대로 이루어질 세계에 관하여 이야기했다. 바스티안의 마음대로 창조하고 없앨 수 있으며, 아무런 제한도 조건도 없으며, 착하거나 악한 존재, 아름답거나 추한 존재, 어리석거나 현명한 모든 피조물이 오로지 바스티안의 뜻을 근원으로 생겨나는 세계. 바스티안이 모든 존재를 초월하여 수수께끼처럼 군림하고, 영원한 유희로서 운명을 조종하는 세계에 관하여 이야기했다.

"그렇게 된 다음에야 비로소 당신은 진실로 자유로운 것입니다. 당신을 구속하는 모든 속박에서 자유로워지는 것입니다. 그리고 당신이 뜻하시는 바를 자유로이 행할 수 있는 것입니다. 당신은 당신의 참된 의지를 발견하고자 하시지 않았던가요? 그것이 바로 참된 의지입니다!"

크사이데는 이렇게 이야기를 맺었다.

이튿날 아침, 천막 도시는 거두어졌다. 산호 가마 속의 바스티안과 크사이데를 선두로 수천 명의 행렬이 상아탑을 향해 떠났다. 끝없는 행렬이 꼬불꼬불한 미로에 잔뜩 깔렸다. 저녁 무렵 그 선두가 상아탑에 이르렀을 때 대열의 끄트머리는 그제야 꽃밭의 맨 가장자리를 겨우 넘어서고 있었다.

바스티안을 위해 준비된 환영의 축제는 더할 나위 없이 성대하게 치뤄졌다. 어린 여왕의 황실에 속한 모든 존재가 서서 기다리고 있었다. 모든 탑과 지붕 위마다 난쟁이 파수꾼들이 번쩍이는 나팔을 들고 목청껏 불어댔다. 광대들은 곡예를 자랑했고, 점성가들은 바스티안의 행운과 위대함을 알렸으며, 제빵사는 커다란 케이크를 산더미처럼 구웠다.

한편 장관들과 고관들은 직접 걸어 나와서 산호 가마를 호위하며 인파를 헤치고 큰 중심가로 안내했다. 그 길은 원뿔모양의 상아탑 주위를 나선형으로 휘감으며 점점 좁아지다가, 궁전으로 들어가는 큰 성문 앞에서 끝났다. 바스티안은 크사이데와 모든 장관들과 고관들의 선두에 서서 눈처럼 희고 넓은 층계를 올랐다. 홀과 복도를 지나 두 번째 성문을 통과하고, 계속 높이 올라가서 상아로 조각된 동물과 꽃나무들이 있는 정원을 거쳤으며, 아치형의 다리를 지나 마지막 성문을 통과했다. 바스티안은 이 거대한 탑의 꼭대기를 이루는 목련정자로 들어갈 생각이었다. 하지만 목련꽃은 오므라져 있었고, 그곳으로 올라가는 마지막 길목은 몹시도 가파르고 미끄러워서 아무도 갈 수가 없었다.

바스티안은 당시 깊은 상처를 입은 아트레유도 그곳에 올라갈 수 없었던, 어쨌든 스스로의 힘으로는 올라갈 수 없었던 사실을 기억해 냈다. 그곳에 올라간 적이 있는 어느 누구도 어떻게 자기가 올라갈 수 있었는지를 모르는 법이었다. 그것은 은총으로 주어져야만 하는 것이다.

하지만 바스티안은 아트레유가 아니었다. 지금부터 이 마지막 단계를 은총으로 베풀어야 할 자가 있다면 그는 다름 아닌 바스티안이었다. 바스티안은 여전히 자신의 가는 길을 멈출 생각이 없었다.

"목수들을 불러라!"

바스티안이 명령했다.

"이 미끄러운 표면에다 층계를 깎든지 사다리를 설치하든지 방법을 반드시 생각해 내라고 해. 나는 저 꼭대기에 거처를 두기로 했다."

"주인님, 그곳은 황금 눈의 소망의 지배자께서 사시던 곳입니다."

가장 나이 많은 고문이 용기를 내어 간언했다.

"내 명령이다!"

바스티안은 호통을 쳤다.

고관들은 해쓱해져서 물러나 그의 명령에 복종했다. 목수들이 불려와서 무거운 망치와 끌로 일에 착수했다. 하지만 아무리 애를 써도 그 꼭대기에는 가느다란 흠조차도 찍어낼 수가 없었다. 끌이 손에서 튀어나갔고, 매끄러운 표면에는 긁힌 자국조차 남지 않았다.

"다른 대책을 찾아봐. 저기 올라가는 게 내 뜻이니까. 내 참을성도 이제 한계에 달했다는 걸 알아 둬."

바스티안은 말하며 불쾌한 듯 고개를 돌렸다.

그러고 나서 우선 자기의 신하들, 즉 크사이데와 세 장정 히스발트, 히크리온, 히도른 그리고 푸른 마귀 일루안과 더불어 궁정 지역의 나머지 장소를 차지했다.

그날 밤, 바스티안은 이제까지 어린 달님에게 봉사해 왔던 귀족, 장관, 고문들을 집합시켜 일찍이 의사회의가 열렸던 커다란 알현실에서 회의를 열었다. 그리고 황금 눈의 소망의 지배자가 자신, 바스티안 발타자르 북스에게 끝없는 환상 제국을 지배할 모든 권한을 넘겨주었으며, 이제부터 자기가 여왕의 직위를 차지하게 되었노라고 공표했다. 그러므로 자기의 뜻에 완전히 복종할 것을 요구했다.

"설령 나의 결정이 너희에게는 이해되지 않는다 할지라도 따라야만 한다. 나는 너희와 같은 존재가 아니니까."

바스티안은 덧붙였다.

그리고 바스티안은 정확히 77일 뒤에 환상 세계의 어린 황제에 즉위하겠노라고 확정지었다. 이 즉위식은 환상 세계에서 유래가 없을 정도로 성대하게 거행되도록 할 것이라고도 했다. 따라서 당장에 모든 나라에 사절들을 보낼 것을 지시하며, 환상 제국의 모든 민족 대표가 이 즉위식에 참여하기를 바란다고 밝혔다.

이 말을 끝으로 바스티안은 당황해하는 고관과 대작들을 뒤로 하고 물러나왔다.

그들은 어떻게 해야 할지 몰라 어리둥절해 있었다. 모든 말이 너무나 엄청난 내용이어서 한참 동안 말을 못하고 우두커니 서 있었다. 그러다가 조그만 소리로 의논을 시작했다. 여러 시간 동안 머리를 맞대고 의논한 끝에, 그들은 결국 바스티안의 지시를 따라야 한다는 데 의견을 모았다. 지금은 어쨌든 바스티안이 어린 여왕의 부적을 지니고 있으므로 복종할 수밖에 없지 않은가. 실제로 어린 달님이 바스티안에게 모든 권한을 맡겼든 아니든, 이 모든 일 역시 그들로서는 이해할 수 없는 여왕의 결정일지도 모르는 까닭에. 그래서 사절들이 파견되었고 바스티안이 지시를 내린 그 밖의 모든 일이 시행되었다.

하지만 바스티안 자신은 더 이상 그 일에 관여하지 않았다. 대관식 축제 준비에 필요한 모든 구체적인 결정은 크사이데에게 맡겼다. 그리고 그녀는 누가 무슨 생각을 해낼 겨를도 없을 만큼 상아탑의 신하들을 바쁘게 부려먹었다.

그 뒤 몇 날 몇 주 동안, 바스티안은 그가 선택한 방에서 꼼짝 않고 틀어박혀 있었다. 멍하니 허공을 바라보면서 아무 일도 하지 않았다. 뭔가를 소망하거나, 심심풀이로 이야기라도 만들어 내고 싶었지만 아무것도 머리에 떠오르지 않았다. 바스티안은 자신이 텅 빈 구멍처럼 느껴졌다.

그러다 마침내, 어린 달님을 불러올 수 있으리란 소망이 떠올랐다. 만약 자기가 정말로 전능하다면, 자기의 모든 소망이 현실로 나타난다면, 여왕 역시 그것에 따르리라. 며칠 밤을 앉아 바스티안은 혼잣말을 뇌었다.

"어린 달님, 와 줘! 네가 와야 돼. 내 명령이야."

바스티안은 빛나는 보물처럼 자기의 가슴에 와 닿았던 여왕의 눈빛을 생각했다. 하지만 여왕을 불러내기 위해 거듭해서 애를 쓰면 쓸수록 가슴속에 남았던 그 빛의 기억도 점점 꺼져갔고, 결국 바스티안의 가슴속은 완전히 깜깜해졌다.

바스티안은 저 목련꽃잎 정자에 들어앉기만 하면 모든 것을 되찾을 수 있으리라 자신을 달랬다. 그래서 줄곧 목수들에게 달려가 협박도 하고 보상도 약속하면서 재촉했다. 하지만 모든 노력은 허사였다. 사다리들은 부서져 버리고, 강철못은 휘어졌으며, 끌은 튕겨져 나갔다.

바스티안과, 이따금 어울려 떠들거나 장난을 쳤던 세 기사 히크리온, 히스발트, 히도른도 이제는 별로 할 일이 없어졌다. 그들은 상아탑의 지하실에서 술창고를 발견해 냈다. 그곳에 앉아 밤낮으로 마시고, 주사위 노름을 하고, 고래고래 멍청한 노래를 부르거나, 싸움질을 하면서 서로를 향해 칼부림을 하기가 일쑤였다. 때로는 비틀비틀 중심가를 휘몰아쳐 다니며 탑 안에 사는 선녀며 요정 같은 여자들에게 짓궂게 굴었다.

바스티안이 그들에게 말을 걸면, 그들은 이렇게 대답했다.

"뭘 할 생각이십니까? 우리에게 뭐라도 일거리를 주어야 할 것 아닙니까?"

하지만 바스티안에겐 아무 생각도 떠오르지 않았다. 대관식이 지나면 뭔가 달라지겠지 하고 자신을 위로할 뿐이었다. 그렇지만 대관식을 마친 후에 무엇이 달라져야 하는지도 모르고 있었다.

갈수록 날씨마저 험상궂어졌다. 하늘은 대개 잿빛 구름이 끼었고 공기는 탁해져 갔다. 바람 한 점 없는 날씨가 계속되었다.

그렇게 정해진 대관식 날이 다가오고 있었다.

파견한 사절들이 돌아왔다. 그 가운데 여럿은 환상 세계 여러 나라의 각양각색 대표들과 함께 왔다. 그러나 혼자서 돌아온 사절들도 적지 않았다. 그들은 자기들이 파견되었던 나라에서는 이 의식에 참여하기를 딱 잘라 거절하더라고 전했다. 요컨대 여러 지점에서 암암리에 또는 아주 공공연하게 반란이 일어나고 있었던 것이다.

바스티안은 꼼짝 않고 멍하니 앞을 바라보았다.

"당신이 환상 세계의 황제로 즉위하신 후에 철저히 해치우면 됩니다."

크사이데가 말했다.

"그들이 내 뜻을 따르길 원해."

바스티안이 말했다.

하지만 크사이데는 어느새 새로운 지령을 내리려고 자리를 떠 버린 뒤였다.

이윽고 대관식 날이 왔다. 하지만 결국 대관식은 거행되지 못하고, 환상 세계의 이야기 속에 상아탑을 에워싼 피비린내 나는 전쟁의 날로 기록되어 버렸다.

아침부터 하늘은 짙은 회색의 두꺼운 구름장으로 잔뜩 덮인 채 밝아질 줄 몰랐다. 으스름 빛이 사방을 뒤덮고, 바람 한 점 없는 공기가 무겁게 내려앉아 숨 쉬기조차 답답했다.

크사이데는 상아탑의 축제준비위원들 열넷과 함께, 일찍이 환상 세계에 유례없는 호화롭고 사치스러운 순서들을 줄줄이 준비해 놓았다.

새벽부터 모든 거리와 골목들에서 음악이 쿵쾅거렸다. 하지만 그것은 상아탑에서는 한 번도 들어 본 적이 없는 음악이었다. 거칠고 째지는 듯 지루하고 원시적인 소리였다. 그 음악을 듣는 사람은 자기의 뜻과 상관없이 다리를 움찔거리기 시작하여 껑충껑충 춤을 추지 않을 수 없었다. 새까만 마스크를 쓴 악사들은 모두 낯선 자들로, 크사이데가 어디서 그들을 데려 왔는지는 아무도 몰랐다.

모든 건물과 집의 정면에는 울긋불긋 다채로운 크고 작은 깃발이 꽂혀 있었지만, 바람이 없는 까닭에 그것들은 맥없이 축 늘어져 있었다. 중심가를 따라서, 그리고 궁정 지역의 높은 성벽 언저리에는 수없이 많은 그림들이 끝도 없이 크고 작게 붙어 있었는데, 하나같이 똑같은 바스티안의 얼굴 초상이었다.

목련정자에는 여전히 다가갈 수가 없었기 때문에 크사이데는 다른 대관식 장소를 물색해서 준비해 놓았다. 나선형의 중심가가 궁전 벽의 큰 성문 앞에서 끝나는 지점에, 상아로 된 넓은 계단 위로 옥좌를 놓도록 한 것이었다. 수천 개의 황금 향로에서 감각을 마비시킬 듯한 자극적인 냄새의 연기가 흘러, 서서히 계단 위로 광장 위로 퍼져 중심가를 따라 내려가며 모든 골목 구석구석 방 안에까지 침투해 들어갔다.

모든 곳에 곤충의 갑옷을 두른 새까만 거인들이 서 있었다. 그들이 어디에서 나타났는지는 크사이데 말고는 아무도 몰랐다. 바로 그녀에게 남아 있던 다섯 놈이 수백 배로 불어난 것이었다. 그것만이 아니었다. 그들 가운데 쉰 놈쯤은, 역시 똑같이 새까만 금속으로 짜 맞춰 입고 일제히 똑같이 움직이는 어마어마한 말들을 타고 있었다.

이 거인들은 행렬을 지어 거대한 옥좌를 따라 중심가를 행진했다.

이 옥좌가 어디에서 생겨났는지는 아무도 몰랐다. 그것은 교회의 강단만큼 큰 것으로서 온갖 크기와 모양의 거울로 이뤄졌다. 다만 쿠션만이 황동빛 비단으로 만들어져 있었다. 이상스럽게도 이 번쩍거리는 거대한 물건은 저절로 나선형 거리를 따라 위로 서서히 미끄러져 올라갔다. 누가 밀거나 끌지도 않는데 마치 살아 있는 생물처럼 스스로 올라가는 것이었다.

그것이 커다란 상아성문 앞에 멈춰 섰다. 그러자 바스티안이 궁전 지역에서 나와 그 위에 자리를 잡았다. 차갑게 번득거리는 호화로움 속에 파묻혀 앉은 바스티안은 마치 인형처럼 작고 초라해 보였다. 새까만 갑옷거인들의 울타리 바깥에 서 있는 수많은 구경꾼들이 환호성을 터뜨렸지만, 그 소리는 뭐라고 설명할 수 없이 가늘고 날카롭게 울렸다.

이어서 지루하기 짝이 없는 피곤한 축제가 시작되었다. 환상 세계의 모든 사절과 대표들은 일렬종대로 서야만 했는데, 이 열은 거울옥좌에서부터 시작해 상아탑의 나선형 중심가를 따라 뻗어내려 갔을 뿐만 아니라, 멀리 미로의 정원에까지 뻗쳤다. 거기에도 끊임없이 꼬불꼬불 새로운 사절들이 꼬리를 이었다. 모두가 제각기 자기 차례가 오면 옥좌 앞에서 이마가 땅에 닿도록 엎드려 바스티안의 오른발에 입을 맞추고 이렇게 지껄여야만 했다.

"우리 모두가 존재하도록 은총을 베풀어 주신 바스티안 님, 당신께서 환상 세계의 어린 황제로 즉위하실 것을 우리 국민과 종족의 이름으로 간청하나이다!"

이런 식으로 두세 시간이 흘러갔을 때, 갑자기 기다리고 있는 자들의 행렬에서 소동이 일어났다. 한 젊은 목양신이 죽을 힘을 다해 달려오는 것이 누구에게나 눈에 띌 지경이었다. 그는 이따금 비틀비틀 넘어졌지만 다시 기운을 모아 계속 달려왔다. 그러더니 마침내 바스티안 앞에 이르러 쓰러지며 가까스로 숨을 몰아쉬었다. 바스티안은 그에게 몸을 굽혔다.

"무슨 일이야, 감히 이 의식을 방해하며 뛰어들다니!"

"전쟁입니다, 오, 폐하!"

목양신이 내뱉었다.

"아트레유가 수많은 반란군을 모아 세 장군과 함께 이리로 오고 있는 중입니다. 폐하께 아우린을 벗어 줄 것을 요구하고 있습니다. 스스로 내놓지 않으면 힘으로 빼앗겠다는 겁니다."

갑자기 죽음 같은 정적이 가라앉았다.

쿵쾅거리던 음악도, 째지는 듯한 환호성도 뚝 그쳤다. 놀란 바스티안은 촛점없이 앞을 바라보았다. 그의 얼굴이 창백해졌다.

그때 세 기사 히스발트, 히크리온, 히도른도 달려왔다. 그들은 꽤나 신바람 나는 기색이었다.

"마침내 우리가 할 일이 생겼군요, 어린 폐하!"

그들은 두서없이 소리를 질렀다.

"우리에게 맡기십시오! 폐하께서는 조금도 개의치 마시고 축제를 진행시키십시오! 우리는 유능한 병사 두셋을 뽑아 반란군을 상대하러 가겠습니다. 놈들에게 두고두고 기억될 호된 맛을 보여 주지요."

거기에 참석한 환상 세계 피조물 수천 가운데 전투에는 도저히 쓸모없는 존재들도 많았다. 그러나 대부분은 무슨 무기든 하나씩은 다룰 줄 알았다. 몽둥이든 칼이든 활이든 창이든 또는 던지는 기술이든 아니면 단순히 이빨이나 발톱이라도. 이런 모든 존재들이 모이자 세 기사가 그 중심에서 군사를 지휘했다. 그들이 출정을 서두르는 사이, 한편에선 바스티안이 싸울 기력도 없는 무리와 남아 의식을 계속했다. 하지만 더 이상 식에 집중할 수가 없었다. 바스티안은 옥좌 위에 앉아 지평선 쪽만 자꾸 바라보았다. 거기서 일어나는 어마어마한 먼지구름으로 미루어, 아트레유가 얼마나 큰 군사력을 거느리고 쳐들어 왔나를 짐작할 수 있었다.

"걱정 마십시오. 아직 저의 검은 갑옷거인이 출동하지 않았습니다. 그들이 폐하의 상아탑을 방비할 것입니다. 그들에게는 그 누구도 대적할 수 없지요. 폐하와 폐하의 칼 말고는."

크사이데가 바스티안 곁으로 다가와 말했다.

몇 시간이 지나자 첫 번째 전황 보고가 들어왔다. 아트레유의 편에서는 녹인종 거의 모두가 싸우고 있을 뿐 아니라, 켄타우르 200명, 식암종 58명이 합세해 있다고 했다. 또한 푸쿠르가 지휘하는 행운의 용 다섯 마리가 끊임없이 공중에서 전투에 끼어들고 있으며, 게다가 운명의 산지에서 날아온 거대한 새하얀 독수리 무리와 수많은 다른 존재들, 심지어는 다람쥐까지 섞여 있다는 이야기였다.

사실 숫자로 봐서는 세 장정 히크리온, 히스발트, 히도른이 지휘하는 군사가 훨씬 우세했다. 하지만 상대방이 엄청난 투지로 싸움에 임해 오는 까닭에 바스티안 편의 군사는 잇따라 상아탑으로 도망쳐 돌아오는 형편이었다.

바스티안이 친히 지휘하러 나가려 했지만 크사이데가 말렸다.

"생각해 보십시오, 스승님. 당신은 환상 세계의 황제이십니다. 거기에 개입하는 것은 당신의 새 신분에 어울리지 않는 일이지요. 그 일은 충신들에게 맡겨 놓으십시오."

전투는 하루 종일 계속되었다. 미로의 정원은 바스티안의 군대가 완강히 버티어 막았고, 그곳은 피비린내 나는 쑥밭으로 변해 버렸다.

땅거미가 질 무렵, 반란군의 선발대가 상아탑의 기슭에 닿았다.

그러자 크사이데는 말을 탄 놈 타지 않은 놈 할 것 없이 새까만 갑옷 거인들을 죄다 풀어 놓았다. 그러자 그들은 아트레유의 동맹군들에게 달려들어 미쳐 날뛰기 시작했다.

그날의 상아탑을 에워싼 전투에 관해 여기서 정확히 보고한다는 것은 도저히 불가능하다. 오늘날까지도 환상 세계에는 그날 밤과 낮의 사건을 소재로 한 수많은 노래와 보고가 남아 있다. 왜냐하면 여기에 참여한 자들은 제각기 다른 체험을 했기 때문이다. 이 모든 것은 아마도 다른 기회에 이야기되어야 할 것이다.

어떤 이들은 아트레유의 편에도 크사이데의 마력에 필적하는 선한 마술사가 몇 명 있었다고 보고한다. 이를 뒷받침해 주는 증거는 아무것도 없다. 이는 다만 다음을 설명하기 위해 나온 이야기일 것이다. 즉, 어떻게 아트레유와 그의 군사들이 시커먼 갑옷거인의 마력을 극복하고 상아탑을 정복할 수 있었는가? 하지만 이에 대해서는 또 다른 이유 하나가 훨씬 진실에 가깝다. 곧 아트레유는 자기 자신을 위해 싸운 게 아니라, 자기를 정복하고자 하는 친구를 구제하기 위하여 싸웠기 때문이라는 것이다.

밤이 깊었다. 별 하나 없이 연기와 불꽃으로 꽉 찬 어둠이었다. 횃불이 땅바닥에 떨어지고 향로가 엎어지거나 램프들이 망가지는 바람에 탑의 곳곳에서 불길이 일어났다. 바스티안은 펄럭이는 횃불 속에서 유령 같은 그림자를 던지는 전사들을 헤치고 쏘다녔다. 무기들이 부딪치는 소리와 싸움하는 이들의 고함소리가 사방에서 그를 에워쌌다.

"아트레유!"

바스티안은 쉰 소리로 외쳤다.

"아트레유, 나타나라! 나와 결투하자! 어디에 있느냐?"

하지만 칼 지칸다는 칼집에 꽂힌 채 꼼짝도 하지 않았다.

바스티안은 궁전 지역을 두루 헤매다가 고속도로만큼이나 넓은 거대한 성벽 위로 올라갔다. 바스티안이 막—이제는 산산조각이 나 버린—거울 옥좌가 서 있는 커다란 외곽 성문 위로 올라서려 했을 때, 아트레유가 반대편에서 다가오는 것이 보였다. 아트레유는 손에 칼을 쥐고 있었다.

두 친구는 마주 보고 섰다. 지칸다는 꼼짝도 하지 않았다.

아트레유는 그의 칼 끝을 바스티안의 가슴에 대었다.

"아우린을 포기해. 너 자신을 위해서."

아트레유가 말했다.

"배반자!"

바스티안은 되받아 소리쳤다.

"너는 나의 피조물이다! 나는 모든 것을 존재하게 만들었어! 너까지도! 감히 나에게 맞서겠다고? 무릎을 꿇고 용서를 빌어라!"

"너는 미쳤어. 너는 아무것도 창조해 낸 것이 없어. 다만 어린 여왕의 은혜를 입었을 뿐이지! 아우린을 내놔!"

아트레유는 대답했다.

"가져가 봐! 그럴 수 있다면."

바스티안이 말했다.

아트레유는 머뭇거렸다.

"바스티안, 어째서 너를 쓰러트리라고 하니? 너를 구하는 방법이 이것밖에 없는 거니?"

아트레유는 말했다.

바스티안은 칼자루를 잡아 뺐다. 지칸다가 저절로 튀어오지 않는데도 바스티안은 자신의 엄청난 힘으로 그것을 칼집에서 빼낼 수가 있었다. 그런데 순간 커다란 소리가 울렸다. 어찌나 엄청난 울림인지 저 아래 성 앞거리에서 싸우던 자들까지도 한순간 얼어붙은 듯이 서서 두 친구를 올려다보았다. 바스티안은 그 울림을 기억하고 있었다. 그것은 그라오그라만이 돌로 변했을 때 들었던 바로 그 무시무시하게 저르렁거리는 울림이었다. 동시에 지칸다의 번쩍이는 빛도 사라졌다. 그 순간, 이 무기를 자기의 의지로 빼냈을 때 어떤 일이 일어날지 예언한 사자의 경고가 바스티안의 머리를 스치고 지나갔다. 하지만 이제는 되돌릴 수도 없고 그럴 뜻도 없었다.

바스티안은 아트레유를 향해 지칸다를 휘둘렀고, 아트레유는 자기의 칼을 움직여 막으려고 애썼다. 하지만 지칸다가 아트레유의 칼을 동강

내고 그의 가슴을 깊게 찔렀다. 상처에서 피가 콸콸 솟아올랐다. 아트레유는 뒤로 비틀비틀 물러나다가, 거대한 성문의 지붕에서 밑으로 떨어졌다. 그때 자욱한 연기로부터 밤하늘을 뚫고 새하얀 불꽃이 날아와, 떨어지는 아트레유를 받아 안고 날아갔다. 그것은 행운의 용 푸쿠르였다.

바스티안은 외투로 이마의 땀을 닦았다. 그러는 동안 자기의 외투가 밤하늘처럼 새까매졌음을 깨달았다. 바스티안은 지칸다를 여전히 움켜쥔 채 성벽을 내려와 텅 빈 광장으로 나섰다.

아트레유가 쓰러짐과 동시에 전세는 급변했다. 지금껏 승리를 눈앞에 둔 것처럼 보였던 반란군의 군사들은 후퇴하기 시작했다. 바스티안은 도저히 깨어날 수 없는 끔찍한 악몽에 빠진 듯한 느낌이었다. 승리의 맛은 쓸개즙처럼 쓰디썼지만, 동시에 격렬한 쾌감으로 취하게 했다.

새까매진 외투를 휘감고 피가 묻은 칼을 쥔 채 바스티안은 상아탑의 중심가를 터덜터덜 내려왔다. 거리는 거대한 횃불처럼 이글거리는 불길 속에 휩싸여 있었다. 하지만 바스티안은 무감각하게 불길의 아우성 속을 헤치며 길을 따라 탑의 기슭까지 내려왔다. 폐허가 된 미로의 정원에서—이제는 쓰러져 죽은 환상 세계의 존재들로 가득 찬 어수선한 전쟁터가 된—바스티안은 자기를 기다리고 있는 잔류병들을 만났다. 세 기사도 거기 있었는데, 히스발트와 히도른은 중상을 입었다. 푸른 마귀 일루안은 전사했다. 크사이데가 그의 시체 곁에 서 있었다. 그녀는 허리띠 겜말을 손에 들고 있었다.

"스승님, 일루안이 당신을 위해 이것을 구해 냈습니다."

그녀는 말했다. 바스티안은 허리띠를 받아 호주머니에 찔러 넣었다.

그리고 빙 둘러서 있는 그의 여행 동반자이며 전우들을 천천히 돌아보았다. 그 가운데 남은 자는 수백 명밖에 안 되었다. 그들은 완전히 녹초가 되어 있었다. 펄럭이는 횃불이 그들을 한 무더기의 유령처럼 비쳤다.

모두가 파편 무더기처럼 점점 무너져 내리는 상아탑 쪽으로 고개를 돌렸다. 꼭대기의 목련정자가 이글이글 타오르며 꽃잎이 열렸다. 그 속은 텅 비어 있었다. 이윽고 정자마저 불꽃 속에 삼켜졌다.

바스티안은 타오르는 불꽃과 폐허를 칼 끝으로 가리키며 거친 목소리로 말했다.

"모든 게 아트레유가 저질러 놓은 짓이야. 나는 그를 세상 끝까지라도 추적하겠어!"

바스티안은 새까만 금속제의 거대한 말 위에 훌쩍 올라타고는 외쳤다.

"자, 나를 따르라!"

처음에 말은 곤두서며 버텼지만 바스티안이 자기의 의지로 제압했다. 말은 전속력을 내어 어두운 밤 속으로 달려 나갔다.

늙은 황제들의 도시

　　바스티안이 칠흑 같은 밤을 뚫고 이미 몇 킬로나 달려 나갔을 무렵, 그때서야 비로소 남아 있던 병사들이 뒤따라 출발했다. 거의 모두가 상처를 입은 데다 죽도록 지쳐 있었기 때문에 바스티안의 엄청난 힘과 끈기에 뒤따를 자는 하나도 없었다. 심지어 금속제 말 위에 올라앉은 시커먼 갑옷거인들까지도 겨우 움직일 뿐이었고 걸어가는 갑옷거인들 역시 평소처럼 발 맞추어 행진할 수 없었다. 그러고 보면 그들을 조종하는 크사이데의 의지도 한계에 다다른 모양이었다. 그녀의 산호 가마는 상아탑이 불탈 때 재로 변해 버렸다. 그래서 잡다한 판자와 망가진 무기, 새까맣게 재가 된 탑의 잔해로 새 가마를 만들었지만, 그것은 처참한 오두막 꼴이었다. 나머지 군사들은 다리를 질질 끌면서 절룩절룩 뒤따랐다. 말을 잃어버린 히크리온, 히스발트, 히도른도 서로를 의지하며 걸어가야 했다. 아무도 입을 열지 않았지만, 자기들은 도저히 바스티안을 뒤쫓을 수 없으리란 걸 모두가 알고 있었다.

바스티안은 암흑 속을 계속 달렸다. 시커먼 외투가 어깨를 휘감으며 사납게 펄럭거렸다. 움직일 때마다 거대한 말의 금속관절들이 철꺽철꺽 쇳소리를 냈고, 무지막지한 발굽이 땅바닥 위를 요란하게 굴렀다.

"이랴!"

바스티안은 소리쳤다.

"이랴! 이랴! 이랴!"

아무리 빨리 달려도 말의 속도는 도무지 바스티안의 성에 차지 않았다. 바스티안은 어떤 일이 있어도 아트레유와 푸쿠르를 쫓아갈 생각이었다. 설령 이 금속제의 괴물이 힘을 다해 달리다가 쓰러져 죽는 한이 있더라도!

바스티안은 복수심에 불타 있었다. 지금쯤이면 벌써 자신의 소망이 이루어졌을 판인데, 아트레유가 산통을 깬 것이다. 바스티안은 환상 세계의 황제가 되지 못했다. 아트레유야말로 처절한 응징을 당해 마땅하다!

바스티안은 금속제의 말을 한층 더 거세게 몰아댔다. 말의 관절은 점점 요란하게 철꺽철꺽 삐걱거렸지만, 그래도 말은 결국 바스티안의 뜻에 굴복하여 미친 듯이 달렸다.

이 격렬한 추격이 여러 시간 계속되었는데도 날은 샐 줄을 몰랐다. 바스티안의 머릿속엔 불길에 싸인 상아탑의 광경이 끊임없이 어른거렸고, 아트레유가 자신의 가슴에 칼을 겨누던 순간이 거듭거듭 떠올랐다. 그러다가 이윽고 이런 의문이 솟았다. 왜 아트레유는 망설였을까? 왜 끝내 자기에게 상처를 입히지도 않고, 폭력으로 아우린을 빼앗아가지도 않았을까? 그러자 그가 아트레유에게 입혔던 상처와 아트레유가 비틀비틀 물러서며 떨어질 때 자기에게 보냈던 눈길이 갑자기 떠올랐다.

바스티안은 지금껏 손아귀에 쥐고 흔들던 지칸다를 녹슨 칼집에 다시 꽂았다.

새벽이 다가오고 있었다. 바스티안 주변의 풍경이 차츰 되살아났다. 금속제 말이 지금 휩쓸고 지나가는 곳은 초원이었다. 늘어선 노간주나무들의 어두운 윤곽은 마치 뾰족 모자를 쓴 마술사들이 꼼짝 않고 모여 있는 것 같았다. 그 사이로 곳곳에 바위덩이들이 흩어져 있었다.

마침내 금속제 말이 질주하던 도중 느닷없이 산산조각나고 말았다.

바스티안은 세차게 내동댕이쳐지는 바람에 넋을 잃고 누워 있었다. 마침내 정신을 차리고 일어나 부풀어 오른 팔다리를 문지르며 보니 그곳은 낮은 노간주나무 덤불 속이었다. 바스티안은 밖으로 기어 나왔다. 바깥 넓은 평원 위에는 무슨 기마병의 기념비가 폭발한 흔적처럼 말의 금속제 잔해가 흩어져 있었다.

바스티안은 일어서서 새까만 외투를 어깨에 걸치고는 밝아오는 아침 하늘을 향해 정처 없이 걸었다.

하지만 노간주나무 수풀 속에는 바스티안이 떨어뜨리고 간 번쩍이는 물건이 하나 놓여 있었다. 바로 허리띠 겜말이었다. 바스티안은 그것을 잃어버렸다는 사실도 깨닫지 못했고, 나중에까지도 다시는 그것을 생각하지 않았다. 일루안이 불꽃 속에서 허리띠를 구해 낸 것은 쓸데없는 짓이 되고 말았다.

며칠 뒤, 겜말은 어떤 까치의 눈에 띄었다. 까치는 이 번쩍이는 물건이 무엇인지 알 턱도 없이 자기의 둥지로 물고 갔다. 그리고 이로써 또 다른 이야기가 시작되었지만, 그것은 다른 기회에 이야기할 것이다.

정오 무렵 바스티안은 황무지를 가로지르는 한 높은 모래성벽에 닿았다. 바스티안은 그 벽을 기어올랐다. 성벽 뒤로는—안으로 점점 깊이 패인—평평한 분화구 모양의 넓은 계곡이 보였다. 그리고 이 골짜기 전체가 한 도시를 이루고 있었다. 그곳은 수많은 건물들 덕분에 어쨌든 도시라고 부를 만했지만, 바스티안이 보아 온 도시 가운데 가장 어수선한 도시였다. 마치 엄청나게 큰 부대자루를 뒤집어 그 내용물을 그냥 거기에 쏟아 놓은 것처럼 온갖 건물들이 엉망으로 뒤죽박죽, 그야말로 질서라고는 아예 찾아볼 수가 없었다.

또한 건물 하나하나도 정신없이 제멋대로였다. 지붕 위에 현관이 달렸는가 하면, 올라갈 수가 없는 곳에 달린 층계, 거꾸로 서야만 디딜 수 있는 층계, 허공에서 끝나 버리는 층계들도 있었다. 기울어진 탑들과 수직으로 벽에 걸려 있는 대들보, 문이 달릴 자리에서 난 창문, 벽이 있을 자리에 붙은 마룻바닥. 개중에는 건축업자가 작업하다가 그만 완공을 잊어버린 듯 아치를 이룬 선이 갑자기 뚝 끊어져 버린 다리들도 있었다. 또 바나나처럼 휜 탑들, 거꾸로 선 피라미드들도 있었다. 요컨대 이 도시는 광기로 가득 찬 느낌을 주었다.

바스티안은 이 도시의 주민들을 보았다. 남자와 여자 그리고 어린아이들이었다. 생김새는 보통 인간이었지만, 걸친 옷으로 미루어 보면 모조리 미치광이가 되어 버렸거나, 물건의 용도를 아예 구별 못하는 바보 같았다. 머리에다가 전등갓, 모래양동이, 국자, 쓰레기통, 종이봉지 또는 상자곽을 쓰고 있는가 하면 몸뚱이에는 식탁보, 양탄자, 또는 커다란 은박지나 심지어 고무통까지 두르고 있었다.

수많은 사람들은 손수레와 마차를 끌거나 밀며 돌아다녔는데, 그 안에는 깨어진 램프, 매트리스, 주방도구, 넝마, 싸구려 장신구 등 온갖 잡동사니가 잔뜩 실려 있었다. 또 어떤 이들은 그 비슷한 넝마들을 커다랗게 대강 꾸려 등에 지고 다녔다.

바스티안이 시내로 깊이 들어갈수록 사람들로 더 붐볐다. 하지만 그 가운데 어느 누구도 무슨 일을 해야 하는지 모르는 것 같았다. 낑낑거리며 수레를 끌고 가다가는 곧 그 반대방향으로 되돌려 끌고 가더니, 어느새 방향을 바꾸어 가는 사람들을 바스티안은 여러 차례 목격했다. 하지만 어쨌든 모두가 그 일에 열성적으로 몰두하여 분주했다.

바스티안은 그 가운데 한 사람에게 말을 걸어 보기로 결심했다.

"이 도시의 이름이 무엇이죠?"

상대방은 수레를 놓고 몸을 일으키더니, 생각을 쥐어짜듯이 이마를 한참 문지르다가 수레를 놓아 둔 채 가 버렸다. 수레를 가져가는 걸 잊어버린 모양이었다. 하지만 조금 있다가 어떤 여자가 그 수레를 차지하고는 낑낑거리며 어디론가 끌고 갔다. 바스티안이 그 여자에게 그 잡동사니가 당신 것이냐고 묻자, 여자는 잠시 골똘하게 생각에 잠겼다가 그냥 가 버렸다.

바스티안은 이런 식으로 몇 번 더 질문을 시도해 보았지만 결국 한 마디 대답도 얻지 못했다.

"저들에게 묻는다는 건 소용없는 짓이야."

갑자기 킬킬거리는 음성이 들려왔다.

"그들은 너에게 아무 말도 할 수가 없어. 저들을 아무 말도 않는 족속이라고 부를 수도 있겠지."

바스티안은 목소리가 나는 쪽으로 몸을 돌렸다. 돌담의 툭 튀어나온 곳 위에—그것은 거꾸로 서 있는 돌출창의 아랫면이었다—웬 조그만 잿빛 원숭이가 앉아 있었다. 그는 발가락으로 뭔가 헤아리느라 열중하고 있었다. 그러더니 바스티안을 보고 히쭉 웃으며 말했다.

"미안해, 뭘 좀 계산하는 중이었어."

"너는 누구니?"

바스티안이 물었다.

"내 이름은 아르각스야. 반갑군!"

원숭이는 대답하며 박사 모자를 추켰다.

"그런데 너는 누구지?"

"내 이름은 바스티안 발타자르 북스야."

"그렇군!"

원숭이는 만족스럽게 말했다.

"그런데 이 도시의 이름이 뭐야?"

바스티안은 물었다.

"원래 여기엔 이름이 없어."

아르각스가 설명했다.

"그렇지만 굳이 이름을 붙인다면 늙은 황제의 도시라고 할 수 있겠지."

"늙은 황제의 도시?"

바스티안은 불안스럽게 되뇌었다.

"왜지? 여기에는 늙은 황제 같아 보이는 사람이 한 명도 보이지 않는걸."

"그래?"

원숭이는 킬킬거렸다.

"그렇지만 네가 여기서 보는 모두가 한때는 환상 세계의 황제들이었다고. 아니면 최소한 황제가 되려는 뜻을 품었거나."

바스티안은 깜짝 놀랐다.

"네가 어떻게 그걸 알지, 아르각스?"

원숭이는 다시 박사 모자를 살짝 추키며 씨익 웃었다.

"나는……, 이 도시의 관리인이라고 할 수 있거든."

바스티안은 주변을 돌아보았다. 바로 곁에서 한 노인이 구멍을 하나 파고 있었다. 그러더니 불 켜진 양초를 그 속에 집어넣고는 다시 구멍을 메웠다.

원숭이가 또다시 킬킬거렸다.

"도시 관광 잠깐 해본 소감이 어때? 재미있었지? 미래에 네가 살게 될 도시와의 첫 대면이라고 해 두지."

"싫어!"

바스티안이 깜짝 놀라 소리쳤다.

"무슨 소리냐, 그게?"

원숭이가 바스티안의 어깨 위로 뛰어올랐다.

"가자!"

그는 속삭였다.

"입장료는 없어. 너는 벌써 입장에 필요한 모든 것을 지불했어."

바스티안은 도망치고 싶은 심정이었지만 따라서 걷기 시작했다. 마음이 불안했고 이 느낌은 한 발짝 내디딜 때마다 더해 갔다. 바스티안은 사람들을 눈여겨보았다. 그들은 자기들끼리도 전혀 말을 하지 않았다. 서로에게 아무것도 상관하지 않았고, 심지어 서로를 알아보지조차 못하는 것 같았다.

"저들은 왜 저러고 있는 거야? 왜 저렇게 괴상한 행동을 하는 거지?"

바스티안이 물었다.

"괴상한 게 아냐."

아르각스가 킬킬거리며 소곤거렸다.

"그들은 너와 같은 족속이야. 아니, 다시 말하면 옛날에는 그랬었지."

"그게 무슨 뜻이야?"

바스티안은 멈춰 섰다.

“저들이 인간이라는 얘기야?”

아르각스는 재미있다는 듯이 바스티안의 어깨에서 깡충깡충 뛰었다.

“그래! 바로 그거야!”

어떤 여자가 길가에 앉아서, 쟁반에 있는 완두콩을 뜨개바늘로 집어 내려고 애쓰는 모습이 보였다.

“이 사람들은 여기에 어떻게 왔지? 여기에서 뭘 하는 거야?”

바스티안은 물었다.

“아, 언제나 자기의 세계로 돌아갈 길을 찾지 못한 인간들이 있었지. 처음에는 돌아갈 뜻이 없었고, 지금은……, 굳이 말하자면 다시 돌아갈 수 없게 된 거지.”

아르각스가 설명했다.

바스티안은 네모난 바퀴가 달린 장난감마차를 안간힘을 다해 미는 쪼그만 소녀의 뒷모습을 바라보았다.

“왜 다시는 돌아갈 수가 없지?”

바스티안은 물었다.

“그것을 스스로 소망해야만 하는 건데, 그들은 아무런 소망도 하지 않았던 거야. 마지막 소망을 어디 다른 데다가 탕진해 버렸거든.”

“그들의 마지막 소망이라니? 그럼 자기가 뜻하는 대로 얼마든지 계속해서 소망할 수는 없다는 얘기야?”

바스티안은 입술이 새파랗게 질려서 물었다.

아르각스는 다시 킬킬거렸다. 그러더니 바스티안의 터번을 벗기려 들며 성가시게 굴었다.

“그러지 마!”

바스티안이 외쳤다. 바스티안은 원숭이를 떨쳐 내려고 했지만 그는 바짝 매달리며 재미있다는 듯이 소리를 질러 댔다.

"그렇고말고! 암, 그렇고말고!"

그는 킬킬거렸다.

"단지 자신의 세계를 기억하는 동안만 소망할 수 있지. 여기 있는 자들은 하나같이 자기네 기억들을 탕진해 버렸어. 그러나 과거가 없는 자에게는 미래도 없노라! 그래서 저들은 더 늙지도 않아. 저들을 좀 봐! 저들 가운데 수많은 자들이 벌써 수천 년 동안, 아니 그보다도 더 오래 여기에 있었다는 걸 믿을 수 있겠니? 그런데도 그때 모습 그대로 그냥 머물러 있는 거야. 저들은 아무것도 변하지 않아. 스스로 자신을 변화시킬 수 없으니까."

바스티안은 거울에다 비누칠을 하고 나서 거울을 면도하는 한 남자를 구경했다. 지금껏 희극적으로만 여겨졌던 장면이 이제는 등골을 오싹하게 만들었다.

바스티안은 빠른 걸음으로 계속 걸어갔고, 그제야 비로소 자기가 점점 시내로 깊이 들어가고 있음을 깨달았다. 다시 돌아가고 싶었지만 무언가 자석처럼 끌어당기는 것이 있었다. 바스티안은 달리기 시작했고, 성가신 잿빛 원숭이를 떼어내 버리려고 애썼다. 하지만 원숭이는 엉겅퀴처럼 착 달라붙어 악을 올려댔다.

"더 빨리! 달려라! 달려라! 달려라!"

바스티안은 자기가 하는 짓이 소용없음을 깨닫고 멈춰 섰다.

"그럼 여기 있는 모두가 한때는 환상 세계의 황제였던지 또는 황제가 되려고 했었단 말이지?"

바스티안은 헐떡이며 물었다.

"그럼."

아르각스가 말했다.

"돌아갈 길을 못 찾은 자는 누구나 황제가 되고자 하지. 누구나가

다 그 뜻을 성취한 건 아니지만. 따라서 여기에는 두 가지 종류의 바보들이 있지. 물론 결과는…… 글쎄…… 똑같은 것이라고 말할 수 있지."

"두 가지 종류라니? 설명해 봐! 알아야겠어. 아르각스!"

"좀 침착해라! 침착해!"

원숭이는 킬킬거리며 바스티안의 목덜미를 더 바짝 껴안았다.

"한 종류의 인간들은 자신의 기억들을 서서히 탕진해 버렸지. 그리고 마지막 기억을 잃어버렸을 때는, 아우린도 그들에게 아무런 소망을 채워 줄 수가 없게 되었어. 그 다음에 그들은…… 글쎄…… 아주 저절로 여기에 오게 되었다고 해 두지. 그리고 스스로 황제가 되었던 다른 종류의 인간들은 황제가 됨과 동시에 모든 기억을 번개처럼 잃어버렸어. 그러니까 이 경우에도 아우린은 그들에게 아무런 소망을 채워 줄 수 없었지. 왜냐하면 그들 자신이 아무런 소망을 하지 않았으니까. 보다시피 결과는 똑같단다. 그들 역시 여기에 와 있고 다시는 떠날 수가 없어."

"그럼 저들 모두가 한때 아우린을 가졌었다는 애기야?"

"물론!"

아르각스가 대답했다.

"그렇지만 저들은 그 사실을 옛날에 잊었어. 이제는 아무것도 저 가없은 바보들을 도울 수가 없지."

"그럼 저들은……."

바스티안은 머뭇거렸다.

"저들은 그것을 빼앗겼단 말야?"

"아니, 스스로 황제가 된 사람의 경우에는, 그것이 자신의 소망 때문에 사라져 버리는 거야. 당연한 일 아니겠어? 어린 여왕의 힘을, 다름 아닌 바로 여왕의 힘을 빼앗는 데에 쓸 수는 없지.”

바스티안은 너무나 처참한 기분이 들어서 어디에고 주저앉고 싶었다. 하지만 작은 잿빛 원숭이는 그렇게 하도록 놔 주지를 않았다.

“아니, 안 돼. 이 도시의 관광이 아직 안 끝났어.”

아르각스가 외쳤다.

“가장 중요한 것은 이제부터야! 계속해서 가! 계속해서 가!”

바스티안은 한 소년이 무거운 망치로 땅바닥에 놓인 나무둥치에 못을 박는 광경을 보았다. 그리고 한 뚱뚱한 남자는 비눗방울에다 우표를 붙이려고 애를 쓰고 있었는데, 물론 비눗방울은 번번이 터져 버렸다. 하지만 그는 그만둘 줄을 모르고 다시 비눗방울을 불어댔다.

“저기 봐!”

아르각스의 킬킬거리는 음성이 바스티안에게 들렸다. 원숭이가 앞발로 바스티안의 머리를 잡아 이끌었다.

“저기를 봐! 재미있지 않아?”

거기에는 수많은 사람들이 떼 지어 서 있었다. 남녀노소 할 것 없이 하나같이 괴상하기 짝이 없는 차림이었고, 서로 한마디 말도 하지 않았다. 모두가 저마다 완전히 자기에게만 몰두하고 있었다. 땅바닥에는 커다란 주사위가 잔뜩 놓여 있었는데, 모든 주사위의 여섯 면에 글자가 쓰여 있었다. 사람들은 끊임없이 되풀이해서 이 주사위들을 뒤섞어 놓았고, 그런 후에는 한참 동안 그것을 바라보았다.

“저들이 뭘 하는 거지? 저게 무슨 놀이야? 이름이 뭐야?”

“제멋대로 놀이라는 거야.”

아르각스는 대답했다. 그는 놀이를 하는 이들을 향해 소리쳤다.

“잘해 봐, 얘들아! 그렇게 계속해! 포기하지 마!”

이어서 그는 다시 바스티안의 귀에 대고 소곤거렸다.

"저들은 이제 말을 할 수가 없게 되었어. 말을 잊어버렸거든. 그래서 내가 저들을 위해 이 놀이를 생각해 냈어. 너도 보다시피 이 놀이는 저들을 단단히 사로잡거든. 그런데 사실 이건 아주 간단한 놀이야. 가만히 생각해 보면, 세상의 모든 이야기는 근본적으로 오로지 스물네 개의 글자로 이루어져 있어. 너도 인정하지? 글자들은 항상 똑같은 것인데 그 구성이 바뀔 뿐이지. 글자에서 단어가 형성되고 단어에서 문장이, 문장에서 장이, 그리고 이 장이 여럿 모여 이야기가 형성되는 거야. 자 봐, 저기 뭐라고 쓰였나?"

바스티안은 읽었다.

ㅇㅅㅈㅋㅌㅏㅑㅂㅍㅡㅁ·ㅠㅣㅓ
·ㅣㄷㅠㄴㅎㅍㄱㅗㄹㅂㅅㅇㅊㅋㅌㅑㄱ
ㅓㅡㅁㅕㅛㅎㅜㅈㅏㅑㄴ
ㄱㅗㄹㅂㅅㅇㅊㅋㅌㅏㅎ
ㅍㅎㄴㅠㄷㅣ·ㅌㅋㅊㅇㅅㅂㄹㅗㅏ
ㅜㅑㅏㅈㅎㅛㅕㅁㅡㅂㄱㅗ
ㅓㅂㅁㅕㅛㅎㅜㅈㅏㅑㅜㄱㅗㄹㅂ
·ㅣㄷㅠㄴㅎㅍㅌㅋㅊ
ㅓㅅㅁㅕㅛㅎㅜㅈㅏㅑㄱ
ㄱㅇㄹㅂㅅㅇㅊㅋㅌㅏㄱ·ㅣㄷ
ㅜㅑㅏㅈㅜㅎㅛㅕㅁㄴㅓ
ㄱㅏㅌㅋㅊㅇㅂㅅㄹㅗㄱㅍㅎㄴㅠ
ㅅㅋㅇㄹㅗㅑㅎㅈㅑ
ㅓㅁㅛㅜㅏㄹㅗㅂㅇㅋㅏ
·ㄷㄴㅍㅡㅕㅎㅈㅑ

ㄱㅕㄷㅅㅜㅎㅈㅋ·ㅏ
ㅓㅇㅁㅕㅛㅎㅜㅈㅏㅑㅎㄱㅇㄹ
ㅍㅎㄴㅠㄷㅣ·ㄱㅗㄹ
ㅌㅋㅊㅜㅏㅎㅅㅕㅁㅂㅅㅇㅌ

"그래."

아르각스가 킬킬거렸다.

"대체로 그래. 그렇지만 오래오래 수년 동안 이 놀이를 하다 보면 우연히 단어들이 생겨나곤 하지. 특별히 재치 있는 단어는 아니지만, 최소한 단어이기는 하지. 이를테면 '시금치경단'이라든가 '돼지꼬리'라든가 '색유리'같은 것. 그리고 수백 년, 수천 년, 수십만 년을 계속해서 저렇게 놀다 보면 우연히 시라도 한 수 생겨날 가능성이 짙어지는 거야. 그리고 영원히 이 유희를 벌이노라면, 틀림없이 여기에서 있을 법한 온갖 시와 이야기들이 생겨날 거야. 게다가 모든 이야기 가운데 이야기들, 심지어는 우리 둘이 지금 나누고 있는 이야기까지도 말이지. 이 놀이는 참 논리적이지. 안 그래?"

"참 끔찍한 놀이야."

바스티안이 말했다.

"오, 그것은 관점의 차이야. 여기 있는 자들은……, 글쎄…… 지금 이 놀이에 열을 올리고 있다고 할 수 있어. 이 환상 세계에서 이 자들을 데리고 이것 말고 무슨 일을 하겠니?"

아르각스가 말했다.

바스티안은 놀이꾼들을 한참 말없이 구경하다가 나직이 물었다.

"아르각스…… 너는 내가 누구인지 알지?"

"모를 리가 있나? 환상 세계에서 너의 이름을 모르는 자가 어디 있겠어?"

"한 가지만 말해 줘, 아르각스. 내가 어제 황제가 되었어도 여기에 와 있을까?"

"오늘이나 내일. 아니면 일주일 뒤에. 어쨌든 곧 여기에 나타났을 거야."

원숭이는 말했다.

"그렇다면 아트레유가 나를 구해 준 셈이야?"

"그건 나도 몰라."

원숭이가 말했다.

"그럼 아트레유가 내게서 '보물'을 빼앗을 수 있었다면, 어떤 일이 생겼을까?"

원숭이는 다시 킬킬거렸다.

"글쎄, 그렇더라도 너는 역시 여기에 닿았을 거야."

"어째서지?"

"돌아가는 길을 찾으려면 아우린이 필요하거든. 그런데 솔직히 말해서, 네가 돌아갈 길을 찾을 것 같지는 않아."

원숭이는 손바닥을 찰싹 두들기고 박사 모자를 추키며 히쭉 웃었다.

"말해 줘, 아르각스. 나는 어떻게 해야 하지?"

"너를 너의 세계로 되돌아가게 할 소망을 하나 발견해야 해."

바스티안은 다시 한참 침묵을 지키다가 물었다.

"아르각스, 내가 이제 대체 얼마나 소망을 할 수 있는지 말해 주겠니?"

"별로 없어. 내가 보기에는 기껏해야 셋이나 넷. 그러나 그걸 갖고는 헤쳐 나가기가 참 어려울 거야. 너는 시작이 좀 늦었어. 돌아가는 길은 쉽지 않거든. 우선 안개의 바다를 건너가야 해. 그것만도 굉장히

힘이 드는 일이야. 그 다음에 뭐가 오는지는 나도 몰라. 너희 세계로
가는 길이 어디에 있는지 환상 세계에서는 아무도 몰라. 혹시 너는 너
같은 자들을 위한 마지막 구세주인 요로스 민로우트를 만날지도 모르
지. 너에게는 글쎄…… 너무 먼 길 같아 걱정이지만. 우선은 이 늙은
황제의 도시에서 빠져나가도록 해."

"고마워, 아르각스!"

바스티안이 말했다.

작은 회색 원숭이는 또다시 히쭉 웃었다.

"또 만나, 바스티안 발타자르 북스!"

이 말과 함께 그는 미치광이 같은 집 모퉁이로 잽싸게 사라져 버렸
다. 바스티안의 터번을 가진 채로.

바스티안은 꼼짝 않고 그 자리에 멍하니 서 있었다. 지금 알아낸 사
실에 너무 당황하고 혼란스러워서 아무런 결심도 할 수가 없었다. 지금
까지의 모든 목표와 계획이 한꺼번에 무너져 내린 것 같았다. 꼭대기부
분이 맨 밑으로 가고, 맨 밑 부분이 위를 향하는 피라미드처럼, 자기
내부의 모든 것이 거꾸로 서 버린 느낌이었다. 바스티안이 희망해 왔던
것은 자신의 멸망이었고, 증오해 왔던 것이야말로 구원이었던 것이다.

우선 한 가지만은 분명했다. 이 미치광이 같은 도시에서 빠져나가야
만 했다! 그리고 다시는 여기로 돌아오고 싶지 않았다!

바스티안은 이 정신 나간 건물의 혼란 속을 누비며 걸었다. 그리고
곧 안으로 들어가는 길이 밖으로 나가는 길보다 훨씬 간단했음을 알게
되었다. 자기가 계속 방향을 잃고 어느새 다시금 도시의 중심으로 돌아
왔다는 사실을 깨달은 것이다. 가까스로 흙담을 찾아낼 때까지는 한나
절이 꼬박 걸렸다. 이윽고 황무지로 빠져 나갔고, 쉬지 않고 내달렸다.
전날 밤처럼 칠흑 같은 밤이 될 때까지 쉴 새 없이 달렸다. 바스티안은

녹초가 되어 노간주나무 수풀 속에 쓰러져 깊은 잠에 빠졌다. 그리고 이 잠과 함께 자기가 한때는 이야기를 창조해 낼 수 있었다는 기억이 사라져 버렸다.

그 밤 꿈속에서 바스티안은 단 하나의 영상만을 보았다. 그 영상은 비켜나려 하지 않고 바뀌지도 않았다. 그것은 아트레유가 가슴에 상처를 입고 피를 흘리며 아무 말 없이 서서 자기를 꼼짝 않고 바라보는 모습이었다.

천둥소리에 깨어난 바스티안은 벌떡 일어섰다. 깊은 암흑이 사방을 에워싸고 있었다. 며칠 전부터 모여든 구름덩이들이 모조리 폭동을 일으킨 모양이었다. 번갯불이 끝없이 번쩍이고 땅이 흔들리도록 천둥이 우르릉 꽝꽝 울리고, 폭풍이 황무지 위를 몰아치며 노간주나무들을 쓰러뜨렸다. 빗줄기가 회색 커튼자락처럼 황무지 위에 몰아쳤다.

바스티안은 일어섰다. 새까만 외투를 휘감고 그대로 서 있었다. 빗물이 얼굴 위로 흘렀다.

한 줄기 번개가 바스티안 바로 앞의 나무에 떨어져 울퉁불퉁한 줄기를 번쩍하며 쪼개졌다. 나뭇가지들은 당장 불길을 일으켰다. 바람이 밤의 황무지 위로 불똥을 휘몰아갔지만 빗줄기가 당장에 꺼 버렸다.

바스티안은 무시무시한 굉음에 놀라 무릎을 꿇고 털썩 주저앉았다. 그리고는 불현듯 두 손으로 땅을 파기 시작했다. 그리고 구멍이 웬만큼 깊어지자 지칸다를 허리춤에서 풀어 그 속에 넣었다.

"지칸다!"

바스티안은 몰아치는 폭풍을 향해 나직이 말했다.

"너와는 영원히 작별이다. 친구에게 너를 들이대는 불행이 다시는 일어나선 안 돼. 그리고 너와 나로 인해 일어난 일이 채 잊혀지기 전엔, 누구도 여기서 너를 발견하면 안 돼."

바스티안은 구멍을 다시 메우고 그 자리를 이끼와 나뭇가지로 덮어 흔적을 없앴다.

오늘날까지도 지칸다는 그 자리에 놓여 있다. 먼 훗날에 그것을 위험 없이 다룰 수 있는 한 인간이 나타나리라. 하지만 그것은 또 다른 이야 기이므로 다른 기회에 이야기할 것이다.

바스티안은 암흑을 헤치며 계속 나아갔다.

폭우는 새벽녘이 되자 잦아들었다. 바람이 멎고 빗방울이 나무에서 뚝뚝 떨어질 뿐, 사방은 조용해졌다.

그날 밤 뒤로 바스티안에게는 길고 외로운 방랑이 시작되었다. 여행 과 싸움을 함께 하던 동료들에게나 크사이데에게로 돌아갈 뜻은 없었 다. 이제 인간 세계로 돌아갈 길을 찾아야 했다. 하지만 어떻게, 어디 에서 찾아야 할지 알 수 없었다. 어딘가에 그리로 건너가는 문이라도 있는 것일까? 아니면 개울이든가 경계선이?

바스티안은 자신이 그것을 소망해야 함을 알고 있었다. 하지만 그럴 힘이 없었다. 마치 자신이 바다 밑바닥을 헤치며 침몰한 배를 찾고 있 지만, 미처 발견하기도 전에 바다 표면을 향해 자꾸만 떠오르는 잠수부 처럼 여겨졌다.

바스티안은 자기에게 불과 얼마 안 되는 소망만이 남았음을 알고 있 었다. 그래서 아우린의 힘을 빌리지 않으려고 신경을 곤두세웠다. 이제 얼마 안 남은 기억들은, 자기의 세계로 돌아가는 데 반드시 필요한 경 우에만 희생시킬 생각이었다.

하지만 소망이란 마음대로 불러일으키거나 억제할 수 있는 게 아니 다. 그것은 좋은 의도이든 나쁜 의도이든 간에 우리의 깊숙한 가슴속에 서 우러나온다.

바스티안에게도 마찬가지였다. 그가 채 의식하기도 전에 마음속에서 한 가지 새로운 소망이 형성되었고, 그것은 차츰 뚜렷한 형태를 띠었다.

벌써 꽤나 오랜 날을 고독하게 방황하다 보니 바스티안에게는 어떤 공동체에 들어가고 싶은, 단체에 속하고 싶은 소망이 생겨났다. 그렇다고 대장이나 영웅 혹은 특별한 인물로서가 아니라 그저 여러 이들 중의 한 사람으로, 어쩌면 가장 하찮거나 가장 중요치 않은 사람으로, 그러면서도 자연스레 거기에 속해 참여하는 존재로 받아들여지고 싶은 것이었다.

그러던 어느 날, 바스티안은 어느 바닷가에 다다랐다. 처음엔 막연히 바닷가인 줄로 알았었다. 바스티안이 서 있는 곳은 가파른 암벽이었고, 눈앞에는 새하얀 물결이 아득하게 이루어진 바다가 펼쳐져 있었다. 한참 지난 뒤에야 소년은 그 물결이 아주 느릿하게 움직이며 물결과 소용돌이를 일으키고 있음을 깨달았다. 시곗바늘처럼 눈에 띄지 않게 빙글빙글 도는 소용돌이였다.

바로 안개의 바다였다!

바스티안은 가파른 절벽을 따라 걸었다. 공기는 따스하고 축축했고 미풍조차 불지 않았다. 아직 이른 아침으로, 태양은 지평선까지 뻗어 있는 하얀 눈 같은 안개의 평원 위를 비추고 있었다.

바스티안은 몇 시간을 걸었다. 정오 무렵이 되자 어느 작은 도시에 닿았다. 육지에서 약간 떨어진 안개의 바다 속 말뚝 위에 세워진 도시였다. 공중에 걸려 흔들리는 긴 케이블 다리가 이 도시와 튀어나온 바위 절벽을 이어 주고 있었다. 바스티안이 올라서자 다리가 약간 흔들렸다.

집들은 모두 작았고 문, 창문, 층계 할 것 없이 모조리 어린이를 위해 만들어진 듯했다. 실제로 거리를 오가는 사람들도 전부 어린아이 몸

집만 했다. 수염이 나고 위로 틀어 올린 머리 모양새로 보아 어른들임
에는 틀림없었지만. 그런데 그들은 도저히 구별할 수 없을 만큼 서로
닮아 있었다. 하나같이 젖은 흙 같은 진한 갈색 얼굴에 아주 부드럽고
조용한 표정을 짓고 있었다. 그들은 바스티안을 보고 고개를 끄덕였지
만 아무도 말을 걸어오지는 않았다. 요컨대 그들은 거의 말이 없었다.
그토록 수많은 인파에도 불구하고 거리와 골목에서는 어쩌다가 한마디
단어나 부르는 소리가 들려올 뿐이었다. 또한 혼자서 길을 가는 사람은
찾아볼 수 없었다. 누구나 크고 작은 무리를 지어 팔짱을 끼거나 손을
잡고 돌아다녔다.

　바스티안은 꼼꼼하게 집들을 뜯어보고 나서, 그것들이 온통 나뭇가
지로 엮은 것임을 알아챘다. 어떤 집은 굵고 거친 나뭇가지로, 또 어떤
집은 섬세한 것으로……. 그뿐이 아니었다. 심지어 도로 바닥까지도
나뭇가지로 엮은 것이었다. 그리고 마침내 바스티안은 바지, 치마, 윗
옷, 모자, 할 것 없이 사람들의 복장마저 모두 나뭇가지로 엮은 것임을
알아보았다. 물론 옷들은 아주 가늘고 정교하게 만들어진 것 같았다.
어쨌든 이곳의 모든 것은 같은 재료로 만들어졌음에 틀림없었다.

　바스티안은 곳곳에서 수공업 공장을 볼 수 있었다. 모두가 나뭇가지
로 세공품을 엮느라고 어수선했다. 그들은 구두, 항아리, 램프, 가방,
우산 등 모든 물건을 나뭇가지로 만들고 있었다. 혼자서 일을 하는 경
우는 찾아볼 수 없었다. 이 모든 물건은 오로지 여러 명의 공동 작업으
로만 생산되기 때문이었다. 그들이 어울려서 능숙하게 서로를 돕고 보
완하는 작업이 쉴 새 없이 이어졌다. 바라보고만 있어도 즐거운 광경이
었다. 그들 대부분은 일을 하면서 뜻 없는 노랫가락을 흥얼거렸다.

　도시가 별로 크지가 않아서 바스티안은 얼마 안 가 한 바퀴를 다 훑
었다. 눈앞에 펼쳐진 광경으로 보아 배꾼들의 도시임에 틀림없었다. 그

곳에는 온갖 크기와 모양의 배들이 수백 척 떠 있었다. 하지만 아무래도 납득이 안 가는 참으로 별난 배꾼들의 도시였다. 배들이 모조리 거대한 낚싯대에 나란히 걸린 채, 가볍게 흔들리며 새하얀 안개가 펼쳐진 깊은 허공 위에 떠 있었다. 요컨대 이 배들은 온통 나무줄기로 엮어진 데다가 돛도, 닻도, 노도, 키도 없었다.

바스티안은 난간 위에 기대어 안개의 바다를 굽어보았다. 햇빛에 비쳐져 저 아래 하얀 물결에 드리워진 그림자로, 이 도시를 받치는 말뚝이 얼마나 높은지 짐작할 수 있었다.

"밤이 되면 안개가 도시까지 올라오지요. 그럼 우리는 바다로 들어갈 수가 있어요. 낮이면 해가 안개를 말려버려서 바다의 표면이 가라앉거든요. 그게 궁금했겠지요, 낯선 친구?"

바스티안 옆에서 누군가 말했다.

세 남자가 난간에 기대어 다정한 눈빛을 보내고 있었다. 바스티안은 그들과 이야기를 나누었고, 이 도시의 이름이 이스칼이며 이따금 바구니 도시라고도 불린다는 사실을 알게 되었다. 이곳의 주민들은 이스칼나리라고 불렸다. 이 단어는 '어울려 사는 사람'이라는 뜻을 담고 있었다. 세 남자는 안개배의 뱃사람이었다. 바스티안은 자기를 드러내고 싶지 않아서 이름을 말하지 않고, 그저 아무개라고 불린다고만 말했다. 그들도 애당초 각자의 이름을 갖고 있지 않을뿐더러 그럴 필요성도 느끼지 않는다고 말했다. 모두 함께 이스칼나리라고 불렸고, 그것으로 충분하다는 설명이었다.

마침 점심 시간이어서 그들은 바스티안을 식사에 초대했다. 바스티안은 고마워하며 응했다. 가까이 있는 한 음식점에서 자리를 잡고 앉아 식사를 하는 동안 바스티안은 이스칼 시와 사람들에 관해 많은 사실을 알게 되었다.

스카이단이라는 이 안개의 바다는, 환상 세계를 두 부분으로 갈라놓는, 하얀 수증기로 이루어진 어마어마한 바다였다. 이 스카이단의 깊이가 얼마나 되는지, 또 이 엄청난 안개가 어디서 오는지는 아무도 몰랐다. 비록 안개의 표면 밑에서도 호흡할 수 있고, 안개가 비교적 얕게 낀 해안에서는 바다밑으로 어느 정도 들어갈 수도 있었지만, 이는 다시 끌어당길 수 있도록 밧줄을 몸에 묶는 경우에나 가능했다. 이 안개가 당장에 모든 방향감각을 앗아 버리는 특성이 있기 때문이었다. 지나간 세월 동안 혼자서 이 스카이단을 횡단하려고 시도했던 수많은 대담하거나 경솔한 자들이 목숨을 빼앗겼다. 그 속에서 구출된 사람은 몇 되지 않았다. 안개의 바다 맞은편 해안으로 건너갈 수 있는 유일한 방법은, 바로 이스칼나리들이 쓰는 방식뿐이었다.

이스칼 시의 주택과 모든 도구, 의복 그리고 배의 재료인 나무줄기는 해안 가까이 안개의 바다 밑에서 자라는 갈풀로 만들어진 것이었다. 갈풀은—앞서 말한 내용으로 봐서 쉽게 알 수 있듯이—오로지 생명을 무릅쓰고만 모을 수 있었다. 그것은 보통 공기 속에서는 아주 잘 휘어지고 힘이 없지만, 안개 속에서는 탄력 있게 서 있었다. 왜냐하면 갈풀 자체가 안개보다 가벼워서 안개를 타고 헤엄을 칠 수 있기 때문이었다. 그래서 이 갈풀로 만들어진 배들도 떠다닐 수 있는 것이었다. 이스칼나리가 입는 복장은 안개 속에 빠질 경우를 대비한 일종의 구명옷이기도 했다.

하지만 이것은 이스칼나리의 근본적인 비밀이 못 될 뿐더러, 그들 모두의 작업을 규정하는 독특한 단결의 이유를 설명해 주지도 않았다. 그들은 아예 '나'라는 낱말을 모르는 것 같았다. 어쨌든 '나'라는 말을 결코 사용하지 않았으며 항상 '우리'라고만 이야기했다. 그 이유가 무엇인지를 바스티안은 나중에야 알게 되었다.

세 뱃사람이 오늘밤에도 바다로 나간다는 말을 듣고 바스티안은 자기를 조수로 써 줄 수 없겠느냐고 물었다. 그들은 얼마나 오래 걸릴지, 또 어디에 닿게 될지 알 수 없는 어려운 항해라고 했다. 바스티안이 그래도 좋다고 말하자, 선원들은 기꺼이 바스티안을 자기들의 배에 태워 주었다.

밤이 되자 안개는 예상대로 올라오기 시작해서, 자정 무렵에는 바구니 도시의 높이까지 이르렀다. 그러자 이제껏 공중에 걸려 있던 모든 배들이 새하얀 표면에 두둥실 떴다. 바스티안이 탄 배는 ─대략 30미터 길이의 납작한 쪽배였다─밧줄을 풀자 넓은 밤의 안개 바다로 미끄러지듯 들어갔다.

바스티안은 처음 봤을 때부터 돛도 노도 스크루도 없는 이 배가 무슨 힘으로 움직이는지 궁금했었다. 스카이단 위에는 항상 바람이 잠자고 있어 돛은 있어도 소용없고, 이런 안개라면 노나 스크루로 헤쳐 나갈 수 없을 것 같긴 했다. 이 배를 나아가게 하는 힘은 역시나 전혀 다른 것이었다.

갑판의 한가운데에는 약간 높이 도드라진 둥근 평면이 있었다. 바스티안은 처음 그것을 발견하고는 사령교나 그 비슷한 것으로 여겼었다. 과연 항해하는 동안 내내 적어도 두 사람의 안개 선원이, 이따금 서넛 또는 그 이상의 선원이 그 위에 서 있었다. ─바스티안을 뺀 총 인원은 남자 열넷이었다─둥근 평면 위의 선원들은 서로 어깨동무를 하고 진행방향을 바라보았다. 아주 자세히 쳐다보지 않으면, 그들이 가만히 서 있는 듯 보일 것이다. 주의를 기울여 살펴봐야만 비로소 그들이 아주 서서히, 그리고 모두가 똑같은 동작으로 춤을 추듯 흔들고 있음을 알아챌 수 있었다. 게다가 그들은 아름답고 은은한 가락을 끊임없이 되풀이해서 불렀다.

바스티안은 처음에 이 야릇한 동작이 무슨 특별한 의식이나 관습인 줄로 알았다. 항해 길에 오른 지 사흘째 되는 날에야 자기 옆에 앉은 세 친구 가운데 하나에게 물었다. 그는 바스티안이 의아해하는 것을 오히려 이상하게 여겼다. 그 남자들은 자기들의 상상력으로 배를 나아가게 하고 있는 중이라고 설명해 주었다.

바스티안은 처음에는 그 뜻을 알아듣지 못해 그들이 무슨 감추어진 바퀴를 움직이는 것이냐고 물었다.

"아니지요."

선원이 대답했다.

"당신이 당신의 다리를 움직이고 싶을 때, 그것을 생각하는 것만으로 충분하지 않습니까? 아니면 당신은 무슨 바퀴를 써서 다리를 움직이게 하나요?"

각자의 육체와 배가 다른 점은, 배의 경우에는 적어도 둘 이상의 이스칼나리가 서로의 상상력을 완전히 일치시켜야만 한다는 사실이었다. 이 일치를 통해서만 비로소 움직이는 힘이 생겨나기 때문이다. 그리고 그들이 보다 빠른 속력으로 항해하려 할 때에는 더 많은 사람들이 협동을 해야만 했다. 대체로 그들은 세 팀이 교대로 일했다. 겉으로 보기에는 아주 쉽고 흥겨워 보이는 그 동작이, 실제로는 엄청난 집중을 쉴 새 없이 요하는 힘들고 고단한 일이었기 때문이다. 하지만 그것이 스카이단을 항해할 수 있는 유일한 방법이었다.

바스티안은 안개 선원들에게서 일치의 비밀을 배웠다. 춤과 노랫말 없는 노래를 말이다.

긴 항해를 하는 동안 바스티안도 그들의 일원으로 흡수되었다. 춤을 추는 동안 자신의 상상력이 다른 이들의 그것과 용해되어 하나의 전체로 통일되는 느낌이란, 무어라 표현할 수 없는 독특한 몰아와 조화의 감정이었다. 바스티안은 자기가 진정으로 이 공동체에 받아들여져 그들에게 속해 있음을 느꼈다. 그리고 이와 동시에 또 하나의 기억이 사라져 버렸다. 바로 그가 태어난 세계, 지금 돌아갈 길을 찾고 있는 그 세계에 저마다의 상상력과 의견을 지닌 인간들이 존재했다는 사실이었다. 바스티안이 희미하게나마 아직도 기억할 수 있는 것은 자기의 집과 부모에 관한 것뿐이었다.

하지만 가슴 밑바닥 깊은 곳에서 혼자가 되고 싶지 않다는 것말고 또 다른 소망이 여전히 살아 있었다. 그리고 이 소망이 지금 살그머니 싹트기 시작했다.

그 소망은 이 이스칼나리들이 어떻게 공동체를 이루는지 처음으로 깨닫게 된 날 고개를 들었다. 이스칼나리들은 전혀 다른 생각을 서로 조화시킴으로써가 아니라, 아무런 자의식의 노력도 치르지 않고 한 공동체가 되었다. 서로 완전히 똑같기 때문이었다. 따라서 그들에게는 서로 싸우거나 불화를 일으킨다는 것이 도저히 불가능했다. 자신을 구별된 개체로 느끼는 자가 아무도 없었기 때문이다. 그들은 서로간의 조화를 찾기 위해 대립을 극복할 필요도 없었다. 그리고 바로 이 노력의 결여가 바스티안에게는 점점 불만스럽게 여겨졌다. 그들의 부드러움이 맥없이 느껴졌고, 항상 똑같은 그들의 멜로디가 지루하게 들렸다.

바스티안은 무엇인가가 자기에게 결여되어 있음을, 자기가 아련하게 무엇인가를 목마르게 찾고 있음을 느꼈지만, 그것이 무엇인지는 아직 깨닫지 못했다.

얼마 뒤 거대한 안개 까마귀 한 마리가 하늘에 나타났을 때, 비로소 그 점이 분명히 드러났다. 모든 이스칼나리들은 공포에 사로잡혀 재빨리 갑판 밑으로 피했다. 하지만 그 가운데 한 사람만은 제때에 도망가지 못했다. 그러자 엄청난 새가 괴성을 지르며 내려와 이 불쌍한 자를 낚아채 부리로 물고 가 버렸다.

위험이 지나고 나자 이스칼나리들은 다시 밖으로 나와 아무 일도 없었다는 듯이 춤과 노래로 항해를 계속했다. 그들의 조화에는 눈곱만큼도 흐트러짐이 없었다. 그들은 슬퍼하지도 안타까워하지도 않았고, 이 불행한 사건에 대해서 한마디 말조차 나누지 않았다.

바스티안이 그 까닭을 묻자 어떤 이가 답했다.

"아니, 전혀 모자라지 않아. 그런데 왜 슬퍼하겠어?"

그들에게 개인은 아무것도 아니었다. 서로 구별이 되지 않기 때문에 어느 누구라도 대치될 수 있었다.

바스티안은 한 개인이고 싶었다. 다른 모든 자들과 똑같은 한 명이 아니라 어느 누구가 되고 싶었다. 바스티안은 있는 그대로의 자기로서 사랑받고 싶었다. 이 이스칼나리의 공동체에는 조화는 있었지만 사랑이 없었다.

바스티안은 가장 위대한 사람, 가장 힘센 사람, 또는 가장 재치 있는 사람이 될 뜻은 없었다. 그 모든 것을 뒤로 한 것이다. 바스티안은 있는 그대로의 자기로서 사랑받기를 갈망했다. 좋든 나쁘든, 아름답든 추하든, 현명하든 어리석든, 자기의 결함까지도 포함해서—아니, 어쩌면 바로 그런 결함 때문에—사랑받기를 갈망했다.

그럼 대체 있는 그대로의 나는 어떠한가?

이제 바스티안은 그것을 알 길이 없었다. 환상 세계에서 너무나 많은 것을 받았고, 이 모든 선물과 힘에 눌려 더는 자기 자신을 찾을 수 없었다.

그때부터 바스티안은 선원들의 춤에 끼어들지 않았다. 그저 뱃머리 맨 앞에 앉아 스카이단 저쪽을 바라볼 뿐이었다. 수많은 낮과 때로는 밤이 새도록.

드디어 반대편 해안에 이르렀다. 안개 배는 정박했고, 바스티안은 이 스칼나리에게 고맙다는 말을 전하고 뭍에 내렸다.

그곳에는 장미가 여기저기 가득가득 피어 있었다. 갖가지 빛깔의 찬란하도록 아름다운 장미 숲이었다. 그리고 이 끝없는 장미 수풀 한가운데 꼬불꼬불한 오솔길이 나 있었다.

바스티안은 그 오솔길을 따라 걸어갔다.

아유올라 부인

크사이데의 마지막이 어땠는지는 그리 오래 이야기할 것이 없다. 그러나 수많은 환상 세계의 수많은 일들이 그렇듯이 모순에 차 있어서 이해하기가 어렵다. 오늘날까지도 학자들과 역사가들은 일이 어떻게 그렇게 될 수 있었는가에 골몰하여 머리를 쥐어짜고 있으며, 심지어 어떤 이들은 그 사실을 의심하거나 그것에 다른 결론을 내리려고 한다. 여기에 실제로 어떤 사건이 있었는지 기록할 것이니 누구나 자기 능력껏 해석해도 좋을 것이다.

바스티안이 이스칼 시에 도착했을 무렵, 크사이데는 그녀의 금속거인들을 거느리고 바스티안의 금속말이 산산조각 나 있는 황무지에 다다랐다. 그 순간 그녀는 이제 다시는 바스티안을 찾지 못할 것을 이미 예감했다. 얼마 뒤, 바스티안의 자취가 남아 있는 흙담을 발견했을 때 그녀의 예감은 확신으로 바뀌었다. 만약 바스티안이 늙은 황제의 도시

에 도착하였다면 그녀의 계획대로 바스티안의 존재는 영원히 사라진
셈이었다. 소년이 아주 그곳에 머무르든 그 도시를 빠져나갈 수 있든
간에 결과는 마찬가지였다. 첫 번째 경우, 바스티안은 그곳의 모든 사
람과 마찬가지로 무력해져서 다시는 소망할 수 없게 될 것이다. 나머지
경우에는 바스티안의 마음속에 힘과 위대함을 향한 소망이 꺼져 버릴
것이었다. 두 가지 경우 모두 크사이데의 승리로 게임은 끝난 것이다.

크사이데는 갑옷거인에게 멈추도록 명령했다. 하지만 이상하게도 그
들은 그녀의 뜻에 따르지 않고 행진을 계속했다. 그러자 그녀는 화가
나서 가마에서 뛰어내려 두 팔을 벌리고 거인들을 막아섰다. 그러나 갑
옷거인들은 걸어가던 놈이건 말을 탄 놈이건 할 것 없이 앞에 아무것
도 없는 것처럼 계속 뚜벅뚜벅 걸어갔다. 결국 그녀는 발과 말발굽에
짓밟혔다. 그리고 크사이데가 마지막 숨을 거두었을 때에야 비로소 기
다란 거인 행렬은 수명을 다한 시계처럼 갑자기 딱 멈춰 섰다.

뒤늦게 히스발트, 히도른, 히크리온과 나머지 군사들이 쫓아와 이 현
장을 보았다. 그들은 무슨 일이 벌어졌는지 보고는 고개를 갸우뚱했다.
이 텅 빈 거인들을 움직이는 것은 오로지 크사이데의 의지뿐이었으므
로, 그녀 자신을 짓밟고 지나가게 만든 것 또한 크사이데의 뜻이었으리
라. 하지만 이 세 기사들은 골똘히 생각하는 데에 그리 재주가 없었기
때문에, 어깨를 한 번 으쓱하고는 더 이상 그 일에 마음을 쓰지 않았
다. 그들은 이제 무엇을 해야 할지 의논하다가 이 출정이 끝장났다는
결론에 이르렀다. 그래서 나머지 군사들을 해산시켜 각자 고향으로 돌
아가도록 했다. 그러나 바스티안에게 충성을 맹세한 바 있는 세 기사는
자신들의 맹약을 깨고 싶지 않아서, 온 환상 세계를 뒤져 바스티안을
찾기로 작정했다. 하지만 어느 방향으로 가야할지 의견이 맞지 않아 각
자 뿔뿔이 찾아 나서기로 했다. 그들은 작별을 하고 제각기 다른 방향

으로 터덜거리며 떠났다. 그 뒤로 세 기사 모두 수많은 모험을 겪었고, 지금도 환상 세계에는 그들의 무의미한 원정을 다룬 수많은 보고들이 남아 있다. 하지만 그것은 또 다른 이야기이므로 다른 기회에 이야기할 것이다.

속이 텅 빈 새까만 금속거인들은 그때 이후로 늙은 황제의 도시 가까이에 있는 황무지에 꼼짝없이 서 있었다. 그러다 비와 눈이 몰아쳐 녹이 슬었고, 비스듬한 자세로 또는 똑바로 선 자세로 점점 땅 속에 가라앉았다. 그러나 오늘날까지도 그들의 잔해 몇은 남아 있다. 이 장소에는 나쁜 소문이 나붙어서 여행자는 누구나 이 장소를 피해 다닌다. 그건 그렇고 이제는 바스티안에게로 되돌아가자.

바스티안은 장미 덤불 속을 헤치며 꼬불꼬불 난 오솔길을 따라 걸어가다가 뭔가를 보고 깜짝 놀랐다. 지금껏 환상 세계를 헤매는 동안 한 번도 본 적이 없는 것이 있었기 때문이다. 그건 바로 조각된 손으로 방향을 가리키는 이정표였다.

거기에는 '변화의 집으로'라고 쓰여 있었다.

바스티안은 서두르지 않고 그 방향을 따라갔다. 수많은 장미의 향기를 들이마시면서, 마치 뜻밖의 기쁜 일을 눈앞에 둔 듯이 점점 즐거움으로 가슴이 부풀어옴을 느꼈다.

이윽고 소년은 새빨간 사과가 주렁주렁 달린 동그란 가로수들이 죽 늘어선, 곧게 뻗은 길에 이르렀다. 이 가로수 길 맨 끝에 집이 한 채 보였다. 가까이 다가가서 보니 그 집은 바스티안이 여태껏 보았던 어떤 집보다도 기묘했다. 엄청나게 큰 호박 같은 둥글둥글한 집채 위에, 뾰족하게 높은 지붕이 뾰족 모자처럼 얹혀 있었다. 게다가 사방의 벽에는 혹 같은 돌기가, 말하자면 수많은 배가 불룩불룩 나와 있어서 겉모습만 보아도 넉넉하고 아늑한 인상을 풍겼다. 또 거기에는 서툴게 호박을 파낸 것처럼 제멋대로 뚫어 놓은 창문들과 현관까지 달려 있었다.

바스티안은 그 집 쪽으로 걸어가면서 집이 끊임없이 천천히 변하고 있음을 알아차렸다. 집채의 오른쪽으로 달팽이가 촉수를 내밀 때와 같이 슬그머니 조그만 돌기가 하나 솟아나더니, 그것은 점차 작은 탑을 이루었다. 동시에 왼편에서는 창문이 하나 닫히더니 점점 사라져 갔다. 지붕에서는 굴뚝이 하나 솟아나왔고, 현관 위로는 난간이 쳐진 작은 발코니가 생겨났다.

바스티안은 우뚝 멈춰 서서 계속되는 변화를 놀라워하고 재미있어하며 바라보았다. 이 집의 이름이 왜 '변화의 집'인지 이제는 확실히 알 수 있었다.

그렇게 서 있는 동안 집 안에서 부드럽고 아름다운 여자의 노랫소리가 들려왔다.

반가운 손님이여, 수백 년 동안을,
우리는 너를 기다렸지.
여기까지 온 것을 보면
바로 네가 분명하구나.
너의 갈증과 배고픔을 달래 줄
모든 것이 준비되어 있지.
네가 찾고 뜻하는 모든 것,
온갖 고통 뒤의
포근함과 위안도.
네가 좋은 아이든 나쁜 아이든,
있는 그대로의 너라면 되지.

이제까지의 너의 길이 너무 멀고 험했기 때문에.

아아, 바스티안은 생각했다.
"얼마나 아름다운 목소리인가! 제발 저 노래가 나를 향한 것이기를!"
목소리는 다시 노래를 부르기 시작했다.

위대한 주인님! 다시 어려지기를!
그렇게 문 앞에 서 있지 말고,
어린이가 되어 들어오기를!
네가 이곳에 온 것을 환영한단다.
모든 것이 오래 전부터
너를 위해 준비되어 있단다.

목소리는 걷잡을 수 없는 매력으로 바스티안을 끌어당겼다. 목소리의 주인공은 아주 친절한 사람이리라는 믿음이 생겼다. 바스티안이 문을 두드리자 목소리가 들려왔다.
"들어와요! 들어와, 예쁜 내 아가!"
바스티안은 문을 열었다. 별로 크지 않은 아늑한 방 안에는 창을 통해 햇살이 비쳐들고 있었다. 방 한가운데에는 바스티안이 모르는 다채로운 과일이 온갖 바구니와 그릇에 담뿍 담겨 식탁에 놓여 있고, 그 옆에는 한 여인이 앉아 있었다. 그 여인의 붉은 뺨과 둥근 얼굴은 마치 사과 같아 보였다. 싱싱한 사과처럼 건강하고 산뜻해 보이는 인상이었다.
바스티안은 처음에 두 팔을 벌리고 그녀에게 달려가 "엄마! 엄마!" 하고 외치려고 했다. 하지만 곧 그러한 이끌림을 억눌렀다. 엄마는 죽었고 이 환상 세계에는 분명 없지 않은가. 여기의 부인이 비록 엄마와 똑같은 웃음을 띠고 의지하고 싶은 마음을 불러일으키는 눈길을 보낸다 해도, 그것은 어디까지나 닮은 인상에 불과했다. 바스티안의 엄마는 키가 작았으나 이 부인은 키가 크고 당당한 느낌이 들었다. 그녀는 꽃과 과일이 뒤덮인 넓은 모자를 쓰고, 찬란한 꽃무늬가 수놓인 옷을 입고 있었다. 한참 찬찬히 뜯어보고 나서야 바스티안은 그 옷이 진짜 꽃잎과 꽃송이, 과일로 만들어진 것임을 알아차렸다.

그렇게 서서 여자를 바라보는 동안, 바스티안의 가슴속에서는 벌써 아득히 오래 전에 잊어버렸던 감정이 북받쳐 올라왔다. 언제 어디에서 그런 감정을 느꼈는지는 기억나지 않았고, 다만 아주 어렸을 적에 종종 그런 느낌이 들었다는 것만 알 뿐이었다.

"앉으렴, 예쁜 내 아가!"

부인은 말하며 환영하는 손짓으로 의자를 권했다.

"배가 고프겠지, 우선 뭘 좀 먹으렴!"

"실례합니다."

바스티안은 대답했다.

"손님을 기다리시는 모양인데, 저는 우연히 여기로 오게 된 거예요."

"정말?"

부인은 물으며 싱긋 웃었다.

"음, 그건 상관없어. 그렇다 해도 먹을 수는 있겠지? 그동안에 네게 짤막한 이야기를 하나 들려주지. 어서 먹어. 그렇게 쑥스러워하지 말고."

바스티안은 새까만 외투를 벗어 의자에 걸쳐 놓고는 자리를 잡고 앉았다. 그러고는 머뭇거리며 과일을 하나 들더니, 그것을 베어 물려다 말고 물었다.

"그런데 아줌마는요? 아줌마는 안 드세요? 과일을 안 좋아하시나요?"

부인은 큰 소리를 내어 웃었다. 바스티안은 영문을 알 수 없었다.

"좋아, 네가 그렇게 권한다면 같이 좀 먹을까? 그렇지만 내 방식대로 먹을 테니, 놀라지 마라!"

부인은 자세를 가다듬고 말했다.

그 말과 함께 부인은 방바닥에 놓여 있던 물뿌리개를 집어 올리더니 자기 머리 위에 쏟아 부었다.

"아, 상쾌해!"

이번에는 바스티안이 큰 소리로 웃었다. 그리고 과일을 덥석 베어 물었다. 그렇게 맛있는 것은 일찍이 먹어 본 기억이 없었다. 바스티안은 다른 과일도 집었다. 그것은 더 맛이 있었다.

"맛있니?"

부인은 바스티안을 주의 깊게 살피며 물었다.

바스티안은 입 안 가득 음식을 물고 있었기 때문에 대답을 할 수가 없어 고개만 끄덕였다.

"그렇다니 기쁘구나. 꽤 신경을 써서 만든 거란다. 실컷 먹으렴!"

부인은 말했다.

바스티안은 또 다른 과일을 집었다. 그것은 더할 나위 없이 훌륭한 맛이었다. 소년은 황홀한 기분에 젖어 깊은 숨을 내쉬었다.

"이제 네게 이야기를 들려주마. 먹으면서 들어라."

바스티안은 부인의 말을 듣기 위해 애를 써야만 했다. 새로 집어든 과일이 번번이 새로운 황홀감에 젖게 했기 때문이다.

"옛날, 아주 오랜 옛날에……."

꽃에 뒤덮인 부인은 이야기를 시작했다.

"우리의 어린 여왕이 죽을 병에 걸렸었단다. 여왕에게는 새로운 이름이 필요했는데 그 이름은 오직 사람의 아들만이 지어 줄 수가 있었지. 그런데 사람들은 아무도 환상 세계로 오지를 않았어. 누구도 그 이유는 알 수 없었지. 그러던 어느 날, 아니 정확히 말해서 어느 날 밤에 한 사람이 여기로 왔어. 바로 작은 사내아이였어. 그 아이가 어린 여왕에게 어린 달님이라는 이름을 지어 주었단다. 여왕은 건강이 회복되었어. 그 은혜에 보답하기 위해 어린 여왕은 소년에게, 소년의 모든 소망이 환상 세계에서는 이루어지게 해 주겠다는 약속을 했어. 소년이 참된 뜻을 발견하기까지 말이지. 그때부터 어린 소년은 긴 여행을 했지. 한 가지 소망에서 다음 소망으로, 그리고 그때마다 그 소망들은 이루어졌어. 그런데 이 소망이 이루어질 때마다 소년은 또 다른 소망으로 이끌려 갔어. 그 가운데에는 좋은 소망뿐 아니라 나쁜 소망들도 있었지. 하지만 어린 여왕은 어느 것에도 차별을 두지 않거든. 여왕에게는 그녀 왕국 안의 모든 것이 똑같았고, 똑같이 중요하니까. 그래서 결국 상아탑이 소년의 소망 탓으로 무너져 갔는데도 여왕은 그것을 막으려 하지 않았어. 하지만 소망이 이루어질 때마다 어린 소년은 자기가 있었던 인간 세계의 기억을 한 조각씩 잊어 갔단다. 그것조차 소년은 별로 개의치 않았지. 애당초 그리로 돌아갈 뜻이 없었으니까. 소년은 계속해서 소망을 했지만, 이제는 그 애의 기억이 거의 바닥나 버렸어. 기억이 없으면 더는 소망할 수도 없는 법이야. 그래서 소년은 이제 거의 인간이 아닌, 환상 세계의 존재가 되어 버렸지. 그런데 아직도 자기의 참된 의지가 무엇인지를 알아내지 못한 채, 자기의 마지막 기억을 다 써 버릴 위험에 처하게 되었어. 그건 말하자면 소년이 다시는 자기의 세계로 되돌아갈 수 없다는 뜻이거든. 그러다가 이윽고 소년은 변화의 집으로 안내되어 온 거야. 여기에 머물면서 자기의 참된 뜻을 발견할 수 있도록. 이 변화의 집은 집 자체가 변화할 뿐 아니라, 그 안에 사는 사람까지도 변화시키기 때문에 그렇게 불린단다. 이 변화야말로 어린 소년에게는 아주 중요했어. 지금껏 소년은 늘 자기가 아닌 다른 어떤 존재가 되려고 했을 뿐 자기 자신을 바꾸려 하지는 않았거든.”

이 대목에서 부인은 말을 멈추었다. 꼬마 손님이 씹는 것을 멈추었기 때문이다. 바스티안은 베어 먹던 과일을 손에 든 채 입을 딱 벌리고 꽃으로 장식된 여자를 뚫어지게 바라보았다.

“맛이 없으면 그건 놔두고 딴 것을 먹으렴!”

부인은 염려스럽게 말했다.

“네? 아, 아니오, 아주 맛있어요.”

바스티안은 더듬거렸다.

“그럼 다행이구나.”

부인은 마음을 놓으며 말했다.

“참, 깜빡 잊은 게 있구나. 이 변화의 집에서 그토록 오래 기다렸던 어린 소년의 이름을 말하지 않았어. 환상 세계의 수많은 존재들은 그 소년을 가리켜 단순히 ‘구세주’라고 했고, 어떤 존재들은 ‘일곱 갈래 촛대의 기사’라고, 또는 ‘위대한 지자’ 아니면 ‘주인님, 스승님’이라고 불렀지. 하지만 소년의 진짜 이름은 바스티안 발타자르 북스였어.”

그러고 나서 부인은 미소를 머금고 꼬마 손님을 한참 동안 바라보았다. 바스티안은 몇 번 침을 꿀꺽 삼키고 나서 나직이 말했다.

“그건 제 이름이에요.”

“그렇구나!”

부인은 조금도 놀라는 기색이 없이 말했다.

그녀의 모자와 옷에 달린 꽃봉오리들이 갑자기 한꺼번에 활짝 열리더니 꽃이 만발했다.

"그렇지만 내가 환상 세계에 온 지는 결코 백 년이 못 되는 걸요."

바스티안은 자신 없는 듯이 말했다.

"오, 실제로 우리는 그보다 훨씬 더 오래 너를 기다렸단다."

부인은 대답했다.

"나의 할머니, 할머니의 할머니 때부터 너를 기다렸지. 아가야, 지금 너에게 들려 준 이야기는 새로운 것이면서도 태곳적 옛날에 관한 이야기란다."

바스티안은 그라오그라만의 말을 다시금 생각했다. 그때만 해도 바스티안은 여행길에 막 오른 참이었다. 이제는 정말 그 후로 백 년이 흘러간 느낌이 들었다.

"그건 그렇고, 내 이름을 아직도 말하지 않았구나. 나는 아유올라 부인이란다."

바스티안은 그 이름을 반복해 뇌었다. 그것을 정확하게 발음하는 데는 약간 힘이 들었다. 그러고 나서 바스티안은 새로운 과일을 집어 베어 물었다. 새 것을 들 때마다 지금 먹고 있는 과일이 가장 맛있는 것처럼 여겨졌다. 이제 과일이 하나밖에 남지 않았다는 생각에 바스티안은 아쉬운 마음으로 손에 든 과일을 바라보았다.

"더 먹고 싶니?"

아유올라 부인이 소년의 마음을 눈치 채고 물었다. 바스티안은 고개를 끄덕였다. 그러자 부인은 모자랑 옷에서 과일을 따서는 그릇에 다시 가득 채웠다.

"이 과일은 모자에 열리는 건가요?"

바스티안은 어리둥절해서 물었다.

"모자라니?"

아유올라 부인은 영문을 모르겠다는 듯이 쳐다보았다. 그러더니 마음껏 크게 웃어댔다.

"아, 지금 내 머리에 얹혀 있는 것이 모자인 줄로 알았던 모양이지? 그렇지 않단다, 예쁜 아가야. 이 모든 것은 나에게서 자라는 거야. 너에게 머리칼이 자라듯이 말이다. 네가 마침내 여기에 온 것이 얼마나 기쁜지 이걸 보면 알 수 있을 거야. 그래서 나는 활짝 꽃을 피웠던 거란다. 내가 슬펐다면 모든 것이 시들어 버렸을 거다. 그렇지만 먹는 걸 잊어버리지 마라!"

"모르겠어요. 누구 딴 사람에게서 나온 것을 먹기는 좀 곤란하지 않을까요."

바스티안은 당황해하며 말했다.

"왜 안 되지? 젖먹이는 어머니에게서 젖을 받잖니. 그건 참으로 근사한 일이란다."

아유올라 부인이 물었다

"그렇긴 해요. 하지만 아주 어렸을 적에만 그러는걸요."

바스티안은 약간 얼굴이 달아올라서 말했다.

"그렇다면 지금 다시 아주 어려지지 않겠니? 예쁜 내 아가야."

아유올라 부인은 환한 표정을 짓고 말했다.

바스티안은 새 과일을 집어 베어 물었다. 아유올라 부인은 기뻐하면서 더 화창하게 꽃을 피웠다.

잠시 침묵이 흐른 뒤 부인이 말했다.

"옆방으로 자리를 옮기라고 하는구나. 아마도 그가 너를 위해 뭔가 준비해 놓은 것 같아."

"누가요?"

바스티안은 주위를 둘러보았다.

"변화의 집이."

아유올라 부인은 당연하다는 투로 말했다.

참으로 기묘한 일이 벌어졌다. 바스티안이 미처 깨닫기도 전에 방이 모습을 바꾼 것이다. 천정이 높이 올라가고, 벽은 세 면이 식탁 가까이로 바싹 미끄러져 왔다. 네 번째 벽면으로는 아직 공간이 있고 거기에 문이 하나 열린 채로 있었다.

아유올라 부인은 일어서며—이제 그녀가 얼마나 큰지 알 수 있었다—제의를 했다.

"가자! 그는 고집이 세거든. 그가 놀랄 일을 생각해 내면 반대해도 소용없는 짓이야. 그의 뜻에 맡기자꾸나. 대체로 선의에서 하는 일이니까."

그녀는 문을 통과해 옆방으로 갔다. 바스티안은 뒤따라가면서도 슬며시 과일접시를 들고 갔다.

그 방은 커다란 홀 모양으로 어딘가 바스티안에게 낯익은 식당이었다. 낯선 것은 다만 여기에 있는 모든 가구들이 식탁과 의자까지도 모조리 어마어마하게 크다는 점이었다. 바스티안이 기어서 올라갈 수도 없을 정도로 엄청났다.

"이거 봐라!"

아유올라 부인이 재미있어 하며 말했다.

"변화의 집은 새로운 생각을 꽤 자주 떠올린단 말이야. 지금 그는 너를 위해서 마치 어린아이처럼 느껴지도록 방을 새로 만들었어."

"뭐라구요? 그럼 이 방이 전에는 없었나요?"

바스티안은 물었다.

"물론 없었지. 저 말이지, 변화의 집은 생명력이 대단하단다. 그는 자기 나름대로 우리의 대화에 끼어드는 걸 즐기지. 내 생각에는 그가 네게 무엇인가 말해 주려는 것 같아."

그녀는 대답했다.

이어서 그녀는 식탁 앞 의자에 앉았다. 바스티안은 다른 의자에 올라 앉으려 했지만 헛수고였다. 아유올라 부인이 도와 바스티안을 안아 올려야만 했다. 그래도 식탁 판에 코가 겨우 닿았다. 소년은 과일 접시를 들고 오길 잘했다고 생각하며 그것을 무릎 위에 놓았다. 만약 이 접시가 식탁 위에 놓였더라면 손에 닿지도 않았으리라.

"그럼 이렇게 자주 옮겨 다녀야 하나요?"

바스티안이 물었다.

"자주는 아냐."

아유올라 부인이 대답했다.

"하루에 기껏해야 서너 번 정도야. 때로는 이 변화의 집이 장난을 칠 때가 있어. 그럴 때면 갑자기 온 방이 거꾸로 된단다. 바닥이 위로 가고 천정이 아래로 내려오고…… 그렇지만 그건 순전히 장난을 치느라고 그런 것이고, 내가 진지하게 타이르면 곧 다시 이성을 되찾는단다. 그는 원래 아주 사랑스러운 집이야. 나는 이 안에서 아주 편안하단다. 우리는 서로 어울려서 참 잘 웃어대지."

"그렇지만 위험하지 않아요? 이를테면 밤에 잠이 들었을 때 방이 점점 작아진다든가 하면?"

바스티안이 물었다.

"무슨 생각을 하는 거니, 예쁜 아가야?"

아유올라 부인은 사뭇 당황하며 말했다.

"그는 나를 좋아해. 너도 좋아하고. 그는 네가 온 것을 기뻐하고 있어.”

“그렇다면 그가 싫어하는 사람이라면요?”

“그건 모르겠어.”

그녀는 대답했다.

“그런데 너는 뭘 묻고 있는 거니? 지금껏 여기에 머문 존재는 너하고 나 이외에는 아무도 없었단다.”

“아, 그래요! 그럼 제가 첫 번째 손님인가요?”

바스티안은 말했다.

“물론이지.”

바스티안은 커다란 방 안을 둘러보았다.

“이런 방이 이 집 안에 들어서다니, 도저히 믿을 수 없어요. 이 집은 밖에선 별로 커 보이지 않았어요.”

“변화의 집은, 밖에서보다 안이 더 크단다.”

아유올라 부인이 설명했다.

그러는 동안 황혼의 어스름 빛이 새어 들어와 방 안은 꽤 어두워졌다. 바스티안은 커다란 의자에 묻혀 손으로 턱을 괴었다. 기분 좋은 졸음이 몰려들었다.

바스티안이 물었다.

“왜 그렇게 오래 나를 기다리셨지요, 아유올라 부인?”

“나는 늘 어린애를 하나 소망했거든.”

부인은 대답했다.

“응석을 부리고, 나의 다정한 손길이 필요하고, 내가 돌봐줘야 하는 아주 어린아이를. 바로 너 같은 아이 말이다, 예쁜 내 아가야.”

바스티안은 하품을 했다. 그녀의 다정한 목소리가 포근한 자장가처럼 느껴졌다.

"그렇지만 아줌마의 어머니와 할머니도 나를 기다렸다고 하셨잖아
요."

아유올라 부인의 얼굴은 이제 완전히 어둠 속에 묻혀 있었다.

"그래. 나의 어머니와 할머니도 어린아이를 소망했었단다. 그런데
이제 나만이 갖게 되었구나."

그녀의 말소리가 들렸다.

바스티안은 눈을 감고 겨우 물었다.

"어째서요? 당신이 아주 어렸을 적에 당신의 어머니는 당신을 가졌
던 거잖아요. 그리고 할머니에게는 아줌마의 어머니가 있었고요. 그러
니까 그분들도 어린아이를 가졌던 것이잖아요?"

"아니야, 예쁜 내 아가야."

목소리가 나직하게 들렸다.

"우리는 사람들과 달라. 우리는 죽지도 않고 태어나지도 않아. 우리
는 항상 똑같은 아유올라 부인이지만, 역시 같은 아유올라 부인은 아니
란다. 나의 어머니는 나이가 들었을 때 시들어 버려서 겨울 나무처럼
모든 잎사귀를 떨어뜨리고 완전히 자기 자신 속으로 들어가 버렸단다.
그렇게 어머니는 오랜 시간 머물러 있었지. 그러던 어느 날 어머니는
새로운 잎사귀를 피우기 시작했고, 꽃봉오리가 맺히고 꽃이 피고 마지
막으로 열매를 맺게 되었지. 그렇게 내가 생겨난 거란다. 이 새로운 아
유올라 부인이 바로 나거든. 나의 어머니가 세상에 나왔을 때도 똑같았
었단다. 우리 아유올라 부인들은 언제나 우선 시들어 버리고 난 뒤에야
비로소 어린아이를 가질 수 있단다. 그러니까 우리는 우리 자신들의 어
린애일 뿐, 어머니가 될 수는 없는 거야. 그렇기 때문에 너와 함께 있
는 게 나는 몹시 기쁘단다, 예쁜 내 아가야……."

바스티안은 대꾸를 할 수 없었다. 달콤한 잠에 거의 빠져 들어가 그

녀의 말이 아련한 자장가처럼 들렸다. 바스티안은 그녀가 일어나 다가오는 소리를 들었다. 그녀는 자신의 머리칼을 쓰다듬다가 살포시 이마에 입을 맞추었다. 그러고는 자기를 안아 올리는 느낌이 들었다. 바스티안은 갓난애처럼 그녀의 어깨에 머리를 기대었고, 따스한 잠의 어둠 속으로 점점 깊이 빠져들었다. 옷이 벗겨지고 푹신하고 향기로운 침대에 눕혀지는 것이 느껴졌다. 그리고—아득하게—아름다운 목소리로 나직이 부르는 노랫소리를 마지막으로 들었다.

자장 자장, 아가야, 잘 자라!
너는 너무 많은 일을 해냈지.
위대한 주인님, 이제 어린아이가 되어라!
자장 자장, 아가야, 잘 자라!

이튿날 아침, 잠에서 깨어났을 때 바스티안은 전에 없이 뿌듯하고 상쾌했다. 주위를 둘러보니 자신은 아주 작고 아늑한 방 안에 누워 있었다. 그것도 어린애 침대에! 물론 그것은 아주 커다란 어린애 침대였다. 아니, 갓난애에게는 그렇게 보일 만큼 큰 침대였다. 한순간 바스티안은 그것이 우스꽝스럽게 여겨졌다. 자기는 분명코 갓난애가 아니잖은가. 환상 세계가 그에게 선사한 힘과 선물을 바스티안은 아직 모두 지니고 있었다. 어린 여왕의 표지도 여전히 목에 걸려 있었다. 하지만 곧 자기가 여기 누워 있는 것이 우스꽝스럽게 보이든 말든 전혀 상관없다는 기분이 들었다. 자기와 아유올라 부인 말고는 아무도 모르리라. 그리고 그들 둘은 모든 것이 옳고 좋았다.

바스티안은 일어나 세수를 하고 옷을 입고는 방을 나섰다. 나무 층계를 내려가서 커다란 식당으로 들어섰는데, 그곳은 어느새 부엌으로 변해 있었다. 아유올라 부인은 아침 식탁을 차려 놓고 바스티안을 기다리고 있었다. 그녀의 꽃들이 모조리 활짝 피어 있는 것을 보니, 부인도 기분이 아주 좋은 모양이었다. 부인은 노래하고 웃으며 바스티안과 손을 마주잡고 식탁을 빙빙 돌며 춤까지 추었다. 식사가 끝나자 그녀는 신선한 공기를 쐬라며 바스티안을 밖으로 내보냈다.

변화의 집을 에워싸고 있는 넓은 장미 숲에는 여름이 영원히 지속되는 듯싶었다. 바스티안은 어슬렁거리면서 이 꽃에서 저 꽃으로 분주히 나는 꿀벌들을 관찰하며 온 수풀 속에서 지저귀는 새의 노랫소리를 들었다. 손바닥에 기어오르며 다정하게 노니는 도마뱀과 어울려 놀기도 하고 토끼를 쓰다듬어 주기도 했다. 때로는 장미 수풀 밑에 엎드려 달콤한 장미의 향내를 맡으며 햇살을 받았다. 아무것도 생각하지 않은 채 시간을 시냇물처럼 졸졸 흘려보냈다.

그렇게 며칠이 지나고 몇 주일이 흘렀다. 바스티안은 시간의 흐름에 신경 쓰지 않았다. 다정한 아유올라 부인, 어머니 같은 그녀의 보살핌에 자신을 완전히 내맡겼다. 자기도 모르게 오랫동안 굶주렸던 무엇인가가 비로소 서서히 채워지는 듯한 느낌이 들었다. 하지만 아무리 채워도 그것은 성에 차지 않을 것 같았다.

얼마 동안 바스티안은 변화의 집 지붕꼭대기에서 지하실까지를 샅샅이 뒤졌다. 그것은 쉽게 지루해지지 않았다. 모든 방들이 끊임없이 변화해서 끊임없이 새로운 것이 발견되기 때문이었다. 이 집이 그의 꼬마 손님을 즐겁게 해 주기 위해 온갖 노력을 다하는 것이 틀림없었다. 그 집은 놀이방, 기차선로, 인형극장, 미끄럼틀, 심지어는 커다란 목마까지 만들어 냈다.

때때로 바스티안은 온종일 집 주변을 헤매며 다니기도 했다. 하지만 변화의 집에서 너무 멀리까지는 결코 나가지 않았다. 불현듯 아유올라 부인의 과일을 먹고 싶은 생각이 견딜 수 없이 간절해지기 때문이었다. 그럴 때면 바스티안은 급히 서둘러 그녀에게 돌아가 마음껏 먹었다.

저녁이 되면 그들은 곧잘 긴 대화를 나누었다. 바스티안은 자기가 환상 세계에서 겪은 일에 관해서, 페렐린과 그라오그라만에 관해서, 크사이데에 관해서, 자기 때문에 깊은 상처를 입었고 어쩌면 죽었을지도 모르는 아트레유에 관해서 이야기를 했다.

"난 너무나 많은 잘못을 저질렀어요."

바스티안은 말했다.

"모든 것을 잘못 이해했거든요. 어린 달님이 내게 그토록 많은 것을 주었는데, 나는 그것으로 불행만을 가져왔어요. 내게도, 환상 세계에도."

아유올라 부인은 바스티안을 한참 바라보았다.

"아니야."

그녀는 대답했다.

"나는 그렇게 생각하지 않아. 너는 너의 소망의 길을 걸어온 거야. 다만 그 길이 똑바르지 못했던 것뿐이지. 너는 멀리 돌아서 갔지만 그것이 너의 길이었어. 왜 그런지 아니? 너는 생명의 물이 솟는 샘을 발견하고 나서야 되돌아갈 수 있는 사람들에 속해 있기 때문이야. 그곳은 환상 세계에서 가장 비밀에 싸인 장소란다. 물론 거기로 가는 길은 결코 순탄하지 않지만."

그리고 나서 부인은 잠시 생각에 잠겨 있다가 덧붙였다.

"그곳으로 인도하는 길은 어떤 것이든 결국엔 올바른 길이란다."

그때 바스티안은 느닷없이 울음을 터뜨렸다. 자신도 왜 우는지 알 수 없었다. 바스티안의 심장 속에 있는 매듭이 풀어지면서 눈물 속으로 녹아드는 듯한 느낌이 들었다. 눈물이 끝도 없이 흘러 울음을 그칠 수가 없었다. 아유올라 부인은 바스티안을 품에 안더니 정겹게 쓰다듬어 주었다. 바스티안은 그녀 가슴의 꽃더미 속에 얼굴을 파묻고 지치도록 울었다.

그날 저녁 그들은 더 이상 말을 하지 않았다.

다음 날에야 바스티안은 다시 한 번 자기의 원정에 대해 이야기를 꺼냈다.

"생명의 물이 어디에 있는지 아세요?"

"환상 세계의 경계에."

아유올라 부인은 대답했다.

"하지만 환상 세계에는 경계가 없는걸요."

바스티안은 말했다.

"그렇지 않아. 하지만 그 경계는 바깥에 있는 게 아니라 안에 들어 있단다. 어린 여왕이 그녀의 모든 힘을 받는 곳, 하지만 그녀 자신은 갈 수가 없단다."

"그런데 제가 거길 어떻게 찾아내야 하나요? 벌써 너무 늦은 게 아닐까요?"

바스티안은 걱정스럽게 물었다.

"네가 그곳으로 가는 길을 찾아낼 수 있는 단 하나의 소망이 남아 있단다. 마지막 소망이지."

바스티안은 깜짝 놀랐다.

"아유올라 부인, 아우린을 써서 소망을 이룬 대가로 나는 조금씩 기억을 잃었어요. 여기에서도 그런가요?"

그녀는 천천히 고개를 끄덕였다.

"그걸 전혀 눈치 채지 못했는걸요!"

"그럼 다른 때에는 알았었니? 네가 무엇을 잊어 버렸는지 다시는 알 수가 없는걸."

"그럼 지금은 내가 무엇을 잊어버리고 있지요?"

"때가 오면 얘기해 줄게. 그렇지 않으면 너는 그것을 붙잡게 될 거
야."

"그럼 결국 나는 모든 기억을 잃어버려야 하나요?"

"아무것도 잃는 것은 없단다."

그녀는 말했다.

"모든 것은 그저 변하는 거야."

"그렇다면, 서둘러야 할 것 같아요. 여기 머물면 안 되겠어요."

바스티안은 초조해져서 말했다.

부인은 바스티안의 머리를 쓰다듬었다.

"걱정하지 마라. 결국 시간은 걸릴 만큼 걸리는 거야. 너의 최후의
소망이 깨어나면 너도 알게 될 거야. 그리고 나 역시."

바스티안 자신은 미처 깨닫지 못했지만, 그날 뒤로 과연 무엇인가가
변하기 시작했다. 변화의 집이 지닌 변화시키는 힘이 효력을 나타내기
시작한 것이다. 하지만 모든 참된 변화가 그렇듯이 이 변화는 한 그루
나무가 자라듯 서서히 그리고 소리 없이 이루어졌다.

변화의 집에서의 여러 날이 흘렀지만 여전히 여름이 계속되고 있었
다. 바스티안은 아유올라 부인에게 갓난아이처럼 매달려 응석부리기를
여전히 즐겼다. 그녀의 열매는 처음과 다름없이 맛있었지만, 병적인 식
욕은 차츰차츰 가라앉았다. 이제 바스티안은 조금씩 먹었다. 그녀도 그
것을 깨닫고 있었지만 한마디도 하지 않았다. 그녀의 따스한 배려도 웬
만큼 충족된 느낌이었다. 그것들에 대한 욕구가 줄어드는 것과 비례해
서 바스티안의 마음속에는 전혀 다른 갈망이 싹트기 시작했다. 지금껏

한 번도 느껴 본 적이 없고, 모든 면에서 지금까지의 어떤 바람과도 전혀 다른 욕망이었다. 그것은 바로 사랑할 수 있었으면 하는 소망이었다. 바스티안은 자기가 아무것도 사랑할 수 없다는 사실을 슬프고 놀라운 마음으로 깨달았다. 그것에 대한 소망은 갈수록 점점 강렬해졌다.

어느 날 저녁 그들이 다시 한자리에 앉았을 때, 바스티안은 아유올라 부인에게 그 이야기를 꺼냈다.

바스티안의 말을 듣고 난 뒤 부인은 한동안 말이 없었다. 그러고는 알 수 없는 표정으로 바스티안을 바라보았다.

"이제 너는 마침내 마지막 소망을 찾아낸 거다. 너의 참된 뜻은 바로 그거야. 너의 참뜻은 사랑하는 것이란다."

부인은 말했다.

"그렇다면 나는 왜 사랑할 수가 없나요. 아유올라 부인?"

"너는 생명의 물을 마시고 난 뒤에야 비로소 사랑을 할 수 있단다. 그리고 다른 이에게 그 물을 가져다주지 않으면 너의 세계로 돌아갈 수가 없지."

바스티안은 어리둥절해서 잠자코 있었다.

"그럼 아줌마는요? 아줌마는 벌써 그 물을 마셨나요?"

바스티안이 물었다.

"아니, 나는 너와 달라. 내게는 넘치는 것을 선사할 대상만 있으면 돼."

아유올라 부인은 말했다.

"그건 사랑이 아닌가요?"

아유올라 부인은 잠시 생각에 잠겼다가 대답했다.

"그건 네가 소망했던 것이지."

"환상 세계의 존재들도 사랑할 수 없나요, 나처럼?"

바스티안은 다급하게 물었다.

"이런 이야기가 있어. 환상 세계의 피조물 가운데에도 이 생명의 물을 마셔서 좋은 존재가 몇은 있다는. 그렇지만 그게 누구인지는 아무도 몰라. 그리고 참으로 가능성이 적은 일이기는 하지만, 먼 훗날 인간이 환상 세계를 향해서도 사랑을 보내게 될 날이 오리라는 약속이 있어. 그러면 두 세계는 하나가 되겠지. 하지만 그것이 어떤 의미인지는 나도 모른단다."

부인은 나직이 말했다.

"아유올라 부인."

바스티안도 똑같이 나직하게 말했다.

"전에 약속하셨지요. 적당한 때가 되면, 내가 나의 마지막 소망을 찾기 위해 무엇을 잊게 될 것인지 말해 주겠다고요. 지금이 그때인가요?"

부인은 고개를 끄덕였다.

"너는 아버지와 어머니를 잊었을 거다. 지금은 부모님의 이름도 기억하지 못할 거야."

바스티안은 생각을 모았다.

"아버지와 어머니라고요?"

바스티안은 느릿느릿 말했다. 하지만 그 말은 이미 아무 의미도 없었다. 도무지 기억을 불러일으킬 수가 없었기 때문이다.

"이제 나는 어떻게 해야 하지요?"

바스티안이 물었다.

"이제 나를 떠나야 한단다. 변화의 집에서 보내야 할 너의 시간은 다 지나갔어."

"그럼 어디로 가야 하나요?"

“너의 마지막 소망이 너를 이끌어 줄 거야. 그 소망을 잃어버리지 말아라!”

“지금 당장 떠나야 하나요?”

“아니, 지금은 늦은 시간이야. 내일 새벽 날이 밝으면 떠나렴. 너는 아직 변화의 집에서 하룻밤을 더 지낼 수 있어. 이제 가서 자자.”

바스티안은 일어서서 부인에게 다가섰다. 그리고 가까이 가서야 비로소 그녀의 모든 꽃이 시들어 버렸음을 어둠 속에서 알아보았다.

“마음 쓰지 말아라!”

부인은 말했다.

“내일 새벽에도 내게 마음 쓰지 말아야 한다. 너의 길을 서둘러야 해! 모든 것이 다 좋고 올바른 거야. 잘 자라, 예쁜 나의 아가야.”

“안녕히 주무세요, 아유올라 부인.”

바스티안은 작게 말했다.

그러고는 방으로 올라갔다.

하지만 이튿날 아래로 내려왔을 때, 바스티안은 아유올라 부인이 어제와 같은 자리에 그대로 앉아 있는 것을 보았다. 부인의 모든 잎사귀와 꽃, 열매는 떨어져 있었다. 눈을 감고 있는 부인의 모습은 죽어 버린 나무처럼 까맣게 보였다. 바스티안은 한참이나 그 앞에 서서 부인을 바라보았다.

느닷없이 밖으로 통하는 문이 활짝 열렸다.

밖으로 나가기 전에 소년은 다시 한 번 뒤를 돌아다보고 말했다. 아유올라 부인을 향한 것인지 변화의 집을 향한 것인지, 또는 둘 다를 향한 것인지 자신도 모른 채.

“고마워요, 고마워요. 모든 것에 대해!”

바스티안은 문 밖으로 나왔다. 바깥은 어느새 겨울이 되어 있었다.

눈이 무릎 높이까지 쌓이고, 활짝 피었던 장미 수풀 대신 새까만 가시 덤불만이 땅바닥을 기고 있었다. 바람 한 점 없는 날씨였다. 살을 에이는 듯 차가웠고, 쥐죽은 듯 고요했다.

바스티안은 외투를 꺼내 오려고 다시 집 안으로 들어가려 했지만 문과 창문들은 사라지고 없었다. 집은 완전히 막혀 있었다. 바스티안은 추위에 오들오들 떨며 발을 내딛기 시작했다.

그림의 광산

눈먼 광부 요르스는 그의 오두막 앞에 서서 사방으로 끝없이 펼쳐진 넓은 설원 쪽에 귀를 기울이고 있었다. 사방이 너무나 고요해서, 그의 섬세한 귀가 멀리서 들려오는 한 나그네의 눈 밟는 소리까지 놓치지 않을 정도였다. 그 발짝 소리는 오두막을 향해 오고 있었다.

요르스는 키가 큰 노인이었으나 그의 얼굴에는 수염도 주름살도 없었다. 옷이며 얼굴, 머리카락까지 그의 몸 전체는 온통 돌처럼 잿빛이었다. 꼼짝 않고 서 있는 그의 모습은 커다란 용암덩어리로 빚어 놓은 듯이 보였다. 다만 그의 보이지 않는 두 눈만이 검은 색이었고, 두 눈동자 깊숙이 한 가닥 가느다란 불꽃 같은 것이 빛나고 있었다.

바스티안은—그 나그네는 다름 아닌 바스티안이었다—가까이 다가와서 물었다.

"안녕하세요. 길을 잃었어요. 생명의 물이 나오는 샘을 찾고 있는데 저를 좀 도와주시겠어요?"

광부는 그 목소리에 귀를 기울였다.

"너는 길을 잃은 게 아니야."

광부는 소곤거렸다.

"목소리를 좀 작게 해. 안 그러면 내 그림들이 떨어져 버릴 테니까."

노인이 바스티안에게 손짓을 했고, 바스티안은 그를 따라 오두막으로 들어섰다.

오두막 안은 아무런 장식도 없고 가구도 거의 없는, 방 하나의 작은 공간이었다. 나무식탁 하나, 의자 둘, 간이침대 하나, 각종 음식물과 식기를 넣는 선반 하나. 열린 부뚜막 위로 불꽃이 탁탁 튀고, 그 위에 얹힌 주전자에서 수프가 증기를 뿜고 있었다.

요르스는 접시 두 개에 자기와 바스티안 몫으로 수프를 담아 식탁 위에 놓고 손짓으로 먹으라고 권했다. 그들은 말없이 식사를 했다.

그러고 나서 광부는 등을 기대고 앉았다. 그의 눈은 바스티안을 꿰뚫고 지나 멀리 아득한 곳을 바라보고 있었다. 노인은 속삭이듯 물었다.

"너는 누구지?"

"내 이름은 바스티안 발타자르 북스예요."

"흠, 아직 자기 이름은 알고 있군."

"그래요. 당신은 누구시죠?"

"내 이름은 요르스야. 흔히 눈먼 광부라고들 부르지. 그렇지만 나는 빛 속에서만 앞이 안 보여. 완전한 암흑이 지배하는 내 광산 속에서는 낮에라도 볼 수가 있단다."

"어떤 광산인데요?"

"그것은 민로우트 갱이라고 불리지. 그림들의 광산이야."

"그림들의 광산?"

바스티안은 어리둥절해서 되받아 물었다.

"그런 건 지금껏 들어 본 적이 없어요."

요르스는 끊임없이 무엇엔가 귀를 기울이는 것 같았다.

"이 광산은 바로 너 같은 사람을 위해서 있는 거란다. 생명의 물로 가는 길을 찾아내지 못하는 사람들을 위해서."

"대체 그건 어떤 그림들인데요?"

바스티안은 궁금해했다.

요르스는 두 눈을 감고 한동안 말이 없었다. 바스티안은 다시 한 번 물어야 할지 어떨지 몰라 망설이고 있었다. 광부의 소곤거림이 들렸다.

"세상에서 사라지는 것이란 아무것도 없단다. 꿈을 꾸고 깨어났을 때, 그 꿈이 무엇인지 전혀 기억나지 않은 적이 있었니?"

"그럼요. 자주 그랬어요."

바스티안은 대답했다.

요르스는 생각에 잠겨 고개를 끄덕였다. 그러고는 일어서더니 바스티안에게 따라오라는 몸짓을 했다. 오두막을 나서기 전에 그는 바스티안의 어깨를 꽉 부여잡으며 귀에 대고 소곤거렸다.

"이제부터 아무 말도 하지 말거라. 아무 소리도 내면 안 돼, 알았지? 네가 보게 될 것은 수많은 세월에 걸친 나의 작업이야. 조그만 소리에도 망가져 버릴 수가 있어. 그러니 입 꽉 다물고 살금살금 걸으렴!"

바스티안이 고개를 끄덕였다. 그들은 오두막을 나섰다. 오두막 뒤로는 나무로 된 운반 탑이 설치되어 있었고, 그 아래로 땅 속 깊이 수직으로 굴이 뚫려 있었다. 그들은 그 옆을 지나쳐 넓은 설원으로 나갔다. 거기에서 바스티안은 값비싼 보석이 새하얀 비단 위에 파묻힌 듯 그림들이 펼쳐져 있는 것을 보았다.

그것은 일종의 설화석고(雪花石膏)로 된, 투명하고 얇디얇은 각양각
색의 판들이었다. 네모진 것과 동그란 것, 파편마냥 조각난 것과 온전
히 보존된 것, 교회 창문만 한 크기의 것, 조그만 성냥갑만큼이나 작은
것……. 그 그림들은 크기와 모양에 맞춰 줄지어 정돈되어, 하얀 평원
의 지평선까지 뻗쳐 있었다.

이 그림들이 무엇을 표현하는지는 도무지 알아내기 어려웠다. 거기
에는 커다란 새장 속에서 날아다니는 듯한 가면을 쓴 형체들, 판사 가
운을 입은 당나귀, 묽은 치즈처럼 녹아 흐르는 시계들, 또 인적 없는
광장에 눈부시게 빛나는 꼭두각시들, 여러 짐승들을 조합해 놓은 얼굴
과 머리들이 있었다. 또한 밭에서 추수하는 남자나, 발코니에 앉은 여
자들처럼 아주 평범한 그림들도 있었다. 그리고 산지의 마을, 바다 풍
경, 전쟁이나 서커스 공연 장면, 거리와 방 안 풍경을 비롯해 계속해서
갖가지 얼굴들이 그려져 있었다. 늙은 얼굴, 젊은 얼굴, 현명한 얼굴,
우직한 얼굴, 바보와 임금의 얼굴, 침울한 얼굴과 명랑한 얼굴. 또한
처형 장면이나 죽음의 무도 같은 참혹한 그림들이 있는가 하면, 해마를
타고 앉은 젊은 부인이나 여기저기 돌아다니며 지나가는 모두에게 인
사를 하는 입술이 그려진 유쾌한 그림도 있었다.

그림들을 따라 걸으며 구경을 하면 할수록 바스티안은 그것들이 대
체 무엇인지 몰라 어리둥절해졌다. 다만 한 가지만은 분명했다. 대체로
독특하게 분류해 놓긴 했지만, 그 그림들에서 모든 것을 볼 수 있다는
점이었다.

여러 시간 동안 요르스 곁에서 그림판이 늘어선 줄을 따라 걷다 보
니 넓은 눈밭 위로 황혼이 내려앉았다. 그들은 오두막으로 돌아왔다.
들어와 문을 닫고 난 뒤에 요르스가 나직한 소리로 물었다.

"네가 기억하는 그림은 없었니?"

"없었어요."

바스티안은 대답했다.

광부는 생각에 잠겨 고개를 흔들었다.

"왜요?"

바스티안은 아주 궁금해졌다.

"저게 어떤 그림들인데요?"

"그것은 인간 세계에서 온 잊혀진 꿈들이란다."

요르스는 설명했다.

"꿈이란 한번 꾸고 나면 결코 사라질 수 없단다. 그렇지만 그 꿈을 꾼 사람이 그것을 지니지 않는다면, 그 꿈은 어디로 가겠니? 우리 환상 세계 곁으로, 우리의 땅 속 저 깊은 곳으로 오는 거란다. 그곳에 잊혀진 꿈들이 층층이 겹을 이루어 잔뜩 묻혀 있지. 그리고 깊이 파고들수록 더 빽빽한 층을 이루고 있지. 모든 환상 세계는 잊혀진 꿈들의 토대 위에 서 있는 거란다."

"그럼 제 꿈도 거기에 있나요?"

바스티안은 눈이 휘둥그레져서 물었다.

요르스는 고개만 끄덕였다.

"그럼, 제가 그것을 찾아내야 한다는 말인가요?"

바스티안은 캐물었다.

"적어도 하나는. 하나면 충분하지."

요르스는 대답했다.

"그렇지만 왜죠?"

광부는 바스티안에게로 얼굴을 돌렸다. 그 얼굴에는 부뚜막의 작은 불빛만이 비치고 있었다. 그의 보이지 않는 두 눈이 다시금 바스티안을 꿰뚫고 아득한 곳을 바라보는 듯했다.

"들어 봐, 바스티안 발타자르 북스."

요르스가 말했다.

"나는 말을 많이 하는 건 질색이다. 침묵이 내게는 더 좋거든. 그렇지만 이번 한 번만은 네게 얘기를 하지. 너는 지금 생명의 물을 찾고 있어. 너의 세계로 되돌아가기 위해서 사랑하길 원하고 있어. 사랑하는 것…… 그래 말은 쉽지! 생명의 물은 너에게 물을 거야. 누구를 사랑하느냐? 말하자면 사랑이란 그냥 아무렇게나 할 수 있는 게 아니기 때문이다. 그런데 너는 네 이름 말고는 모든 것을 잊어버렸어. 네가 대답을 할 수 없으면 그 물을 마실 수도 없어. 그러니까 너의 잊어버린 꿈을 다시 찾는 것만이 너를 도와 줄 수 있는 거란다. 바로 너를 생명의 샘으로 안내해 줄 한 장의 그림이 되는 거지. 하지만 그 대신에 너는 네가 가진 마지막 것을 잊어버려야만 한다. 그건 바로 너 자신이야. 그것은 힘들고 끈기를 요하는 일이란다. 내 말을 명심해라. 두 번 다시는 이 말을 입에 올리지 않을 테니까."

그러고 나서 그는 나무침대에 누워 잠이 들었다. 바스티안은 차갑고 딱딱한 방바닥에서 잠을 청할 수밖에 없었다. 하지만 그런 건 아무래도 상관없었다.

이튿날 아침 뻣뻣해진 팔다리로 잠에서 깨어났을 때, 요르스는 벌써 나가고 없었다. 아마도 민로우트 갱으로 들어간 모양이었다. 바스티안은 손수 뜨거운 수프를 한 접시 퍼먹었다. 몸을 덥혀 주긴 했지만 맛은 별로 없었다. 수프의 짠맛이 눈물과 땀의 맛을 떠오르게 해주었다.

그런 뒤 바스티안은 밖으로 나가 넓은 눈밭을 서성이며 헤아릴 수 없이 많은 그림들을 지나쳤다. 이제는 그것들이 자기와 어떤 상관이 있는가를 알았기 때문에 하나씩 주의 깊게 관찰했다. 하지만 특별히 가슴속에 부딪쳐 다가오는 그림은 한 장도 없었다. 하나같이 자신과는 상관없는 것이었다.

저녁 무렵 요르스가 질통을 타고 광산의 갱에서 올라오는 것이 보였다. 그는 얇디얇은 설화석고판 몇 장을 지게에 지고 있었다. 그가 또다시 평원으로 나가 새로 발견한 것들을 죽 전시된 어떤 그림들에 이어 푹신한 눈 위에 조심스럽게 내려놓는 내내, 바스티안은 묵묵히 그를 지켜보았다. 그림 가운데 하나는 한 남자가 그려져 있는데, 그의 가슴은 두 마리의 비둘기가 앉아 있는 새장이었다. 또 다른 그림은 돌로 된 여자가 커다란 거북이를 타고 있는 모습이었다. 아주 작은 그림에서는 나비 한 마리만 알아볼 수 있었는데, 나비의 날개에는 글자 모양의 점들이 찍혀 있었다. 그 밖에도 다른 그림들이 몇 점 더 있었지만, 바스티안의 가슴에 와닿는 것은 없었다.

광부와 함께 오두막으로 돌아와 앉았을 때 바스티안은 물었다.

"눈이 녹아 버리면 그림들은 어떻게 되지요?"

"여기는 언제나 겨울이란다."

요르스는 대답했다.

이것이 그날 저녁 그들이 나눈 대화의 전부였다.

그리고 그 뒤 며칠 동안 바스티안은 다시 그 많은 그림들 속에서 알아볼 만한, 적어도 무슨 특별한 의미를 줄 만한 그림을 내내 찾아보았다. 하지만 모두 헛수고였다. 저녁이면 광부와 오두막에 같이 앉아 있었는데, 광부가 입을 열지 않아 바스티안도 침묵하는 데에 길이 들었다. 또한 그림들이 부서질세라 소리 없이 조심조심 움직이는 몸짓까지 차츰 요르스를 닮아갔다.

"이제 저는 모든 그림들을 보았어요. 하지만 그중에 저와 관련된 그림은 한 장도 없었어요."

어느 날 저녁 바스티안이 말했다.

"안됐구나."

요르스는 대답했다.

"어떻게 하지요? 당신이 새로 가져올 그림들을 기다려야 할까요?"

요르스는 한참 생각에 잠겼다가 고개를 가로저었다.

"내가 너라면, 직접 민로우트 갱에 들어가 현장에서 캐내겠다."

요르스는 속삭였다.

"그렇지만 제 눈은 당신과 다른걸요. 어둠 속에서는 볼 수가 없어요."

바스티안이 말했다.

"긴 여행 중에 빛을 얻지 못했느냐?"

요르스는 말하며 다시 바스티안을 꿰뚫어 보았다.

"지금 너를 도와 줄 빛나는 돌 같은 게 전혀 없단 말이냐?"

"있었어요. 그런데 알 차히르를 다른 데 써먹어 버렸어요."

바스티안은 서글프게 말했다.

"안됐구나."

요르스는 돌같이 굳은 얼굴로 되뇌었다.

"저에게 충고를 좀 해 주세요."

바스티안이 말했다.

광부는 다시금 한참 침묵을 지키다가 말했다.

"그럼 너는 어둠 속에서 작업을 할 수밖에 없어."

바스티안의 온몸에 전율이 흘렀다. 아직 아우린이 부여해 준 모든 힘과 담대함을 여전히 지니긴 했지만, 저 아래 땅속 깊은 곳의 완전한 암흑 속으로 들어간다고 상상하니 뼛속까지 얼음처럼 싸늘해졌다. 바스티안은 다시 입을 열지 않았고, 둘은 잠자리에 누웠다.

이튿날 아침 광부는 바스티안의 어깨를 흔들어 깨웠다.

바스티안은 일어섰다.

"수프를 먹고 가자!"

요르스는 딱 잘라 말했다.

바스티안은 그 말에 따랐다.

소년은 광부를 따라 갱으로 가서 함께 질통을 타고 민로우트 갱으로 내려갔다. 점점 더 깊이깊이. 갱 입구에서 새어 들어오던 희미한 마지막 빛줄기도 벌써 사라져 버렸지만, 질통은 계속해서 암흑 속으로 내려갔다. 이윽고 덜커덩하는 충격으로 바닥에 닿았음을 알 수 있었다. 그들은 내려섰다.

땅 밑은 저 위 겨울평원과는 달리 따뜻했다. 얼마 안 가 바스티안의 온몸에서 땀이 솟아나기 시작했다. 그러면서도 바스티안은 앞서 가는 광부를 어둠 속에서 놓치지 않으려고 안간힘을 썼다. 그들은 수많은 갱도를 꼬불꼬불 누볐고 때로는—발짝의 나직한 울림으로 짐작건대—큰 공간도 지나쳤다. 바스티안은 버팀목과 불거져 나온 부분에 여러 차례 호되게 부딪혔지만 요르스는 아랑곳하지 않았다.

첫날과 그 다음 며칠 동안 광부는 말없이 바스티안의 손을 잡아끌면서, 섬세하고 얄팍한 설화석고의 층을 분리해 가며 조심스럽게 떼어내는 기술을 가르쳐 주었다. 그 작업에 쓰는 나무나 뿔로 된 주걱 같은 연장이 있었지만, 실제로 본 적은 없었다. 일이 끝난 뒤에는 작업현장에 놓아두기 때문이었다.

차츰차츰 바스티안은 땅속 완전한 암흑에 익숙해져 갔다. 자신도 설명할 수 없는 새로운 감각으로 가로세로로 나 있는 갱들을 찾아낼 수 있었다. 그러던 어느 날, 요르스는 말없이 바스티안의 손을 툭 건드리며 혼자 더 낮은 횡갱(땅속에서 수평이 되게 판 갱도) 속에서 작업을 하라고 지시했다. 기어서 들어갈 수밖에 없는 갱이었다. 바스티안은 그의

명령을 따랐다. 폭이 굉장히 좁고 머리 위로는 원석 덩어리가 짓누르고 있었다.

바스티안은 환상 세계의 맨 밑바닥 어두운 심연에서 엄마 배 속의 아기처럼 잔뜩 웅크린 채 잊어버린 하나의 꿈을 참을성 있게 파헤치고 있었다. 자기를 생명의 물로 안내해 줄 하나의 그림을.

땅속은 영원한 밤이 계속되어 아무것도 볼 수 없었기 때문에, 바스티안에게는 선택의 여지가 없었다. 우연이나 어떤 자비로운 운명이 언젠가 올바른 발견을 하도록 이끌어 주기를 희망할 뿐이었다. 저녁마다 바스티안은 저 아래 민로우트 갱 속에서 채취해 낸 것을 저물어 가는 햇볕으로 날랐고, 그때마다 그날의 작업은 헛수고임이 드러났다. 하지만 바스티안은 불평도 화도 내지 않았다. 자신에 대한 일체의 동정을 잃어버리고 이제는 참을성 있는 조용한 성품이 되었다. 그러나 지칠 줄 모르는 힘을 지녔음에도 곧잘 피곤함을 느꼈다.

이런 혹독한 시간이 얼마나 흘렀는지는 알 수 없었다. 이러한 역사는 날과 달로 잴 수 없는 것이니까. 어쨌든 그러던 어느 날 저녁, 바스티안은 여느 때처럼 그림 하나를 가져왔다. 그 그림은 당장에 바스티안의 마음에 너무나 큰 파문을 던졌다. 소년은 모든 것을 쳐부수며 소리 지르고 싶은 충동을 억지로 눌러야만 했다.

섬세한 설화석고판 위로—보통 책의 크기만 했다—새하얀 가운을 입은 한 남자의 모습이 너무나 또렷하게 보였다. 남자는 손에 치아 모형을 들고 있었다. 그의 자세와 걱정스럽고 조용한 얼굴 표정은 바스티안의 심장을 사로잡았다. 하지만 바스티안의 가슴을 가장 세게 친 것은, 그 남자가 유리처럼 투명한 얼음덩이 속에 냉동되어 있다는 사실이었다. 꿰뚫을 수 없으면서도 완전히 투명한 얼음층에 휩싸여 있었다.

눈 위에 놓인 그 그림을 바라보는 동안 바스티안의 마음속에는 어느새 이 남자를 그리워하는 마음이 싹텄다. 처음에는 거의 느낄 수 없었지만 차츰차츰 다가와서 마침내 모든 것을 휘몰아쳐 쓸고 가는 바다의 파도처럼, 그것은 아득히 먼 곳에서 다가오는 감정이었다. 바스티안은 가슴이 아팠다. 거대한 그리움을 감당하느라 심장이 터져나갈 것만 같았다. 이 물결 속에 지금껏 바스티안의 기억에 남아 있던 모든 것이 가라앉아 버렸다. 바스티안은 아직 지니고 있던 마지막 기억—자신의 이름을 잊어버렸다.

얼마 후 요르스가 오두막으로 들어섰을 때 소년은 입을 열지 않았다. 광부도 말없이 여느 때처럼 아득히 먼 곳을 바라보는 듯한 시선으로 오랫동안 소년을 바라보았다. 처음으로 그의 돌 같은 회색 얼굴 위로 짧은 미소가 지나갔다.

그날 밤, 이제는 이름도 잊은 소년은 몹시 피곤한데도 잠을 이룰 수가 없었다. 끊임없이 그 그림이 눈앞에 떠올랐다. 그 남자는 자기에게 뭔가 말을 하려 했지만 얼음덩이 속에 갇혀서 그럴 수가 없었던 것 같았다. 이름 없는 소년은 그를 도와주고 싶었고, 그 얼음을 녹여 주고 싶었다. 소년은 백일몽을 꾸듯 체온으로 얼음을 녹이려고 얼음덩이를 끌어안고 있는 자신의 모습을 보았다. 하지만 모든 것은 헛수고였다.

그러다가 불현듯 남자가 자기에게 하려고 했던 말을 들었다. 그것은 귀에 들리는 소리가 아니라 자신의 심장 깊은 곳에서 울리는 음성이었다.

"나를 도와다오! 나를 내버려 두지 마라! 혼자서는 이 얼음덩이에서 나갈 수가 없구나. 도와다오! 오직 너만이 나를 내보내 줄 수가 있단다. 오직 너만이!"

이튿날 아침 새벽녘에 일어났을 때, 이름 없는 소년은 요르스에게 말했다.

“오늘은 민로우트 갱에 내려가지 않을 거예요.”

“나를 떠날 생각이니?”

소년은 고개를 끄덕였다.

“생명의 물을 찾으러 떠나겠어요.”

“너를 안내해 줄 그림을 찾았니?”

“네.”

“내게 보여 줄 수 있니?”

소년은 다시 고개를 끄덕였다. 두 사람은 그림이 놓여 있는 눈밭으로 걸어갔다. 소년은 그림을 바라보았고, 요르스의 볼 수 없는 시선은 소년을 꿰뚫고 아득히 먼 곳을 바라보듯이 소년의 얼굴을 향했다. 그는 오랫동안 무엇엔가 귀를 기울이는 것 같았다. 이윽고 그가 고개를 끄덕였다.

“그림을 가져가거라.”

광부는 소곤거렸다.

“그리고 잃어버리지 말아라. 잃어버리든가 망가뜨리면 너에겐 모든 것이 끝장이야. 환상 세계에는 이제 너를 위해 남아 있는 것이 아무것도 없으니까. 내 말을 알아듣겠지?”

이름 없는 소년은 고개를 떨어뜨리고 서서 한동안 잠자코 있었다. 이윽고 소년은 나직이 말했다.

“고마워요, 요르스. 제게 가르쳐 준 모든 것에 대해서.”

그들은 악수를 했다.

“너는 어리지만 아주 훌륭한 광부였어.”

요르스가 소곤거렸다.

“정말 열심히 일했고.”

이 말을 하고 요르스는 돌아서서 민로우트 갱으로 향했다. 그리고 단

한 번도 뒤돌아보지도 않은 채 질통을 타고 깊은 땅속으로 내려갔다.

이름 없는 소년은 눈에서 그림을 집어 들고 새하얀 눈밭을 지나 타박타박 걸어갔다.

소년은 벌써 여러 시간을 쉬지 않고 걸었다. 지평선에 보이던 요르스의 오두막은 소년의 등 뒤에서 사라져 버렸다. 소년을 에워싸고 있는 것은 사방으로 뻗은 새하얀 평원뿐이었다. 하지만 소년은 조심스럽게 두 손에 받쳐 든 그림이 자기를 어떤 특정한 방향으로 이끌어 가고 있음을 느꼈다.

소년은 그 힘을 따르기로 작정했다. 어떤 길이든 간에 그것이 소년을 올바른 장소로 안내하리라. 이제는 그 어느 것도 소년을 지체시켜서는 안 되었다. 소년은 생명의 물을 찾겠다는 의지로 꽉 차 있었고, 그럴 수 있음을 확신했다.

그때 갑자기 공중 높은 데서 요란한 소음이 들려 왔다. 멀리 수많은 목청에서 나오는 지저귐과 외침 같은 것이었다. 하늘을 쳐다보니 시커먼 구름 같은 엄청난 새의 무리가 보였다. 이 무리가 가까워진 다음에야 소년은 그것의 실체를 알아보았고, 깜짝 놀라 못 박힌 듯이 멈춰 섰다.

그것은 어릿광대 나방 슐라무펜이 아닌가!

'이런, 맙소사!'

이름 없는 소년은 생각했다.

'저들이 나를 발견하지 않았기를! 저 비명 소리로 이 그림이 찢어질지 모르잖아!'

하지만 그들은 소년을 보았다.

그 무리는 엄청난 웃음과 환호를 터뜨리면서 이 외로운 방랑자를 향해 돌진해 오더니, 소년을 둘러싸고 눈 위에 내려앉았다.

"만세!"

그들은 알록달록한 입들을 쩍 벌리며 외쳤다.

"마침내 다시 찾아냈구나, 우리의 구세주를!"

그러면서 눈 속을 뒹굴며 눈뭉치를 서로 마구 던지고 공중제비를 넘었다.

"조용히! 제발 조용히 해!"

이름 없는 소년은 곤란한 표정을 드러내며 작게 외쳤다. 무리는 합창을 하며 열광했다.

"그가 뭐라고 했지?"—"그는 우리가 너무 조용하다고 말했어!"—"우리에게 그런 말을 한 사람은 아무도 없었잖아!"

"원하는 게 뭐야? 왜 나를 가만 두지 않니?"

소년은 물었다.

모두가 소년을 에워싸고 소용돌이치며 외쳐댔다.

"위대한 구세주! 위대한 구세주! 우리가 아하라이 족이었을 때 우리를 구제해 준 일을 기억해? 그때까지 우리는 환상 세계에서 가장 불행한 존재였지. 그런데 지금은 우리 자신에게 진저리가 나 버렸어. 네가 만들어 준 이 변화가 처음에는 참 재미있었지만, 이제는 죽도록 지겹다고. 의지할 수 있는 것 없이 이렇게 펄럭이며 다녀야 하거든. 우리는 규칙조차 없어서 제대로 된 놀이를 벌이지도 못 해. 너는 도와준답시고 우리를 우스꽝스러운 어릿광대로 만들어 놓았어! 우리를 속인 거야. 이 위대한 구세주야!"

"다 잘 되라고 한 일이었어."

소년은 기겁을 하며 소곤거렸다.

"물론 그랬겠지, 너 자신을 위해서!"

슐라무펜은 입을 모아 소리를 질렀다.

"네 자신이 아주 위대하게 여겨졌겠지. 그렇지만 우리는 너의 그 잘난 친절 덕에 호되게 대가를 치러야 했단 말이야, 위대한 구세주야!"

"그럼 내가 어떻게 하면 되지? 내게 원하는 것이 뭐야?"

소년은 물었다.

"우리는 너를 찾아다녔어."

일그러진 어릿광대의 얼굴을 한 슐라무펜들이 윙윙거렸다.

"네가 슬그머니 도망치기 전에 너를 붙잡을 생각이었어. 그리고 이제야 잡았지. 네가 우리의 두목이 되지 않으면 그냥 놔두지 않을 거야. 너는 우리 슐라무펜의 두목이 되어야 해, 우리의 추장 슐라무펜, 우리의 대장 슐라무펜이! 네가 뜻하는 건 뭐든지 해먹어라!"

"대체 왜 그래? 왜?"

소년은 애원조로 소곤거렸다.

어릿광대의 합창이 웽웽거리며 대꾸했다.

"우리는 네가 우리에게 명령을 내리기를 원해. 우리를 지휘하고, 우리에게 무엇이든 강요하고, 우리에게 무엇이든 금지시키기를 바란다고! 우리는 누군가를 위해 존재하기를 원하는 거야!"

"나는 그럴 수 없어! 너희 가운데서 하나를 뽑으면 되잖아?"

"아니, 아니야, 너야야 해, 위대한 구세주야! 그것이 우리의 뜻이야. 네가 우리를 이렇게 만들었잖아!"

"안 돼! 나는 여기서 떠나야 해. 돌아가야 해!"

소년은 헐떡이며 말했다.

"그렇게 빨리는 안 되지, 위대한 구세주야."

어릿광대의 입들이 외쳤다.

"너는 우리에게서 못 벗어나. 슬쩍 환상 세계에서 빠져나가는 게 너다운 일이겠지만!”

“그렇지만 나도 어쩔 수 없어!”

소년은 딱 잘라 말했다.

“그럼 우리는? 우리는 뭐야?”

어릿광대들은 합창하듯 대답했다.

“가 버려. 어서! 너희에게 더 이상 신경 쓸 수 없어!”

소년은 외쳤다.

“그럼 우리를 다시 본래의 모습으로 되돌려 줘!”

날카로운 음성들이 대꾸했다.

“우리는 차라리 아하라이 족으로 돌아가고 싶어. 눈물의 호수가 말라 버렸어. 아마르간트 시가 메마른 땅 위에 서 있다고. 그리고 섬세한 은세공을 짜는 이도 아무도 없어. 우리는 다시 아하라이 족이 되고 싶다고.”

“그럴 수 없어! 난 이제 환상 세계에서 힘이 없어.”

소년은 대답했다.

“그렇다면 너를 끌고 가겠어!”

온 무리가 고함을 치며 뒤죽박죽 맴돌았다.

수백의 작은 손들이 소년을 움켜쥐고 공중으로 끌어올리려고 애를 썼다. 소년은 있는 힘을 다해 버텼다. 그러나 나방들은 사방으로 날아갔다가도 약이 오른 말벌처럼 집요하게 끊임없이 되돌아왔다.

웽웽거리는 비명과 아우성을 뚫고, 갑자기 멀리서 나직하면서도 힘찬 울림이 들려 왔다. 커다란 청동 종의 울림 같은 것이었다.

그러자 순식간에 슐라무펜이 내빼기 시작하여 시커먼 무리를 이루며 하늘로 사라졌다.

이름 없는 소년은 눈 위에 무릎을 꿇었다. 소년 앞에 산산조각이 난

그림이 놓여 있었다. 이제 모든 것을 잃어버린 것이다. 소년을 생명의
물로 안내해 줄 것은 아무것도 남아 있지 않았다.
　고개를 들자 좀 떨어진 눈벌판에 두 형체가 소년의 고인 눈물 사이
로 아른아른 보였다. 큰 형체 하나와 작은 형체 하나가. 소년은 눈물을
훔치고 다시 한 번 바라보았다.
　그것은 행운의 용 푸쿠르와 아트레유였다.

생명의 물

이름 없는 소년은 머뭇거리며 일어나 아트레유 쪽으로 두세 발짝 다가섰다. 그러고는 멈춰 섰다. 아트레유는 가만히 선 채로 부드럽고 주의 깊게 소년을 바라보았다. 가슴의 상처에서는 이미 피가 멎어 있었다.

오랫동안 두 사람은 마주 보고 서 있었다. 둘 다 아무 말을 하지 않았다. 상대방의 숨소리까지 들릴 정도로 고요했다.

이름 없는 소년은 천천히 목에 걸린 황금 사슬에 손을 가져가 아우린을 벗었다. 그러고는 몸을 굽혀 그 '보물'을 조심스럽게 아트레유 앞 쌓인 눈 위에 내려놓았다. 소년은 밝고 어두운 두 마리의 뱀이 서로 꼬리를 물고 타원을 이루고 있는 모양을 눈여겨보았다. 그러고는 일어섰다.

그 순간 아우린이 강렬하고 찬란한 황금빛 광채를 발했다. 소년은 마치 태양을 마주 본 것처럼 눈을 감을 수밖에 없었다. 다시 눈을 떴을 때는, 천정처럼 커다란 원형 지붕 밑에 서 있었다. 이 건물의 벽돌은 황금빛이었다. 그리고 이 헤아릴 길 없이 넓은 방 한가운데에 성벽만큼 우람한 뱀 두 마리가 누워 있었다.

아트레유와 푸쿠르 그리고 이름 없는 소년은, 하얀 뱀의 꼬리를 물고 있는 새까만 뱀의 머리 쪽에 나란히 서 있었다. 곧게 내려 뜬 뱀의 눈동자는 세 친구를 향하고 있었다. 그 뱀에 비하면 그들은 너무나 작았다. 행운의 용마저도 하얀 애벌레처럼 조그마했다.

꼼짝 않고 있는 뱀의 거대한 몸체는 이름을 알 수 없는 금속처럼, 하나는 새까맣게 다른 하나는 은빛으로 윤이 났다. 서로가 서로를 묶고 있었기 때문에, 그들이 일으킬 수 있는 불행이 저지될 수 있었다. 그들이 서로를 놓쳐 버린다면 세상은 멸망해 가리라. 그것은 분명했다.

그들은 그렇게 서로를 구속함으로써 동시에 생명의 물을 지키고 있었다. 그들이 놓여 있는 한가운데에서 거대한 분수가 솟아오르고 있었다. 물줄기는 눈으로 쫓아갈 수 없을 만큼 빠르게 아래위로 춤을 추었고, 낙하하면서 수천 가지 형태를 이루었다가 다시 허물어져 버리곤 했다. 물거품은 섬세한 안개가 되어 흩날렸고, 그 안개 속에서 황금빛은 무지갯빛이 되어 퍼져나갔다. 그것은 수천의 목소리가 합창하는 기쁨의 아우성이요, 환호성이며, 노래요, 웃음이요, 부름의 소리였다.

이름 없는 소년은 갈증이 나는 듯 그 물을 바라보았다. 하지만 어떻게 그곳에 이른단 말인가? 뱀의 머리는 꼼짝도 하지 않았다.

갑자기 푸쿠르가 고개를 들었다. 그의 루비빛 눈동자가 번득이기 시작했다.

"저 분수 소리가 너희에게도 들리니?"

푸쿠르가 물었다.

"아니, 나는 못 알아듣겠어."

아트레유가 대답했다.

"어떻게 된 건지 모르지만, 나는 그 소리를 똑똑히 들을 수 있어. 아마 내가 행운의 용이라서 그런가 봐. 모든 기쁨의 언어들은 서로 친척이거든."

푸쿠르가 소곤거렸다.

"분수가 뭐라고 말해?"

아트레유가 물었다.

푸쿠르는 주의 깊게 귀를 모으고는 자기가 들은 것을 천천히 또박또박 말했다.

우리는 생명의 물!
스스로 솟아나는 샘.
너희가 우리를 많이 마실수록
우리는 더욱 풍요하게 샘솟노라.

그는 다시 한참 귀를 기울이더니 말했다.

"분수는 끊임없이, '마시라! 마시라! 너의 뜻대로 하라!' 하고 소리치고 있어."

"대체 어떻게 저쪽으로 가지?"

아트레유가 물었다.

"분수는 우리에게 이름을 묻고 있어."

푸쿠르가 설명했다.

"나는 아트레유야!"

아트레유가 외쳤다.

그러나 이름 없는 소년은 벙어리가 되어 서 있었다.

아트레유는 소년을 바라보다가 소년의 손을 잡고 외쳤다.

"애는 바스티안 발타자르 북스야!"

"분수는 왜 스스로 말하지 않느냐고 물어."

푸쿠르가 통역했다.

"애는 그럴 수가 없어."

아트레유가 말했다.

"모든 것을 잊어버렸어."

푸쿠르는 다시 한참 쏴쏴 흐르는 분수 소리에 귀를 기울였다.

"기억 없이는 들어설 수도 없다는걸. 뱀들이 통과시켜 주지 않는대."

"내가 그 애를 위해 모든 기억을 간직했어. 그가 자신과 자기의 세계에 관해 들려 준 모든 이야기를. 내가 보증을 서겠어."

아트레유가 외쳤다.

푸쿠르는 귀를 기울였다.

"무슨 권리로 네가 보증을 서느냐고 묻는대."

"나는 애의 친구야."

아트레유가 말했다.

푸쿠르가 주의 깊게 귀를 모으는 동안 시간이 잠시 또 흘렀다.

"분수가 그 점을 인정해 줄지 확실치 않아."

푸쿠르는 아트레유에게 소곤거렸다.

"……지금 분수는 너의 상처에 대해 말하고 있어. 왜 상처를 입었는지 알고 싶대."

"우리는 둘 다 옳았어."

아트레유가 말했다.

"그리고 우리는 둘 다 잘못 생각했어. 하지만 방금 바스티안은 스스로 아우린을 벗어 내게 주었어."

푸쿠르는 귀를 기울이더니 고개를 끄덕였다.

"그래, 이제 그들도 인정하겠대. 분수는 '이곳은 아우린이다, 너희를 환영한다'라고 말해."

푸쿠르가 말했다.

아트레유는 거대한 황금천장을 올려다보았다.

"우리 모두가 이것을 목에 걸었었지. 심지어 푸쿠르 너까지도. 잠깐 동안이긴 했지만."

아트레유는 소곤거렸다.

행운의 용이 조용히 하라는 몸짓을 하고 다시 분수의 노래에 귀를 기울였다.

그런 뒤 곧 옮겨 주었다.

"아우린은 바스티안이 찾았던 문이래. 그는 처음부터 그것을 지니고 다녔던 거야. 하지만 뱀이 환상 세계의 것은 그 무엇도 가지고 건너가지 못하게 한다고, 분수가 말해. 그러니까 바스티안은 어린 여왕이 선사한 모든 것을 돌려 주어야 한대. 안 그러면 생명의 물을 마실 수가 없대."

"그렇지만 우리는 여왕의 부적 속에 들어와 있잖아! 여왕은 여기 없는 거야?"

아트레유가 외쳤다.

"여기에서 어린 달님의 힘이 끝난대. 그리고 여왕 혼자서는 이 광채의 내부에 결코 들어설 수가 없대. 왜냐하면 여왕 자신을 벗을 수가 없으니까."

아트레유는 혼란스러워서 아무 말도 하지 않았다.

"그들이 바스티안이 준비되었느냐고 묻고 있어."

푸쿠르는 말을 이었다.

"그래. 얘는 준비가 됐어."

아트레유는 큰 소리로 말했다.

그 순간, 새까만 뱀의 머리가 하얀 뱀의 꼬리를 그대로 문 채 서서히 들리기 시작했다. 어마어마한 두 마리 뱀의 몸뚱이는 위를 향해 곤두서서 반쪽은 까맣고 반쪽은 새하얗게 높은 아치를 이루었다.

아트레유는 바스티안의 손을 잡고 이 무시무시한 문을 통과해 그들 앞에 찬란하고 웅장하게 펼쳐진 분수를 향해 다가갔다. 푸쿠르가 두 친구를 따랐다. 그렇게 그곳을 향해 한 발짝씩 걸을 때마다 환상 세계에서 받은 경이로운 선물들이 바스티안에게서 차례차례 떨어져 나갔다. 기운이 세고 용감하고 아름다운 영웅에서 다시 작고 통통하고 수줍음 많은 소년으로 변했다. 요르스의 민로우트 갱에서 걸레처럼 찢어진 소년의 복장까지도 사라져 완전히 녹아들었다. 황금테의 한가운데에서는 생명의 분수가 한 그루 수정나무처럼 솟아오르고 있었다.

그 마지막 순간에 소년은 완전한 불확실을 체험했다. 환상 세계의 선물이 하나도 없는 상황에서, 소년 자신과 자신의 세계에 대한 기억을 되찾지 못했기 때문이다. 과연 자기가 어떤 세계에 속했는지 또 자신이 실제로 존재하는지조차 알 수 없었다.

하지만 다음 순간 소년은 수정처럼 투명한 물속으로 뛰어들어 물장구를 치며 번쩍이는 분수줄기를 받아마셨다. 갈증이 멎을 때까지 계속해서. 그러자 기쁨이, 소년의 머리끝부터 발끝까지 가득 차 올랐다. 살아 있다는 기쁨, 있는 그대로의 자기라는 기쁨이. 이제 소년은 자기가 누구이며 어디에 속해 있는가를 다시 알게 되었다. 소년은 다시 태어난 것이다. 무엇보다 가장 좋은 것은 바로 있는 그대로의 자기가 되고 싶다는 마음이었다. 온갖 가능성을 다 늘어놓고 그중 한 가지를 골라내라

하더라도 다른 것을 선택하지 않았으리라. 이제 소년은 알고 있었다. 세상에는 수천수만 가지의 기쁨이 있지만 근본적으로 그 모두가 단 하나의 기쁨, 곧 사랑할 수 있다는 기쁨이라는 것을. 모든 것은 그 기쁨으로 돌아오는 것임을.

그리고 먼 훗날, 바스티안이 자기의 세계로 되돌아와 어른이 되고 노인이 되었을 때에도 그는 이 기쁨을 완전히 떠나 본 적이 없었다. 그의 일생 중 가장 어려운 시기에서도 바스티안은 마음 밑바닥에서 솟아오르는 기쁨이 남아 있어 미소를 짓고, 다른 이들을 위로할 수 있었다.

"아트레유!"

바스티안은 커다란 황금테의 가장자리에 푸쿠르와 함께 서 있는 친구를 불렀다.

"너도 이리 와 봐! 이리 와! 마셔 봐! 정말 기막히게 근사해!"

아트레유는 웃으며 고개를 가로저었다.

"아니, 이번에는 단지 너를 위해서 여기에 온 거야."

그는 대꾸했다.

"이번에라니?"

바스티안은 물었다.

"그게 무슨 말이야?"

아트레유는 푸쿠르와 시선을 교환하더니 말했다.

"우리 둘은 벌써 여기에 와 본 적이 있어. 그때에는 잠이 든 채 여기로 옮겨졌다가 잠이 든 채 여기를 떠났기 때문에 이 장소를 얼른 알아보지 못했어. 그런데 지금은 기억이 나."

바스티안은 분수에서 빠져나왔다.

"이제 나는 내가 누구인지를 깨달았어."

바스티안은 환해진 얼굴로 말했다.

"그래. 이제 나도 너를 알아보겠어. 지금의 너는 그때 마술거울 문에서 보았던 것과 똑같은 모습이야."

아트레유는 말하며 고개를 끄덕였다.

바스티안은 번득이며 거품을 일으키는 분수를 올려다보았다.

"저 물을 아빠에게 가져다드리고 싶어. 어떻게 하면 되지?"

소년은 요란한 물소리를 뚫고 말했다.

"내 생각에 그렇게는 못할 것 같아. 환상 세계에서는 아무것도 가지고 넘어갈 수가 없잖아."

아트레유는 대답했다.

"바스티안은 그럴 수 있어!"

푸쿠르가 말했다. 그 음성은 다시 청동의 깊은 울림을 품고 있었다.

"바스티안은 그럴 수 있을 거야!"

"네가 행운의 용이니까!"

바스티안은 말했다.

푸쿠르는 조용히 하라는 몸짓을 하고, 수천 갈래 물의 합창에 귀를 기울였다.

그리고 설명했다.

"이제 너도 떠나고 우리도 떠나야 한다고 물이 말하고 있어."

"그럼 나의 길은 어디지?"

바스티안은 물었다.

"저 문으로 나가. 저기 하얀 뱀의 머리가 있는 곳으로."

푸쿠르가 통역했다.

"좋아."

바스티안은 말했다.

"그런데 어떻게 나가지? 하얀 머리가 꼼짝도 않는걸."

과연 새하얀 뱀의 머리는 꼼짝도 않고 있었다. 흰 뱀은 까만 뱀의 꼬리를 물고 어마어마한 눈으로 바스티안을 바라보고 있었다.

"물이 네게 묻고 있어. 네가 환상 세계에서 시작한 모든 이야기를 끝까지 마쳤느냐고."

푸쿠르가 알렸다.

"아니."

바스티안이 말했다.

"실은 하나도 그러지 못했어."

푸쿠르는 잠시 귀를 기울였다. 그의 얼굴에 당황한 표정이 나타났다.

"그렇다면 이 하얀 뱀이 너를 통과시키지 않을 거래. 너는 환상 세계로 되돌아가서 모든 것을 끝까지 마무리 지어야 한대."

"모, 모든 이야기들을?"

바스티안은 더듬거렸다.

"그렇다면 나는 다시는 되돌아갈 수 없어. 모두 헛수고였어."

푸쿠르는 긴장해서 다시 귀를 기울였다.

"그들이 뭐라고 해?"

바스티안이 궁금해했다.

"조용히!"

푸쿠르가 말했다.

잠시 뒤 그는 한숨을 내쉬며 설명했다.

"별 도리가 없다는구나. 이 사명을 너 대신 누군가가 떠맡아 준다면 몰라도 말이야."

"그렇지만 이야기는 헤아릴 수 없을 정도로 많아. 그리고 또 모든 이야기는 새로운 이야기를 만들어 내지. 그런 사명은 어느 누구도 떠맡을 수가 없어."

바스티안은 외쳤다.

"그렇지 않아."

아트레유가 말했다.

"내가 있어."

바스티안은 말을 잃고 친구를 바라보았다. 그러고는 목을 얼싸안고 더듬거렸다.

"아트레유, 아트레유! 너의 이 은혜를 영원히 잊지 않을게!"

아트레유는 미소를 지었다.

"좋아, 바스티안. 그럼 환상 세계도 잊지 마."

아트레유는 형제처럼 바스티안의 어깨를 토닥이더니 후딱 몸을 돌려 새까만 뱀의 머리를 향했다. 그것은 그들이 들어섰던 순간과 똑같이 여전히 높은 아치를 이루고 있었다.

"푸쿠르, 내가 너희에게 맡기고 가는 사명을 어떻게 이룰 작정이니?"

바스티안이 말했다.

흰 용은 루비빛 눈을 끔벅거리며 대답했다.

"행운을 가지고, 친구야! 행운을 가지고!"

그 말과 함께 그는 친구이며 주인인 아트레유를 뒤따라갔다.

바스티안은 그들이 문을 빠져 나가 환상 세계로 돌아가는 뒷모습을 바라보았다. 두 친구는 다시 한 번 뒤돌아보며 바스티안을 향해 손을 흔들었다. 이어서 새까만 뱀의 머리는 다시 주저앉아 처음처럼 바닥에 누웠다. 바스티안은 아트레유와 푸쿠르를 다시 볼 수 없었다.

이제 혼자가 되었다.

바스티안은 다른 하얀 뱀 머리로 몸을 돌렸다. 그 순간 하얀 뱀의 머리도 들려지더니 몸뚱이를 구부려 아까의 반대편과 똑같이 아치문을 이루었다.

소년은 두 손에 재빨리 생명의 물을 퍼 담아 문을 향해 달렸다. 문의 뒤쪽은 암흑이었다.

바스티안은 어둠 속으로 뛰어들었고, 허공으로 굴러 떨어졌다.

"아빠!"

소년은 외쳤다.

"아빠! —나—바스티안—발타자르—북스예요!"

"아빠! —나—바스티안—발타자르—북스예요!"

소리를 지르며 헐떡이는 숨을 가다듬기도 전에 바스티안은 자기가 학교 창고에 있다는 사실을 알아차렸다. 벌써 오래 전, 환상 세계로 가기 전에 있었던 그곳에. 바스티안은 그 장소를 얼른 알아보지 못했다. 둘레에 보이는 이상스런 물건들, 박제된 동물, 해골, 그림들 때문에 한순간 자기가 아직도 환상 세계에 있나 하고 어리둥절했다. 하지만 곧이어 책가방과, 불 꺼진 양초가 꽂힌 일곱 갈래의 녹슨 촛대를 발견하고는 자기가 있는 곳이 어디인지를 분명히 깨달았다.

여기서 출발해 끝없는 이야기 속으로의 엄청난 여행을 얼마나 오랫동안 했던 것일까? 몇 주일? 몇 달? 어쩌면 몇 년? 언젠가 이야기 속에서 읽은 한 남자가 생각났다. 그는 단 한 시간 동안 마술의 동굴에 머물러 있었는데, 되돌아왔을 때는 백 년이 흘러가 있었다. 그래서 그가 알고 있는 사람 가운데에서 살아 있는 사람은 단 한 명뿐이었고, 그가 떠날 때 갓난아이였던 사람이 호호백발이 되어 있었다는 이야기였다.

지붕창을 통해 회색빛이 새어들어 오고 있었지만 오전인지 오후인지는 분간할 수가 없었다. 창고 안은 바스티안이 이곳을 떠났던 그 밤과 마찬가지로 살을 에듯이 추웠다.

소년은 덮고 있던 먼지투성이 군대용 담요뭉치를 벗어내고 구두를 신고 외투를 입었다. 둘 다 비 맞았던 그날처럼 모두 축축한 것을 느끼고는 깜짝 놀랐다.

소년은 어깨에 가방을 둘러메고 이 모든 일의 출발점이었던, 그때 훔친 책을 찾아 보았다. 그 책을 퉁명스런 코레안더 씨에게 되돌려 주리라. 그가 도둑질을 했다고 처벌을 하거나 고소를 하거나 더 가혹한 일을 벌이더라도 바스티안처럼 그토록 많은 모험을 치른 사람은 별로 겁날 것이 없었다. 하지만 그 책은 거기에 없었다.

바스티안은 샅샅이 찾았다. 담요를 헤집고 구석구석 들여다 보았지만 소용이 없었다. 끝없는 이야기는 사라져 버린 것이다.

"좋아."

마침내 바스티안은 혼잣말을 했다.

"그렇다면 책이 없어졌다고 말할 수밖에. 아저씨는 분명 내 말을 믿지 않겠지. 그래도 할 수 없어. 될 대로 되라지. 하긴 그렇게 오랜 시간이 지났는데 아저씨가 책이 없어진 걸 기억이나 하고 있을까? 혹시 서점이 아주 없어진 건 아닐까?"

그거야 곧 알게 될 일이었다. 우선은 학교를 무사히 빠져나가야 했다. 만약 만나는 선생님과 아이들이 낯선 이들이라면 어떻게 됐는지 알게 되리라.

하지만 소년이 창고 문을 열고 복도로 나섰을 때, 그곳은 완전한 정적이었다. 학교건물 안에는 단 한 사람도 없는 것 같았다. 그때 학교 탑의 시계가 아홉 시를 알렸다. 그러니까 오전이고 수업은 벌써 시작되었으리라.

바스티안은 몇 군데 교실을 들여다보았지만 모두 텅텅 비어 있었다.

창가로 다가서서 거리를 내다보니 몇몇 사람들과 자동차들이 오가는 광경이 보였다. 최소한 세상이 완전히 죽어 버린 것은 아니라는 증거였다.

바스티안은 교문 쪽 층계를 내려가 문을 열려고 했지만, 문은 잠겨 있었다. 학교관리인의 집으로 통하는 문으로 가서 초인종을 누르고 두들겨도 봤지만 아무런 기척이 없었다.

바스티안은 생각에 잠겼다. 언제고 누가 올 것을 무작정 기다릴 수는 없었다. 소년은 아빠에게 당장 달려가고 싶었다. 비록 생명의 물은 다 쏟아 버리긴 했지만.

창문을 열고 누군가가 문을 열어 줄 때까지 마냥 소리를 지를까? 아니, 그것은 아무래도 부끄러운 짓 같았다. 문득, 창문을 기어올라 빠져나갈 수 있겠다는 생각이 떠올랐다. 창문은 안쪽으로 열 수 있었지만 일층에 있는 창문들에는 모조리 창살이 쳐져 있었다. 그때, 아까 이층에서 거리를 내다보다가 눈에 띄었던 건축공사용 발판이 생각났다. 아마도 건물의 바깥벽에 새로 회칠을 한 모양이었다.

바스티안은 다시 이층으로 올라서서 창가로 갔다. 그리고 창문을 열고 발을 내디뎠다.

발판은 가로판자가 일정한 간격으로 고정된, 수직의 기둥일 뿐이었다. 바스티안의 몸무게에 판대기들이 아래위로 흔들렸다. 한순간 현기증이 일고 잔뜩 겁이 났지만 극복해 냈다. 페렐린의 주인이었던 인물에게 이 정도가 무슨 문제랴. 비록 지금은 체력도 엄청나지 않은 데다 뚱뚱한 몸집 때문에 약간은 힘겨웠지만 말이다. 바스티안은 조심스럽고 침착하게 손과 발이 붙잡고 디딜 곳을 찾아 수직으로 곧추선 기둥을 내려왔다. 한번은 손바닥에 나무 가시가 박혔지만 그런 사소한 일쯤은 이미 아무렇지도 않았다. 그렇게 약간 들뜬 기분으로 헐떡이면서도 무사히 거리로 내려섰다. 바스티안을 본 사람은 아무도 없었다.

바스티안은 집을 향해 달렸다. 가방 속의 필통과 책들이 걸음걸이에 따라 덜컥거렸다. 옆구리가 아파왔지만 쉬지 않고 달렸다. 아빠 곁으로 가고 싶었다.

마침내 집에 도착하자, 바스티안은 잠시 멈춰 서서 아빠의 실험실이 있는 창문을 올려다보았다. 그러자 문득 불안감이 밀려들었다. 아빠가 거기 없을지도 모른다는 생각이 그제야 들었기 때문이다.

하지만 아빠는 있었고 바스티안이 오는 것을 보았던 모양이다. 바스티안이 층계를 뛰어올라 가는데 아빠가 마주 달려 내려왔다. 아빠는 두 팔을 벌려 바스티안을 그 품안으로 맞아들였다. 그러고는 아들을 번쩍 들어 안고 집 안으로 들어갔다.

"바스티안, 이 녀석!"

아빠는 끊임없이 뇌었다.

"내 귀여운 녀석아, 도대체 어디 가 있었니? 무슨 일이 있었니?"

식탁에 앉아 뜨거운 우유를 마시고 아빠가 정성스레 버터와 꿀을 듬뿍 발라 준 빵을 먹으면서, 그제야 바스티안은 아빠의 얼굴이 얼마나 핏기가 없고 여위었는가를 알아보았다. 아빠의 눈은 충혈되어 있었고 턱은 면도도 하지 않은 채였다. 그 밖의 아빠의 모습은 바스티안이 떠났던 당시와 똑같았다. 바스티안은 이런 이야기를 꺼냈다.

"그 당시라니? 그게 무슨 소리냐?"

아빠는 어리둥절해서 물었다.

"제가 떠나 있은 지가 대체 얼마나 됐어요?"

"어제부터다, 바스티안. 학교에 간 뒤로 네가 돌아오지 않아서 선생님에게 전화를 했더니 학교에도 안 갔다고 그러더구나. 어제 하루 종일, 밤새도록 너를 찾아 헤맸단다, 이 녀석아. 별 끔찍한 생각이 다 나서 경찰에도 신고했지. 원, 바스티안. 대체 무슨 일이 있었니? 네가 걱정이 돼서 미칠 지경이었어. 대체 어디 있었니?"

그러자 바스티안은 자기가 겪은 일을 이야기하기 시작했다. 모든 사건을 아주 자세히 설명하느라 여러 시간이 지났다.

아빠는 전에 없이 열심히 귀를 기울여 들었다. 그리고 바스티안의 이야기를 이해했다.

정오 무렵 아빠는 한 번 말을 중단시켰다. 하지만 경찰에 전화를 걸어 아들이 돌아왔고 모든 일이 잘 해결되었노라고 알리기 위해서였다. 그리고 두 사람 몫의 점심 식사를 준비했고, 바스티안은 이야기를 계속했다. 생명의 물에 관한 대목에 이르러 아빠에게 그 물을 가져다 주려 했지만 쏟아 버렸다는 말을 할 즈음엔 어느새 저녁 무렵이 되어 있었다.

부엌 안은 벌써 어둠침침했다. 아빠는 꼼짝 않고 앉아 있었다. 바스티안은 일어서서 전등을 켰다. 그리고 지금껏 한 번도 보지 못했던 광경을 보았다.

아빠의 눈에 눈물이 고인 것이다.

바스티안은 어쨌거나 자기가 아빠에게 생명의 물을 가져다주었음을 깨달았다.

아빠는 말없이 소년을 무릎 위로 끌어와 꼭 껴안았다. 그렇게 아빠와 아들은 서로를 쓰다듬었다.

한참 동안 앉아 있은 뒤 아빠는 긴 한숨을 내쉬고 바스티안을 바라보며 미소를 지었다. 그것은 바스티안이 여태껏 아빠의 얼굴에서 본 중에 가장 행복한 미소였다.

"이제부터, 이제부터 모든 것이 달라질 거다. 그렇지 않니?"

아빠는 목소리를 바꾸어 말했다.

바스티안은 고개를 끄덕였다. 심장이 너무나 터질 듯이 꽉 차 올라 뭐라고 말을 할 수가 없었다.

다음 날 첫눈이 내렸다. 바스티안의 방 앞 창 난간에는 푹신하고 깨끗한 눈이 소복이 쌓였다. 거리의 모든 소음이 눈에 흡수되어 잦아들었다.

"이것 봐, 바스티안."

아침 식사 때 아빠는 유쾌하게 말했다.

"아무래도 우리 둘이서는 여러 가지 의미에서 축하할 일이 있는 것 같다. 오늘 같은 날은 일생에 한 번밖에 없을 거야! 어떤 이들에게는 한 번도 없을 수 있고. 그러니까 어떠니? 우리 둘이 아주 성대하게 축하파티를 벌이자. 오늘 나는 일을 하지 않을 거고, 또 너는 학교에 가지 않아도 돼. 내가 결석계를 써 주마. 어떻게 생각하니?"

"학교라뇨?"

바스티안은 물었다.

"아직 학교가 있나요? 어제 교실을 지나오면서 보니까 사람이라곤 하나도 없던데요. 학교관리인까지도요."

"어제?"

아빠는 대답했다.

"어제는 첫 번째 강림절이었단다, 바스티안."

바스티안은 생각에 잠겨 코코아를 저었다. 그리고 나직이 말했다.

"아무래도 다시 완전히 적응하려면 시간이 좀 걸릴 것 같아요."

"그렇겠지."

아빠는 고개를 끄덕였다.

"그렇기 때문에 우리 둘이서 축하의 날을 보내자는 거다. 뭘 하면 좋겠니? 어디로 소풍을 갈 수도 있겠고, 아니면 동물원에 갈까? 점심에는 세상에서 가장 근사한 성찬을 먹도록 하자. 오후에는 쇼핑을 가서 네가 갖고 싶은 건 뭐든지 살 수도 있고, 또 저녁에는 극장에 갈까?"

바스티안의 눈이 반짝였다. 그러더니 단호하게 말했다.

"그보다 우선 다른 할 일이 있어요. 코레안더 씨에게 가서 책을 훔친 걸 고백하고 잃어버렸다는 말을 해야겠어요."

아빠는 바스티안의 손을 잡았다.

"이봐, 바스티안. 네가 원하면 그건 내가 대신 처리해 주마."

바스티안은 고개를 가로저었다.

"아니에요. 그건 제 일인걸요. 제가 처리할래요. 당장 하는 게 좋겠어요."

바스티안은 굳게 다짐한 듯 말했다.

소년은 일어서서 외투를 입었다. 아빠는 아무 말도 하지 않았지만, 아들을 바라보는 눈길에는 분명 놀라움과 감탄이 서려 있었다. 아들이 그렇게 행동한 적은 한 번도 없었던 것이다.

마침내 아빠가 말했다.

"나도 이 변화에 적응하려면 시간이 좀 걸릴 것 같구나."

"곧 돌아올게요."

바스티안은 말하며 어느새 현관으로 나섰다.

"오래 걸리지는 않을 거예요. 이번에는요."

바스티안은 코레안더 씨의 서점 앞에 마주 서자 용기가 조금 꺾였다. 꼬불꼬불한 꽃무늬 글자가 씌어진 창유리를 통해 서점 안을 들여다보았다. 코레안더 씨는 마침 손님을 맞고 있었다. 바스티안은 손님이 갈 때까지 기다리기로 했다. 그래서 서점 앞에서 잠시 서성거렸다.

마침내 손님이 서점에서 나왔다.

'지금이다!'

바스티안은 자신에게 명령했다.

바스티안은 색채의 황무지 고압에서 그라오그라만을 만났을 때를 떠올렸다. 마음을 다지고 손잡이를 돌렸다. 침침한 내부를 안쪽으로 경계 짓고 있는 책들의 벽 뒤에서 기침소리가 들려왔다. 바스티안은 책들의 벽으로 다가가, 약간 창백해졌지만 그래도 진지하고 침착한 태도로 코레안더 씨를 향했다. 그는 처음 만났을 때와 마찬가지로 낡아빠진 가죽 의자에 앉아 있었다.

바스티안은 잠자코 있었다. 소년은 코레안더 씨가 잔뜩 화를 내며 달려들어 '도둑놈, 절도범!' 또는 그와 비슷하게 소리를 지르리라고 예상했다.

하지만 지금 이 노인은 그의 꼬부랑 파이프에 어수선하게 불을 붙이면서, 우스꽝스럽게 생긴 조그만 안경 너머로 눈을 가느스름하게 뜨고는 바스티안을 훑어보았다. 그리고 파이프에 불이 붙자 한참 빨아대고 나서 투덜거렸다.

"그래, 무슨 일이지? 대체 여기서 또 뭘 원하니?"

"제, 제가요……."

바스티안은 더듬더듬 입을 떼었다.

"제가 여기서 책을 한 권 훔쳤어요. 되돌려 드리려고 했는데, 그럴 수가 없게 되었어요. 그 책을 잃어버렸거든요. 아니 더 정확히 말하자면 책이 완전히 없어진 거예요."

코레안더 씨는 빨기를 멈추고 입에서 파이프를 뗐다.

"무슨 책 말이냐?"

그는 물었다.

"제가 지난번 여기에 왔을 때 할아버지가 마침 읽고 계시던 책이에요. 제가 그걸 가져갔어요. 할아버지는 제 뒤로 전화를 받으러 가셨고, 책은 저기 안락의자에 놓여 있었어요. 그 사이에 제가 그걸 그냥 가져간 거예요."

"아, 그래."

코레안더 씨는 말하며 헛기침을 했다.

"그렇지만 나에게는 없어진 책이 없어. 대체 그게 어떤 책이었지?"

"제목은 '끝없는 이야기'예요."

바스티안은 설명했다.

"겉장은 황동빛 비단으로 싸여 있고, 이리저리 움직이면 희미한 빛을 발하기도 해요. 거기에 서로 꼬리를 물고 있는 뱀 두 마리가, 하나는 밝고 하나는 어두운 뱀이 그려져 있어요. 책 속지는 두 가지 다른 색깔로 인쇄가 되어 있었어요. 아주 커다랗고 아름다운 글자로 첫 문장으로 시작됐는데……."

"참으로 묘한 일이야! 나는 그런 책을 가진 적이 없어. 그러니까 네가 내게서 훔쳤을 수도 없어. 어디 딴 데서 훔쳤겠지."

코레안더 씨는 말했다.

"절대로 그렇지 않아요!"

바스티안은 장담했다.

"기억하실 텐데요. 사실 그 책은……."

소년은 망설였지만, 곧 말을 이었다.

"그 책은 마술의 책이에요. 저는 읽으면서 그 끝없는 이야기 속으로 들어갔었거든요. 그런데 빠져나오고 보니까 책이 없어졌어요."

코레안더 씨는 안경 너머로 바스티안을 찬찬히 뜯어보았다.

"네가 나를 놀리는 건 아니겠지?"

"아니에요."

바스티안은 조금 당황해서 대답했다.

"결코 그렇지 않아요. 제 말은 진실이에요. 믿어주세요!"

코레안더 씨는 한참 생각에 잠겨 있더니 고개를 가로저었다.

"모든 얘기를 좀 자세히 해 봐라. 앉으렴, 애야. 자, 앉아!"

그는 파이프로 자기의 건너편 의자를 가리켰다. 바스티안은 그 자리에 앉았다.

"자, 이제 그 모든 얘기를 해 보렴. 제발 천천히, 차근차근 말하거라. 응?"

코레안더 씨는 말했다.

바스티안은 이야기를 시작했다.

아빠에게 한 것처럼 자세히 말하지는 않았다. 하지만 코레안더 씨가 점점 흥미를 나타내며 더 자세히 알려고 들었기 때문에 이야기를 다 마칠 때까지 두 시간이 넘게 걸렸다.

이유야 알 수 없지만, 이상하게도 그 시간 내내 단 한 사람의 손님도 와서 방해하지 않았다.

바스티안이 이야기를 끝내자 코레안더 씨는 한참 동안 멍하니 파이프만 뿜어댔다. 깊은 생각에 잠겨 있는 것 같았다. 이윽고 그는 다시 헛기침을 하며 작은 안경을 추켜올리더니, 한참 바스티안을 뜯어보고 나서 말했다.

"한 가지만은 확실해. 너는 그 책을 내게서 훔쳐간 게 아니야. 그것은 내 것도 네 것도, 또 어느 다른 사람의 것도 아니니까. 내 생각이 잘못된 게 아니라면 그 책 자체도 환상 세계 출신이거든. 혹시 바로 이 순간에도 어느 딴 사람이 그 책을 손에 들고 읽고 있을지도 모르지."

"그럼 제 얘기를 믿으시는 거죠?"

바스티안은 물었다.

"물론. 현명한 사람이라면 누구라도 믿을 거다."

코레안더 씨는 대답했다.

"솔직히 말해서 그래 주실 거라고는 생각하지 않았어요."

바스티안은 말했다.

"영원히 환상 세계로 못 가는 사람들도 있긴 하단다."

코레안더 씨는 말했다.

"또 가서는 영원히 그곳에 머무르는 사람들도 있어. 그리고 환상 세계에 갔다가 다시 돌아오는 사람들도 있지, 바스티안 너처럼. 이런 사람들이 양쪽 세계를 건강하게 만든단다."

"아!"

바스티안은 말하며 얼굴을 붉혔다.

"사실 그것은 제 능력이 아닌걸요. 하마터면 못 돌아올 뻔했어요. 아트레유가 없었다면, 저는 분명 늙은 황제의 도시에서 영원히 죽치고 있어야 했을 거예요."

코레안더 씨는 고개를 끄덕이며 생각에 잠겨 파이프를 뿜어대었다.

"거 참, 환상 세계에 친구가 있다니, 너는 행운아로구나. 모르긴 해도 누구나가 다 그렇진 못할 게다."

코레안데 씨는 투덜거렸다.

"코레안더 씨, 그 모든 일을 어떻게 아시나요? 저, 혹시 할아버지도 환상 세계에 가 보셨나요?"

바스티안은 물었다.

"물론."

코레안더 씨는 말했다.

"그렇다면, 그렇다면, 어린 달님을 아시겠군요!"

바스티안은 말했다.

"그래, 나는 어린 여왕을 알고 있지."

코레안더 씨는 말했다.

“물론 그 이름으로는 아니야. 나는 여왕을 다른 이름으로 불렀지. 하지만 그런 건 아무래도 괜찮아!”

“그럼 할아버지도 그 책을 아시겠네요!”

바스티안은 외쳤다.

“어쨌든 끝없는 이야기를 읽으셨겠군요!”

코레안더 씨는 고개를 가로저었다.

“모든 이야기는 저마다 하나의 끝없는 이야기란다.”

그는 천정까지 온 벽을 뒤덮고 있는 수많은 책들을 훑어보더니 파이프로 그것들을 가리키며 말을 이었다.

“환상 세계로 가는 문은 수없이 많단다, 애야. 그런 마술의 책은 수없이 많아. 많은 사람이 그 사실을 전혀 깨닫지 못할 뿐이지. 중요한 건 누가 그런 책을 손에 쥐느냐는 거야.”

“그럼 이 끝없는 이야기는 사람들마다 다 다른 건가요?”

“그래, 바로 그 얘기다.”

코레안더 씨는 말을 이었다.

“또 책뿐만 아니라 다른 방법으로도 환상 세계에 갔다가 다시 돌아올 수 있단다. 너도 곧 알게 될 거다.”

“정말이에요?”

바스티안은 희망에 차서 물었다.

“그렇다면 어린 달님을 다시 한 번 만날 수 있겠네요. 누구든 그녀를 단 한 번밖에 못 만난다던데요.”

코레안더 씨는 앞으로 몸을 굽히고 목소리를 낮추었다.

“경험 많은 나이 든 환상 세계의 여행자가 얘기를 해 주마! 환상 세계에서는 아무도 알 수 없는 비밀이 한 가지 있단다. 너도 가만히 생각해 보면 왜 그런지를 알 수 있을 거다. 어린 달님에게 너는 분명 두 번 다시 갈 수 없단다. 그건 옳은 얘기야, 그녀가 어린 달님인 한에서는 말이다. 그렇지만 네가 그녀에게 새로운 이름을 줄 수 있으면, 또다시 만날 수 있는 거야. 그리고 네가 그렇게 다시 만날 때마다, 그것은 처음이자 단 한 번의 만남이 되는 거란다.”

코레안더 씨의 불독 같은 얼굴에 한순간 부드러운 광채가 스쳐 지나갔다. 그를 젊고 아름답게 보이게 하는 빛이었다.

“고마워요, 코레안더 씨!”

바스티안은 말했다.

“내가 너에게 감사해야겠다, 녀석아.”

코레안더 씨는 대답했다.

“네가 이따금 나를 찾아주었으면 좋겠구나. 경험담을 서로 주고받게 말이다. 이런 얘기를 나눌 수 있는 사람은 그리 많지가 않단다.”

그는 바스티안에게 손을 내밀었다.

“그러겠니?”

“얼마든지 그럴게요.”

바스티안은 말했다.

“이제 가야겠어요. 아빠가 기다리시거든요. 그렇지만 곧 다시 올게요.”

코레안더 씨는 문 밖까지 배웅해 주었다. 그러자 유리창에 씌어 있는 뒤집어진 글자 사이로, 길 건너편에 아빠가 서서 기다리는 것이 보였다. 아빠의 얼굴에서만 빛이 나고 있었다.

바스티안이 문을 열자 문에 달린 놋쇠종이 요란하게 울어대기 시작했다. 바스티안은 그 빛을 향해 달려갔다.

코레안더 씨는 살며시 문을 닫고 두 사람을 바라보았다.

“바스티안 발타자르 북스……”

그는 중얼거렸다.

"너는 앞으로도 많은 사람들에게 환상 세계로 가는 길목을 가르쳐 줄 것 같구나. 그러면 그 사람들이 우리에게 생명의 물을 가져다 줄 테 지."

코레안더 씨의 기대는 어긋나지 않았다.

그러나 그것은 또 다른 이야기이므로 언젠가 다른 기회에 이야기할 것이다.

끝없는 이야기를 읽는 이들에게

김양순

책과 만난다는 것

우리는 자주 여러가지 책들과 만난다. 꼭 아름답고 화려한 이야기가 아니더라도 책이 주는 즐거움은 한없이 솟아나는 샘물과 같기 때문이다. 그래서 우리는 늘 책을 가까이 두고 그것에서 위로와 평안은 얻기도 한다.

책을 읽으면서 우리는, 아름답고 용감한 주인공들을 만나고, 즐겁고 유익한 교훈을 얻으면서 기쁨을 느낀다. 우리 자신이 주인공이 되고 싶기도 하고, 어느 때엔 마치 그렇게 된 듯한 착각에 빠져들기도 하는 것이다.

특히 자신의 현실이 그다지 행복하게 생각되지 않을 때는 책 속 행복한 주인공들의 삶을 더욱 갈망한다. 때로는 그런 이야기가 쓰여 있는 책 속으로 들어가 동참해 보았으면 하는 생각도 하면서 말이다.

엄마를 잃은 슬픔에 잠겨있는 주인공 바스티안은 아빠와 단 둘이 산다. 이 소년은 늘 혼자 이야기하는 버릇이 있지만, 그 이야기에 귀 기울어 주는 사람은 아무도 없다.

그러던 어느 비 오는 날, 바스티안은 또래 아이들의 놀림을 견디다 못해 서점으로 뛰어 들어가고, 그곳에서 신비한 책을 발견한다. 그리고 주인의 허락도 받지 않은 채 책을 가지고 나와 학교 창고로 달려간다. 그 낡고 허름한 창고 안에서 바스티안은 두근거리는 가슴을 안고 환상의 책과 만난다.

책과의 만남은 늘 즐겁다. 더구나 그 책이 단순히 지어낸 이야기의 종이묶음이 아니라면, 그 안에서 현실과 이어진 더욱 놀라운 일들이 벌어진다면, 더 말할 나위가 없으리라.

책을 읽는 우리가 그 책 속에 등장해서 주인공과 함께 멋진 모험을 시작한다면 얼마나 환상적일까?

놀랍고도 변화무쌍한 모험의 세계와 만나는 바스티안을 여러분은 어떻게 생각하는가?

이 작품은 분명, 바스티안처럼 현재의 삶에 나약하고 환상 세계에 목마름을 느끼는 독자들을 향한, 지은이 엔데의 선물이다.

우리가 정말로 바라는 것

우리의 주인공 바스티안은 자신의 외모가 마음에 들지 않았다. 창백한 얼굴에 통통한 몸집, 게다가 성격도 소심했으며, 공부까지 바닥이었다. 더욱이 아빠는 언제나 엄마를 잃은 슬픔에 잠겨 자신의 일에는 도무지 관심이 없는 듯 보였다.

우리라면 어떠할까? 누구나 바스티안 같은 생각을 한 번쯤은 해 보았으리라. 그래서 더 나은 모습과 능력을 갖추기 위해 노력한다. 그것이 어렵다면 공상의 세계 속에서라도 자신의 원하는 바가 이루어지기를 바란다.

바스티안은 책 속 세상에서 늘씬하고 아름다운 모습의 용감한 영웅으로 변한다. 많은 사람들이 우러르고 존경하는 환경에서 끊임없이 소망을 품으며, 그것을 힘들이지 않고 이룬다.

그런데 이상한 일이 일어난다. 어느 순간부터 바스티안은 어떤 모험을 겪어도 그다지 기쁘지 않았고, 무언가 허전하고 잃어버린 듯 여겨졌다. 하지만 그것이 무엇인지는 깨달을 수 없었다.

마침내 바스티안은 수많은 소망이 이루어지는 대가로 인간 세상에서의 기억들이 하나씩 사라져 감을 알게 되었다. 그리고 어느 날, 아빠와 엄마의 기억마저 잃어버리고 난 후, 이제 아무것도 사랑할 수 없게 되었음을 깨닫는다.

그의 마지막 소망은 사랑할 수 있게 되는 것이었다. 바스티안은 이 소망을 이루기 위해 자신에 대한 모든 기억을 잃어버린다.

'당신이 진정 바라는 것은 무엇인가?'

생명의 물줄기를 받아 마시고 기쁨에 넘친 바스티안이 우리에게 말한다.

세상에서 가장 기쁜 일은, 가장 멋진 일은, 바로 '있는 그대로의 자기가 되는 것'이라고. 그리고 세상의 수많은 기쁨들은 모두 오로지 하나의 기쁨으로 통한다고 말한다. 그것은 바로, 사랑할 수 있다는 기쁨이다.

끝없는 이야기는……

그가 활동을 하던 시절, 독일에서는 사회정치적인 내용이 아니면 좋

이우경 그림

은 문학으로 인정받지 못했다. 환상을 작품의 소재로 삼는 엔데는 이런 분위기를 견디지 못하고 결국 이탈리아로 이주한다. 《끝없는 이야기(1979)》는 그가 이탈리아로 거주지를 옮기고 난 뒤에 나온 작품이다.

이 책에 얽힌 이야기도 그야말로 '끝없는 이야기'이다. 1977년 2월 어느 날, 티네만 출판사 편집자인 한스베르크 바이트브레히트는 이탈리아에 사는 엔데를 찾아간다. 그 목적은 여느 편집자가 다 그러하듯 작가에게 글쓰기를 독촉하기 위한 것이었다. 엔데가 그에게 내놓는 메모 몇 가지 가운데는 이런 것이 있었다.

> 어떤 소년이 책을 읽다가 책 속의 이야기로 들어간다. 그리고 이야기 속에서 빠져나오기가 어려워지는데……

편집자는 이 메모에 매혹되어 이것을 바탕으로 새로운 동화를 쓰는 것에 동의한다. 엔데는 원고를 크리스마스까지 완성해서 출판사로 보내겠다고 약속한다. 그때 그의 생각은 간단하고 짧은 이야기를 쓰겠다는 것이었다. 그러나 한편으로는 간단한 작업이 아닐 수도 있겠다는 생각을 떨쳐버릴 수 없었다.

그의 예감은 적중했다. 소재가 그의 손에서 폭발하기 시작한 것이다. 엔데는 다시 출판사로 전화를 걸어 시간이 더 필요하다고 말했고, 적어도 1979년에는 책이 나올 수 있을 거라고 하면서 독촉하는 편집자를 달랬다. 그 이후로 엔데는 거의 소식을 전하지 않다가 1978년 편집자에게 다시 전화를 한다.

> 이 책은 보통 책이 아니라 마법의 책이 될 것입니다. 구릿빛 나는 가죽 표지와 놋쇠 단추를 표지에 달아야 합니다.

그러나 작품을 위한 마지막 진통은 표지 따위가 아니었다. 문제는 환상의 세계의 수수께끼를 어떻게 푸느냐, 바스티안을 현실 세계로 어떻게 나오게 하느냐는 것이었다. 1978, 79년 겨울은 매우 추웠다. 엔데가 살던 이탈리아도 예외는 아니어서 혹독한 추위로 수도관이 꽁꽁 얼어붙었다. 결국 엔데의 집에서도 수도관이 터져서 집이 물에 잠기고 만다. 천장이 습기로 뒤덮이고, 곳곳에서 곰팡이가 차오르고…… 그곳에서 엔데는 마지막 진통을 한다. '어린 여왕'의 부적, 그것이 바로 환상 세계에서 빠져나오는 출구다!

이 책은 한 소년의 이야기입니다. 그리고 그 소년의 환상 세계, 내면 세계의 이야기이기도 합니다. 그 세계가 어느 날 밤에 '무(無)'라는 위기에 빠집니다. 그렇다면 마땅히, 그 소년뿐만 아니라 누구라도, '무(無)'로 뛰어들어야 합니다. 우리 유럽은 지금 위기에 처해 있습니다. 우리의 가치들이 사라질 위기에 놓여 있는 것입니다. '무(無)'로 뛰어들어야만 우리의 가장 깊은 곳에 잠들어 있는 창조의 힘을 깨울 수 있습니다. 그 능력은 바로 새로운 환상 세계를 만드는 것입니다. 그리고 새로운 가치를 창출해 내는 일입니다.

미하엘 엔데

《끝없는 이야기》는 출판되자마자 엄청나게 팔렸고, '북스테후데 불', '독일 어린이 문학상', '빌헬름—하우프 어린이 문학상' 등을 수상하기도 한다.

엔데의 대표작들은 한국에서도 큰 인기를 끌었다. 《모모》는 120만 부, 《끝없는 이야기》는 100만 부 이상 팔리며, 아이들은 물론이고 어른들 사이에서도 폭넓은 독자층을 형성하고 있다.

엔데를 사랑하는 독자들이 기억해야 할 것이 있다. 그의 판타지에는

이우경 그림

매우 예리한 현실 인식이 담겨 있다는 점이다.

적극적인 유토피아가 결여되어 있다는 사실이야말로 현대 의식의 틀림없는 특징입니다. 젊은 세대의 의식이 특히 더 그렇지요. 거대한 무기력이 지배적인 것도 이러한 유토피아가 결여된 탓이 아니겠습니까?

미하엘 엔데

유교와 선에 대해서 잘 알았던 엔데는 서구 문명에서 좀 멀찌감치 떨어져 보다 세계적인 시각에서 인간성을 파악했다. 그는 실로 현실에 눈 감아 버리는 것이 아니라, 현실을 뛰어넘은 희망과 힘을 추구하는 작가였다. 그가 펼쳐내는 판타지가 강한 생명력과 보편성을 지니는 이유도 바로 이 때문이 아닐까?

지은이에 대하여

이 작품을 지은이 미하엘 엔데는, 독일의 문학작가이다. 1929년 남부 독일 가르미슈 파르텐키르헨에서 초현실주의 화가 에드가 엔데의 외아들로 태어났다. 아버지 에드가 엔데는 그의 예술에 큰 영향을 준다.

1935년 우리 가족은 뮌헨 슈바빙에 있는 집으로 이사를 갔습니다. 4층에 있는 집이었는데, 반은 아버지의 화실이었고 반은 살림집이었지요. 집 천장이 유리로 덮여 있어 밤이면 별을 바라볼 수 있었습니다. 저는 이곳에서 새로 태어났습니다.

악셀 무르켄과의 인터뷰(1994), 「뮌헨에서의 미하엘 엔데」에서

아버지 에드가는 현실에서 벌어지는 일보다 가슴속에서 자라는

이우경 그림

진실의 소리에 귀 기울였고, 철학과 종교학, 인간학적인 문제들 그리고 연금술과 신화에 관심을 기울였다. 그러한 분위기는 아들에게 그대로 전해졌다. 가난하지만 예술을 사랑하는 아버지와 화가·조각가·문인들로 이루어진 아버지의 친구들, 그 사이에서 어린 엔데는 아주 어릴 때부터 예술의 분위기를 몸에 흠뻑 익혔다.

제2차세계대전이 끝나고 엔데는 뮌헨의 오토 팔켄베르크 드라마 학교를 졸업한다. 그리고 잠깐 동안 배우 생활을 했지만, 곧 아이들 책을 쓰기 시작했다. 1960년에 처음 발표한 《짐 크노프, 기관차 대모험(Jim Knopf und Lukas der Lokomotivfuhrer)》(동서문화사 발행)은 독일뿐만 아니라 세계 여러 나라에 그의 이름을 알리는 계기가 됐다. 1971년부터는 로마 근처에 집을 마련하여 본격적으로 새로운 작품 활동에 착수했다. 1973년 《모모(Momo)》를 발표했고, 곧이어 1979년에 《끝없는 이야기(Die Unendliche Geschichte)》를 출간했다. 이 두 작품은 그 뒤 영화로 만들어지기도 했다.

미하엘 엔데는 기적과 신비로 가득 찬 하나의 세계로 독자들을 끌어들임으로써 세계 문학사에 그 이름을 남겼다. 그리고 1995년 8월 28일, 나이 예순다섯에 위암으로 삶을 마감했다. 지금 엔데는 뮌헨에 있는 발트 공원 묘지에 잠들어 있다. 그는 생전에 아버지 에드가 엔데의 말을 인용하며 죽음 뒤의 세계를 이렇게 표현했다.

구체적으로 지각될 수 있는 세계의 뒤에는 틀림없이 또 다른 하나의 세계, 아니 어쩌면 많은 세계가 있을 것이다. 우리가 구체적으로 지각할 수 없다고 할지라도 정말로 그 세계는 있을 것이다. 아니 구체적으로 지각할 수 있는 세계보다 더 구체적으로 그 세계는 있을지도 모른다.

《어둠의 고고학》에서

옮긴이 김양순
성신여대 독문학과를 졸업하고 동대학원에서 독문학을 전공하다.
문경여고 독어 교사를 거쳐 도이칠란트 뮌헨에서 독문학을 수학하다.
옮긴 책에 에커《난장이가 된 선생님》등이 있다.

그린이 최지혜
서울산업대학교 조형예술 전공

1956

Die Unendliche Geschichte
끝없는 이야기
미하엘 엔데/김양순 옮김
1판 1쇄 발행/1988년 6월 5일
2판 1쇄 발행/2005년 8월 1일
3판 1쇄 발행/2008년 1월 1일
3판 3쇄 발행/2018년 2월 1일
발행인 고정일
발행처 동서문화사
창업 1956. 12. 12. 등록 16-3799
서울 중구 다산로 12길 6(신당동 4층)
☎ 546-0331~6 (FAX) 545-0331
www.dongsuhbook.com
＊
이 책은 저작권법(5015호) 부칙 제4조 회복저작물 이용권에 의해 중쇄발행합니다.
이 책의 한국어 문장권 의장권 편집권은 저작권 법에 의해 보호받으므로
무단전재 무단복제 무단표절 할 수 없습니다.
이 책의 법적문제는 「하재홍법률사무소 jhha@naralaw.net」에서 전담합니다.
＊
사업자등록번호 211-87-75330
ISBN 978-89-497-0441-8 03850